GRöLS Verlage

„BÜCHER SIND WIE FALLSCHIRME. SIE NÜTZEN UNS NICHTS, WENN WIR SIE NICHT ÖFFNEN."

Gröls Verlag

Redaktionelle Hinweise und Impressum

Das vorliegende Werk wurde zugunsten der Authentizität sehr zurückhaltend bearbeitet. So wurden etwa ursprüngliche Rechtschreibfehler *nicht* systematisch behoben, denn kleine Unvollkommenheiten machen das Buch – wie im Übrigen den Menschen – erst authentisch. Mitunter wurden jedoch zum Beispiel Absätze behutsam neu getrennt, um den Lesefluss zu erleichtern.

Um die Texte zu rekonstruieren, werden antiquarische Bücher von Lesegeräten gescannt und dann durch eine Software lesbar gemacht. Der so entstandene Text wird von Menschen gegengelesen und korrigiert – hierbei treten auch Fehler auf. Wenn Sie ebenfalls antiquarische Texte einreichen möchten, finden Sie weitere Informationen auf www.groels.de

Viel Freude bei der Lektüre wünscht Ihnen das Team des Gröls-Verlags.

Adressen

Verleger: Sophia Gröls, Im Borngrund 26, 61440 Oberursel

Externer Dienstleister für Distribution & Herstellung: BoD, In de Tarpen 42, 22848 Norderstedt

Unsere „Edition | Werke der Weltliteratur“ hat den Anspruch, eine der größten und vollständigsten Sammlungen klassischer Literatur in deutscher Sprache zu sein. Nach und nach versammeln wir hier nicht nur die „üblichen Verdächtigen“ von Goethe bis Schiller, sondern auch Kleinode der vergangenen Jahrhunderte, die – zu Unrecht – drohen, in Vergessenheit zu geraten. Wir kultivieren und kuratieren damit einen der wertvollsten Bereiche der abendländischen Kultur. Kleine Auswahl:

Francis Bacon • Neues Organon • **Balzac** • Glanz und Elend der Kurtisanen • **Joachim H. Campe** • Robinson der Jüngere • **Dante Alighieri** • Die Göttliche Komödie • **Daniel Defoe** • Robinson Crusoe • **Charles Dickens** • Oliver Twist • **Denis Diderot** • Jacques der Fatalist • **Fjodor Dostojewski** • Schuld und Sühne • **Arthur Conan Doyle** • Der Hund von Baskerville • **Marie von Ebner-Eschenbach** • Das Gemeindekind • **Elisabeth von Österreich** • Das Poetische Tagebuch • **Friedrich Engels** • Die Lage der arbeitenden Klasse • **Ludwig Feuerbach** • Das Wesen des Christentums • **Johann G. Fichte** • Reden an die deutsche Nation • **Fitzgerald** • Zärtlich ist die Nacht • **Flaubert** • Madame Bovary • **Gorch Fock** • Seefahrt ist not! • **Theodor Fontane** • Effi Briest • **Robert Musil** • Über die Dummheit • **Edgar Wallace** • Der Frosch mit der Maske • **Jakob Wassermann** • Der Fall Maurizius • **Oscar Wilde** • Das Bildnis des Dorian Grey • **Émile Zola** • Germinal • **Stefan Zweig** • Schachnovelle • **Hugo von Hofmannsthal** • Der Tor und der Tod • **Anton Tschechow** • Ein Heiratsantrag • **Arthur Schnitzler** • Reigen • **Friedrich Schiller** • Kabale und Liebe • **Nicolo Machiavelli** • Der Fürst • **Gotthold E. Lessing** • Nathan der Weise • **Augustinus** • Die Bekenntnisse des heiligen Augustinus • **Marcus Aurelius** • Selbstbetrachtungen • **Charles Baudelaire** • Die Blumen des Bösen • **Harriett Stowe** • Onkel Toms Hütte • **Walter Benjamin** • Deutsche Menschen • **Hugo Bettauer** • Die Stadt ohne Juden • **Lewis Caroll** • *und viele mehr….*

Karl May

Satan und Ischariot I

Inhalt

ERSTES KAPITEL 6

ZWEITES KAPITEL 46

DRITTES KAPITEL 126

VIERTES KAPITEL 160

FÜNFTES KAPITEL 214

SECHSTES KAPITEL 244

ERSTES KAPITEL

In der Sonora

Sollte jemand mich fragen, welches wohl der traurigste, der langweiligste Ort der Erde sei, so würde ich, ohne mich lange zu besinnen, antworten: Guaymas in Sonora, dem nordwestlichsten Staate der Republik von Mexiko. Diese Meinung ist allerdings nur eine rein persönliche; ein anderer würde sie wahrscheinlich bestreiten; ich aber habe in der Stadt die inhaltslosesten zwei Wochen meines Lebens – man verzeihe mir den freilich sehr zutreffenden Ausdruck – verfaulenzt und verspielt.

Die im östlichen Teile von Sonora sich erhebenden Berge enthalten reiche Lagerstätten von edlen Metallen, Kupfer und Blei, und fast alle Wasserläufe führen Waschgold mit sich; aber die Ausbeute war damals nur eine geringe, weil die Reviere von den Indianern unsicher gemacht wurden und man sich nur in starker Gesellschaft hinauf an Ort und Stelle getraute. Wo aber eine so zahlreiche Belegschaft hernehmen? Der Mexikaner ist alles andere, nur kein Arbeiter; dem Indianer fällt es nicht ein, gegen Tagelohn die Schätze auszugraben, welche er noch heutigen Tages für sein rechtmäßiges Eigentum hält; chinesische Kulis könnte man genug bekommen, doch mag man sie nicht, denn wer diese unsauberen Geister beschwört, der wird sie nicht wieder los – – aber die Gambusinos, die Prospektors, wird man sagen; das sind doch die eigentlichen Goldsucher und Minenarbeiter; warum engagiert man diese nicht? Sehr einfach darum, weil damals keine zu haben waren; sie waren alle hinüber nach Arizona, wo das Gold in hellen Haufen liegen sollte. Darum waren die Reviere von Sonora verödet, gerade wie noch heute, wo nicht nur der Bergbau, sondern auch die Viehzucht des Landes unter der Furcht vor den wilden Indianern darniederliegt.

Auch ich hatte nach Arizona gewollt, doch nicht etwa weil auch am Goldfieber leidend, sondern aus Interesse für das eigenartige Leben, welches in den Diggins herrscht; da aber kam die bekannte Erhebung des mexikanischen Generals Jargas; ich wurde vom Herausgeber einer Zeitung in San Franzisko gefragt, ob ich für sein Blatt nach dem Schauplatze der Empörung gehen wolle, um Berichte zu schreiben, und ich ergriff mit Freuden diese Gelegenheit, eine Gegend kennen zu lernen, welche ich sonst wohl nie zu sehen bekommen hätte. Jargas hatte kein Glück; er wurde besiegt und erschossen, und ich ging, nachdem mein letzter Bericht abgesandt worden war, über die Sierra Verde zurück, um nach Guaymas zu kommen. Dort hoffte ich eine Schiffsgelegenheit nach einem nördlicheren Orte des kalifornischen Golfes zu finden, denn ich wollte nach dem Rio Gila, wo ich laut einer Verabredung mit meinem Freunde, dem Apatschenhäuptling Winnetou, zusammentreffen sollte.

Leider ging meine Rückkehr nicht so schnell von statten, wie es in meinem Wunsche lag. Ich hatte, als ich mich noch in der einsamen Sierra befand, das Unglück, daß mein Pferd stolperte und einen Vorderfuß brach; ich mußte es erschießen und den Weg dann unter die eigenen Füße nehmen. Tagelang sah ich keinen Menschen, am allerwenigsten einen, dem ich ein Pferd oder Maultier hätte abkaufen können. Vor einer Begegnung mit Bravos-Indianern hütete ich mich, da bei einer solchen nur zu verlieren und nichts zu gewinnen war. Es war eine lange und anstrengende Wanderung, und so atmete ich froh auf, als ich endlich in den Trachytkessel niederstieg, in welchem das traurige Guaymas liegt.

Obgleich am ersehnten Ziele angekommen, war ich doch keineswegs entzückt über den Anblick, welchen die Stadt mir bot. Sie hatte damals kaum zweitausend Einwohner und bestand aus Häusern, welche aus Luftziegeln erbaut waren und keine Fenster hatten. Rings von hohen, kahlen Felsen umgeben, lag der Ort wie eine ausgedorrte Leiche in erdrückender Sonnenglut. In der Umgebung war kein Mensch zu sehen, und auch als ich mich dann zwischen den ersten Häusern befand, schien es, als ob dieselben ausgestorben seien.

Freilich war der Eindruck, welchen ich auf oder in Guaymas machen mußte, kein besserer als derjenige, welchen die Stadt auf mich machte, denn ich hatte keineswegs das Aussehen eines Gentleman oder, wie man dort sagt, eines Caballero. Mein Anzug, für welchen ich vor meiner Abreise von San Franzisco achtzig Dollars bezahlt hatte, war nach und nach in eine solche Zerfahrenheit geraten, daß verschiedene Gegenden meiner Person viel sichtbarer waren als der Stoff, dem ich ihre Bedeckung anvertraut hatte. Auch die Fußbekleidung war bei der vollständigen Erschöpfung ihrer Kräfte angelangt. Rechts hatte ich den ganzen Absatz verloren; links war mir der halbe geblieben, und wenn ich vorn die offenherzigen Spitzen betrachtete, so mußte ich, ich mochte wollen oder nicht, an aufgesperrte Entenschnäbel denken. Und nun gar der Hut! In glücklicheren Zeiten Sombrero, das heißt Schattenspender, genannt, hatte er jetzt verräterischerweise auf diese Ehrentitulatur vollständig Verzicht geleistet. Die erst so breite Krämpe war, ich kann selbst heute noch nicht sagen, auf welche Weise und aus welcher Veranlassung, nach und nach immer abwesender geworden, und das, was mir als treues Überbleibsel nun auf dem Kopfe saß, hatte die Form eines türkischen Fez und hätte sich, aufrichtig gestanden, ganz vortrefflich zum Tintenseiher geeignet. Nur der lederne Gürtel, mein langjähriger Begleiter, hatte auch diesmal seine unerschütterliche Charakterfestigkeit bewiesen. Von Teint, Frisur und andern Intimitäten zu sprechen, würde diejenige Achtung verletzen, welche man seiner eigenen Person unter allen Umständen zu widmen hat.

Indem ich langsam die Straße entlang ging und bald nach rechts, bald nach links sah, um ein menschliches Wesen zu entdecken, erblickte ich ein Gebäude, aus dessen niedrigem Dach zwei Stangen ragten, welche ein hölzernes Firmenschild trugen. Es zeigte in einst weißen, nun verwitterten Buchstaben auf dunklem Grunde die verlockenden Worte „Meson de – – –“ das übrige war nicht mehr zu lesen. Als ich dastand, um den Rest der Schrift zu entziffern, war endlich der Schritt eines Menschen zu hören. Ich drehte mich um und sah einen Mann, der sich näherte und an mir vorüber

wollte. Ich grüßte ihn höflich und fragte ihn, welches Gasthaus wohl das empfehlenswerteste dieser guten Stadt sei. Er deutete auf das Gebäude, vor welchem ich stand, und antwortete:
„Gehen Sie nicht weiter, Sennor. Dieses Hotel ist das nobelste, welches wir haben. Im Schilde fehlt zwar jetzt das Wort Madrid, Ihnen aber wird nichts mangeln, wenn Sie sich dem Wirte, Don Geronimo, anvertrauen. Sie können sich auf meine Empfehlung verlassen, denn ich bin der Escribano, von Guaymas und kenne alle Leute. Vorausgesetzt ist natürlich, daß Sie bezahlen können."
Er warf sich bei Nennung seines wichtigen Amtes in die Brust und betrachtete mich dann mit einem Blicke, welcher mir deutlich sagte, was er von mir dachte, nämlich daß ich höchst wahrscheinlich im Ortsgefängnisse besser aufgehoben sei als im Hotel. Dann schritt er in würdevoller Haltung weiter; ich aber wendete mich im Vertrauen auf die Empfehlung einer solchen Berühmtheit nach der offenen Thüre des Gasthauses. Ich wäre auch ohnedies hier eingekehrt, da ich müde war und keine Lust hatte, mich der Glut der Mittagssonne länger auszusetzen.
Das nobelste Hotel der Stadt! *Meson de Madrid!* Gute Zimmer, saubere Betten, schmackhafte Speisen! Das Wasser lief mir im Munde zusammen. Ich trat ein und befand mich sofort in – „sämtlichen Räumlichkeiten". Das soll nämlich heißen, daß das Hotel nur aus diesem einen Raume bestand. Vorn trat man von der Straße her ein, und gegenüber führte eine Thüre nach dem Hofe. Andere Öffnungen oder gar Fenster gab es nicht. Neben der hintern Thüre stand der rußgeschwärzte, steinerne Herd, sodaß der Rauch sich dort pfiffigerweise gleich aus dem Staube machen konnte. Hartgeschlagener Lehm bildete den Boden. In denselben eingetriebene Pfähle und darauf genagelte Bretter bildeten die Tafeln, Tische und Bänke. Stühle gab es nicht. An der Mauer links hingen Hängematten, welche die Gastbetten vorstellten, aber auch sonst von jedermann nach Belieben benutzt werden konnten. An der anderen Wand, rechter Hand stand das Büffett, welches allem Anscheine nach aus einigen alten Kisten zusammengezimmert worden war. Daneben gab es wieder einige Hängematten, welche den *Buen retiro* der Familie des Hoteliers bildeten. In einer derselben lagen schlafend drei Jungens, deren Arme und Beine so ineinander verwickelt waren, daß es eines sehr tiefen Studiums bedürft hätte, um sagen zu können, welche Extremitäten zu jedem Körper gehörten. In der zweiten ruhte die Tochter des Wirtes, Sennorita Felisa. Sie zählte, wie sie mir andern Tages sagte, sechzehn Sommer, schnarchte aber wie ein Unisono von sechzehn Winterstürmen. In der dritten Hängematte hielt die Wirtin ihr Mittagsschläfchen. Donna Elvira genannt, hatte sie eine Länge von sechs Schuh und fünf Zoll. Ihr Gatte teilte mir später im Vertrauen mit, daß sie eine außerordentlich resolute Dame sei; da sie aber, so oft ich sie sah, entweder schlummerte oder wirklich schlief, so hatte ich leider nicht das Glück, einem vulkanischen Ausbruche ihres energischen Temperaments beizuwohnen. In der vierten Hängematte entdeckte ich einen ringartigen, grauleinenen Gegenstand, den ich beinahe für einen Rettungsgürtel, wie man sie auf Seeschiffen sieht,

gehalten hätte. Bei näherer Betrachtung aber gelangte ich zu der Einsicht, daß sich aus diesem Gürtel erforderlichen Falles etwas Edleres entwickeln könne, weshalb ich ihm einen leichten Schlag versetzte. Der Ring geriet darauf in Bewegung; er löste sich. Es kamen Arme und Beine zum Vorscheine, sogar ein Kopf; der Rettungsgürtel öffnete sich vollständig, sprang aus der Hängematte und verwandelte sich in ein kleines hageres, sehr eng in graues Leinen gekleidetes Männchen, welches mich überrascht betrachtete und dann in zornig sein sollendem, aber nur vorwurfsvoll klingendem Tone fragte:
„Was wollen Sie, Sennor? Warum stören Sie meine Siesta? Warum sind Sie überhaupt wach und munter? In dieser tödlichen Hitze schläft doch jeder vernünftige Mensch!"
„Ich suche den Wirt," antwortete ich.
„Der bin ich. Don Geronimo ist mein Name."
„Ich komme soeben in Guaymas an und suche ein Schiff. Kann ich bei Ihnen wohnen?"
„Wollen dann sehen; jetzt aber schlafen Sie, dort in einer der Hängematten."
Er deutete nach der andern Seite.
„Ich bin auch müde," antwortete ich, „aber ich habe Hunger."
„Später, später! Schlafen sie nur erst!" forderte er mich dringend auf.
„Und Durst!"
„Jawohl, jawohl! Es wird für alles gesorgt werden; aber schlafen Sie, schlafen Sie doch nur!"
Nachdem er vorher leise gesprochen hatte, war er jetzt lauter geworden. Die andern Hängematten begannen zu schaukeln; darum raunte er mir warnend zu:
„Sprechen Sie nicht weiter, sonst erwacht Donna Elvira! Schlafen Sie, schlafen Sie!"
Er schwang sich in die Hängematte und rollte sich wieder zu einem Ringe zusammen. Was war da zu thun! Ich ließ den Rettungsgürtel mit seiner Familie weiter schlafen, schlich, um Niemanden aufzuwecken, mit leisen Schritten zur Hinterthüre hinaus und gelangte in einen ziemlich großen Hof. In einer Ecke desselben war aus Stangen und Maisstroh ein Dach errichtet, unter welchem einige Gerätschaften aufbewahrt wurden. Auch ein Haufen Maisstroh lag da, daneben ein großer Hund, welcher an einer Kette befestigt war. Das Stroh bildete jedenfalls ein besseres Lager als eine der Hängematten drin; ich näherte mich also dem Haufen, ein wenig besorgt, daß der Hund Lärm machen und Donna Elvira wecken werde; aber diese Sorge war unnötig, denn – – der Kerl schlief auch! Er öffnete zwar die Augen für einen Moment, schloß sie aber sofort wieder und sagte nichts dazu, als ich mir aus dem Stroh ein Lager bereitete und mich dann auf dasselbe ausstreckte. Meine beiden Gewehre im Arme, schlummerte ich ein und schlief infolge meiner Ermüdung so gut und so fest, daß ich erst erwachte, als eine Hand meinen Arm schüttelte. Es war am späten Nachmittage; der kleine Wirt stand vor mir und sagte:
„Sennor, erheben Sie sich! Es ist an der Zeit, die Entscheidung zu treffen."
„Welche Entscheidung?" fragte ich, indem ich aufstand.
„Ob Sie bei mir bleiben dürfen oder nicht."
„Warum bedarf es denn da einer Entscheidung?"

Ich sprach diese Frage aus, obgleich ich mir sehr wohl denken konnte, was er meinte, und betrachtete mir das Männchen genauer, als ich es am Mittag hatte thun können. Er war wirklich sehr, sehr klein und zum Erschrecken mager. Er trug das Haar ganz kurz geschoren, fast wie rasiert. Seine scharfen Züge hatten einen klugen und dabei höchst gutmütigen Ausdruck.

„Donna Elvira will, daß ich nur Cavalleros bei mir aufnehme," antwortete er, „und Sie werden zugeben, daß Sie nicht den Eindruck eines solchen machen."

„Wirklich?" mußte ich lächelnd fragen, indem ich zu ihm niederblickte. „Meinen Sie, daß nur der ein Cavallero ist, der in einem neuen Anzuge steckt?"

„Nein; denn es kann auch einem feinen Manne geschehen, daß er gezwungen ist, die Schönheit des Äußern außer acht zu lassen; aber Donna Elvira hat einen sehr ausgeprägten Sinn für diese Schönheit und fühlt sich von Ihnen abgestoßen."

„Hat sie mich denn gesehen? Die Dame schlief ja, als ich kam."

„Sie schlief allerdings; sie schläft überhaupt sehr gern, wenn sie nichts anderes zu thun hat; aber sie ist dann in den Hof gegangen, um Sie zu betrachten, und als sie Ihren Anzug sah, Ihre Stiefel, Ihren Hut, da meinte sie – – nun, Sennor, es ist doch wohl nicht so notwendig, daß ich mich noch deutlicher ausdrücke?"

„Nein; ich verstehe Sie auch so, Don Geronimo, und werde, da ich der Donna nicht gefalle, mich nach einem anderen Hause umsehen."

Ich wendete mich zum Gehen; da hielt er mich zurück und sagte:

„Halt! Warten Sie noch ein wenig! Es ist so einsam, wenn man keinen Gast im Hause hat, und Sie sehen mir doch nicht wie ein Bravo aus, den man fürchten muß. Ich möchte bei Donna Elvira ein gutes Wort für Sie einlegen. Dazu ist erforderlich, beweisen zu können, daß Sie mir nützlich sind. Spielen Sie vielleicht Domino?"

„Ja," antwortete ich, mich über diese Frage wundernd.

„Gut! Kommen Sie herein! Wir wollen eine Probe machen."

Er schritt voran, und ich folgte ihm nach dem Innern des „Hotels". Donna Elvira lag in ihrer Hängematte. Sennorita Felisa saß im Buffet bei einem Glase Rum. Die drei Buben waren nicht da; sie befanden sich draußen auf der Straße, wo sie sich mit ihresgleichen damit unterhielten, sich mit faulen Apfelsinen zu bewerfen. Don Geronimo holte die Dominosteine und lud mich ein, mich zu ihm an einen der Tische zu setzen. Als die Steine rasselten, bewegte sich Donna Elvira, und als ihr Gatte mir andeutete: „Nehmen Sie sechs; der höchste Pasch setzt an," da hob sie den Kopf. Sennorita Felisa kam mit ihrem Glase herbei und setzte sich zu uns, um zuzusehen. Ich sah, was für Leute ich vor mir hatte. Die Menschen schliefen, wenn sie nicht Domino spielten, und spielten Domino, wenn sie nicht schliefen. Und dabei war Geronimo kaum ein leidlicher Spieler. Ich gewann die erste Partie, die zweite und auch die dritte. Bei der ersten freute er sich; bei der zweiten wunderte er sich, und bei der dritten rief er entzückt aus:

„Sie sind ein Meister, Sennor. Sie müssen bei uns bleiben, damit ich von Ihnen lernen kann. Drei Spiele hat mir noch kein Mensch abgewonnen!"

Die Wahrheit war, daß ich mir gar keine Mühe gegeben hatte; er spielte so mangelhaft, daß es gar keiner Berechnung bedurfte, um ihn zu besiegen. Er stand vom Tische auf und ging zu seiner Frau, mit welcher er leise flüsterte. Dann begab er sich hinter das Büffett, brachte ein Buch hervor, dazu ein riesiges Tintenfaß, legte oder stellte beides vor mich hin und sagte:

„Donna Elvira ist so gütig gewesen, ihre Einwilligung zu erteilen, daß Sie hier bleiben können; schreiben Sie also Ihren Namen in dieses Fremdenbuch!"

Ich schlug das Buch auf. Es enthielt lauter Namen, Zahlen und Daten; bei der zuletzt beschriebenen Seite lag die Feder, ein uralter Gänsekiel, dessen Schnabel fast genau soweit wie meine Stiefel vorn auseinander klaffte; auch er war mit einer harten, dicken Kruste überzogen.

„Mit dieser Feder soll ich schreiben?" fragte ich belustigt.

„Allerdings, Sennor. Es ist keine andere vorhanden, und Sie werden wohl auch keine bei sich führen."

„Aber das ist ja ganz unmöglich!"

„Wieso? Ich sage Ihnen, seit ich dieses Hotel besitze, das sind nun fast zehn Jahre her, haben sich alle meine Gäste mit dieser Feder und mit dieser Tinte eingetragen."

Die Tinte war natürlich längst verhärtet.

„Wie haben sie das angefangen?"

„Mit Wasser, wie Sie sich leicht denken könnten, wenn Sie in der Kunst des Schreibens nur einigermaßen bewandert wären. Wenn man die Feder in heißem Wasser einweicht, wird sie so weich wie neu, ja noch viel weicher. Und gießt man heißes Wasser in das Faß, so bekommt man eine vollständig neue und außerordentlich gute Tinte. Da mein Haus einen lebhaften Zuspruch hat und jeder Gast sich hier eintragen muß, so wird bei mir ungewöhnlich viel geschrieben; ich darf also nicht verschwenderisch mit Tinte und Feder umgehen. Da Sie des Schreibens unkundig zu sein scheinen, so will ich den Eintrag für Sie vornehmen."

„Thun Sie das, Sennor; ich bitte sehr darum. Sie nehmen mir damit eine große Last von der Seele."

„Sehr wohl! Es kann nicht jeder ein Gelehrter sein. Es soll sofort geschehen; ich will mir vorher erst heißes Wasser machen."

Er ging an das Büffett. Ich sah, daß er Spiritus oder gar Rum in eine Lampe goß, denselben anbrannte und ein blechernes Gefäß über die Flamme hielt. Er hatte aus weiser Sparsamkeit seine Gäste zehn Jahre lang gezwungen, sich dieser Tinte und Feder zu bedienen, und dabei, ebenso aus weiser Sparsamkeit, jedesmal für einen Groschen Spiritus verbrannt! Es dauerte wenigstens eine Viertelstunde, bis das Wasser kochte; solange hielt er es geduldig über die Lampe; dann tauchte er die Feder hinein, ließ sie eine Weile darin brühen, goß dann das Wasser in das Tintenfaß, rührte es mit der Feder kräftig um und meinte dann in einem sehr befriedigten Tone:

„So, jetzt kann das Werk beginnen; ich bin bereit dazu."

Er legte das Buch vor sich hin, stellte sich die Tinte bequem zur Hand, räusperte sich energisch, griff zur Feder, hustete, zog die Stirn in tiefe Falten, legte das Buch anders, gab auch dem Tintenfasse eine andere Stelle, hustete wieder, setzte sich fester, als er vorher gesessen hatte, kurz und gut, gebärdete sich so, als ob er im Begriffe stehe, das größte Kunstwerk der Welt in Angriff zu nehmen.
Ich brachte es nur mit Anstrengung fertig, ernst zu bleiben, und konnte mir nun das Aussehen des Fremdenbuches erklären. Ich hatte, während er Wasser kochte, darin geblättert. Die Schrift war auf den letzten Seiten dunkelgelb, wurde je weiter nach vorn desto heller und war endlich gar nicht mehr zu lesen. Die vordersten Seiten schienen niemals beschrieben worden zu sein.
„Jetzt passen Sie auf, Sennor," sagte er. „Ich habe einzutragen den Tag und das Jahr Ihrer Ankunft bei mir, Ihren Namen, Ihren Stand oder Beruf und die Absicht, in welcher Sie sich hier befinden. Ich hoffe, daß Sie mir das alles der strengsten Wahrheit gemäß angeben!"
Ich machte ihm die Angaben, und er malte sie in Buchstaben nieder, welche in Beziehung auf Deutlichkeit nichts zu wünschen übrig ließen. Er malte nicht nur, sondern er mahlte förmlich, langsam, sehr langsam, mit einem Drucke und einer Hingebung, wie es einer so wichtigen und edlen Beschäftigung würdig war. Als er nach einer guten halben Stunde den letzten Strich verbrochen hatte, machte er ein sehr befriedigtes Gesicht, schob das Buch von sich ab und fragte mich dann:
„Wie gefällt Ihnen meine Hand, Sennor? Haben Sie schon einmal solche Buchstaben und Züge gesehen?"
„Nein, noch nie," antwortete ich der Wahrheit gemäß. „Sie haben eine sehr charaktervolle Hand."
„Das ist kein Wunder, da ich es bin, der fast alle Namen einzutragen hat, denn die meisten Gäste verstehen, gerade so wie Sie, mit Tinte und Feder nicht umzugehen. Ich danke Ihnen für Ihre Angaben; sie sind leicht verständlich; nur eine kann ich mir nicht erklären. Sie haben als Ihren Beruf angegeben, daß Sie Litterat sind. Dieses Geschäft ist mir noch nicht vorgekommen. Ist es ein Handwerk, eine militärische Charge, oder bezieht es sich auf den Handel im allgemeinen oder auf das Hausieren insbesondere?"
„Keines von alledem. Ein Litterat ist das, was Sie im Spanischen mit dem Worte Autor oder Escritor bezeichnen."
Da sah er mich überrascht an und fragte:
„Haben Sie Vermögen?"
„Nein."
„Dann bedauere ich Sie von ganzem Herzen, da Sie bei Ihrem Berufe notwendigerweise verhungern müssen."
„Wieso, Don Geronimo?"
„Das fragen Sie noch? O, ich kenne diese Verhältnisse sehr genau, denn wir haben hier in Guaymas auch einen Escritor. Er ist sehr reich und schreibt für ein Blatt, welches in

Hermosillo erscheint. Er muß sehr viel Geld bezahlen, um seine Einsendungen gedruckt zu sehen. Es ist ein Geschäft, welches große Ausgaben verursacht und gar nichts einbringt. Wie können Sie leben; was wollen Sie essen und trinken, und womit wollen Sie sich kleiden? Ich bedauere Sie auf das herzlichste! Können Sie denn bezahlen, was Sie bei mir genießen?“

„Ja. Dazu reicht es noch aus.“

„Das freut mich sehr. Hm, ein Escritor! Da ist es kein Wunder, daß Sie so ungemein herabgekommen sind, und ich finde es fast unbegreiflich, daß Sie dabei ein so gutes und gesundes Aussehen haben. Aber – – Caramba, da fällt mir ein: Wenn Sie ein Escritor sind, müssen Sie doch schreiben können?“

„Allerdings.“

„Und trotzdem haben Sie diese harte Arbeit mir überlassen! Warum verheimlichten Sie die Kunst, deren Sie mächtig sind?“

„Weil es unhöflich gewesen wäre, Ihnen zu widersprechen, als Sie mich für einen Mann erklärten, welcher die Feder nicht zu führen versteht.“

„Richtig! Diese Ihre Höflichkeit dient Ihnen als Empfehlung. Darf ich fragen, woher Sie kommen?“

„Von jenseits der Sierra Verde!“

„Als Fußgänger? Sie armer Teufel!“

„Ich war beritten, wie Sie daran sehen, daß ich Sporen trage. Mein Pferd stürzte und brach das Bein; ich mußte es erschießen.“

„Warum haben Sie nicht Sattel und Zaum mitgenommen?“

„Weil ich mich nicht mehrere Tage lang in solcher Hitze mit dieser Last schleppen wollte.“

„Aber Sie konnten es verkaufen und von dem Erlöse vielleicht zwei volle Tage leben. Sie thun mir wirklich leid. Lieber hätten Sie sich mit den beiden alten Schießgewehren, die ich da sehe, nicht schleppen sollen; sie sind keinen halben Dollar wert, ganz alte Konstruktion; ich verstehe mich darauf.“

Er nahm den Henrystutzen in die Hand, betrachtete ihn und schüttelte, indem ihm die Patronenkugel am Schlosse auffiel, den Kopf. Dann griff er nach der alten Bärenrifle, um sie aufzunehmen, ließ sie aber liegen, da sie so schwer war, daß er sie mit einer Hand nicht zu heben vermochte.

„Werfen Sie dieses Zeug weg!“ riet er mir. „Es hat keinen andern Zweck, als daß Sie sich mit demselben das Reisen erschweren. Wohin wollen Sie von Guaymas aus?“

„Mit einem Schiffe nördlich weiter, über Hermosillo hinauf.“

„Da können Sie lange warten. Schiffe, welche soweit gehen, sind selten.“

„So reite ich.“

„Da müßten Sie sich ein Pferd oder Maultier kaufen, und ich versichere Ihnen, daß selbst für schweres Geld jetzt keines zu haben ist. Wenn Sie Zeit zum Warten hätten, könnten Sie später die Eisenbahn benutzen, welche nach Arispe geht.“

„Wie gehen die Züge dorthin?“
„Züge? Man sieht, daß Sie hier fremd sind, Sennor. Die Bahn ist noch nicht fertig. Man sagt, daß sie in drei, vier oder auch fünf Jahren vollendet sein wird; das aber sind Ihnen unbekannte Dinge. Sie sollten nicht in einem Lande reisen, welches Sie nicht kennen und welches soweit von Ihrer Heimat liegt. Bei Ihrer Armut ist dies ein gefährliches Beginnen. Sie haben als Ihre Heimat Sajonia angegeben. Wo liegt diese Stadt?“
„Es ist keine Stadt, sondern ein Königreich, welches zu Alemania gehört.“
„Ganz richtig! Man kann nicht alle Landkarten im Kopfe haben. Also Sie dürfen bei mir bleiben. Wegen Ihrer Armut und weil Sie infolge Ihres guten Dominospieles ein vorzüglicher Gesellschafter sind, will ich ein Einsehen haben und Ihnen den möglichst billigen Preis stellen. Sie sollen vollständige Pension und die beste Verpflegung für einen Peso täglich haben. Das ist ein Preis, den Sie sehr niedrig finden werden.“
„Ich danke Ihnen und bin einverstanden,“ erklärte ich, denn ein Peso beträgt vier und eine halbe Mark, bei welchem Preise ich „vollständige“ Pension und „beste“ Verpflegung halb als geschenkt betrachten mußte.
Er nickte befriedigt, schob das Fremdenbuch zur Seite, griff wieder nach den Dominosteinen und sagte:
„Da Sie Hunger und Durst haben, wird Felisa Ihnen das Essen bereiten, und inzwischen können wir noch einige Partien spielen. Beginnen wir!“
Ob ich Lust dazu hatte, das fragte er nicht. Er schien es für ganz selbstverständlich zu halten, daß ich ein ebenso leidenschaftlicher Spieler sei, wie er war. Wir begannen, denn ich wollte nicht ungefällig sein. Ich hatte die Absicht, ihn gewinnen zu lassen, konnte dieselbe aber nicht ausführen, da er wirklich zu schlecht spielte. Bei der dritten Partie begann sich vom Herde, an welchem die Sennorita beschäftigt war, ein Duft nach verbranntem Mehle zu verbreiten. Mitten in der vierten hielt der Wirt plötzlich inne, schlug sich mit der Hand an die Stirn und rief aus:
„Wie konnte ich das vorhin vergessen! Sie wollen über Hermosillo hinaus, Sennor, und ich habe gar nicht daran gedacht, daß es eine prächtige Gelegenheit für Sie giebt. Sennor Enriquo erwartet nämlich ein Schiff, welches hier anlegen und dann hinauf nach Lobos gehen wird.“
„Dieser Ort würde mir allerdings sehr bequem liegen. Wer aber ist der Mann, den Sie Sennor Enriquo nennen?“
„Ein Gast von mir, dessen Name im Fremdenbuche gleich vor dem Ihrigen steht. Haben Sie ihn nicht gelesen?“
Das hatte ich nicht gethan. Ich griff also nach dem Buche und las: „Harry Melton, Heiliger der letzten Tage.“ Diese Worte waren allerdings in englischer Sprache geschrieben. Also ein Mormone! Wie kam der hierher? Welche Angelegenheit konnte ihn aus der großen Salzseestadt soweit südlich nach Guaymas geführt haben?
„Warum blicken Sie so nachdenklich in das Buch?“ fragte der Wirt. „Ist an dem Eintrage vielleicht etwas Besonderes, etwas Auffälliges zu bemerken?“

„Eigentlich nicht. Sie haben die Worte gelesen?“
„Ja, aber nicht verstanden. Der Sennor ist so ernst, so stolz und so fromm, daß ich ihn nicht mit Fragen belästigen wollte. Wahrscheinlich sprach ich seinen Namen falsch aus, und da erklärte er mir, daß Harry genau soviel wie das spanische Enriquo bedeute. Darum nenne ich ihn so.“
„Er wohnt also bei Ihnen?“
„Er schläft bei mir, geht des Morgens fort und kommt des Abends wieder,“
„Was treibt er inzwischen?“
„Das weiß ich nicht. Ich habe keine Zeit, mich um jeden meiner Gäste zu bekümmern.“
Ja, der kleine Mann spielte und schlief, schlief und spielte und konnte also unmöglich dazu kommen, einem Gaste eine solche Aufmerksamkeit zu schenken. Er fuhr fort.
„Ich weiß eben nur seinen Namen und daß er auf ein Schiff nach Lobos wartet. Der Sennor spricht sehr wenig. Seine Frömmigkeit ist rühmenswert. Schade nur, daß er nicht Domino spielen kann!“
„Woher wissen Sie, daß er fromm ist?“
„Weil er den Rosenkranz beständig durch die Finger gleiten läßt und niemals kommt oder geht, ohne sich vor dem Heiligenbilde, welches dort in der Ecke hängt, zu verbeugen und Weihwasser aus dem Becken dort an der Thüre zu nehmen.“
Ich wollte eine Bemerkung machen, hielt es aber für besser, zu schweigen. Ein Mormone mit dem Rosenkranze! Vielweiberei und Weihwasser! Das Buch Mormon und die Verbeugung vor einem Heiligenbilde! Dieser Mann war jedenfalls ein Heuchler, und seine Heuchelei mußte einen Grund haben.
Es war nicht möglich, diesen Gedanken weiter zu verfolgen, denn Sennorita Felisa brachte mir jetzt eine Tasse, welche eine braune, dicke Materie enthielt, und wünschte mir, wohl zu speisen. Da der Wirt sich diesem Wunsche anschloß, so vermutete ich ganz rechtmäßigerweise, daß ich den Trank genießen solle. Ich nahm also die Tasse an den Mund und kostete, kostete wieder und kostete abermals, bis meine Zunge mir sagte, daß ich es mit einer Mixtur von Wasser, Sirup und verbranntem Mehle zu thun hatte.
„Was ist das?“ fragte ich.
Da schlug Felisa vor Erstaunen die Hände zusammen und rief aus:
„Ist das Möglich, Sennor? Haben Sie noch keine Schokolade getrunken?“
„Schokolade?“ fragte ich, wobei mein Gesicht einen nicht eben sehr geistreichen Ausdruck gehabt haben mag. „Ja, die habe ich schon oft getrunken.“
„Nun, das ist ja welche!“
„Schokolade? Wirklich? Das hätte ich nicht gedacht!“
„Nicht wahr?“ nickte mir der Wirt erfreut zu. „Ja, meine Schokolade ist weithin berühmt. Wer weiß, was Sie an anderen Orten für Zeug getrunken haben. Die meinige aber ist so echt, ist so einzig, daß ein jeder, der zum erstenmale zu mir kommt, sich darüber verwundert und gar nicht glauben will, daß es Schokolade ist. Hieraus mögen Sie ersehen, daß Sie bei mir alles vortrefflich finden werden.“

Ich war heimlich ganz anderer Meinung, hielt es aber nicht für nötig, ihm dies zu sagen, sondern erkundigte mich:
„Was werden Sie mir als Abendbrot vorsetzen, Don Geronimo?“
„Abendbrot?“ fuhr er überrascht auf und erklärte mir dann, indem er auf die Tasse zeigte: „Da steht es ja; das ist es!“
„Ah so! Was geben Sie als Frühstück?“
„Eine Tasse meiner unübertrefflichen Schokolade.“
„Als Mittagessen?“
„Wieder eine Tasse. Das ist das beste, was man genießen kann.“
„Wer aber Brot und Fleisch oder ähnliches haben will?“
„Der muß zum Bäcker und zum Fleischer gehen.“
„So sagen Sie, ob Sie Wein haben. Die Schokolade hilft nicht gegen den Durst.“
„O, ganz ausgezeichneten! Wollen Sie ein Glas?“
„Ja. Was kostet es?“
„Dreißig Centavos.“
Das war nach deutschem Gelde ein halber Thaler. Don Geronimo gab mir die Ehre, den Wein selbst zu holen, reichte ihn aber seiner Tochter anstatt mir. Sennorita Felisa trank das Glas halb aus, ohne eine Miene zu verziehen, und gab es mir dann mit einem holdseligen Lächeln. Ich nahm einen kleinen Schluck, welcher einen sofortigen Hustenanfall zur Folge hatte. Der „Wein“ war das reinste Gift, die wahre Schwefelsäure.
„Trinken Sie langsam, langsam!“ warnte mich der Wirt. „Mein Wein ist viel zu stark für Sie, aus den köstlichsten Trauben gekeltert.“
„Ja, er ist mir allerdings zu stark, Don Geronimo,“ hustete ich. „Erlauben Sie, daß ich zum Bäcker und zum Fleischer gehe!“
„So trinken Sie das Glas nicht vollends aus?“ fragte die Sennorita.
„Nein. Ich habe leider allzu große Rücksicht auf meine Gesundheit zu nehmen.“
Da führte sie das Glas an ihren Rosenmund, leerte es, wieder ohne eine Miene zu verziehen, und bat mich dann in zutraulichem Tone:
„Wenn Sie zum Bäcker und Fleischer gehen, so bringen Sie mir etwas mit, Sennor. Noble und aufmerksame Gäste pflegen dies stets zu thun.“
Nicht übel! Vier und eine halbe Mark zahlen, dafür dreimal Mehl- und Sirupwasser, einen Platz in der wahrscheinlich starkbevölkerten Hängematte und dazu die Familie des Wirtes mit Proviant versorgen! Meson de Madrid! Das beste Hotel der Stadt! O Stadtschreiber, Stadtschreiber, deinen guten Rat und deine Empfehlung dieses Hauses in allen Ehren, aber ich will mich doch einmal weiter umsehen!
Ich ging, natürlich ohne meine verräterische Absicht zu verraten. Volle zwei Stunden lang beschäftigte ich mich mit der Suche nach einem besseren Unterkommen, gelangte aber schließlich zu der Überzeugung, daß der Stadtschreiber recht gehabt hatte, denn gegen die Höhlen, welche ich sah, war der Meson de Madrid ein Prachtpalast. Ich kaufte also für einen Peso Fleisch, welches, unter uns gesagt, ganz leidlich „muffig“ war, nahm

vom Bäcker eine Anzahl platter Maiskuchen mit, welche an Stelle unsers Brotes gegessen werden, und wurde infolge dieser Vorräte daheim mit großer Anerkennung empfangen. Die liebe Felisa nahm mir, ohne lange zu fragen, sofort alles ab und brannte das Herdfeuer an, um das Fleisch zu braten. Die drei Jungens bemächtigten sich der Maiskuchen, welche sie wie Knochen zwischen den Zähnen zerknackten, und Donna Elvira richtete sich in der Hängematte empor, aus dem Schlummer geweckt durch den Bratenduft, welcher sich zu verbreiten begann. Leider konnte ich ihr Gesicht nicht erkennen, denn die einzige Lampe, welche es gab, stand fern von ihr auf dem Tische, an welchem ich Platz genommen hatte. Der Wirt gesellte sich in freundlicher Weise zu mir, schob mir die Dominosteine hin und sagte:
„Noch einige Spiele bis wir essen, Sennor. Es gibt ja nichts anderes zu thun."
Wir spielten also, bis gedeckt wurde, das heißt, bis Sennorita Felisa mir dasjenige Stück Fleisch, welches am muffigsten gewesen war, ohne Teller und ohne alles, dafür aber mit ihrem sonnigsten Lächeln vorlegte. Die andern Stücke wanderten mit erstaunlicher Schnelligkeit ihrer Bestimmung entgegen, die leider nicht in meinem hungrigen Magen zu suchen war. Ich hatte mich, oder vielmehr man hatte mich aus dem Gaste in den Gastgeber verwandelt.
Eben als ich nach dem letzten Bissen mein Messer am Ärmel abwischte und in den Gürtel zurückschob, kam derjenige, dessen Erscheinen ich mit großer, wenn auch heimlicher Neugierde entgegengesehen hatte, nämlich der Mormone. Der Schein unserer Lampe reichte bis zur Thüre, und da ich derselben gegenübersaß, sah ich ihn eintreten. Er verbeugte sich gegen die Ecke hin, in welcher das Bild hing, griff mit den Fingerspitzen in den kleinen Weihwasserkessel, wendete sich erst dann zu uns, um kurz zu grüßen, blieb, als er mich, einen Fremden, erblickte, für einige Augenblicke stehen, mich zu betrachten, kam dann mit raschen Schritten herbei, öffnete das Fremdenbuch, welches noch auf dem Tische lag, las die mich betreffenden Aufzeichnungen, und zog sich dann, gute Nacht wünschend, in das Dreivierteldunkel, wo die Hängematten für die Gäste angebracht waren, zurück.
Das war so schnell geschehen, daß es mir unmöglich gewesen war, sein Gesicht genau zu betrachten. Jetzt zeigte es sich, welchen Respekt er dem Wirte eingeflößt hatte, denn dieser sagte in unterdrücktem Tone zu den Seinen:
„Sennor Enriquo will schlafen. Legt euch nieder, und macht keinen Lärm!"
Die vordere Thüre wurde verriegelt; die hintere, nach dem Hofe führende, blieb offen. Donna Elvira ließ ihren aufgerichteten Oberkörper wieder niedersinken. Die Jungens krabbelten in ihre große, breite Matte; Sennorita Felisa reichte mir die Hand und suchte ihre hänfene Morpheuswiege auf. Der Wirt wünschte mir angenehme Ruhe, blies mir das Licht vor der Nase aus und kroch in seine Rettungsgürtel-Schaukel; ich saß im Dunkeln und fühlte mich ein wenig verblüfft über diese Art, einem neuen Gaste die „feinste" Aufmerksamkeit zu erweisen. Doch machte mir die Sache Spaß, und ich blieb noch eine Weile sitzen, unentschlossen, an welchem Orte ich mich dem Traume in die

Arme werfen würde. Bald vernahm ich das kräftige Schnarchen der lieblichen Tochter. Die Mutter stieß die Luft in ganz regelmäßigen Zwischenräumen mit demjenigen Geräusch aus, welches verursacht wird, wenn man ein Licht ausbläst. Der Vater gab brummende Töne von sich, genau mit denen zu vergleichen, welche eine summende Hummel verursacht – – es schien mir unmöglich zu sein, bei einem solchen Konzerte einzuschlafen; darum verzichtete ich auf sämtliche vorhandenen Hängematten und begab mich in den Hof, um mein heutiges Lager wieder aufzusuchen. Der Hund knurrte mich zunächst an, schien mich dann aber als denjenigen zu erkennen, den er heute schon neben sich geduldet hatte, und beruhigte sich. Ich schob meine Gewehre, von denen ich mich nach alter Gewohnheit nicht trennen mochte, in das Maisstroh und legte mich dann nieder, um erst zu erwachen, als der Morgen längst angebrochen war.
Als ich den Gastraum betrat, balgten sich die Buben rund um die Bänke; Donna Elvira lag noch oder lag schon wieder in ihrer Hängematte; Sennorita Felisa kochte am Herde die köstliche Schokolade, welche heute nicht nach verbranntem Mehle, sondern nach übergelaufenem Sirup roch, und der Wirt brachte eilends die Dominosteine herbei, um die gestrige Danaidenarbeit mit mir von neuem zu beginnen.
Der Mormone hatte sich noch nicht entfernt. Er saß an einem Tische und schien mein Erscheinen abgewartet zu haben, denn ich sah, daß er mich scharf beobachtete. Ich ließ ihn nicht sehen, daß ich dasselbe auch mit ihm that, doch wurde es mir geradezu schwer, das Auge von ihm zu wenden; er war eine interessante, ja eine hochinteressante Persönlichkeit.
Seine wohlgebaute Gestalt war gut und sorgfältig gekleidet und sein Gesicht vollständig glatt rasirt. Aber was für ein Gesicht war das! Sobald ich es erblickte, fielen mir jene eigenartigen Züge ein, welche der geniale Stift Gustave Dorés dem Teufel verliehen hat. Die Ähnlichkeit war so groß, daß man hätte meinen mögen, der Mormone habe Doré zu dieser Zeichnung gesessen. Er konnte nicht viel über vierzig Jahre alt sein. Um seine hohe, breite Stirne rollten sich tiefschwarze Locken, welche hinten fast bis auf die Schulter niederwallten; es war wirklich ein prächtiges Haar. Die großen, nachtdunklen Augen besaßen jenen mandelförmigen Schnitt, den die Natur ausschließlich für die Schönheiten des Orientes bestimmt zu haben scheint. Die Nase war leicht gebogen und nicht zu scharf; die zitternde Bewegung ihrer hellrosagefärbten Flügel ließ auf ein kräftiges Temperament schließen. Der Mund glich fast einem Frauenmunde, war aber doch nicht weibisch oder weichlich geformt; die etwas abwärtsgebogenen Spitzen desselben ließen vielmehr auf einen energischen Willen schließen. Das Kinn war zart und doch zugleich kräftig gebaut, wie man es nur bei Personen findet, deren Geist den tierischen Trieben überlegen ist und sie so vollständig zu beherrschen vermag, daß andere das Vorhandensein derselben gar nicht ahnen. Jeder einzelne Teil dieses Kopfes, dieses Gesichtes war schön zu nennen, aber nur schön, vollkommen für sich, denn in ihrer Gesamtheit fehlte diesen Teilen die Harmonie. Wo aber die Harmonie fehlt, da kann von Schönheit nicht die Rede sein. Ich kann nicht sagen, ob es anderen ebenso wie

mir ergangen wäre, ich fühlte mich abgestoßen. Die Vereinigung einzelner schöner Formen zu einem Ganzen, dem der Ein- oder Gleichklang fehlte, machte auf mich den Eindruck des Widerwärtigen, der Häßlichkeit. Dazu kam noch eins. Die Ähnlichkeit mit dem Doréschen Bilde war mir sofort aufgefallen; je öfter ich den Mann ansah, desto deutlicher fühlte ich, daß sein Gesicht einem andern glich, welches ich schon einmal irgendwo und irgendwann und zwar unter Umständen gesehen hatte, welche keineswegs als Empfehlung für dasselbe genommen werden konnten. Ich sann und sann, vermochte aber weder über den Ort und die Zeit noch über die Person, welcher dieses Gesicht angehörte, in Klarheit zu kommen. Auch im Verlaufe der nächsten Tage, während welcher ich den Mormonen regelmäßig des Morgens und des Abends zu sehen bekam, war es mir unmöglich, mich zu besinnen, obgleich ich je länger desto mehr zu der Überzeugung gelangte, daß ich ganz gewiß einem ihm sehr ähnlichen Menschen begegnet war, der sich entweder gegen mich selbst oder gegen eine mir befreundete Person feindlich verhalten hatte.

So oft Harry Melton mich sah, maß er mich mit scharfen Augen, und obgleich in seinen Blicken nur der Ausdruck der Neugierde zu liegen schien, war es mir doch, als ob dies nur deshalb der Fall sei, weil er sich geflissentlich bemühte, mir nicht zu zeigen, daß ich keinen angenehmen Eindruck auf ihn machte. Dieser Eindruck war freilich ein gegenseitiger.

Ich wartete, wie bereits gesagt, auf ein Schiff, und er schien nach der Mitteilung, welche der Wirt mir gemacht hatte, der Ankunft eines solchen gewiß zu sein. Dennoch wendete ich mich nicht an ihn, um eine Erkundigung einzuziehen, denn es war mir ganz so, als ob ich, einmal in Beziehung zu ihm getreten, nicht wieder von ihm loskommen könne. Es war ja klar, daß ich mich nur an den Kapitän zu wenden brauchte, um als Passagier an Bord gehen zu dürfen. Aber es kam doch anders, als ich beabsichtigte. Als er am Abende des fünfzehnten Tages in das Hotel kam, suchte er nicht wie gewöhnlich sofort seine Hängematte auf, sondern setzte sich zu uns, nämlich zu dem Wirte und mir, denn es verstand sich ganz von selbst, daß wir beide wieder an der Tafel saßen und Domino spielten. Es war mir nach langen, vergeblichen Bemühungen endlich gelungen, den kleinen Don Geronimo eine Partie gewinnen zu lassen. Er zeigte sich sehr entzückt darüber und sagte:

„Jetzt ist der Bann gebrochen, Sennor. Sie geben doch zu, daß ich eigentlich weit besser spiele als Sie, aber das Unglück hat mich bisher auf eine noch gar nicht gewesene Weise verfolgt. Sie erwischten stets die besten Steine, während ich nur solche bekam, mit denen absolut nichts anzufangen war. Nun aber soll es anders werden, und ich werde Ihnen zeigen, wie sehr ich Ihnen überlegen bin. Fangen wir gleich wieder an!"

Er wendete die Steine um und mischte sie zum neuen Spiele. Ich antwortete nicht und hatte die Absicht, ihn, wenn irgend möglich, auch die nächste Partie gewinnen zu lassen; da aber nahm der Mormone zum erstenmale das Wort, um ihm zu sagen:

„Was fällt Ihnen ein, Sennor! Haben Sie denn nicht bemerkt, daß Ihr Gegner sich förmlich Mühe gegeben hat, Fehler zu machen und Sie die Partie gewinnen zu lassen? Sie werden in Ihrem ganzen Leben nicht so spielen lernen, wie er spielt."
Das war grob. Dazu kam, daß er sich des einfachen Ausdrucks Sennor bedient hatte, während der kleine Mann gewohnt war und sehr viel darauf gab, Don Geronimo genannt zu werden. So höflich der Wirt sonst war und so großen Respekt er vor dem Mormonen hatte, jetzt gab er eine scharfe Antwort, auf welche eine ebenso scharfe Gegenrede folgte. Die beiden gerieten in Streit, was zur Folge hatte, daß Geronimo die Steine einpackte und den Tisch verließ, um sich in seine Hängematte zu legen. Das Auge des Mormonen folgte ihm mit einem befriedigten Blicke, aus welchem ich schloß, daß er den Streit vom Zaune gebrochen hatte, um den Wirt zu entfernen und mit mir allein zu sein.
„Er will mit dir reden," dachte ich und hatte mich nicht geirrt, denn kaum hatte sich der Kleine in seiner Hängematte zusammengerollt, so wendete Melton sich an mich:
„Sie wohnen schon seit fünfzehn Tagen hier. Beabsichtigen Sie, in Guaymas zu bleiben?"
Er sprach nicht im Tone einer höflichen Erkundigung. Ich fühlte, daß er freundlich sein wollte, aber er brachte dies nicht fertig, und so klang seine Frage wie diejenige eines Beamten oder Vorgesetzten, welcher zu einer tief unter ihm stehenden Person spricht.
„Nein," antwortete ich. „Ich habe hier nichts zu suchen."
„Wo wollen Sie hin?"
„Vielleicht nach La Libertad."
Ich nannte diese Stadt, weil in ihrer Nähe Lobos lag, wohin das von ihm erwartete Schiff, wie ich gehört hatte, segeln wollte.
„Wo kommen Sie her?"
„Von der Sierra Verde herunter."
„Was haben Sie dort gemacht? Vielleicht Gold gesucht? Haben Sie welches gefunden?"
„Nein," berichtete ich ihm der Wahrheit gemäß, ohne auf seine Erkundigung weiter einzugehen.
„Das dachte ich mir. Man sieht es Ihnen an, daß Sie ein armer Teufel sind. Sie haben überhaupt ein sehr unglückliches Metier gewählt."
„Wieso?"
„Nun, ich habe im Fremdenbuche gefunden, daß Sie Escritor sind, und weiß, daß es in diesem Fache meist nur verkommene Existenzen gibt. Wie konnten Sie sich in diese Gegend wagen! Sie sind ein Deutscher. Wären Sie in Ihrem Vaterlande geblieben, so könnten Sie dort für Leute, welche mit der Feder nicht umzugehen wissen, Briefe schreiben, Rechnungen anfertigen und durch ähnliche Arbeiten sich wenigstens soviel verdienen, daß Sie nicht zu hungern brauchten."
„Hm!" brummte ich, indem ich ihm nicht merken ließ, daß er mich belustigte; „das Briefschreiben ist kein so einträgliches Geschäft, wie Sie anzunehmen scheinen. Man kann dabei hungern, daß einem die Seele knackt."

„Und da haben Sie nichts anderes gewußt, als in die Fremde zu gehen und Ihre Seele noch lauter knacken zu lassen! Nehmen Sie es mir nicht übel; aber das war eine Dummheit von Ihnen. Es hat nicht jeder solches Glück wie Ihr Namensvetter, der übrigens, ehe er in die Welt ging, ein gelernter Jäger und kein Escritor war."

„Ein Namensvetter von mir? Wen meinen Sie?"

„Ah, ich dachte, Sie wären schon einmal drüben in den Vereinigten Staaten gewesen, in den westlichen Prairien; aber Ihre Frage sagt mir, daß dies nicht der Fall ist, sonst hätten Sie doch einmal von Old Shatterhand gehört."

„Old Shatterhand? Den Namen kenne ich. Ich habe, es war wohl in irgend einer Zeitung, ein Reiseerlebnis gelesen, in welchem dieser Mann vorkam. Er scheint ein Prairiejäger, oder Pfadsucher, oder wie man diese Leute nennt, zu sein?"

„Das ist er allerdings. Ich weiß zufälligerweise, daß er ein Deutscher ist, und da Sie mit ihm denselben Namen haben, so kam ich im ersten Augenblicke auf die Idee, in Ihnen diesen Old Shatterhand vor mir zu haben, habe aber meinen Irrtum sehr bald eingesehen. Ihre klägliche Lage erbarmt mich, und da ich ein gutes Herz besitze, will ich Ihnen auf die Beine helfen, vorausgesetzt, daß Sie soviel Verstand haben, das Rettungsseil, welches ich Ihnen zuwerfe, zu ergreifen und festzuhalten."

Eigentlich hätte ich ihm in das Gesicht lachen sollen, behielt aber den bisherigen, sehr bescheidenen Ausdruck des meinigen bei. Die sehr von oben herabkommende Ausdrucksweise des Mormonen hätte mich wohl ärgern sollen; aber es machte mir Spaß, ihn bei seiner Meinung zu lassen, und so antwortete ich in aller Gelassenheit:

„Warum soll ich nicht soviel Verstand haben? Ich bin doch kein Kind, welches eine ihm angebotene Wohlthat nicht zu schätzen weiß."

„Gut! Wenn Sie auf meinen Vorschlag eingehen, sind Sie aller Sorgen enthoben und ein gemachter Mann."

„Wenn ich das glauben könnte! Ich bitte Sie, mir diesen Vorschlag schleunigst mitzuteilen!"

„Nur gemach! Sagen Sie mir vorher, was Sie eigentlich in La Libertad wollen."

„Arbeit suchen, mich nach irgend einer Unterkunft umsehen. Da ich hier in diesem toten Guaymas nichts gefunden habe, so hoffe ich, dort glücklicher zu sein."

„Sie irren sich. La Libertad liegt zwar auch an der See, ist aber ein noch viel traurigerer Ort als Guaymas. Hunderte von hungrigen Indianern lungern dort herum, ohne Arbeit zu finden, und Sie wären dort noch viel schlimmer dran als hier. Es ist ein wahres Glück für Sie, daß die Vorsehung Sie auf meinen Weg geführt hat. Sie werden vielleicht gehört haben, daß ich zu den Heiligen der letzten Tage gehöre. Meine Religion gebietet mir, jedes Schaf, welches ich in der Wüste finde, nach dem blühenden Gefilde des Glückes zu bringen, und so ist es meine Pflicht, mich Ihrer anzunehmen. Sprechen und schreiben Sie englisch?"

„Leidlich."

„Das genügt. Und schreiben Sie spanisch vielleicht auch so, wie Sie es sprechen?"

„Ja; aber in die Interpunktion kann ich mich nicht recht finden, weil im Spanischen die Frage- und Ausrufezeichen nicht nur hinter, sondern auch vor dem Satze stehen."
„Das wird sich schon noch finden," lächelte er von oben herab. „Ich verlange keine Meisterschaft von Ihnen. Haben Sie Lust, Tenedor de libros zu werden?"
Er fragte das mit einer Miene, als ob er mir damit ein Fürstentum anböte; darum antwortete ich im Tone freudiger Überraschung:
„Tenedor de libros? Wie gern würde ich so eine Stelle annehmen; aber ich bin nicht Kaufmann. Zwar habe ich gehört, daß es eine einfache und eine doppelte Buchführung geben soll, aber ich verstehe nichts davon."
„Das ist auch nicht nötig, denn Sie sollen nicht bei einem Kaufmanne, sondern auf einer Hazienda angestellt werden. Zwar kann ich die Höhe Ihrer Besoldung nicht bestimmen, da dies Sache des Haziendero ist, aber ich gebe Ihnen die Versicherung, daß Sie sich sehr gut stehen werden. Sie haben alles frei, und ich bin überzeugt, daß Sie monatlich nicht unter hundert Pesos erhalten werden. Hier ist meine Hand. Schlagen Sie ein, und dann fertigen wir gleich heute abend noch den Kontrakt darüber aus!"
Er hielt mir seine Hand hin. Ich hob die meinige, als ob ich einschlagen wolle, zog sie aber langsam zurück und fragte:
„Ist es denn wirklich Ihr Ernst, oder scherzen Sie nur mit mir? Es erscheint mir als ein Wunder, daß Sie einem fremden Menschen, welcher kaum seine Blöße decken kann, ein so großartiges Anerbieten machen."
„Es ist auch beinahe ein Wunder, und darum rate ich Ihnen, ja nicht zu zögern, sondern schleunigst zuzugreifen."
„Das möchte ich wohl, wie Sie sich denken können, doch möchte ich natürlich vorher etwas Näheres erfahren. Wo liegt denn die Hazienda, nach welcher Sie mich schicken wollen?"
„Nicht schicken will ich Sie, sondern ich werde Sie hinbringen."
„Das ist mir noch lieber. Kostet die Reise viel Geld?"
„Sie haben keinen Centavo auszugeben, denn ich bezahle alles. Sobald Sie Ihre Zusage erteilt haben, sind Sie nicht nur von jeder Ausgabe entbunden, sondern ich bin sogar erbötig, Ihnen eine Prenda, auszuzahlen. Der Haziendero ist mein Freund. Er heißt Timoteo Pruchillo und ist der Besitzer der Hazienda del Arroyo."
„Wo liegt die Hazienda?"
„Jenseits Ures. Man fährt von hier per Schiff nach Lobos und hat dann bis zum Ziele einen herrlichen Landweg, eine kurze, sehr angenehme Reise, auf welcher Sie viel Unterhaltung und Belehrung finden werden, zumal es dabei zahlreiche Gesellschaft aus Ihrem Vaterlande geben wird."
„Wieso das? Gesellschaft aus meinem Vaterlande?"
„Ja, aus Preußen, welches doch in Deutschland liegt. Der Indianer ist kein ausdauernder und zuverlässiger Arbeiter; darum mangelt es hier an Leuten, welche zu der Beschäftigung, wie eine Hazienda sie erfordert, tauglich sind. Sennor Timoteo hat sich

deshalb Leute aus Deutschland verschrieben. Es sind gegen vierzig Arbeiter, welche morgen hier ankommen werden und zum großen Teile auch ihre Weiber und Kinder mitbringen. Sie haben die Kontrakte unterzeichnet und sind so gestellt, daß sie in kurzer Zeit wohlhabende Leute sein werden. Der Haziendero hat mich gesandt, sie hier zu empfangen und über Lobos ihm zuzuführen."

„Aus welcher Gegend Deutschlands kommen sie?"

„Das weiß ich nicht genau, aber ich vermute, daß sie aus der Gegend von Polonia oder Pomerania sind. Ich glaube, die Stadt, aus deren Umgebung sie stammen, wird Cobili genannt."

„Eine Stadt dieses Namens giebt es dort nicht. Hm! Pommern oder Polen! Meinen Sie vielleicht den Namen Kobylin?"

„Ja, ja, so wie Sie sagen, wird er richtig klingen. Unser Agent hat die Leute nach Hamburg auf das Schiff gebracht. Der große Dampfer hat sie in San Franzisko gelandet, von wo aus sie morgen auf einem kleinen Segelschiffe hier ankommen werden. Das Fahrzeug legt hier nur an, um mich aufzunehmen, und segelt dann wieder ab. Wenn Sie sich noch besinnen wollen, so kann ich Ihnen nur Zeit bis morgen früh geben. Haben Sie sich dann noch nicht entschieden, so ziehe ich meinen Antrag zurück, und Sie können dann solange hier sitzen bleiben, wie es Ihnen beliebt."

„Hoffentlich würde der Kapitän mich mit bis Lobos nehmen?"

„Nein, selbst gegen die beste Bezahlung nicht, da das Schiff nur für diese Auswanderer gemietet ist und keine Passagiere aufnehmen darf. Warum also noch lange überlegen? Es wäre geradezu Verrücktheit von Ihnen, mich mit meiner Offerte abzuweisen."

Er sah mich erwartungsvoll an, sichtlich überzeugt, eine zusagende Antwort zu bekommen. Ich befand mich in Verlegenheit. Es war meine Absicht gewesen, ihn erst reden zu lassen und dann auszulachen; davon mußte ich nun aber absehen. Wie wollte ich sonst von hier fortkommen? Schon aus diesem Grunde war es geboten, ihm keine abschlägige Antwort zu erteilen. Es gab aber außerdem noch eine Veranlassung für mich, die Fahrt mit ihm zu machen. Er erwartete Landsleute von mir, wahrscheinlich aus der Provinz Posen stammend und durch irgend eine Art Vertrag herübergelockt. Mußte mich der letztere Umstand schon lebhaft für sie interessieren, so kam noch dazu, daß mir die Route auffiel, welche er mit ihnen einschlagen wollte. Ich wußte, daß Ures, in dessen Nähe die Hazienda zu suchen sein sollte, am Rio Sonora liegt; der kürzeste und bequemste Weg hätte also zunächst nach Hermosillo und dann den Sonorafluß aufwärts geführt; der Mormone wollte aber bis Lobos, also wohl dreißig Leguas weitersegeln. Den Landweg von dort aus hatte er mir zwar als reizend beschrieben, doch vermutete ich, obgleich ich denselben gar nicht kannte, daß er mich damit belogen habe. Selbst wenn er die Wahrheit gesagt hatte, so handelte es sich um einen so bedeutenden Umweg, daß ich einen besonderen Grund dahinter ahnte, und da man einen solchen Umweg nicht mit Leuten macht, welche Frauen und Kinder bei sich haben, so glaubte ich, annehmen zu müssen, daß dieser Grund kein lauterer sei. Es war mir infolgedessen der Gedanke gekommen, daß den Auswanderern irgend eine Gefahr drohe, und ich fühlte das Bedürfnis, dieselbe zu erforschen und sie dann zu warnen. Dies konnte ich aber nicht, wenn ich in Guaymos sitzen blieb. Ich mußte also mit. Aber wie? Binden konnte ich mich unmöglich, am allerwenigsten durch einen schriftlichen Kontrakt. Überdies war mir selbstverständlich auch der Umstand im höchsten Grade verdächtig, daß der Mormone mir, den er für einen heruntergekommenen oder gar nichtsnutzigen Menschen hielt, eine so gute Anstellung förmlich an den Hals werfen wollte. Schon dies setzte eine Absicht voraus, welche ich leider jetzt noch nicht durchschauen konnte. Es gehörte Zeit dazu, dieselbe kennen zu lernen, und diese Zeit mußte ich zu gewinnen suchen. Darum antwortete ich auf seine letzte Bemerkung:

„Sie haben recht, Sennor. Es würde nicht nur eine Dummheit von mir, sondern auch die abscheulichste Undankbarkeit gegen Sie sein, wenn ich Ihre Güte zurückweisen wollte. Ich würde darum augenblicklich ja sagen, wenn ich mich nicht gezwungen sähe, ein sehr begründetes Bedenken dagegen zu hegen."

„Ein Bedenken? Möchte doch wissen, welcher Art dies sein könnte. Wollen Sie sich aussprechen?"

„Natürlich! Ich habe noch nie ein Buch geführt und noch nie auf einer Hazienda gelebt. Ich zweifle also den Ansprüchen des Haziendero genügen zu können."

„Schweigen Sie doch damit!" unterbrach er mich. „Ich habe Ihnen ja gesagt, daß es eine wahre Kinderarbeit ist, die Sie zu leisten haben, eine reine Spielerei. Sie tragen ein, was in den Apfelsinengärten und auf den Feldern geerntet wird, und welchen Preis Sennor Timoteo dafür bekommt. Sie schreiben ferner auf, wieviel junge Füllen und wieviel Kälber zu Welt kommen. Das ist die ganze Arbeit, die man von Ihnen verlangt."

„Und dafür soll ich vollständige freie Station und monatlich hundert Pesos erhalten?"

„Wenigstens hundert!"

„So möchte ich allerdings augenblicklich in Ihre Hand schlagen; aber ich möchte doch lieber erst sehen, ob ich eine solche Gage auch verdiene."

„Damit beweisen Sie, daß Sie ein Deutscher sind. Als einem Heiligen der letzten Tage geht mir Gottesfurcht und Rechtschaffenheit über alles; Sie aber treiben die Ehrlichkeit gar zu weit. Ihr Deutschen seid doch merkwürdige Leute!"

„Mag sein, Sennor, doch wollen Sie bemerken, daß ich Ihr Anerbieten nicht zurückweise. Ich gehe mit, wenn auch um mich erst dann vollständig zu binden, wenn ich zu der Einsicht gelange, daß ich das, was man mir zahlt, auch wirklich verdiene."

„Das ist eine Albernheit. Aber wenn Sie nicht anders wollen, so mag es auch in dieser Weise sein. Aber wie steht es denn mit Ihrer Kasse, auf deren Boden Sie wohl angelangt sein werden? Da Sie nur bedingungsweise mitgehen, sind Sie nicht fest engagiert, und ich habe nicht die Pflicht, für Sie zu zahlen. Freie Fahrt auf dem Schiffe ist alles, was ich Ihnen unter diesen Umständen bieten kann."

„Ich bin zufrieden damit und habe glücklicherweise noch einige Pesos, welche wohl ausreichen werden, bis wir auf der Hazienda eintreffen."

„Aber in Ihrem jetzigen Aufzuge kann ich Sie unmöglich mitnehmen. Können Sie einen neuen Anzug erschwingen?“
„Ja, denn bei der jetzigen Hitze kauft man nur, was leicht und billig ist.“
„So besorgen Sie das morgen mit dem Frühesten, damit ich nicht auf Sie zu warten brauche. Jetzt gute Nacht!“
Er nickte mir kurz zu und ging, ohne mir die Hand zu reichen, nach seiner Hängematte. Die Kinder schliefen schon; Sennorita Felisa schnarchte; Donna Elvira pustete, und der kleine Geronimo gab im ersten Schlummer Töne von sich, welche ganz genau denen einer nicht geölten Thürangel glichen. Ich blies also das Licht aus, und suchte den Hof und mein liebes Maisstrohlager auf, wo mich der Hund, welcher sich an mich gewöhnt hatte, mit freundlichem Händelecken empfing. Obgleich ich am andern Morgen sehr zeitig erwachte und in das Gastzimmer kam, als die liebe Wirtsfamilie noch schlief und in der angegebenen Weise sich akustisch beschäftigte, konnte ich den Mormonen weder sehen noch sprechen, denn er hatte das Hotel bereits verlassen. Wo hielt er sich während des ganzen Tages auf? Niemand wußte es. Auch das war auffällig, denn wer auf ehrlichen Wegen geht, braucht sein Thun nicht in ein solches Dunkel zu hüllen.
Nachdem ich Sennorita Felisa geweckt hatte, um zu der berühmten Morgenschokolade zu kommen, machte ich, der ich heute die dreißigste Tasse trank, die nun leider zu spät kommende Entdeckung, daß die Liebliche das Getränk mit demselben Wasser bereitete, mit welchem sie ihre zarten Finger und ihr reizendes Gesicht gewaschen hatte. Ich zollte dieser häuslichen und ganz im Verborgnen blühenden Sparsamkeit meine Anerkennung, indem ich vorgab, Magenweh zu haben und darum auf die Schokolade verzichten zu müssen; die Sennorita beglückte mich mit einem zärtlichen Augenaufschlage, führte die Tasse an den Mund, trank sie aus, wischte sich mit der Außenseite der Hand die blühenden Lippen und sagte in tief zu Herzen dringendem Tone:
„Sennor, Sie sind der nobelste, der feinste Kavalier, der mir vorgekommen ist, und werden, wenn Sie heiraten, Ihre Sennora sehr glücklich machen. Jammerschade, daß Sie abreisen. Könnten Sie denn nicht hier bleiben?“
„Wünschen Sie das vielleicht?“ fragte ich neckisch.
„Ja,“ antwortete sie unter einem leichten Erröten.
„Und was ist die Ursache dieses Wunsches, Sennorita? Das Glück, von dem Sie soeben sprachen, oder die Schokolade, welche ich Ihnen so gern abgetreten habe?“
„Beides,“ hauchte sie mit entzückender Wahrheitsliebe,
Wahrscheinlich erwartete sie, daß ich den Anfang dieses Morgengespräches zu einem glücklichen Ende führen werde, leider aber hielt ich die Anschaffung eines neuen Anzuges für weit dienlicher, als eine Stegreifverlobung, und ging, um einen Baratillero, aufzusuchen. Der Laden desselben glich einer wahren Trödelbude, doch fand ich glücklicherweise, was ich suchte, Hose, Weste und Jacke von ungebleichtem Linnen und einen Strohhut, dessen Krämpe so breit war, daß, falls ich auf die Absicht der Sennorita Felisa eingegangen wäre, ich mit ihr und sämtlichen Hochzeitsgästen darunter Platz

gefunden hätte. Auch kaufte ich ein Stück billigen Stoffes, um mir mit Hilfe von Nadel und Zwirn, welch beides ich stets bei mir führte, ein Futteral für meine Gewehre anzufertigen. Das hatte einen guten Grund: Der Mormone sollte mich noch für einige Zeit für den Menschen halten, für den er mich bisher gehalten hatte. Da er viel von Old Shatterhand gehört zu haben schien, war es leicht möglich, daß er auch wußte, was für Gewehre derselbe bei sich führte, und darum sollte er sie wenigstens nicht genau zu sehen bekommen. Auch ein Paar derbe Lederschuhe kaufte ich mir. Als ich dann, mit solcher Eleganz ausgestattet, in das Hotel zurückkehrte, schlug Don Geronimo vor Verwunderung die Hände zusammen und rief aus:
„Was erblicke ich! Sind Sie plötzlich reich geworden? Sie können sich ruhig an der Seite jedes altkastilianischen Edelmannes sehen lassen, Sennor. Leider sind Sie fest entschlossen, abzureisen; aber hätte ich Sie eher in dieser Kleidung gesehen, so hätte ich Ihnen eine Stelle als Majordomo meines Hauses angeboten und vielleicht wären Sie sogar Kompagnon geworden!"
Mein Anblick schien wirklich bezaubernd zu sein, denn Sennorita Felisa legte die Hand auf das Herz und ließ einen tiefatmigen Puster hören, und selbst Donna Elvira richtete sich ein wenig in ihrer Hängematte auf, um mir einen Blick zu schenken und dann mit einem beifälligen Seufzen wieder niederzusinken, Ich schien ein der Damenwelt höchst gefährliches Individuum geworden zu sein, und da ich dies unmöglich auf Rechnung meiner innern oder äußern Vorzüge setzen konnte, so war ich geneigt, dem Leinenanzuge, welcher nach deutschem Gelde elf Mark gekostet hatte, Zauberkraft zuzuschreiben. Leider blieb er mir nur kurze Zeit treu, da er sehr bald aus den Nähten ging und sich in den verschiedensten Fetzen und Stücken nach den verschiedensten Windrichtungen verlor. Ich hätte mir sicher etwas Besseres und Haltbareres angeschafft, wollte aber Harry Melton nicht wissen lassen, daß ich dazu die Mittel besaß.
Es war gegen Mittag, als dieser in das Gasthaus kam, um mich abzuholen, denn das Schiff war angekommen. Es hatte ohne in den Hafen einzusegeln, draußen vor demselben beigedreht, um ihn aufzunehmen. Wir mußten uns also eines Bootes bedienen, um an Bord zu kommen.
Der Abschied von meinen freundlichen Wirtsleuten war rührend. Don Geronimo beging die Heldenthat, mir sein Dominospiel als Andenken anzubieten, und schluchzte beinahe vor Wonne, als ich dieses Opfer nicht annahm. Die drei Buben sagten mir Ade, indem sie meine Beine umschlangen und ihre Nasen an meine neue Hose wischten. Sennorita Felisa wollte ihr Taschentuch an die Augen führen, da sie aber an Stelle eines solchen augenblicklich gerade nur den schwarzen Herdlappen in der Hand hatte, so rieb sie sich die Traurigkeit mit Ruß ins thränende Gesicht, was auf mich einen weit tiefern Eindruck machte, als wenn sie sich eines wirklichen Nastüchleins bedient hätte. Und Donna Elvira richtete sich soweit auf, daß ich beinahe ihr Gesicht deutlich gesehen hätte, und winkte mir mit der müden Rechten ein Lebewohl zu. Für den Hund hatte ich ein Stück Wurst mitgebracht, welches ich ihm zum Abschiede verehren wollte, da ich Gründe hatte,

anzunehmen, daß er nie im Leben so etwas gekostet hatte. Geronimo und Felisa gingen mit in den Hof. Als ich die Wurst aus der Tasche zog und sie dem Hunde hinhielt, schnappte aber die Sennorita noch eher zu als er. Sie riß mir die Liebesgabe aus der Hand und sagte:

„Was thun Sie da, Sennor! Ich glaube gar, Sie wollen diese Delikatesse an das Tier verschwenden! Sie gehört mir, und ich werde sie in der Erinnerung an Sie verspeisen."

Sie gab der Erinnerung aber keine Zeit, in ihr Recht zu treten, sondern biß sofort höchst tapfer ein, was ihren Vater veranlaßte, einen schnellen Griff nach ihrer Hand zu thun, um ihr die Wurst zu entreißen und an der Erinnerung teilzunehmen. Sie entfloh mit einem Schreckensrufe, und er rannte hinter ihr her, was mir Gelegenheit gab, das gastliche Haus nun ohne weitere Angriffe auf meine Wurst und auf mein Herz zu verlassen. Der Hund mußte sich freilich nun mit einem Streicheln begnügen, was wahrscheinlich weniger nahrhaft war, als das ihm so räuberisch entzogene Abschiedsgeschenk. Dann eilte ich zu Melton, der vor dem Hause auf mich wartete, und schritt mit ihm dem Hafen zu, wo wir ein Boot bestiegen, um uns nach dem Schiffe rudern zu lassen.

Letzteres war ein kleiner Schuner, wie ihn, wenigstens damals, nur die Yankees zu bauen verstanden, ein schneller Segler und mit soviel Leinwand an den Masten, daß er selbst bei der flauesten Luft nicht festzuliegen brauchte. Als wir an der Seite des Schuners anlegten und man uns von oben die Fallreepen zuwarf, sahen viele Köpfe über Bord, um uns in Augenschein zu nehmen. Wir stiegen empor. Als ich das Deck betrat, war die erste Person, welche ich erblickte, ein vielleicht achtzehnjähriges, äußerst schmuck gekleidetes Mädchen mit orientalischen Zügen von ungewöhnlicher Schönheit. Der Anzug, welchen es trug, bestand aus Schnürstiefeln, weißen Strümpfen, rotem, mit dunklem Sammet umsäumtem Rocke und einem blauen Mieder, welches mit silbernen Hefteln und einer ebensolchen Kette geschmückt war. Ein kleines, mit einer Feder verziertes Hütchen saß auf dem vollen, in zwei Zöpfen hinten weit herabhängenden Haare. Diese Kleidung paßte wohl mehr auf einen Maskenball als hierher auf das Deck eines amerikanischen Transportschiffes für Auswanderer. Neben dem Mädchen stand ein hagerer, ältlicher Mann, dessen Gesicht den ausgesprochensten jüdischen Typus zeigte. Sein Anzug ließ keinen Zweifel darüber aufkommen, daß er ein polnischer Hebräer sei. Als sein Blick auf den Mormonen fiel, entfuhr ihm der halblaute, unwillkürliche Ausruf „Djabel!" Obgleich ich der polnischen Sprache nicht mächtig bin und nur wenige Worte derselben kenne, wußte ich, daß dieser Ausruf „der Teufel!" bedeutete. Der Mormone brachte also auf diesen Juden ganz denselben Eindruck hervor, den er auf mich gemacht hatte, obgleich sein Gesicht keine Spur von dem besaß, was der gewöhnliche, ungebildete Mann sich unter „teuflisch" denkt.

Die andern Passagiere waren arme Leute, wie man gleich auf den ersten Blick bemerken konnte. Sie wußten, daß ihr nunmehriger Führer an Bord kam, und betrachteten Melton mit neugierigen Augen, denn es fiel ihnen nicht etwa ein, mich für den Erwarteten zu halten; mein Äußeres war viel zu anspruchslos dazu. Der Kapitän kannte ihn jedenfalls, denn er kam ihm entgegen und begrüßte ihn mit einem Händeschütteln, welches man nicht für Unbekannte hat. Das sah ich, weil ich scharf aufpaßte, denn ich hielt es für erforderlich, selbst auf die geringste Kleinigkeit achtzugeben. Sie begaben sich beide nach dem Hinterdeck, um sich die für den ersten Augenblick nötigen Mitteilungen zu machen. Ich schlenderte zur Seite, lehnte meine im leinenen Überzuge steckenden Gewehre an den Mast und setzte mich auf eine Taurolle, welche in der Nähe lag. Als ich die Passagiere zählte, fand ich, daß es achtunddreißig Männer und Burschen, vierzehn Frauen und erwachsene Mädchen und elf Kinder, also in Summa dreiundsechzig Menschen waren.

Nachdem sich ihre Augen genugsam mit dem Mormonen beschäftigt hatten, richteten sie ihre Aufmerksamkeit nun auch auf mich. Ich sah, daß sie sich ihre verschiedenen Meinungen über meine Person mitteilten; sie wußten nicht, für wen oder was sie mich nehmen sollten, und beauftragten, um ins reine zu kommen, den Juden, mich zu fragen. Er kam zu mir, lüftete die schwarzseidene Kappe, welche sein spärliches Haar bedeckte, und redete mich mit einem Gemisch von jedenfalls während der Reise aufgelesenen, spanischen und englischen Worten an, welche ich in dieser Zusammenstellung nicht zu verstehen vermochte, darum unterbrach ich seine Bemühung, sich mir begreiflich zu machen, durch die Frage:

„Kommen Sie vielleicht aus der Gegend von Kobylin in Posen?“

„Ja, ja!“ antwortete er rasch, indem sein Gesicht den Ausdruck der Überraschung annahm.

„So werden Sie wahrscheinlich der deutschen Sprache mächtig sein und haben es nicht nötig, sich in fremden Zungen abzuquälen.“

„Gott meiner Väter!“ rief er aus, indem er die Hände zusammenschlug. „So werde ich also haben die Freude neben der Ehre, in Ihnen kennen gelernt zu werden einen Herrn von der Abstammung germanischer Hergekommenheit?“

„Ja, ich bin ein Deutscher,“ nickte ich, ein wenig verwundert über die Art und Weise, in welcher er sich meiner Muttersprache bediente.

„Das freut mich in der Tiefe meiner Seele! Darf ich nehmen mir zu ergreifen die Erlaubnis der Frage, in welchem Lande und Regierungsbezirk Sie haben erlebt das Vergnügen der Geburt Ihrer werten Persönlichkeit?“

„Ich bin jetzt Sachse.“

„Sehr gut, sehr schön! Ich kenne und habe lieb Ihr Vaterland, da ich bin gewesen zu reisen oft nach Leipzig zur Messe, um zu ergreifen auf dem Brühle und vielen andern Straßen die Konjunkturen des Handels und des Wandels. Nehmen Sie die veranlaßte Gewogenheit, daß ich bin Handelsmann von Kindesbeinen an, und haben Sie die Güte, mir zu machen die mitgeteilte Aufklärung, welcher Art von Geschäft Sie haben gehabt zu ergreifen die Freundlichkeit!“

„Ich bin das, was Sie im Polnischen mit *Uczony prywatny* bezeichnen. Ein Geschäft treibe ich nicht, sondern bin in die Fremde gegangen, um Studien zu machen. Dabei kann es vorkommen, daß einem die Mittel ausgehen; dies ist gegenwärtig bei mir der Fall, sodaß ich mich veranlaßt sehe, nach der Hazienda del Arroyo zu gehen, um mir dort Arbeit und Verdienst zu suchen."

Ich sagte so, weil ich es nicht für nötig hielt, ihm sofort die eigentliche Wahrheit mitzuteilen.

„So haben Sie die Absicht des Willens, zu reisen nach derselben Hazienda, welcher ist der gezielte Endpunkt unserer Fahrt und wo wir haben genommen eine engagierte Anstellung auf eine Reihe von Jahren des Verdienstes und der Sparsamkeit. Hat man auch Ihnen gegeben festes Engagement und gesagt die Mitteilung, welcher Art wird sein Ihre berufliche Thätigkeit?"

„Man hat mir die Stelle eines Buchhalters angeboten, doch habe ich noch nicht fest zugesagt. Ich werde mich erst dann entscheiden, wenn ich die dortigen Verhältnisse kennen gelernt habe."

„Buchhalter? Das ist eine feine Anstellung. Sie werden da gehören zu den Vorgesetzten der Arbeiter, und ich werde mir erlauben, Ihnen zu geben, hochgeehrter Herr, ein Perzent, zwei Perzent, ja sogar drei Perzent Sconto bei allem, was Sie werden kaufen zu entnehmen aus meinem Geschäfte."

„Wie? Sie wollen ein Geschäft, vielleicht einen Laden auf der Hazienda anlegen?"

„Ja. Fällt doch ab drüben im alten Lande ein so geringer Gewinn, daß man muß schnallen den Leibriemen von Tag zu Tag immer enger, wogegen in Amerika, was hier Mexiko und Sonora heißt, die Pesos und Dollars liegen geradezu auf der Straße für den, welcher Augen hat, sie zu finden, um sie zu entdecken."

„Hm! Von wem haben Sie das gehört?"

„Von dem Agenten, welcher ist gekommen, uns zu engagieren und ist gewesen ein Mann von großer Erfahrung und kenntnisreicher Geisteskraft."

„So! Nun ja, der Agent muß ja die Verhältnisse kennen; dagegen läßt sich nichts sagen. Hat er mit jedem von Ihnen schriftlichen Kontrakt gemacht?"

„Er hat ausgefertigt zu schreiben für jeden einzelnen ein Papier mit Stempel und unterschriftlichen Namenszügen. Er hat uns gebracht nach dem Hafen, um zu besteigen das Schiff als Fahrzeug für das große Meer der Welt. Wir sind gefahren um die amerikanische Spitze der südlichen Globushälfte, was gewährt hat viele, viele Wochen lang, bis wir gekommen sind einzulaufen und anzulegen in San Franzisko, wo man uns hat gebracht auf dieses kleinere Schiff, hier aufzunehmen den Führer und dann zu landen in Lobos, wo anfangen wird zu beginnen ein neues, besseres Leben der Ansammlung von Vermögen, Zins und Zinseszins."

„Was sind Ihre Reisegefährten drüben gewesen?"

„Sie haben gehabt entweder den Beruf eines Handwerkes oder den Besitz eines kleinen Pachtes oder Häuschens mit Feld- und Gartenbeeten. Wenn vergangen sein werden einige Jahre, wird jeder besitzen eine Hazienda mit großmächtigen Plantagen und Weideplätzen. Das hat gesagt und beschworen der Agent, und hat mir gegeben ein Buch, worin es steht deutlich gedruckt mit schwarzen Buchstaben auf weißem Papier. Die Gesellschaft ist getreten zusammen, um zu wählen und zu erklären mich als ihr Oberhaupt, was später wird werden genannt der Bürgermeister der Hazienda del Arroyo. Wenn Sie dann empfinden einen Wunsch oder eine Bitte, so dürfen Sie getrost sich wenden an mich, worauf ich werde sein Ihnen gern zu Diensten mit Bereitwilligkeit."

„Haben Sie Familie mit?"

„Nur meine Tochter. Rebekka, meine Traute, ist schon vor vier Jahren gegangen, zu sterben von der Erde hinweg, sodaß ich nur noch habe Judith, das Kind unserer Ehe und die einzige Tochter meiner Seele. Dort steht sie, um herzuschauen nach uns beiden. Sie ist ein Mädchen schön von Gestalt und lieblich von Gemüt. Den Körper hat sie geerbt von der Mutter, und die Stärke des Geistes vom Vater. Sie ist schon jetzt die Erbin meiner Habe, und wird bald sein eine so reiche Dame, daß die Kavaliere werden ausstrecken alle Hände und Finger, um zu werden der Bräutigam meines schönen Kindes. Sie wird sich heraussuchen den Feinsten und Vornehmsten, welcher besitzt den Adel der Familie und des Vermögens. Was wird sein gegen einen solchen Eidam der Herkules, welcher ihr ist gefolgt, ihr nachzulaufen bis nach Mexiko, obgleich er ist andern Glaubens und kaum besitzt den zehnten Teil des Geldes, welches ich könnte geben Judith, meiner Seele, schon am heutigen Tage, wenn ich wollte."

„Der Herkules? Wen meinen Sie?"

„Den Vagabunden, welcher lehnt da vorn am Spriete des Buges und kein Auge verwendet von ihr, die doch nichts mehr von ihm wissen mag."

„Nichts mehr? So ist sie also früher anders gesinnt gewesen?"

„Zum großen Leiden meines Herzens, ja. Sie ist gewesen auf Besuch in der Stadt Posen bei der Tochter des Bruders meiner Mutter; sie haben gekauft Billets, um zu gehen in die Vorstellung des Zirkus, wo man hat sehen können zu beschauen die gewaltige Kraft eines Herkules, welcher hat gespielt mit dem Gewichte von eisernen Stangen und Zentnerkugeln. Der Herkules und meine schöne Tochter haben einander gesehen und einander geliebt. Sie hat ihm versprochen ihre Hand ohne mein Wissen, und er hat gründen wollen nun selbst einen Zirkus, um zu werden selbständig und ein berühmter Direktor desselben. Als ich habe erfahren diese Angelegenheit, bin ich geworden beinahe gerührt vom Schlage meiner Nerven, und habe gegeben dem Kinde böse und gute Worte, um sie abzubringen von diesem Handel, der nichts bringen konnte als nur fünfhundert Perzent Verlust. Meine Bitten und Drohungen sind gewesen von fruchtloser Vergeblichkeit, denn sie hat gehangen an dem Herkules mit hartnäckiger Festigkeit, bis gekommen ist ein Reservelieutenant von eleganter Gestalt mit rotem Kragen und blitzenden Knöpfen. Vor seinem Namen ist gesessen ein großes „von", und als er ihr angeboten hat seine Hand und sein Herz, ist gegangen pleite der Herkules mit seinen Hoffnungen. Als aber der Lieutenant immer hat verzögert die Verlobung und wir haben erfahren, daß er fast muß ersticken in Schulden, hat sie ihm gegeben den Abschied und sich stolz gewendet von ihm ab. Da kam der Agent der Auswanderung, und als er schilderte das herrliche Land Mexiko, wo die Minen stecken voller Gold und Silber und die Kaballeros reiten mit roten Schabracken auf prächtigen Pferden, wo die Damen liegen in Hängematten und rauchen duftende Cigaretten, da hat Judith, meine einzige, von nichts geträumt, als von diesem Lande, um zu werden auch eine Sennora in der Hängematte, und ich habe ihr gethan den Willen, zu verkaufen drüben mein Haus und mein Geschäft und hier zu werden ein Mann von Einfluß und großem Vermögen. Da Sie mitkommen nach der Hazienda del Arroyo, werden Sie sehen wachsen meine Bedeutung und mein Gewicht. Der Herkules aber, als er erfahren hat, daß wir fahren über die See, ist gegangen auch zum Agenten und hat unterzeichnet den Kontrakt, um zu bleiben in der Nähe seiner Angebeteten und sie zu bekommen doch vielleicht zum Weibe. Er hat genommen seine Ersparnisse, hat sich heimlich entfernt aus dem Engagement, und als wir gekommen sind auf das Schiff, haben wir uns geärgert, zu sehen diesen Menschen als Mitreisenden in das Land, wo nicht nur Milch und Honig, sondern sogar Gold und Silber fließt, um zu laufen in die Taschen dessen, welcher es versteht, sie zu öffnen am richtigen Orte und zur rechten Zeit. Wenn Sie wünschen, zu werden vorgestellt der Tochter meines Herzens, so können Sie jetzt kommen mit hin zu ihr, doch müssen Sie mir geben vorher im Vertrauen Ihr Versprechen, daß Sie leisten wollen Verzicht auf den Versuch, zu gewinnen ihr Herz und ihre Liebe, ihre Hand und ihr Vermögen."

Der Mann war ein kompletter Narr, ein Dummkopf vom reinsten Schrot und Korn, ein Schwächling gegen seine Tochter, deren Gefallsucht und Eitelkeit nur mit ihrer Gewissenlosigkeit verglichen werden konnte. Dennoch wollte ich ihn nicht gern durch eine abweisende Antwort beleidigen, hatte aber auch keine Lust, „mich" ihr „vorstellen zu lassen". Da kam mir der Mormone eben recht, welcher mich zu sich winkte, um mir zu sagen, daß mir mein Platz im Schiffe angewiesen werden solle.

Es gab da unter Deck kleine Kabinen, welche je für zwei Personen eingerichtet waren. Der Kajütenwärter führte mich in die meinige, wo ich bemerkte, daß ich dieselbe nicht allein besaß, sondern daß schon ein Platz belegt war.

„Mit wem wohne ich da zusammen?" fragte ich.

„Mit dem langen, starken Deutschen, den sie den Herkules nennen," lautete die Antwort.

„Was für ein Kumpan ist dieser Mann?"

„Ein sehr ruhiger. Sie können keinen besseren Genossen finden. Der arme Teufel scheint es auf die schöne Jüdin abgesehen zu haben, denn er verwendet, stets in der Ferne stehend, kein Auge von ihr, obgleich sie sich gar nicht um ihn bekümmert."

Diese Auskunft befriedigte mich. Es war ein Unsinn von dem Kraftmenschen, diesem Mädchen nachzulaufen, aber er schien von ehrenhaftem Charakter zu sein. Überdies war er besser und reinlicher gekleidet als die andern, hatte trotz seines zur Leichtlebigkeit verführenden Gewerbes Ersparnisse gemacht, was ihm zur Empfehlung gereichte, und so glaubte ich, die kurze Zeit bis Lobos recht wohl mit ihm auskommen zu können.

Da die Fensterluke geöffnet war, war in der Kabine ein angenehmerer Aufenthalt als droben auf dem Decke, wo man nur wenig Schutz gegen die Glut der auf den Kopf niederbrennenden Sonne fand; darum streckte ich mich auf das einfache Lager aus, um bis auf weiteres hier liegen zu bleiben. Nach kurzer Zeit wurde die Thüre geöffnet, und der Herkules trat herein. Er warf einen finstern Blick auf mich und sagte:
„Der Wärter teilte mir soeben mit, daß er Sie hier einquartiert hat, obgleich ich die Kabine bezahle. Da Sie, wie ich höre, ein Deutscher sind, will ich es mir gefallen lassen, setze aber voraus, daß ich mich nicht über Sie zu ärgern brauche."
Das war sehr deutlich gesprochen; aber der gute Mann war herzenskrank, was bei mir natürlich als Entschuldigung galt, und so antwortete ich ihm lächelnd in freundlicher Weise:
„Ich werde mich bemühen, gute Kameradschaft zu halten, da Sie mir als Genosse von allen Passagieren der liebste sind."
„Wieso? Sie kennen mich doch gar nicht. Warum diese Schmeichelei! Ich liebe das nicht."
„Es ist nicht Schmeichelei, sondern die Wahrheit. Der Jude hat mir von Ihnen erzählt. Sie werden sich nicht über mich zu beklagen haben."
„Wenn Sie dies wirklich wünschen, so machen Sie nicht etwa Judith den Hof. Ich werde jeden, der dies zu thun wagen sollte, mit der Faust zu Boden schlagen!"
„Keine Sorge!" lachte ich. „Auf einem solchen Abwege können wir uns niemals begegnen. Warum aber haben Sie damals den Reservelieutenant nicht auch niedergeschlagen?"
„Weil ich Mitleid mit dem Kerlchen hatte. Er wäre unter meinem Griffe in lauter Scherben und Splitter zerbrochen, und ich wußte, daß nicht seine Person, sondern seine Uniform an Judiths Untreue schuld war. Sprechen wir nicht weiter davon, und lassen Sie den Alten nur schwatzen. Ich weiß, was ich thue, und mag nichts über diesen Gegenstand hören."
„Auch ich vespüre nicht die mindeste Lust, mich damit zu befassen; aber sagen Sie mir wenigstens, wie er heißt und was für eine Art von Geschäft er betrieben hat!"
„Er hat meist in Rauchwaren gemacht und nebenbei ein flottes Pfandleihgeschäft betrieben. Dabei hat er sich ein kleines Vermögen erworben, und das ist ihm in den dummen Kopf gestiegen."
„Er meint, in Mexiko in kurzer Zeit Krösus werden zu können. Sind Sie vielleicht von derselben Ansicht besessen?"
„Fällt mir nicht ein! So leichtgläubig wie Jakob Silberstein, so heißt er nämlich, bin ich nicht. Ich hege vielmehr die Überzeugung, daß der Agent ein Schurke war und daß die armen von ihm Betrogenen hier Gefahren entgegengehen, von denen sie keine Ahnung haben. Darum bin ich mit herüber. Ich will Judiths Beschützer sein und bin überzeugt, daß sie dann zur Einsicht kommen wird."
Er ließ sich auf seinen Platz nieder und schwieg; ich machte keinen Versuch, das Gespräch fortzusetzen. Später, als der Schuner vor einer leidlich starken Brise ging,

durch welche die Sonnenglut erträglicher wurde, kehrte ich auf das Verdeck zurück und setzte mich an ein stilles Plätzchen, um von dort aus ungestört meine Beobachtungen zu machen. Bald kam Silberstein zu mir, um das Thema über seine Tochter weiter zu spinnen; ich ließ ihm aber deutlich merken, daß mir an demselben nichts gelegen sei, und so entfernte er sich bald wieder, ohne mich abermals zu fragen, ob ich seinem Lieblinge vorgestellt sein wolle.

Der Mormone kam auch für kurze Zeit, um einige Worte mit mir zu wechseln. Er schritt das Deck ab, um von einer Person zur andern zu gehen und sich mit allen in der leutseligsten Weise zu unterhalten, gab diesem und jenem eine Cigarre, streichelte den Kindern die Wangen und that überhaupt alles, um sich das Vertrauen und die Zuneigung der Leute zu erwerben.

Am längsten stand er bei Judith, mit welcher er sich eifrig unterhielt, während der Herkules an der nach den Kabinen führenden Luke stand und beide beobachtete. Seine Brauen waren zusammengezogen und seine Lippen fest geschlossen. Es war mir, als beginne in diesem Augenblicke ein Wölkchen aufzusteigen, welches später den ganzen Horizont bedecken und sich mit Blitz und Donner entladen werde.

Es war auf dem Schiffe für die Passagiere ziemlich gut gesorgt. Sie wohnten nicht eng zusammengepfercht und bekamen genug Trinkwasser und auch kräftiges Essen. Niemand hatte zu klagen, und jedermann sah der Zukunft mit ungetrübter Hoffnung entgegen. Ich war der einzige, der anders dachte; den Herkules rechne ich nicht, da sein Mißtrauen ein unbestimmtes war und auf keinem besondern, klaren Grunde beruhte. Sollte ich dem Mormonen in meinen Gedanken unrecht thun? Ich wollte zu Winnetou über die Grenze hinüber und Lobos lag genau in dieser Richtung. Die Fahrt kostete mich nichts, konnte mir das nicht genug sein? War es nicht besser, in Lobos meinen eigenen Weg unter die Füße zu nehmen, ohne mich um den Mormonen und seine Polen weiter zu kümmern?

Ich wog diese Gedanken und Fragen hin und her, konnte aber trotz alledem die Ahnung nicht loswerden, daß die Auswanderer ins Verderben geführt würden. Als ich dann nach dem Hinterteile schlenderte, redete mich der Kapitän an:

„Lassen Sie sich gratulieren, Master! Melton sagte mir, daß Sie als Buchhalter engagiert werden sollen. Greifen Sie ja zu, denn eine solche Stellung wird Ihnen nicht gleich wieder angeboten."

„Kennen Sie denn diese Stelle, Kapt'n?"

„Und ob! Der Haziendero ist, sozusagen, ein alter Freund von mir, ein steinreicher Herr und dabei ein Ehrenmann. Wenn er einmal einen Menschen engagiert, so sorgt er auch in ausgiebiger Weise für ihn. Darauf können Sie sich verlassen."

„So meinen Sie, daß Ihre jetzigen Passagiere es gut bei ihm haben werden?"

„Ich meine es nicht, sondern ich bin überzeugt davon."

Der Kapitän hatte das Aussehen eines ehrlichen Mannes; ich mußte ihm glauben; dennoch fragte ich:

„Aber der Kontrakt! Steht es richtig mit ihm?“
„Was fällt Ihnen ein! Sie sollen sogleich sehen, wie ehrlich es Sennor Timoteo mit seinen neuen Arbeitern meint.“
Er forderte einen in der Nähe stehenden Auswanderer auf, seinen Kontrakt zu holen. Der Mann hatte denselben eingesteckt und zeigte ihn mir. Das Papier war von ihm, dem Agenten und der Behörde unterschrieben und enthielt einen einzigen Paragraphen. Der Inhalt desselben lautete ungefähr: Der Arbeiter bekommt freie Überfahrt, Reise und gute Verpflegung bis an Ort und Stelle und verpflichtet sich, auf der Besitzung Timoteo Pruchillos resp. dessen etwaigem Rechtsnachfolger täglich acht Stunden gegen einen Tagelohn von anderthalb Pesos und freie Station zu arbeiten. Nach sechs Jahren erlischt der Kontrakt.
Ich war erstaunt. Das war nicht nur ehrlich, sondern sogar sehr anständig, da bei diesem Tagelohne der Arbeiter im stande war, sich jährlich gegen zweitausend Mark zu sparen. Jetzt wunderte ich mich nicht mehr darüber, daß es dem Agenten gelungen war, für die weltentlegene Hazienda eine Gesellschaft von dreiundsechzig Köpfen zusammenzubringen. Ich sah ein, daß mein Mißtrauen ein unbegründetes gewesen war. Wirklich unbegründet? Pruchillo meinte es ehrlich; aber war auch der Mormone ein Ehrenmann? Warum nicht? Hatte ich denn Beweise gegen ihn? War ich nicht vielleicht durch allerdings vielfältige Erfahrungen allzuvorsichtig und mißtrauisch geworden? Stand Melton nicht im Begriffe, mir eine Wohlthat zu erweisen, welche, selbst wenn ich ihrer nicht bedürftig war und sie also nicht annehmen konnte, mich ihm doch zu großem Danke verpflichten mußte? Ich wurde irre an mir und kam bis zum Abende zu dem Entschlusse, in Lobos auszusteigen und allein meines Weges zu gehen, da die Auswanderer auf der Hazienda ganz vorzüglich aufgehoben waren. Da aber ereignete sich etwas, wodurch diese Ansicht widerlegt und dieser Entschluß vollständig über den Haufen geworfen wurde.
Nach dem Abendessen fiel mir nämlich auf, daß die Auswanderer alle aufgefordert wurden, sich in ihre Schlafkojen hinabzuverfügen. Auch ich wurde von dieser Maßregel nicht ausgenommen. Da es Abend geworden war, die Sonne nicht mehr brannte und im Gegenteile ein kühles Lüftchen wehte, wären die Leute noch sehr gern eine Weile auf Deck geblieben; sie mußten sich aber natürlich fügen. Aus den verwunderten Gesichtern, welche sie zu diesem ihnen erteilten Befehle machten, ersah ich, daß die Maßregel eine neue war und sie bisher des Abends und wohl auch des Nachts ganz nach Belieben im Freien hatten bleiben dürfen. Ich erfuhr dies auch sofort, als ich als der letzte, denn ich hatte gezögert, bis keiner mehr oben war, in meine Koje kam und von dem Athleten mit den mürrischen Worten empfangen wurde:
„Was fällt dem Master Harry Melton ein, uns herabzuschicken! Haben Sie eine Ahnung davon, weshalb er es gethan hat?“
„Nein.“

„Hole ihn der Teufel! Wenn man sich des Tages über von der Sonne verbrennen ließ oder hier unten in dem dumpfen Loche zubringen mußte, ist es eine Wohlthat und sogar ein Bedürfnis, des Abends in der freien, frischen Luft zu sein. Das haben wir bisher stets gedurft."

„Wirklich? Diese Einrichtung ist also eine neue!"

„Ja. Und ich bin überzeugt, daß sie von Melton ausgeht."

„Warum glauben Sie dies?"

„Erstens, weil man uns herabschickt, seit er sich an Bord befindet, und zweitens, nun, der zweite Grund ist ein etwas unklarer, und ich will lieber schweigen."

„Sie schweigen, weil Sie kein Vertrauen zu mir haben?"

„Erwarten Sie es anders? Sie sind erst vor so kurzer Zeit zu mir hereingekrochen und können also nicht verlangen, daß ich Ihnen schon alle meine Gedanken mitteile."

Da mir daran lag, diese seine Gedanken zu erfahren, antwortete ich:

„Sie fürchten sich also vor dem Mormonen und schweigen nur deshalb, weil Sie denken, daß ich ihm ihre Worte mitteile."

Ich hatte ihn richtig beurteilt, denn noch hatte ich kaum ausgesprochen, so fuhr er mich an:

„Was fällt Ihnen ein! Ich mich fürchten? Ich möchte den Menschen sehen, der im stande wäre, mir Angst einzujagen. Und vor diesem Kerl, welcher zwar mit den Leuten schön thut und sogar gleich in den ersten Stunden beginnt, der Judith den Hof zu machen, dabei aber den Schalk im Nacken hat, ist mir erst recht nicht bange."

Diese Worte sagten mir, daß er nicht nur mißtrauisch, sondern sogar eifersüchtig gegen den Mormonen war. Ich durfte hoffen, unter Umständen an ihm einen Verbündeten gegen den letzteren zu haben. Ich konnte also gegen ihn ein wenig aufrichtiger sein, als ich sonst nach so kurzer Bekanntschaft gewesen wäre. Darum sagte ich:

„Warum lassen Sie mich da glauben, daß Sie sich vor ihm scheuen? Warum reden Sie nicht offen zu mir, der ich Ihnen in aller Aufrichtigkeit sage, daß ich den Mormonen trotz seiner auffälligen Bemühungen, sich beliebt zu machen, ja vielleicht gerade wegen derselben, für keinen ehrlichen Menschen halte?"

„Ist das wahr? Thun Sie das?" fragte er schnell.

„Ich sage es Ihnen ja, und was ich sage, das pflegt wahr zu sein."

„Haben Sie außer seiner Schönthuerei noch andere Gründe? Sie sind mit ihm auf das Schiff gekommen und also vorher mit ihm beisammen gewesen, müssen ihn also besser kennen als ich. Übrigens ist das, wie Sie wohl einsehen werden, für mich ein Grund, auch Ihnen zu mißtrauen."

„Mag sein; aber ich verdiene Ihr Mißtrauen nicht, denn ich habe Master Melton nur ganz kurz gesprochen. Wir wohnten zwei Wochen lang in demselben Hotel, ohne mit einander zu verkehren. Nur einmal sprachen wir längere Zeit miteinander, als er gesehen hatte, daß ich ein stellenloser armer Teufel bin, und mich darum fragte, ob ich

Buchhalter auf der Hazienda del Arroyo werden wolle. Ich sagte in Anbetracht meiner gegenwärtigen Lage zu und wurde heute von ihm mit auf das Schiff genommen."

„So kennen Sie ihn also ebensowenig wie ich. Warum sagen Sie da, daß er kein ehrlicher Mensch sei?"

„Ich behaupte das nicht infolge irgend einer Thatsache, durch die es bewiesen worden wäre, sondern weil ein gewisser Instinkt mich vor ihm warnt. Ich habe die Ahnung, daß man sich vor ihm hüten muß."

„Hm! Bei mir findet ganz dasselbe statt. Der Kerl hat mir nichts gethan, ist im Gegenteile zu mir wenigstens ebenso freundlich gewesen wie gegen die andern, und doch mag ich ihn nicht leiden. Seine Visage gefällt mir nicht. Dazu kommen die Blicke, die er mit dem Kajütenwächter heimlich wechselt."

„Hat er das gethan? Ich habe es nicht bemerkt."

„Natürlich haben sie sich heimliche Blicke zugeworfen, gerade so, als ob sie alte Bekannte seien; und doch thun sie ganz fremd miteinander."

Das war eine Beobachtung, die ich nicht gemacht hatte. Die Augen des Herkules waren von seiner Eifersucht geschärft worden. Freilich konnte er sich geirrt haben. Darum fragte ich:

„Haben Sie sich da nicht getäuscht? Der Wärter befindet sich dem Mormonen gegenüber in einer so tiefen Stellung, daß eine Vertraulichkeit, wie man sie infolge solchen heimlichen Zuwinkens annehmen müßte, fast ausgeschlossen ist. Sie können einander früher einmal gesehen haben; das wird aber auch alles sein. Vielleicht haben die Blicke, welche Sie beobachteten, nur ein Gruß sein sollen."

„Reden Sie nicht! Ich kenne meine Augen. Was die sehen, das sehen sie richtig. Wenn die Kerls sich grüßen wollen, so können sie dies frei und offen thun. Wenn sie ihre Grüße aber nicht merken lassen wollen, so müssen sie einen Grund haben, ihr Bekanntsein nicht wissen zu lassen, und dieser Grund kann kein guter, kein ehrlicher sein."

„Das ist richtig. Ich werde die beiden morgen schärfer beobachten, als ich es heute gethan habe."

„Thun Sie das! Es steckt gewiß etwas dahinter. Ich habe zwar in Beziehung auf uns und unsere Zukunft keinerlei Sorge, denn unsere Kontrakte sind gut und stellen uns vollständig sicher; aber es ist zwischen Melton und dem Aufwärter irgend etwas vorhanden, was, wenn es sich auf uns beziehen sollte, uns wohl nicht gefallen würde. Ich möchte wissen, was es ist."

„Hm, ich auch!"

„Vielleicht muß man auch dem Kapitän mißtrauen. Warum führte er den Mormonen, als dieser an Bord kam, nach hinten, um mit ihm zu reden? Konnten sie uns nicht wissen lassen, was sie zu sprechen hatten?"

„Der Kapitän ist ein ehrlicher Mann; das behaupte ich, und ich bin überzeugt, daß ich mich da nicht irre. Warum sollte er seine Schiffs- und Geschäftsangelegenheiten gerade vor unsern Augen und Ohren verhandeln? Aber wenn es wirklich wahr ist, daß der

Mormone mit dem Wärter im Einvernehmen steht, so ist mir das interessant, und ich habe große Lust, hinter das Geheimnis zu kommen."
„Das werden Sie nicht fertig bringen, weil man sich hüten wird, Ihnen die Sache auf die Nase zu binden."
„Wenn ich nun aber meine Nase, ohne daß man es bemerkt, so tief in diese Sache stecke, daß ich dieselbe kennen lerne?"
„So wird man Ihnen einen tüchtigen Klapps darauf geben!"
„Darüber wird sie nicht allzusehr erschrecken, denn sie hat schon manchen Klapps bekommen. Ich möchte die beiden am liebsten gleich jetzt belauschen."
„Verrückter Gedanke! Wissen Sie denn, wann und wo sie miteinander sprechen werden? Und sodann befinden wir uns auf einem Schiffe, nicht aber im Walde, wo man sich hinter einen Busch stecken kann, um seine Augen und Ohren im Verborgenen spielen zu lassen."
„Mag sein. Aber was die Zeit und den Ort betrifft, so kenne ich beide genau. Zeit: heute, und Ort: oben das Deck. Hat der Mormone heimlich mit dem Wärter zu reden, so wird er dies thun, wenn es dunkel ist und wenn er glaubt, daß man es nicht bemerken wird. Er logiert eigentlich neben dem Kapitän, der sich wohl bald in seine Kajüte zur Ruhe begeben wird. Man weiß, wie dünn die Zwischenwände sind. Ließ der Mormone den Wärter heimlich nach der Kajüte kommen, so müßte er befürchten, von dem Kapitän beobachtet zu werden. Er muß sich also einen andern Ort suchen."
„Wo denn?"
„Haben Sie denn nicht gesehen, daß man vorhin oben ein kleines Zelt errichtet hat? Wozu sollte dasselbe dienen? Für wen kann es sein? Doch nur für den Mormonen. Er wird gesagt haben, daß er lieber auf dem Deck, als in der dumpfen Kajüte schlafe."
„Und da wollen Sie die beiden belauschen?"
„Wenigstens habe ich große Lust dazu."
„Lassen Sie das sein, lieber Herr! Es könnte Ihnen schlecht bekommen. Wenn der Pudel über den Milchtopf gerät, der ihm verboten ist, bekommt er die Peitsche."
„Ja; aber ich bitte sehr höflich, zu bemerken, daß ich kein Pudel bin und daß auch selbst ein Pudel nicht jedesmal erwischt wird. Haben Sie bemerkt, daß das Zelt aus dem Reserve-Großsegel errichtet worden ist?"
„Ich weiß nicht, wie die Segel alle heißen, habe aber gesehen, daß dieses so groß war, daß es nicht nur vollständig für das Zelt reichte, sondern hinter demselben auch noch eine Rolle bildet. Es mag also ein Großsegel sein."
„Das ist's ja, was ich meine. Zum Zelte hat das halbe Segel genügt. Die andere Hälfte ist hinter demselben zusammengerollt. Unter dieser Rolle oder diesem Knäuel findet ein Mann sehr gut Platz, und wenn Sie nichts dagegen haben, werde ich da schlafen."
„Eine tolle Idee! Man wird Sie entdecken, wenn Sie husten oder niesen!"
„Ich werde beides bleiben lassen."

„Sie scheinen Ihrer Nase sehr sicher zu sein. Aber selbst wenn man Sie nicht erwischen sollte, werden Sie sich vergeblich Mühe geben. Noch wissen Sie nicht, ob das Zelt wirklich für den Mormonen bestimmt ist, und falls Ihre Voraussetzung richtig sein sollte, ist es noch hundertmal fraglich, ob der Wärter dorthin kommen wird."
„Das müßte ich mir gefallen lassen, doch bin ich der Meinung, daß die Mühe, welche ich mir geben werde, nicht vergeblich sein wird. Ich habe so eine Ahnung, und ich habe die Erfahrung gemacht, daß meine Ahnungen mich selten getäuscht haben."
„Na, dann will ich Ihnen weder zu- noch abreden, Wenn Ihre Idee Ihnen tüchtige Matrosenhiebe einbringt, so ist's nicht mein Rücken, der sie auszuhalten hat."
Ich gebe zu, daß das, was der Athlet „Ihre Idee" nannte, ein sehr fragwürdiges Geisteserzeugnis war, aber es lag mir, sozusagen, in den Fingerspitzen, daß ich diesen Gedanken ausführen müsse. Ich verließ also unsere Koje, um mich nach dem Deck zu schleichen. Das war nicht leicht. Die Kojen waren von einander und von dem engen Gange, durch den ich mußte, durch fast papierdünne Scheidewände getrennt; die Insassen konnten mich also leicht hören. Das war aber das wenigste. Viel bedenklicher war die Begegnung mit einer Person der Schiffsbemannung, oder gar mit einem der beiden, die ich belauschen wollte. Doch kam ich, ohne auf jemand zu treffen, bis an die Luke, welche sich vom Raume aus auf das Deck öffnete. Indem ich auf der Treppe stehen blieb und nur den Kopf vorsichtig hervorstreckte, konnte ich, obgleich es nicht sehr hell war, die zwischen mir und dem Zelte liegende Strecke überblicken. Sie war frei.
Hinten gab der Kapitän dem Steuermann Befehle für die Nacht. Er stand also im Begriffe, sich schlafen zu legen. Die Stimme des Mormonen sprach einige Worte drein; er befand sich folglich auch mit am Steuer. Vorn, in der Nähe des Buges, schwatzten und lachten die wenigen Matrosen; sie konnten mich nicht sehen. Ich schwang mich also schnell aus der Luke und huschte nach dem Zelte hin, um mich unter der übriggebliebenen Hälfte des Segels, aus welchem dasselbe gebildet war, zu verbergen. Das war in Zeit von nicht einer Minute geschehen. Ich lag zwar auf dem harten Deck, aber sonst ganz bequem und wurde von dem Segel so bedeckt, daß mich niemand sehen konnte. Mein Versteck war ein ganz vorzügliches; nur fragte es sich, ob dasselbe mir auch den erwarteten Nutzen bringen werde. Geschehen konnte mir nichts. Im schlimmsten Falle galt es eine kleine Geduldprobe, welche höchstens die Folge haben konnte, daß ich von dem Herkules ausgelacht wurde.
Ich legte mich so, daß ich den Kopf unten in das Zelt schieben konnte, und langte mit dem Arme in das Innere desselben. Ich fühlte ein dünnes, aber weiches Lager, welches aus Decken hergerichtet worden war. Sehen konnte ich nichts.
Nach kurzer Zeit hörte ich, daß der Kapitän dem Mormonen „gute Nacht" wünschte und nach der Kajüte ging. Der letztere spazierte noch eine Viertelstunde auf und ab und kam dann in das Zelt, um sich niederzulegen. Die eine Voraussetzung, nämlich die, daß das Zelt für ihn bestimmt sei, war also eingetroffen; es galt nun, abzuwarten, ob die andere, daß der Wärter kommen werde, sich ebenso bewahrheitete.

Es verging eine Stunde und noch eine; es wurde Mitternacht. Das Geplauder der Matrosen hatte längst aufgehört. Es war so still geworden, daß ich den Sog des Schiffes hörte. Einmal erklang die Stimme des Sprietmannes, welcher dem Steuerer eine Meldung zurief. Ich begann Langeweile zu fühlen. Da hörte ich eine Bewegung im Innern des Zeltes, nicht als ob der Schläfer sich umwendete, sondern als ob er sich aufrichtete. Ich schob den Kopf vor, um besser hören zu können. Da vernahm ich das Anstreichen eines Zündholzes und dann leuchtete das Flämmchen desselben auf. Beim Scheine des Hölzchens sah ich, daß der Mormone aufrecht saß und sich eine Cigarre anzündete. Er wartete also und hatte jedenfalls bisher noch nicht geschlafen. Hätte er mir nicht den Rücken zugekehrt, so wäre mein Kopf jedenfalls von ihm gesehen worden.

Wieder verging eine Weile, bis ich ihn leise fragen hörte:

„Weller, bist du's?"

„Ja, Master," lautete vorn die ebenso leise Antwort in englischer Sprache.

„Dann rasch herein, damit du nicht gesehen wirst! Ich rücke zu."

Der Wärter hieß also Weller. Er folgte der Aufforderung Meltons, indem er sagte:

„Habt keine Sorge, Master! Es giebt außer dem Steuermanne und dem Sprietwächter keinen wachen Menschen auf dem Deck, und diese beiden sind so plaziert, daß sie uns weder sehen noch hören können."

Es entstand eine kurze Pause, während welcher der eine Platz machte und der andere sich niedersetzte. Dann meinte der Mormone:

„Du kannst dir denken, daß ich unendlich neugierig bin. Ich betrat das Schiff mit der größten Spannung, ob du dich an Bord befinden würdest."

„Was das betrifft, Master, so ist es mir gar nicht schwer geworden, den Platz als Stewart zu bekommen."

„Der Kapitän kennt dich doch nicht etwa?"

„Er hat nicht die Idee einer Spur von mir."

„Und auch nicht erfahren, daß du mich kennst?"

„Werde mich hüten, so etwas auszuplaudern! Leider konnte ich die Heuer nicht nur für die Herfahrt bekommen; ich habe sie auch für die Rückfahrt nehmen müssen und bin also eigentlich gezwungen, von Lobos wieder mit nach Frisco zu segeln."

„Das thut nichts, da es dir nicht schwer fallen wird, in Lobos auszukneifen."

„Denke es auch und habe mich darum so wenig mit Sachen und Effekten geschleppt, daß ich augenblicklich ans Land gehen könnte, ohne etwas an Bord zurückzulassen."

„Recht so, obgleich das nur Nebensache ist. Wie aber steht es mit der Hauptsache? Wann ist dein Alter fort?"

„Drei Wochen vor mir und er befindet sich unbedingt am Ziele. Er ist so oft dort gewesen und kennt alle Verhältnisse und Schliche so genau, daß es gar nicht fehlen kann."

„Aber werden die Yuma ihm zu Willen sein?"

„Bin vollständig überzeugt davon. Wenn es sich um eine solche Beute handelt, ist jeder Rote schnell dabei."

„Das beruhigt mich. Nur fragt es sich, ob sie auch rasch genug bei der Hand sein werden."
„Es ist gewiß, Master, daß sie schon jetzt unterwegs sind. Aber hat es denn solche Eile, Master Melton? Es jagt uns kein Mensch. Wir können die Sache in aller Behaglichkeit abmachen."
„Das dachte ich vorher auch, bin aber anderer Ansicht geworden."
„Warum? Hat sich etwas ereignet?"
„Ja. Ich habe eine Begegnung gehabt."
„Das heißt, Ihr habt jemand getroffen. Das kann doch nicht von so großem Einflusse auf unser Vorhaben sein!"
„Vom allergrößten sogar."
„Dann müßte der Mann, den Ihr meint, von ganz verwunderlicher Wichtigkeit für uns sein."
„Ist er auch! Es war eine wirkliche Überraschung für mich, ihn hier unten zu sehen, und wenn du seinen Namen hörst, wirst du gerade ebenso erstaunt sein, wie ich es war, als ich ihn erkannte."
„So sagt mir doch, wer es ist!"
„Das solltest du eigentlich schon wissen, denn du hast ihn hier auf dem Schiffe gesehen."
„Dann kann es nur der Mann sein, welcher Buchhalter werden soll. Ist es so richtig?"
„Natürlich! Es ist ja sonst niemand mit mir an Bord gekommen. Und du kennst ihn nicht, wirklich nicht? Du hast ihn schon gesehen, und zwar unter solchen Verhältnissen, daß es geradezu verwunderlich ist, daß du ihn für einen Unbekannten hältst. Ich war vollständig überzeugt, daß er von dir erkannt worden sei, und darum winkte ich dir einigemale zu, vorsichtig zu sein und dich so wenig wie möglich von ihm sehen zu lassen, da er sich sonst auch deiner erinnern könnte."
„Diese Winke sah ich, habe sie aber nicht verstanden. Ihr habt da mit diesem Manne eine Wichtigkeit, die ich nicht begreife. Ein Landstreicher, der froh ist, auf einer entlegenen Hazienda Schreiber werden zu dürfen, kann für uns doch von gar keiner Bedeutung sein!"
„Das würde ich auch sagen, wenn dieser höchst gefährliche Mann überhaupt die Absicht hätte, Buchhalter zu werden."
„Wollt Ihr etwa sagen, daß er sich verstellt, daß er die Absicht hat, Euch an der Nase zu führen? Dann ist er entweder der größte Dummkopf, den es giebt, oder ein feiner, gescheiter Kerl."
„Das letztere, das letztere! Denke doch einmal an Fort Uintah und was du dort erlebtest!"
„Viel Erfreuliches ist das nicht gewesen. Es war zu einer Zeit, in welcher dort gespielt wurde, wie nirgends sonst. Ich hatte gute Geschäfte gemacht und mir einen tüchtigen Beutel voll Dollars gespart, verlor sie aber in Uintah im Laufe einer einzigen Stunde. Glücklicherweise war Euer Bruder da, der mir eine gute Hand voll Dollars schenkte und mir dann auch bei dem Wirte eine Stelle als Kellner verschaffte. Ich habe ihn seitdem

nicht wieder gesehen. Ihr wißt ja, weshalb er diesen Ort so plötzlich verlassen mußte. Man spricht natürlich nicht gern davon."

„Warum nicht? Wer ein Mensch ist, und das sind wir ja alle, dem darf Menschliches passieren. Übrigens hat er sich noch ganz gut aus der Affaire gezogen."

„Das ist richtig. Er hatte sich eine so schöne, runde Summe zusammengespielt, als den Offizier der Teufel ritt, anzunehmen, daß Euer Bruder ein falscher Spieler sei. Es kam zum Streite; er sollte den Gewinn herausgeben, schoß aber den Offizier über den Haufen und machte sich davon. Zwei Soldaten, welche das Geschrei hörten und ihn draußen anhalten wollten, bekamen auch ihre Kugeln, sodaß sie umfielen wie die Hölzer; er gelangte aus dem Fort hinaus, nahm eins der dort grasenden Pferde und machte sich auf demselben aus dem Staube. Es war eine glorreiche That, unter diesen Verhältnissen und mitten aus einem befestigten Orte zu entkommen."

„Entkommen? Ja, aus Uintah entkam er wohl – –"

„Nicht nur da, sondern später doch auch," fiel Weller ihm in die Rede. „Freilich ist es ihm sehr hart an den Kragen gegangen. Er wäre überhaupt nie wieder ergriffen worden, wenn nicht Old Shatterhand sich hinter ihm hergemacht hätte. Muß der Mensch Augen haben! Volle vier Tage lang war man hinter Eurem Bruder her, ohne ihn zu finden, oder gar zu fassen; da mußte Old Shatterhand kommen und die Sache hören. Der erschossene Offizier war ein guter Bekannter von ihm und darum und ohne einen andern Grund zu haben, machte er sich augenblicklich wieder fort auf den Weg, um Euern Bruder zu erwischen."

„Ja, volle vier Tage später und nachdem es keinem Soldaten oder Pfadfinder gelungen war, die Spur zu entdecken. Dieser Halunke aber hat die Nase eines Bluthundes; er fand die Fährte und jagte meinen Bruder bis nach Fort Edward hinüber, wo er ihn dem Kommandanten übergab. Der arme Teufel sollte gehängt werden, entkam aber noch in der letzten Nacht im Anzuge des Soldaten, der ihn zu bewachen hatte und die Dummheit besaß, sich von ihm erwürgen zu lassen. Du hast doch Old Shatterhand damals auf Fort Uintah gesehen?"

„Nur im Vorüberreiten. Er war vor kaum einer halben Stunde gekommen, hatte die Thatsache gehört und ritt eben wieder fort, als ich unter der Thür stand und von dem Nachbar hörte, daß dieser Jäger angekommen sei."

„So ist es freilich kein Wunder, daß du ihn heute nicht erkannt hast."

„Heute?" fragte der Aufwärter im Tone äußersten Erstaunens. „Was wollt Ihr damit sagen? Doch nicht etwa, daß der sogenannte Buchhalter gar Old Shatterhand sei?"

„Ja; gerade das ist's, was ich sagen will."

„Welch ein Irrtum! Dieser Mensch und Old Shatterhand! Wer den Jäger selbst nur im schnellen Vorüberreiten gesehen hat, weiß ganz genau, daß er mit dem Schreiber nicht das mindeste zu thun haben kann!"

„Und dennoch ist er es. Zeit und Ort sind verschieden, und das Gewand, welches er heute trägt, ist auch anders als der Lederanzug, in dem du ihn jedenfalls gesehen hast."

„Dennoch ist es unmöglich, ganz und gar unmöglich! Der Mensch mit dem dummen Gesicht, dem ich die Koje des Herkules anweisen mußte, soll Old Shatterhand sein? Sir, ich will alles glauben, alles, was Ihr mir sagt, doch dieses eine nicht, nein, niemals!"
„Ich habe unumstößliche Beweise. Hast du das Gewehr des Mannes gesehen?"
„Nein. Es schienen zwei zu sein; sie steckten in einem leinenen Futterale."
„Es sind zwei, und jedermann weiß, daß Old Shatterhand stets seine beiden Gewehre bei sich hat, einen Bärentöter und einen Henrystutzen, Gewehre, welche ihresgleichen nicht wieder haben. Ich habe im Hotel gar wohl bemerkt, daß ich sie nicht sehen sollte, sie mir aber von dem Wirte, welcher sie in den Händen gehabt hatte, genau beschreiben lassen. Der Westmann trat als armer Teufel auf und hat doch den Wirt mit seiner ganzen Familie mit sich essen und trinken lassen. Wäre er wirklich der, für den er sich ausgiebt, so würde er auf mein Anerbieten sofort und mit Freuden eingegangen sein; er hat sich aber unter dem lächerlichsten Vorwande, den es geben kann, Bedenkzeit ausgebeten. Er hatte mich nie gesehen und beobachtete mich doch immerfort sehr scharf. Ich ließ ihm nicht merken, daß ich dies sah. Die Ähnlichkeit mit meinem Bruder ist ihm aufgefallen. Er kam von der Sierra Verde herab. In diese öde und gefährliche Gegend versteigt sich kein gewöhnlicher Mensch, am allerwenigsten aber einer, der fremd im Lande ist, zumal es jenseits Empörung und infolgedessen die unsichersten Verhältnisse gab. Da hinauf und da hinüber wagt sich nur ein kühner und erfahrener Mann, der sich auf sich und seine Waffen verlassen kann. Bedenke, daß er ohne alle Begleitung, also ganz allein gewesen ist!"
Es läßt sich denken, daß ich mit der größten Spannung Ohrenzeuge dieses Gespräches war. Mein Instinkt hatte mich nicht nur nicht betrogen, sondern, wie ich jetzt einsah, mir und voraussichtlich auch andern einen großen Dienst geleistet. Jetzt wußte ich mit einem Male, warum mir das Gesicht des Mormonen nicht nur wegen des Widerspruchs seiner Züge aufgefallen war. Der Grund lag, wie er selbst sagte, in der Ähnlichkeit mit seinem Bruder, dem Mörder jenes Offiziers, welcher mir sehr nahe gestanden hatte. Die Freundschaft für den Ermordeten hatte mich veranlaßt, dem Thäter zu folgen, den ich, wie soeben gesagt worden war, bis nach Fort Edward getrieben und dort ergriffen hatte. Ich wußte jetzt, woran ich war. Meine Ahnung hatte wieder einmal recht gehabt. Der Mormone war ein Bruder jenes Falschspielers und mehrfachen Mörders, und die Art, wie er sich über diesen und sein Verbrechen geäußert hatte, war Beweis genug, daß auch er mit den Gesetzen auf keinem guten Fuße stand.
Leider aber sah ich ein, daß ich durchschaut worden war, wie ich nun weiter hörte. Daß der eigentümliche Wirt des Hotels die Marotte gehabt hatte, ein Fremdenbuch zu führen, und daß ich meinen Namen in dasselbe gegeben hatte, das waren die ersten Ursachen davon gewesen, daß der Mormone auf den Gedanken gekommen war, ich sei Old Shatterhand. Dazu kam die Schwatzhaftigkeit des Wirtes, welcher meine Gewehre beschrieben hatte, und noch verschiedenes andere, was Melton jetzt erwähnte und aufzählte. Sogar das erwähnte er, daß ich nicht unter dem Dache, sondern im Hofe

geschlafen hätte, weil ich als Westmann dies so gewöhnt sei. Er brachte all diese Gründe so gut vor, daß der Aufwärter doch auch zu der Überzeugung gelangte, welche der Mormone hegte. Er sprach seine Zustimmung aus und meinte dann:
„Also angenommen, daß wir es wirklich mit Old Shatterhand zu thun haben, welchen Grund kann der haben, mit nach der Hazienda gehen zu wollen?“
„Es werden mehrere und verschiedene Gründe sein. Hat er erkannt, daß ich der Bruder meines Bruders bin, so wird er glauben, denselben da suchen zu müssen, wo ich mich befinde. Er hängt sich also an mich. Sodann muß ihm als erfahrenem Manne und Kenner der Verhältnisse die Bestimmung auffallen, welcher die Menschenladung dieses Schiffes entgegengeht, wenigstens angeblich entgegengeht. Nach allem, was ich über den Mann gehört habe, muß das in ihm den Gedanken erwecken, sich den Leuten beizugesellen, um ihnen unter Umständen zu raten und zu helfen. Dabei hütet er sich, einen Kontrakt zu unterschreiben, denn er will Herr seiner Freiheit bleiben. Wir haben also mit ihm zu rechnen, und zwar sehr zu rechnen, und wenn ich auch nicht denke, daß er das Gelingen unseres Vorhabens ganz vereiteln kann, so steht doch zu erwarten, daß er uns Hindernisse in den Weg legt, wodurch dasselbe sehr verzögert wird.“
„So habt Ihr einen großen Fehler begangen, indem Ihr ihn mitgenommen habt. Ihr hättet Euch gar nicht mit ihm abgeben, sondern ihn einfach ignorieren und in Guaymas sitzen lassen sollen.“
„Das hätte ich gethan, wenn der Wirt, Don Geronimo, nicht so plauderhaft gewesen wäre, ihm von mir und dem Schiffe, welches ich erwartete, zu erzählen. Ich habe Old Shatterhand zwar gesagt, daß er ohne mich nicht an Bord gekommen wäre, bin aber überzeugt, daß ihn der Kapitän, welcher ein dummer, ehrlicher Kerl ist und unser eigentliches Geschäft nicht kennt, aufgenommen hätte. Und selbst wenn er nicht mit fortgekommen wäre, so traue ich ihm zu, daß er das nächste Schiff benutzt hätte, nach Lobos zu gehen und uns von dort aus nachzufolgen. Wir hätten uns dann keinen Augenblick sicher fühlen können.“
„Wir, so viele, diesem einen gegenüber? Das klingt übertrieben, trotzdem es Old Shatterhand ist. Eine Kugel könnte uns von ihm befreien.“
„Wenn er sich einer Kugel aussetzt, ja; aber das fällt ihm gar nicht ein. Das klügste war das, was ich gethan habe. Ist er als schlauer Fuchs bekannt, so werde ich ihm zeigen, daß andere weit schlauer sein können. Gerade weil er mich überlisten will, muß er überlistet werden. Ich habe mich also verstellt und ganz so gethan, als ob ich ihn wirklich für einen heruntergekommenen, abgelumpten Ausländer halte. Ich habe ihm die Stelle angeboten, um ihn mitzulocken. Auf diese Weise behalte ich ihn stets unter den Augen und kann ihn unschädlich machen, sobald es mir beliebt. Auf diese Weise ist es möglich, ihm zu jeder Zeit eine Kugel zu geben. Und die bekommt er sicherlich, denn ich habe meinen Bruder zu rächen, den er verfolgt und als Mörder außer Landes getrieben hat. Das soll und muß gerächt werden, und da der Kerl jetzt so dumm oder so verwegen ist, sich selbst

mir auszuliefern, so werde ich die Gelegenheit nicht vorüber gehen lassen, ohne das zu thun, was ich für meine Pflicht, für meine blutige Pflicht halte.“
Er sagte das in so grimmigem und dabei feierlich schwörendem Tone, daß ich überzeugt war, er werde unbedingt Wort halten. Der Aufwärter meinte langsam und in nachdenklicher Weise:
„Hoffen wir, daß es so kommt! Aber es hat eine ganz eigene Bewandtnis mit diesem Menschen; es ist, als ob er mit dem leibhaftigen Satan im Bunde stehe. Je tiefer er sich in Gefahr befunden hat, desto schneller kam er heraus.“
„Das soll diesmal nicht der Fall sein. Unterwegs dürfen wir ihm nichts anhaben, weil das den Verdacht der andern erregen würde; aber laß uns nur erst auf der Hazienda sein, dann wird mit ihm abgerechnet. Ich brauche mich gar nicht an ihm zu vergreifen; die Yuma-Indianer werden das übernehmen.“
„Und wenn er ihnen entkommt? Wie oft hat er sich in der Gewalt blutdürstiger Roter befunden und ist ihnen entweder entflohen, oder hat es auf ganz unbegreifliche Weise dahin gebracht, daß sie aus grimmigen Feinden sich in seine allerbesten Freunde verwandelten. Hat er nicht auch mit Winnetou auf Leben und Tod gekämpft? Und heute sind beide bereit, ihr Leben für einander zu lassen!“
„Das waren andere Menschen und andere Verhältnisse; das war nicht ich. Ich habe seinen Hals in meiner Hand und presse denselben zusammen, sobald es mir beliebt. Ein Schwur ist ein Unsinn; aber blicke da hinauf zu den Sternen; ich schwöre dir zu: so sicher sie ihre Bahnen gehen, ohne abweichen zu können, so sicher geht dieser Mensch seinem Tode entgegen, denn ich will – –“
Er sprach nicht weiter und hatte eine sehr gute Ursache dazu, denn bei dem letzten Worte brach das Zelt über ihm zusammen. Er hatte, um einen Aufblick nach den Sternen zu ermöglichen, den oberenTeil des Segeltuches zurückziehen wollen und war dabei zu unvorsichtig verfahren. Die Stangen standen unbefestigt auf dem Holze des Deckes; sie gaben infolgedessen dem Drucke nach und fielen um, unter der Tuchlast, die sie getragen hatten, den Mormonen, den Aufwärter und – – auch mich begrabend.
Wollte ich nicht entdeckt sein, so galt es, nicht zu säumen. Ich bohrte mich schleunigst unter den auf mir liegenden Segelfalten heraus und schnellte mich fort nach der Luke hin. Sobald ich mich tief genug in derselben befand, sah ich, daß die beiden auch herausgekrochen kamen, ohne bemerkt zu haben, daß der Einbruch ihres Gebäudes noch einen dritten betroffen hatte. Vom Lauschen war jetzt natürlich keine Rede mehr; ich suchte meine Koje auf. Der Herkules schlief wie ein Bär, und da ich mir Mühe gab, leise zu sein, erwachte er nicht, sondern schlief fort, ohne mich zu hören.
Das war mir lieb, denn ich wußte in diesem Augenblicke nicht, was ich ihm auf seine Fragen hätte antworten sollen. Soviel aber stand fest, daß ich ihm die Wahrheit noch verschweigen mußte, da ich sonst zu erwarten hatte, daß er mir üblen Schaden anrichten werde. Ich legte mich also nieder, nicht um zu schlafen, sondern um über das Gehörte

nachzudenken. Das Morgenlicht blickte bereits durch das kleine Lukenfenster, als ich die Augen schloß.

Also auf mein Leben war es abgesehen! Das klang gefährlich, machte mir aber keine Sorge. Ich wußte ja nun, woran ich war, und konnte mich auf alle Fälle hüten. Anders stand es mit der Gefahr, in welcher sich die Auswanderer befanden, denn daß es für sie eine Gefahr gab, davon war ich jetzt vollständig überzeugt. Und diese Gefahr war um so größer, je weniger ich eigentlich wußte, welcher Art sie sei und wo und wann sie eintreten werde. Unterwegs, also bis zur Hazienda, sollte nichts geschehen; das wußte ich. Der Mormone hatte gesagt, daß bis dahin nichts gegen mich unternommen werden dürfe, weil sonst das Mißtrauen der andern erregt werde; also konnte ihnen auch nichts drohen. Aber dann auf der Hazienda! Was aber und wie? Man hatte von den Yuma-Indianern gesprochen, welche das Rachewerk an mir ausführen sollten. Jedenfalls waren es auch sie, von denen den Auswanderern die Gefahr drohte. Ein Indianerüberfall? Das schien mir nicht allzu gefährlich. Doch warum sollten die polnischen Arbeiter überfallen werden? Sie waren so arm, daß, den Juden abgerechnet, bei ihnen nichts geholt werden konnte. Es mußte doch noch eine andere Bewandtnis damit haben, eine Bewandtnis, welche zu durchschauen ich jetzt noch nicht genug Beobachtungen gemacht hatte. Ich hoffte aber, unterwegs genug zu sehen und zu hören, um auf die richtige Spur zu kommen.

Unterwegs? Mußte ich denn mit? War ich verpflichtet dazu? Eigentlich wohl nicht. Ich konnte in Lobos aussteigen und mich aus dem Staube machen. In diesem Falle aber waren die Auswanderer ihrem bösen Schicksale verfallen, und wenn dasselbe über sie hereinbrach, so fiel die ganze Last desselben auf mein Gewissen. Das letztere befahl mir also, mitzugehen, und außerdem war es der mich nie verlassende Thatendrang, welcher es mir gerade als eine Lust erscheinen ließ, die Anschläge des Mormonen kennen zu lernen und zunichte zu machen. Er hatte gesagt: „Er will mich überlisten, folglich muß er selbst überlistet werden. Nun gut, List gegen List und Aberlist gegen Aberlist!"

Als ich erwachte, war der Athlet schon munter und fragte mich:

„Ich schlief fest und hörte Sie nicht zurückkommen. Sind Sie vielleicht ertappt worden?"

„Nein."

„Aber haben Sie etwas erfahren?"

„Besonders Wichtiges nicht," antwortete ich gleichgültig.

„Dachte es," lachte er. „Habe es Ihnen übrigens vorhergesagt. Man sollte Sie tüchtig auslachen."

„Thun Sie das; aber haben Sie die Güte, zu schweigen, damit ich nicht auch von andern ausgelacht werde."

„Halten Sie mich für eine Plaudertasche?" fragte er in seiner grilligen Weise. „Ich bin niemals ein Plappermaul gewesen, und es fällt mir auch gar nicht ein, Ihretwegen eines zu werden. Ich werde Sie also nicht verraten, am allerwenigsten gegen die beiden

Schufte, die ich nicht leiden kann. Ich habe nun einmal das Gefühl, wenigstens mit dem Mormonen einmal tüchtig zusammenzugeraten.“ – – –

ZWEITES KAPITEL

Ein Teufelsstreich

Lobos lag längst hinter uns; wir hatten bereits San Miguel de Horcasitas passiert und ritten und fuhren nun Ures, der Hauptstadt des gleichgenannten Distriktes entgegen. Ritten und fuhren? Jawohl. Es war dafür gesorgt, daß keiner der Auswanderer zu gehen brauchte. Sennor Timoteo Pruchillo, unser Haziendero, hatte uns Indianer mit Wagen nebst Zug- und Reitpferden zugeschickt, welche wir in Lobos auf uns wartend fanden. Das ganze Geschäft war mit allem, was damit in Verbindung stand, so vorzüglich geordnet, daß, wie bei einem Uhrwerke, die einzelnen Zähne ganz regelrecht ineinander griffen.

Die Wagen waren unförmliche Bauwerke, ähnlich denjenigen, auf oder in denen früher die Emigranten die nordamerikanischen Prairien durchzogen. Für die Frauen und Kinder bestimmt, waren sie außerdem mit den armen Habseligkeiten der Einwanderer und mit den Gegenständen beladen, welche der Haziendero durch den Führer des Zuges in Lobos hatte einkaufen lassen. Die Reitpferde ließen durchgängig viel zu wünschen übrig, genügten aber für eine Reise von so kurzer Dauer. Der Führer schien ein alter, bewährter Vaquero oder Oberknecht zu sein, ein schweigsamer, mürrischer Patron, welcher mit niemand sprach und höchstens nur vor dem Mormonen Achtung zu haben schien. Beide ritten auch unausgesetzt nebeneinander an der Spitze des Zuges. Ich hatte mich zu dem Athleten gesellt und kümmerte mich, wie es schien, so wenig wie möglich um andere Personen, während ich doch heimlich auf das Geringste achtete, um der Aufgabe, welche ich mir gestellt hatte, möglichst gerecht zu werden. Der Herkules war ein sehr guter Reiter, da er öfters bei Kunstreitergesellschaften engagiert gewesen war und also Gelegenheit gefunden hatte, sich zu üben.

Er lächelte oft über mich, wenn ich, nach vorne gebeugt und scheinbar haltlos, im Sattel saß, ganz nach Art erfahrener Prairiejäger, welche während eines gewöhnlichen Rittes samt ihren Pferden zu schlafen scheinen, bis plötzlich ein Ereignis oder eine Erscheinung Reiter und Tier so belebt, daß beide ganz andere Wesen geworden zu sein scheinen. Er tadelte meine schlechte Haltung, meinen lockern Schluß, das Schlottern meiner Arme und sprach, als diese Ermahnungen nichts änderten, endlich fast zornig die Überzeugung aus:

„Mann, bei Ihnen ist alles in den Wind gesprochen. Soviel ich mir Mühe gebe, aus Ihnen wird im ganzen Leben kein auch nur leidlicher Reiter. Sie hocken auf Ihrem Gaule wie ein Schuljunge auf seinem Schaukelpferde. Es ist eine Affenschande!“

Höflichkeiten durfte man von ihm nicht erwarten, und doch hatte ich gar wohl bemerkt, daß er sich gegen mich nicht mehr so gleichgültig oder gar abstoßend verhielt, wie am ersten Tage unserer Bekanntschaft. Oft, wenn ein schneller Blick von mir sein Auge überraschte, sah ich, daß es mit einem freundlichen, ja weichen Ausdrucke auf mir ruhte; dann senkte er es schnell, als ob er sich schäme, einmal für einen kurzen Augenblick von seiner Grimmigkeit gelassen zu haben.
Der Kajütenwärter Weller war, wie als ganz selbstverständlich erschien, auf dem Schiffe zurückgeblieben, doch war ich überzeugt, daß er nach unserer Landung sehr bald von demselben desertiert sei, um irgendwo und irgendwie den Zwecken des Mormonen zu dienen.
Letzterer widmete den Auswanderern zwar auch noch diejenige Aufmerksamkeit, welche sie nach seiner vermeintlichen Stellung zu ihnen von ihm zu erwarten hatten, aber es war doch seit der Ausschiffung nicht mehr die überfließende Freundlichkeit, welche er ihnen auf dem Schiffe gezeigt hatte. Und je weiter wir kamen, je weiter wir uns von der See entfernten und je sicherer er sie also hatte, desto kürzer angebunden wurde er, wenn er mit einem von ihnen sprach.
Ich war in der Gegend, durch welche wir kamen, noch nicht gewesen und kannte also die Lage der Distriktshauptstadt Ures, durch welche wir eigentlich mußten, nicht genau; aber ich wußte, daß sie am Rio Sonora liegt, einige Meilen unterhalb Arispe. Die Stadt breitet sich am linken Ufer des Flusses in einer sehr fruchtbaren Ebene aus und ist von herrlichen Gärten umgeben. Wir freuten uns darum auf unsere Ankunft dort, da wir bisher meist über ödes Land gekommen waren und in Ures einen Ruhetag zu haben hofften. Ich vermutete, daß wir uns der Stadt näherten, denn wir waren schon längst über den Rio Dolores, den Nebenfluß des Rio Sonora, gekommen und es erhielten sich von Stunde zu Stunde mehr Anzeichen, daß ein größerer Ort vor uns liege. Es mehrten sich die Wege, nämlich was man dort „Weg" zu nennen pflegt; einzelne Menschen, meist Reiter, kamen an uns vorüber, oder hie und da tauchte eine Hazienda oder Estanzia zu unserer Seite auf.
Da war es denn sehr auffällig, daß der Mormone dafür sorgte, daß keiner der uns Begegnenden mit uns sprechen konnte, Er ritt stets auf den Betreffenden zu und verwickelte ihn solange in ein Gespräch, bis wir vorüber waren. Entweder sollten wir nicht gewarnt werden, oder er wollte überhaupt niemandem wissen lassen, wer wir waren und wohin wir wollten. Sein Verhalten ließ ja mit Sicherheit vermuten, daß er jedem Fragenden eine falsche Auskunft gab. Dazu kam, daß er unsere bisherige gerade Richtung in eine nordöstliche veränderte. Nach dorthin war Ures jedenfalls nicht zu suchen. Ich hatte mir vorgenommen, ihm keine Spur von Mißtrauen zu zeigen, ritt aber jetzt doch zu ihm hin, um ihn in höflicher Weise nach der Lage der Stadt und der Zeit, in welcher wir dieselbe erreichen würden, zu fragen. Er antwortete, indem er mir einen giftigen Seitenblick zuwarf:

„Was wollt Ihr mit Ures, Master? Habe ich etwa gesagt, daß wir diesen Ort berühren werden?“
„Ihr habt gesagt, daß die Hazienda del Arroyo hinter Ures liegt; also denke ich, daß wir – –“
„Denken, denken!“ unterbrach er mich. „Die Hazienda liegt hinter Ures, ja, aber nicht in gerader Richtung, sondern seitwärts. Muten Sie uns etwa zu, Ihretwegen einen Umweg zu machen?“
„Fällt mir nicht ein! Übrigens werdet Ihr zugeben, daß meine Frage eine völlig unbefangene war und keine Spur von Zudringlichkeit enthalten hat.“
Ich wendete mich von ihm ab. Er hatte auf meine spanische Frage englisch geantwortet, um nur von mir verstanden zu werden. Höchst wahrscheinlich durfte der alte Peon oder Vaquero, welcher neben ihm ritt, nichts von seinen eigentlichen und heimlichen Absichten erfahren. Und außerdem vermutete ich, daß er Ures vermeiden wollte, damit man dort nicht erfahre, daß ein Transport von Emigranten nach der Hazienda del Arroyo gegangen sei. Man hatte mit den Auswanderern irgend etwas vor, was verschwiegen bleiben sollte.
Es war am Abende desselben Tages, als wir den Rio Sonora erreichten, weit, weit oberhalb der Stadt, wie ich annahm. Die Ufer fielen allmählich ab, und das Wasser war nicht tief, sodaß wir mit unsern Wagen und Pferden unschwer hinüberkamen. Am jenseitigen Ufer hätte eigentlich gehalten werden sollen, denn es war spät geworden, und der weite Marsch hatte Menschen und Tiere ermüdet. Dennoch erklärte der Mormone, daß wir noch weiter müßten und nach Verlauf von einer Stunde eine Stelle erreichen würden, an welcher ein viel besserer Lagerplatz als hier am Flußufer zu finden sei.
Ich glaubte, Grund zu haben, dieses letztere zu bezweifeln. Es gab hier am Wasser Stechmücken, welche uns in der Ruhe stören konnten; das war aber auch die einzige Ursache, den Fluß zu meiden, dessen Ufer alles boten, was Menschen und Tiere verlangen mochten. Der Mormone mußte, zumal es nun schon dunkel wurde, eine bestimmte Absicht haben, uns von dem Flusse zu entfernen und nach einem Platze zu führen, an welchem es sogar kein Wasser gab, was ich daraus schloß, daß er, bevor wir weiter zogen, alle Tiere am Flusse tränken ließ. Es fiel mir natürlich nicht ein, ein Wort darüber zu verlieren, doch nahm ich mir vor, aufzupassen, um seine Absichten zu erfahren.
Da es nach unserm Aufbruche vom Flusse ziemlich dunkel war, konnte ich die Gegend, durch welche wir kamen, nicht genau taxieren. Bäume oder gar Wald gab es nicht, auch Felder sah ich nicht. Wir ritten zuweilen über Gras, meist aber durch Sand, in welchen die Hufe unserer Tiere und die Räder der Wagen ziemlich tief einsanken. Bald zeigten sich einige Sterne am dunklen Himmel, und nur mit ihrer Hilfe konnte ich erkennen, daß unser Weg nun nach Südost gerichtet war. Vor der Stadt waren wir nach Nordost eingebogen; jetzt ging es nach Südost; es war also klar, daß Ures auf unserm geraden, auf unserm kürzesten Wege gelegen hatte und von dem Mormonen aus einem Grunde

umgangen worden war, den ich zwar noch nicht kannte, aber gewiß kennen zu lernen hoffte.

Anstatt nach einer Stunde hielten wir erst nach zweien an, mitten auf der freien Ebene, wo einiges Buschwerk stand, aber weder ein laufendes, noch ein stehendes Wasser zu sehen war. Es war auffällig, daß wir nicht bei diesen Büschen, sondern in einiger Entfernung von denselben lagerten. Kein Reisender verzichtet ohne triftigen Grund auf den Schutz oder wenigstens auf die Annehmlichkeit, welche ein Strauchwerk bietet. Die Wagen wurden zusammengeschoben; die Zugtiere ausgespannt, die Reittiere entsattelt und dann einigen Yaquiindianern übergeben, unter deren Aufsicht sie während der Nacht das spärliche Gras abweiden sollten. Dabei fiel mir wieder auf, daß der Mormone die Indianer mit den Pferden und Maultieren nicht nach derjenigen Seite, auf welcher die Büsche standen, sondern nach der entgegengesetzten beorderte. Es schien so, als solle niemand von uns in die Nähe dieses Buschwerkes kommen. Darum nahm ich mir vor, es heimlich aufzusuchen.

Die Leute waren ermüdet und wickelten sich bald in ihre Decken, um einzuschlafen. Ich that dasselbe, schloß aber die Augen nicht. Wir standen im ersten Viertel, doch war der Mond noch nicht aufgegangen. Die Sterne, deren es heute nur wenige gab, verbreiteten ein ungewisses Licht, bei welchem man nicht zehn Schritte scharf zu sehen vermochte.

Ich beobachtete die Stelle, an welcher Melton ganz allein und abseits von uns lag. Es schien, als ob er schlafe; aber nach ungefähr drei Viertelstunden nahm ich eine Bewegung wahr. Er rollte sich aus der Decke und stand auf. Nachdem er eine Zeit lang lauschend gestanden hatte, glaubte ich, daß er sich entfernen werde; dem war aber nicht so, denn er kam leise auf mich zu, kniete, als er in meine Nähe gekommen war, nieder, kam unhörbar herangekrochen und hielt sein Ohr so nahe an meinen Kopf, daß er meine Atemzüge hören mußte. Ich atmete langsam, leise und regelmäßig wie einer, der im tiefen Schlafe liegt. Das befriedigte ihn. Er erhob sich und ging fort, die Richtung nach den Büschen einhaltend.

Sein Verhalten bewies erstens, daß er mir nicht traute und sich vor meiner Vorsicht und Wachsamkeit fürchtete, zweitens, daß er etwas vorhatte, was niemand wissen sollte. Ich mußte es erfahren, sprang auf, als er sich soweit entfernt hatte, daß er mich nicht mehr hören konnte, und eilte nach den Büschen, um vor ihm dort anzukommen.

Natürlich lief ich da nicht etwa hinter ihm her, sondern ich schlug einen Bogen, welcher mich ostwärts von den Büschen brachte, während er sich denselben von Süden her näherte. Auch versteht es sich ganz von selbst, daß ich mich nicht direkt bis zu den Sträuchern wagte; ich mußte ja annehmen, daß er von irgend jemand bei denselben erwartet werde. Als ich noch ungefähr vierzig oder fünfzig Schritte zu machen hatte, um sie zu erreichen, legte ich mich nieder und kroch auf Händen und Füßen weiter, bis ich nur noch halb so weit von ihnen entfernt war.

Meine Bewegungen waren so rasch gewesen, daß ich dem Mormonen trotz des Umweges, den ich gemacht hatte, vorangekommen war; denn erst jetzt, als ich schon

wartend lag, hörte ich seine Schritte. Er ging in so kurzer Entfernung an mir vorüber, daß ich ihn deutlich erkennen konnte, blieb dann stehen und schnalzte mit der Zunge. Sofort ertönte derselbe Laut als Antwort aus den Büschen. Dann trat eine Gestalt, welche ich nicht genau sehen konnte, aus den Sträuchern und fragte in englischer Sprache:
„Bruder Melton, bist du es?"
„Yes," antwortete er. „Und du?"
„All right! Komm nur heran! Es ist alles in Ordnung."
„Bist du allein?"
„Nein, der Häuptling ist mit da. Daraus magst du ersehen, daß ich unsere Angelegenheit nicht bei der falschen Ecke angefaßt habe. Es läuft alles so, wie es laufen soll."
„So hat dein Junge dich getroffen?"
„Ja. Komm in die Büsche! Es gilt vorsichtig zu sein, da sich dieser Mensch, Old Shatterhand, bei dir befindet, was ich aber noch gar nicht glauben will."
„Er ist's; ich kann es beschwören, denn – –"
Weiter hörte ich nichts, denn er war während dieser Worte zu dem andern getreten, und dann verschwanden beide zwischen den Sträuchern.
Was sollte ich thun? Lauschen? Das ist leicht gesagt, war aber schwer, ja unmöglich auszuführen, wie ich mich bald überzeugte. Das Gebüsch war nicht umfangreich und auch nicht dicht, und soeben erschien die Sichel des Mondes am Horizonte. Es standen im höchsten Falle zehn oder zwölf Sträucher bei einander, und ich wußte nicht, hinter welchem ich die Männer, von denen jetzt wenigstens drei beisammen waren, zu suchen hatte. Man hätte mich sehen müssen, selbst wenn ich dunkel gekleidet gewesen wäre. Da nun aber mein Anzug eine helle Farbe hatte, so wäre es geradezu Albernheit gewesen, mich anschleichen zu wollen. Darum that ich das einzige, was ich thun konnte: ich kroch soweit zurück, bis ich mich erheben durfte, und begab mich dann wieder nach dem Lager, wo alle schliefen und niemand meine Abwesenheit bemerkt hatte. Ich wickelte mich wieder in meine Decke, und legte mir das, was ich gesehen und gehört hatte, zurecht.
Wer war der Mann, mit welchem Melton gesprochen hatte? Die Antwort war gar nicht schwer zu erteilen. Beide hatten sich „Bruder" genannt; also war er auch ein Mormone, und dies um so wahrscheinlicher, als er sich nicht der hier gebräuchlichen spanischen, sondern der englischen Sprache bedient hatte. Sodann war er von Melton gefragt worden, „ob sein Junge ihn getroffen habe". Unter diesem Jungen war jedenfalls Weller, der Kajütenwärter unseres Schiffes, gemeint. Als ich diesen mit dem Mormonen im Deckzelte belauschte, hatte er davon gesprochen, daß sein Vater längst zu den Indianern aufgebrochen sei. Und jetzt steckte ein Indianerhäuptling mit in den Büschen! Die heutige Zusammenkunft war jedenfalls längst vorher verabredet und festgesetzt worden. Der junge Weller war nach unserer Landung von Bord gegangen und hatte, natürlich viel schneller als wir hatten reisen können, seinen Vater aufgesucht, um ihm zu melden, daß die Emigranten unterwegs seien und er sich also nun zu der verabredeten

Zusammenkunft einzufinden habe. Ganz gewiß waren jetzt der alte Weller, Melton und ein Indianerhäuptling beisammen; vielleicht war auch der junge Weller dabei; ja sehr wahrscheinlich waren außer dem Häuptlinge noch andere Indianer anwesend. Ich hatte also ganz recht gehandelt, mich nicht in die Gefahr zu begeben, entdeckt zu werden, denn diese Gefahr war um so größer, je mehr Personen sich bei dem Buschwerke eingefunden hatten.

Nun kam die wichtige Frage, zu welchem Stamme die Indianer gehörten. Wer die Verhältnisse von Mexiko und vor allen Dingen der Provinz Sonora kennt, der weiß, welch eine Menge von Stämmen dort zu finden sind. Es gibt da Opata-, Pima-, Sobaipuri-, Tarahumara-, Cahuentscha-, Papago-, Yuma-, Tepeguana-, Cahita-, Cora-, Colatlan-, Yagui-, Upanguaima- und Guaima-Indianer, welche sich meist wild in Sonora und an den Grenzen dieses Staates umhertreiben. Und dies sind nur die hervorragendsten Stämme; diejenigen, welche nicht von Bedeutung sind, habe ich gar nicht genannt.

Ich hatte den Häuptling nicht gesehen und noch viel weniger sprechen gehört, konnte also nicht einmal ahnen, welchem Volke er zuzurechnen sei. Und doch wäre es für mich von großem Vorteile gewesen, dies zu wissen. Noch wichtiger aber als diese Frage war diejenige, zu welchem Zwecke die heutige Zusammenkunft hier stattfand. Daß es sich um die Emigranten handle, konnte ich mir wohl denken; aber etwas Näheres zu erraten, das war mir unmöglich, obgleich ich all meinen Scharfsinn anstrengte und selbst die kleinste Thatsache oder Wahrnehmung an mir vorübergehen ließ, um sie einer eingehenden Beurteilung und Vergleichung zu unterwerfen.

Ich befand mich in einer beinahe fieberhaften Aufregung. Ich mußte alle Selbstbeherrschung aufwenden, um ruhig liegen zu bleiben, zumal es über zwei volle Stunden dauerte, ehe der Mormone zurückkehrte und sich zur Ruhe legte. Bei mir gab es freilich keine Ruhe; ich vermochte nicht zu schlafen. Es schwebte eine Gefahr über uns, ohne daß ich sagen konnte, welcher Art sie sei und wann sie hereinbrechen werde. Das raubte mir den Schlaf. Über uns! Nun allerdings zunächst wohl nur über den Emigranten; aber ich hatte mich nun einmal dieser Angelegenheit angenommen, und so stand es fest, daß ich dieselbe auch als die meinige betrachtete und solange bei den Bedrohten aushielt, bis sie zu Ende geführt war. Ich hätte mich, wie schon oft gesagt, einfach entfernen können, wäre aber dadurch um mein ruhiges Gewissen gekommen und hätte mich selbst für einen Feigling erklären müssen.

Als stets vorsichtiger Mann fragte ich mich dabei, ob ich der Gefahr, von welcher ich zu niemandem sprechen durfte und der ich mich also ganz allein entgegenzustellen hatte, auch gewachsen sei. Der Mut war da; aber wie stand es mit der Verantwortlichkeit? Wenn man mich unschädlich machte, waren diejenigen, denen ich doch helfen wollte, verloren. Es galt also, zunächst und vor allen Dingen auf meine eigene Sicherheit bedacht zu sein. Da mußte ich denn an den Umstand denken, daß der Mormone die Stadt Ures vermieden hatte, jedenfalls um dort nicht wissen zu lassen, daß sich ein Transport von Emigranten auf dem Wege nach der Hazienda del Arroyo befinde. Wäre dies dort bekannt geworden, so stand fest, daß er für das spätere Schicksal derselben, deren Führer er doch war, eintreten mußte. Ich meinte also, daß es geraten sei, die dortige Behörde zu benachrichtigen. Wer aber sollte das thun? Natürlich ich. Und wann? Sobald wie möglich, also morgen früh. Da aber niemand, am allerwenigsten der Mormone, vorher davon wissen durfte, so mußte ich mich von unserer Karawane auf eine Weise entfernen, welche keinen Verdacht aufkommen ließ. Wie war das anzufangen? Fragen? Da hätte ich sagen müssen, wohin ich wollte. Mich heimlich entfernen? Das hätte den Verdacht, den ich vermeiden wollte, ja gerade hervorrufen müssen. Während ich darüber nachsann, dachte ich an den Herkules und an seine Worte, daß ich im ganzen Leben kein guter Reiter werden würde, Das war es, was mir ermöglichte, meinen Plan auszuführen. Mein Pferd mußte mit mir durchgehen.

Die Absicht, diesen Plan auszuführen, wirkte so beruhigend auf mich, daß ich endlich doch einschlief und erst dann erwachte, als die andern schon munter waren und sich zum Aufbruche rüsteten. – Der Mormone betrieb denselben mit auffälliger Eile, und ich erriet den Grund, welchen er dazu hatte. Seine Fährte hatte sich nämlich dem weichen Sande so tief eingedrückt, daß man sie mit dem Auge bis zu dem Gebüsch verfolgen konnte. Da er mich für Old Shatterhand hielt, der ich ja auch war, so besorgte er, daß ich diesen Stapfen meine Aufmerksamkeit widmen und ihnen folgen werde. In diesem Falle hätte ich auch die Spuren derer finden müssen, mit denen er während der Nacht verhandelt hatte. Um dies zu vermeiden, trieb er zum Aufbruche.

Und doch hatte ich dieselbe Sorge wie er, denn die Eindrücke meiner Füße waren ebenso mit der größten Deutlichkeit zu sehen. Er konnte sie unmöglich ignorieren. Jedenfalls aber glaubte er, daß sie von einem seiner Verbündeten herrührten, welcher sich von dem Gebüsch aus nach unserm Lagerplatze geschlichen hatte, ohne dies später bei der Unterredung zu erwähnen.

Als ich mein Pferd aufschirrte, steckte ich einige scharfe Sandkörner zwischen Haut und Sattel und zog dann den Gurt scharf an. Nach dem Aufsteigen stellte ich mich in die Bügel und machte mich möglichst leicht, sodaß das Pferd noch keinen Schmerz empfand. Als ich mich aber nach einer Weile festsetzte, fühlte es die Sandkörner und begann, sich widerspenstig zu zeigen. Ich gab mir scheinbar alle Mühe, es zu beruhigen, doch vergebens. Es wollte mich abwerfen, und ich stellte mich dabei so, als ob es mich die größte Anstrengung koste, im Sattel zu bleiben. Das Tier benahm sich schließlich so störrisch, daß alle, selbst der Mormone, aufmerksam wurden.

„Was hat denn die Bestie eigentlich?“ fragte der Herkules, welcher wieder neben mir ritt.

„Weiß ich's? Sie will mich herunter haben. Weiter wird's nichts sein.“

„So nehmen Sie das Viehzeug kurz in die Zügel, und geben Sie ihm die Sporen, damit es Respekt bekommt. Ein Wunder ist es freilich nicht, daß es nichts mehr von Ihnen wissen mag. Ein Pferd, welches Charakter und Ehre besitzt, will einen guten Reiter haben. Sie aber sind – oho – – hallo – – wohin denn?“

Ich hatte seinen Rat befolgt und dem Pferde die Sporen gegeben. Es ging in die Luft, erst vorn, dann hinten, dann mit allen vieren zugleich, bockte nach rechts, nach links, doch ohne mich herunterzubringen. Ich machte mich zwar mit guter Absicht bügellos, rutschte nach hinten und legte mich nieder, um die Arme um den Hals des Tieres zu schlingen, fiel aber selbstverständlich nicht herunter. Alle, die es sahen, lachten, und dieses laute, schallende Gelächter regte meinen Gaul vollends so auf, daß er zu gleichen Beinen mit mir davonrannte, immer geradeaus über die Ebene dahin. Daß diese rasende Carriere nach keiner andern Richtung als nach Süden ging, war meine Sache, schien aber der reine Zufall zu sein.
Als ich mich umschaute, sah ich, daß einige mir folgten, bald aber wieder umkehrten. Der Herkules ritt mir länger nach. Er war in Sorge um mich, konnte mich jedoch nicht einholen. Nach zehn Minuten sah ich ihn nicht mehr und stieg ab, um die Sandkörner zu entfernen und das arme Tier von seiner Qual zu befreien. Dann ging es wieder weiter, immer südwärts, wo ich die Stadt zu suchen hatte.
Eigentlich führten mich zwei Gründe dorthin. Zunächst wollte ich der dortigen Polizei die beabsichtigte Mitteilung über die Emigranten machen, und sodann war es nötig, mir einen anderen Anzug zu verschaffen. Der jetzige war so dünn und leicht, daß er bei den Anstrengungen, denen ich entgegenging, bald in Fetzen gehen mußte; auch störte mich seine helle Farbe, die mir gestern abend so hinderlich gewesen war. Ich hatte ihn in Guaymas gekauft, weil es dort für meine Statur keinen besseren gab und ich von dem Mormonen für einen armen Teufel gehalten sein wollte. Da dieser mich aber durchschaut hatte, so war nicht einzusehen, warum ich nicht auch äußerlich zugeben sollte, daß ich nicht unter die „Landstreicher“ zu rechnen sei.
Gestern war von mir angenommen worden, daß wir den Fluß einige Meilen oberhalb Ures passiert hatten; jetzt stellte sich heraus, daß diese Schätzung richtig gewesen war. Noch war keine Stunde vergangen, so nahm die Gegend ein ganz anderes Aussehen an. Sie wurde um so belebter, je weiter ich kam; Landgüter tauchten auf; das Pferd bekam gebahnte Wege unter die Füße; dann ritt ich zwischen Gärten dahin und gelangte schließlich in die Stadt, welche einen bedeutend bessern Eindruck auf mich machte, als ich auf die mir begegnenden Bewohner derselben zu machen schien, denn ich sah die keineswegs hochachtungsvollen Blicke, welche sie auf mich warfen. Ich erkundigte mich bei einem derselben nach der Casa de Ayuntamiento, stieg, als ich dieselbe erreicht hatte, vom Pferde, band dasselbe an, trat ein und fragte einen da herumlungernden Polizisten nach dem Alcaide del distrito. Der Mann wies mich in den Hof, in welchem ich eine Thüre sah, deren Aufschrift mir sagte, daß sich hinter derselben die Expedition dieses höchsten Beamten des Distriktes befinde. Als ich anklopfte, hörte ich im Innern eine antwortende Stimme und trat ein, um sofort eine sehr, sehr tiefe Verbeugung zu machen, denn ich befand mich nicht einem Herrn, sondern einer Dame gegenüber.
Hier war auch nicht das geringste von alledem zu sehen, was der Deutsche mit einem Expeditionszimmer, einem Bureau, in Verbindung bringt. Es gab vier leere, weiß

getünchte Wände. In den fest gestampften Boden waren vier weiß, rot und grün, also in den Nationalfarben angestrichene Pfähle getrieben, an denen zwei Hängematten hingen. In der vordern Hängematte lag eine sehr junge Dame, Cigaretten rauchend und nicht allzu wählerisch in ein nicht allzu weißes Morgengewand gekleidet. Ihr noch nicht geordnetes Haar hatte sich wahrscheinlich schon gestern und auch vorgestern in demselben Zustande befunden. Über ihr saß, an eine Kette gefesselt, ein Papagei, welcher mich mit zornigem Krächzen empfing. Erst später bemerkte ich, daß die zweite, hintere Hängematte nicht leer war. Also ich verbeugte mich tief und fragte dann im höflichsten Tone, ob es mir gestattet sei, den Alcaide de distrito zu sprechen. Die Dame musterte mich mit scharfen Augen, warf mir dann die Hand entgegen, als ob ich Luft sei, und wendete das Köpfchen ab, ohne mir eine Antwort zu geben. Dafür aber sträubte der Papagei sein Gefieder, riß den krummen Schnabel auf und kreischte mir zu:

„Eres ratero!"

Diese Begrüßung lautet zu deutsch: „Du bist ein Spitzbube!" Die Dame liebkoste den Vogel ob dieses geistreichen Ausrufes, und ich wiederholte meine Frage in der vorherigen höflichen Weise.

„Eres ratero!" schrie der Papagei, während die Dame in ihrem Schweigen verharrte.

Ich wiederholte meine Frage abermals.

„Eres ratero, ratero, ratero!" schimpfte der gefiederte Verleumder, und die Dame gab sich nun die Mühe, mit der Hand nach der Thüre zu winken, um mir auf diese sinnige Weise anzudeuten, daß sie sich und ihren Papagei von mir befreit sehen wolle.

Ich öffnete also die Thüre, doch ohne mich zu entfernen, blickte hinaus und sah den Polizisten, welcher mich hierher gewiesen hatte. Da er nach der andern Seite schaute, steckte ich den Finger in den Mund und pfiff so schrill, wie ich nur pfeifen konnte. Der Papagei pfiff mit; die Dame kreischte auf, gerade auch wie ein Papagei, und der Polizist drehte sich nach mir um. Ich winkte ihn herbei und fragte, als er herangekommen war:

„Ist hier wirklich das Amtslokal des Alcaide del distrito?"

„Ja, Sennor," antwortete er.

„Wo ist er denn?"

„Na, da im Lokale!"

„Ich sehe ihn doch nicht, und die Sennora antwortet mir nicht!"

„Dafür kann ich nicht; da ist nichts zu machen."

Er wendete sich ab und ging davon. Ich drehte mich also wieder nach der Dame um und wiederholte meine Frage, diesmal aber nicht im höflichen Tone. Da richtete sie sich auf, blitzte mich aus ihren dunklen Augen an und antwortete:

„Hinaus, sofort, sonst lasse ich Sie einsperren! In welcher Kleidung kommen Sie! Man sieht ja sofort, daß Sie die Amtshandlung nicht bezahlen können!"

Der Papagei schlug mit beiden Flügeln, hackte mir mit dem Schnabel entgegen und schrie: „Eres ratero, eres ratero!" Ich aber zog kaltblütig meinen Beutel aus der Tasche, nahm einige Goldstücke heraus und begann, ohne ein Wort zu sagen, dieselben aus einer

Hand in die andere zu zählen. Sofort ahmte der Papagei mit wirklich täuschender Stimme den Klang des Goldes nach, und die Dame wendete sich nach der andern Hängematte, um im lieblichsten Flötentone zu sagen:
„Erhebe dich, mein Lieber! Es ist ein Cavallero da, welcher höchst notwendig mit dir zu sprechen hat. Ich werde ihm eine Cigarette drehen."
Unter dem Sitze des Papageies war ein Kästchen angebracht, in welchem sich Tabak und Cigarettenpapier befand. Sie nahm eines dieser Papiere in den Mund, um es mit Speichel anzufeuchten, legte eine Prise Tabak darauf und drehte beides mit ihren niedlichen Fingern in Raupenform, brannte diese Raupe an ihrem Stummel an und reichte sie mir dann mit einem herzgewinnenden Lächeln zu.
Hm! Das Anfeuchten! Diese Fingerchen, bei deren melierter Färbung man im unklaren war, ob sie in Handschuhen steckten, oder einen sonstigen Überzug hatten! Und dazu der Ort, an welchem sich der Tabak befand, gerade unter dem Papagei! Kurz und gut, ich nahm die Cigarette zwar mit einer tiefen Verbeugung an, hütete mich aber, sie nach dem Munde zu führen.
Indessen hatte sich im Hintergrunde eine Bewegung geltend gemacht, welche mich veranlaßte, dieser Richtung meine Aufmerksamkeit zuzuwenden. Die zweite Hängematte geriet ins Schaukeln, und aus ihr entwickelte – ich sage mit vollster Absicht, entwickelte – sich eine lange, ewig lange und erschrecklich hagere Gestalt, welche mit langsamen, unhörbaren, geisterhaften Schritten auf mich zukam, vor mir stehen blieb und mich in einem hohlen Bauchrednertone fragte:
„Wieviel Sporteln sind Sie bereit zu zahlen, Sennor!"
„Ich zahle nach dem Werte der Antworten, welche ich erhalte," antwortete ich.
Der ewig Lange drehte sich nach seinem jungen Weibe um und meinte unter einer gräßlichen Gesichtsverzerrung, welche jedenfalls ein freundliches Lächeln sein sollte:
„Hörst du es, mein Täubchen? Er zahlt nach dem Werte. Da aber alles, was ich sage, für jedermann von hohem Werte ist, so bitte ich dich, dem Sennor noch eine Cigarette zu drehen."
Sie folgte dieser Aufforderung mit sichtbarem Vergnügen, und als ich dann zwei von ihr angebrannte, zwischen meinen Fingern aber wieder ausgelöschte Tabakswürmer in der Hand hielt, forderte mich ihr edler Ehegemahl auf:
„Nun tragen Sie mir getrost und mit Vertrauen Ihre Wünsche vor, Sennor! Sie stehen vor dem besten Ihrer Freunde."
Auch der Papagei ließ so zarte und sanfte Schluchzer und Gluchzer hören, daß mir ganz wonnig zu Mute wurde. Ich befand mich jedenfalls den beiden besten und edelsten der Menschen und dem traulichsten der Papageien gegenüber und erkundigte mich also mit hingebendster Offenheit:
„Ist Ihnen vielleicht der Name Timoteo Pruchillo bekannt, Sennor?"
„Nein. Auch dir nicht, mein Täubchen?"
„Nein," antwortete das Täubchen.

„Ich suche eine Hazienda del Arroyo, welche nicht sehr weit von Ures zu liegen scheint. Vielleicht können Sie mir Auskunft erteilen?“
„Nein. Auch du nicht, mein Täubchen?“
„Nein,“ echote das Täubchen.
„Timoteo Pruchillo hat deutsche Emigranten kommen lassen, welche auf seiner Hazienda arbeiten sollen. Wer hat diese Leute zu beschützen, falls er es nicht ehrlich mit ihnen meint?“
„Ich nicht, Sennor.“
„Aber wer denn sonst?“ fragte ich.
„Deutschland mit seinen Gesandtschaften oder Konsulaten.“
„Giebt es hier ein Konsulat?“
„Nein.“
„Aber wenn diese Leute in Not oder gar Gefahr kommen, so muß doch jemand hier sein, der sich ihrer annimmt!“
„Nein, es ist niemand da.“
„Aber, Sennor, selbst angenommen, daß die Leute rechts- und schutzlos sind, weil kein Vertreter ihres Vaterlandes sich im hiesigen Distrikte befindet, so ist doch zu erwarten, daß ein Mexikaner, falls er unehrlich oder gar noch schlimmer an ihnen handelte, von der hiesigen Behörde zur Verantwortüng gezogen würde?“
„Nein, Sennor. Was mit Ausländern geschieht, geht mich nichts an.“
„Wenn nun ein Bewohner Ihres Distriktes einen Deutschen tötete, was würden Sie da thun, Sennor?“
„Nichts, gar nichts. Meine Unterthanen machen mir soviel zu schaffen, daß ich mich mit Angehörigen fremder Länder nicht befassen kann. Mit ausländischen Personen, Angelegenheiten, Verhältnissen und Dingen können wir uns unmöglich abgeben. So etwas dürfen Sie von uns nicht verlangen. Wünschen Sie sonst noch etwas, Sennor?“
„Nein, Ihre bisherigen Antworten haben mich aller weiteren Fragen enthoben.“
„So werde ich Sie entlassen, sobald Sie den Wert meiner Auskünfte anerkannt haben.“
„Ja, anerkannt haben,“ stimmte die Sennora in bezauberndem Tone bei, wozu der Papagei ein allerliebstes, halblautes Klingen und Singen hören ließ.
„Ich werde Sie über diesen Wert auf das gewissenhafteste aufklären,“ antwortete ich. „Da Sie immer nur mit „Nein“ geantwortet haben, besitzen Ihre Antworten für mich leider nicht eine Spur von Wert.“
„Wie? Was? Wollen Sie damit sagen, daß Sie nichts zahlen wollen?“
„Allerdings.“
Er trat zwei Schritte zurück, maß mich mit zornigen Augen und drohte:
„Ich kann Sie zwingen, Sennor!“
„Nein! Auch ich bin ein Deutscher. Ich habe nur ausländisches Geld bei mir, und da ich Ihnen nach Ihren eigenen Worten nicht zumuten darf, sich mit ausländischen Angelegenheiten, Personen, Verhältnissen und Dingen zu befassen und mein Geld doch

sicher zu den ausländischen Dingen gehört, so kann ich doch unmöglich mich an Ihrer inländischen Selbstachtung dadurch versündigen, daß ich Ihnen eine fremde Münze anbiete.“

Die Sennora warf ihre Cigarette weg und wetzte ihre Lippen an den Zähnen. Der Papagei hob die Flügel und riß den Schnabel auf. Der Sennor trat noch einen Schritt zurück und fragte in kollerndem Tone:

„Also nur fremdes Geld?“

„Ja. Die einzigen einheimischen Gegenstände, welche ich Ihnen verehren kann, sind diese beiden Cigaretten, die ich hiermit in den Tabakskasten lege.“

Ich warf die Cigaretten in den Tabak, wobei der Papagei mit dem Schnabel nach meiner Hand hackte.

„So wollen Sie nichts, gar nichts zahlen?“fragte der Sennor.

„Nein.“

Ich griff nach meinen Gewehren, welche ich an die Wand gelehnt hatte, um mich schnell zu entfernen.

„Ein Geizhals, ein wortbrüchiger Mensch!“ donnerte der ewig Lange mit seiner Bauchrednerstimme.

„Ein Ausländer, ein Habenichts, ein Vagabund!“ kreischte die Donna wütend hinter mir her.

„Eres ratero, eres ratero, ratero – du bist ein Spitzbube, du bist ein Spitzbube, ein Spitzbube!“ hörte ich den Papagei schreien, als ich mit raschen Schritten über den Hof eilte, um hinaus auf die Straße zu gelangen. Da stand, meiner wartend, der Polizist, streckte mir die Hand entgegen und meinte:

„Eine Gabe für die Auskunft, welche ich Ihnen erteilt habe! Mein Gehalt ist so gering, und ich habe ein Weib mit vier Kindern zu ernähren!“

„Dafür kann ich nicht; da ist nichts zu machen,“ antwortete ich ihm mit seinen eigenen Worten, band mein Pferd los, stieg auf und ritt davon. Wäre ich bei nur einigermaßen besserer Laune gewesen, so hätte wenigstens er etwas bekommen.

Die Hoffnung, welche ich auf die Meldung bei der hiesigen Behörde gesetzt hatte, war eine vergebliche gewesen. Bei solchen Zuständen, welche heutzutage wohl andere sind, ist es am besten, stets nach dem Grundsatze „Selbst ist der Mann“ zu handeln. Fort also mit der Rechnung auf fremde Leute und auf fremde Hilfe! –

Als ich mich weit genug von dem Stadthause entfernt hatte, stieg ich an einem „Hotel“ ab, um da etwas zu essen und zu trinken, das Pferd tränken und füttern zu lassen und mich nach einem Kleiderladen zu erkundigen. Ein solcher lag in der Nähe, und ich bekam da, allerdings zu einem sündhaften Preise, das, was ich suchte, einen guten, mexikanischen Anzug, der wie für mich gefertigt war, aber eine fast vollständige Ebbe in meinem Beutel zur Folge hatte. Die Sorge für die nächste Zukunft riet mir, mich in ausgiebiger Weise mit Schießbedarf zu versehen, und als ich dies gethan hatte, war mein Bargeld so zur Neige gegangen, daß ich trotz alles Schüttelns der Tasche und des Beutels nichts mehr klingen hörte. Das konnte mir aber keine Sorgen machen, da ich jetzt voraussichtlich in Verhältnisse und durch Gegenden kam, in denen der Besitz von Geld nicht nur überflüssig, sondern sogar gefährlich gewesen wäre. In jenen Breiten und Verhältnissen war damals und ist wohl unter Umständen auch noch heute ein zuverlässiges Gewehr in der Hand besser, als ein voller Beutel in der Tasche. So ritt ich denn, den in die Decke gewickelten neuen Anzug hinter mir aufgeschnallt, wohlgemut zur Stadt hinaus, um eine kleine Hoffnung getäuscht, doch um eine wichtige Erfahrung reicher.

Ich hatte mich nämlich im Gasthofe nach der Hazienda del Arroyo erkundigt und erfahren, daß dieselbe einen vollen Tagesritt weit ostwärts zwischen bewaldeten Bergen an einem Bache liege, von welchem ein kleiner See gespeist werde. Man hatte mir die Gegend und den Weg nach derselben so genau beschrieben, daß ich gar nicht irren konnte. Zugleich hatte ich über die Verhältnisse und den Charakter des Besitzers näheres erfahren.

Sennor Timoteo Pruchillo war ein ehrlicher Mann, hatte früher zu den reichsten Leuten der Provinz gehört, aber durch die oft wiederkehrenden politischen Aufstände und die Überfälle der Indianer viel gelitten, sodaß er nun nur noch als ziemlich wohlhabend galt. Von mehreren großen Landgütern war ihm nur noch das einzige, die Hazienda del Arroyo geblieben. Außerdem gehörte ihm ein Quecksilberbergwerk zu eigen, über dessen Lage ich nichts Genaues erfahren hatte, man wußte nur, daß es noch weit, weit hinter der Hazienda in einer höchst unfruchtbaren Gegend liege und früher reiche Erträge gemacht habe, dann aber wegen Mangels an Arbeitern und des Herumschweifens wilder Indianer aufgegeben und verlassen worden sei.

Über den Weg, den ich heut zurücklegte, ist nichts zu sagen. Ich war allein und kam durch eine völlig uninteressante Gegend. Ich übernachtete in einem Thale, welches von kahlen Höhen eingeschlossen war, auf seinem Grunde aber doch so viel Gras trug, daß mein Pferd sich sattfressen konnte. Während mir von Ures bis hieher kein Mensch in den Weg gekommen war, hatte ich am nächsten Vormittage eine Begegnung und zwar eine unter den gegebenen Verhältnissen sehr wichtige, eine Begegnung, bei welcher leider Blut fließen sollte.

Ich ritt durch ein langes, schmales Thal, welches sich in vielen Windungen aufwärts in die Berge zog. Diese lagerten kahl und baumlos vor dem höhern Gebirge, in welchem ich die Hazienda zu suchen hatte. Sie waren felsig und besaßen so eigenartige, abenteuerliche Formen, daß ich hier und da an die fernen Bad-lands erinnert wurde. Nur selten war ein Baumkrüppel oder Strauch zu sehen, der aus einer Spalte ragte, in welcher es die Feuchtigkeit zu einem spärlichen Gedeihen für ihn gab. Ich dachte an meine Erlebnisse in jenen Bad-lands, an die Kämpfe mit den Sioux, mit denen ich dort oft zusammengeraten war; ich bildete mir ein, ihr schrilles Kriegsgeheul und die Stimmen ihrer Gewehre zu hören. Da – – war das nur die Erinnerung, die es mir vorspiegelte, oder war es die Wirklichkeit: ein Schuß war gefallen. Ich hielt mein Pferd an und horchte. Es

war die Wirklichkeit, denn jetzt fiel ein zweiter und ein dritter Schuß, vor mir im Thale, hinter der nächsten Krümmung, welche dasselbe machte.
Ich trieb mein Tier an, war aber, als ich die Krümmung erreichte, nicht so unvorsichtig, um dieselbe zu biegen. Ich wollte vorher wissen, mit wem ich es zu thun hatte. Darum stieg ich ab, ließ das Pferd stehen und ging zu Fuß nach der Ecke des Felsens, um nach der andern Seite derselben zu blicken. Als ich den Hut, dessen breite Krämpe mich leicht verraten konnte, abgenommen hatte und dann den obern Teil des Kopfes bis zu den Augen vorstreckte, sah ich, daß sich jenseits des Felsens das Thal erweiterte, indem es eine Seitenschlucht aufnahm, welche rechtwinklig in dasselbe mündete. Unten, in der Sohlenmitte des Hauptthales, standen zwei Männer, die empor nach dem Felsen blickten, welcher die Ecke des Haupt- und Nebenthales bildete. Es war ein Weißer und ein Indianer. Beide hatten ihre Gewehre in den Händen. Sie legten dieselben jetzt eben an, zielten nach oben und drückten ab; die Schüsse knallten schnell hintereinander.
Auf was oder wohl gar auf wen schossen die beiden Menschen? Es standen drei Pferde in ihrer Nähe. Sie waren also zu dritt. Wo befand sich der dritte? Ich schob den Kopf weiter vor und sah nun unten, hart an der Felsenecke, drei fernere Pferde liegen, welche tot zu sein schienen, denn sie bewegten sich nicht. Über denselben, vielleicht dreißig Ellen hoch, an einer Stelle, welche nur ein guter Kletterer zu erreichen vermochte, kauerten drei Personen hinter einem Felsenvorsprunge, der ihnen Schutz gegen die nach ihnen gesandten Kugeln bot. Diese drei waren ein Weib und zwei Knaben. Vielleicht wäre der Ausdruck Jünglinge richtiger; ich konnte ihre Gesichtszüge nicht genau erkennen. Sie waren nicht mit Gewehren, sondern nur mit Bogen bewaffnet, und sandten gegen ihre Angreifer zuweilen einen Pfeil herab, welcher aber immer zu kurz fiel.
Männer gegen Knaben, gegen ein unbewaffnetes Weib! Pfui! Was für Männer konnten das sein! Doch nur ehrlose Menschen! Ich war augenblicklich entschlossen, den Knaben zu Hilfe zu kommen, denn es war klar, daß es auf deren Leben abgesehen war. Um das mit möglichst wenig Gefahr für mich thun zu können, mußte ich die beiden Angreifer überrumpeln, mußte sie in einem Augenblicke überraschen, an welchem sie ihre Gewehre abgeschossen hatten. Ich ging also wieder zu meinem Pferde und stieg auf. Nachdem ich meine beiden Gewehre aus ihrer Umhüllung gezogen hatte, nahm ich den Bärentöter auf den Rücken, den Henrystutzen aber in die Hand und lockerte auch die beiden Revolver im Gürtel. Nun wartete ich. Ein Schuß fiel, gleich darauf ein zweiter, und da flog auch schon mein Pferd hinter dem Felsen hervor und auf die beiden zu. Sie sahen mich kommen und standen, ohne sich zu bewegen, so überrascht waren sie von diesem unerwarteten Erscheinen eines hier und jetzt gar nicht vermuteten Menschen.
Der Weiße war mittellang und mittelstark, trug einen leichten Anzug nach dem hier zu Lande gebräuchlichen Schnitte, und hatte sehr scharfe, ausgeprägte Gesichtszüge, die man, einmal gesehen, wohl nicht wieder vergessen konnte. Eine Pistole und ein Messer stak in seinem Gürtel, und in der Rechten hielt er die soeben abgeschossene einläufige Flinte.

Der Rote war ähnlich gekleidet, doch trug er sein Haupt unbedeckt und die Häuptlingsfeder in dem langen, schlaffen Haare. Aus seinem Gürtel ragte nur der Griff eines Messers; sein Gewehr war auch nur einläufig und soeben abgeschossen.
„Guten Morgen, Sennores!“ grüßte ich, indem ich mein Pferd vor ihnen parierte und den Stutzen in der Rechten hielt. „Was für eine Jagd treiben Sie hier? Doch nur auf Tiere?“
Sie antworteten nicht. Ich that, als ob ich erst in diesem Augenblicke die toten Pferde sähe, und fuhr fort:
„Ah! Auf Pferde schießen Sie? Und die Pferde sind gesattelt! So haben Sie es also auf die Reiter abgesehen? Wo befinden sich dieselben?“
Der Rote griff in seinen Kugelbeutel, um wieder zu laden. Der Weiße that dasselbe und antwortete dabei:
„Was geht Sie das an? Machen Sie sich davon! Sie haben sich um unsere Angelegenheiten nicht zu kümmern!“
„Nicht? Wirklich nicht? Das ist eine Ansicht, über welche sich noch streiten läßt. Wer auf seinem ehrlichen Wege Männern begegnet, welche auf Knaben und Frauen schießen, der hat wohl ein Recht, nach dem Grunde eines solchen Verhaltens zu fragen.“
„Aber welche Antwort wird er bekommen?“
„Diejenige, welche er fordert, falls er nämlich der Mann ist, seiner Frage Nachdruck zu geben.“
„Und für einen solchen halten Sie sich wohl?“ fragte der Weiße in höhnischem Tone, während der Rote kaltblütig um seine Kugel ein Pflaster wickelte, um sie dann in den Lauf zu stoßen.
„Allerdings,“ antwortete ich.
„Lassen Sie sich nicht auslachen, sondern verschwinden Sie schleunigst, sonst werden Ihnen unsere Kugeln zeigen – –“
„Eure Kugeln, Schurke?“ unterbrach ich ihn, indem ich den Lauf auf seine Brust richtete. „Fühle erst die meinigen! Weißt du, wieviel Kugeln in einem Henrystutzen stecken? Laßt augenblicklich eure Gewehre fallen, sonst fährt mein Metall euch durch die Köpfe!“
„Hen-ry-stu-tzen!“ stieß der Weiße in einzelnen Silben hervor, indem er mich mit weitgeöffneten Augen anstarrte und sein Gewehr aus der Hand gleiten ließ.
Wie kam es doch, daß dieses eine Wort „Henrystutzen“ ihm einen solchen Schrecken einjagte? Der Indianer war fern davon, ein solches Entsetzen zu fühlen. Er erwog mit kaltem Blute die Situation. Mein Lauf war nicht auf seine Brust, sondern auf diejenige des Weißen gerichtet, dennoch durfte er es nicht wagen, sein Gewehr vollends zu laden. Aber es gab doch ein Mittel, mich schnell unschädlich zu machen. Der Rote gedachte, es auszuführen; das sah ich seinen Augen an und war gefaßt darauf. Er riß nämlich mit einem blitzschnellen Griffe dem Weißen das Pistol aus dem Gürtel und schlug es auf mich an. Ebenso schnell aber hatte ich meinen Lauf gegen seine Hand gerichtet, und ehe er vermochte, den Hahn der Pistole mit dem Daumen aufzudrücken, krachte mein Schuß, und die Kugel fuhr ihm in die Hand. Er stand einen Augenblick wie erstarrt, sah

auf die blutende Hand, welcher die Pistole entfallen war, dann auf mich und rief hierauf dem Weißen zu:
„Tave-schala!"
Nach diesen beiden Worten that er, ohne nach seinem Gewehre und der Pistole, welche beide am Boden lagen, zu sehen, einen Satz zu den Pferden hin, sprang auf eines derselben und jagte davon.
„Tave-schala!" wiederholte der Weiße, welcher bis zu diesem Augenblicke unbeweglich gestanden hatte. Dann fügte er in englischer Sprache hinzu: „Alle Teufel, wo habe ich meine Augen gehabt! Der Häuptling hat recht!"
In einem Nu war er beim zweiten Pferde, im Sattel und hinter dem Roten her, sein Gewehr auch liegen lassend. Es fiel mir nicht ein, ihn oder den andern zurückzuhalten. Was hatten die beiden Worte Tave-schala zu bedeuten? Sie gehörten einer Sprache an, welche ich nicht kannte.
Als die beiden davongaloppierten, ertönte von dem Felsen herab ein dreistimmiges Jubelgeschrei. Die Frau und die beiden Knaben hatten gesehen, was geschehen war; sie sahen sich gerettet, und gaben durch diese Laute ihre Freude kund. Sie schrien und jubelten zu früh, das sah ich gerade in diesem Augenblicke von unten, während sie es von da oben aus, wo sie standen, nicht zu sehen vermochten.
Es erschien nämlich über ihnen auf der obersten Höhe des Felsens, an der Kante desselben, ein Kopf, welcher auf sie herabblickte; dann kam ein Gewehr zum Vorscheine, erst der Doppellauf desselben, und dann die Arme, welche es hielten. Der Mensch, welcher sich da oben befand, wollte auf sie zielen, auf sie schießen. Sie befanden sich in der größten, unmittelbarsten Todesgefahr. Die Worte, welche sie mir jubelnd herabgerufen hatten, gehörten der Sprache der Mimbrenjos an, welche mir, da der Apatschenhäuptling Winnetou in derselben mein Lehrmeister gewesen war, ziemlich geläufig zu Gebote stand. Darum rief ich zu ihnen hinauf:
„To sa arkonda; nina akhlai to-sikis-ta – drückt euch an die Felswand; über euch ist ein Feind!"
Sie gehorchten augenblicklich meinem Rufe und zogen sich so nahe an den Felsen zurück, daß ich sie von hier unten nicht mehr zu sehen vermochte. Der Mann da oben schien sie mit seinen Augen auch nicht mehr erreichen zu können; aber er gab seine Absicht doch nicht auf, sondern er verschwand nur für einen Augenblick und erschien an einer andern Stelle, welche kanzelähnlich weiter vorwärts lag und von welcher aus er, wie mir schien, sie doch zu sehen und mit seinen Kugeln zu treffen vermochte. Es galt, drei Menschen zu retten. Dies konnte nicht geschehen, wenn ich diesen einen schonte. Es war ein schwerer Schuß in diese Höhe hinauf. Der Stutzen reichte nicht soweit. Und traf meine erste Kugel nicht, so fand der Mann Zeit, seine Absicht auszuführen. Mein Pferd stand nicht ruhig. Ich sprang also aus dem Sattel, warf den Stutzen weg und nahm den Bärentöter vor. Eben als ich den Lauf desselben erhob, richtete der Mann den seinigen nach unten. Ein kurzes aber festes Zielen – ich drückte ab. Der Schuß krachte

und hallte von den Thalwänden wider. Das alte, schwere Gewehr hatte hier eine wahre Böllerstimme. Der Körper des Mannes lag oben auf der Felsenhöhe; ich hatte nur seinen Kopf und seine Vorderarme sehen können, und auch das nicht deutlich, der großen Entfernung wegen. Es war mir, als ob der Kopf nach meinem Schusse zur Seite zucke, aber er zog sich nicht zurück, und die Arme hielten das Gewehr nach unten gerichtet. Ich schickte also eine zweite Kugel hinauf. Der Mann verschwand noch immer nicht: aber er schoß auch nicht. Darum lud ich schnell wieder. Dabei sah ich, daß meine drei Schützlinge wieder nach vorn traten, und der eine Knabe rief mir zu:
„Schießt nicht mehr; er ist tot. Wir kommen zu dir hinab."
Es kommt vor, daß man nach einer Schlacht die Leichen von Soldaten genau in derselben Stellung findet, in welcher sie von den Geschossen getroffen worden sind. Sollte diese augenblickliche Erstarrung auch hier eingetreten sein? Ich sah die drei herunterklettern, ging auf sie zu und traf am Fuße des Felsens mit ihnen zusammen. Die Frau war eine noch junge und nach indianischen Begriffen sehr schöne Squaw. Die Knaben schätzte ich den einen auf fünfzehn und den andern auf siebzehn Jahre. Ihre Anzüge zeigten, daß sie längere Zeit unterwegs gewesen waren. Ich reichte allen dreien die Hand und fragte, da es bei den Indianern Sitte ist, sich bei solchen Veranlassungen lieber an einen Knaben, als an ein Weib zu wenden, den ältesten:
„Kanntest du eure Feinde?"
„Das Bleichgesicht nicht, aber die beiden roten Männer. Der Alte war Vete-Ya, der Häuptling der Yuma, und der andere Gaty-ya, sein Sohn.
Da ich trotz ihrer Jugend nicht so unhöflich sein wollte, sie, die vielleicht noch gar keine Namen hatten, nach ihren Verhältnissen zu fragen, so erkundigte ich mich zunächst:
„Ich kenne weder den großen noch den kleinen Mund, und habe nie von ihnen gehört. Welchen Grund hatten diese roten Männer, euch töten zu wollen?"
„Sie kamen vor vielen Monden, unsern Stamm zu überfallen und zu berauben, obgleich wir mit dem ihrigen in Frieden lebten. Wir erfuhren es zu rechter Zeit und besiegten die Yuma. Dabei wurde der Häuptling gefangen genommen. Nalgu Mokaschi, dessen Söhne wir sind, schlug ihm den Kampf der Ehre vor und besiegte ihn in demselben. Anstatt ihn darauf zu töten, ließ er ihn laufen. Das ist eine große Schande, weil es ein Beweis der Geringschätzung ist, was du wohl nicht wissen wirst, weil du ein Bleichgesicht bist."
„Ich weiß es, denn ich kenne die Sitten und Gewohnheiten der roten Männer sehr genau. Ich habe viele Sommer und Winter mit den tapfersten Stämmen verkehrt, und auch mit dem starken Büffel, eurem Vater, die Friedenspfeife getrunken."
„So kannst du kein gewöhnliches Bleichgesicht sein und mußt einen großen Namen haben, denn unser Vater ist ein tapferer Krieger und pflegt nur mit berühmten Männern das Calumet zu trinken."
„Ihr werdet meinen Namen erfahren. Jetzt erzähle mir zunächst weiter, wie ihr hier mit den beiden Yumas und dem weißen Manne zusammengetroffen seid!"

„Diese Squaw ist unsere Schilla. Als sie noch Mädchen war, kam ein Häuptling der Opata, um sie zur Frau zu begehren. Der Vater erlaubte es ihr, ihm zu folgen. Wir beide sehnten uns nach ihr und machten uns auf, sie zu besuchen. Wir waren zwei Monde bei den Opata, und als wir wieder gingen, begleitete sie uns, um den Vater zu sehen."
„Das war unvorsichtig!"
„Verzeihe! Wir leben mit allen Stämmen in Frieden; eine Schar von Opatas begleitete uns eine große Strecke, und als sie uns verließen, waren wir und sie überzeugt, daß nun an eine Gefahr nicht mehr gedacht werden könne. Die Yuma wohnen weit von hier, und wir konnten nicht ahnen, daß ihr Häuptling sich hier in der Gegend befindet. An Squaws und Knaben zieht jeder ehrliche Krieger vorüber. Der große Mund aber erkannte uns und schoß auf uns. Wir sind noch keine Krieger und haben noch keine Namen. Wir hatten nur Pfeile bei uns und konnten uns nicht wehren. Darum sprangen wir schnell von den Pferden und flüchteten uns auf den Felsen. Wir konnten uns hinter demselben verstecken, und wenn die Feinde es gewagt hätten, uns nachzuklettern, hätten wir sie mit unseren Pfeilen getötet. Dennoch wären wir verloren gewesen, wenn du uns nicht gerettet hättest; denn als der große Mund sah, daß wir vor ihren Kugeln sicher waren, sandte er den kleinen Mund, seinen Sohn, auf einem Umwege noch höher als wir zu steigen und uns von oben herab zu erschießen!"
„Und der Weiße schoß auch?"
„Ja, obwohl wir ihn nicht kannten und ihm nie etwas zuleid gethan hatten. Er gab sogar dem kleinen Mund sein Gewehr mit, weil dasselbe zwei Läufe hatte und wir mit demselben leichter und schneller getötet werden konnten. Er wird dafür sterben müssen, sobald er mir begegnet; ich habe mir sein Gesicht genau betrachtet."
Er zog bei diesen Worten sein Messer und machte mit demselben eine Bewegung, als ob er jemandem das Herz durchbohre. Ich sah, daß es dem Knaben Ernst mit dieser Drohung war. Dabei dachte ich an die beiden Worte, welche der große Mund ausgerufen hatte, als meine Kugel seine Hand traf. Darum fragte ich:
„Ist dir vielleicht die Sprache der Yuma bekannt?"
„Wir kennen sehr viele Worte aus derselben."
„So kannst du mir vielleicht sagen, was die Worte Tave-schala bedeuten?"
„Das weiß ich sehr wohl. Sie bedeuten „die zerschmetternde Hand". Das ist der Name eines großen weißen Jägers, welcher Freund des berühmten Apatschenhäuptlings Winnetou ist. Er wird von den Bleichgesichtern Old Shatterhand genannt, und unser Vater hat einmal an seiner Seite gegen die Comantschen gekämpft und mit ihm das Calumet des Friedens und der ewigen Freundschaft getrunken. Wo hast du diese beiden Worte gehört?"
„Der große Mund rief sie aus, als ich ihm vorhin mit meiner Kugel die Hand zerschmetterte."
„Da hast du so gethan, wie Old Shatterhand zu handeln pflegt. Er tötet keinen Feind, den er durch eine Verwundung unschädlich machen kann. Seine Kugeln gehen niemals

fehl. Er sendet sie entweder aus einem Schosch-sesteh , den nur ein sehr starker Mann zu handhaben vermag, oder aus einem kurzen Gewehre, welches soviele Kugeln hat, daß er mit demselben ohne Ende zu schie – –“

Er hielt mitten im Worte inne, betrachtete mich von oben bis unten und rief dann, zu seinen Geschwistern gewendet, aus:

„Uff! Meine Augen sind blind gewesen! Dieser weiße Krieger hatte auf so weite Entfernung unsern Feind getroffen. Seht das schwere Gewehr in seiner Hand! Dort, wo er vorhin stand, liegt sein zweites Gewehr, mit welchem er die Hand des großen Mundes zerschmetterte. Dieser Häuptling hat ihn Tave-schala genannt. Mein jüngerer Bruder und meine ältere Schwester, tretet in Ehrfurcht zurück, denn wir stehen vor dem großen, weißen Krieger, von welchem unser Vater, der doch ein großer Held ist, gesagt hat, daß er nicht mit ihm verglichen werden könne!“

Das war eine indianische Redensart, eine Übertreibung, mit welcher der Knabe es allerdings aufrichtig meinte. Die drei wichen zurück und verneigten sich tief vor mir; ich aber reichte ihnen abermals die Hand und sagte:

„Ja, ich bin derjenige, den man Old Shatterhand nennt. Ihr seid die Kinder meines tapfern und berühmten Freundes, und mein Herz ist erfreut darüber, daß ich zur rechten Zeit kam, euern Todfeind von hier zu vertreiben. Seine rechte Hand ist zerschmettert, und er wird den Tomahawk des Krieges nie wieder in derselben führen können. Ihr sollt ein Andenken an den Tag haben, an welchem ihr ihn als feigen Flüchtling davonreiten sahet. Kommt mit hin zu den Pferden!“

Sie folgten mir zu der Stelle, an welcher mein Pferd stand, in seiner Nähe noch dasjenige des kleinen Mundes. Da lag mein Henrystutzen, den ich weggeworfen hatte, und da lagen auch die beiden einläufigen Gewehre und die Pistole. Ich sah, daß meine Stutzenkugel erst durch den Griff der letzteren und dann in die Faust des Roten gedrungen war, also matt; sie hatte infolgedessen eine viel bösere Wunde gerissen, als wenn sie die Hand scharf und glatt durchschlagen hätte. Die beiden Einläufer hatten den Indianern gehört. Der Weiße hatte seinen Zweiläufer nur für kurze Zeit zu dem bereits angegebenen Zweck an den kleinen Mund abgegeben und dafür die einläufige Flinte behalten. Die Beute gehörte natürlich mir. Ich schenkte jedem der Knaben eine der Flinten und dem älteren die Pistole dazu. Sie waren jedenfalls entzückt darüber, denn ein Indianerknabe bekommt sonst kein Feuergewehr, nahmen sie aber schweigend entgegen, da ein Roter nicht nur den Schmerz, sondern auch die Freude zu beherrschen wissen muß.

Das Pferd des kleinen Mundes war ein schönes Tier; ich schenkte es der jungen Squaw, welche sich an den Männersattel nicht zu kehren brauchte, weil die Indianerfrauen wie die Männer zu Pferde sitzen.

Nun ging es zu den drei erschossenen Pferden, welche, wie schon erwähnt, nahe am Felsen lagen. Die Angreifer hatten sich nicht nach dieser Stelle getraut, da sie hier von den Pfeilen der Knaben erreicht worden wären. Aus diesem Grunde fehlte nichts von

dem, was die Pferde getragen hatten. Es waren Geschenke an die Knaben von ihrem Schwager und auch solche, welche die Squaw für ihren Vater mitgenommen hatte. Die Gegenstände mußten ebenso wie Sattel- und Zaumzeug mitgenommen werden.
Nun wollte ich nach der Höhe des Felsens, um nach dem kleinen Mund zu sehen. Die Knaben baten mich, mitgehen zu dürfen; die Squaw blieb als Wächterin unten im Thale. Wir fanden mit Leichtigkeit die Spuren des Häuptlingssohnes, also den Weg, den er gegangen war. Als wir oben ankamen, bot sich uns ein schauerlich interessanter Anblick. Der Tote lag lang ausgestreckt auf dem Bauche; sein Kopf ragte über die Kante des Felsens hinaus; seine beiden Arme hingen bis an die Ellbogen über dieselbe hinab, und die Hände hielten das Doppelgewehr so fest, daß es nicht hatte hinabfallen können. Ich bog mich vor, um mich zunächst des Gewehres zu versichern, und zog dann die Leiche von der Felsenkante zurück.
„Uff, uff!" riefen da die beiden Knaben, indem sie nach dem Kopfe des Erschossenen deuteten. Meine Kugeln waren dem Manne beide durch den Kopf gegangen, ein Zufall, welcher bei dieser Höhe und Entfernung gar nicht günstiger hätte sein können, jedenfalls aber später an allen Lagerfeuern als eines meiner Wunderwerke ausposaunt wurde.
Was der Tote bei sich trug, durften die Knaben für sich nehmen. Die Leiche ließen wir liegen. Dann stiegen wir wieder hinab. Wir hatten beiderseits keinen Grund, uns länger in dieser Gegend aufzuhalten, zumal zu erwarten stand, daß die beiden Flüchtlinge wiederkehren würden, um nach dem kleinen Mund zu suchen.
Der große Mund hatte sehr wahrscheinlich angenommen, daß sein Sohn mich von oben sehen und sich schnell in Sicherheit bringen werde. Er wartete jedenfalls irgendwo auf ihn. Kam der Sohn nicht, so kehrte der Vater zurück, fand die Leiche, und ich konnte mich dann darauf gefaßt machen, einen unerbittlichen Todfeind hinter mir her zu haben.
Natürlich hätte ich gar zu gern gewußt, wer der weiße Gefährte des großen Mundes war. Das Doppelgewehr war das Eigentum dieses Mannes gewesen. Ich betrachtete es also genau und fand zwei Buchstaben, nämlich ein R und ein W in den unteren Teil des Kolbens eingeschnitten. R war wohl der Anfangsbuchstabe des Vor- und W derjenige des Familiennamens. Ich mußte sofort an den Namen Weller denken. Weller hieß ja der Vater des Kajütenwärters. Dieser Mann war vorgestern abend mit einem Indianerhäuptling bei dem Mormonen Melton gewesen. Das stimmte ja ganz außerordentlich! Gar kein Zweifel, der große Mund war jener Häuptling, und der Weiße, den ich vorhin mit in die Flucht getrieben hatte, war der vorgestrige Unbekannte, welcher den Mormonen mit „Bruder" angeredet hatte. Jedenfalls war der kleine Mund auch mit dabei gewesen. Daß ich heute und hier auf sie gestoßen war, konnte mich nicht wundern, denn das Thal lag in der Richtung nach der Hazienda del Arroyo, welcher jawohl der Anschlag galt, den man vorgestern abend abgekartet hatte. Traf ich mit diesen Gedanken das richtige, so war weiter zu folgern, daß sich eine Schar von Yumas in der Nähe befand, welche die beiden Flüchtlinge aufsuchen und herbeiholen würde. Es galt

also, das Thal ohne weiteren Aufenthalt zu verlassen, um baldigst nach der Hazienda zu gelangen.

Die letztere lag eigentlich nicht genau in der Richtung, welche die drei roten Geschwister einzuhalten hatten; sie entschlossen sich jedoch leicht zu diesem Abstecher, da sie hofften, dort Ersatz für die zwei nun fehlenden Pferde zu finden. Die Squaw bestieg das Pferd, welches ich erbeutet und ihr geschenkt hatte, und ich das meinige. Die Knaben mußten gehen. Gern hätte ich ihnen mein Tier abgetreten und wäre gelaufen, wenn sich das mit „Old Shatterhands“ Würde hätte vereinbaren lassen. Auch wäre es ihnen nicht im Traume eingefallen, ein solches Anerbieten anzunehmen. Übrigens waren die zwei Pferde ziemlich bepackt, da sie außer uns auch die bereits oben erwähnten Gegenstände tragen mußten.

Ich ritt voran; die drei folgten mir in einiger Entfernung. Es wäre mir nicht unangenehm gewesen, mich mit ihnen unterhalten zu können; aber ein Krieger meines Schlages durfte unmöglich mit einer Squaw und zwei Knaben plaudern! Der ganze Stamm der Mimbrenjo-Apatschen, dem sie angehörten, hätte darüber sämtliche Hände über sämtliche Köpfe zusammengeschlagen.

Wenn man mir in Ures gesagt hatte, daß es von dort aus bis zur Hazienda eine gute Tagereise sei, so war dabei wohl die Absicht, mir das Herz nicht schwer zu machen, maßgebend gewesen. Der Mittag kam und ging vorüber, und erst am Nachmittage sah ich die bewaldeten Berge vor mir liegen, welche man mir beschrieben hatte. Die Kühle, welche unter den Bäumen herrschte, that uns unendlich wohl nach der glühenden Hitze, in welcher wir seit Vormittag förmlich geschmort hatten. Die Beschreibung des Weges, nach welcher ich mich richtete, ließ mich keinen Augenblick im Stiche, nur daß die Zeit viel zu kurz angegeben gewesen war. Wir erreichten zwei Stunden vor Abend den kleinen See, in welchen der Arroyo mündete. Da sah ich wieder einmal, was Indianer auszuhalten vermögen. Die beiden Knaben waren nicht ein einziges Mal hinter mir zurückgeblieben, und nichts ließ vermuten, daß sie durch die weite Fußtour angegriffen seien. Ich wäre wohl gern am Bache abgestiegen, um einen kühlen Trunk zu thun, wenn ich mich nicht hätte vor ihnen schämen müssen, die keinen Blick für die glitzernden Wellen und kein Ohr für das liebe Rauschen derselben zu haben schienen.

Der See lag am untern Ende eines dichtbewaldeten Thales, welches sich weiter aufwärts ansehnlich verbreiterte, bis man wohl eine halbe Stunde zu gehen hatte, um von einer Seite nach der andern zu kommen. Hüben und drüben vom Walde eingefaßt, bildete es eine saftig grüne Wiese, deren Gras- und Blumenteppich oft durch blühendes Buschwerk unterbrochen wurde. Hier weideten zahlreiche Rinder und Pferde, welche von berittenen und unberittenen Hirten bewacht wurden, doch sah man gleich mit dem ersten Blicke, daß dieser Leute nicht genug vorhanden waren. Sie kamen herbei, uns freundlich zu begrüßen, und ich erfuhr von ihnen, daß Melton mit seiner Arbeiterkarawane noch nicht angekommen sei. Meine frühere Ankunft war übrigens gar kein Wunder, da der Marsch des Mormonen wegen der schweren Wagen nur ein langsamer sein konnte.

Weiter oben hörten die Weiden auf, um Feldern Platz zu machen. Ich sah Baumwolle und Zuckerrohr in langen, breiten Pflegen stehen. Dazwischen gab es Indigo, Kaffee, Mais und Weizen, doch das alles in einem Zustande, welcher erkennen ließ, daß es an Arbeitshänden mangelte. Dann kam ein großer Garten, in welchem alle Obstbäume Europas und Amerikas vertreten waren, aber ein sehr verwildertes Aussehen hatten, so daß es einem fast wehe thun mochte. Und als wir an diesem Garten vorüber waren, sahen wir endlich die Gebäude der Hazienda vor uns liegen.

Die größeren Hazienden und Estanzien sind in jenen Gegenden wegen der Unsicherheit der dortigen Verhältnisse meist festungs- oder fortähnlich angelegt. Wo es genug Steine giebt, umschirmt man die Wohnungen mit einer Mauer, welche etwaige Angreifer nicht zu übersteigen vermögen. Ist dieses Material nicht vorhanden, so legt man dicke und dichte Zäune von Kakteen und anderen Stachelpflanzen an, welche man so hoch wie möglich wachsen läßt und gewöhnlich auch für ihren Zweck erfüllend hält. Ein intelligenter Angreifer aber wird einen solchen Zaun keineswegs für ein unbesiegbares Hindernis ansehen.

Die Hazienda del Arroyo lag im Gebirge; es waren also so viele Steine vorhanden, daß ich mich eigentlich eines falschen Ausdruckes bedient habe, als ich sagte, wir hätten die Gebäude der Hazienda vor uns liegen sehen. In Wirklichkeit sahen wir nur das platte Dach des Hauptgebäudes, während alles andere hinter einer Mauer verborgen lag, welche eine Höhe von wenigstens 5 Meter hatte. Sie schloß ein großes, regelrechtes Viereck ein, dessen Seiten genau nach den vier Himmelsrichtungen lagen. Dieses Viereck wurde von dem Bache in der Weise durchflossen, daß er unter der nördlichen Mauer hereintrat und die Hazienda unter der südlichen wieder verließ. Wie ich später sah, stand das aus dem Parterre und einem Stockwerke bestehende Hauptgebäude ziemlich in der Mitte hart an dem Bache, über welchen nach Westen hin, wo sich das große Thor in der Mauer befand, eine Brücke führte. Außerdem gab es innerhalb der Mauer kleinere Häuschen, in denen die jetzigen Bediensteten wohnten und die zu erwartenden Arbeiter untergebracht werden sollten, ein niedriges, langgestrecktes Magazin zur Aufnahme der Feld- und Gartenfrüchte und mehrere offene Schuppen, welche nur aus hölzernen Säulen und den auf denselben ruhenden Dächern bestanden, unter denen die gefährdeten Tiere bei einem etwaigen Überfalle innerhalb der Mauern untergebracht werden sollten. Das große Thor bestand aus sehr starkem Holze und war innen und außen mit Eisenblech beschlagen.

Da wir von Süden kamen, mußten wir um die südwestliche Ecke des Mauerquadrates biegen und der westlichen Seite entlang reiten, bis wir an das Thor gelangten. Die beiden Flügel desselben standen offen, so daß uns nichts hinderte, in den Hof zu gelangen. Derselbe machte trotz der Gebäude, welche dastanden, den Eindruck der Einsamkeit,

der Leere. Es gab eben auf der Hazienda nicht so viel Personen, wie eigentlich notwendig waren. Unsere Augen trafen keinen Menschen.
Wir stiegen ab. Ich gab mein Pferd dem einen Indianerknaben zum halten und wendete mich nach der Brücke, um in das Herrenhaus zu gehen. Eben als ich die Brücke überschritt, wurde die Hausthüre geöffnet und in derselben erschien ein Mann, dessen aufgedunsenes, blatternarbiges Gesicht keinen angenehmen Eindruck auf mich machte. Ich besitze gar kein Vorurteil gegen Blatternarben; sie gereichen dem Gesicht nicht zur Zierde, das ist wahr, aber der beste Mensch kann an den Blattern erkrankt gewesen sein. Hier jedoch bildeten die Narben den letzten Ton im vielstimmigen Mißakkorde. Das Gesicht wäre auch ohne sie abstoßend gewesen. Der Mann sah mich von oben her an und rief mir zu:
„Bleib' stehen! Über die Brücke dürfen nur Caballeros. Was willst du hier?"
Ich ging trotz dieser Worte weiter. Als ich die Brücke hinter mir hatte und nun vor ihm stand, antwortete ich:
„Ist Sennor Timoteo Pruchillo daheim?"
„Sennor! Er wird Don genannt. Das magst du dir merken. Den Titel Sennor führe ich. Ich bin nämlich Sennor Adolfo, der Major domo dieser Hazienda. Es ist mir alles unterthan."
„Auch der Haziendero?"
Er wußte nicht gleich, wie er antworten sollte, warf mir einen vernichtend sein sollenden Blick zu und sagte:
„Ich bin seine rechte Hand, der Ausfluß seiner Gedanken und die Verkörperung seiner Wünsche. Also er ist Don und ich bin Sennor. Verstanden?"
Ich gestehe, daß ich große Lust verspürte, grob zu werden; aber die Rücksicht auf die Verhältnisse und meine alte Gutmütigkeit veranlaßten mich zu den im höflichsten Tone gesprochenen Worten:
„Ganz wie Sie befehlen, Sennor. Wollen Sie also die Güte haben, mir mitzuteilen, ob Don Timoteo zu Hause ist?"
„Er ist da!"
„Und also wohl auch zu sprechen?"
„Nein; für solche Leute nicht. Wenn du eine Bitte hast, so bin ich allein der Mann, dem du sie vorzutragen hast. Sage mir also endlich, was du willst."
„Ich bitte für diese Nacht um ein Obdach für mich und die drei indianischen Geschwister, mit denen ich gekommen bin."
„Obdach? Wohl gar auch Essen und Trinken? Das fehlte noch! Da draußen, jenseits der Grenzen der Hazienda, giebt es Platz genug für solches Gesindel; macht euch schleunigst fort, und zwar nicht nur aus den Mauern hinaus, sondern auch über unsere Grenze hinüber! Ich werde einem Hirten befehlen, euch zu folgen und euch augenblicklich niederzuschießen, wenn ihr Miene macht, euch diese Nacht innerhalb unserer Besitzung aufzuhalten!"

„Das ist hart, Sennor! Bedenken Sie, daß in wenigen Minuten der Abend hereinbrechen wird und wir dann – –“

„Schweig!“ unterbrach er mich. „Du bist zwar ein Weißer, aber man sieht dir doch augenblicklich an, welch ein Subjekt du bist. Und nun gar die Roten! Unsere Hazienda ist keine Herberge für Räuberbanden!“

„Gut, ich gehe, Sennor. Ich habe noch gar nicht gewußt, daß ich so ein Spitzbubengesicht besitze, und Sennor Melton, welcher mir die Stelle des Tenedor de libros auf dieser Hazienda zugesagt hat, ist wohl schwerlich der Meinung gewesen, daß dieses Engagement für Sie so gefährlich ist.“

Ich drehte mich um und schritt langsam über die Brücke zurück. Da rief er mir nach:

„Sennor Melton? Tenedor de libros! Um des Himmels willen, wo wollen Sie denn hin? Bleiben Sie doch! Kommen Sie – kommen Sie!“

Und als ich dieser Aufforderung nicht Folge leistete, sondern weiter ging, kam er mir nachgesprungen, ergriff meinen Arm, hielt mich fest und versicherte mir:

„Wenn Sennor Melton Sie schickt, so darf ich Sie nicht fortlassen. Sie geben wohl zu, daß ihr Anzug kein Vertrauen erwecken kann, und wenn Sie sich nur einmal genau im Spiegel betrachten wollten, so würden Sie unbedingt einsehen, daß Ihr Gesicht sehr verschieden von demjenigen eines ehrlichen Menschen ist; doch Kleider sind zuweilen nicht maßgebend, und es mag ja auch einmal vorkommen, daß ein Mann mit einem Diebesgesicht noch nicht gestohlen hat. Und wenn dazu noch der Umstand kommt, daß Sie von Sennor Melton geschickt worden sind, so stellt es sich möglicherweise doch noch heraus, daß Sie eine Person sind, vor welcher man sich nicht zu hüten braucht. Also bleiben Sie, bleiben Sie!“

Was sollte ich von diesem Major domo denken? War er närrisch? Hatte er, wie man sich auszudrücken pflegt, einen Klapps? Es widerstand mir, dies anzunehmen. Der Ausdruck seines Gesichtes war ein so verschlagener und der Blick seiner kleinen Augen ein so tückisch-listiger, daß es sich nicht bloß um eine kleine, unschädliche Manie handeln konnte. Dennoch machte ich keine Bemerkung darüber, daß er mich Du genannt hatte und jede seiner Bemerkungen eine Beleidigung für mich sein mußte, und fragte so höflich wie bisher:

„Erstreckt sich Ihre Einladung auch mit auf meine Begleiter?“

„Diese Frage kann ich noch nicht beantworten, da ich mich vorher bei Don Timoteo erkundigen muß.“

„Ich denke, dessen bedarf es nicht, da nach Ihren eigenen Worten nur Sie es sind, an den man sich in dieser Angelegenheit zu wenden hat!“

„Ja, wenn es sich um eine Abweisung handelt, und ich habe Sie ja abgewiesen. Nun ich Sie aber aufgefordert habe, zu bleiben, und Sie verlangen, daß wir auch die Roten hier behalten, muß ich doch vorher mit Don Timoteo sprechen. Warten Sie hier! Ich werde Ihnen in kurzer Zeit Bescheid sagen.“

Da ich mit ihm wieder zurückgegangen war, befanden wir uns jetzt vor der Thüre. Er wollte eintreten, und ich sollte außerhalb auf ihn warten. Da schüttelte ich denn doch mit dem Kopfe und entgegnete ihm:
„Ich gehöre nicht zu einer Gesellschaftsklasse, deren Angehörige man vor den Thüren herumlungern läßt. Ich gehe mit Ihnen hinein, und Sie werden mich sogar vorantreten lassen."
Bei diesen Worten schritt ich durch die Thüre, und er folgte hintendrein, ohne ein Wort zu sagen. Als ich mich dann nach ihm umblickte, sah ich, daß auf seinem Gesichte der Zorn mit der Verblüfftheit kämpfte. Er winkte nach einer Thüre und verschwand hinter derselben, während ich vor derselben stehen blieb. Nach kurzer Zeit kam er heraus und gab mir durch eine Handbewegung zu verstehen, daß ich eintreten solle.
Der Flur des Hauses war niedrig, aber breit. Die Thüren, welche ich zu beiden Seiten desselben sah, waren aus glattgehobelten Brettern zusammengefügt und nicht mit einem Farbenanstriche versehen, einfache Stallthüren nach unsern Begriffen. Ganz dieselbe Einfachheit wies das Zimmer auf, in welchem ich mich nun befand. Es hatte zwei sehr kleine Fenster mit schmutzigen, halb erblindeten Scheiben, die einzigen Glastafeln, welche es im Hause gab. An der einen Wand stand ein gefirnißter Tisch. Drei rohe Stühle, welche sicherlich kein Kunsttischler zusammengefügt hatte, leisteten ihm Gesellschaft. In einer Ecke hing eine Hängematte. Drei der mit Kalk getünchten Wände waren vollständig kahl; an der vierten hingen verschiedene Waffen. Viel weniger anspruchslos war das Äußere des Mannes, welcher sich bei meinem Eintritte von einem der Stühle erhob, um mich aus seinen dunklen Augen halb erstaunt und halb neugierig zu betrachten. Er war so elegant gekleidet, daß er nur zu Pferde zu steigen brauchte, um sich auf einem der berühmten Spaziergänge der Hauptstadt Mexiko bewundern lassen zu können.
Sein Anzug bestand aus dunklem Sammet und war an allen Nähten mit goldenen Borten und Schnüren verbrämt. Sein Gürtel war durchweg aus breiten, silbernen Ringen zusammengesetzt und trug ein Messer und zwei mexikanische Pistolen, deren Griffe eine teure, eingelegte Arbeit zeigten. Der breitkrämpige Hut, welcher auf dem Tische lag, war aus den feinsten Carludovica palmata-Blättern gefertigt und von so künstlichem Geflechte, daß er sicherlich nicht unter fünfhundert Mark gekostet hatte, und die beiden Sporen an den Füßen des Haziendero trugen Räder, welche aus nordamerikanischen goldenen Zwanzigdollarstücken gezahnt worden waren.
Einer solchen eleganten Erscheinung gegenüber mußte ich allerdings wie ein Vagabund aussehen. Darum wunderte ich mich auch gar nicht, als der Haziendero sich mit der wohlgepflegten Hand den tiefschwarzen Vollbart strich, die Brauen zusammenzog und dann, nicht wie zu mir, sondern zu sich selbst, im Tone der Verwunderung sagte:
„Man meldet mir einen Tenedor de libros, und wer kommt da herein? Ein Mensch, der – –"

„Der ganz wohl im stande ist, die Stelle eines Tenedor de libros auszufüllen, Don Timoteo," unterbrach ich ihn.

Sein aufgedunsener „Sennor Adolfo" draußen hatte grob sein können, ohne mich dadurch zu beleidigen; aber von dem Besitzer selber durfte ich keine Unhöflichkeit dulden. Darum fiel ich ihm mit diesen nachdrucksvoll betonten Worten in die Rede. Er warf in scherzhaftem Schreck den Kopf zurück, musterte mich noch einmal und meinte dann mit einem Lächeln der Belustigung:

„Ah, man ist empfindlich. Wer und was ist man denn eigentlich?"

Er redete mich mit dem unbestimmten Fürworte „man" an. Sollte ich mich da beleidigt zeigen? Er sah nicht wie ein Geldprotz, sondern viel eher wie ein jovialer, gut situierter Caballero aus, welcher geneigt ist, sich mit einer gewöhnlichen Person ein wenig die Zeit zu vertreiben.

„Man ist vieles, wovon Sie keine Ahnung haben, Don Timoteo," antwortete ich mit genau demselben Lächeln, welches er mir gezeigt hatte, „und man kann so ein bedeutender und wichtiger Mann für Sie werden, daß Sie alle Ursache haben, sich dazu, daß man zu Ihnen gekommen ist, Glück zu wünschen."

„Cielo!" lachte er jetzt laut. „Kommt man etwa, mir anzuzeigen, daß ich als Beherrscher von ganz Mexiko ausgerufen worden bin?"

„Ganz das Gegenteil. Ich komme, Ihnen zu sagen, daß Sie in kurzer Zeit höchst wahrscheinlich nicht mehr der Beherrscher Ihrer kleinen Hazienda sein werden."

„Schön!" lachte er noch immerfort, indem er sich wieder niedersetzte und auf den zweiten Stuhl deutete. „Man setze sich! Aus welchem Grunde wollen meine paar Unterthanen mich vom Throne stoßen?"

„Davon später. Lesen Sie zunächst einmal dieses!"

Ich reichte ihm aus meiner Brieftasche die Legitimationskarte, welche ich mir von dem mexikanischen Konsul in San Franzisco hatte ausstellen lassen. Als er sie gelesen hatte und mir zurückgab, war der humoristische Ausdruck seines Gesichtes verschwunden.

„Ich habe natürlich anzunehmen, daß Sie der rechtmäßige Besitzer dieser Legitimation sind?" fragte er.

„Natürlich! Vergleichen Sie gefälligst meine Person mit dem Signalement!"

„Habe schon gesehen, daß es stimmt, Sennor. Aber was führt Sie zu mir? Warum lassen Sie sich als meinen Tenedor de libros anmelden?"

„Weil Melton mir diese Stelle zugesichert hat."

„Davon weiß ich nichts. Ich brauche ja gar keinen Buchhalter, Die wenigen Tropfen Tinte, welche es hier auf meiner Hazienda zu verschreiben giebt, verwüste ich mit meiner eigenen Feder und mit meiner eigenen Hand."

„Das habe ich mir allerdings gedacht!"

„Und dennoch sind Sie gekommen?"

„Dennoch, und zwar mit gutem Grunde. Es ist ein so wichtiger, daß ich Sie bitten muß, Sie hinsichtlich dessen, was ich Ihnen mitteilen werde, um Ihre Verschwiegenheit zu ersuchen."

„Das klingt ja ganz geheimnisvoll! Ganz so, als ob eine Gefahr für mich vorhanden wäre!"

„Ich bin allerdings überzeugt, daß so etwas im Anzuge ist."

„Dann sprechen Sie, bitte, schnell!"

„Zunächst Ihr Wort, daß von dem, was ich Ihnen mitteilen werde, wenigstens für die nächste Zeit kein Dritter etwas erfährt!"

„Ich gebe es Ihnen. Ich werde schweigen. Nun reden Sie!"

„Melton ist von Ihnen beauftragt, Ihnen deutsche Arbeiter zuzuführen?"

„Ja."

„Wer hat diese Angelegenheit eingeleitet, das heißt, von Anfang an betrieben? Sie selbst oder er?"

„Er. Er hat mich auf die großen Vorteile aufmerksam gemacht, welche mir aus einem Engagement von deutschen Auswanderern erstehen würden, und da er sich zu gleicher Zeit anbot, alles zu besorgen, so habe ich ihm meine Vollmacht erteilt."

„Kannten Sie ihn so genau, daß Sie das thun konnten?"

„Ja. Warum diese Frage?"

„Weil ich wissen möchte, ob Sie ihn für einen ehrlichen Mann halten."

„Natürlich halte ich ihn dafür. Er ist ein Ehrenmann durch und durch und hat mir schon bedeutende Dienste erwiesen."

„So kennen Sie ihn schon längere Zeit?"

„Seit Jahren. Er wurde mir von einer Seite empfohlen, wo jedes Wort für mich von Gewicht ist, und hat bis heute mein vollstes Vertrauen besessen. Sie scheinen ihn anders zu beurteilen?"

„Ganz anders!"

„Wahrscheinlich hat er Sie auf irgend eine Weise beleidigt, so daß Sie nun ein Vorurteil gegen ihn hegen."

„Nein. Er ist im Gegenteile sehr zuvorkommend, sehr freundlich gegen mich gewesen. Lassen Sie sich erzählen!"

Er machte es sich auf seinem Stuhle mit dem Ausdrucke der größten Spannung bequem, und ich teilte ihm mit, was ich in und seit Guaymas erlebt, beobachtet und aus diesen Erlebnissen und Beobachtungen geschlossen hatte. Er hörte mir zu, ohne ein Wort zu sagen, oder eine Miene zu verziehen; aber als ich geendet hatte, ging über sein Gesicht ein ganz fatal ironisches Lächeln, und er fragte, mich ungläubig von der Seite her fixierend:

„Sie erzählen mir wirkliche Thatsachen?"

„Kein einziges Wort zu viel!"

„Ich ersah aus der Karte, welche Sie mir zeigten, daß Sie Berichte für eine Zeitung zu schreiben hatten. Haben Sie vielleicht schon einmal eine Novela geschrieben?"

„Ja."
Da sprang er auf und rief lachend aus:
„Habe es mir doch gleich gedacht! Es konnte gar nicht anders sein! So ein Autor oder Romancero erblickt überall Dinge, welche nur in seiner Phantasie existieren! Melton, der feinste, der ehrenwerteste, ja sogar der frömmste Caballero, den ich kenne, soll ein Schurke sein! Das kann allerdings nur ein Mann behaupten, welcher in Regionen lebt, von denen wir gewöhnlichen Sterblichen keine Ahnung haben. Sennor, Sie machen mir Spaß, großen und vielen Spaß!"
Er schritt im Zimmer auf und ab, rieb sich vergnügt die Hände und lachte dabei wie einer, der sich aufs köstlichste amüsiert. Ich wartete eine Pause in seinem Gelächter ab und bemerkte gleichmütig.
„Ich habe nichts dagegen, daß Sie sich durch meine Erzählung so vortrefflich unterhalten fühlen, und wünsche nur, daß ihr jetziges Amüsement sich nicht später in eine bittere Enttäuschung verwandelt!"
„Keine Sorge, machen Sie sich keine Sorge um mich, Sennor! Sie sehen gefährliche Elefanten, wo es nicht die unschädlichste Mücke giebt."
„Aber jener Weller, der Kajütenwärter?"
„Heißt Weller und ist Kajütenwärter, weiter nichts!"
„Und seine Unterredung mit dem Mormonen?"
„Haben Sie falsch gehört. Ihre Phantasie hat unbegreifliche Ohren!"
„Und sein Vater, welchen der Mormone im Gebüsch aufsuchte?"
„Existiert eben auch nur in Ihrer Einbildung. Daß er Weller senior sei, vermuten Sie ja nur!"
„Und die Anwesenheit des Indianerhäuptlings?"
„Wird sich als ein höchst einfacher und unbedenklicher Umstand oder Zufall herausstellen."
„Dann aber meine Begegnung mit dem Häuptlinge der Yuma und dem Weißen, dessen Gewehr mit R W gezeichnet ist?"
„Geht mich nichts an, gar nichts. Es giebt tausend Namen, welche mit dem Buchstaben W beginnen. Warum muß es da gerade Weller sein! Was hatten Sie sich überhaupt in den Kampf zu mischen? Die Sache ging Sie gar nichts an. Danken Sie Gott, daß Sie so heiler Haut davongekommen sind! Ein Escriter ist nicht der Mann, mit Indianern zu kämpfen. Das soll er uns überlassen, die wir in wilder Gegend wohnen, die Roten kennen, und mit den Waffen umzugehen verstehen!"
Ich nahm an, daß der Haziendero den Namen Old Shatterhand nicht kannte, und hatte denselben darum während meiner Erzählung nicht erwähnt. Jetzt, wo ich geradezu ausgelacht wurde, fiel es mir auch nicht ein, das Unterlassene nachzuholen, denn es war zehn gegen eins zu wetten, daß er mir auch da keinen Glauben schenken würde. Er war ein körperlich schöner, geistig aber sehr gewöhnlicher Mann, dem meine ganz logischen Schlüsse als Phantastereien erschienen. Ich sah ein, daß es mir nicht gelingen werde,

sein Vertrauen zu Melton zu erschüttern, und daß ihm die Richtigkeit meiner Vermutungen nicht durch Worte, sondern nur durch Ereignisse zu beweisen sei. Darum gab ich es auf, ihn zu meinen Ansichten zu bekehren und wiederholte nur meine Bitte um Verschwiegenheit, welche er, wieder unter Lachen, mit der Versicherung beantwortete:

„Was das betrifft, so brauchen Sie sich nicht bange sein zu lassen, denn ich habe keine Lust, mich zu blamieren. Sennor Melton würde mich für verrückt halten, da er unmöglich glauben könnte, daß ich eine solche Dummheit einem anderen nachsprechen würde; er müßte also annehmen, daß dieselbe in meinem eigenen Kopfe entstanden sei. Ich werde also über alles schweigen. Nur über eins muß ich noch mit Ihnen sprechen. Wie steht es mit Ihrer Anstellung als Buchhalter? Melton hat Sie Ihnen wirklich versprochen?“

„Ja.“

„Unglaublich, geradezu unglaublich! Er weiß ja ebensogut wie ich, daß ich keinen Buchhalter brauche.“

„So hat er nur die Absicht gehabt, mich mit diesem Versprechen hierher zu locken.“

„Wozu? Was sollten Sie hier?“

„Weiß ich es?“

„Da haben Sie es! Sie haben nur Behauptungen, aber kein Wissen. Ich nehme an, daß dieser Buchhalter eben auch nur in Ihrer Phantasie existiert.“

„Damit erklären Sie mich für einen verrückten Menschen, Don Timoteo!“

„Nun, für verrückt halte ich Sie nicht, aber irgend ein Rädchen geht in ihrem Kopfe schneller, als es eigentlich laufen sollte. Ich gebe Ihnen den Rat, sich in einer Heilanstalt untersuchen zu lassen, denn vielleicht ist es jetzt noch Zeit, das übrige Räderwerk zu retten.“

„Danke, Don Timoteo! Der Kopf arbeitet bei dem einen ganz naturgemäß schneller als bei dem andern, woraus die komische Situation erfolgen kann, daß dieser andere dem einen allzu große Phantasie und dieser eine dem andern allzu große Denkfaulheit vorwirft. Auf den Buchhalter verzichte ich. Es ist überhaupt von vorn herein nicht meine Absicht gewesen, auf diese Anstellung zu reflektieren.“

„Das ist mir lieb, Sennor, denn da Sie von Denkfaulheit reden, sehe ich ein, daß Sie möglichst schlecht zu mir gepaßt hätten. Wann reisen Sie wieder ab?“

„Mit Ihrer Erlaubnis morgen früh.“

„Ich gebe Ihnen diese Erlaubnis schon heute, gleich in diesem Augenblicke.“

„Das heißt, Sie weisen mich zu Ihrem Thor hinaus?“

„Nicht nur zum Thore hinaus, sondern über meine Grenze.“

„Don Timoteo, das ist eine Härte, welche allen Gepflogenheiten des Landes widerspricht!“

„Thut mir leid! Sie selbst sind schuld daran! Diese scheinbare Härte ist nichts als eine Vorsichtsmaßregel, welche Ihnen beweisen kann, daß ich denn doch nicht so denkfaul bin, wie Sie angenommen haben. Sie warnten mich vor einem Indianerüberfall, welcher nur in Ihrer Einbildung vorhanden ist; er würde nur dann, und zwar sofort, zur Wirklichkeit werden, wenn ich Sie und Ihre Begleiter bei mir behielte. Sie haben den Sohn des Häuptlings der Yuma erschossen und werden von dem Häuptling unbedingt verfolgt. Behalte ich Sie bei mir, so habe ich ihn und seinen Stamm augenblicklich auf dem Halse. Sie sehen also wohl ein, daß ich Sie fortschicken muß!“

„Wenn Sie damit meinen, daß Sie Ihren Voraussetzungen gemäß handeln, so widerspreche ich nicht und werde also gehen.“

„Wem gehört das Pferd, welches Sie ritten?“

„Melton stellte es mir in Lobos zu Verfügung.“

„So gehört es mir, und Sie werden es hier zurücklassen. Da Sie vorhin davon sprachen, daß Ihre Begleiter nur deshalb hierher gekommen sind, um sich möglicherweise beritten zu machen, so muß ich Ihnen sagen, daß ich Ihnen kein Pferd überlassen kann. Ich würde Ihnen auch ohne Geld, welches Sie jedenfalls nicht haben, einige Tiere geben, denn die Mimbrenjos sind ehrliche Leute und würden bald einen Boten senden, um mir die Pferde wieder zu bringen oder irgend eine Bezahlung anzubieten; aber ich darf Sie nicht unterstützen, da ich mir sonst die Yuma zu Feinden machen würde.“

„Die Vorsicht, mit welcher Sie verfahren, ist nur lobenswert, Don Timoteo. Ich habe nur noch zu fragen, wie man gehen muß, um baldigst über Ihre Grenze zu kommen.“

„Was das betrifft, so werde ich Ihnen einen Führer mitgeben, da Sie sonst durch Ihre Phantasie leicht irre geleitet werden könnten. Sie sehen, wie besorgt ich um Sie bin!“

„Vielleicht ist es mir dafür vergönnt, einmal besorgt um Sie zu sein. Ich bin ein dankbarer Mensch.“

„In diesem Falle nicht nötig. Ich verzichte auf Ihre Dankbarkeit, denn ich wüßte wirklich nicht, wie ein armer Teufel, der nicht einmal ein Pferd besitzt, mir, dem reichen Haziendero, erkenntlich sein könnte.“

Er klatschte in die Hände, worauf der Major domo so schnell erschien, daß er draußen an der Thüre stehen geblieben sein mußte, um unsere Unterhaltung zu belauschen. Als der aufgedunsene „Sennor Adolfo“ den Auftrag erhalten hatte, uns über die Grenze schaffen zu lassen und darauf zu sehen, daß mein Pferd zurückbleibe, verließ ich das Zimmer, und er kam hinter mir drein. Draußen vor der Hausthüre sagte er in hämischem Tone lachend zu mir:

„Mit dem *Tenedor de libros* war es also nichts! Du bist das, wofür ich dich gleich gehalten habe, ein Vaga – –“

„Und du bist der größte Schafskopf, der mir jemals vorgekommen ist,“ unterbrach ich ihn, „sollst aber für dein freundschaftliches *Hablarle de tu* eine Anerkennung bekommen. Hier hast du sie!“

Ich gab ihm erst auf seine linke Wange eine Ohrfeige, daß er nach rechts taumelte, und dann auf die rechte Backe eine doppelt kräftige, sodaß er nach links zu Boden stürzte. Vielleicht hätte ich das nicht gethan, aber ich sah, daß der Haziendero sein Fenster geöffnet hatte, an welchem er stand, um meinen Abzug anzusehen. Er hatte jedenfalls die Worte seines Major domo gehört und sollte meine darauf erfolgende Antwort nicht nur auch hören, sondern sogar sehen. „Sennor Adolfo“ sprang schnell wieder auf, zog sein Messer, welches dort jedermann stets im Gürtel trägt, heraus und drang auf mich ein, indem er brüllte:

„Lump, was hast du gewagt! Das sollst du büßen!“

Ich parierte seinen Stoß mit Leichtigkeit, indem ich ihm das Messer aus der Hand schlug, nahm ihn rechts und links an den Hüften, hob ihn empor und schleuderte ihn neben der Brücke in den Bach hinab, dessen Wasser über ihm zusammenschlug. Es war aber nicht so tief, daß er ertrinken konnte. Er kam schnell wieder zum Vorschein und stieg schnaubend und pustend an das Ufer. Vielleicht hätte er mich noch einmal angegriffen, in welchem Falle er sicher wieder in das Wasser geflogen wäre, es kam aber einer dazwischen, den ich in diesem Augenblicke nicht hier zu sehen erwartet hätte.

Als ich den Major domo in das Wasser warf, hatte ich mich von dem Hause ab- und dem Bache zuwenden müssen. Dabei fiel mein Blick auf das noch offen stehende Thor, durch welches soeben Melton, der Mormone, hereingeritten kam. Er sah, was geschah, sah auch den Haziendero am offenen Fenster stehen, trieb schnell sein Pferd herbei und rief:

„Was geht hier vor? Ich glaube gar, ein Kampf! Das muß auf einem Versehen beruhen, welches ich gleich aufklären werde. Haltet also Ruhe!“

Diese letzteren Worte waren an den Major domo gerichtet; dann wendete er sich an mich:

„Wir suchten Sie vergeblich. Wie kommen Sie hierher?“

„Auf die allereinfachste Weise,“ antwortete ich. „Sie wissen, daß mein Pferd durchging, es ist mit mir bis hierher gelaufen.“

„Sonderbar! Sie werden mir später von diesem eigentümlichen Ritte zu erzählen haben!“

„Dazu giebt es keine Zeit; ich muß fort; man hat mich hinausgeworfen.“

„Und dafür machen Sie sich das Vergnügen, die Leute ein wenig ins Wasser zu werfen!“

„Allerdings. Das ist so eine Eigentümlichkeit von mir, die ich nicht wohl abzulegen vermag.“

„Ich muß erfahren, was geschehen ist, und es wird sich alles aufklären. Warten Sie nur, bis ich mit Don Timoteo gesprochen habe! Bleiben Sie noch da; ich komme bald zurück!“

Er stieg vom Pferde und ging in das Haus. Der nasse Majordomo hinkte hinter ihm drein, ohne mir das Entzücken zu gönnen, einen seiner Blicke aufzufangen.

Was sollte ich thun, bleiben oder gehen? Ich war natürlich fest entschlossen, die Hazienda zu verlassen, besaß jedoch auch Neugierde genug, zu erfahren, wie der Mormone es anfangen werde, mich hier zu halten, denn es stand bei mir fest, daß es nicht in seiner Absicht lag, in meine Entfernung zu willigen. Ich brach also nicht sofort auf, ging aber zu meinem Pferde, um das Paket, in welchem sich mein neuer Anzug befand, vom Sattel zu schnallen. Meine Gewehre hingen am Sattelknopfe. Ich nahm auch sie herab. Dabei benachrichtigte ich die beiden Knaben und die Squaw:

„Meine jungen Brüder und meine Schwester haben gesehen, daß man mich nicht freundlich empfangen hat. Der Haziendero nimmt uns nicht auf, weil er die Rache des Häuptlings der Yuma fürchtet. Wir werden also fortgehen und diese Nacht im Walde schlafen."
„Wer ist der Reiter, welcher jetzt kam und mit Old Shatterhand gesprochen hat?" fragte der ältere der Brüder.
„Ein Freund des großen Mundes, ein böser Mann, vor dem wir uns sehr zu hüten haben."
Das Pferd der Squaw hatte nun die drei indianischen Sättel zu tragen. Wir schnallten oder banden sie fest und waren nun also alle vier Fußgänger geworden. Da kam der Mormone aus dem Hause und über die Brücke eilig zu uns gegangen.
„Sennor," meldete er, „die Angelegenheit ist geordnet. Sie werden auf der Hazienda bleiben."
„Wieso?"
„Don Timoteo, welcher allerdings bisher keines Buchhalters bedurfte, hat, als er mit Ihnen sprach, gar nicht daran gedacht, daß er nach dem Eintreffen der vielen Arbeiter einer solchen Hilfe gar nicht entbehren kann. Kommen Sie also wieder mit herein! Er will Sie engagieren. Sie dürfen hier bleiben."
„So? Ich darf also, darf, darf! Dieser Ausdruck ist wohl falsch. Ums Dürfen handelt es sich nicht, sondern darum, ob ich will."
„Meinetwegen! Aber Sie werden doch gewiß wollen!"
„Nein, ich will nicht. Sie sehen, daß wir im Begriff stehen, aufzubrechen."
„Begehen Sie keinen Fehler!" mahnte er eifrig. „Sie kennen die hilflose Lage, in der Sie sich befinden. Hier wird Ihnen eine Zukunft geboten, welche eine glänzende genannt wer – –"
„Bitte, keine Redensarten!" fiel ich ihm ins Wort. „Ich weiß, was ich von denselben zu halten habe."
„Hoffentlich sind Sie überzeugt, daß ich es ehrlich meine. Bleiben Sie, so dürfen auch diese drei Personen bleiben, auf welche Sie doch wohl Rücksicht zu nehmen haben."
„So meinen Sie, daß ich, um ihnen hier für eine einzige Nacht Unterkunft zu verschaffen, ein jahrelanges Engagement eingehen werde? Das ist wohl mehr als naiv!"
„Sie sprechen im Zorne, und der Zorn macht blind. Denken Sie doch an Ihre Landsleute! Ich bin vorausgeritten, um dem Haziendero ihre Ankunft zu melden; sie alle haben Sie lieb gewonnen und befinden sich in Sorge um Sie. Sie werden der Mittelpunkt sein, um welchen sich die Auswanderer hier vereinigen. Denken Sie sich die Enttäuschung, wenn die guten Leute erfahren, daß Sie abgelehnt haben und ohne allen Abschied von ihnen fortgegangen sind!"
Er suchte in dieser Weise alle Gründe hervor, welche ihm geeignet erschienen, mich zum Bleiben zu bewegen, natürlich aber vergeblich. Als er einsah, daß ich nicht wankend zu machen sei, schlug er einen andern Ton, nämlich den des Zornes, an:

„Nun, wenn Sie Ihr Glück mit Füßen treten wollen, so kann ich nichts dagegen haben; aber jedenfalls ist es von Ihnen eine Undankbarkeit sondergleichen gegen mich. Ich habe mich Ihrer angenommen und Sie kostenlos hierher befördert, und nun ich die Früchte dieser Güte sehen will, laufen Sie einfach auf und davon!"
Ich hätte ihm ganz anders anworten können, that aber nichts, als ihn in kalter Weise zu fragen:
„Wollen Sie mir etwa dieses sogenannte Glück aufzwingen?"
„Nein. Laufen Sie meinetwegen in drei Teufels Namen! Wenn Sie sich nicht halten lassen, werde ich Sie eine Strecke weit begleiten."
„Warum?"
„Wenn Sie nicht bleiben wollen, so haben Sie von dem Haziendero gehört, daß er Sie auf seinem Gebiete nicht dulden will. Er wollte Sie durch einige Knechte über dasselbe hinausbringen lassen. Da ich mich aber einmal Ihrer angenommen habe, so will ich diese Schande dadurch von Ihnen nehmen, daß ich Sie selbst begleite. Hoffentlich haben Sie wenigstens hiergegen nichts einzuwenden!"
„Gar nichts; ich bin im Gegenteile hocherfreut über die Ehre, welche Sie mir dadurch erweisen. Ist Ihnen denn die Gegend so genau bekannt, daß Sie die Grenzlinie des zu der Hazienda gehörigen Gebietes wissen?"
„Ich werde die Grenze selbst im Dunkeln finden."
„Es wird höchst wahrscheinlich auch dunkel sein, wenn wir sie erreichen. Der Tag neigt sich mit Schnelligkeit zu Ende. Säumen wir also nicht, aufzubrechen!"
Er ging zu seinem noch im Hofe stehenden Pferde und stieg auf, ohne zu ahnen, daß ich ihn durchschaute. Ich hatte ihn nicht ohne Absicht gefragt, ob er die Grenze kenne. War dies der Fall, so besaß er mit dem Walde überhaupt eine solche Bekanntschaft, daß es ihm gar nicht schwer war, selbst in der Dunkelheit einen Ort zu finden, welcher sich für die Ausführung seines Vorhabens eignete.
Welches Vorhaben war das wohl? Ich wußte es; ich hatte es längst vermutet, und diese Vermutung war jetzt zur Gewißheit geworden. Der Mormone wußte, wer ich war, und fürchtete mich. Er hatte die Überzeugung, daß der Plan, den er in Beziehung auf die Emigranten hegte, durch mich in Frage gestellt wurde. Er hatte mich mitgenommen, um sich meiner Person zu versichern und mich bei einer passenden Gelegenheit verschwinden zu lassen. Da ich nun nicht bleiben wollte, galt es, schnell zu handeln. Er war meiner nur noch von der Hazienda bis an die Grenze derselben mächtig; jetzt also mußte geschehen, was nicht länger oder weiter hinausgeschoben werden konnte. Es war auf mein Leben abgesehen, und als wir aufbrachen, war ich überzeugt, daß mir der Tod Schritt für Schritt zur Seite gehen werde.
War es da nicht eine wahnsinnige Verwegenheit von mir, den Mann mitzunehmen? Nein, sondern ich wurde durch die Klugheit veranlaßt, auf seine Begleitung einzugehen. Hätte ich ihn abgewiesen, so wäre er uns heimlich nachgeschlichen, um mir von irgend einer beliebigen Stelle eine Kugel zuzusenden; befand er sich aber bei uns, so konnte ich

ihn beobachten, den Augenblick des Angriffes berechnen und seinen Anschlag zu nichte machen.
Als wir die Hazienda verlassen hatten, ging es wieder dem Wasser des Baches entgegen. Zu beiden Seiten desselben gab es offene Wiesen, und nur hier und da war eine Gruppe von Bäumen und Sträuchern zu sehen. Das war kein für einen Mordanfall passendes Terrain. Da er meine Begleiter nicht zu Zeugen seiner That machen durfte, so nahm ich als selbstverständlich an, daß er dieselbe erst nach seiner Verabschiedung von uns ausführen werde. Solange er sich bei uns befand, war ich meines Lebens vollständig sicher. Das weitere stellte ich mir folgendermaßen vor: Er stellt sich, als ob er zurückreite, eilt uns aber seitwärts und heimlich voran bis zu einer gutgedeckten Stelle, welche er sich schon jetzt dazu ausersehen hat, verbirgt sich da, läßt uns herankommen und schießt mich über den Haufen. Wer kann dann sagen, daß er der Mörder sei? Höchst wahrscheinlich hat der Häuptling der Yuma mir aufgelauert, um den Tod seines Sohnes zu rächen.
Da Melton langsam ritt, schritt ich gemächlich an seiner Seite hin, indem ich die Hand auf die Kruppe seines Pferdes hielt. Auf diese Weise befand ich mich ein wenig hinter ihm und konnte ihn scharf beobachten. Gesprochen wurde kein Wort. Die drei Roten folgten, indem der eine Bruder das Pferd am Zügel führte.
Es wurde schnell immer dunkler, bis es finster war; die offenen Wiesen lagen hinter uns, und der Bach schlängelte sich zwischen Büschen hindurch, aus welchen, je weiter wir kamen, desto mehr Bäume emporragten. Das ließ wieder einen Wald vor uns vermuten, und ich nahm an, daß der Augenblick der Entscheidung nicht lange mehr auf sich warten lassen werde.
Wie gedacht, so geschehen. Nach kurzer Zeit gelangten wir an eine Waldesecke. Der Bach wendete sich nach rechts; der Rand des Waldes schien geradeaus zu laufen; links zog sich an demselben ein Strich offenen Wiesenlandes hin. „Hier ist's!“ dachte ich. „Er weist uns am Walde hin, steigt ab, bindet sein Pferd an und eilt uns unter den Bäumen voran, bis er die betreffende Stelle erreicht.“ Der Mormone hielt, als ob ich allwissend gewesen wäre, sein Pferd an, deutete vor sich hin und sagte:
„Das Gebiet der Hazienda reicht bis an diesen Wald, und ich habe also meine Aufgabe, Sie über die Grenze zu bringen, erfüllt. Eigentlich hätte ich nichts hinzuzufügen; da ich mich Ihrer aber einmal angenommen habe, will ich Ihnen sagen, wo Sie einen vortrefflichen Schlafplatz finden werden. Gehen Sie da am Rande des Gehölzes weiter, so treffen Sie nach einer Viertelstunde wieder auf den Bach, welcher von hier aus einen Bogen macht. Dort giebt es klares Wasser zum Trinken, hohes, weiches Gras zum Lagern und eine Felsenwand, welche Ihnen Schutz gegen die kühle Nachtluft bietet. Ob Sie diesem Rate folgen wollen oder nicht, ist mir gleich.“
„Ich danke und werde folgen, Sennor,“ antwortete ich.

„So rate ich Ihnen, langsam zu gehen. Das Frühjahrswasser hat hier natürliche Gräben gerissen, in welche Sie leicht stürzen können. Ich kehre jetzt um. Sie haben Ihr Glück von sich gewiesen, und ich bin überzeugt, daß es Sie auf immer verlassen hat."
„Ich bedarf Ihres Glückes nicht. Sie werden in kurzer Zeit erfahren, daß ich mich lieber auf mich selbst verlasse."
„Es liegt mir nichts daran, je wieder von Ihnen zu hören. Laufen Sie zum Teufel!"
Er kehrte um und that, als ob er zurückreiten wolle. Wir gingen weiter, wobei ich meinen Begleitern leise sagte:
„Der Mann wird jetzt den Wald aufsuchen, um uns voranzukommen. Er will mich erschießen. Ich werde ihm aber vorauseilen und ihm beweisen, daß mit Old Shatterhand nicht zu scherzen ist. Meine Brüder mögen nicht am Waldessaume hingehen, sondern sich ein wenig mehr links halten, damit er nicht erkennen kann, daß ich fehle. Auch mögen sie meine Gewehre halten, weil mir dieselben hinderlich sein würden. Wenn ich sie nicht bald anrufe, mögen sie bis an die Stelle gehen, welche der Mann beschrieben hat, und dort auf mich warten."
Die drei waren natürlich über meine so unerwartete Mitteilung überrascht, nahmen aber meine Gewehre hin, ohne ein Wort zu sagen. Das Bündel mit meinem Anzuge trug das Pferd bereits; ich hatte also die Hände frei und ging mit schnellen Schritten weiter, während sie sich mehr nach links wendeten, um dort ihren Weg langsam fortzusetzen. Doch hielten sie sich, ohne daß ich sie darauf aufmerksam gemacht hatte, klugerweise immer so, daß man ihre Schritte vom Walde aus hören konnte.
Ich sage, daß ich schnell ging, denn es fiel mir gar nicht ein, die Warnung des Mormonen zu beachten. Seine Mitteilung bezüglich der Gräben enthielt eine Unwahrheit, welche er ausgesprochen hatte, um uns zum Langsamgehen zu bewegen, damit er uns trotz der Hindernisse, welche die Bäume ihm boten, vorankommen könne. Es fiel mir keinen Augenblick ein, daß ich mich irren könne, sondern ich war vollständig überzeugt, daß er mir auflauern werde.
Mich immer nahe am Walde haltend, schritt ich wohl zehn Minuten lang vorwärts, scharf nach einer Stelle ausschauend, welche sich für das Unternehmen des Mormonen eignete. Die Sterne waren sichtbar geworden; meine Blicke reichten mehr als dreißig Schritte weit. Da trat aus dem bisher geraden Saume des Waldes eine scharfe Ecke hervor, welche sich jenseits ebenso scharf wieder rückwärts bog. Sie wurde aus dichtbelaubten Bäumen gebildet, unter denen niedrige Büsche standen. Hatte ich mich in Beziehung auf die Absicht des Mormonen nicht geirrt, so war dies unbedingt die Stelle, an welcher er sie ausführen wollte. Hier konnte er sich gut verbergen, und wir mußten so nahe 'an der Ecke vorüber, daß mich seine Kugel gar nicht fehlen konnte. Indem ich das Unterholz mit den Augen und auch mit den Händen untersuchte, wollte ich mir darüber klar werden, an welcher Stelle sich Melton wohl verstecken werde. Das war gar nicht schwer; er mußte gute Deckung für sich, freien Blick nach außen und einen sicheren Anschlag auf mich haben. Als ich einen solchen Ort gefunden hatte, kroch ich

nahe bei demselben unter ein Gezweig, welches mich unsichtbar machte und dabei so biegsam und elastisch war, daß ich kein verräterisches Rascheln zu befürchten hatte, falls ich zu einer unvorhergesehenen Bewegung gezwungen sein sollte.
Warum legte ich mich eigentlich hierher, um den Feind zu ertappen? Es war doch nicht ein ungefährliches Unternehmen. Ich hätte den Anschlag einfach dadurch zu nichte machen können, daß ich die Richtung vermied, in welche der Mormone uns gewiesen hatte; dann hätte er mir hier vergeblich aufgelauert. Wenn ich mir diese Frage heute vorlege, so muß ich offen und ehrlich sagen, daß es die liebe Eitelkeit war, welche mich dazu trieb, die Gefahr des Handelns der Sicherheit der Unterlassung vorzuziehen. Es gelüstete mich, Melton zu zeigen, daß ich klüger sei, als er mich taxiert hatte. Daß ich dabei das Leben riskierte, wurde, wie so oft, später erwogen.
Als ich es mir unter dem Gezweig bequem gemacht hatte, legte ich das Ohr auf die Erde, um zu horchen. Wird er kommen oder nicht? Ich befand mich in der gespanntesten Erwartung. Da hörte ich Schritte, das Rauschen der Äste, welche er berührte, das Stolpern seiner Füße über die hervortretenden Wurzeln, ja sein Stoßen an die Stämme, welche er im Waldesdunkel nicht deutlich zu sehen vermochte. Er kam schnell näher. Schon hörte ich auch das laute Arbeiten seiner Lunge, denn er war außer Atem. Jetzt bog er nach der Ecke ein, arbeitete sich rasch bis an die Spitze derselben, blieb da stehen und streckte den Kopf hervor, um zu horchen.
„*'sdeath!*“ fluchte er halblaut und in englischer Sprache. „Tod und Teufel! Mein Atem geht so laut, daß ich nichts anderes zu hören vermag. Der Schuft wird doch nicht etwa schon vorüber sein? Unmöglich! Ich bin gelaufen wie ein Verrückter, und sie gehen langsam, um nicht in die Gräben zu stürzen. Hahahaha! Doch still, ich glaube, sie kommen!“
Er ließ sich auf das rechte Knie nieder, stemmte den linken Ellbogen auf das linke und legte das Gewehr an. Ich sah ihn ganz deutlich und bestimmt, denn er kniete an einer Lücke, durch welche sich der Sternenschimmer stahl. Ich hatte gerechnet, daß er sich mehr links plazieren werde, und mußte mich also, um ihm nahe zu kommen, nach dieser Richtung schieben. Wenn ich dabei ein leises Geräusch verursachte, so überhörte er es, weil seine ganze Aufmerksamkeit nach außen gerichtet war.
Jetzt hörte ich die Indianer kommen.
„Zum Henker!“ flüsterte er. „Die Hunde halten sich entfernter als ich dachte. Da gilt es, scharf zu zielen.“
Ich wunderte mich keineswegs darüber, daß er mit sich selbst sprach. Ich wußte von mir selbst, daß die Aufregung, je größer sie ist, sich desto leichter in Worten Luft macht. Er hob und senkte das Gewehr zur wiederholten Prüfung und hielt es dann fest im Visier. Jetzt mußte ich handeln, da er doch möglicherweise einen der Knaben für mich halten und auf ihn schießen konnte. Ich richtete mich hinter ihm halb auf, nahm ihn beim Halse und riß ihn hintüber. Er stieß einen Schrei aus und ließ das Gewehr fallen. Da er mit dem Kopfe zwischen meine Beine zu liegen gekommen war, stemmte ich ihm die beiden

Kniee rechts und links auf Brust und Schultern und griff nach seinen Händen, mit denen er krampfhaft hin und her fuhr; ich faßte sie – ein Knack und ein Schmerzensruf – noch ein Knack und ein noch lauteres Brüllen – er lag halb wehrlos unter mir, da ich ihm in der Hitze des kurzen Kampfes die beiden Hände in den Gelenken gebrochen hatte. Er konnte nur mit den Füßen vor sich stoßen; sich aufzurichten vermochte er nicht, da ich schwer auf ihm kniete. Die Arme bewegte er wohl, konnte mir aber mit seinen schlaff herabhängenden Händen nichts anhaben. Desto mehr arbeitete er mit den Stimmwerkzeugen. Er schrie wie ein Gepfählter, ob vor Wut, vor Angst oder vor Schmerz, das wußte wohl er selber nicht, wahrscheinlich aber wohl aus allen drei Gründen.
Indem ich ihn niederhielt, sah ich, daß die Indianer trotz seines Geheules nach meiner Weisung ruhig und ohne anzuhalten draußen vorüber wollten. Da rief ich ihnen zu:
„Meine jungen Brüder mögen hierher kommen und ihre Schwester draußen bei dem Pferde lassen!"
Sie folgten schnell meiner Weisung und banden dem Mormonen die Arme und Beine zusammen, was ich, wenn es nötig gewesen wäre, auch allein fertig gebracht hätte. Dann schafften wir ihn hinaus, wo wir sein Gesicht deutlicher sehen konnten. Sein Geschrei hatte aufgehört; er lag ganz ruhig da.
„Nun, Master Melton," sagte ich in englischer Sprache, weil dies seine Muttersprache war, „habe ich wirklich mein Glück von mir gewiesen und es darum für immer verloren?"
„Verfluchter Schurke!" zischte er zwischen den Zähnen hervor.
„Ist es nicht genau so, wie ich Euch sagte?" fuhr ich fort. „Habt Ihr nicht in sehr kurzer Zeit erfahren, daß ich mich recht gut auf mich selbst verlassen kann? Die Kugel, welche Ihr mir zuschicken wolltet, hörte ich schon vor einer Stunde sausen. Ihr habt Euch eingebildet, mich täuschen und betrügen zu können, und seid trotz Eurer vermeintlichen Pfiffigkeit so dumm, daß es unendlich leicht ist, Eure Absichten zu erraten. Ich habe Euch schon in Guaymas durchschaut."
„Ich Euch auch!" knirschte er. „Ihr seid Old Shatterhand!"
„Ganz richtig! Ich wußte, daß ich erkannt worden war, ließ aber nichts davon merken. Ihr aber habt Euch geradezu wie ein Schulknabe verhalten. Wenn Ihr Old Shatterhand bethören wollt, müßt Ihr es gescheiter anfangen. Was habt Ihr mit den Emigranten vor?"
„Nichts!"
„Natürlich werdet Ihr mir es nicht sagen. Ich habe diese Frage auch nicht, weil ich etwa glaubte, eine Antwort zu erhalten, ausgesprochen; ich wollte Euch nur darauf aufmerksam machen, daß die Leute unter meinem Schutze stehen. Es ist nicht meine Absicht, Euch darüber, was ich weiß und was ich denke, eine Rede zu halten; ich will Euch nur darauf aufmerksam machen, daß jede Unredlichkeit, die Ihr an ihnen begeht, auf Euch selbst zurückfallen wird. Ein Beispiel habt Ihr soeben erlebt. Ihr wolltet mein Leben; darum war das Eurige mir verfallen. Laßt Euch das zur Warnung dienen! Das nächstemal würde es Euch gewiß ans Leben gehen. Wie ich Eure Kugel vorausgesehen

habe, so sehe ich auch noch anderes voraus; Ihr aber schaut höchstens von heut bis nach morgen hinüber, weil das Verbrechen kurzsichtig ist."

Ich wendete mich von ihm ab und winkte auch die Knaben von ihm fort, weil ich ihnen einiges zu sagen hatte, was er nicht hören durfte. Die Squaw blieb als vorsichtige Indianerin bei ihm stehen, um ihn, obgleich er gefesselt war, nicht aus den Augen zu lassen.

„Meine jungen, roten Brüder mögen hören, was ich ihnen zu sagen habe," begann ich. „Wir sind vier Personen und haben nur ein Pferd, bedürfen aber noch dreier Tiere, welche wir stehlen müssen. Ich bin kein Dieb, aber da wir uns unter den gegenwärtigen Verhältnissen unbedingt beritten machen müssen, bin ich gezwungen, alle Bedenken schwinden zu lassen. Als ich mit dem Haziendero darüber sprach, verweigerte er mir die Erfüllung meiner Bitte, weil er sich vor den Yumas fürchtete. Ich muß ihm also nehmen, was er mir verweigert, und werde jetzt nach der Hazienda zurückkehren, um mir drei Pferde von der Weide zu holen. Meine Brüder mögen indessen den Gefangenen bewachen. Er ist uns zwar vollständig sicher, und ich bin auch überzeugt, daß zur jetzigen späten Stunde niemand in diese abgelegene Gegend kommen wird, doch muß ein vorsichtiger Mann auf jeden Zufall gefaßt sein. Der Gefangene darf auf keinen Fall vor meiner Rückkehr freigegeben werden."

„Old Shatterhand kann sich auf uns verlassen," versicherte der ältere Bruder, „Wir werden seinen Befehl erfüllen, obgleich er uns damit kränkt, daß er nach der Hazienda will."

„Wieso?"

„Mein weißer Bruder sagt damit, daß er uns für ungeübte Knaben hält, welche kein Pferd zu holen verstehen."

Ich hatte die Gebräuche und Anschauungen der Indianer genugsam kennen gelernt, um zu wissen, daß die beiden jungen Menschen sich zurückgesetzt fühlten. Die gegenwärtigen Umstände nötigten mir die Absicht auf, mit ihrem Stamme in Verbindung zu treten, und so hielt ich es allerdings für geraten, ihnen Vertrauen zu zeigen. Darum antwortete ich:

„Ich sah, wie tapfer ihr euch gegen eure Angreifer verteidigtet, und halte euch also für mutige Jünglinge. Auch bezweifle ich nicht, daß ihr neben dem Mute die nötige Geschicklichkeit besitzet, und so will ich euch fragen, ob ihr die Pferde holen wollet."

„Wir wollen!" erklang es in frohem Tone.

„Gut! Ich brauche euch also nicht zu sagen, wohin ihr euch zu wenden habt?"

„Nein. Wir sahen die Pferde, an denen wir vorüberkamen. Es wird sehr leicht sein, zwei zu bekommen."

„Zwei? Wir brauchen drei!"

„Eins besitzt doch der Gefangene. Er wird uns sagen müssen, wo er es angebunden hat."

„Das nehmen wir nicht. Er hat es von Lobos aus geritten; es ist also ermüdet, während auf der Weide frische zu finden sind. Ich möchte noch weiter sprechen, kann aber das, was ich noch zu sagen habe, euch später mitteilen. Ihr möget also sogleich aufbrechen; ich werde euch hier erwarten.“

Sie entfernten sich augenblicklich, ohne ihrer Schwester ein Wort zu sagen. Ich legte mich neben den Mormonen ins Gras, neugierig, wie die Knaben ihre Aufgabe lösen würden. Melton lag unbeweglich wie ein Toter. Sein Stolz verbot es ihm, ein Wort oder gar eine Bitte auszusprechen, doch ging sein Atem zuweilen laut und schwer; die verletzten Hände schmerzten ihn.

Um die beiden Indianer hatte ich keine Sorge. Das, was sie zu thun hatten, war an und für sich leicht und konnte nur durch Zufälligkeiten schwer, oder wohl auch unausführbar gemacht werden. In diesem Falle kehrten sie unverrichteter Sache zurück; das war alles, was ich zu befürchten hatte, denn daß sie sich erwischen lassen könnten, das zu denken, kam mir gar nicht in den Sinn. Es vergingen zwei Stunden; dann erhob sich höchstens vier Schritte von mir eine Gestalt aus dem Grase. Ich sprang augenblicklich auf, um sie zu fassen, ließ aber den ausgestreckten Arm wieder sinken, denn ich sah, daß es der ältere der Roten war.

„Mein Bruder ist wieder da,“ sagte ich. „Warum kommt er so heimlich herbei?“

„Um Old Shatterhand zu zeigen, daß niemand mich hört und sieht, wenn ich nicht will.“

„Dein Gang ist geräuschlos wie der Flug eines Schmetterlings; du wirst ein tüchtiger Krieger werden. Wo befindet sich dein Bruder?“

„Ich ging ihm voraus, um dich zu fragen, ob der Gefangene die Pferde sehen darf?“

Er sagte mir das mit leisen Worten, und ich antwortete laut:

„Er mag sie bringen. Seid ihr vollständig unbemerkt geblieben?“

„Die Hirten waren taub und blind. Wir hatten sogar Zeit, unter den Pferden diejenigen auszuwählen, welche uns am besten gefielen.“

Er stieß einen Pfiff aus, worauf man sogleich den Hufschlag nahender Pferde hörte. Die Pferde waren bis in unsere Nähe gebracht worden, ohne daß ich es gehört hatte; die beiden Knaben waren stolz darauf, daß ihnen dies gelungen war. Als ich die Tiere, soweit dies bei der abendlichen Dunkelheit möglich war, betrachtete, überzeugte ich mich, daß es nicht die schlechtesten waren, und bemerkte zu gleicher Zeit, daß das eine einen Sattel trug. Als ich den älteren darnach fragte, antwortete er:

„Mein großer, weißer Bruder hat keinen Sattel; darum haben wir das Pferd des Gefangenen gesucht und ihm den Sattel abgenommen. Dann ließen wir es laufen, da er es mit seinen ausgerenkten Händen doch nicht besteigen und leiten kann.“

Sie hatten also auch dieses Tier gefunden und dafür gesorgt, daß ich zu dem nötigen Reitzeuge kam, ein Beweis, daß ich Anforderungen an sie zu stellen vermochte, welche über ihr Alter eigentlich hinausgingen.

„Pferdedieb!“ rief mir jetzt der Mormone in verächtlichem Tone zu. „Der berühmte Old Shatterhand ist also auch weiter nichts, als ein gewöhnlicher Spitzbube!“

Anstatt mich beleidigt zu zeigen, band ich ihm die Fesseln auf und antwortete:

„Da habt Ihr Eure Freiheit wieder, Master Meuchelmörder. Trollt Euch von dannen, und sagt dem Haziendero, daß ich diese Pferde notgedrungen von ihm geliehen habe. Wahrscheinlich bekommt er sie wieder, oder doch eine Bezahlung dafür. Sollte dies aber nicht der Fall sein, so mag er sich diesen kleinen Verlust auf sein eigenes Conto schreiben. Euch selbst gebe ich den Rat, Eure Hände möglichst rasch einrenken zu lassen und sie durch feste Verbände zu schützen, sonst möchte es sich leicht ereignen, daß Ihr sie nie wieder so wie früher gebrauchen könnt. Um Euretwillen will ich wünschen, daß wir uns nicht wiedersehen, da ich überzeugt bin, daß ein Zusammentreffen von bösen Folgen für Euch sein würde."

„Oder auch für dich! Nimm dich in acht vor mir, und sei verdammt, du Schuft!"

Indem er mir diese grimmigen Worte zuwarf, eilte er davon. Hätte ich den Kerl nicht geschont, sondern ihm eine Kugel gegeben, so wäre viel Unglück verhütet worden. Aber darf man denn einen Menschen wie ein Raubtier niederschießen! Seine Waffen besaß er natürlich nicht mehr; ich hatte sie an mich genommen, auch die Munition. Der übrige Inhalt seiner Taschen war selbstverständlich nicht angerührt worden.

Nun wurden vor allen Dingen die Pferde gesattelt; dann ritten wir fort, um zunächst von der Stelle zu kommen, an welcher ein baldiger unliebsamer Besuch zu erwarten war. Welche Richtung wir dabei einschlugen, war Nebensache, da ich mich entschlossen hatte, bis auf weiteres in dieser Gegend zu bleiben. Indem unsere Pferde langsam durch das Gras schritten, erkundigte ich mich:

„Wann werden meine roten Brüder, wenn sie schnell reiten und keine Zeit verlieren, ihre Krieger erreichen?"

„In drei Tagen," antwortete der ältere. Der jüngere sprach überhaupt nur dann ein Wort, wenn ich mich direkt an ihn wendete. Das ist den Gewohnheiten der Indianer gemäß, bei denen der ältere dem jüngern stets voransteht, sodaß die meisten Dialekte besondere Ausdrücke für ältern oder jüngern Bruder, ältere oder jüngere Schwester haben. Auch ist das Wort Sohn, vom Vater ausgesprochen, ein anderes als aus dem Munde der Mutter. So heißt z. B. im Navajo „mein älterer Bruder" Schinai, „mein jüngerer Bruder" Se tsela, „mein Sohn", vom Vater gesagt, Schi yeh, „mein Sohn", von der Mutter angeredet, Se tse, „ältere Schwester" heißt Sche la und „Jüngere Schwester" Eteh.

„Der starke Büffel, euer Vater, befindet sich jetzt bei seinem Stamme?" erkundigte ich mich weiter.

„Ja. Er wird sehr stolz darauf sein, Old Shatterhand bei sich zu sehen."

„Wir werden uns begrüßen, obgleich es mir unmöglich ist, ihn aufzusuchen. Ich muß ihn bitten lassen, zu mir zu kommen. Seine beiden wackern Söhne mögen ihm erzählen, was ich ihnen jetzt sagen werde. Es sind Männer, Frauen und Kinder aus meinem Vaterlande über das große Wasser herübergekommen, welche auf der Hazienda del Arroyo arbeiten wollen. Der Weiße, welcher unser Gefangener war und Melton heißt, hat einen bösen Plan mit ihnen, welchen ich leider noch nicht durchschauen kann. Höchst wahrscheinlich hat er den Häuptling der Yumas herbeigerufen, welcher die

Hazienda überfallen soll. Ich ging zum Haziendero, um ihn zu warnen; er hat mich ausgelacht. Ich habe meine Schuldigkeit gethan und würde mich um ihn nicht weiter kümmern, wenn ich nicht meine weißen Brüder und Schwestern mit ihren Kindern retten müßte. Ich allein vermag das nicht, denn ich kann doch nicht mit allen Kriegern der Yumas kämpfen. Darum lasse ich den tapfern Häuptling der Mimbrenjos, euern Vater, bitten, mir zu Hilfe zu kommen, und ich hoffe, daß er mir die Erfüllung dieses Wunsches nicht versagen wird."

„Er wird sofort herbeieilen, denn er hat zwei triftige Gründe dafür."

„Welche?" fragte ich, obgleich ich wußte, was er antworten würde.

„Er hat mit Old Shatterhand die Pfeife der Freundschaft getrunken und müßte verachtet werden, wenn er dem Rufe nicht augenblicklich Folge leistete. Außerdem weiß mein großer, weißer Bruder, was geschehen ist. Der große Mund, der Anführer der Yumas, hat uns überfallen, um uns zu töten. Es ist ihm nicht gelungen, weil Old Shatterhand uns gerettet hat, aber dennoch muß der Yuma es mit seinem Blute bezahlen. Die Freundschaft und die Rache werden also die Führerinnen sein, denen unser tapferer Vater folgen wird."

„So meinst du, daß er in sechs Tagen hier in dieser Gegend sein kann?"

„Ja, drei Tage hin und drei Tage her. Wieviel Krieger soll er mitbringen?"

„Ich weiß nicht, wie stark die Yumas sein werden; aber zum Überfalle einer Besitzung, wie die Hazienda del Arroyo ist, gehören wohl an die hundert Mann; es würden also ebenso viele von euren Kriegern nötig sein. Ich wünsche, daß sie sich mit getrocknetem Fleisch versehen, da sie keine Zeit finden werden, sich durch die Jagd zu verproviantieren."

„An welchem Orte werden sie Old Shatterhand treffen?"

„Ich bin noch nicht in dieser Gegend gewesen, und kann also im Augenblick keinen passenden Ort bestimmen. Wir werden aber, ehe wir uns trennen, einen solchen finden. Ich habe noch einen weitern Auftrag. Mein junger Bruder weiß, daß ich Winnetou, dem großen Häuptlinge der Apatschen, mein Leben geschenkt, und dafür das seinige erhalten habe. Wir haben uns verabredet, uns in kurzer Zeit an einem bestimmten Orte zu treffen, und ich kann mich nun nicht pünktlich einstellen, weil ich jetzt an die Hazienda del Arroyo gebunden bin. Ich lasse also deinen Vater bitten, Winnetou einen sichern Boten zu senden, um ihn zu benachrichtigen, daß und warum ich nicht kommen kann."

„Wenn Old Shatterhand mir den Ort des Zusammentreffens angeben will, wird der Bote den berühmtesten Häuptling der Apatschen nicht verfehlen. Mein jüngerer Bruder und unsere Schwester, die Squaw, mögen die Beschreibung mit anhören, um sie unserm Vater zu überbringen."

„Diese beiden? Du also nicht? Warum?"

Er zögerte eine kleine Weile, räusperte sich dann verlegen und antwortete:

„Mein jüngerer Bruder wird mit der Schwester unsern Stamm aufsuchen; ich aber bleibe hier zurück."

„Zu welchem Zwecke?“
„Um den Häuptling der Yumas aufzusuchen, und dann nicht aus dem Auge zu lassen, damit ich unsere Krieger, sobald sie kommen, benachrichtigen kann, wo er sich befindet.“
„Das alles werde ich ja thun!“
„Ich weiß es. Old Shatterhand ist ein großer Krieger; ich aber bin ein Knabe und besitze noch nicht einmal einen Namen; darum muß ich thun, was Old Shatterhand mir gebietet. Wenn er mich fortschickt, so gehe ich; aber mein Herz würde sehr betrübt darüber sein, denn ich will auf der Spur des großen Mundes liegen, bis ich Rache genommen habe; ich will mir einen Namen erwerben, bei welchem man mich nennt, wenn ich in die Hütten unseres Stammes zurückkehre. Mein großer Bruder erlaube mir also, zu bleiben! Ich darf zwar nicht hoffen, daß er mich bei sich behält, denn er bedarf meiner nicht, doch wenn er so gütig sein wollte, mich in seinem Schatten wandeln zu lassen, so könnte ich mich wenigstens seines Pferdes annehmen, so oft ihm dasselbe hinderlich wird.“
Er hatte das in zagendem Tone gesprochen. Es war allerdings ein sehr ungewöhnlicher Wunsch, den er aussprach, doch eben daß er die Bitte wagte, war in meinen Augen eine Empfehlung für ihn. Jeder Indianer, selbst ein jeder bewährte Krieger, hätte abgewartet, ob ich ihn zum Bleiben auffordern würde oder nicht; dieser Knabe aber war so mutig, den Wunsch auszusprechen. Ich begriff gar wohl, wie sehr ihm daran liegen mußte, denselben erfüllt zu sehen. Wenn er bei mir bleiben durfte, so war dies ein Umstand, um welchen ihn sicher alle Mimbrenjos beneideten. Er gefiel mir; sein Vater war mein Freund, zwei Gründe, ihm keine abschlägige Antwort zu geben. Und dazu kam, daß ich ihn allerdings sehr gut gebrauchen konnte. Ich wollte die Hazienda umschleichen, um zu erfahren, was auf derselben vorging, und durfte mich dabei nicht sehen lassen. Das Pferd brauchte ich, um gegebenen Falles schnell von Ort zu Ort zu kommen; im übrigen war es mir hinderlich. Ich hatte stunden-, ja vielleicht sogar tagelang in der Nähe der Hazienda auf der Lauer zu liegen; da konnte das Pferd leicht zum Verräter werden. Wie vorteilhaft war es da, den Knaben bei mir zu haben! Er hatte übrigens denselben Gedanken ausgesprochen, als er sagte, daß er sich wenigstens meines Pferdes annehmen könne, falls mir dasselbe hinderlich sei. Ich antwortete dennoch nicht sofort, und darum meinte er nach einer kleinen Weile:
„Mein berühmter, weißer Bruder ist erzürnt über mich. Ich weiß, daß jeder Häuptling stolz darauf sein würde, bei ihm sein zu können, und ich bin doch nichts als ein Wurm, eine Kröte, welche nicht beachtet wird; aber ich lechze darnach, einen Namen zu erhalten und unter die Zahl der Krieger aufgenommen zu werden, und ich weiß, daß ich in der Nähe Old Shatterhands am schnellsten einen Namen finden würde. Ist er darüber ergrimmt, so jage er mich fort; ich werde gehen!“
Da reichte ich ihm meine Hand hinüber und antwortete:

„Wie könnte ich mich über einen solchen kleinen Mann ergrimmen! Du gefällst mir, und dein Vater wird sich freuen, wenn er hört, daß ich dich bei mir behalten habe. Ich willige also ein; du kannst mir nützlich sein. Es ist kein Mensch so gering, daß er dem andern nicht einen großen Dienst erweisen könnte, und wenn es auch nur aus reinem Zufalle wäre. Vieles von dem, was du über Winnetou und mich gehört hast, konnte nur mit Hilfe von Leuten ausgeführt werden, welche unbekannt waren. Von uns erzählt man, von ihnen nicht. Möge deine Hoffnung, bei mir bald zu einem Namen zu kommen, sich erfüllen! Die Vorbedingungen scheinen dazu vorhanden zu sein."

Es läßt sich denken, welche Freude er empfand, als er die Gewährung seines Wunsches vernahm. Er sagte kein Wort; sein Bruder ließ ein beglückwünschendes „Uff!" hören, und seine Schwester schlug als Zeichen der Freude ihre Hände zusammen. Ich fuhr fort:

„Aber werden, wenn du nicht bei ihnen bist, deine Geschwister euern Stamm glücklich und sicher erreichen? Es kommt sehr viel, vielleicht alles, darauf an, daß ihnen unterwegs kein Unfall begegnet."

Da antwortete der jüngere Bruder in bescheidenem, aber dennoch zuversichtlichem Tone:

„Es kann uns nichts geschehen, denn ich habe ja nun ein Gewehr und fürchte mich also vor keinem Menschen. Auch weiß ich, daß zwischen hier und unserm Ziele kein Feind zu finden ist."

Wir trafen jetzt wieder auf den Bach und befanden uns also an der Stelle, an welcher der Mormone uns geraten hatte, zu lagern. Es fiel uns natürlich nicht ein, dies zu thun.

Wir hielten gar nicht an und ritten weiter. Da ich meine Beobachtungen in südlicher Gegend zu machen hatte, so wollte ich jetzt nicht allzuweit nördlich gehen, konnte jedoch jetzt noch nicht zurückbleiben, weil ich mich soweit von der Hazienda entfernen mußte, bis ich sicher war, daß man meine Spur nicht mehr finden werde. Darum ging der Ritt bis nach Mitternacht fort, wo wir uns in einer Gegend befanden, welche für meine Zwecke gar nicht geeigneter sein konnte.

Der Mond war aufgegangen und gewährte uns einen weiten Umblick. Der Boden war felsig; die Pferde ließen also keine Spuren zurück. Am nördlichen Horizonte lag eine dunkle Linie. Als wir uns derselben näherten, sah ich, daß es ein Wald war. Unweit des Randes desselben ragte die Krone eines mächtigen Baumes hoch über alle andern hervor.

„Uff!" sagte der ältere Bruder. „Da sind wir wieder in bekannter Gegend. Das ist der Wald der großen Lebenseiche. Jetzt weiß mein jüngerer Bruder genau, wie er zu reiten hat, und kann sich unmöglich irren."

„Gut!" antwortete ich. „So trennen wir uns hier. Und diese Lebenseiche mag der Ort des Wiedersehens sein. In sechs Tagen bin ich wieder hier, um die Ankunft eures Vaters und seiner Krieger zu erwarten."

Ich erteilte dem kleinen Bruder die nötige Instruktion. Besonders genau beschrieb ich ihm die Stelle, an welcher Winnetou mich erwartete. Schließlich gab ich ihm die Waffen, welche ich dem Mormonen abgenommen hatte; er sollte sie seinem Vater als Geschenk überbringen. Der kleine Mann versicherte, daß er mit seiner Schwester bis zum Anbruche des nächsten Abends reiten werde, ohne anzuhalten. Er wollte versuchen, die Strecke in zwei anstatt in drei Tagen zurückzulegen.

Die Geschwister hatten sich vor ihrer Verabschiedung von den Opata mit Dürrfleisch versehen; jetzt wurde der Proviant geteilt. Das war mir sehr lieb, denn ich bekam da für zwei Tage und zwei Personen zu essen und brauchte also während dieser Zeit kein Fleisch zu schießen. Ich hatte ja mit dem Umstande zu rechnen, daß ein Schuß mich verraten könne.

Als dann der Bruder mit der Schwester fortgeritten war, banden wir unsere Pferde am Waldesrande fest und legten uns nieder, um bis zum Anbruche des Morgens zu schlafen. Die Ruhe war uns notwendig, da wir nicht sagen konnten, ob wir morgen abend Schlaf finden würden, und hier waren wir voraussichtlich so sicher vor jeder Überraschung, daß keiner von uns zu wachen brauchte. Übrigens mußten wir auch deshalb den Tagesanbruch hier erwarten, weil wir dann weit sehen und uns orientieren konnten, während ein nächtlicher Ritt uns leicht vor eine plötzliche feindliche Begegnung gebracht hätte.

Nach unserm Erwachen am Morgen standen wir vor einer zweifachen Aufgabe. Erstens galt es, die Yumas aufzusuchen, und das konnte am besten am hellen Tage geschehen. Zweitens wollte ich die Hazienda beschleichen, um nach den Auswanderern zu sehen und möglicherweise mit dem Herkules zu sprechen. Dazu mußte ich natürlich den Abend abwarten.

Zur Erreichung unseres ersten Zweckes beschloß ich, die Stelle aufzusuchen, an welcher der Yumahäuptling die drei Geschwister überfallen hatte. Er war, wie bereits gesagt, jedenfalls dorthin zurückgekehrt, und ich hoffte, da Spuren zu finden, die mir andeuteten, wohin er sich gewendet hatte.

Wir ritten natürlich nicht in gerader Richtung, welche uns über die Hazienda geführt hätte, zurück, sondern machten einen Umweg, auf welchem wir keiner Begegnung auszuweichen brauchten, denn es begegnete uns eben keine Menschenseele. Es war Mittag, als wir im Thale ankamen. Je mehr wir uns der betreffenden Stelle näherten, desto vorsichtiger verhielten wir uns. Die drei Pferdeleichen lagen noch da. Eine ganze Menge Geier war damit beschäftigt, das Fleisch von den Knochen zu reißen und sich um die Fetzen zu streiten. Ich blieb, scharf auslugend und das Gewehr schußbereit haltend, unten bei den Pferden und schickte den Knaben hinauf zur Felsenhöhe, wo der Sohn des Häuptlings von meinen beiden Kugeln getroffen worden war. Er meldete mir bei seiner Rückkehr, daß die Leiche zur Seite geschafft und mit einem hohen Steinhaufen bedeckt worden sei. Fußspuren hatte er in dem harten, felsigen Boden nicht bemerkt.

Eine Fährte hatte ich da oben natürlich gar nicht erwartet. Mit Pferden konnte man nicht hinauf, und da der Häuptling jedenfalls zu Pferde gekommen war, so hatte er dasselbe unten im Thale gelassen, war zur Leiche seines Sohnes hinauf-, dann wieder herabgestiegen und hatte das Thal zu Pferde verlassen. Ob jemand bei ihm gewesen war, das mußte sich erst zeigen. Ich begann also, zu suchen; der Knabe half dabei.

Leider war der Boden hart, sodaß ausgesprochene Fußoder Hufeindrücke nicht vorhanden sein konnten. Einige kleine Zeichen, wie z.B. Abschürfungen einer Bodenstelle, oder ein aus seiner früheren Lage gerissenes Steinchen, waren zwar als Spuren zu nehmen, konnten aber auch von uns selbst, da wir gestern hier gewesen waren, herrühren. Der Indianer strengte seine Augen an. Er wäre sehr stolz darauf gewesen, wenn er auch nur die Andeutung einer Fährte hätte entdecken können. Es war vergeblich; darum rief er endlich unmutig aus:

„Sie sind hier gewesen; das ist sicher. Und doch ist nichts zu sehen. Meine Augen sind heut wie mit Blindheit geschlagen. Old Shatterhand mag ja nicht denken, daß dies stets der Fall ist!"

„Tröste dich mit dem Umstande, daß die Augen Old Shatterhands, die doch geübter sind als die deinigen, auch nichts zu entdecken vermögen," antwortete ich. „Aber es giebt zweierlei Augen, diejenigen des Körpers und diejenigen des Geistes, der Seele. Wenn die einen mit Blindheit geschlagen sind, muß man die andern um so offener halten."

„Die Augen meines Geistes sehen ebensowenig wie diejenigen meines Körpers."

„Weil du sie wahrscheinlich nach der falschen Richtung öffnest."

„So mag Old Shatterhand mir sagen, wohin meine Gedanken gehen sollen."

„Natürlich hinter dem Häuptlinge der Yuma her."

„Das haben sie doch bisher gethan, aber ohne ihn entdecken zu können."

„Weil du von heut ausgehst. Beginne mit gestern, so wirst du Erfolg haben. Als eure beiden Angreifer vor mir flohen, standest du droben auf dem Felsenvorsprunge und konntest also besser und weiter sehen als ich. Sie ritten das Thal hinauf. Wir haben dieselbe Richtung eingeschlagen, ohne eine Spur von ihnen oder gar sie selbst zu sehen. Woran mag das liegen?"

„Sie haben wahrscheinlich das Thal sobald als möglich verlassen."

„Das denke ich auch. Die Thalwände sind steil. Kann ein Reiter da hinauf?"

„Nein. Sie haben also in ein Seitenthal einbiegen müssen."

„Ja. Ich sehe, daß mein junger Bruder die Augen seiner Seele richtig zu gebrauchen versteht. Natürlich aber haben die beiden Flüchtlinge das Seitenthal nicht aufs Geratewohl aufgesucht."

„Nein, sondern ihre Leute haben sich in demselben befunden."

„Ganz richtig! Kann mein junger Bruder mir noch einen anderen Grund dafür angeben, daß die Sache sich so verhält?"

„Nein," antwortete er nach einer Weile vergeblichen Nachdenkens.

„So will ich ihm denselben sagen. Ich nehme an, daß die Yuma die Hazienda überfallen wollen und daß sie sich schon in der Gegend derselben befinden, um den passenden Augenblick abzuwarten. Da werden sie sich nicht offen zeigen, sondern sich verstecken. Das Thal ist ein Teil des Weges, welcher von Ures nach der Hazienda führt; es kann denselben jeden Augenblick jemand benutzen. Darum konnten sich die Yuma nicht hier postieren, und das ist der Grund, den ich meine. Der Häuptling und sein weißer Begleiter haben sich gestern in diesem Hauptthale befunden, um auf die Spähe zu gehen, und da zufällig euch getroffen. Wo aber Späher sind, da befinden sich die Krieger, zu denen diese gehören, sicherlich in der Nähe. Wenn ich sage „Nähe," so meine ich allerdings keine sehr geringe Entfernung, denn wenn sich die Yumas nur eine kurze Strecke von hier befunden hätten, so wären sie sicherlich von dem Häuptlinge schleunigst herbeigeholt worden, um uns zu ergreifen oder wenigstens zu verfolgen. Wir haben also anzunehmen: Die Yumas befinden sich in einem Seitenthale dieser Hauptschlucht, aber soweit von der letzteren entfernt, daß sie wenigstens eine Stunde brauchen, um zu Pferde hierher zu gelangen. Will mein junger Bruder sagen, von welcher Beschaffenheit dieses Seitenthal sein muß?"

„Es muß bewachsen sein; es muß Bäume haben, hinter denen man sich verstecken kann, und Gras, welches als Futter für die Pferde dient."

„Sehr wahr. Und nun mag mein Bruder sich erinnern, daß wir gestern an den Mündungen dreier Nebenthäler vorübergekommen sind. Wieweit lag die erste von hier?"

„Diejenige Zeit, welche die Weißen eine halbe Stunde nennen."

„Und die anderen?"

„Die zweite eine Viertelstunde weiter und die dritte war sehr, sehr weit von hier gelegen."

„Ja, soweit, daß sie hier gar nicht mit in Betracht kommen kann. Jetzt erinnere sich mein Bruder genau an die beiden Mündungen. Wie waren sie beschaffen? Deuteten beide darauf hin, daß sie der Beginn eines Thales seien, welches sich wenigstens eine halbe Stunde weit in die Berge hineinzieht?"

„Nein," antwortete er, ohne sich zu besinnen. Er besaß also ein gutes Ortsgedächtnis. „Das erste Thal scheint schmal und kurz zu sein. Aber die Mündung des zweiten war sehr breit."

„So haben wir die Yumas also sehr wahrscheinlich in diesem zweiten zu suchen, und diese Wahrscheinlichkeit wird sich erhöhen, wenn wir sehen, daß es bewachsen ist. Das werden wir jetzt thun."

Ich stieg bei diesen Worten in den Sattel. Der Knabe folgte meinem Beispiele und meinte mit jugendlicher Wichtigkeit:

„Aber sehr vorsichtig müssen wir sein, denn hinter den Bäumen, welche wir sehen wollen, können die Yumas stecken!"

„Das wünsche ich eben," lachte ich. „Es würde mich freuen, wenn sie sich nirgends anderswo befänden."

„Aber dann sehen sie uns doch kommen!"

„Wir werden schon dafür sorgen, daß sie uns nicht bemerken."

Die Art und Weise, wie ich mich ihm gab, ermutigte ihn zu dem Einwande:

„Mein berühmter weißer Bruder mag bedenken, daß wir nach Bäumen suchen! In einer ebenen Gegend kann man diese schon aus weiter Entfernung entdecken. Wir stehen aber im Begriffe, ein Thal aufzusuchen, welches wahrscheinlich viele Windungen macht. Wer da einen Wald entdeckt, der steht auch schon vor demselben, und wenn der Feind sich darin befindet, so kann es sehr leicht keine Zeit zur Umkehr geben!“

„Mein kleiner Bruder spricht wie ein alter, erfahrener Pfadfinder. Vielleicht ist er so freundlich, sich zu vergegenwärtigen, daß die Windungen eines Thales, hinter denen allerdings die Gefahr drohen kann, dem vorsichtigen Manne Schutz gewähren. Die Krümmung, hinter welcher der Feind sich verbirgt, hindert ihn, mich zu sehen. Übrigens, um einen Vergleich zu bringen, wer ein Feuer entdecken will, der braucht nur auf den Rauch oder den hellen Schein zu achten und hat nicht nötig, hinzugehen und die Hand hineinzuhalten, um sich durch die Brandwunden zu überzeugen, daß es vorhanden ist. Wir werden also das zweite Thal, in welchem wir den Feind vermuten, sehr wahrscheinlich gar nicht betreten.“

Er nahm diese Worte als das hin, was sie waren, eine Zurechtweisung, auf die er den Kopf senkte und schwieg. Wir ritten vorwärts, von dieser Stelle aus den nämlichen Weg wie gestern nehmend, ich voran, indem ich mein Pferd so lenkte, daß es ziemlich stets Fels unter die Hufe bekam und also keine Fährte machte. Der Ritt war nicht ganz ungefährlich, da uns in jedem Moment ein Yuma oder ein Trupp dieser Roten entgegenkommen konnte. Glücklicherweise geschah dies nicht. Nach der angegebenen Zeit von einer halben Stunde kamen wir an die Mündung des ersten Seitenthales, welches ebenso wie das zweite nach links führte. Ich bog da ein. Der Indianer zögerte einen Augenblick, dann folgte er mir, ohne ein Wort zu sagen. Er konnte mich nicht begreifen, schwieg aber, um nicht wieder eine Zurechtweisung zu erhalten. Wenn wir die Yumas im zweiten Thale zu suchen haben, warum reiten wir da ins erste hinein? So fragte er sich. Die Antwort wurde ihm schon nach kurzer Zeit.

Das Thal war so gestaltet, wie wir vermutet hatten, schmal und seicht. Es stieg schnell aufwärts, und als ungefähr zehn Minuten vergangen waren, hatten wir sein Ende erreicht; wir befanden uns oben auf der Ebene. Da lag die Kreisfläche, welche der Horizont umschloß, vollständig übersehbar vor uns. Nach Süd, West und Nord gab es Ebene; im Osten lagen Berge. Die Ebene war kahl, eine Stelle ausgenommen, welche gegen Nordwest lag; dort ließ ein dunkler Streifen einen Wald vermuten. Ich deutete mit der Hand in diese Richtung und fragte:

„Was liegt wohl dort hinter jener dunklen Linie?“

„Ein Wald.“

„Nein, denn diese Linie ist eben selbst der Wald. Er besäumt die Höhe des zweiten Thales, welches wir suchen. Jetzt wird mein junger Bruder wissen, warum ich nicht dorthin, sondern hierher geritten bin. Dort hätte uns Gefahr gedroht; hier haben wir den Wald entdeckt, ohne daß diejenigen, welche hinter demselben stecken, uns sehen können. Wenn die Yumas sich wirklich dort befinden, so können sie eine Störung nur von dem Hauptthale aus erwarten und werden nach dieser Richtung Wachen ausgestellt haben. Wollen wir sie erkundschaften, so können wir also getrost hinüber nach dem Walde reiten, ohne befürchten zu müssen, daß sie uns kommen sehen. Mein junger Bruder sieht nun wohl ein, daß man ein Feuer entdecken kann, ohne daß man sich die Hand an demselben verbrennt.“

„Old Shatterhand mag mir nicht zürnen,“ antwortete er demütig. „Ich bin ein Knabe und hatte nicht daran gedacht, daß ich ein Mann werden will. Reiten wir hinüber?“

„Ja, denn ich muß unbedingt wissen, woran ich bin. Will mein junger Bruder vielleicht hier zurückbleiben und auf mich warten?“

„Ich reite mit, selbst wenn der ganze Stamm der Yumas sich dort befindet,“ erklärte er mit blitzendem Auge. „Aber wenn Old Shatterhand es befiehlt, so muß ich bleiben.“

„Du sollst mit, doch hoffe ich, daß du keinen Fehler machst. Du weißt ja, wie gefährlich es ist, am hellen Tage ein feindliches Lager zu beschleichen.“

Ich setzte mein Pferd in Bewegung, und zwar in Galopp, denn je schneller wir über die offene Ebene kamen, desto kürzer wurde die Zeit, während welcher wir doch vielleicht gesehen werden konnten. Am Walde angelangt, stiegen wir ab und banden unsere Pferde an. Es galt zunächst, den Rand des Gehölzes auf eine genügende Strecke hin abzusuchen. Wir fanden nichts Verdächtiges und schafften die Pferde in ein Dickicht, welches selbst für scharfe Augen undurchdringlich war.

„Will mein Bruder die Pferde bewachen oder mit mir gehen?“ fragte ich.

„Ich gehe mit!“

„Oder will er noch lieber selbständig handeln? Wenn wir uns teilen, kommen wir in der halben Zeit zum Ziele.“

„Hat Old Shatterhand Vertrauen zu mir, so mag er nur sagen, was ich thun soll. Er wird keinen Fehler von mir sehen.“

„So komm! Wir müssen zunächst den Rand des Thales suchen.“

Wir drangen tiefer in den Wald ein und kamen bald an die richtige Stelle, denn hier senkte sich der Boden schnell und steil in die Tiefe. Wir stiegen hinab, bis wir sahen, daß der Grund des Thales aus Rasen bestand, welcher von einem kleinen Wässerchen befeuchtet wurde; die steilen Seiten waren mit dichtem Walde besetzt.

„Jetzt trennen wir uns,“ sagte ich. „Ich gehe eine Viertelstunde abwärts; du gehst ebenso weit aufwärts; dann kehren wir an diese Stelle zurück, um uns mitzuteilen, was wir gesehen haben. Bemerken wir nichts, so setzen wir die Nachforschungen fort, bis wir entweder die Yumas finden oder das ganze Thal abgesucht haben. Aber laß dich durch nichts bestimmen, ein Geräusch zu machen, oder etwa gar zu schießen!“

Diese Warnung sprach ich aus, weil ich dem Knaben doch nicht genug Selbstbeherrschung und Bedachtsamkeit zutraute, um, falls er den „großen Mund“ sehen sollte, seinen Wunsch nach Rache zu zügeln. Ich ging die betreffende Strecke ab, ohne etwas Bestimmtes zu sehen. Zwar gab es auf der Mitte der Thalsohle eine Linie im Grase, welche ich für eine Fährte hielt, doch konnte dieselbe ebensogut von einem Wilde wie von einem Menschen herrühren, und die Vorsicht verbot mir, hinüber zu gehen, um sie zu untersuchen.

Als ich nach der Stelle, an welcher wir auseinandergegangen waren, zurückkehrte, war der Knabe noch nicht wieder da; er kam jedoch bald und meldete mir:

„Ich sah niemand; aber es befindet sich eine Fährte im Grase.“

„Die habe auch ich bemerkt.“

„Und sodann hat meine Nase weiter gesehen als mein Auge, denn es roch nach Feuer.“

„Und gebratenem Fleisch etwa?“

„Nein; ich roch nur Rauch. Es muß aufwärts von der Stelle, an welcher ich umkehren mußte, ein Feuer brennen.“

„So komm, uns zu überzeugen!“

Wir huschten unter den Bäumen hin, den Blick immer scharf voran, um, falls sich jemand vor uns befinden sollte, diese Person eher zu entdecken, als sie uns zu sehen vermochte. Da, wo der junge Mimbrenjo umgekehrt war, blieb er stehen, sog die Luft durch die Nüstern ein und sah mich erwartungsvoll an. Ich nickte ihm zu und ging weiter; ja, es roch nach Rauch und je weiter wir kamen, desto deutlicher wurde der Geruch. Nach einiger Zeit blieb der Knabe, welcher hinter mir herschritt, stehen, hielt mich zurück und sagte in flüsterndem Tone:

„Sollten es Weiße sein?“

„Wohl kaum.“

„Aber es riecht nach Haba !“

„Die werden auch von Indianern gegessen. Komm nur weiter!“

Bald wurde auch mir der Geruch, welchen kochende Bohnen verbreiten, bemerkbar. Bohnen sind ein Lieblingsgericht des Mexikaners, und auch die Indianer Mexikos essen sie gern. Daß aber hier im wilden Walde welche gekocht wurden, war auffällig. Bohnen als Proviant auf einem Kriegszuge der Indianer! Dazu gehörten Kessel, Töpfe und auch andere Gefäße und Utensilien, ein Beweis, daß bei diesem Raubzuge nicht bloß Indianer im Spiele waren.

Wir kamen nun so nahe, daß wir nicht nur den Brandgeruch, sondern den wirklichen Rauch in die Nase bekamen, und sahen dann das, was wir gesucht hatten, vor uns liegen. Eigentlich sahen wir mehr, als wir gesucht hatten. Ich hatte einen Trupp von Indianern erwartet, frei im Walde liegend; hier aber befand sich ein richtiges, wohlgeordnetes Lager mit Zelten und allen andern Bequemlichkeiten, welche der Rote sich gewährt, solange er sich sicher fühlt.

Wir zählten wohl an die zwanzig Zelte, alle aus starker, grober Leinwand bestehend und mehr oder weniger zerrissen oder ausgebessert. Das Häuptlingszelt, an drei Adlerfedern kenntlich, stand in der Mitte. Vor demselben waren Stangen errichtet, an denen über sechs Feuern ebensoviele eiserne Kessel hingen, in denen die Bohnen kochten. Ein mehr seitwärts stehendes, niedriges Zelt schien als Vorratsraum zu dienen. Die Roten lagen in

und neben ihren Zelten oder saßen in Gruppen besammen. Mehrere bedienten die Kessel, deren Inhalt sie rührten, damit er nicht anbrennen solle.
„Da," flüsterte mir der Knabe zu, „da sind sie, im zweiten Seitenthale, ganz so, wie Old Shatterhand vermutete. Soll ich sie zählen?"
„Nein, denn das ist jetzt unmöglich, da viele in den Zelten stecken. Aber zähle die Pferde! Sie befinden sich jedenfalls weiter aufwärts, da wir sie abwärts nicht gesehen haben."
„Soll ich gehen?"
„Ja, doch nimm dich in acht!"
Ich ließ ihn allein fort, weil es ihm große Genugthuung gewährte, sich selbständig bewegen zu dürfen und das Vertrauen zu genießen, welches man sonst nur einem erfahrenen Krieger schenkt. Als er nach einiger Zeit zurückkehrte, öffnete und schloß er die Hände, um mir durch die Zahl der Finger diejenige der Pferde deutlich zu machen, und sagte:
„Ich sah zweimal fünfmal zehn Pferde und noch drei dazu."
Kein Naturindianer kann so wie wir bis hundert zählen. Die höchste Zahl ist bei vielen Stämmen die Zehn, bei manchen sogar nur die Fünf; daher die Ausdrucksweise meines Mimbrenjoknaben. Er hatte hundert und drei Pferde gezählt. Da sich unter denselben eine Anzahl Packpferde befanden, so konnte man auf ungefähr neunzig Indianer schließen. Squaws gab es nicht; es waren nur Krieger vorhanden, und diese waren, wie es den Anschein hatte, durchgängig mit Gewehren bewaffnet.
Trotz dieser bedeutenden Anzahl herrschte die größte Stille im Lager; man fühlte sich zwar sicher, ließ aber die nötige Vorsicht nicht außer acht. Jetzt sah ich einen der an den Kesseln beschäftigten Männer in das Häuptlingszelt treten. Er meldete wahrscheinlich, daß das Essen fertig sei, denn als er wieder herauskam, klatschte er einigemale in die Hände und rief mit lauter Stimme:
„Miuschyam, ma – – kommt herbei, das Essen ist fertig!"
Die in den Zelten befindlichen Indianer kamen mit ihren Näpfen heraus; die andern eilten hinein, sich die ihrigen zu holen; alle gingen nach den Feuern, um die Näpfe füllen zu lassen. Nur zwei thaten das nicht. Sie fühlten sich zu vornehm, an der allgemeinen Speisung sich zu beteiligen. Die beiden waren der große Mund und ein Weißer, welche aus dem Zelte des Häuptlings getreten waren und nun vor demselben standen, um die bewegte Scene vor sich zu beobachten. Wer der Weiße war, konnte ich nicht gleich sehen, weil er mir den Rücken zukehrte; später, als er eine Wendung machte, erkannte ich in ihm – – den jungen Weller, unsern früheren Kajütenwärter.
So hatten meine Vermutungen also überall das Richtige getroffen, und es fragte sich nur, wo sich sein Vater befand. Hier im Lager jedenfalls nicht, sonst hätte er sich jetzt mitsehen lassen.
Die Speisung der neunzig war binnen drei Minuten vorüber; dann begann das faule Lungern von neuem. Wir beobachteten das Lager noch längere Zeit und bemerkten kein Anzeichen, welches erraten ließ, daß noch heute irgend ein Unternehmen im Plane sei.

Später kam der Häuptling wieder mit Weller aus dem Zelte. Auf einen Wink des letzteren wurde ein Pferd gebracht, welches er, wie ich sah, besteigen wollte.
„Komm!“ raunte ich dem Mimbrenjo zu. „Wir müssen fort.“
„Wohin?“
„Weiß es noch nicht genau, wahrscheinlich aber nach der Hazienda.“
Wir gingen denselben Weg zurück, den wir gekommen waren, und sahen, noch ehe wir aufwärts stiegen, Weller das Thal hinabreiten. Er war allein, Nun ging es mit verdoppelten Schritten hinauf zur Höhe und zu den Pferden. Wir zogen diese heraus ins Freie, stiegen auf und jagten nach dem ersten Seitenthale zurück, an dessen Mündung wir uns hinter einen Felsen stellten, um aufzupassen. Hatte Weller sich im Hauptthale abwärts gewendet, so mußte er an uns vorüber; kam er nicht, so ritt er aufwärts und hatte jedenfalls die Hazienda zum Ziele.
Er kam nicht, obgleich wir wohl eine Viertelstunde warteten, und so beschloß ich, mich auch aufwärts zu wenden, um ihm zu folgen. Dabei gingen mir allerlei Vermutungen durch den Kopf. Vor allen Dingen fragte ich mich, ob er sich auf der Hazienda sehen lassen werde, oder heimlich nach derselben wolle. Das letztere schien mir das wahrscheinlichere zu sein, da er jedenfalls den Boten zwischen dem Häuptlinge und dem Mormonen machte. War meine Ansicht die richtige, so kam er mit Melton an irgend einem abgelegenen Orte zusammen. Hätte ich denselben gekannt, so wäre es möglich gewesen, sie zu belauschen und vielleicht den ganzen Plan, den sie hegten, zu erfahren. Aber ich kannte diesen Ort eben nicht. Doch, war es denn nicht möglich, ihn zu erfahren? Ja, aber da mußte ich rasch machen.
Wir verließen also die Mündung des ersten Seitenthales und ritten schnell aufwärts, an der Mündung des zweiten vorüber und dann weiter. Ich war überzeugt, den jungen Weller vor uns zu haben, mußte aber doch sehen, ob dies nicht vielleicht ein Irrtum sei. Dabei hieß es, vorsichtig zu sein, denn es galt, ihn zu sehen, ohne von ihm bemerkt zu werden.
Glücklicherweise hörte der Felsen bald auf, und es gab weicheren Boden, welcher den Hufschlag unserer Pferde dämpfte. In diesem Boden war die Spur eines Reiters deutlich zu sehen; er war, wie ich derselben entnahm, langsam geritten; wir mußten ihn also bald einholen. Richtig! Noch ehe wir das dritte Nebenthal erreichten, kamen wir an eine Krümmung, welcher wir vorsichtigerweise nicht sofort folgten, sondern hinter deren Ecke wir erst vorlugten. Da ritt er, höchstens dreihundert Schritte vor uns. Er war es, und nun gab es keinen Zweifel darüber, daß er nach der Hazienda wollte. Mein Mimbrenjo war mir bisher schweigend gefolgt; jetzt konnte er seine jugendliche Ungeduld nicht mehr bemeistern und fragte:
„Warum folgen wir diesem Bleichgesichte nach? Darf ich das von Old Shatterhand erfahren?“
„Ja. Ich folge ihm, weil er ein Bote des großen Mundes ist.“
„An wen?“

„Ich vermute, an Melton, welcher gestern unser Gefangener war. Wahrscheinlich werden sie sich heimlich treffen und von dem Überfalle sprechen, welchen ich verhüten will. Dabei kann ich wohl erfahren, was sie eigentlich planen."
„Will mein großer, weißer Bruder sie belauschen?"
„Ja."
„Aber er kennt doch nicht den Ort, an welchem sie miteinander sprechen werden!"
„Ich hoffe, ihn zu erfahren."
„Da müßten wir dem Bleichgesichte da immer auf dem Fuße folgen und dürften es nicht aus dem Auge lassen. Dreht sich dieser Weiße aber einmal um, so muß er uns sehen."
„Ich werde ihm erst folgen, wenn es dunkel geworden ist, sodaß er mich nicht sehen kann, und dann werden wir ihm zuvorkommen, indem wir ihm auf einem Umwege vorauseilen."
„Dann sieht er unsere Spuren."
„Er wird sie für diejenigen von zwei Hirten des Haziendero halten. Vielleicht trifft er auch erst nach Anbruch der Dunkelheit auf unsere Fährte, die er dann nicht sehen kann. Wir kennen den Weg, den er einzuschlagen hat, genau, weil wir ihn gestern geritten sind. Sehr wahrscheinlich reitet er bis an den See, in welchen der Arroyo mündet. Wenn wir ihn dort erwarten, haben wir ihn sicher. Auch paßt es in Beziehung auf die Zeit sehr gut, weil es dunkel sein wird, wenn wir dort ankommen."
„Und welchen Umweg werden wir machen?"
„Das weiß ich nicht genau, da ich die Gegend nicht kenne. Wir reiten in das dritte Seitenthal hinein und werden sehen, wohin uns dasselbe führen wird."
„Wohin es führt, das weiß ich ganz genau, denn dieses Thal ist eben der Weg, welchen ich mit meinem jüngern Bruder und meiner Schwester eigentlich einzuschlagen hatte. Wir wichen nur deshalb von demselben ab, weil wir glaubten, auf der Hazienda Pferde zu bekommen."
„Nun, wohin werden wir gelangen, wenn wir diesem Thale folgen?"
„Hinaus auf die große Ebene, auf welcher nur zuweilen eine kleine Höhe liegt."
„Eine freie Ebene? Es giebt also für einen schnellen Ritt keine Hindernisse?"
„Nein. Reitet man geradeaus, so kommt man an den Wald der Lebenseiche, wo wir mit unsern Kriegern zusammentreffen wollen. Will man nach der Hazienda, so hält man sich nach rechts; das weiß ich genau; wie aber dieser Weg ist, das kann ich nicht sagen, denn ich bin ihn noch nicht geritten,"
„Ist auch nicht nötig, da das, was du mir gesagt hast, vollständig genügt. Ich weiß jetzt, daß wir den kleinen See zur richtigen Zeit erreichen werden. Laß uns also wieder vorwärts machen!"
Während dieser kurzen Wechselrede war Weller vor uns verschwunden; wir konnten also weiter reiten. Dies thaten wir zunächst langsam, um ihm nicht wieder so nahe zu kommen; dann aber, als wir in das dritte Seitenthal eingebogen waren, trieben wir unsere Pferde an, und als wir oben auf die Ebene gelangten, jagten wir im Galopp über dieselbe

hin, indem wir unsern Pferden nur zuweilen Zeit gaben, sich ein wenig zu verschnaufen, und ließen sie erst dann langsamer gehen, als zu befürchten stand, daß wir, falls wir so weiter ritten, viel zu zeitig am See ankommen würden; denn am Tage durften wir uns dort unmöglich sehen lassen.

Eben als die Sonne hinter dem westlichen Horizonte verschwand, sahen wir an dem östlichen einen Wald auftauchen.

„Das werden wohl die Bäume sein, welche am Rande des Arroyothales stehen," vermutete mein Mimbrenjoknabe.

Ich war derselben Meinung und hielt also auf den Wald zu. Als wir ihn erreichten, dunkelte es bereits. Wir stiegen ab, um unsere Pferde weiterzuführen. Die Bäume standen nicht eng; wir kamen leicht vorwärts, bis der Boden sich senkte und wir nach kurzer Zeit das Wasser des Sees zu unserer Linken schimmern sahen. Von rechts her mußte der junge Weller kommen. Zunächst galt es, unsere Pferde so zu verbergen, daß sie nicht entdeckt werden konnten, aber auch Gras und Wasser hatten, um ihren Hunger und Durst befriedigen zu können. Ein solcher Ort ward sehr bald gefunden, Die Pferde blieben unter der Aufsicht des Indianers, den ich nicht bei mir haben konnte; auch ließ ich ihm meine Gewehre, welche mich doch nur belästigt hätten. Ich gebot dem Knaben, sich auf keinen Fall zu entfernen, und begab mich dann nach der andern Seite des Sees, wo Weller vorüber mußte. Mich dort hinter einigen Büschen ins Gras legend, erwartete ich sein Kommen, welches nach meiner Berechnung bald erfolgen mußte.

Die Stelle, an welcher ich lag, und auch diejenige, an der sich der Mimbrenjo mit den Pferden befand, waren uns durch einen günstigen Zufall gezeigt worden, denn weder er noch ich wurde durch die Hirten gestört, welche die Pferde und Rinder des Haziendero zu bewachen hatten. Es herrschte außer dem leisen Rauschen, das durch die Blätter ging, tiefe Stille um mich her, sodaß mir das leiseste Geräusch, welches nicht in das nächtliche Leben des Waldes gehörte, auffallen mußte.

Als ich ungefähr eine halbe Stunde gewartet hatte, vernahm ich leise Schritte, welche sich von links her näherten. Das war die Richtung, aus welcher der frühere Kajütenwächter kommen mußte. Er kam auf dem Wege, welcher am Ufer des Sees hinführte, und mußte an mir vorüber. Das war kein ausgetretener Weg, wie etwa ein Pfad in einer belebteren Gegend, sondern eben nur der grasige Rand des Sees. Am Tage konnte man wohl sehen, daß Leute zuweilen da zu gehen pflegten, des Nachts aber fiel er für das Auge mit der die Thalsohle bildenden Wiese zusammen. Er war so weich, daß mein geübtes Ohr dazu gehörte, schon von weitem die Schritte Wellers zu hören.

Da dieser zu Fuß kam, so mußte er sein Pferd an einem versteckten Orte zurückgelassen haben. Er ging langsam und blieb zuweilen stehen, um zu lauschen, ob jemand da sei, der ihn hören könne. Dadurch wurde es mir möglich, ihm unbemerkt zu folgen. Wäre er rascher gegangen, so hätte ich ihn wohl, da ich mich außer Gesichtsweite halten mußte, bald aus dem Gehör verloren. So huschte ich mit niedergebeugtem Körper hinter ihm her, blieb stehen, wenn ich seine Schritte nicht mehr hörte, und folgte wieder, wenn

er weiter ging, bis wir den See hinter uns hatten und uns nun an dem Bache befanden, welcher sich in denselben ergoß.
Ungefähr fünfzig Schritte von der Mündung aufwärts stand hart am Wasser eine hohe, breitgegipfelte Chopo-Erle, in deren Nähe es kein Buschwerk gab. Es war ein offener Platz, dessen Mitte sie beschattete. Ich blieb hinter dem letzten Strauche halten, da ich seine Schritte nicht mehr hörte; er mußte unter der Erle stehen geblieben sein. Da ich eine ganze Weile angestrengt lauschte, ohne seine Schritte wieder zu hören, nahm ich an, daß er sich mit demjenigen, den er sprechen wollte, verabredet hatte, am Fuße dieses Baumes zusammenzutreffen. Das war mir nichts weniger als lieb, denn ich konnte den freien Raum, welcher zwischen mir und der Erle lag, unmöglich überschreiten, ohne gesehen zu werden. Unter den Bäumen und im Gebüsch hatte Dunkelheit geherrscht, vor mir hingegen war es, obgleich der Mond noch nicht am Himmel stand, so hell, daß man mich unbedingt bemerken mußte, zumal ich den alten, lichten Anzug trug. Der neue befand sich noch im Bündel hinter den Sattel. Doch gerade dieser Umstand ließ mich auf ein Mittel verfallen, meinen Zweck doch zu erreichen. Die Ufer des Baches waren ziemlich hoch, und so konnte mir das Wasser als Weg nach der Erle dienen. Hätte ich den neuen, teuern Anzug getragen, so wäre der Gedanke, ihn durch und durch einzunässen, mir wohl nicht als sehr annehmbar erschienen.
Ich leerte also meine Taschen, legte auch den Gürtel mit allem, was in demselben steckte, ab, verbarg diese Gegenstände im Busche und stieg über das Ufer ins Wasser hinab. Es war hier in der Nähe seines Einflusses in den See so tief, daß es mir bis unter die Arme reichte. Ich brauchte mich also, um bis an den Mund darin zu sein, nur ein wenig niederzuducken. Dazu kam, daß das Ufer weit über eine Elle höher als der Wasserspiegel war; so konnte mich also nur derjenige bemerken, welcher die Wasserfläche des Baches absichtlich beobachtete.
Ich schob mich nun vor, langsam und Schritt um Schritt, um keine Wellen zu verursachen. Je weiter ich vorwärts kam, desto vorsichtiger verfuhr ich und desto tiefer nahm ich den Kopf in das Wasser. Zuweilen blieb ich stehen, um zu lauschen. Ja, ich hörte Stimmen. Es sprachen zwei in gedämpftem Tone miteinander. Nach einiger Zeit erreichte ich den Baum, ohne bemerkt worden zu sein, und konnte mich nun sicher fühlen, denn hier im Schatten seines Wipfels wurde ich kaum entdeckt.
Ich streckte die Hände aus, um sie auf die hohe Uferkante zu legen, hielt mich da fest und zog mich langsam hinauf, sodaß meine Augen in gleiche Höhe mit dem Ufer kamen. Ich sah zwei Männer am Stamme sitzen, höchstens drei Ellen vor mir, und hörte auch, was sie miteinander sprachen. Es war der frühere Kajütenwärter mit seinem Vater, nicht Melton. Ich hörte den Vater zum Sohne sagen:
„Dem Haziendero fiel es natürlich gar nicht ein, auf meinen Vorschlag einzugehen."
„Du botest wohl nicht genug?" fragte der Sohn.
„Ich habe noch kein Gebot gethan, weil er eben sagte, daß er keine Veranlassung habe, die Besitzungen zu verkaufen. Wenn aber die Indianer dagewesen sind, wird er anders

reden. Selbst wenn er Lust zum Verkaufe gehabt hätte, wäre mein Gebot ein so geringes gewesen, daß es ihm nicht hätte einfallen können, auf dasselbe einzugehen. Ich sehe nicht ein, warum ich jetzt vielleicht drei Vierteile des Wertes bieten soll, wenn ich den ganzen Kram später für ein Viertel bekommen kann."

„So billig nun wohl nicht!"

„O doch. Die Hazienda befindet sich dann in einem Zustande, welcher es notwendig macht, ein Kapital hineinzustecken, wie es der Haziendero nicht mehr besitzt. Will er dann nicht ganz zum Bettler werden, so muß er verkaufen."

„Wie nun, wenn er dieses Kapital geliehen bekommt?"

„Das bilde dir nicht ein. Einem mexikanischen Geldmanne fällt es nicht ein, sein schönes Geld an eine solche Liegenschaft zu wagen; dazu ist er nicht spekulativ genug.

Bei uns ist es etwas anderes. Es ist vorauszusehen, daß wir über kurz oder lang aus den Vereinigten Staaten fort müssen. Utah ist für uns verloren, und unsere schöne große Salzseestadt wird in nicht ferner Zeit den Unheiligen in die Hände fallen. Die Vielweiberei ist nun einmal gegen die sogenannte christliche Moral und gegen die Gesetze der Union, deren Bewohner ja die „allermoralischsten" sind; wir aber lassen nicht von ihr, und so wird und muß es zu einem Auszuge kommen, welcher allerdings an Großartigkeit in der Geschichte nicht seinesgleichen haben wird. Was war der Auszug der Kinder Israel aus Ägypten gegen die gewaltige Völkerwanderung, welche dann eintreten wird, wenn die Heiligen der letzten Tage mit Weibern und Kindern, mit Hab und Gut die Staaten verlassen! Man hat gefragt, wohin? Nach Norden, also nach Kanada? Nein, denn Kanada ist englisch, und das fromme und doch so sündhafte England duldet die Vielweiberei auch nicht. Nach Ost oder West, also über das Meer? Auch nicht. Also nach Süden! Da liegt Mexiko mit seinen weiten, der Kultur noch harrenden Strecken und seiner großen, nach Süden gerichteten Expansionsfähigkeit. Die Gesetze Mexikos erwähnen die Vielweiberei gar nicht; sie ist also nicht verboten, folglich erlaubt. Mexiko wird sich, wenn seine Regierung einmal längere Zeit in kräftigen Händen liegt, weit nach Süden ausdehnen und zu einem großen, mittelamerikanischen Weltreiche werden, welches sich von den Vereinigten Staaten keine Gesetze vorschreiben läßt. Hier ist der Platz für uns; hier ist die Wohnstätte unserer Nachkommen, welche sich vermehren werden wie der Sand am Meere. Hier also müssen wir uns bei Zeiten festsetzen, und darum strecken wir zunächst die Fühler aus, um zu erfahren, mit welchen Verhältnissen wir zu rechnen haben. Wir brauchen diese Hazienda, weil sie eine reiche Besitzung ist und uns so gut und bequem am Wege liegt. Wir müssen sie haben, und da der Besitzer sie nicht veräußern will, zwingen wir ihn, sie zu verkaufen. Das ist der erste Schritt, den wir über die Grenze thun; gelingt er uns, so werden bald zahlreiche andere Brüder folgen."

Das war ja geradezu eine Vorlesung, welche der Mann seinem Sohne hielt, ein Vortrag über die Ab- und Aussichten der Mormonen! Die beiden Wellers wollten den Haziendero zum Verkauf zwingen. Wodurch? Durch die Indianer, wie es schien. Aber auf welche Weise? Den Darlegungen des alten Weller nach sollte die Besitzung durch die Roten entwertet werden; man wollte den Haziendero bankerott machen. Also handelte es sich sehr wahrscheinlich um einen Überfall, dem die Verwüstung des schönen Besitztums folgen sollte. Ich hatte keine Zeit, diesen Gedanken weiter zu verfolgen, denn Weller fuhr fort:

„Der Anfang ist also gemacht, und die Fortsetzung wird folgen. Es war alles so gut eingefädelt und würde sich ganz glatt entwickelt haben, wenn nicht der verdammte Deutsche dazwischen gekommen wäre. Was man gar nicht für möglich halten sollte, dieser eine Mensch ist im stande, unsern ganzen schönen Plan über den Haufen zu werfen. Wer hätte denken sollen, daß dieser Old Shatter – –“

„Ist es denn wirklich Old Shatterhand?“ fiel ihm der, Sohn in die Rede. „Das müßte doch wohl erst bewiesen werden. Es ist sehr leicht möglich, daß wir uns irren.“

„Von einem Irrtume ist keine Rede mehr. Der Beweis ist gestern erbracht worden, denn er selbst hat zugegeben, daß er Old Shatterhand ist. Denke dir, es ist zum Kampfe zwischen ihm und Melton gekommen!“

„Alle Wetter! Wie konnte Melton das geschehen lassen! Er mußte sich doch sagen, daß er gegen den Deutschen, wenn derselbe wirklich Old Shatterhand ist, unmöglich aufkommen kann. Was hat ihn denn zu einer so unverzeihlichen Unvorsichtigkeit verleitet?“

„Es war keine Unvorsichtigkeit. Ich denke, daß ich an seiner Stelle ganz ebenso gehandelt hätte. Der Deutsche hat ihn halb und halb durchschaut. Die Faxe mit dem Pferde spielte er, um nach Ures zu kommen. Was dann geschehen ist, weißt du. Er befreite die drei Mimbrenjos, als wir sie angriffen, und erschoß dabei den Sohn des großen Mundes. Darauf ist er nach der Hazienda geritten, um den Besitzer zu warnen, und hat ihm von einem Überfalle der Yumas gesprochen und Melton als Schwindler bezeichnet.“

„Das ist freilich gefährlich für uns. Weiter, weiter!“

„Glücklicherweise hat der Haziendero darüber gelacht. Du weißt, wenn Melton sich einmal vorgenommen hat, einen Menschen für sich einzunehmen, so ist der Erfolg sicher. Und dieser ebenso gute wie dumme Don Timoteo Pruchillo hat ein Vertrauen zu ihm gefaßt, welches gar nicht zu erschüttern ist. Er hat dem Deutschen einfach den Rat gegeben, die Hazienda zu verlassen.“

„Hat er das gethan?“

„Ja. Er hat fortreiten wollen, gerade als Melton gekommen ist. Dieser hielt ihn für kurze Zeit zurück, ging schnell zum Haziendero und erfuhr von diesem Wort für Wort, was der Deutsche gesagt hatte. Es galt, zu handeln. Der Kerl mußte verschwinden. Melton begleitete ihn also ein Stück und verabschiedete sich dann von ihm, eilte ihm aber heimlich voraus, um sich ins Gebüsch zu stecken und ihn niederzuschießen. Als er zu der Stelle kommt, die er sich dazu ausersehen hat, steckt Old Shatterhand da!“

„Unmöglich!“

„Ja, und dort ist es zum Kampfe gekommen, wobei er Melton die beiden Hände ausgerenkt hat. Melton ist dadurch natürlich für längere Zeit unfähig geworden, eine Waffe zu gebrauchen."
„Das ist stark! So etwas hat man noch nicht gehört! Sonst aber ist Melton nichts geschehen?"
„Nichts. Der Deutsche hat ihn laufen lassen, ihn aber vorher gewarnt. Aus der Warnung geht hervor, daß er diese Gegend jetzt zwar verläßt, aber die feste Absicht hat, wiederzukommen."
„Wo will er hin?"
„Jedenfalls zu den Mimbrenjos, um sie zur Hilfe gegen unsere Yumas zu holen."
„Hole ihn dafür der Teufel! Wenn er diese Absicht wirklich hat und sie auch in Ausführung bringt, so ist es mit unserm schönen Plane freilich so gut wie zu Ende."
„Doch noch nicht. Müssen wir denn warten, bis er mit ihnen kommt? Er hält sich für den klügsten Menschen der Welt, hat aber höchst albern gehandelt, als er merken ließ, daß er ahnt, was wir vorhaben. Ich an seiner Stelle hätte Melton kalt gemacht. Er hatte das vollste Recht dazu. Nun aber wird Melton sich zwar nicht persönlich am Kampfe beteiligen können, aber seine gelähmten Hände hindern ihn doch nicht, das Kommando zu führen."
„Von einem Kampfe wird wohl gar keine Rede sein. Den guten Deutschen, die so schön in unsere Falle gegangen sind, wird es nicht einfallen, sich zu wehren, zumal wenn sie einsehen, daß es nicht ihnen an den Kragen gehen soll. Und wenn die paar Hirten, welche es hier giebt, sich rühren wollen, so sind sie in weniger Zeit als einer Minute kalt gemacht. Aber beeilen müssen wir uns!"
„Das ist es, was ich meine und womit Melton vollständig einverstanden ist. Wir dürfen nicht so lange warten, wie es eigentlich in unserm Plane lag, sondern müssen möglichst bald losbrechen. Also heute der Überfall, morgen der Handel mit dem Haziendero und übermorgen der Ritt nach Ures, um den Kaufvertrag abzuschließen. Dann mag der Germane mit seinen Mimbrenjos kommen; er kann uns nichts anhaben und wird ausgelacht."
„Das ist richtig. Es gilt also, die Zeit und Stunde zu bestimmen. Habe ich dem Häuptlinge darüber etwas Genaues zu melden?"
„Nein, da wir ohne ihn nichts beschließen können. Ich werde mit ihm sprechen, um die Zeit mit ihm festzusetzen. Sage ihm also, daß ich morgen ins Lager kommen werde. Ich werde kurz vor der Abenddämmerung dort eintreffen."
„Kannst du denn von der Hazienda fort, ohne daß es auffällt?"
„Warum nicht? Ich unternehme einen Jagdausflug; es giebt auch noch andere Ausreden."
„Aber wenn du des Abends nicht zurückkommst?"
„So sage ich am nächsten Morgen, ich hätte mich verirrt gehabt und sei gezwungen gewesen, im Walde zu übernachten. Weit eher kann es auffallen, daß ich mich jetzt entfernt habe. Ich will darum nun rasch zurück. Hast du mir noch etwas mitzuteilen?"

„Nein!"
„Ich dir auch nicht. Wir sind also fertig. Gute Nacht, Junge!"
„Gute Nacht, Vater! Ich laß Melton baldige Heilung seiner Hände wünschen."
Die beiden gingen auseinander, der Vater am Wasser aufwärts der Hazienda zu, und der Sohn am Wasser abwärts und den See entlang, um wieder zu seinem Pferde zu kommen und zu den Indianern zurückzureiten. Ich stieg aus dem Wasser und schlug, nachdem ich meine abgelegten Sachen wieder zu mir genommen hatte, den letzterwähnten Weg ein, um meinem Indianerknaben zu sagen, daß ich glücklich gewesen sei und nun einmal nach der Hazienda müsse.
Es handelte sich also wirklich um einen Indianerüberfall. Derselbe war für später beabsichtigt gewesen, sollte nun aber, und zwar meinetwegen, beschleunigt werden. Es war also notwendig, meine Landsleute zu warnen, obgleich aus dem Vernommenen hervorging, daß ihnen eine unmittelbare Gefahr dabei nicht drohe.
Lezteres war mir unverständlich. Warum sollte es gerade ihnen nicht „an den Kragen" gehen, wie Weller senior sich ausgedrückt hatte? Warum sollten nur die Hirten, falls sie sich wehrten, „kalt gemacht" werden? Es gab da einen dunklen Punkt, der mir trotz alles Nachdenkens nicht hell werden wollte.
Nachdem ich meinen Gefährten benachrichtigt hatte, wendete ich mich wieder bachaufwärts und vermied dabei jedes Geräusch, um nicht etwa von den Hirten bemerkt zu werden. Es war noch nicht spät, und so die Möglichkeit vorhanden, daß man das Thor noch nicht geschlossen hatte. In diesem Falle hoffte ich keine großen Schwierigkeiten überwinden zu müssen, um dem Herkules begegnen zu können. An einen andern wollte ich mich nicht gern wenden. Er war nun einmal so ziemlich in meine Ansichten eingeweiht, und wenn ich ihm auch nicht alles mitteilen konnte, so war er doch derjenige, dem ich die größere Zuverlässigkeit zutrauen durfte.
Leider fand ich das Thor zu. Außerhalb der Mauern befanden sich nur die Hirten, an welche ich mich nicht wenden durfte; ich mußte also hinein. Da gab es nur einen Weg, und zwar den, welchen ich schon einmal benutzt hatte, nämlich das Wasser des Baches, welcher ja unter der nördlichen und südlichen Mauer der Hazienda hindurchfloß. Schaden bringen konnte mir das Wasser nicht; ich war bereits naß, und die Nässe that mir nach der Hitze des Tages sogar wohl.
Ich ging also nach derjenigen Stelle der südlichen Mauer, an welcher der Bach aus dem Hofe der Hazienda ins Freie trat, und stieg hinein. Die Passage war ganz bequem; ich brauchte nicht einmal unterzutauchen, sondern nur mich ein wenig zu bücken, um unter der Mauer hindurchzukommen.
Jenseits derselben war es beinahe tageshell. Es brannten mehrere Feuer, an welchen meine Landsleute beschäftigt waren, sich ihre Abendessen zu bereiten. An Stricken, welche über Stangen gezogen waren, hingen Fleischstücke, welche da trocknen sollten. Man hatte, wie ich sah, mehrere Rinder und Schweine geschlachtet, um Proviant zu machen.

Die große Helle war für meinen Zweck nicht sehr günstig, und doch war es mir nur durch sie möglich, den Herkules zu entdecken. Er hatte sich, wie gewöhnlich und so auch jetzt, von den andern abgesondert und spazierte in sehr unbequemer Entfernung von mir rauchend auf und ab. Es war ganz Unmöglich, mich unbemerkt zu ihm zu schleichen; ich mußte warten und mich in Geduld fassen.

Die Auswanderer waren lustig und guter Dinge. Als sie gegessen hatten, begannen sie zu singen, und zwar ganz selbstverständlich zu allererst dasjenige Lied, welches am unvermeidlichsten ist: Wenn der Deutsche lustig ist, so singt er ganz gewiß: „Ich weiß nicht, was soll es bedeuten, daß ich so traurig bin." Der Jude Jakob Silberberg sang auch mit, wie ich sah. Seine Tochter, die schöne Judith, bemerkte ich nicht.

Der Goliath ließ sich auch durch den Gesang nicht anziehen; er entfernte sich vielmehr noch weiter von den Singenden und kam mir dadurch näher. Er schien erregt zu sein, wie ich seinen hastigen, unregelmäßigen Schritten und Wendungen anmerkte. Ob er sich wieder einmal über Judith geärgert hatte? Der Haziendero war nicht zu sehen, Melton und Weller senior auch nicht. Der aufgedunsene Major domo aber ging zuweilen ab und zu.

Nach langer, langer Zeit schienen die Gedanken des Herkules eine Richtung zu nehmen, welche mir, der ich noch immer bis unter den Armen im Wasser stand, günstig war. Er kam langsam auf den Bach zu und blieb am Wasser stehen, ungefähr fünfzehn Schritte von mir entfernt. Jetzt galt es, mich ihm bemerklich zu machen, ohne daß er mich in seiner Überraschung verriet. Ich rief halblaut seinen Namen. Er stutzte und horchte, da er keinen Menschen sah, verwundert auf. Ich nannte den Namen wieder, den meinigen dazu und fügte hinzu:

„Erschrecken Sie nicht! Ich stehe hier im Wasser und laure auf Sie, um mit Ihnen zu reden. Kommen Sie her!"

Er folgte dieser Aufforderung, aber nur zögernd. Es erschien ihm doch sonderbar, aus den Wellen angesprochen zu werden. Ich richtete mich höher auf, sodaß der Schein der Feuer auf mein Gesicht fiel; da erkannte er mich und sagte, natürlich mit leiser Stimme:

„Sie hier, wirklich Sie? Ist's möglich! Sind Sie ein Nix geworden, oder gehen Sie nur im trüben fischen?"

„Keines von beiden. Setzen Sie sich her ins Gras! Wenn Sie stehen bleiben, fällt es auf."

Er setzte sich und meinte:

„Sie haben allerdings alle Ursache, sehr heimlich zu thun. Wenn Sie sich sehen ließen, könnte es Ihnen Meltons wegen schlimm ergehen."

„Wieso?"

„Sie haben ihn ja hinterrücks überfallen und ausgeraubt! Seine Waffen, sein Geld haben Sie ihm genommen. Er hat nur mit Mühe entkommen können und ist unterwegs in der Dunkelheit mit dem Pferde gestürzt, wobei er sich beide Hände verstaucht hat."

„Ah – – so!"

„Ja – so! Und dazu kommt, daß Sie auch Pferde gestohlen haben."

„Das ist freilich wahr; ich gebe es zu, obgleich nicht eigentlich ich es gewesen bin. Ich habe den Pferdediebstahl angestiftet!“

„Schöner Mensch, der Sie sind! Aber Scherz beiseite! Wo haben Sie sich denn umhergetrieben, und was ist geschehen, daß Sie Ihre Anstellung als Buchhalter nicht bekommen haben?“

„Ich habe sie nicht bekommen, weil ich sie ausgeschlagen habe, und umhergetrieben habe ich mich da, wo ich mich sehr wahrscheinlich noch einige Zeit umhertreiben werde, nämlich in der Umgegend der Hazienda.“

„Wozu? Sind Sie noch immer mißtrauisch?“

„Ja. Und mein Mißtrauen hat sich als ein sehr begründetes herausgestellt. Meine Vermutungen sind zur Gewißheit geworden. Die Hazienda soll von Indianern überfallen werden –“

„Die Rothäute mögen kommen! Sie werden sich wundern, wenn sie mir so von ungefähr zwischen meine Fäuste geraten.“

„Nehmen Sie die Sache nicht scherzhaft und leicht; ich spreche sehr im Ernste. Giebt es nicht einen gewissen Weller hier?“

„Ja. Er kam heute gegen Mittag hier an.“

„Was will er da?“

„Man munkelt davon, daß er die Absicht hat, die Hazienda zu kaufen. Don Timoteo fällt es aber nicht ein, zu verkaufen.“

„Kennen die beiden einander?“

„Ich glaube, schwerlich.“

„Haben Sie vielleicht Weller und Melton zusammengesehen?“

„Nein. Aus dem sehr einfachen Grunde, weil Melton sich überhaupt nicht sehen läßt. Er soll das Bett hüten, weil er Fieber hat. Der Teufel hole das Fieber!“

„Warum nur das Fieber und nicht den Kranken auch?“

„Meinethalben kann er beide holen, das Fieber und den Kerl dazu. Und wenn er auch Sie mitnimmt, so habe ich auch nichts dagegen!“

„Sehr verbunden! Was habe ich Ihnen denn zu leid gethan, daß Sie mir einen solchen Wunsch aussprechen?“

„Das können Sie noch fragen! Ich möchte aus Ärger über Sie zerplatzen, und da fragen Sie noch ganz ruhig und vergnügt, was Sie mir gethan haben! Wissen Sie vielleicht, wo Judith ist?“

„Nein. Wie kann ich das wissen! Aber warum fragen Sie so? Ist sie denn fort?“

„Fort? Sie ist da; sie ist sogar sehr da; sie ist ganz außerordentlich am Platze!“

„Reden Sie doch deutlicher! Wo steckt sie denn; was thut sie, und was ist's mit ihr?“

„Wo sie steckt?“ knirschte er. „Drin bei Melton. Was sie thut? Sie pflegt ihn. Und was es mit ihr ist? Aus ist's mit ihr, ganz und vollständig aus! Denken Sie sich das Mädchen als Pflegerin dieses Menschen! Können Sie sich das überhaupt denken?“

„Warum nicht? Oder hat sie kein Geschick zur Krankenpflege?“

„Fragen Sie nicht so dumm! Das Mädchen hat Geschick zu allem, was es nur geben kann, das meiste aber dazu, die Männer verrückt zu machen."

„So sind Sie sehr wahrscheinlich auch ein wenig verrückt?"

„Sehr wahrscheinlich! Und ich befürchte, daß ich in dieser Verrücktheit etwas thue, was man sonst nicht alle Tage zu thun pflegt, nämlich dem Melton den Kopf auf den Rücken drehen."

„Das kann Ihnen leicht den eigenen Kopf kosten!"

„Schadet nichts. Ich habe ihn ja schon halb verloren. Sie sehen also, daß ich zornig auf Sie sein muß. Hätten Sie Melton in Ruhe gelassen, so wäre er nicht krank geworden und brauchte keine Pflegerin!"

„Kann ich dafür, daß die Jüdin so barmherzig ist? Warum giebt sie sich dazu her?"

„Doch nur, um mich zu ärgern; ich weiß es ja. Und ihr Vater hat seine Einwilligung dazu gegeben, um sich bei Melton einzuschmeicheln. Ich wollte, Sie hätten wirklich recht mit Ihren Indianern. Ich wünsche sehr, daß die Roten kommen und das ganze Pack zusammenhauen!"

„Und Sie mit! Nicht? Sie können übrigens in dieser Beziehung vollständig unbesorgt sein. Ihr menschenfreundlicher Wunsch wird in Erfüllung gehen; die Indianer werden kommen; ja, sie sind sogar schon da."

„Sie scherzen doch nur?"

„Nein. Ich habe sie gesehen und beobachtet. Und unser Kajütenwärter befindet sich bei ihnen."

„Alle Wetter! Dann hätten Sie ganz richtig vermutet!"

„Allerdings. Hören Sie!"

Ich erzählte ihm von dem, was ich gesehen und gehört hatte, soviel, wie ich für gut hielt, und bemerkte zu meiner Genugthuung, daß seine Zweifel schwanden. Er begann, die Sache ernst zu nehmen, und sagte, als ich geendet hatte:

„Sie sind, bei meiner Seele, ein sonderbarer Mensch. Ich nahm erst an, daß Sie mit sehr viel überflüssiger Phantasie begabt seien und infolgedessen Drachen sähen, wo eigentlich nicht einmal eine Mücke vorhanden ist. Jetzt aber muß ich mein Urteil ändern, denn ich sehe ein, daß Sie planmäßig denken und planmäßig handeln. Meine Force liegt in meinen Fäusten, und die will ich Ihnen gern und gut zur Verfügung stellen."

„Gut; ich werde sie gebrauchen können. Denken will ich für Sie; aber wenn es dann zum Handeln kommt, so rechne ich auch auf Sie!"

„Zählen Sie bestimmt auf mich! Was soll ich jetzt thun?"

„Zunächst gar nichts."

„Nichts? Aber den Kameraden soll ich sagen, was sie zu erwarten haben?"

„Nein. Was ich Ihnen mitgeteilt habe, muß Geheimnis bleiben. Würde es verraten, so gäbe der Mormone seinem Plane eine solche Änderung, daß alle Vorteile, welche ich bisher errungen habe, verloren gingen. Jetzt glaubt er mich fort und fühlt sich sicher.

Aber eines können Sie thun, nämlich auf alles achten, was hier geschieht, selbst auf das Geringste. Alles, was Ihnen mit unserer Angelegenheit zusammenzuhängen scheint, teilen Sie mir mit."

„Wann denn und wo? Sie wollen sich doch nicht sehen lassen!"

„Kommen Sie des Abends, so bis gegen Mitternacht, täglich einige Male hier an den Bach; ich werde hier sein, wenn ich mit Ihnen reden will."

„Wenn Sie aber erst nach Mitternacht kommen können? Wir schlafen dort in den Gesindehäusern, so eine Art Massenquartier; da können Sie nicht hinein, ohne daß Sie diesem oder jenem die Füße abtreten und dann erwischt werden. Ich werde also einen Grund, im Freien zu schlafen, zu entdecken suchen; die Stelle weiß ich freilich noch nicht, aber ich will dafür sorgen, daß Sie mich leicht finden werden."

„Schön! Also schweigen Sie jetzt noch! Wenn die Zeit da ist, sollen Ihre Landsleute benachrichtigt werden, aber eher nicht. Wir müssen vorsichtig sein."

„So seien auch Sie vorsichtig, und stehlen Sie nicht wieder Pferde! Man könnte sonst auf den Gedanken kommen, daß Sie sich noch in der Gegend herumtreiben. Ich finde überhaupt jede Mauserei, also auch den Pferdediebstahl, im höchsten Grade unmoralisch."

Er lachte dabei leise vor sich hin. Ich antwortete ebenso launig.

„Dann thut es mir leid, Ihnen sagen zu müssen, daß Ihre Immoralität nicht geringer als die meinige ist. Sie stehlen auch."

„Nie!"

„So will ich sagen: Sie werden Fleisch stehlen und heute abend noch."

„Ah, ich verstehe! Für wen?"

„Für mich und meinen Indianerknaben. Sie sehen ein, daß ich meine Zeit nicht auf die Jagd verwenden kann und mich durch Schüsse leicht verraten würde. Essen muß ich aber, das liegt nicht nur in meinem, sondern noch vielmehr auch in Ihrem Interesse. Hier ist heute geschlachtet worden; ich sehe das Fleisch an den Schnüren hangen. Wenn Sie –"

„Ein verständiger Kerl sind, so stehlen Sie für mich," fiel er mir in die Rede. „Nicht wahr, so wollten Sie doch sagen?"

„Allerdings. Ich muß die Indianer beobachten und mich stets in ihrer Nähe aufhalten. Proviant ist mir also sehr nötig. Sehen Sie, ob Sie unbemerkt zu soviel Fleisch kommen können, wie zwei Mann, die mäßig sind, für einige Tage brauchen!"

Er stand auf und ging langsam und in der Haltung eines Spaziergängers fort, um die dunkelste Stelle des Hofes aufzusuchen, wo Fleisch hing. Obgleich ich ihn beobachtete, sah ich doch nicht, was er that, doch als er zurückkam, ließ er einige große Muskelstücke vor mir aufs Ufer fallen und entfernte sich, ohne ein Wort zu sagen, wieder, um sich nach der hintersten Ecke zu begeben. Bald darauf sah ich ihn wieder erscheinen; diesmal brachte er aber einige Stücke Schokolade mit.

Da wir nichts Wesentliches mehr zu besprechen hatten, verabschiedete ich mich und kroch hinaus ins Freie. Ich hatte nun in Summa gegen zwanzig Pfund Proviant zu tragen; das reichte gewiß für vier Tage aus, und wir konnten also so lange Zeit ununterbrochen auf der Lauer liegen. Es lag mir sehr daran, noch vor Anbruch des Morgens wieder in der Nähe des Indianerlagers zu sein. Darum verweilten wir uns nicht beim See und brachen jetzt auf, um auf unserm herwärts eingeschlagenen Wege in das oft erwähnte Nebenthal zurückzukehren.

Als wir dort anlangten, graute der Morgen. Wir suchten zunächst ein besseres Versteck für unsere Pferde; es mußte größer sein als das gestrige, damit den Tieren reichliche Nahrung geboten war. Wir fanden eine Stelle im Walde, welche gar nicht besser geeignet sein konnte, und banden da die Pferde fest. Der Mimbrenjo blieb bei ihnen; er sollte schlafen, während ich mich nach unserem gestrigen Beobachtungsposten begab, auf welchem ich bis nach Mittag blieb, ohne etwas Besonderes gesehen zu haben, als daß Weller junior sich wieder im Lager befand.

Nun aber mußte auch ich ein wenig schlafen und begab mich nach unserem Verstecke, um meinen jungen Kameraden für seine Wache die nötigen Anweisungen zu geben. Er entfernte sich, und ich legte mich nieder. Nach wenigen Augenblicken war ich in tiefen Schlaf gesunken, was nach den gehabten Anstrengungen gar kein Wunder war. Um bequem zu liegen, hatte ich es mir leicht gemacht und den Inhalt aller meiner Taschen und auch des Gürtels fortgethan.

Ein Schrei, ein lang anhaltender, schriller Schrei weckte mich. Ich sprang auf und horchte. Der Schrei erklang zum zweiten Male; ich kannte ihn; es war der Triumphruf eines indianischen Kriegers. Gleich darauf erscholl ein dritter, ganz anderer Schrei; es war der Hilferuf eines Angegriffenen; er kam genau aus der Gegend, in welcher ich meinen Mimbrenjo wußte. Er befand sich jedenfalls in Gefahr. Da war jede Sekunde, nein, jede halbe, jede Viertelsekunde kostbar; ich nahm mir also gar nicht einmal die Zeit, mich nach einer meiner Waffen niederzubücken, sondern rannte fort, der betreffenden Stelle zu. Dort angekommen, sah ich ihn nicht; aber weiter unten gab es ein Ringen im Gras und im Gebüsch. Der unvorsichtige Knabe war nicht auf seinem Platze geblieben; er hatte sich näher an das Indianerlager gewagt und war gesehen, beschlichen und überfallen worden. Ich mußte ihn frei haben, denn wenn sie ihn behielten, so war sein Tod gewiß; darum sprang ich die Steilung der Thalwand hinab, kam aber mit dem einen Sporen an eine Wurzel zu hängen, verlor das Gleichgewicht und stürzte nieder. Noch ehe ich mich aufraffen konnte, rauschte es rundum in den Büschen, und fünf, sechs und noch mehr Rote warfen sich auf mich. Ich wollte auf, brachte aber meinen Fuß nicht von der Wurzel los; das war mein Verderben. Hätte ich den niederträchtigen Sporn freibekommen, so wäre noch Hoffnung gewesen, mich durchzuschlagen; so aber war dies unmöglich. Ich wehrte mich freilich, soviel ich konnte, natürlich nur mit der Faust, die jetzt meine einzige Waffe war, aber die Übermacht war zu groß; ich mußte unterliegen und wurde gebunden.

Mehr Rote kamen herbei. Einer von ihnen betrachtete mich und sagte mit einem entzückten Grinsen seines Gesichtes „Tave-schala!“ Das bedeutet in der Yuma- und Tonkasprache Old Shatterhand.

„Tave-schala, Tave-schala!“ erklang es weiter, von Mund zu Mund, von Mann zu Mann, bis alle meinen Namen schrieen, so daß die Echos von den Thalwänden widerhallten. Der Jubel kannte keine Grenzen. Man schrie und brüllte, man schwang alle möglichen Waffen über meinem Kopfe; man tanzte um Mich, obgleich die Büsche dabei im Wege waren. Ich ließ es ruhig geschehen, da ich es nicht ändern konnte, und hielt mich vollständig bewegungslos. Alle, alle waren gekommen; einer schob den andern zur Seite, um mich zu sehen; nur zwei kamen nicht: der Häuptling und der junge Weller. Der erstere war zu Stolz, nun, da ich mich in seiner Gewalt befand, nach mir zu laufen, und Weller mußte sich zu derselben Zurückhaltung bequemen, obgleich er wohl lieber auch mitgetanzt und gejubelt hätte. Darauf gab man mir die Füße soweit frei, daß ich kleine Schritte machen konnte, und schaffte mich nach dem Lager, wo ich den großen Mund mit Weller vor seinem Zelte sitzen sah. Ich hatte seinen Sohn erschossen; der ausgesuchteste Martertod war mir gewiß; doch das kümmerte mich jetzt nicht; ich dachte nur an meinen jungen Mimbrenjo, den ich hatte befreien wollen, und freute mich darüber, daß er nicht zu sehen war. Wahrscheinlich war er also doch entkommen. Ein Glück war es dabei, daß ich vorhin alles, selbst die Weste, in welcher sich die Uhr befand, abgelegt hatte. In den Hosentaschen gab es nur Kleinigkeiten, welche ich leicht verschmerzen konnte, und den Beutel mit meinem ganzen Vermögen. Da dasselbe aber nur aus wenigen Pesos oder Dollars bestand, so konnte auch dieser Verlust mich nicht aus der Fassung bringen. Und was die leibliche Gefahr betrifft, in welcher ich mich befand, so war dieselbe allerdings so groß, wie sie überhaupt nur sein konnte, doch stand sie mir, wie ich sehr genau wußte, nicht augenblicklich bevor. Die Angewohnheit der Indianer, gefangene Feinde zu Tode zu martern, ist für die letzteren allerdings eine höchst fatale, aber da die Roten diese Prozedur nur selten an Ort und Stelle vornehmen, sondern die Gefangenen mit heimschleppen, um den zurückgebliebenen Ihrigen ein Schauspiel zu bereiten, so ist dadurch dem Betreffenden eine Frist geboten, welche er, wenn er ein unternehmender Mann ist, zur Flucht benutzen kann. Das ist doch immerhin besser, als an Ort und Stelle erschossen zu werden.

Als dem Mörder des kleinen Mundes war mir jedenfalls ein sehr grausamer und langsamer Tod zugedacht; auch verstand es sich von selbst, daß der ganze Stamm mich sterben sehen mußte; aus diesen beiden und noch anderen Gründen, welche ich unerwähnt lassen kann, war es nicht nur wahrscheinlich, sondern gewiß, daß ich jetzt für mein Leben nichts zu befürchten hatte. Ebenso wußte ich, daß man größere Mißhandlungen unterlassen würde, weil ich durch dieselben die Befähigung verlieren mußte, den weiten Ritt nach dem Orte, an welchem der Stamm sich befand, mitzumachen. In Beziehung auf Leib und Leben war ich also jetzt gar nicht, oder nur wenig gefährdet.

Als man mich vor den Häuptling stellte, war auf seinem Gesichte der Ausdruck tödlichen Hasses und unerbittlicher Rachsucht zu lesen. Er spuckte mich an und betrachtete mich mit finsterem und dabei stechendem Blicke, ohne jetzt ein Wort zu sagen. Weller junior aber redete mich in höhnischem Tone an:
„Willkommen Sir! Ich freue mich sehr, Euch wieder zu sehen. Ihr habt Euch während der Zeit, in welcher ich nicht das Glück hatte, Euch bedienen zu dürfen, als Old Shatterhand entpuppt und Euch alle Mühe gegeben, uns hinderlich zu sein. Jetzt seid Ihr kalt gestellt, und ich bin neugierig, wie Ihr diesmal Euern Ruf bewähren und wie Ihr es anfangen werdet, dem Martertode, welcher Euch droht, zu entrinnen."
Es fiel mir nicht ein, dem Menschen eine Antwort zu geben, obgleich ich ihm gerade seines Hohnes wegen gern gesagt hätte, daß es mir ganz und gar nicht einfalle, mich für verloren zu halten. Dies war auch wirklich der Fall. Ich war bei den nördlichen Sioux und bei den südlichen Comantschen, auch bei den Krähen- und Schlangenindianern gefangen gewesen und hatte mich immer glücklich aus der Schlinge gezogen, und da die armseligen Yumas mit den genannten Stämmen in keiner Beziehung zu vergleichen sind, sondern tief unter denselben stehen, so mußte es, wie man sich auszudrücken pflegt, geradezu mit dem Kuckuck zugehen, wenn es mir nicht gelingen sollte, ihnen ein Schnippchen zu schlagen. Harry Melton, der Mormone, war weit mehr zu fürchten als sie. Wenn es ihm einfiel, mich von ihnen zu reklamieren und sie darauf eingingen, so war ich verloren. Ich war aber überzeugt, daß es dem Häuptlinge nicht einfallen würde, mich ihm auszuliefern. Der junge Weller aber galt für mich gleich Null. Seine Anrede an mich war frech und lächerlich zugleich; dies mochte der Häuptling fühlen, denn er wies ihn in keineswegs hochachtungsvollem Tone zurecht:
„Sei still! Deine Rede ist wie ein Halm, welcher keine Körner trägt und wie ein Wasser, in welchem es keine Fische giebt. Vor dir würde sich der Gefangene wohl nicht fürchten. Ich weiß, daß es aller unserer Augen und Arme bedarf, ihn festzuhalten. Er soll uns aber nicht entkommen, sondern viele Tage lang am Marterpfahle bangen, weil er meinen Sohn getötet hat."
Weller hatte englisch zu mir gesprochen, und ich war ziemlich erstaunt darüber, daß der „große Mund" ihn verstand und sich zu seiner Antwort sogar jenes Gemisches von Englisch, Spanisch und Indianisch bediente, welches im Verkehr mit den Roten am Rio Grande und Rio Pecos gesprochen zu werden pflegt. Dann wendete er sich an seine Leute, welche in einem mehrfachen Halbkreise um uns standen:
„War es Old Shatterhand, welcher sich soweit an uns geschlichen hatte?"
„Nein," antwortete einer.
„Nicht? Wer denn sonst?"
„Ein Roter, ein Knabe, so jung, daß er wohl noch keinen Namen hat."
„Wie ist sein Aussehen?"
Der Krieger, welcher geantwortet hatte, beschrieb meinen kleinen Gefährten.

„Uff!" rief da der Häuptling. „Es ist einer der Mimbrenjoknaben, welche mir entkommen sind, weil Old Shatterhand sie verteidigte. Er muß auch mit an den Marterpfahl. Bringt ihn herbei!"

„Wir können ihn nicht bringen, denn es ist uns nicht gelungen, ihn zu ergreifen," antwortete der Mann kleinlaut.

„Wie?" fragte der große Mund im zornigen Erstaunen. „Ihr seid so viele erwachsene Männer; ihr nennt euch Krieger, und ein Kind, so klein und jung, daß es nicht einmal einen Namen hat, ist euch entschlüpft? Soll ich das glauben?"

Der Rote schlug die Augen nieder und antwortete nicht; die andern standen ebenso verlegen da, deshalb fuhr der Häuptling auf:

„So ist es also doch wahr! Alle alten Weiber werden euch verlachen, und die Kinder werden mit Fingern auf euch deuten. Denkt an den Hohn der anderen Stämme, wenn sie hören, daß soviele Yumakrieger nicht im stande gewesen sind, einen armseligen Mimbrenjoknaben festzuhalten. Der Knabe hat sich bei Old Shatterhand befunden; es ist derselbe, den ich da unten im Thale entfliehen lassen mußte, also wird sein Bruder auch in der Nähe sein und seine Schwester, die Squaw des Opata-Häuptlings dazu. Sucht augenblicklich nach ihnen; sucht den ganzen Wald durch! Ich erwarte, daß ihr sie mir bringen werdet. Drei oder vier von euch genügen, hier bei mir zu bleiben und das Lager zu bewachen."

Er bezeichnete diejenigen, welche bleiben sollten; die anderen entfernten sich, um seinen Befehl auszuführen. Weller blieb natürlich auch zurück. Ich dachte, daß der Häuptling nun eine Art von Verhör mit mir anstellen werde, dem war aber nicht so. Er ließ mich noch enger fesseln als bisher und an den Zeltpfahl binden; dann schien er mich keines Blickes zu würdigen; aber ich sah, daß er mich gar wohl zwar heimlich aber scharf im Auge behielt.

Nun gab es ein banges Warten für mich. Es war hundert gegen eins anzunehmen, daß mein Mimbrenjo ertappt würde. Es waren der Spürhunde zu viele, als daß ich hoffen konnte, er, der unerfahrene Knabe, werde ihnen entwischen. Faßte man ihn, so war es nicht nur um ihn geschehen, sondern es gerieten auch meine kostbaren Gewehre und mein anderes Eigentum in ihre Hände, und das letztere hielt ich für weit schlimmer als das erstere.

Laute Zurufe, welche zu hören waren, sagten mir, daß man seine Spur gefunden habe. Sie kamen aus immer weiterer Entfernung, ein sicheres Zeichen, daß man ihn verfolgte. Von jetzt an verging eine lange, lange Zeit, weit über eine Stunde; dann kehrte ein starker Trupp der Roten zurück. Wie freute ich mich, als ich den Mimbrenjo nicht bei ihnen sah! Der Häuptling aber rief ihnen zornig entgegen:

„Ihr bringt sie nicht? Seid ihr blind geworden, da ihr die Spur eines Menschen nicht mehr zu sehen vermögt?"

„Die Krieger der Yuma sind nicht blind," antwortete einer. „Wir haben die Fährte des Knaben gefunden."

„Aber nicht ihn selbst! Sonst hättet ihr ihn gebracht!“
„Du wirst ihn bald zu sehen bekommen. Seine Spur ging durch den Wald bis an den Rand desselben und von da aus gerade über die offene Ebene hinüber.“
„In welcher Richtung?“
„Nach Süden.“
„Es war nur kurze Zeit vergangen und er konnte keinen großen Vorsprung haben; ihr müßt ihn also gesehen haben, indem er vor euch über die Ebene lief?“
„Der Knabe ist klein; seine Gestalt verschwindet also, selbst wenn die Entfernung keine große ist. Aber seine Spur war deutlich und muß ihn schnell in unsere Hände bringen. Weil es dazu nur einiger Krieger bedarf, folgten ihr die andern; wir aber sind zurückgekehrt.“
Der Häuptling sagte weiter nichts und wendete sich in der Haltung eines Wartenden von ihnen ab. Er war augenscheinlich wütend, sah aber ein, daß zornige Worte nichts zu ändern vermochten und das Resultat der Verfolgung nicht beschleunigen konnten. Mir aber wuchs die Hoffnung, denn das Verhalten des Knaben war so klug, daß ich selbst es nicht besser hätte machen können. Er hatte unsere Pferde stehen und alles bei ihnen liegen lassen und war von der Stelle aus, an welcher er entwischt war, direkt nach dem Waldesrande aufwärts gestiegen und dann in schnellstem Laufe über die Ebene geeilt. Dadurch hatte er die Suchenden von unserm Verstecke abgelenkt. Die Pferde standen noch da, und meine Sachen lagen bei denselben. Auch darin war er klug gewesen, daß er sich südwärts gewendet hatte, denn erstens zog er dadurch die Aufmerksamkeit von derjenigen Richtung, nämlich der nördlichen ab, nach welcher unsere Absichten gingen, und zweitens gab es, wie er gesehen hatte und also wohl wußte, im Süden genug felsiges Terrain, auf welchem er seine Spuren verschwinden lassen konnte.
Der Nachmittag verging, und es wurde dunkel. Die Indianer zündeten einige Feuer an, um das Abendessen zu bereiten. Der Häuptling saß noch immer auf derselben Stelle und verhielt sich stumm. Es schien in ihm zu kochen. Weller war fortgegangen, wohl aus purer Langeweile ein wenig im Walde herumzulungern. Jetzt kehrte er zurück. Der Häuptling fragte ihn in nicht eben freundlichem Tone:
„Wo bleibst du so lange? Weißt du nicht, daß die bestimmte Zeit da ist, deinen Vater zu erwarten und herbeizubringen?“
Der Angeredete entfernte sich wieder, und einige Zeit später kehrten die Yumas zurück, welche die Verfolgung fortgesetzt hatten. Meine Hoffnung war keine vergebliche gewesen; sie brachten den Mimbrenjo nicht. Als der Häuptling dies sah, sprang er auf, faßte den vordersten von ihnen beim Arme, schüttelte ihn und schrie:
„Ihr kommt auch allein? Seid ihr denn stinkende Würmer, welche Schmutz fressen und unter der Erde wühlen und deshalb nicht sehen, was sich auf derselben befindet? Ich werde euch heimschicken; da könnt ihr Weiberröcke anziehen und Zelte flicken, was nur die alten Squaws thun, welche zu nichts weiter nütze sind!“

Das war eine Beleidigung, wie sie kaum größer sein konnte. Er ging mit derselben über seine Befugnisse hinaus. Ein Indianerhäuptling besitzt nämlich keine andere Macht als diejenige, welche ihm von seinem Stamme freiwillig übertragen worden ist; sie kann ihm in jedem Augenblicke wieder genommen werden. Er kann, falls er sich seiner Würde nicht wert zeigt oder seine Befugnisse überschreitet, augenblicklich abgesetzt werden und ist dann nichts mehr als jeder andere Stammesgenosse. Der Indianer, gegen welchen die zornigen Worte gerichtet waren, riß sich los und antwortete in zurechtweisendem Tone:

„Wer giebt dem „großen Munde“ die Erlaubnis, mich in dieser Weise anzufassen und anzureden? Wenn ich falsch gehandelt habe, so mögen die Ältesten des Stammes über mich zu Gerichte sitzen und ihr Urteil fällen, dem ich mich unterwerfen muß; wer mich aber beleidigt, der mag sein Messer nehmen und mit mir kämpfen. Der „große Mund“ mag bedenken, daß er, indem er mich beschimpft, auch alle Krieger beschimpft, welche mit mir gewesen sind!“

Diejenigen, für welche er mit diesen Worten sprach, ließen ein beifälliges Gemurmel hören. Der Häuptling sah ein, daß er sich zu weit hatte hinreißen lassen, und entgegnete in sehr gemäßigtem Tone:

„Mein Bruder mag annehmen, daß es nicht meine Worte waren, welche er hörte, sondern daß der Zorn aus mir gesprochen hat.“

„Ein Mann muß es verstehen, seinen Zorn zu bemeistern, doch will ich annehmen, daß nichts geredet worden sei. Wenn der „große Mund“ selbst gegangen wäre, um den Knaben zu suchen, so hätte er ihn auch nicht gefangen.“

„Aber die Beine eines Kindes sind doch kürzer, als diejenigen erwachsener Männer. Ihr hättet ihn unbedingt ereilen müssen!“

„Wir sind gelaufen, bis wir keinen Atem mehr hatten, haben ihn aber nicht einmal zu sehen bekommen, weil der Vorsprung, den er hatte, zu groß gewesen ist. Dann verschwand seine Spur auf dem Felsen, welcher so hart ist, daß er keine Eindrücke annimmt.“

„Habt ihr nur seine Fährte und nicht auch eine andere gesehen?“

„Nur die seinige.“

„So befinden sich sein Bruder und seine Schwester nicht mehr bei ihm. Nur Old Shatterhand ist bei ihm gewesen und wird uns Auskunft geben müssen.“

Nach diesen Worten trat er zu mir und redete mich zum erstenmale an:

„Wie bist du mit dem Knaben, den wir suchen, hierher gekommen? Seid ihr gelaufen oder geritten?“

„Warum fragst du mich?“ antwortete ich. „Du willst nicht nur ein Krieger, sondern ein Häuptling sein und bedarfst meiner, um zu erfahren, was der Verstand jedes Kindes sofort entdecken würde. Frage deinen Scharfsinn, wenn du überhaupt welchen besitzest, nicht aber mich!“

„Du willst nicht antworten, Hund?“ fuhr er mich an.

„Belle immerhin! Von mir erfährst du nichts."
Der Ausdruck bellen erzürnte ihn so, daß er sein Messer aus dem Gürtel zog; er steckte es jedoch wieder zurück, versetzte mir einen Fußtritt und sagte:
„So schweig! Du wirst ja so bald heulen und schreien müssen, daß man es über alle Berge hört."
„Gewiß nicht eines Feiglings wegen, wie du bist, der vor mir ausgerissen ist und dabei vor Angst seine Flinte weggeworfen hat!"
„Sei still, sonst ersteche ich dich im Augenblicke!" schrie er, indem er das Messer wieder zog.
„Stich immer zu! Bringst du mich zum Schweigen, so doch deine Schande nicht. Dein Gewehr befindet sich in den Händen der Mimbrenjos, welche du zu deinen Todfeinden gemacht hast. Wie werden sie über dich lachen, wenn sie erfahren, daß du, der Häuptling der Yumas, aus reinem Entsetzen die Waffe weggeworfen hast und wie ein Wind entflohen bist!"
Ich reizte ihn mit Absicht, um ihn zum Sprechen zu bringen, denn ich wollte nicht länger warten, zu erfahren, ob man mich jetzt oder später zu töten beabsichtigte. Er war so ergrimmt, daß er zum Stoße ausholte; ein mehrstimmiger Zuruf der Seinigen veranlaßte ihn, sich zu beherrschen. Er ließ den Arm sinken und antwortete, indem er ein höhnisches Gelächter aufschlug:
„Ich durchschaue dich. Du willst mich reizen, damit ich dich im Zorne gleich töten möge, wirst aber diese Absicht nicht erreichen. Du wirst jetzt keinen Mangel bei uns leiden, damit wir dich schnell und gesund nach unsern Wigwams bringen. Du sollst dick und fett und stark werden, damit du die Qualen, welche dir bestimmt sind, doppelt lange zu ertragen vermagst. Gebt diesem Hunde zu fressen, soviel wie er zu fressen vermag!"
Ich hatte meine Absicht erreicht; ich wußte nun, daß man mich nicht nur schonen, sondern sozusagen sogar mästen wollte. Das hätte mich beruhigen müssen, wenn meine Besorgnis bisher, was aber nicht der Fall war, eine große gewesen wäre. Dem zuletzt gegebenen Befehle kam man sofort nach. Das Essen, welches aus in Wasser gekochtem Bohnenmehl bestand, war fertig, und ein alter schmieriger Kerl machte sich daran, mich, da ich die Hände nicht zu gebrauchen vermochte, wie ein kleines Kind zu füttern. Er setzte sich mit seinem vollen Napfe zu mir, fuhr mit den Fingern in den Brei und schickte sich an, mir denselben in den Mund zu streichen. Ich wehrte mich dagegen. Als der Häuptling dies sah, sagte er:
„Der Hund ist zu vornehm, die Speise der roten Krieger zu genießen. Mache ihm einen Arm los, und gieb ihm Fleisch; das wird ihm besser schmecken. Ich habe versprochen, daß er nicht hungern soll. Desto lauter wird er dann pfeifen und winseln können."
Der Alte ging nach dem Vorratszelte und brachte mir ein großes Stück Rindfleisch, welches ich, nachdem er mir den Arm freigegeben hatte, mit mehr Appetit, als ich vorher dem Brei abgewinnen konnte, verzehrte. Dann wurde mir der Arm wieder festgebunden.

Eben als die Indianer gegessen hatten, kam Weller junior aus dem Walde. Er brachte seinen Vater mit. Dieser kam, nachdem er den Häuptling begrüßt hatte, zu mir heran, nickte mir malitiös-freundlich zu und sagte:
„Guten Abend, Sir! Wie ist Euer wertes Befinden, Master Shatterhand?"
Ich wendete das Gesicht von ihm ab und antwortete nicht.
„Ah, Ihr scheint ein stolzer Boy zu sein! Ich bin ein so geringer Kerl, daß Ihr es für unter Eurer Würde haltet, auf meinen höflichen Gruß eine Antwort zu geben. Nun, Ihr werdet schon noch höflich werden! Ich stelle Euch hier meinen Sohn vor, einen prächtigen Kerl. Ist ein famoser Schauspieler. Als er sich für einen Kajütenwärter ausgab, habt Ihr wohl nicht geahnt, was eigentlich in ihm steckt. Wie?"
Und als ich auch jetzt nicht antwortete, fuhr er fort:
„Habe mich unendlich gefreut, als er mir vorhin bei meiner Ankunft sagte, welchen Fang meine roten Freunde gemacht haben. Habt Euch um fremde Angelegenheiten, die Euch nichts angingen, gekümmert und wißt Euch nun dafür in Euern eigenen nicht zu helfen. So aber geht es, wenn man sich unaufgefordert zum Advokaten anderer Leute macht. Ihr werdet den Prozeß verlieren und sämtliche Kosten tragen, indem Ihr sie mit dem Leben bezahlt. Wohl bekomm's!"
Er wendete sich ab und ging zu dem Häuptlinge, welcher sich an einer Stelle, die außerhalb der Hörweite der andern lag, niedergesetzt hatte. Sein Sohn folgte ihm, und die drei begannen nun ein leise geführtes Gespräch, bei welchem, ihren Gebärden nach, sehr Wichtiges verhandelt wurde. Als dasselbe beendet war, erhoben sie sich von ihren Sitzen; der große Mund rief seine Leute zusammen, um ihnen das Resultat der gepflogenen Unterhandlung mitzuteilen; die beiden Weller stellten sich indessen geflissentlich so ganz in meine Nähe, daß ich das, was sie sprachen, hören mußte, und der ältere meinte zum jüngeren:
„Also ich reite jetzt zurück, und du bleibst bei den Indianern, die gleich nach mir aufbrechen werden. Es ist von hieraus nach der Hazienda del Arroyo gerade soweit, daß Ihr noch vor der Morgendämmerung den Überfall ausführen könnt."
„Aber die Thore werden zu sein!" meinte der Sohn in einer Weise, aus welcher ich ersah, daß sie nur redeten, damit ich es hören sollte.
„Was schadet das? Ich bin auf die Jagd geritten, habe mich verirrt, kehre so spät zurück und klopfe den Mayordomus auf, um mir öffnen zu lassen."
„Der wohnt im Hauptgebäude und hört das Klopfen am Thore nicht."
„So hören es die deutschen Auswanderer, und einer von ihnen wird mir öffnen. Ihr werdet wahrscheinlich das Thor offen finden."
„Und wenn nicht, wie kommen wir da hinein?"
„Durch den Bach, welcher durch die beiden Mauern in den Hof kommt und wieder hinausgeht. Du freilich darfst dich zunächst nicht sehen lassen, weil man sonst erfahren würde, daß du mit den Roten im Einvernehmen stehst. Du kommst erst angeritten, wenn sie fort sind."

Nachdem die beiden Menschen noch einige unwesentliche Bemerkungen ausgetauscht hatten, wendete sich der Vater zu mir, indem er sagte:
„Warum wir Euch das wohl hören lassen, Sir? Erstlich darum, weil Ihr gegen uns gearbeitet habt und nun sehen sollt, daß alle Eure Ränke vergeblich gewesen sind; wir kommen doch zum Ziele.“
„Und zweitens,“ fuhr der Sohn fort, „um Euch die Gewißheit zu geben, daß Ihr verloren seid und keine Hoffnung auf Rettung haben dürft.“
„Ja, so ist es,“ bestätigte der Alte. „Wenn wir es nur im geringsten für möglich hielten, daß Ihr gerettet werden könntet, so würden wir uns sehr wohl hüten, Euch zum Ohrenzeugen unserer Reden zu machen. Bereitet Euch also vor auf den Tod, auf den entsetzlichsten, den es geben kann! Es ist aus mit Old Shatterhand. Ihr werdet nach den Weidegründen der Yumas transportiert, um dort gepfählt, verbrannt oder sonst noch was zu werden. Vorher aber wird Euch unser Freund Melton einen Besuch abstatten, um Euch Dank zu sagen für die Liebe, die Ihr ihm erwiesen habt. Sein Besuch wird dadurch eine erhöhte Feier finden, daß man Euch auch ein wenig die Hände bricht, sowie Ihr es mit ihm gemacht habt. Lebt wohl! Ihr seht uns nicht wieder, wenn Ihr einmal unterwegs zu den Yumas seid, und wir Euch leider auch nicht.“
So! Jetzt wußte ich alles, was sie mir zu wissen geben wollten. Ich hätte gern noch mehr gewußt und es vielleicht erfahren, wäre es nicht meine Absicht gewesen, ihnen weder Frage noch Antwort zu geben. Man hatte es also für nötig gehalten, den für später geplanten Überfall der Hazienda sofort auszuführen. Man denke sich meine Lage! Ich wußte, was geschehen sollte, und konnte die Landsleute nicht warnen! Der Herkules wartete auf Nachricht von mir, und ich konnte sie ihm nicht geben! Wäre es möglich gewesen, so hätte ich, obgleich ich mich inmitten der Feinde befand, die Riemen zerrissen, um zu versuchen, mich mit den Fäusten durchzuschlagen; aber die Riemen waren unzerreißbar und schnitten schon ins Fleisch, ohne daß ich versuchte, sie zu zersprengen. Das aber nahm ich mir vor: mein Leben nicht zu schonen, falls es unterwegs auch nur eine Spur von Gelegenheit geben sollte, den Yumas zu entwischen.
Diese Hoffnung wurde mir nun freilich vollständig zu schanden gemacht. Als Weller senior fort war, brachen die Indianer ihr Lager ab, um das Thal in der Richtung nach der Hazienda zu verlassen. Ich wurde auf ein Pferd gebunden, und zwar so, daß es geradezu eines Wunders bedurft hätte, nur einen einzigen Finger frei zu bekommen. Dazu, mußte ich zwischen zwei Roten reiten, an deren Pferden das meinige rechts und links gebunden war. Es war einige Minuten lang meine Hoffnung gewesen, mein Pferd so antreiben zu können, daß es mich trotz meiner Fesseln aus der Mitte der Indianer tragen mußte; nun aber mußte ich auch diesen Gedanken als unausführbar aufgeben.
Eine Rettung, eine einzige, gab es noch für die Hazienda, aber auch nur für den Fall, daß man mich soweit mit in die Nähe derselben nahm, daß ich rufen, daß ich durch Schreie warnen konnte. Und ich nahm mir vor, dies ohne Rücksicht auf mein Leben zu thun. Aber, hatte der Häuptling meinen Gedanken erraten, oder war es nur eine

Vorsichtsmaßregel, als wir noch ungefähr eine Viertelstunde zu reiten hatten, mußten fünf Mann mit mir zurückbleiben, während die andern den Marsch fortsetzten. Wir befanden uns noch nicht im Walde, sondern noch vor demselben auf freiem Felde. Wären wir unter Bäumen gewesen, so hätte es eher eine Möglichkeit gegeben, daß es mir gelingen könne, trotz der Riemen unter denselben zu verschwinden; hier aber konnte vom Verschwinden keine Rede sein. Dennoch übten die fünf Menschen ihr Wächterwerk auf eine wahrhaft raffinierte Weise aus, indem sie Pflöcke in die Erde schlugen und mich kreuzweise an dieselben banden. Die Packpferde waren bei uns zurückgeblieben und wurden von ihren Lasten befreit, um grasen zu können.

Gesprochen wurde nicht; destomehr zermarterte ich mir das Hirn, um doch noch einen Rettungsweg zu entdecken -vergeblich! Die Zeit verging; die Dunkelheit begann zu weichen; der Tag graute schon. Da hörte ich ein fernes Klingen; soweit es von mir war, ich kannte es doch; es war das Angriffsgeheul der Indianer. Hätte ich jetzt fortgekonnt, es wäre doch zu spät gewesen; ich hätte nicht ein einziges Menschenleben retten können.

Die Gefühle, welche sich meiner bemächtigten, lassen sich nicht beschreiben. Ich geriet in einen solchen Zustand der Wut, daß ich alle meine Selbstbeherrschung zusammennehmen mußte, scheinbar ruhig bleiben zu können. Meine Wächter lachten sich mit teuflischem Grinsen an; ich hätte sie erwürgen können, trotzdem ich sonst nicht gern eines Menschen Gegner bin. Ich lauschte ebenso angestrengt wie sie. Das Geheul wiederholte sich. Es war kein Wut-, sondern ein Siegesgeheul. Die Roten hatten keinen Widerstand gefunden; der Überfall war gelungen.

Wir warteten eine Stunde und noch eine, ohne daß ein Bote kam. Es wollte wohl keiner von der Hazienda fort, weil es jetzt jedenfalls ans Plündern ging. Endlich, nach drei vollen Stunden, kam ein Yuma gejagt. Er meldete voller Freude, daß alles aufs beste gelungen sei und daß die fünf mit mir nachkommen sollten. Die Packpferde wurden beladen, und wir ritten weiter. Im Walde kamen wir an dem jungen Weller vorüber, welcher hier zurückgeblieben war, um auf der Hazienda nicht gesehen zu werden und doch so nahe zu sein, daß er alles hören könnte. Er hatte sein Pferd angebunden, lag im Grase, sprang aber auf, als er uns kommen sah, und rief mir zu:

„Was sagt Ihr jetzt, Master? Wenn Ihr jetzt Himmel und Erde in Bewegung setzen könntet, es wäre doch nichts mehr zu ändern. Die Hazienda ist unser, und Ihr geht Eurer letzten Stunde entgegen."

Ich hatte ihm kein Wort antworten wollen, konnte mich aber jetzt nicht halten und rief ihm im Vorüberreiten zornig zu:

„Oder du der deinigen, Schurke, der du bist. Sobald ich frei bin, hole ich dich mir; darauf kannst du dich verlassen!"

„Thue es, thue es!" lachte er hinter mir her, „Es ist nicht nur eine Ehre, sondern muß eine wahre Wonne sein, von Old Shatterhand niedergeschossen zu werden. Also komme sobald wie möglich! Ich werde mit Sehnsucht auf dich warten."

Der Mensch hatte leichtes Lachen; mir aber war es trotz der hilflosen Lage, in welcher ich mich befand, genau so, als ob ich ihn schon vor der Mündung meines Gewehres hätte und den kurzen, scharfen Knall desselben hörte.
Jetzt senkte sich der Wald zu den schon mehrfach erwähnten Bachwiesen nieder, auf denen wir die Herden des Haziendero hatten weiden sehen. Die Herden waren da; aber es standen jetzt rote Hüter bei ihnen; die weißen lagen ermordet im Grase; es war keiner von ihnen mit dem Leben davongekommen. Warum man sie nicht geschont und doch allen Auswanderern das Leben geschenkt hatte, wurde mir erst später klar.
Wir hielten einen Büchsenschuß von der Hazienda an. Dort lagen die Deutschen, um welche ich solche Angst ausgestanden hatte, gefesselt an der Erde, bei ihnen der Haziendero, welcher, als er mich erkannte, mir zurief:
„Sie, Sennor? Wie kommen Sie nach hier zurück?"
„Um Sie zu retten, bin aber dabei leider selbst in die Hände der Mörder geraten. Sehen Sie denn nun ein, daß ich recht hatte?"
„Recht hatten Sie, aber doch nicht ganz. Das mit dem Überfall war richtig; aber Sennor Melton ist unschuldig, wie Sie sich überzeugen können."
Er winkte mit dem Kopfe seitwärts. Dort lagen Melton und Weller senior, an Händen und Füßen gefesselt, auch an der Erde. Das war natürlich nur ein Gaukelspiel, welches den Zweck hatte, zu beweisen, daß die beiden keinen Anteil an dem Werke der Indianer hätten. Ich wollte das dem Haziendero sagen, wurde aber von meinen Wächtern mit dem Pferde fortgezerrt und dann in solcher Entfernung wieder an den Boden gepflockt, daß ich nicht mehr mit Timoteo Pruchillo reden konnte.
Die vor mir sich entwickelnde Scene war eine wildbelebte. Das Thor der Hazienda stand weit offen; die Indianer strömten aus und ein, um alles, was nicht niet- und nagelfest war, herauszuschaffen. Dabei heulten sie vor Entzücken einander wie die Tiger an. Was sie geschleppt brachten, wurde nicht unmittelbar vor dem Thore oder vor der Mauer niedergelegt, sondern eine Strecke weit fortgetragen, was mir Grund zu einer Befürchtung gab, welche später leider auch in Erfüllung ging. Die Hazienda sollte nämlich eingeäschert werden, und der Raub wurde, damit die Funken ihn nicht erreichen könnten, weit fortgeschafft.
Aber warum das Haus niederbrennen? Welchen besonderen Zweck verfolgte der Mormone, der doch der Anstifter des Ganzen war, dabei? Auch das sollte mir erst später klar werden. Es war eine geradezu diabolische Berechnung, welche er dabei hatte.
Ferner fiel mir auf, daß sich nur der Haziendero mit seiner Frau bei den Gefangenen befand; ich sah keine von den Personen, welche ich während meines allerdings nur kurzen Aufenthaltes auf der Hazienda bemerkt hatte, auch „Sennor Adolfo", den aufgedunsenen Majordomo, nicht. Sie waren ermordet worden, alle, ohne Ausnahme, und zwar aus demselben Grunde, den ich jetzt noch nicht kannte.
Das Plündern währte fast bis an die Mittagszeit; dann wurden die Herden zusammengetrieben. Man vereinigte sie nordwärts der Hazienda auf einem weiten,

freien Plane, wo sie von einer Anzahl von Indianern zusammengehalten wurden. Als dies geschehen war, brachte man die Leichen der ermordeten Hirten geschleppt. Sie wurden in das Haus getragen, um mit verbrannt zu werden. Bald stiegen dicke Rauchwolken, erst aus dem Hauptgebäude und dann auch aus den kleinen Hofhäusern, auf. Ich hörte den Haziendero vor Schreck schreien; seine Frau stimmte mit lautem Jammer ein.
Aber es sollte für ihn noch schlimmer kommen. Dreißig oder vierzig Yumas bestiegen ihre Pferde und ritten nach verschiedenen Richtungen auseinander. Wozu, das fragte ich mich zwar, fand aber keine Antwort. Nach Zeit von einer halben Stunde sah ich auf der östlichen Höhe Rauch aufsteigen; dann bemerkte ich im Süden dunkeln Qualm, bald darauf auch im Norden; nach Westen, wo jedenfalls dasselbe geschah, konnte ich nicht sehen, weil ich mit dem Kopfe nach dieser Richtung angefesselt war. Kein Zweifel, die Roten hatten den Wald in Brand gesteckt! Das vertrocknete Gras- und Riedwerk gab den Zunder, über welchen das Feuer mit fressender Schnelligkeit glitt, um sich an den dürren Ästen festzubeißen und dann auch die grünen Gipfel anzupacken. Der Haziendero bat, jammerte und fluchte abwechselnd; es half ihm nichts. Die vierzig Roten schürten fort und fort, um das Feuer nicht im saftreichen Grün ersticken zu lassen, und kamen erst dann wieder, als die Flammen eine solche Mächtigkeit entwickelt hatten, daß Menschenhände ihnen keinen Einhalt zu gebieten vermochten und es sicher war, daß die immer stärker werdende Hitze auch das grüne Holz so rasch ansengen werde, daß es auch in Brand geraten müsse.
Die Glut wuchs und wuchs und trieb die Indianer von dannen. Die schon mitgebrachten und dann auch die auf der Hazienda erbeuteten Packsättel wurden den Pferden aufgelegt, damit die letzteren mit der Beute beladen werden könnten. Als das geschehen war, wurde fortgezogen. Voran ritt der Häuptling; ich folgte mit den fünf Wächtern; dann kamen wieder einige Indianer, darauf die Auswanderer mit dem Haziendero und seiner Frau; sie waren alle gebunden und wurden zu beiden Seiten von den Roten eskortiert. Hinterher endlich wurden die erbeuteten Pferde, Rinder, Schafe und Schweine getrieben. Der Zug ging nordwärts, erst am Bache hin und dann, als derselbe den Bogen nach rechts machte, in die links sich öffnende Lichtung hinein, wo er, zufällig oder absichtlich, an der Stelle hielt, an welcher der Mormone mich hatte erschießen wollen, von mir aber unschädlich gemacht worden war. Unschädlich? Leider nicht! Jetzt bedauerte ich es von ganzem Herzen, ihn nicht wirklich unschädlich gemacht, das heißt, ihm eine Kugel in den Kopf gegeben zu haben. Er befand sich, was ich allerdings noch erwähnen muß, an der Seite des Haziendero, neben ihm der alte Weller, beide ebenso gefesselt wie die andern. Sie mußten, natürlich nur zum Scheine, als Gefangene gehalten werden.
Meine Wächter brachten mich abseits und banden mich an einen einzeln stehenden Baum fest, von welchem aus ich die Errichtung des Lagers und dann das Treiben in demselben beobachten konnte. Man gab mich nicht mit den andern Gefangenen zusammen, weil man mir mißtraute. Eigentlich hätte ich stolz darauf sein können, daß

die Roten mich allein für fähig hielten, ihnen einen Streich zu spielen, und ich gestehe allerdings, daß mein ganzes Sinnen und Trachten darauf gerichtet war, einen Weg zur Freiheit zu erdenken und ihnen dann womöglich ihren Raub wieder abzunehmen.
Man denke nicht, daß ich mir damit zuviel zutraute. Das Schwierigste war meine Befreiung. Gelang diese, so rechnete ich auf den Beistand der Mimbrenjoindianer, mit denen ich ja an der großen Lebenseiche zusammentreffen wollte.
Die Roten schlachteten ein Rind, ein Schwein und mehrere Schafe, deren Fleisch gebraten wurde. Sie verzehrten große Quantitäten desselben, und ließen auch ihre Gefangenen nicht Hunger leiden. Ich bekam soviel, daß ich es nicht aufessen konnte, wobei man mir abermals die Hände freigab, um sie dann augenblicklich wieder zu fesseln. Wenn man das beim Essen immer so machte, so konnte das ein Mittel zu meiner Befreiung werden, wenn sich nichts anderes und leichteres fand. Denn es war schwer und außerordentlich lebensgefährlich, auf diese Weise loszukommen. Ich mußte vor aller Augen, wenn meine Hände frei waren, die Riemen von den Füßen lösen. Wenn das nicht außerordentlich schnell geschehen konnte, so fand man Zeit, es zu verhindern, und dann stand es fest, daß man mir die Hände nicht wieder freigeben werde. Und selbst wenn es gelang, somußte meine Flucht angesichts sämtlicher Roten vor sich gehen, und ich hatte dann sicher soviele von ihnen hinter mir her, daß sie mich wieder fassen mußten. Ja, wenn meine Glieder sich in normalem Zustande befunden hätten! Aber die sehr fest angelegten Riemen hinderten den Blutumlauf; infolgedessen wurden die Hände und Füße taub; sie verloren das Gefühl, und es war vorauszusehen, daß besonders die letzteren mir nur mit großer Unsicherheit gehorchen würden. Mit den Händen konnte ich mir eher helfen; ich brauchte sie nur, wenn sie mir nach dem Essen wieder gebunden wurden, so zu halten, daß man die Riemen nicht so übermäßig fest zusammenbrachte. Das that ich denn auch jetzt; es gelang mir;, ich konnte die Handgelenke bewegen, doch noch lange nicht so, daß es mir möglich gewesen wäre, die Fesseln abzustreifen; ja, es war sogar unmöglich, sie mit Verletzung der Haut und des Handfleisches herunterzuwürgen. Ich befand mich eben in einer ganz unbehilflichen und ziemlich aussichtslosen Lage, doch fiel es mir nicht ein, die Hoffnung aufzugeben, denn ich wußte, daß ich einstweilen geschont werden sollte, und mir also eine Frist blieb, während welcher sich wohl ein Weg zur Rettung öffnen konnte.
Es wurde Abend; ein Abendessen gab es nicht, weil jedermann vom Nachmittage her noch satt war. Man legte sich zeitig zur Ruhe, und meine Wächter trafen dabei die Vorsichtsmaßregel, mich in eine Decke einzuwickeln und mit Riemen zu umbinden, so daß ich wie ein Säugling im Bündel bewegungslos im Grase liegen mußte. In diesem Zustande war ich des Gebrauches selbst des kleinsten Gliedes beraubt, schlief aber doch so gut, wie es unter solchen Umständen möglich war.
Ich hätte wohl bis zum Morgen fest geschlafen, wenn ich nicht durch eine eigenartige Berührung aufgeweckt worden wäre. Ich wurde nämlich an den Haaren gezerrt, und schlug infolgedessen die Augen auf. Ringsum herrschte nächtlicher Dämmerschein,

während es unter dem Baume, wo ich lag, finster war. Trotz dieser Dunkelheit sah ich einen meiner Wächter vor mir sitzen, zu meinen Füßen, nicht ganz zwei Ellen von denselben entfernt; die andern lagen rund um mich her und schliefen, während er wachte. Er rauchte eine Cigarre, jedenfalls von dem Vorrate, den man in der Hazienda erbeutet und dann verteilt hatte.
Wer hatte mich berührt? Ein Yuma sicherlich nicht, denn aus welchem Grunde hätte einer der Wächter mich in dieser Weise aus dem Schlafe wecken sollen? Und hätte es einer gethan, so hätte er nun gesprochen, mir gesagt, was er wolle; es blieb aber still. Ich dachte sogleich an meinen kleinen Mimbrenjo, hütete mich, einen Laut von mir zu geben, und hob und senkte den Kopf aber einige Male, um zu zeigen, daß ich aufgewacht sei. Derjenige, welcher es war, mußte hinter mir, so daß ich ihn nicht sehen konnte, im Grase liegen, und dieses war, wie ich bemerken muß, über einen Fuß hoch; einem schlanken Knaben, wie der Mimbrenjo war, bot es also wohl hinreichend Schutz, so daß er bei der hier herrschenden Dunkelheit selbst von dem so nahesitzenden Wächter nicht bemerkt werden konnte. Dennoch war es eine staunenswerte Kühnheit, sich durch die um mich herliegenden Schläfer bis an meinen Kopf zu wagen.
Als ich die erwähnten Bewegungen gemacht hatte, hörte ich hinter mir ein leises, reibendes Geräusch, wie wenn jemand sich mit äußerster Vorsicht kriechend im Grase fortbewegt; er schob sich weiter zu mir heran, bis sein Kopf neben dem meinigen lag, hielt mir den Mund an das Ohr und hauchte:
„Ich bin es, der Mimbrenjo. Welchen Befehl hat Old Shatterhand für mich?“
Er war es also wirklich! Ein anderer an meiner Stelle hätte in diesem Augenblick wohl alles andere eher empfunden als das, was ich fühlte, nämlich innige Freude darüber, daß der kleine Kerl außer großem Mute auch den Scharfsinn und denjenigen Grad von Schlauheit besaß, welcher ihm notwendig war, wenn er später ein berühmter Krieger werden wollte. Er wünschte, sich einen Namen zu erwerben; er hatte geglaubt, daß sein Wunsch bei mir eher in Erfüllung gehen werde, als sonst anderswo; nun, wenn er die dazu erforderlichen Eigenschaften in dieser Weise und in diesem Grade bewährte, so konnte seine Erwartung sehr bald in Erfüllung gehen.
Ehe ich ihm antwortete, lauschte ich einige Augenblicke, ob seine letzte Bewegung vielleicht dem Wächter aufgefallen sei oder einen der Schläfer aufgeweckt habe; es war nicht der Fall, und so wendete ich ihm mein Gesicht zu und flüsterte im leisesten Tone:
„Hast du die Pferde?“
„Ja,“ antwortete er ebenso leise.
„Und alle meine Sachen?“
„Alle.“
„Wo?“
„Seitwärts der Hazienda, am Felsen festgebunden, wo es keine Spuren giebt.“
„Das ist klug. Wie bist du hierher gekommen?“

„Ich sah, daß Old Shatterhand gefangen wurde, weil er mich retten wollte. Ich vermutete, daß man nach mir suchen und dabei die Pferde finden würde. Ich wollte die Feinde von ihnen ablenken und eilte darum allein fort, aus dem Thale hinauf und über die Ebene, bis ich Felsen fand, wo die Yuma meine Fährte verlieren würden. Mein Stamm kennt die Schnelligkeit meiner Füße; kein Yuma hat mich ereilen können; sie waren soweit hinter mir, daß ich sie nicht sah, und sie haben mich also auch nicht sehen können. Als meine Spuren nicht mehr zu bemerken waren, lief ich in einem Bogen, um ihnen auszuweichen, wieder nach dem Thale zurück, wo ich mich auf die Lauer legte. Ich sah sie unverrichteter Sache wiederkommen und beobachtete sie weiter. Als sie aufbrachen, nahm ich die Pferde und ritt hinter ihnen her, um Old Shatterhand zu befreien. Ich werde dafür gern mein Leben geben, weil er meinetwegen ergriffen worden ist."

„Du wagst viel, doch sehe ich, daß du vorsichtig und klug genug bist, es auszuführen. Ich denke, daß ich mit deiner Hilfe bald frei sein werde."

„Bald? Warum nicht gleich? Ich habe mein und auch dein Messer mit und werde dich losschneiden."

„Das wirst du nicht, denn die Folge würde sein, daß auch du in die Gefangenschaft gerietest. Du mußt aber frei bleiben."

„Old Shatterhand mag bedenken, daß alle schlafen und nur dieser eine wacht! Er ist blind; er sieht mich nicht."

„Und du magst bedenken, was geschehen muß, ehe ich von der Erde aufzustehen vermag. Vom Fortspringen will ich gar nicht reden. Du mußt die Riemen zerschneiden, welche für die Nacht um meinen Körper gebunden sind; das währt, weil wir sehr langsam und vorsichtig verfahren müssen, wohl eine Stunde. Dann muß ich mich aus der Decke rollen, was nur in der Hälfte dieser Zeit geschehen kann, und wenn das gelungen ist, so sind noch immer die Fesseln von meinen Händen und Füßen zu entfernen."

„Das geht dann schnell. In zwei Stunden sind wir fertig."

„Wir würden fertig sein; aber mein junger Bruder mag meine Wächter zählen. Es sind ihrer fünf; sie werden also abwechseln, einander ablösen. Jeder wird, ehe er mich von dem vorigen übernimmt, mich untersuchen, um sich zu überzeugen, daß ich noch fest gebunden bin. Man traut mir nicht. Du siehst also ein, daß ich in dieser Nacht unmöglich fortkann."

„Old Shatterhand hat recht; ich werde also in der nächsten Nacht wiederkommen."

„Du würdest mich ebenso finden wie jetzt und mich ebenso wieder verlassen müssen."

„Aber wann soll ich da überhaupt kommen? Wie lange soll ich dich in ihren Händen lassen? Wenn sie dich töten, so werde ich nie wieder in unsern Wigwams erscheinen dürfen, denn alle würden auf mich zeigen und mich anspucken, weil ich durch meinen Leichtsinn Old Shatterhand in die Gefangenschaft und in den Tod gebracht habe."

„Sie töten mich jetzt noch nicht, sondern sie wollen mich für den Marterpfahl aufsparen, welcher erst nach ihrer Heimkehr errichtet wird."

„Das ist gut; mein Herz wird leicht! Aber wie soll ich dich befreien, wenn ich nicht wieder zu dir kommen darf?“

„Ich mache mich schon selber los. Da aber meine Füße von den Banden taub geworden sind und mich nicht weit tragen würden, so wünsche ich, daß du in dem Augenblicke, wenn ich fliehe, in der Nähe bist, damit ich auf das Pferd springen kann.“

„Ich werde den Yumas folgen und mich, so oft sie lagern, ganz nahe bereit halten.“

„Aber ja mit der größten Vorsicht! Ich muß wissen, in welcher Richtung du dich befindest. Bleibe stets hinter ihnen. Und nicht nur die Richtung, sondern auch die Stelle, an welcher ich dich zu suchen habe, möchte ich möglichst genau kennen.“

„Wie soll ich dir das mitteilen, da ich nicht mit dir sprechen kann?“

„Hast du gelernt, die Stimme irgend eines Vogels nachzuahmen?“

„Der Zauberer meines Stammes versteht es, die Stimmen aller Tiere zu sprechen, und ich bin sein Schüler gewesen. Welchen Vogel oder welches Tier meinst du?“

„Wir müssen die Stimme eines Tieres wählen, welche sowohl bei Tage als auch bei Nacht zu hören ist, da ich nicht weiß, ob ich am Tage oder des Nachts die Flucht ergreifen werde, oder ob du mir das Zeichen früh, mittags oder des Abends zu geben hast. Die Nachahmung der Tierstimme soll, sobald ich sie höre, mir sagen, wo sie ertönt, also wo du dich befindest.“

„Ein Tier, dessen Ruf des Tages und des Nachts ertönt, ist selten. Wollen wir nicht lieber ein Tag- und ein Nachttier wählen?“

„Auch das, wenn es dir auf diese Weise leichter fällt. Aber der mexikanische Grasfrosch hält sich sowohl im Walde, als auch auf dem freien Felde auf und läßt seine Stimme zu jeder Zeit, des Morgens und des Mittags, des Abends und des Nachts, hören. Das würde das passendste sein.“

„Ganz wie Old Shatterhand denkt! Ich kann die Stimme dieses großen Frosches so gut nachahmen, daß das schärfste Ohr getäuscht wird.“

„Das ist mir lieb. Höre also, was ich dir sagen werde! Es ist ein Glück, daß ich soviel Fleisch von der Hazienda brachte; du hast also zu leben und kannst alle Aufmerksamkeit auf deine Aufgabe richten. Ich weiß nicht, wenn wir von hier aufbrechen und an welchen Orten wir dann lagern werden. Mag dies geschehen, wann und wo es wolle, so folgest du uns, aber in vorsichtiger Entfernung, und suchst dir, so oft wir lagern, ein Versteck, welches uns so nahe wie möglich liegt, dir aber die nötige Sicherheit bietet. Dann wartest du auf einen Augenblick, an welchem in unserm Lager Ruhe herrscht, und stößest dann den Ruf des Grasfrosches aus, dreimal, aber nicht schnell hintereinander, weil dies auffallen würde, sondern in Zwischenräumen, welche eine Viertelstunde betragen können. Bin ich beim ersten Rufe vielleicht im Zweifel über die Stelle, von welcher er kommt, so wird mir der zweite oder gar dritte gewiß Sicherheit geben. Vom dritten Rufe an mußt du dich bereit halten, mit mir augenblicklich davonreiten zu können.“

„Ich werde so gut aufpassen, daß ich dich kommen sehe, und, sobald ich dich erblicke, sofort aus dem Verstecke hervorkommen.“

„Schön! Mein Pferd muß zum Besteigen fertig sein, damit ich keinen Augenblick zu verlieren brauche, denn ich werde die Verfolger hart hinter mir haben. Und noch ein anderes muß bereit sein, nämlich der Henrystutzen, das kleine Gewehr, aus welchem ich soviele Schüsse abfeuern kann, ohne einzeln laden zu müssen. Du hast es doch?"
„Ich habe es."
„Hast du vielleicht daran probiert?"
„Nein. Wie könnte ich das wagen! Alles, was Old Shatterhand gehört, ist unantastbar."
„So ist der Stutzen also in gutem Zustande. Halte ihn bereit, mir ihn, noch ehe ich auf das Pferd springe, in die Hand zu geben, damit ich den Verfolgern, falls sie mir zu nahe sein sollten, durch einige Kugeln Halt gebieten kann. Jetzt weißt du alles, und wir müssen uns trennen. Da muß ich dich noch auf etwas sehr Wichtiges aufmerksam machen. Ich vermute nämlich, daß man die andern Gefangenen frei lassen wird. Sie werden sehr wahrscheinlich nach der Hazienda zurückkehren. Laß dich nicht dadurch irre machen! Ich befinde mich auf keinen Fall bei ihnen. Du mußt unbedingt den Yumas folgen, die mich sicherlich bei sich haben."
„Meine Augen werden offen sein, jeden Fehler zu vermeiden!"
„Das erwarte ich. Nun gieb mir mein Messer, welches du bei dir hast, wie du mir vorhin sagtest!"
„Wie kann ich es dir geben, da deine Hände verhindert sind, es zu nehmen? Soll ich es dir in die Decke schieben, in welcher du steckst?"
„Das geht nicht, weil sie zu fest zusammengeschnürt ist, und man würde es auch finden, wenn man sie morgen früh wieder aufbindet. Schiebe es hier, gerade in der Gegend meines rechten Ellbogens, in die Erde, sodaß das Heft nur ein klein wenig hervorsteht. Das Gras ist dicht; man wird es also nicht sehen."
„Kannst du es denn, obgleich du gefesselt bist, herausziehen und einstecken?"
„Ja. Und nun entferne dich! Wir haben schon zu lange gesprochen, und die Ablösung kann jeden Augenblick vor sich gehen."
„Ich gehorche. Vorher aber erleichtere mir mein Herz vollends! Ich habe einen großen, einen unverzeihlichen Fehler begangen, und du bist großmütig genug gewesen, mir kein Wort, keine Silbe des Vorwurfes zu sagen. Wird deine Seele mir die Verzeihung versagen?"
„Nein. Du bist zu kühn gewesen, als du dich den Yumas so sehr nähertest, daß sie dich sehen konnten, aber dieser Kühnheit habe ich es zu verdanken, daß ich dich jetzt bei mir sehe. Wir sind quitt; ich zürne dir nicht."
„So sage ich dir Dank. Mein Leben gehört dir, und an jedem meiner Tage werde ich mit Stolz daran denken, daß Old Shatterhand zu mir gesagt hat, er sei quitt mit mir."
Er stieß das Messer neben mir in die Erde und zog sich dann zurück, so leise, daß nicht einmal ich es hörte, obgleich ich scharf lauschte. Nach einiger Zeit ertönte aus der Ferne der dumpfe, breite Schrei des Grasfrosches, der mir sagen sollte, daß dem kleinen Mimbrenjo der Rückzug glücklich gelungen sei.

Jetzt wußte ich, daß mir die Flucht auch gelingen würde. Diese Überzeugung benahm mir alle Sorge, und ich schlief so ruhig wieder ein, als ob ich mich bereits in Freiheit befände. Der Lärm des Lagerlebens weckte mich am Morgen, als es schon hell geworden war. Meine Hüter banden die Decke von mir los, da ihnen diese Vorsichtsmaßregel jetzt, am Tage, überflüssig zu sein schien. Ich that, als ob ich noch schläfrig sei, und wälzte mich auf die Seite, wobei ich mich von ihnen unbemerkt ein Stück zurückschob, sodaß ich das Messer, welches sich in der Ellenbogengegend befunden hatte, wenn ich mich vollends umwendete, mit den Händen ergreifen konnte.

Wie schon erwähnt, waren mir die Hände jetzt nicht mehr so fest wie vorher zusammengeschnürt; ich konnte die Finger bewegen. Nach einiger Zeit wälzte ich mich abermals herum, sodaß ich auf dem Bauche lag. Meine vorn befindlichen Finger tasteten nach dem Messer; ich mußte wohl zehn Minuten lang suchen, ehe ich das höchstens zwei Zoll lange Ende des Griffes, welches aus dem mit Gras bedeckten Boden ragte, fühlte. Und dann dauerte es noch länger, ehe ich das Messer aus der Erde brachte, denn weil ich meinen Körper nicht lüften, nicht erheben durfte, so konnte ich es nicht gerade herausziehen. Als mir dies gelungen war, brauchte ich wieder eine Weile, bevor es mir gelang, es mit den unbehilflichen Fingerspitzen unter die Weste zu schieben und ihm dort einen solchen Halt, eine solche Lage zu geben, daß es nicht hervorrutschte und überhaupt nicht bemerkt werden konnte.

Eben als ich damit fertig war, glücklicherweise nicht eher, wendete man mich um, um mir die Hände wieder freizugeben, weil ich essen sollte. Es wurde überhaupt große Morgenspeisung gehalten, weil, wie ich später sah, der Aufbruch vor sich gehen sollte. Die Tiere wurden zusammen- und dann weitergetrieben. Die roten Krieger, welche dazu nicht gebraucht wurden, blieben noch eine Weile am Platze, weil sie die langsam wandernde Herde bald einholen konnten. Nach vielleicht zwei Stunden trennten sie sich in zwei Abteilungen. Die kleinere blieb zurück, um die andern Gefangenen zu bewachen und sie, wie ich später hörte, erst nach Verlauf von zwei Tagen freizulassen. Es geschah das, damit der Haziendero nicht Zeit gewinnen könne, Hilfe zu holen und die Yuma zu ereilen, ehe sie sich in Sicherheit befanden.

Die größere Abteilung, welche von dem Häuptlinge angeführt wurde, folgte in langsamem Ritte den vorausgeschickten Tieren nach. Ich befand mich, auf ein Pferd gefesselt, bei ihr, von fünf neuen Wächtern umringt. Man wechselte also, damit die auf mich gerichtete Aufmerksamkeit nicht ermüden solle. Als wir uns in Bewegung setzten, hörte ich die Stimme des Mormonen hinter uns dreinrufen:

„Farewell, Master! Grüßt mir den Teufel, wenn er Euch in einigen Tagen in der Hölle guten Morgen sagt!“

Sein auf die Hazienda gerichteter Teufelsstreich war ihm gelungen, und er hegte die Überzeugung, von mir befreit zu sein. – – –

DRITTES KAPITEL

Winnetou

Unser Zug nahm eine mir sehr gut bekannte Richtung, nämlich diejenige nach dem Walde der Lebenseiche. Das war sehr hoffnungerweckend für mich, denn wenn diese Richtung beibehalten wurde, so war es sehr wahrscheinlich, daß wir den von mir zu Hilfe gerufenen Mimbrenjo-Indianern, mit denen ich doch an der Eiche zusammentreffen wollte, begegnen mußten. Bei fernerem Nachdenken aber sah ich ein, daß es für mich geraten sei, die Begegnung nicht zu wünschen, da sie mir große Gefahr brachte. Ich mußte mir nämlich sagen, daß die Yumas, im Falle sie angegriffen werden sollten, mich lieber töten als zusehen würden, daß die Mimbrenjos mich befreiten.

Mochte die Begegnung nun Glück oder Unglück für mich bedeuten, sie wurde, wie ich bald sah, unmöglich, weil die Yumas sich am Walde rechts wendeten, während der jüngere Mimbrenjoknabe und seine Schwester, meine Boten, nach links geritten waren. Sie hatten ihn nach Westen umritten, während wir nach seinem östlichen Ende trachteten, und da er von ganz bedeutender Ausdehnung war, so konnte ich annehmen, daß die beiden Wege soweit auseinander gingen, daß ein Zusammentreffen schwerlich anzunehmen war.

Der Abend kam heran, und noch hatten wir das Ende des Waldes nicht erreicht. Wir mußten am Rande desselben Lager machen. Die durch die geraubten Herden gebotene Langsamkeit hätte mich in jedem anderen Falle geärgert; jetzt aber war sie mir angenehm, da durch sie die mir gestellte Gnadenfrist fast um das Doppelte verlängert wurde.

Ich wartete natürlich auf das Zeichen meines Mimbrenjoknaben. Es ertönte erst, als wir gegessen hatten und ich schon wieder in die Decke gewickelt war. Fliehen konnte ich heute also nicht, doch war es mir eine große Beruhigung, zu wissen, daß der Helfer in der Nähe sei und meinen Anordnungen Folge leiste. Wie ich hörte, hatte er sich sehr nahe herangewagt; das konnte er, weil wir uns am Walde befanden, der ihm sichere Deckung bot.

Am Morgen ging es weiter. Dem Häuptling schien das langsame Reiten mit den Herden langweilig geworden zu sein; er beschloß, voranzureiten und am abendlichen Lagerplatze auf die Nachkommenden zu warten. Er nahm die Hälfte seiner Krieger und natürlich auch mich nebst meinen Wächtern mit. Das war ein ganz bedeutender Strich durch meine Rechnung. Der Mimbrenjo konnte nur langsam hinter den Herden drein, nicht aber hinter uns her; er traf also erst nach den Nachzüglern am Lagerplatze ein, und es war vorauszusehen, daß ich dann schon wieder mit der schrecklichen Decke umwickelt sein würde. Hilflos wie ein Kind, konnte ich dann an keine Flucht denken.

Wie gedacht, so geschehen! Am Vormittage war der Wald zu Ende; wir ritten bis Mittag über bald grasiges, bald ödes Land und machten dann für einige Stunden Halt, um zu essen. Die Hände wurden mir freigegeben. Ich hätte also mein Messer ziehen und die Fesseln meiner Füße durchschneiden können, um aufzuspringen und davonzulaufen.

Aber wie weit wäre ich gekommen! Oder mich auf eines der Pferde werfen? Auch nicht. Sie weideten frei und hatten sich zerstreut. Das nächste war so weit entfernt, daß ich es zwar erreichen konnte, ehe ich ergriffen wurde, aber dann waren die vielen wohlbewaffneten Roten alle hinter mir, der ich nur das Messer hatte, her, und dazu durfte ich ganz und gar nicht annehmen, daß ich gerade das schnellste Pferd erwischen würde. Nein, ich mußte den Versuch, der mir nur verderblich werden konnte, unterlassen.

Den Nachmittag über ritten wir über ebensolches Land und hielten dann auf einer weiten, grasigen Fläche an. Da man genug Proviant mitgenommen hatte, so konnte gegessen werden; dann wickelte man mich ein. Es war wie gestern abend, nur daß der Mimbrenjo sich wegen der Ebenheit der Gegend nicht soweit heranwagen konnte.

Erst als es dunkel geworden war, kamen die Herden an.

Kurze Zeit später hörte ich den dreimaligen Ruf des Grasfrosches, und zwar aus einer Entfernung von höchstens dreihundert Schritten. So nahe konnte der Knabe nur in der Nacht bleiben; am Morgen, ehe es Tag wurde, mußte er zurück, um nicht gesehen zu werden. Der arme Teufel opferte den Schlaf, ohne daß ich Vorteil davon hatte.

Ebenso ging es den folgenden und auch den vierten Tag. Kam ein mir günstiger Augenblick, so war der Mimbrenjo nicht bei der Hand, und sagte mir dann sein Zeichen, daß er in der Nähe sei, so war die Gelegenheit für mich vorüber. Der fünfte Tag aber sollte glücklicher für mich sein.

Der Weg führte schon vom Morgen an über felsige Höhen, durch enge Thäler und finstere Schluchten. Da konnte man sich nicht trennen, weil die doppelte Zahl von Treibern erforderlich war. Ich hatte die bestimmte Ahnung, daß heute die Entscheidung kommen werde. Beim Mittagslager war ich noch nie eingewickelt worden, und die Beschaffenheit der Gegend erlaubte es meinem Helfer, sich so nahe zu halten, wie ich nur wünschen konnte.

Kurz bevor die Sonne am höchsten stand, kamen wir durch eine rauhe, viel gewundene Schlucht, welche sich ganz plötzlich auf einen grünen, wiesigen Plan öffnete; auch Gesträuch stand da. Das Vieh war nicht zu halten; es stürmte aus der Schlucht auf den verlockenden Plan und hatte sich in wenigen Minuten so zerstreut, daß die Reiter ihre liebe Not hatten, es wieder zusammenzubringen.

Der Häuptling hatte meinen Hütern sogleich den Befehl gegeben, mich loszubinden, natürlich nur vom Pferde, und auf die Erde zu legen. Sie setzten sich neben mir nieder. Da wir dann den Mittelpunkt des Lagers bildeten, so kam dasselbe so nahe dem Ausgange der Schlucht zu liegen, daß ich denselben mit vielleicht vierhundert Schritten erreichen konnte.

Aus den Befehlen, welche der Häuptling erteilte, entnahm ich, daß er heute nicht weiter wollte. Die geraubten Herden waren durch die Märsche während der letzten vier Tage so angegriffen worden, daß man ihnen wenigstens bis morgen früh Ruhe gönnen mußte, wenn sie den weitern Teil des Weges aushalten sollten. Dem längeren Aufenthalte angemessen, wurden, was während der vorigen Tage nicht geschehen war, die Zelte aufgeschlagen. Während diese Arbeit ausgeführt wurde und man die sonstigen Vorbereitungen traf, kam der Häuptling herbei und setzte sich vor mir nieder. Eben als er Platz genommen hatte, ertönte der erste Schrei des Grasfrosches, ohne daß einer der Indianer darauf achtete.

Der große Mund legte die Füße übereinander, kreuzte die Arme über der Brust und heftete seinen stechenden Blick auf mein Angesicht. Ich sah ihm an, daß er jetzt reden werde, während er mich bisher dessen nicht gewürdigt hatte. Die fünf Wächter blickten zu Boden; sie sahen weder ihn noch mich an; das war die ehrfurchtsvolle Erwartung des Augenblicks, an welcher sich ihr Häuptling wenigstens in Worten mit Old Shatterhand messen werde. Da ein trotziges Schweigen meinen Zustand nur verschlimmern konnte, da ferner ein übel angebrachter Stolz hier nur Dummheit gewesen wäre, und da es endlich meinem Charakter widerstrebte, mich von diesem Manne, wenn auch nur in Worten, werfen zu lassen, so nahm ich mir vor, ihm Rede und Antwort zu stehen. Er begann mit der nicht sehr geistreichen Frage.

„Du bist ein Bleichgesicht?“

„Ja,“ antwortete ich. „Oder sind deine Augen so schwach, daß du mich für einen Indianer hältst?“

Er fuhr, ohne auf meine Frage zu achten. fort:

„Und nennst dich Old Shatterhand?“

„Nicht ich nenne mich so, sondern berühmte weiße und rote Krieger und Häuptlinge haben mir diesen Namen gegeben.“

„Sie thaten unrecht daran. Der Name ist eine Lüge. Deine Hand ist gebunden; sie vermag keinen Käfer, keinen Wurm zu zerschmettern und noch viel weniger einen Menschen. Sich her, wie ich mich vor dir fürchte!“

Er spuckte mich, als er diese Worte gesagt hatte, an. Ich antwortete in gleichmütigem Tone:

„Wenn mein Name wirklich eine Lüge ist, so enthält der deinige destomehr Wahrheit. Du wirst der „große Mund“ genannt und besitzest auch wirklich ein so großes Maul, daß es seinesgleichen sucht; aber an deiner Stelle würde ich nicht stolz darauf sein. Es ist keine Kunst und keine Heldenthat, einen Gefangenen, welcher vollständig gefesselt ist, anzuspeien, weil er sich nicht rächen kann. Zeige mir doch lieber den wahren Mut: Nimm mir die Fesseln ab, und kämpfe mit mir! Dann wird es sich zeigen, wer den andern zerschmettert, du mich oder ich dich!“

„Schweig!“ donnerte er mich an. „Du gleichst dem Frosche, welcher da hinten schreit. Man verachtet sein Quaken.“

Es war nämlich soeben der zweite Ruf des Grasfrosches erklungen. Die Worte des Häuptlings gaben mir die Gelegenheit, offen nach dem Ausgange der Schlucht blicken zu dürfen, ohne befürchten zu müssen, das Mißtrauen meiner Wächter zu erwecken. Der Schrei klang so nahe, daß ich annahm, mein kleiner Mimbrenjo müsse gleich hinter

dem ersten vorspringenden Felsen der Schlucht stecken. Ich hob also noch mehr den Kopf, um ihm sehen zu lassen, daß ich hinschaute, und da sah ich wirklich eine kleine, braune Knabenhand, welche für einen Augenblick hinter der Kante des Gesteines hervorgestreckt wurde, und dann schnell wieder verschwand. Wer nicht wußte, daß jemand dort steckte, konnte die Hand gar nicht gesehen haben.
Nun stand es bei mir fest, jetzt zu entfliehen. In Zeit von einer Viertel-, höchstens einer halben Stunde mußte ich frei, oder eine Leiche sein. In diesem Bewußtsein gab ich die Antwort, die sonst sehr lächerlich gewesen wäre:
„Ich verachte dieses Quaken nicht, sondern freue mich darüber. Kennst du die Stimme der Tiere?“
„Ich kenne sie alle.“
„Ich meine es anders, nämlich so, ob du die Sprache der Tiere verstehst?“
„Kein Mensch versteht sie!“
„Ich verstehe sie doch. Soll ich dir sagen, was der Schrei des Frosches dir mitteilen will?“
„Sage es nur immer!“ antwortete er, indem er verächtlich lachte.
„Der Frosch teilt dir mit, daß du heute einen Verlust haben und infolgedessen auf dem Wege, den du hierher gekommen bist, wieder zurückreiten wirst.“
„Der große Geist hat dir die Sinne verwirrt!“
„Nein, sondern er hat mir die Sinne geöffnet und geschärft. Ich höre Schüsse fallen; ich höre den Hufschlag eurer Pferde und das Wutgeheul eurer Krieger. Ihr werdet mit zwei Menschen kämpfen, einem großen und einem kleinen, und sie nicht besiegen können. Schande wird über euch ergehen, und diejenigen, welche ihr verhöhntet, werden euch verlachen!“
Er öffnete schon den Mund zu einer wütenden Antwort, besann sich aber, nahm die Arme von der Brust, ließ sie fallen und musterte mein Gesicht mit einem sehr ernsten, bedenklichen Blicke. Dann sagte er: „Verstehe ich dich recht? Old Shatterhand spricht nie wie ein Unsinniger. Seine Reden haben Sinn, selbst wenn man sie nicht versteht. Was meinst du mit deinen Worten! Von welcher Schande redest du?“
„Denke nach, so wirst du es finden. Und wenn du es nicht findest, so warte, dann wird es bald kommen!“
Er dachte so angestrengt nach, daß er dabei die Augen verdrehte; dann rief er aus:
„Ich hab's gefunden; ich weiß es! Eine Schande hier, und dann reiten wir zurück? Du glaubst, entkommen zu können, und meinst, daß wir dich verfolgen werden bis an das Thal jenseits der Hazienda, wo der junge Hund der Mimbrenjos noch immer auf dich wartet. Du denkst ferner, daß wir mit dir und mit ihm dort kämpfen werden, ohne euch besiegen zu können. Jetzt erst glaube ich im Ernste, daß der große Geist dir den Verstand verwirrt hat. Du ersehnst die Freiheit und träumst mit offenen Augen von ihr; ja, du redest von ihr, ohne dir dessen, was du sagst, eigentlich bewußt zu werden. Dein Verstand hat gelitten und –“

Er hielt plötzlich mitten in seiner Rede inne; es war ihm ein Gedanke gekommen, nämlich der, welchen er bereits vorhin ausgesprochen hatte: Old Shatterhand könne nicht sinnlos reden. Er kam zu mir heran und untersuchte meine Fesseln mit seinen eigenen Augen und Händen. Als er sie in Ordnung fand, setzte er sich an seinen Platz zurück und meinte, indem er ein sehr überlegenes Lächeln zeigte:
„Jetzt weiß ich, was es ist: Old Shatterhand will mich zornig machen, um dann über mich wie über ein Kind lachen zu können; aber es wird ihm nicht gelingen. Er will uns unsicher machen, damit wir in dieser Unsicherheit einen Fehler begehen. Ja, er thut nichts ohne Überlegung, aber bei uns wird er sich verrechnet haben!"
„Uff, uff!" riefen die Wächter zum Zeichen, daß sie ihm beistimmten. Er fuhr, zu mir gewendet, fort:
„Old Shatterhand hat meinen Sohn, den „kleinen Mund", getötet und wird dafür sterben müssen. Aber er ist ein tapferer Mann, und ich habe gehört, daß er stets ein Freund der roten Männer war; darum will ich ihm eine Gnade gewähren und ihm erlauben, diejenige Todesart, welche er sterben will, selbst zu wählen. Will er erschossen sein?"
Ich wußte, daß seine Worte, wie sich auch bald zeigte, Ironie enthielten, und antwortete: „Nein."
Er fragte nach der Reihe, ob ich erstochen, erschlagen, verbrannt, vergiftet oder erstickt werden wolle, und ich antwortete jedesmal mit einem entschiedenen Nein.
„Er antwortet nur mit Nein; er mag mir aber doch selbst sagen, für welche Todesart er sich entschieden hat!"
„Ich möchte neunmal zehn oder zehnmal zehn Jahre alt werden und dann ruhig einschlafen, um jenseits des Lebens wieder zu erwachen," sagte ich.
„Das ist der Tod der Feiglinge; Old Shatterhand aber ist eines andern Todes wert. Ein solcher Mann muß jede Art des Todes kennen lernen, eine nach der andern, ohne mit der Wimper zu zucken, und diesen Vorzug, diesen Ruhm soll er bei uns finden. Zunächst werden wir ihm die Hände und Füße zerbrechen, wie er die Hände meines weißen Freundes Melton zerbrochen hat."
Er sah mich forschend an, um zu beobachten, was diese Ankündigung für einen Eindruck auf mich machen werde.
„Das ist gut!" antwortete ich, indem ich lächelnd nickte.
„Dann werden wir ihm die Muskeln der Arme und Beine durchstechen und ihm die Nägel von den Fingern und Zehen reißen!"
„Darauf freue ich mich!"
„Nachher skalpieren wir ihn bei lebendigem Leibe!"
„Sehr richtig, denn wenn ich tot wäre, würde ich es nicht fühlen."
„Dazwischen lassen wir die Wunden stets wieder heilen, damit er stark für neue Martern werde."
„Das ist mir lieb, weil ich sonst die neuen vielleicht nicht gut vertragen würde."

„Spotte nicht! Die Lust zum Spotte wird dir bald vergehen, denn ich sage dir, daß wir dir die Hände abschneiden werden!“
„Alle beide?“
„Ja. Dann schneiden wir dir die Augenlider weg, sodaß du nicht schlafen kannst.“
„Weiter!“
„Wir stellen deine Füße in das Feuer, um das Fleisch von den Knochen zu braten. Wir hängen dich an den Beinen auf; wir werfen dich mit Messern; wir –“
„Halt ein!“ unterbrach ich ihn, indem ich, um ihn zu ärgern, laut auflachte. „Ihr werdet von alledem nichts, gar nichts machen. Und wenn ihr tausend Krieger zähltet, so wäret ihr doch zu wenig, Old Shatterhand ein Leid zu thun. Dazu gehören ganz andere Leute. Du hast mich vorhin mit dem Frosche verglichen, den wir hörten; ich könnte euch mit noch ganz andern, viel widerwärtigeren Tieren vergleichen, will es aber nicht thun; doch das muß ich euch sagen, daß ihr euch vielmehr vor mir zu fürchten habt, als ich mich vor euch.“
In diesem Augenblicke gab der Mimbrenjoknabe sein drittes Zeichen. Der Häuptling antwortete wütend, da er mir ansah, daß ich nicht im Hohne, sondern in vollstem Ernste, mit voller Überzeugung gesprochen hatte:
„Hörst du ihn da drüben wieder quaken? So quakst auch du. Du sollst bald sehen, wer sich zu fürchten hat. Ich werde von jetzt an strenger sein, um dir die Lust zu benehmen, deine Rettung für möglich zu halten. So wahr du die Stimme dieses Frosches hörtest, so wahr bist du verloren!“
„Du irrst, denn so wahr ich sie höre, so wahr ist's, daß ihr mir nichts zu thun vermöget!“
„Wohlan, ich will es dir beweisen. Von jetzt an sollst du stets, wenn du nicht zu Pferde bist, eingebunden werden. Dann siehe zu, wie du zu entkommen vermagst. Bindet seine Hände los und gebt ihm sein Fleisch; dann will ich ihn in die Decke rollen. Von jetzt an werde ich das stets selbst thun, damit diesem Hunde jeder Schein von Hoffnung vergehen möge!“
Er war fast außer sich darüber, daß ich so ruhig blieb und trotz meiner Gefangenschaft seine Übermacht leugnete. Ich trieb eigentlich, indem ich von meinem Entkommen gesprochen hatte, ein gewagtes Spiel, hatte aber dabei die feste Zuversicht, daß ich die Partie nicht verlieren, sondern gewinnen würde.
Einer der Wächter holte mein Fleisch; die andern nahmen mir die Riemen von den Händen. Der Augenblick des Handelns, der Entscheidung war nahe. Trotzdem war ich innerlich und äußerlich vollständig ruhig. Und das muß so sein. Wer in einem solchen Momente wankt und zittert, der kommt wohl schwerlich glücklich über ihn hinweg.
Man hatte mir meine Portion Magerfleisch in lange, dünne Streifen geschnitten, welche ich mit den Zähnen leicht in Bissen trennen konnte, ohne ein Messer zu brauchen. Das that ich denn auch so langsam und behaglich, als ob ich mit weiter nichts als mit meinem Appetite beschäftigt sei; ich hatte mich dabei in sitzende Stellung aufgerichtet und hielt die Beine und Füße so, daß ich alle Schlingungen der Riemen mit einem einzigen Male

erreichen und zerschneiden konnte. Zwei Schnitte hätten wohl schon zuviel Zeit erfordert, obwohl es sich dabei nur um Sekunden handelte. Das Leben hing von halben Momenten ab.

Der Häuptling beobachtete mich mit finsterer Miene.

Meine absichtlich zur Schau getragene Behaglichkeit empörte ihn, und er nahm sich gewiß vor, mich nachher durch äußerst festes Zusammenschnüren meiner Glieder dafür zu bestrafen.

„Mach' schneller!" gebot er mir. „Ich habe keine Zeit, auf dich solange zu warten!"

Um die nötige Zeit zum Vornüberbeugen des Oberkörpers und Hervorholen des Messers zu gewinnen, ließ ich, scheinbar erschrocken über diese ebenso plötzliche wie scharfe Anrede, das Fleisch aus den Händen fallen und bückte mich nieder, um es aufzuheben, wozu ich mich der linken Hand bediente. Während ich mit vollster Sicherheit annehmen konnte, daß dabei die Augen aller auf das Fleisch und meine Linke gerichtet waren, fuhr ich mit der Rechten unter die Weste, indem ich antwortete:

„Schneller? Gut, so soll es sofort geschehen. Paß auf!"

Bei diesen beiden letzten Worten hatte ich auch schon die scharfe Messerklinge zwischen den Füßen an den Riemen; ein Schnitt – ich sprang empor, setzte dem Häuptling meinen rechten Fuß auf die Achsel, sprang über ihn hinweg und rannte fort, der Schlucht entgegen. Ich muß sagen, daß ich, als meine Füße nach dem Sprunge über des Häuptlings Kopf hinweg den Boden berührten, beinahe zusammenstauchte; aber ich mußte weiter, und so ging es auch, denn was man muß, das kann man auch. Indem ich in weiten Sätzen über das Gras flog, herrschte hinter mir zunächst die tiefste Stille, die Stille der Überraschung, des Schreckens; man war eben starr und stumm, als das für unmöglich Gehaltene so plötzlich zur Wahrheit wurde; dann aber – ich war vielleicht hundert Schritte weit gekommen – löste sich der Bann, und es erschallte ein Geheul, als ob tausend Teufel hinter mir ihre Stimme erhöben. Ich sah mich natürlich nicht um und rannte weiter; alle meine Kräfte mußte ich gleich jetzt anstrengen, um das Pferd zu erreichen. In meinem Zustande hätte ich einen Dauerlauf nicht zwei Minuten lang ausgehalten.

Da sah ich meinen Mimbrenjo hinter dem Felsen hervortreten. Er hatte sein Gewehr in der Rechten und hielt mir mit der Linken meinen Stutzen entgegen. Er blieb nicht etwa wartend stehen, sondern kam auf mich zugerannt. Noch ehe wir zusammentrafen, rief ich ihm entgegen:

„Sind die Pferde gleich hier, hinter der Ecke?"

„Nein, hinter der ersten Krümmung."

„Wieviel Schritte?"

„Hundertmal fünf."

O weh! Noch fünfhundert Schritte konnte ich mit meinen eingeschlafenen Füßen nicht thun, ohne erreicht zu werden; also mußte Blut mich retten, Indianerblut! Das war eine jener Lagen, in denen ich so gern geschont hätte und doch nicht schonen durfte. Ich riß im Laufen dem Knaben den Stutzen aus der Hand, betastete das Schloß, fand es in Ordnung und fühlte mich infolgedessen so sicher, daß ich stehen blieb und mich nach den Verfolgern umwandte. Ich nahm als sicher an, daß sie sich nicht die Zeit gegönnt hatten, ihre Schießwaffen mitzunehmen, und fand dies bestätigt. Sie kamen schreiend und mit den Armen in der Luft fechtend in einem wirren Haufen hinter mir hergerannt, voran meine Wächter mit dem Häuptlinge.

„Zurück, ich schieße!" rief ich ihnen entgegen.

Ich stand auf meinen geschwächten Füßen nicht so recht fest, glaubte aber, dennoch sicher schießen zu können, und legte an. Die Yumas beachteten meinen Ruf nicht und kamen heran bis auf hundert Schritte; zwei Schüsse von mir; neunzig Schritte wieder zwei; achtzig, siebzig, sechzig Schritte je zwei Schüsse; das waren zehn Kugeln, von denen jede in das Hüftgelenk eines Verfolgers fuhr; die Getroffenen stürzten augenblicklich nieder. Die andern sahen das und wurden stutzig.

„Zurück!" rief ich abermals. „Ich schieße euch alle nieder!"

Noch zwei Kugeln, welche fest saßen! Der wackere Mimbrenjo war bei mir stehen geblieben und schoß auch; ich machte nur unschädlich; seine Kugel aber galt den Tod. Die Verfolger blieben halten; sie wagten sich nicht weiter. Viele rannten zurück, um ihre Flinten zu holen. Einer aber rannte blind vor Grimm weiter, auf mich los – der Häuptling. Er schrie vor Wut wie ein wildes Tier und schwang sein Messer, die einzige Waffe, welche er augenblicklich besaß, in der Linken, denn die Rechte hatte ich, wie man sich entsinnen wird, ihm verwundet. Es war ein Unsinn von ihm, mir in dieser Weise nachzustürrnen, eine Unvorsichtigkeit, welche nur durch die ungeheure Erregung, in welcher er sich befand, zwar nicht entschuldigt, aber doch wenigstens erklärt werden kann. Es war klar, daß sein Leben mir gehörte; ich wollte es nicht haben. Ich hatte ihn schon um den Gebrauch der rechten Hand gebracht, er sollte die linke behalten; darum entschloß ich mich für einen Hieb auf den Kopf. Das Messer hoch zum Stoße erhoben, kam er heran; in dem Augenblicke, an welchem seine Klinge nach mir fuhr, sprang ich zur Seite und schwang den schnell umgekehrten Stutzen; sein Stoß ging in die Luft; mein Kolbenhieb aber warf ihn nieder, und zwar in der Weise, daß er liegen blieb.

Seine Leute, welche das sahen, schrieen in allen Tonarten und Tonlagen auf, denn sie nahmen an, daß ich den Häuptling nur niedergeschlagen hätte, um ihm dann das Leben zu nehmen. Diejenigen von ihnen, welche nach ihren Gewehren gelaufen waren, kehrten schon zurück. Andere, welche weiter sahen, rannten nach den Pferden. Unseres Bleibens war also nicht länger. Wir eilten der Schlucht zu und liefen, als wir in derselben angekommen waren, weiter, um die Pferde zu erreichen. Der Knabe war natürlich schneller als ich und mir voran. Als ich dreihundert von den fünfhundert Schritten zurückgelegt hatte, verschwand er schon hinter der Schluchtkrümmung, um gleich darauf wieder zu erscheinen, auf seinem Pferde sitzend und das meinige am Zügel führend. Er sprengte mir entgegen und hielt; ich schwang mich auf, eben als die ersten mit Gewehren bewaffneten Yumas erschienen. Sie schossen, in der Eile aber fehl. Wir

rissen unsere Pferde herum und jagten fort, in die Schlucht hinein, den Weg zurück, den wir am Vormittage gekommen waren.
Ich war also frei, – denn daß die Yumas mich wieder bekamen, das war von jetzt an wohl so gut wie ausgeschlossen -konnte aber zunächst nicht an mich, sondern mußte an anderes denken. Der Haziendero war ruiniert und mußte wenigstens seine Herden wieder bekommen. Das konnte nur dann geschehen, wenn die Mimbrenjos, welche ich erwartete, Zeit fanden, sie den Yumas wieder abzunehmen. Leider wußte ich nicht, und auch der Knabe konnte nicht genau sagen, wo die letzteren gegenwärtig ihre Wigwams oder Weidegründe hatten. Da wir nach vier Tagen gerastet hatten und der Rasttag wohl in die Mitte der Zeit fiel, so war anzunehmen, daß die Yumas noch vier weitere Tage brauchten, um heimzukommen. Das war für uns und die Mimbrenjos zu kurz, sie zu erreichen. Aber gab es denn kein Mittel, die Yumas unterwegs aufzuhalten? O doch, und zwar ein sehr probates, welches sehr nahe lag und noch dazu ganz in meine Hand gegeben war. Dieses Mittel war nichts anderes, oder vielmehr bestand aus niemand anderem als aus – mir selbst. Ich mußte sie verlocken, mir soweit wie möglich zu folgen. Es lag nahe, daß sie alles mögliche anstrengten, meiner wieder habhaft zu werden, erstens schon aus dem Grunde, weil sie den Tod des „kleinen Mundes“ an mir zu rächen hatten. Der zweite Grund lag in der sie beschämenden Art und Weise, in welcher ich ihnen entkommen war. Sie hatten mich so fest gehabt, hatten meiner gespottet, hatten mir, obgleich ich von fast hundert Kriegern umgeben gewesen war, noch fünf Wächter gegeben; ich hatte ihnen, ihrem Häuptlinge sogar offen gesagt, daß ich fliehen würde, und hatte dies auch ausgeführt, nicht etwa in der Nacht, im Schutze der Dunkelheit, sondern am hellen Tage. Dabei waren zwölf Krieger von mir für das ganze Leben gelähmt, und zwei weitere von dem Mimbrenjoknaben gar erschossen worden. Welch eine Schande, nicht bloß für die Betreffenden, sondern für den ganzen Stamm! Eine Schande, welche nur durch meine Wiederergreifung und meinen Tod einigermaßen gesühnt werden konnte!
Aus allen diesen Gründen nahm ich an, daß man mich sehr eifrig verfolgen würde und zwar in nicht geringer Anzahl. Hatten Hundert mich nicht zu halten vermocht, wieviel Personen waren da wohl nötig, mich wieder zu fassen? Mehr jedenfalls! Und diese gab es nicht; es waren im Gegenteile vierzehn weniger geworden. Die zwölf Verletzten mußten gepflegt werden; sie waren schwerlich im stande, den Zug fortzusetzen, denn eine Kugel in der Hüfte ist ein lebensgefährliches Ding. Woher wollte man da Leute nehmen, die Herden weiter zu transportieren?
Wenn ich mir das alles überlegte, so kam ich zu dem Resultate, das der „große Mund“, sobald er aus seiner Betäubung erwacht war, folgende Bestimmungen getroffen habe: Die Herden müssen einstweilen an Ort und Stelle bleiben, wo sie genug Gras zur Nahrung haben. Auch die Verwundeten bleiben da liegen und bei ihnen soviele Krieger, als zur Bewachung der Tiere und Pflege der Menschen unumgänglich nötig sind. Die andern aber müssen alle fort, um Old Shatterhand zu ergreifen und die Ehre des

Stammes wieder herzustellen. So war es also wahrscheinlich, daß ich vierzig oder fünfzig Verfolger hinter mir hatte, deren Eifer um so größer war, als sie nun nicht nur das frühere, sondern auch das heute Geschehene zu rächen hatten.
Ich hätte ihnen leicht und sofort entkommen können, wenn ich nach rechts oder links ausgebrochen wäre; aber das wäre ein Fehler gewesen. Sobald sie meine Spuren verloren gesehen hätten, wären sie zu den Herden zurückgekehrt, um den Heimzug fortzusetzen, und diese wären für den Haziendero verloren gewesen. Da ich sie ihm aber retten wollte, mußte ich die Verfolger an meine Fährte heften.
Um dies zu erreichen, mußte ich auf dem Wege nach der Hazienda bleiben, weil sie jedenfalls annahmen, daß ich diesen einschlagen würde. Auch durfte ich nicht zu sehr eilen, denn je näher sie mir blieben, destomehr blieb ihr Eifer wach und destoweniger kamen sie auf den Gedanken, umzukehren oder wenigstens eine Anzahl von ihnen zurückzuschicken. Fand ich dann, was gar nicht unwahrscheinlich war, die Mimbrenjos bei der Lebenseiche auf mich wartend, so konnte ich mit ihrer Hilfe das ganze Corps gefangen nehmen und abermals umkehren, um die geraubten Tiere zu holen und sie ihrem Eigentümer, dem armen Don Timoteo Pruchillo zuzuführen. Daß dieser ohne seine Herden ein armer Teufel war, darüber konnte es keinen Zweifel geben. Seine Häuser waren eingeäschert, seine Wälder und Gärten verbrannt; er besaß nur noch die Wiesen, welche ihm ohne Weidevieh keinen Pfennig einbrachten. Ich hatte ja gehört, daß er jetzt lange nicht mehr so wohlhabend sei, wie er früher gewesen war.
Alle diese Gedanken teilte ich meinem jungen Begleiter mit, indem wir flott unsers Weges dahintrabten. Er widersprach mir nicht, denn er hatte keine Ursache dazu und hätte sich dies auch gar nicht getraut, wenn er doch der Meinung gewesen wäre, mir unrecht geben zu müssen. Er nahm meine Darlegung wie ein Alter mit vollem Verständnisse auf und fragte in seiner ernsten Weise:
„So denkt Old Shatterhand also, daß wir fünfzig Yumas hinter uns her haben werden?"
„Wenigstens vierzig bis fünfzig," nickte ich.
„So viele werden uns aber nicht gleich folgen können. Der Häuptling lag in Ohnmacht, und die Krieger mußten warten, bis er erwachte, um seine Befehle zu vernehmen."
„Das ist richtig; aber einige wenige sind uns jedenfalls sofort gefolgt, um unsere Spuren festzuhalten, bis die andern kommen. Ich werde mit ihnen sprechen."
„Sprechen?" fragte er erstaunt. „Habe ich richtig gehört? Old Shatterhand will wirklich mit diesen Spürhunden, welche ihn mit ihren Zähnen zerreißen wollen, reden? In welch eine Gefahr wirst du dich da begeben!"
„In gar keine. Die Gefahr, in welche du dich begabst, als du mich nach der Zerstörung der Hazienda aufsuchtest, war viel größer."
„Es konnte keine Gefahr für mich geben, da ich einen Fehler zu sühnen hatte. Ich wäre in den Tod gegangen, wenn es hätte sein müssen."
„Das glaube ich dir, nun ich dich näher kennen gelernt habe. Ich habe meine Freiheit nur durch dich wiedererlangt und werde es dir danken."

„Old Shatterhand ist ein berühmter Krieger; er hätte sich auch ohne mich befreit!“

„Vielleicht, doch nicht so schnell und auf diese Weise, welche mir keine Verwundung und keinen noch so kleinen Verlust gebracht hat. Ist dir die Zeit, während welcher du in den letzten Tagen auf mich wartetest, nicht lang geworden?“

„Keine Zeit, selbst die längste nicht, ist lang, wenn man Geduld hat, und ein Jüngling, welcher ein Krieger werden will, muß sich außer in der Tapferkeit vor allen Dingen auch in der Geduld üben.“

„Aber du konntest nicht schlafen, denn des Tages mußtest du uns folgen, und des Nachts konntest du an jedem Augenblick meine Flucht erwarten!“

„Ein Krieger muß darnach trachten, den Schlaf beherrschen zu können. Übrigens konnte ich genug schlafen, denn ich legte mich zur Ruhe, wenn ihr aufgebrochen waret, und folgte euch erst nach einigen Stunden. Die Herden zogen so langsam, daß ich sie sehr schnell einzuholen vermochte.“

„Woran dachtest du, daß es lag, als du so vergeblich auf mich warten mußtest?“

„Ich dachte gar nicht, denn ich wußte, Old Shatterhand wird kommen, wenn seine Zeit erschienen ist.“

„Mit deinen Antworten beweisest du, daß du einst nicht nur ein tapferer Krieger, sondern auch ein um- und vorsichtiger Berater in der Versammlung der Häuptlinge und Ältesten sein wirst. Du wünschest, einen Namen zu haben. Sobald ich mit den deinen zum erstenmale am Feuer sitze, werde ich ihnen sagen, daß du bewiesen hast, wert zu sein, einen Namen zu tragen.“

„Uff, uff!“ rief er aus, indem seine Augen glänzten und er sich entzückt im Sattel aufrichtete.

„Ja, ich werde ihnen vorschlagen, dir einen zu geben.“

„Wolltest du das? Mein Dank würde so groß sein, wie die Erde ist, und so lange währen, bis ich nicht mehr lebe!“

„Ja, ich habe mir vorgenommen, diesen Antrag zu stellen.“

„Dann werden sie mich fragen, welchen Namen mir der große Manitou zeigte, und welche Medizin ich gefunden habe. Und ich kann ihnen doch keine Antwort geben!“

Wenn ein junger Indianer so herangewachsen und in allem, was er kennen und können muß, so weit herangebildet ist, daß er nun ein Krieger werden will, so hat er zunächst nach einem Namen zu suchen. Er geht also in die Einsamkeit, um zu fasten und über das, was einem Krieger und berühmten Manne zusteht, nachzudenken. Die Einsamkeit, das strenge Fasten, das Grübeln nach berühmten Thaten regen ihn auf; seine Nerven kommen in einen Zustand fieberhafter Thätigkeit oder überirdischen Empfindens, infolgedessen er in Träume oder Hallucinationen fällt. Der erste Gegenstand nun, von dem er träumt oder den ihm eine solche Hallucination zeigt, wird seine „Medizin“, sein Heiligtum fürs ganze Leben. Er bewaffnet sich und zieht fort, um nicht eher zurückzukommen, als bis er den Gegenstand geraubt, erobert, gefunden oder überhaupt erlangt hat. Das Ding, mag es nun groß oder klein sein oder die seltsamste Form und

Gestalt haben, wird in Felle genäht und sorgsam verwahrt. Er nimmt es auf seine Kriegszüge mit und hängt es an die Lanze, welche vor seinem Zelte in der Erde steckt. Diese Medizin ist ihm das Kostbarste, das Heiligste, was er hat; um ihren Besitz kämpft er mit wahrer Verzweiflung und mit Aufbietung aller seiner Kräfte. Darum ist es ein großer Ruhm, die Medizin eines Feindes oder gar mehrerer oder vieler Feinde erobert zu haben. Ebenso groß ist aber auch die Schande, seine Medizin verloren zu haben, ob im Kampfe oder aus irgend einer andern Ursache, das bleibt sich gleich. „Der Mann, der keine Medizin hat", das ist die tödlichste Beleidigung, welche einem Indianer gesagt werden kann. So ein Verachteter ruht gewiß nicht eher, als bis er die Medizin eines Feindes erobert hat; sie wird dann die seinige, und seine verloren gegangene Ehre ist wieder hergestellt.

Meist nimmt ein junger Mann, sobald er den Gegenstand, von welchem er träumte, also seine Medizin, gefunden hat, den Namen derselben an, weshalb man oft auf die sonderbarsten Namen derselben stößt, z.B. die „tote Spinne", das „zerrissene Blatt", der „lange Faden". Die Betreffenden haben eben, als sie nach Medizin suchten, zuerst von einer toten Spinne, einem zerrissenen Blatte, einem langen Faden geträumt und tragen nun diese Gegenstände als ihre Medizinen mit sich herum. Es kommt aber auch vor, daß, wenn ein junger Mann sich durch eine besondere That auszeichnet, er einen Ehrennamen erhält, welcher an dieselbe erinnert, und ein solcher Name wird viel höher geachtet, als der gewöhnliche Medizinname. Darum antwortete ich auf die letzten Worte meines jungen Begleiters:

„Du brauchst nicht zu antworten, denn die Antwort werde ich ihnen geben, wenn sie so fragen."

„Du?" fragte er, indem seine Wangen sich höher röteten.

„Ja, ich, denn ich habe einen Namen für dich."

Er senkte den Kopf, um sein Entzücken zu beherrschen. Er hätte mich sicher gar zu gern nach diesem Namen gefragt, doch wäre das gegen alle Regeln der Höflichkeit und Bescheidenheit gewesen. Darum fuhr ich, um seine Wißbegierde zu stillen, fort:

„Kannst du dir nicht denken, welchen Namen ich meine?"

„Nein."

„So sage mir, welches die erste That ist, durch welche du dich ausgezeichnet hast!"

„Meine erste That," antwortete er seufzend, „war die, daß ich Old Shatterhand in die Hände der Feinde trieb."

„Das hast du ja wett gemacht und ist also gesühnt; es war kein Thun, sondern ein Unterlassen, ein Nichtbeachten der von mir vorgezeichneten Vorsichtsmaßregeln. Dein erstes Thun, deine erste, wirkliche That war meine Befreiung. Was meinst du wohl, daß deine Krieger zu dieser That sagen werden?"

„Wer Old Shatterhand befreit, der ist der glücklichste und berühmteste der Krieger und wird niemals einer Medizin bedürfen."

„Nun wohl, du hast zu meiner Befreiung mitgewirkt und dabei zwei Yumas erschossen; ich werde also am Feuer der Beratung den Ältesten deines Stammes vorschlagen, dich Yuma-Shetar zu nennen, und ich bin überzeugt, daß sie auf diesen Vorschlag eingehen werden."
„Gewiß werden sie das, ganz gewiß!" rief er aus oder vielmehr schrie er laut auf. „Es ist ja ein Ruhm für den ganzen Stamm der Mimbrenjo, von Old Shatterhand einen solchen Vorschlag gemacht zu erhalten. O Manitou, Manitou! Ich wußte es gar wohl, daß ich bei Old Shatterhand viel eher einen Namen, und auch einen viel bessern, finden würde, als an jedem andern Orte! Unsere Krieger werden mich beneiden; die Frauen werden von mir erzählen, und wenn ich vorübergehe, werden die Töchter heimlich durch die Ritzen der Zelte mir nachblicken. Vor allen Dingen aber wird mein Vater, der „starke Büffel", mich an sein Herz drücken und mein kleiner Bruder vor Wonne und Liebe meine Lippen küssen. O, hätte er, der auch noch keinen Namen hat, ebenso wie ich bei dir bleiben können! Ich glaube, er hätte sich einen eben solchen wie ich erworben!"
„Sehr wahrscheinlich. Dieses Versäumnis kann übrigens nachgeholt werden, denn ich bin überzeugt, deinen Bruder bald wiederzusehen. Wenn er dir nicht nur äußerlich, sondern auch innerlich ähnlich ist, so wird er nach seiner Ankunft nicht geruht und gerastet haben, bis er von deinem Vater die Erlaubnis, den Zug gegen die Yumas mitmachen zu dürfen, erhalten hat."
„Das glaube ich auch. Mein Vater, der große Häuptling der Mimbrenjos, ist sehr streng; er achtet der gewöhnlichen Wünsche seiner Kinder wenig, aber eine solche Bitte, die ihn erfreuen muß, zu erfüllen, wird er gewiß nicht zögern. Wie herrlich, wenn die Namengebung meines kleinen Bruders zu derselben Zeit mit der meinigen von dem ganzen Stamme gefeiert würde!"
Während dieser Unterredung hatten wir nicht nur den Weg durch die gewundene Schlucht, sondern auch durch mehrere Vorthäler zurückgelegt. Bei jeder Biegung des Weges hatten wir hinter uns geblickt, ob die Verfolger zu sehen seien, aber nichts von ihnen wahrgenommen. Dennoch war ich überzeugt, daß sie sich nicht weit von uns befanden, und nahm mir vor, nun bald, wenn die Gegend sich dazu eignete, die Probe zu machen.
Wir kamen an eine Art kleiner Prairie, die vielleicht einen viertelstündigen Ritt breit war. Als wir sie durchkreuzt hatten, befanden wir uns in einem Busche, der ein gutes Versteck bot. Hier hielt ich mein Pferd an und stieg ab.
„Will Old Shatterhand hier schon Rast machen?" fragte der Knabe.
„Nein, sondern nur für kurze Zeit anhalten, um mit den Yumas zu reden."
Wahrscheinlich kam ihm meine Absicht höchst sonderbar vor; er sagte aber nichts. Ich schnallte das Paket mit dem neuen Anzuge los, um denselben mit dem alten zu vertauschen. Letzterer war von Anfang an nicht viel wert gewesen und hatte während meiner Gefangenschaft so sehr gelitten, daß ich nun erst recht wie ein Stromer und ganz und gar bettelhaft aussah. Wie ganz anders war es, als ich in dem neuen steckte! Es war

nicht die geringste Spur von Eitelkeit bei mir vorhanden, aber diese südlichen Indianer sind ebenso mehr für Äußerlichkeiten eingenommen als ihre nördlichen Brüder, wie der Mexikaner sich auffallender und glänzender kleidet als der unpoetische und nüchterne Yankee. Ein Sioux- oder Crow-Indianer versagt einem weißen Jäger seine Achtung nicht, auch wenn derselbe in Lumpen erscheint; ein Pimo oder Yaqui aber kann sich weit schwerer darein finden, eine schlecht gekleidete Person für einen tüchtigen Mann zu halten. Und doch kommt oft sehr viel darauf an, welchen Eindruck man gleich im ersten Augenblicke macht. Wäre ich nicht in meinem alten Anzuge auf der Hazienda erschienen, so hätte mir Timoteo Pruchillo wahrscheinlich eher geglaubt, und ich wäre nicht gezwungen gewesen, seinen famosen Majordomo zu beohrfeigen und in den Bach zu werfen. Man sieht, daß selbst in jenen abgelegenen Gegenden Kleider Leute machen. Als ich mich umgekleidet hatte, sah ich ungefähr wie ein reicher mexikanischer Großgrundbesitzer, wie ein Caballero aus, der gerade auf dem Wege ist, die Dame seines Herzens zu besuchen.

„Uff!“ rief sogar der Mimbrenjo verwundert aus, als ich hinter dem Strauche, welcher die spanische Wand gebildet hatte, hervortrat. „Fast hätte ich dich nicht sogleich wiedererkannt;“ er errötete vor Verlegenheit. „Aber so haben wir Knaben uns Old Shatterhand vorgestellt, wenn uns von ihm und von Winnetou erzählt wurde.“

Als dieses aufrichtige und unbewachte Bekenntnis heraus war, ergriff ihn doppelte Verlegenheit; ich riß ihn aus derselben, indem ich ihm meinen Bärentöter gab und dabei sagte:

„Mein junger roter Bruder mag hier zurückbleiben und das Gewehr halten, welches ich nicht brauche. Sobald die Yumas erscheinen, werde ich ihnen entgegenreiten, um mit ihnen zu sprechen. Sollten ihrer so viele sein, daß sie es wagen, mich anzugreifen, so werden wir, um sie zurückzuhalten, dieses Buschwerk gegen sie verteidigen.“

Indem ich so hinter den vordern Sträuchern stand, beobachtete ich den Weg, den wir soeben zurückgelegt hatten. Was ich vermutet hatte, das geschah: Schon nach kurzer Zeit sah ich da drüben drei Reiter erscheinen, welche in kurzem Zotteltrabe über die Prairie herüberkamen. Ich ritt ihnen entgegen und nahm die Haltung eines Mannes an, welcher ganz unbesorgt seines Weges reitet. Dabei hielt ich den Körper nach vorn gebeugt und that, als ob ich so ermüdet sei, daß ich auf die vor mir liegende Fläche gar nicht achtete.

Als sie mich erblickten, stutzten sie; da sie aber keinen andern erscheinen sahen, so ritten sie weiter; einen einzelnen Reiter brauchten sie nicht zu scheuen. Ich stellte mich so, als ob ich sie noch nicht sähe, hielt aber den Stutzen quer über den Sattel gelegt, um ihn mit einem Griffe in Anschlag zu haben. Dabei war ich überzeugt, daß sie mich nicht, wenigstens nicht sofort erkennen würden, denn sie hatten mich in dem jetzigen, mich sehr verändernden Anzuge noch nicht gesehen und außerdem hielt ich die Zipfel der bunten mexikanischen Gargantille wie ein gegen die Sonne schützendes Halstuch so

über Kinn und Bart geschlagen, daß, da der breitrandige Sombrero bis auf die Augen niederging, von meinem Gesichte eigentlich nur die Nase deutlich zu sehen war.
Jetzt waren sie mir so nahe gekommen, daß ich unbedingt nicht nur sie sehen, sondern auch die Schritte ihrer Pferde hören mußte. Ich richtete mich also auf, that, als ob ich sie jetzt erst erblickte, und hielt mein Pferd an, welches sie auch nicht kannten. Sie parierten die ihrigen vielleicht zehn oder zwölf Schritte vor mir; es waren drei von meinen letzten fünf Wächtern. Der eine redete mich in dem gebräuchlichen Mischmasch an:
„Wo kommst du her?"
„Von der Hazienda del Arroyo," antwortete ich mit verstellter Stimme, was mir nicht schwer wurde, da das Tuch auch meinen Mund halb verdeckte.
„Und wo willst du hin?"
„Zum „großen Munde", dem Häuptling der tapfern Yumas."
„Wie hast du die Hazienda gefunden?"
„Sie ist zerstört, vollständig vernichtet."
„Von wem?"
„Von den Yumas."
„Und da reitest du zu ihnen? Was willst du bei ihnen?"
„Mit ihnen über die Herden, welche sie fortgetrieben haben, verhandeln."
„In welchem Auftrage?"
„Ich bin der Bote des Haziendero, welcher bereit ist, die Tiere zurückzukaufen, und soll mir von dem Häuptlinge den Preis bestimmen lassen."
„Dein Weg ist umsonst, denn er verkauft die Tiere nicht."
„Woher wißt ihr das?"
„Wir gehören zu seinen Kriegern."
„So müßt ihr freilich wissen, was er thun will und was nicht; aber ich möchte dennoch mit ihm sprechen, da ich nach meinem Auftrage zu handeln habe."
„Du scheinst nicht zu wissen, wie gefährlich das ist. Die Krieger der Yumas haben das Kriegsbeil gegen die Weißen ergriffen."
„Ich weiß es, habe aber keine Sorge, da ich als Unterhändler unverletzlich bin. Wo haben die Krieger der Yuma, welche auf der Hazienda waren, ihr Lager aufgeschlagen?"
„Das brauchst du nicht zu wissen, denn es ist nicht nötig, daß du so weit reitest. Wenn du hier wartest oder langsam auf dieser Spur weiter reitest, wirst du in kurzer Zeit den Häuptling mit fünfzig seiner Krieger erscheinen sehen."
„Ich danke euch. Lebt wohl!"
Ich that so, als ob ich weiter reiten wolle, obgleich ich wußte, daß sie noch mehrere Fragen an mich richten würden. Gerade auf diese Fragen kam es mir an, denn aus ihnen konnte ich vielleicht das schließen, was ich wissen wollte.
„Halt, warte noch!" erklang es in befehlendem Tone. „Hast du denn mit dem Haziendero gesprochen?"

„Natürlich! Wie könnte ich sonst sein Bevollmächtigter sein!“
„Und er war mit dem Bleichgesichte, welches Melton heißt, auf dem Wege nach Ures?“
„Einen Weißen Namens Melton habe ich nicht gesehen.“
„Vielleicht einen, welcher Weller hieß, und den Sohn desselben?“
„Auch nicht.“
„So hast du wohl auch nicht einen Trupp unserer Krieger gesehen, bei welchem diese Bleichgesichter zwei Tage lang gefangen gewesen sind?“
„Nein. Ich habe nur den Haziendero gesehen und mit ihm gesprochen.“
„Wo?“
„In den Ruinen seines Hauses. Ich kam nach der Hazienda, um ihm Geld zu geben, welches ich ihm schuldete. Er will mit demselben das Vieh zurückkaufen und bat mich, den Yumas nachzureiten, um mit ihnen zu verhandeln.“
„Wer hat das Geld, du oder er?“
„Er natürlich.“
Sie hatten mich noch immer nicht erkannt und sahen einander betroffen an. Der bisherige Sprecher meinte nachdenklich, ohne dabei auf meine Gegenwart Rücksicht zu nehmen:
„Da muß etwas geschehen sein! Der Haziendero ist noch da, und die andern Bleichgesichter befinden sich nicht bei ihm! Auch unsere Krieger waren nicht zu sehen, obwohl sie nach hier unterwegs sein müssen! Er will das Vieh zurückkaufen; er hat Geld! Da kann alles anders werden! Und wo befinden sich die vielen fremden Bleichgesichter, welche mit ihren Frauen und Kindern von unsern Brüdern erwartet werden und in die Berge gebracht werden sollen?“
Die andern schüttelten stumm die Köpfe; er wendete sich wieder an mich:
„Bist du nicht vor kurzer Zeit zwei Reitern begegnet?“
„Ja. Es war ein Weißer mit einem jungen Indianer.“
„Wie war der Weiße gekleidet?“
„Wie ein Lump und Habenichts.“
„Was für Waffen hatte er?“
„Ich sah zwei Gewehre.“
„Das stimmt. Der Hund von Mimbrenjo hat sie ihm nachgebracht!“
Das sagte er wie zu sich selbst oder zu seinen beiden Kameraden; dann fragte er mich weiter:
„Ritten sie sehr schnell?“
„Nein,“ antwortete ich, indem ich den Zügel schärfer anzog, um mein Pferd um einige Schritte zurückzunehmen. „Sie waren abgestiegen.“
„Wo?“
„Dort hinter mir im Gebüsch.“
„Uff! So müssen wir schnell zurück, denn das lange Gewehr des Bleichgesichtes reicht bis hierher; es ist ein Bärentöter. Und die kurze Flinte desselben schießt ohne Aufhören

immerfort. Komm mit uns! Wir reiten eine Strecke zurück, wo du den Häuptling sehen wirst und mit ihm sprechen kannst."
„Das hat Zeit. Wartet noch ein wenig! Ich möchte etwas von euch haben."
„Was?"
„Eure Gewehre und eure Pferde."
„Warum und wozu?" fragte er, indem er mich, erstaunt über diese Forderung, anblickte.
„Darum!" antwortete ich, indem ich mit der Linken das Tuch aus dem Gesicht strich und mit der Rechten den Stutzen auf sie richtete. „Ihr habt selbst gesagt, wie oft ich mit diesem Gewehre zu schießen vermag. Wer von euch von der Stelle weicht, erhält augenblicklich eine Kugel. Und dort im Gebüsch steht der Mimbrenjo mit meinem Bärentöter, dessen Kugel bis hieher und auch noch weiter geht."
Sie blieben halten, nicht etwa infolge meines Befehls, sondern vor Schreck, und starrten mir mit weit geöffneten Augen in das jetzt unverhüllte Gesicht.
„Uff!" stieß der Sprecher hervor. „Das ist Old Shatterhand!"
„Old Shatterhand, Old Shatterhand!" wiederholten die beiden andern.
„Ja, Old Shatterhand ist's," nickte ich, das Gewehr mit der Mündung noch immer auf sie richtend, „Wendet nicht um, sonst schieße ich! Ihr wollt mich fangen und seid nun selbst gefangen. Ich will euch aber frei lassen und euch die Erlaubnis geben, zu eurem Häuptling zurückzugehen. Laßt eure Gewehre fallen!"
Sie hatten ihre Flinten, wie Indianer bei jeder fremden Begegnung zu thun pflegen, in den Händen, doch nicht schußbereit. Sie wagten nicht, sie gegen mich zu erheben, gehorchten aber doch nicht sogleich.
„Schnell, sonst schieße ich! Ich warte nicht!" donnerte ich sie an. „Eins – zwei – –"
Ich hatte noch nicht „drei" gesagt, so ließen sie die Gewehre aus ihren Händen und von den Pferden herab auf die Erde fallen.
„Steigt ab, und tretet auf die Seite!"
Sie gehorchten aus Angst vor der Mündung meines Stutzens.
„Jetzt lauft zurück! Wer von euch sich umsieht, solange ich ihn zu sehen vermag, bekommt die Kugel!"
Sie rannten augenblicklich in vollstem Laufe davon. Es war eigentlich zum Lachen, wie sie so davonschossen. Als sie mich noch fest hatten, spotteten und höhnten sie über mich; jetzt aber liefen sie wie die Hasen.
Ich brauchte gar nicht zu warten, bis sie verschwunden waren, denn ich war überzeugt, daß sie nicht wagen würden, sich umzudrehen. Ich stieg ab, um ihre Gewehre aufzunehmen und mich ihrer Pferde, welche beim Verschwinden ihrer Herren unruhig geworden waren, zu versichern. Da sah ich auch schon meinen Mimbrenjo im vollen Galoppe aus dem Busche geritten kommen, um mir zu helfen.
„Uff, uff!" rief er mir schon von weitem zu. „Old Shatterhand ist ein großer Zauberer; ihm gelingen alle, selbst die schwersten Medizinen!"
„Das war nicht schwer," antwortete ich.

„Ohne Kampf drei Feinde zu entwaffnen und ihnen noch dazu die Pferde abzunehmen? Das soll nicht schwer sein! Wer hätte das vorhin gedacht! Als du sagtest, daß du mit ihnen reden wollest, war ich voller Sorge um dich!“

„Ich hatte einen Verbündeten.“

„Ja, du hattest einen, denn ich stand mit deinem Bärentöter, den ich aber nicht halten konnte, sondern auf die Gabel eines Busches legen mußte, bereit, sofort zu schießen, falls sie Miene machen sollten, sich gegen dich zu wehren.“

„Das war sehr brav, wenn auch unnötig. Ich meine einen andern Verbündeten, nämlich die Überraschung. Durch diese wurde die Angst verdoppelt, welche sie vor meinen Gewehren haben. Doch wir müssen fort, denn ihre Kameraden können jeden Augenblick erscheinen.“

Wir befestigten die drei Gewehre an den Sattelknöpfen der erbeuteten Pferde; der Mimbrenjo nahm ein Pferd, ich zwei am Zügel, dann ritten wir davon, erst langsam durch den Busch und, als wir ihn hinter uns, vor uns aber freies Land hatten, im Galopp. Diese Schnelligkeit hielten wir aber nur solange ein, bis wir weit genug entfernt waren, um nicht gefährdet zu werden. Als wir die Büsche nur noch als dünnen Streifen hinter uns liegen sahen, blieben wir halten, und zwar in wohl erwogener Absicht. Es kam uns ja darauf an, die Verfolger hinter uns her zu locken, und so mußten wir uns zuweilen von ihnen sehen lassen, um ihre Energie neu zu beleben.

Indem wir jetzt ruhig nebeneinander auf den Pferden saßen, bemerkte ich, daß der Mimbrenjo verstohlene, verlangende Blicke auf mich richtete, und erriet, daß er gern wissen wollte, was ich mit den drei Yumas gesprochen hatte. Ich erzählte es ihm. Als Knabe konnte er eine solche Vertraulichkeit nicht verlangen, umsomehr aber war er stolz darauf, daß ich ihm diese Mitteilungen machte. Als ich zu Ende war, blickte er sinnend vor sich nieder und sagte dann:

„Bei Old Shatterhand lernt man von Stunde zu Stunde immer mehr. Hat man die Vorteile erfahren, welche ein Krieger sich zu nutze machen muß, so hört man bald darauf wieder, wie man es anzufangen hat, von jemand das zu erfahren, was er einem nicht sagen soll. Wir wissen nun fast alles!“

„O, noch lange nicht! Die Hauptsache ist mir verborgen geblieben.“

„Will Old Shatterhand mir mitteilen, welche Sache das ist?“

„Gern. Zunächst wissen wir, daß wir fünfzig Verfolger hinter uns haben, und zwar unter Anführung des Häuptlings selbst. Was wird daraus zu schließen sein?“

„Daß die Herden und die verwundeten Krieger bis zur Rückkehr dieser fünfzig nicht weiter ziehen, sondern da liegen bleiben, wo wir sie verlassen haben.“

„Richtig! Ferner wissen wir, daß Melton und die beiden Weller frei sind, daß auch der Haziendero nicht mehr gefangen ist und daß sogar die weißen, fremden Einwanderer freigelassen worden sind.“

„Ist das nicht genug?“

„Nein.“

„Aber es kam dir doch eigentlich wohl nur darauf an, sie zu retten! Nun sind sie frei."
„Sie sind frei, aber wo? Sie sollen von den Brüdern der Yumas, also von andern Yumas, in die Berge geführt werden. Das kommt mir verdächtig vor. Welche Berge sind gemeint? Was sollen sie dort? Sie kamen doch aus ihrer Heimat in dieses Land, um auf der Hazienda del Arroyo zu arbeiten. Wozu schafft man sie da, noch dazu durch feindliche Indianer, in unbekannte Berge?"
„Das vermag ich nicht zu sagen," meinte der Knabe in drolliger Aufrichtigkeit.
„Tröste dich darüber, denn ich weiß es auch nicht, werde aber nicht ruhen, bis ich es erfahren habe. Ferner: Der Haziendero hat mit Melton nach Ures gewollt. Was treiben sie dort? Ich würde unter andern Umständen diese Reise für eine ganz unverdächtige Sache halten; aber Melton hat die Indianer herbeigelockt und von ihnen die Hazienda überfallen, ausrauben und einäschern lassen. Nun reitet er mit dem zu Grunde gerichteten Besitzer nach Ures, während die fremden Arbeiter desselben, welche bei dem Überfalle auch alle ihre geringe Habe verloren haben, von Indianern in die Berge geführt werden. Der Haziendero gehört dahin, wo sie sind; warum trennt man sie?"
„Glaubst du, das erfahren zu können?"
„Ja. Ich werde, sobald wir die Herden gerettet haben, unbedingt nach Ures reiten. Und nun endlich, wo sind die Yumas, welche da, wo ich getötet werden sollte, zur Bewachung der gefangenen Weißen zurückgelassen worden sind? Sind die Gefangenen wirklich frei, so können die Wächter ihrem vorangezogenen Häuptlinge nachfolgen. Sie können schnell reiten, während wir wegen der Herden nur langsam vorwärts kamen; sie könnten also hier sein."
„Vielleicht begegnen wir ihnen heute noch!"
„Das ist möglich, und darum müssen wir uns vorsehen, damit wir ihnen nicht in die Hände laufen. Doch, schau hinter uns! Siehst du unsere Verfolger?"
„Ja; sie kommen. Sie bleiben vor den Büschen halten. Meinst du, daß sie uns sehen?"
„Ja. Sie müssen uns ebensogut bemerken, wie wir sie sehen. Paß auf! Sie kommen uns im Galoppe nach. Wir können nun wieder weiter, denn nun sie uns sehen, fällt es ihnen nicht ein, umzukehren. Höchstens mußten sie die drei zurückschicken, denen wir die Pferde genommen haben und die infolgedessen nicht mit ihnen fortkommen können."
Wir jagten weiter, über die bereits halb durchquerte Ebene hin, dann durch mehrere Thäler, über einige niedrige Berge und kamen nun wieder auf ebenes Land. Dort lag ein Wald, an welchem wir auf dem Herwege gelagert hatten und den wir bis zum Abende erreichen konnten. Wir zwei legten jetzt natürlich ganz andere Strecken zurück, als vorher mit den wie die Schnecken ziehenden Weidetieren, deren Spuren noch sehr deutlich zu sehen waren. Die Fährte war so breit und deutlich ausgesprochen, daß man sie recht gut eine Straße nennen konnte.
Die Zeit verging; die Sonne sank im Westen immer weiter nieder. Fast hatte sie den Horizont erreicht, und wir konnten uns nicht mehr allzuweit von dem Walde befinden. Da deutete der Knabe mit ausgestrecktem Arme gerade vorwärts und rief aus:

„Sieh, dort kommen die Yumas, die bei den gefangenen Bleichgesichtern zurückblieben, und von denen wir uns nicht sehen lassen dürfen!“
Er hatte recht, wenigstens in Beziehung auf das Erscheinen von Reitern. Es war ein dichter Haufen. Man konnte der großen Entfernung wegen nicht sehen, aus wie vielen Einzelnen er bestand. Es war allerdings mit großer Wahrscheinlichkeit anzunehmen, daß wir die ihrem Häuptlinge nun nachfolgenden Yumas vor uns hatten; darum bogen wir, um ihnen aus dem Wege zu gehen, in einem rechten Winkel nach rechts hinüber und ließen unsere Pferde laufen, was sie laufen konnten. Es war anzunehmen, daß die Nahenden uns noch nicht gesehen hatten.
Dem war aber nicht so, denn indem wir der neuen Richtung folgten, wendete ich mich einigemal um und sah, daß ein einzelner Reiter, welcher allerdings zunächst nur als winziger Punkt erschien, sich von dem Trupp getrennt hatte und auf uns zukam. Ich hatte die Wirkung der tiefstehenden Sonne nicht mit in Berechnung gezogen. Ihr grelles Licht traf den Trupp hinten, auf der uns abgewendeten, uns aber vorn, auf der ihm zugewendeten Seite; darum hatte man uns gar wohl bemerken müssen. Doch beruhigte mich der Umstand, daß der Reiterhaufe sich in seiner Richtung nicht beirren ließ und nur einen Mann abgeschickt hatte, der uns aller Wahrscheinlichkeit nach unmöglich erreichen konnte.
Der Trupp ritt jetzt langsamer, wohl um die Rückkehr des einen zu erleichtern, von West nach Ost. Wir ritten von Süd nach Nord, und zwar im Galoppe. Unsere Bahnen bildeten also einen rechten Winkel oder die zwei Winkelseiten eines regelmäßigen Vierecks, auf dessen Diagonale sich der einzelne Reiter hielt. Er hatte also den weitesten Weg zu machen, und doch war es erstaunlich, wie rasch er vorwärts kam. Ich hatte es für unmöglich gehalten, daß er uns bei unserem Galoppe erreichen könne, doch seine Gestalt wurde uns so schnell deutlich und immer deutlicher, daß ich meinen Irrtum einsehen mußte. War er uns erst als kleiner Punkt erschienen, so wuchs er schnell zur Größe eines Kürbis; dann begann er, sich zu gliedern. Sein Pferd hatte die Größe eines kleinen Hündchens, eines Schäferhundes, eines Windspiels, einer Dogge; es wurde größer und größer, kam näher und näher, obgleich wir unsere Schnelligkeit nicht verminderten. Mein Begleiter rief mehreremal ein verwundertes „Uff“, und ich war ebenso erstaunt über die unglaubliche Behendigkeit dieses Rosses.
In andern Ländern und Zonen hatte ich edle Renner nicht nur gesehen, sondern selbst geritten; hier in Nordamerika aber waren nur zwei Pferde bekannt, welche einen solchen Lauf, der fast ein Fliegen genannt werden konnte, entwickelt hatten, nämlich die beiden Rappen, auf denen Winnetou und ich so oft über die Prairien gejagt waren.
Winnetou! Ich hielt unwillkürlich mein Pferd an und beschattete meine Augen, um schärfer sehen zu können, mit der Hand. Das Pferd war ein Rappe; seine Beine arbeiteten, daß sie nicht zu sehen waren. Um den Leib des Reiters schimmerte es hell und rot; ein dunkler Schleier wehte hinter ihm her, und dann sah ich an dem Laufe seines Gewehres helle Funken blitzen. Das Herz jubelte mir. Der rote Schimmer kam von der

Santillodecke, welche Winnetou stets als Schärpe trug; der dunkle Schleier war sein langes, schwarzes Haar, welches er nie kürzen ließ und nie mit einem Hute bedeckte, und die Funken flogen von den blanken Nägeln, mit denen seine berühmte und gefürchtete Silberbüchse beschlagen war.

Ich war mexikanisch gekleidet und saß, mit seinem edlen Pferde verglichen, auf einer Mähre; er erkannte mich also noch nicht. Aber er kannte die Stimmen meiner Gewehre, wie ich den scharfen, sonoren Knall seiner Silberbüchse so genau kannte, daß wir uns im wilden Urwalde oft nur mit Hilfe unserer Gewehre zusammengefunden hatten. Er war noch soweit entfernt, daß die Einzelheiten seiner hohen, schlanken Gestalt noch lange nicht zu erkennen waren; da nahm ich den Bärentöter vor und schoß. Der Erfolg war ein augenblicklicher. Der Reiter riß sein Pferd mitten im *Ventre à terre* zurück, so daß es sich hoch aufbäumte und fast überschlug; dann trieb er es weiter, stellte sich in den Bügeln hoch und schrie mit jubelnder Stimme.

„Scharlieh, Scharlieh!"

Er pflegte in dieser Weise meinen Vornamen Karl englisch auszusprechen.

„Winnetou, Winnetou, n'scho, n'scho – Winnetou, Winnetou, wie gut, wie gut!" antwortete ich, indem ich mein Pferd ihm entgegentrieb.

Er kam gleich einem Halbgotte dahergesaust. Stolz und aufrecht, wie angewachsen, saß er auf dem fliegenden Rappen, den beschlagenen Kolben der Silberbüchse auf das Knie gestemmt. Sein edles Gesicht mit den gebräunten, fast römischen Zügen strahlte vor Freude; seine Augen glänzten. Ich war aus dem Sattel. Er gab sich gar nicht die Mühe, sein Pferd im Laufe anzuhalten; er ließ die Büchse zur Erde gleiten, und schnellte sich, während es an mir vorüberschoß, herab und mir in die ausgebreiteten Arme, um mich an sich zu drücken und wieder und wieder zu küssen.

Ja, wir waren Freunde, Freunde in des Wortes vollkommenster und bester Bedeutung, und waren doch einst Todfeinde gewesen! Sein Leben gehörte mir und das meinige ihm; damit ist alles gesagt. Wir hatten uns solange nicht gesehen; nun stand er vor mir in der mir bekannten und ihn so außerordentlich kleidenden halbindianischen Tracht. Als die Umarmungen vorüber waren, kamen wir aus dem Drücken und Schütteln der Hände nicht heraus. Unterdessen hatte sein Pferd einen kurzen Bogen geschlagen und kehrte zu ihm wie ein treuer Hund zurück. Es hörte meine Stimme, wieherte freudig auf und rieb den kleinen, feinen Kopf an meiner Schulter, um mir dann gar die Wange mit den Lefzen zu berühren.

„Sieh, es kennt dich noch und küßt dich auch!" lächelte Winnetou. „Old Shatterhand ist ein Freund der Menschen und der Tiere, und wird darum von ihnen nicht vergessen."

Sein Blick fiel dabei auf mein Pferd, und ein lustiges Zucken ging über sein sonst so ernstes Gesicht.

„Armer Scharlieh!" meinte er. „Wo magst du doch gewesen sein, daß es nichts anderes für dich gab! Von heute an aber wirst du deiner würdig reiten."

„Wie?" fragte ich schnell. „Hast du den Hatatitla mit?"

Hatatitla, der Blitz, hieß nämlich der Rappe, den ich geritten hatte, während Winnetou den seinigen Iitschi, den Wind, nannte.
„Ich pflegte ihn für dich,“ antwortete er. „Er ist noch jung und feurig wie vorher, und ich nahm ihn mit, weil ich dich erwartete.“
„Das ist herrlich! Auf diesen Pferden sind wir allen Feinden überlegen. Wie aber kommst du nach der Sonora, da wir uns doch oben am Flusse treffen wollten?“
„Ich mußte zu einigen Stämmen der Pimos, um Streitigkeiten derselben zu schlichten, und dachte dabei an meinen tapfern roten Bruder Nalgu Mokaschi, den Häuptling der Mimbrenjos, den ich solange nicht gesehen hatte. Ich ritt, ihn aufzusuchen, und als ich an seinem Feuer saß, kehrte sein jüngerer Sohn mit der Squaw, doch ohne den älteren, zurück und meldete, was geschehen war und daß du die Hilfe der Mimbrenjos gegen ihre Feinde, die Yumas, fordertest. Wir riefen sogleich ein Hundert und ein halbes Hundert Krieger zusammen, nahmen Fleisch auf viele Tage mit und brachen auf, drei Stunden nachdem wir deine Botschaft erhalten hatten. Ist Old Shatterhand zufrieden?“
„Außerordentlich! Ich danke meinem Bruder Winnetou! Aber ist auch der Häuptling, mein Freund, mitgekommen?“
„Wie könnte er zurückbleiben, wenn Old Shatterhand ruft, der mit ihm die Pfeife der Freundschaft getrunken und eben jetzt seine drei Kinder vom Tode errettet hat! Auch der kleine Sohn ist mitgekommen, welcher nicht im Wigwam bleiben wollte, weil sein älterer Bruder bei dir ist. Wir haben uns viel zu sagen, doch steige in den Sattel, damit du vorher den „starken Büffeh und seine Krieger begrüßest!“
Ich hätte ihm am liebsten jetzt das Notwendigste gesagt, und ihn nach dem Hauptsächlichsten gefragt; das wäre aber gegen seine Gewohnheiten gewesen. Wir stiegen also auf. Die Mimbrenjos waren indessen schon an der Stelle, an welcher ich nördlich umgebogen hatte, vorübergekommen. Winnetou gab einen Schuß aus seiner Silberbüchse ab, und der scharfe Knall drang bis zu ihnen. Sie sahen uns friedlich beisammen und hielten an. Wir ritten auf sie zu, hinter uns mein kleiner Mimbrenjo, welcher es nicht gewagt hatte, ein Wort zu sagen, aber mit bewunderndem, ja, ich möchte beinahe sagen, mit hingebendem Blicke an der Gestalt des berühmtesten der Apatschenhäuptlinge hing.
Von weitem waren die Mimbrenjos nicht zu schätzen gewesen; jetzt, da wir uns ihnen näherten, sah ich freilich, daß es anderthalbhundert Reiter waren, alle gut mit Schießgewehren bewaffnet. Vor ihnen hielt Nalgu Mokaschi, der starke Büffel, mein treuer, wenn auch rauher Freund von früher her. Sie hatten sich die Gesichter mit gelben und dunkelroten Streifen, ihren Kriegsfarben, bemalt, ein Beweis, wie ernst sie es mit der mir zu leistenden Hilfe zu nehmen beabsichtigten.
Der Häuptling, eine hohe, starkknochige Gestalt, hielt vor seinen Leuten auf einem sehr kräftigen Falben. Er blickte uns erwartungsvoll entgegen, da er mich von weitem nicht erkannte, weil er mich in einem mexikanischen Anzuge noch nicht gesehen hatte. Als

wir aber nahe genug gekommen waren, sah ich trotz der Farben, welche sein Gesicht bedeckten, daß seine Züge den Ausdruck freudiger Überraschung annahmen.
„Uff, Uff!“ rief er aus. „Da ist ja Old Shatterhand, der Freund unserer Herzen, den wir soviele Monde nicht gesehen haben! Wir sind gekommen, ihm gegen die Hunde der Yuma beizustehen!“
Der Indianer ist gewohnt, seine Gefühlsregungen zu beherrschen; die Freude der Mimbrenjos war aber so groß, daß sie in laute Jubelrufe ausbrachen. Der „starke Büffel“ warf sich aus dem Sattel, um mich zu begrüßen. Er erwartete von mir ein Gleiches. Nach indianischer Sitte hätten wir hier absteigen müssen, um an Ort und Stelle die Pfeife der Begrüßung und des Friedens zu rauchen; ich aber blieb auf meinem Pferde sitzen, reichte ihm nur die Hand und antwortete:
„Meine Seele ist froh, den „starken Büffel“ zu sehen und die Angesichter seiner tapfern Kriegern schauen zu dürfen; ich möchte ihnen gern vieles sagen und sie nach vielem fragen, aber wir müssen diese Stelle augenblicklich verlassen, da die Yumas sofort erscheinen werden. Meine Brüder mögen also umkehren, um zurückzureiten.“
„Sind diese Hunde hinter dir? Wir werden sie hier erwarten, um ihnen allen das Leben zu nehmen!“
„Wenn wir hier halten blieben, würden sie sich, sobald sie uns erblickten, aus dem Staube machen. Darum mag der Häuptling der Mimbrenjos thun, was ich gesagt habe. Reiten wir schnell nach dem Walde, an welchem er vor kurzem vorübergekommen ist, so können wir sie dort erwarten, ohne daß sie uns sehen. Sie werden zwar die Spuren meiner roten Brüder bemerken, sie aber nicht deutlich lesen können, da wir dieselben auswischen werden.“
Ehe er auf meine Worte eine Erwiderung geben konnte, erhielt ich von einer andern und zwar mir sehr lieben Seite eine Antwort. Es ertönte nämlich hinter den Reitern ein lautes freudiges Wiehern. Dort hielt ein Indianer das Pferd, welches Winnetou für mich mitgebracht hatte, am Leitzügel. Es hatte meine Stimme gehört, mich an derselben erkannt und strebte nun, sich loszureißen und zu mir zu kommen.
„Hatatitla!“ rief ich. „Laßt das Pferd los!“
Man folgte dieser Aufforderung. Das kluge, treue Tier kam herbeigesprungen, beschnoberte mich, und als ich ihm den schlanken Hals und die lange, glänzende Mähne streichelte, umsprang es mich einigemale wiehernd und schnaubend, und blieb dann bei mir stehen.
„Uff, Uff!“ riefen die Indianer, von dieser Treue ebenso gerührt wie ich. Ja, das war mein „Blitz“, der mich aus so mancher Gefahr getragen, und mir durch seine Klugheit und unvergleichliche Schnelligkeit nicht nur einmal das Leben gerettet hatte. Sein Aussehen war noch so frisch und seine großen, verständigen Augen glänzten noch so munter wie früher. Er trug auch ganz dasselbe indianische Sattelzeug, welches ich früher im Gebrauche gehabt hatte. Ich schwang mich hinüber, und noch saß ich nicht fest, hatte noch keinen Fuß im Bügel, da ging das Tier mit allen vieren in die Luft. Es rannte wie ein

freudig aufgeregter Hund hin und her, schlug ganze und halbe Kreise und stieg bald vorn und bald hinten in die Höhe. Ich ließ ihm eine kurze Zeit den Willen; sobald ich es aber zwischen die Schenkel nahm, gehorchte es augenblicklich und blieb vor Winnetou und dem „starken Büffel", welcher sein Pferd wieder bestiegen hatte, halten.

„Mein Bruder Old Shatterhand sieht, daß er selbst von seinem Pferde nicht vergessen worden ist," sagte Winnetou. „Wie oft mögen nun erst die Menschen, mit denen er verkehrte, an ihn gedacht haben! Ich werde ihm erzählen, was während seiner Abwesenheit im wilden Westen geschehen ist. Damit aber müssen wir warten, bis wir im ruhigen Kreise des Lagerfeuers sitzen. Jetzt dürfen wir uns nicht verweilen, da uns die Yumas nicht sehen sollen. Welche Entfernung liegt zwischen Old Shatterhand und ihnen?"

„Wahrscheinlich eine so geringe, daß sie jeden Augenblick hinten am Horizonte erscheinen können."

Jeder andere hätte nun zunächst nach der Anzahl der Feinde gefragt; das fiel dem stolzen Winnetou aber nicht ein. Er schlang seinen Lasso los, band seine Santillodecke daran, um sie hinter sich herzuschleifen, und gab seinen Kriegern einen Wink, mit ihren Decken dasselbe zu thun. Durch das Nachschleifen der Decken oder auch anderer Gegenstände werden nämlich die Spuren ausgewischt, allerdings nicht so, daß sie gänzlich verschwinden. Wer hinterher folgt, bemerkt gar wohl, daß sich vor ihm Leute befinden, welche diese Vorsichtsmaßregel in Anwendung gebracht haben, aber er ist nicht mehr im stande, ihre Anzahl zu bestimmen. So auch hier bei uns. Die Yumas mußten unsere Fährte sehen, konnten aber unmöglich sagen, wieviel Personen wir waren.

Es ging im leichten Galoppe weiter. Ich ritt zwischen Winnetou und dem „starken Büffel". Letzterer hatte seinen Sohn mit keinem Blicke begrüßt, obgleich er aus den obwaltenden Umständen schließen mußte, daß das, was der Knabe erlebt hatte, nichts Gewöhnliches sein konnte. So ist der Indianer. Der Häuptling liebte sein Kind jedenfalls nicht weniger, als ein Weißer das seinige; aber es wäre ein Zeichen der Schwachheit, der Unmännlichkeit gewesen, wenn er durch ein Wort, durch eine Frage verraten hätte, daß er sich um den Sohn in Sorge befunden habe.

Bald tauchte der mehrfach erwähnte Wald seitwärts vor uns auf. Wir hielten uns so, daß wir ihn zu unserer rechten Hand bekamen. Es galt, uns den Blicken der Yumas zu entziehen und sie in einem Hinterhalte zu erwarten. Dieser wurde uns geboten durch einen Vorsprung des Gehölzes, eine aus dem letzteren heraustretende scharfe Ecke, welche wir umritten, um hinter derselben anzuhalten.

Auch hier zeigte sich wieder die Gewalt, welche Winnetou, ohne daß er es beabsichtigte, auf alle, mit denen er in Berührung kam, auszuüben pflegte. Der „starke Büffel" und viele seiner Leute ragten in Beziehung auf die äußere Gestalt weit über Winnetou hinaus; es waren weitbekannte, gefürchtete Krieger unter ihnen, und doch blickten alle, als wir anhielten, auf Winnetou, um zu warten, welche Bestimmungen er treffen werde. Er wurde, ohne daß ein Wort darüber gesprochen worden war, als Anführer der Roten betrachtet, obwohl er gar nicht zu den Mimbrenjos gehörte, und dem Häuptlinge derselben fiel es nicht im mindesten ein, neidisch darüber zu sein. Diesen Eindruck machte Winnetou überall, wohin ich mit ihm kam, selbst bei feindlichen Stämmen und sogar bei den Weißen, welche doch sonst nicht bereit sind, sich einem Roten unterzuordnen.

Und er pflegte wiederum nichts vorzunehmen, wenigstens nichts Wichtiges, ohne sich darüber vorher mit mir ins Einverständnis zu setzen. Freilich, wer das bemerken wollte, mußte sehr scharf aufpassen. Gewöhnlich fiel da keine Frage zwischen uns; ein Blick hinüber und herüber genügte zum Verständnisse, wo nicht, so sagte eine Handbewegung, ein Achselzucken, ein Nicken oder Kopfschütteln das übrige. Wir hatten uns eben so ineinander eingelebt, daß der eine die Gedanken des andern schon im voraus anzugeben wußte.

Wenn wir allein miteinander waren, vergingen Stunden und halbe Tage, ohne daß ein Wort gesprochen wurde. Selbst eine ganz plötzlich über uns hereinbrechende Gefahr hatte uns oft nicht zum Reden gebracht; unsere ganze Verabredung hatte in einem kurzen Winke bestanden. Befanden sich aber andere bei uns, so pflegten wir uns weniger schweigsam zu verhalten, da wir sprechen mußten, um von ihnen verstanden zu werden. Ja, wenn wir etwas vornahmen, was für uns höchst selbstverständlich, für sie aber unbegreiflich oder gar widersinnig war, so ließ sich Winnetou nicht ungern zu ausführlichen Erklärungen herbei, welche er aber nie in einer langen Rede, sondern in der Weise gab, daß er mit mir Frage und Antwort wechselte. Ein solches, wenn auch noch so kurzes Gespräch enthielt dann für die Zuhörer gewöhnlich eine Belehrung, welche sie mit achtungsvollem Schweigen von dem berühmten Apatschenhäuptlinge hinnahmen.

Als er jetzt die Augen aller, selbst des Häuptlings, fragend auf sich gerichtet sah, wendete er sich an mich:

„Old Shatterhand hält diese Stelle für geeignet?“

Ich nickte und stieg vom Pferde.

„Werden zwei Wachen genügen?“

„Ein einziger Mann, solange es noch nicht dunkel ist.“

„So mögen die Krieger der Mimbrenjos ihre Pferde absatteln und weiden lassen. Old Shatterhand und Winnetou aber werden die ihrigen nicht abzäumen.“

Er stieg ab und warf seinem Pferde den Zügel über, ganz so, wie ich mit dem meinigen gethan hatte. Ich sah, daß seine Bestimmung allgemeines Erstaunen hervorrief. Die Mimbrenjos hatten geglaubt, wir würden hier hinter der Waldecke auf den Pferden halten bleiben, um die Yumas zu erwarten und dann plötzlich gegen sie hervorzubrechen. Selbst ihr Häuptling war dieser Ansicht gewesen, denn er fragte Winnetou:

„Warum will mein Bruder die Pferde ganz frei geben? Wir müssen doch, wenn die Yumas kommen, schnell aufsitzen!"
Um den Mund Winnetous zuckte der mir so wohlbekannte Zug von Überlegenheit, als er im freundlichsten Tone antwortete:
„Meint mein Bruder, daß die Yumas kommen werden?"
„Ja, denn Old Shatterhand hat es gesagt."
„Kommen werden sie wohl, aber nicht bis hierher. Sie werden, sobald sie unsere Spuren sehen, umkehren, doch nur zum Scheine. Sobald sie im Osten verschwunden sind, werden sie in einem Bogen wenden, um den Wald zu umreiten und uns von Westen her in den Rücken zu kommen. Wir haben sie also jetzt noch lange nicht zu erwarten und können den Pferden die Freiheit gönnen."
„Ist auch Old Shatterhand dieser Meinung?" fragte mich der „starke Büffel".
„Ja," antwortete ich. „Mein Bruder Winnetou hat meine Gedanken erraten."
„Aber wenn sie dennoch herankommen bis hierher!"
„So wären sie verloren; darum werden sie sich hüten, es zu thun."
Als er mich ungläubig anblickte, fuhr ich fort:
„Meinst du, daß die Yumas die Stelle, an welcher ich euch traf, nicht sehen werden?"
„Sie sind nicht blind und werden sie also sehen; aber sie werden nicht wissen, wer wir sind und wie groß unsere Anzahl ist."
„Du irrst. Sie sehen aus meiner Spur, daß ich freiwillig zu euch gestoßen bin und ihr also Freunde von mir sein müßt. Sie wissen, daß dein Sohn bei mir ist, und können also wohl erraten, wer ihr seid."
„Aber unsere Zahl!"
„Sie können dieselbe zwar nicht genau berechnen, aber, falls sie ihre Gedanken zusammennehmen, doch wohl ahnen. Als ich auf euch traf, haben deine Krieger auf ihren Pferden nebeneinander gehalten und eine ziemliche Fläche mit Hufspuren bedeckt."
„Die haben wir ausgelöscht!"
„Aber die Spur des Auslöschens ist vorhanden, und je größern Raum dieselbe einnimmt, desto mehr Personen müssen wir sein. Würden die Yumas sich das nicht sagen, so wären sie wert, die Tracht der alten Weiber zu tragen, und ich bin überzeugt, daß du das noch leichter als sie begreifen wirst."
Er fühlte sich ein wenig beschämt und antwortete darum schnell.
„Ich habe es längst gewußt und sprach nur, damit meine Krieger es hören möchten. Warum aber sagt Winnetou, daß dein Pferd und das seinige gesattelt bleiben sollen?"
„Er hatte es mir nicht mitgeteilt, und doch weiß ich es, denn die Gedanken des Apatschen pflegen die meinigen zu sein. Er hat gesagt, daß die Yumas versuchen werden, uns zu täuschen, indem sie scheinbar umkehren und uns dann heimlich umreiten. Er will sie dabei beobachten, um sich zu überzeugen, daß seine Vermutung richtig ist, und

ich soll ihn dabei begleiten. Darum sollen unsere Pferde, welche die schnellsten sind, gesattelt bleiben."
„Uff! Meine beiden Brüder haben recht; es mag geschehen, wie sie gesagt haben."
Winnetou hatte sich während dieser Unterredung nieder- und ich mich zu ihm gesetzt; der „starke Büffel" nahm jetzt bei uns Platz. Seine Leute gaben ihre Pferde frei und lagerten sich in einem Kreise um uns, hatten dabei jedoch acht, daß die Tiere sich nicht etwa über die Waldspitze hinaus entfernten, weil sie da von den sich nähernden Yumas gesehen worden wären. Ein Krieger begab sich nach der erwähnten Spitze, um dort, unter dem Gebüsch verborgen, nach den erwarteten Feinden auszuschauen.
Wären Winnetou und ich nicht bei den Mimbrenjos gewesen, so hätten dieselben sich wohl alle auf die Lauer gelegt. Sie wollten sich zwar nichts merken lassen, doch sah ich es ihnen an, daß sie innerlich nicht so ruhig waren, wie es den Anschein hatte. Winnetou hingegen schien gar nicht mehr an die Yumas zu denken; sie konnten in der nächsten Minute erscheinen, und er wollte sie beobachten, dennoch zog er seine Friedenspfeife hervor, was auf die Zeremonie des Begrüßens deutete, welche stets eine umständliche ist und viel Zeit in Anspruch nimmt. Ich wunderte mich darum nicht darüber, daß die Mimbrenjos ihn erstaunt anblickten. Er aber nahm, ohne dies zu beachten, den schön gestickten Tabaksbeutel vom Gürtel, stopfte das mit Kolibrifedern geschmückte Kalumet und sagte, zu mir gewendet:
„Weil wir so schnell verschwinden mußten, konnten wir meinen weißen Bruder nicht sofort begrüßen; nun aber haben wir Zeit, und er mag mit uns die Pfeife rauchen, welche der Freunschaft und dem Frieden gewidmet ist."
Als er beschäftigt war, den Tabak anzubrennen, kam der Wachtposten eiligst herbeigerannt und meldete in einem so dringenden Tone, als ob wir uns in äußerster Gefahr befänden:
„Die Yumas kommen; ich sehe sie! Sie kommen so schnell, daß sie sogleich hier sein werden!"
Die uns umgebenden Krieger sprangen auf; ihr Häuptling machte auch schon Miene, aufzustehen; da strafte Winnetou den Meldenden in ernstem Tone:
„Was fällt dem Mimbrenjo ein, Winnetou zu stören, welcher im Begriffe steht, die Pfeife des Friedens anzubrennen! Was ist wichtiger, der heilige Rauch des Kalumets, oder das Erscheinen einiger Yumahunde, welche sogleich vor Angst wieder umkehren werden?"
Der Mann stand wie angedonnert da und senkte den Kopf. Winnetou fügte hinzu:
„Der Mimbrenjo mag an seinen Platz zurückkehren und die Feinde beobachten, um mir später, wenn wir Old Shatterhand begrüßt haben, zu melden, daß sie verschwunden sind!"
Der Rote schlich von dannen; seine Kameraden konnten nichts anderes thun, als sich wieder setzen, obgleich es für sie jedenfalls keine kleine Aufgabe war, ihre Aufregung zu bemeistern. Ihr Häuptling war wohl im stillen froh, daß er wenigstens nicht ganz aufgesprungen war und sich in unsern Augen nicht so sehr wie sie blamiert hatte.

So gewiß war Winnetou seiner Sache! Es gab doch immerhin die Möglichkeit, daß die Yumas kein Bedenken fanden, ihren Ritt unbeirrt fortzusetzen; in diesem Falle wären wir zwar nicht gerade von ihnen überrascht und unvorbereitet getroffen, aber doch bei einer Zeremonie gestört worden, deren Unterbrechung stets als ein böses Omen, ja beinahe als eine Schande betrachtet wird.
Das Rauchen der Friedenspfeife ist so oft beschrieben worden, daß ich wohl unterlassen kann, es hier zu thun; ich will aber erwähnen, daß es sehr lange dauerte, ehe das wiederholt gefüllte und in Brand gesetzte Kalumet durch so zahlreiche Hände von Mund zu Mund gegangen war. Winnetou, der „starke Büffel" und ich waren jeder zu einer Rede gezwungen, welche stehend gehalten wurde. Wir thaten sechs Züge aus der Pfeife und bliesen den Rauch gegen den Himmel, die Erde und die vier Hauptwindrichtungen; die andern Indianer brauchten nur zwei Züge zu thun und den Rauch ihren beiden Nachbarn ins Gesicht zu blasen.
Zwei durften sich nicht mitbeteiligen, nämlich die beiden Knaben des Häuptlings. Sie gehörten nicht zu den Kriegern, hatten noch keine Namen und standen in der Ferne außerhalb des Kreises. Die Aufnahme in den Stand der Krieger ist, wie schon früher erwähnt, an sehr strenge Bedingungen geknüpft, von deren Erfüllung nur in sehr seltenen Fällen und auf ganz besondere Veranlassung oder Empfehlung abgesehen wird. Ebenso umständlich geht es her, wenn ein neuer Krieger zum erstenmale die Friedenspfeife rauchen soll. Eigentlich muß er sich den heiligen Thon dazu selbst aus den roten Steinbrüchen holen; die südlich wohnenden Stämme können diese Bedingungen freilich nicht erfüllen, machen dafür jedoch andere Anforderungen, deren Erfüllung kaum weniger schwierig ist.
Der Mann, welcher das Wagnis unternimmt, solche Bedingungen und Anforderungen zu umgehen, muß einen großen Namen haben und seiner Sache sehr sicher sein; er begiebt sich in die Gefahr, sein Leben zu verlieren, oder wenigstens für immer ausgestoßen zu werden. Dennoch war ich entschlossen, das Wagnis zu unternehmen, und ich glaubte, daß der Erfolg kein für mich nachteiliger sein werde.
Es galt nämlich dem älteren Sohne des Häuptlings, welcher sich so brav benommen hatte. Er war der Überzeugung gewesen, daß er bei mir schneller als sonst zu einem Namen kommen werde – nun wohl, er sollte sich nicht getäuscht haben.
Als Winnetou die Friedenspfeife von dem letzten der Indianer zurückerhielt und den Beutel auch wieder an den Gürtel hängen wollte, nahm ich ihm beides aus der Hand und sagte:
„Mein roter Bruder wolle mir sein Kalumet erlauben. Es hat einer den Rauch der Pfeife nicht getrunken, welcher doch würdig ist, sie als einer der ersten in die Hand zu bekommen."
Meine Worte erregten zwar Verwunderung, doch keine allzugroße, weil man glaubte, ich meine den Wachtposten, welcher sich nicht bei uns, sondern in der Waldspitze befand und also nicht mitgeraucht hatte. Daß ich nicht nur an ihn dachte, sondern ihn

sogar einen der ersten nannte, war allerdings etwas, was ihnen sonderbar vorkommen mußte. Ich stopfte die Pfeife, stand auf, schritt aus dem Kreise hinaus, ergriff die Hand des Knaben, führte ihn an meinen Platz, in den Kreis zurück und sagte dann, mich rundum wendend:
„Hier steht Old Shatterhand. Meine roten Brüder mögen hören und sehen, was er spricht und thut. Wer dann nicht mit ihm einverstanden ist, mag mit ihm kämpfen um das Leben und um den Tod!"
Es trat eine tiefe, erwartungsvolle Stille ein. Aller Augen hingen wie gebannt an mir und an dem Knaben. Die Hand des letzteren zitterte in der meinigen; er ahnte, was für ein wichtiger Augenblick gekommen sei.
„Mein junger Bruder mag mutig und auf der Stelle, ohne Zögern, thun, was ich ihm sagen werde!"
Diese Worte raunte ich ihm leise zu und er antwortete ebenso leise:
„Ich werde befolgen, was Old Shatterhand mir gebietet."
Jetzt setzte ich die Pfeife in Brand, that den ersten Zug, blies den Rauch gen Himmel und sagte:
„Diese Wolke des heiligen Rauches geht zum Manitou, dem großen, guten Geiste, welcher alle Gedanken kennt und die Thaten des ältesten Kriegers und des jüngsten Knaben verzeichnet. Hier sitzt Nalgu Mokaschi, der berühmte Häuptling der Mimbrenjokrieger; er ist mein Freund und Bruder, und mein Leben ist sein Eigentum. Und hier steht neben mir sein Sohn, an Jahren ein Knabe, an Thaten aber ein alter Krieger. Ich fordere ihn auf, meinem Beispiele zu folgen und dem großen Manitou den heiligen Rauch des Kalumets zu geben."
Bei den letzten Worten gab ich dem Knaben die Pfeife in die Hand. Er führte sie sofort zum Munde, that einen langen Zug und blies den Rauch gegen den Himmel. Dies war von mir eine Kühnheit und von ihm ein Wagnis, für welches freilich nicht er, sondern ich verantwortlich gemacht werden mußte. Die Folge zeigte sich sofort. Das war noch nie dagewesen; ein Knabe ohne Namen raucht die Friedenspfeife! Die Indianer standen auf und erhoben laute Rufe. Auch der Häuptling sprang auf und starrte mich an. Nur Winnetou blieb ruhig sitzen. In seinem ehernen Gesichte war weder eine Spur von Zustimmung noch von Mißbilligung zu lesen. Ich winkte mit der Hand Schweigen, ergriff die Pfeife wieder, that die bereits beschriebenen fünf weiteren Züge und gab sie dem Knaben zurück, der, zu allem entschlossen, schnell dieselben Züge that. Da aber erhob sich lautes Gebrüll; Ausrufe des Zornes schwirrten durcheinander. Man hielt das, was ich that, für ein Verbrechen an den heiligen Gewohnheiten der Nation. Aller Augen blitzten mir zornig entgegen; man ballte die Fäuste; man zog die Messer, und von den Ausrufen, welche ich hörte, wiederholte sich besonders der eine: „Ein Knabe, der keinen Namen hat!"

Auch der Häuptling war, obgleich es sich um seinen eigenen Sohn handelte, keineswegs einverstanden mit mir. Er nahm den Knaben bei der Schulter, schob ihn von mir weg und rief:
„Was wagt Old Shatterhand! Wäre er ein anderer, so würde ich ihn auf der Stelle niederschlagen! Einem Knaben, der keinen Namen hat, das Kalumet geben, darauf steht der Tod. Der Stamm wird dich richten, obgleich du mein Freund und Bruder bist. Ich habe nicht die Macht, dich zu verteidigen."
Als er zu sprechen begonnen hatte, waren seine Leute ruhig geworden. Sie wollten hören, was er sagte. Jetzt ging ein beifälliges Murmeln der Zustimmung durch ihre Reihen. Der Knabe stand jetzt neben seinem Vater und blickte trotz der drohenden Haltung der Krieger voll Vertrauen zu mir auf. Eben wollte ich antworten, da stand Winnetou auf, winkte mit der Hand, ließ sein Auge mit einem langen, festen Blicke von Gesicht zu Gesicht schweifen und sagte mit seiner sonoren Stimme, welche man weithin hörte, selbst wenn er sie nicht anstrengte.
„Der „starke Büffel" hat nicht die Macht, Old Shatterhand zu verteidigen? Wer hat davon gesprochen, daß er seiner Macht bedarf? Wäre eine Verteidigung nötig, so würde Winnetou für seinen weißen Bruder kämpfen; aber wer wagt es, zu sagen, daß Old Shatterhand sich nicht selbst zu helfen vermag? Was er gethan hat, ist eine seltene That, doch wird er sie verantworten. Nur einer, der keinen Namen hat, ist von der Pfeife des Friedens ausgeschlossen. Hat dieser Knabe wirklich keinen Namen? Fragt Old Shatterhand! Er wird es besser wissen als die Mimbrenjokrieger."
Sein Scharfsinn führte ihn auf das Richtige: Es wäre mir nicht eingefallen, dem Jünglinge die Friedenspfeife zu reichen, wenn ich nicht einen Namen für ihn bereit gehabt hätte.
„Der Häuptling der Apatschen hat recht!" rief ich laut. „Wessen Pfeife haben wir geraucht? Die seinige! Wer also hat das Recht, mir Vorwürfe zu machen? Nur er allein! Thut er es? Nein, denn er kennt mich und weiß, daß Old Shatterhand nicht ohne Überlegung handelt. Ist er, den ihr einen Knaben nennt, etwa von einem fremden oder gar feindlichen Stamme? Nein; er gehört dem eurigen an! Also müßtet ihr eigentlich stolz darauf sein, daß Old Shatterhand das Kalumet mit dem Sohne eures Häuptlings teilt. Statt dessen geratet ihr in Zorn. Ich sage euch, daß ich mich sehr über euch zu wundern habe!"
„Er hat keinen Namen!" rief man mir zu.
„Wer behauptet das?"
„Wir alle und ich auch!" antwortete mir der „starke Büffel". „Ich bin der Vater dieses Knaben und weiß also, ob er einen Namen hat."
„Ich weiß es besser, obwohl ich nicht sein Vater bin. Wie lange war er fort von euch? Was ist inzwischen geschehen? Was hat er gethan und vollbracht? Weißt du das? Du schweigst. So sage mir hier vor diesen deinen Kriegern, ob Old Shatterhand das Recht hat, jemandem einen Namen zu geben!"
„Old Shatterhand hat es."

„Würdest du dich etwa wegen eines Namens von mir beleidigt fühlen?“
„Nein. Jeder Krieger der Mimbrenjos würde gern und mit Stolz seinen bisherigen Namen hergeben, um dafür einen von Old Shatterhand zu empfangen.“
Da nahm ich den Knaben wieder bei der Hand und rief mit lauter Stimme:
„Ihr habt die Worte eures Häuptlings vernommen; hört nun auch, was ich euch jetzt sage! Hier steht Old Shatterhand und neben ihm sein junger Freund und Bruder Yuma Shetar. Er wagte sein Leben für mich; ich gebe das meinige für ihn. Seht her! Es sind erbeutete Waffen, welche er trägt. Yuma Shetar wird ein großer Krieger seines Stammes sein.“
Yuma Shetar heißt zu deutsch „Yumatöter“. Die Augen meines jungen Freundes leuchteten auf und füllten sich doch mit Feuchtigkeit. Winnetou trat zu ihm heran, legte ihm die Hand auf die Achsel und sagte:
„Yuma Shetar, das ist ein stolzer Name. Old Shatterhand hat ihn dir gegeben, also mußt du ihn verdient haben. Winnetou freut sich, dich Yuma Shetar nennen zu dürfen; er ist dein Freund und wird mit dir gern das Kalumet rauchen. Gieb es her!“
Er nahm dem jungen Manne die Pfeife ab, zündete sie an und wechselte sie mit ihm ganz in derselben Weise, wie ich es gethan hatte. Der Häuptling stand schweigend dabei. Ich sah seine Lippen vor großer Bewegung zittern. Die Mimbrenjos machten jetzt ganz andere Gesichter. Winnetou hatte Yuma Shetar bei der einen Hand ergriffen; ich nahm ihn bei der andern und sagte:
„Die Krieger der Mimbrenjos sehen hier drei Brüder, welche treu zu einander halten, Winnetou, Yuma Shetar und Old Shatterhand. Der „Yumatöter“ ging mit mir in Todesgefahr; er folgte mir, um mich zu retten, als die Yumas mich gefangen hatten und ich am Marterpfahle sterben sollte. Er stand zur Stunde der Befreiung an meiner Seite und tötete zwei ihrer Krieger, als sie mich wieder ergreifen wollten. Er geleitete mich bis an die Stelle, an welcher ich mich jetzt befinde. Ich habe ihn gesehen mutig im Kampfe, schlau und besonnen im Verfolgen der Feinde. Mancher alte Krieger hätte das nicht vermocht, was er gethan hat. Darum bin ich er, und er ist ich, und Winnetou, der Häuptling der Apatschen, hält treu zu ihm und mir. Wer ihn beleidigt, beleidigt uns und mag jetzt hervortreten. Oder kommt auch alle her! Wir sind bereit, für ihn mit euch zu kämpfen.“
Da konnte sich der alte Häuptling doch nicht mehr halten. Er stieß einen unartikulierten Ruf des Entzückens aus, riß sein Messer aus dem Gürtel und schrie:
„Yuma Shetar heißt der tapfere Krieger, dessen Vater ich bin; hört ihr es? Yuma Shetar! Old Shatterhand, das große Bleichgesicht, hat ihm diesen Namen gegeben, und Winnetou, der berühmteste Apatsche, hat sich seinen Freund und Bruder genannt. Wer ist unter euch, der etwas gegen diesen Namen hat? Wer will noch darüber zürnen, daß Old Shatterhand die Pfeife des Friedens mit Yuma Shetar trank? Wer? Er komme her zu mir und ziehe sein Messer! Ich werde ihm die Seele aus dem Leibe schneiden und sein stinkendes Fleisch den Geiern zum Fraße geben!“

Einen Augenblick lang herrschte tiefes Schweigen; dann rief einer „Yuma Shetar!“ und „Yuma Shetar, Yuma Shetar!“ brüllten alle nach, gar nicht an die Yumas denkend, welche sich in der Nähe befanden. Sie kamen herbei, um dem neuen und jüngsten Genossen die Hände zu schütteln. Ihre vorherige Mißbilligung hatte sich in das Gegenteil verkehrt. Der alte Häuptling nahm meine beiden Hände und wollte eine Danksagung beginnen, wurde aber von Winnetou bedeutet:
„Mein Bruder mag später sagen, was sein Herz empfindet; jetzt ist nicht mehr Zeit dazu. Der Tag hat sich geneigt, und es will finster werden. Dort steht der Späher, welcher mit uns reden will. Es wird Zeit sein, an die Beobachtung der Feinde zu gehen.“
Der Posten stak allerdings nicht mehr im Gebüsch, sondern stand vor demselben. Daraus war zu schließen, daß er nichts mehr zu beobachten hatte, doch wagte er infolge des scharfen Verweises, welchen er vorhin erhalten hatte, es nicht, eigenmächtig herbeizukommen. Erst als Winnetou ihm einen zustimmenden Wink gab, kam er näher und meldete:
„Die Yumas kamen, sind aber wieder in der Richtung zurückgeritten, in welcher sie gekommen waren.“
„Wie weit kamen sie heran?“
„Es kamen zwei als Kundschafter heran und blieben an der Stelle, wo wir Old Shatterhand trafen, halten. Sie warteten, bis alle Yumas kamen, welche lange Zeit die Stelle untersuchten. Die Feinde ritten nur noch eine kleine Strecke weiter, um unsere Fährte zu betrachten; dann kehrten sie langsam wieder um.“
Winnetou nickte ihm zu und wendete sich dann an den Häuptling:
„Der „starke Büffel“ hört, daß ich recht gehabt habe. Die Yumas sind umgekehrt, doch nur, um uns irre zu führen. Die Krieger der Mimbrenjos mögen hier bleiben, bis ich mit Old Shatterhand wiederkehre.“
Wir beide stiegen auf und ritten fort, eben als es so dunkel geworden war, daß man die Hufstapfen der Pferde nur noch schwer zu erkennen vermochte. Also in die dunkle Nacht hinein, um einen Feind zu beobachten, den wir nicht sehen konnten und von dem wir nur wußten oder vielmehr vermuteten, daß er sich nicht mehr in der Richtung befand, nach welcher er sich entfernt hatte.
Wie oft hatte ich mit Winnetou solche Ritte ins scheinbar Blaue unternommen, und stets waren wir durch den geradezu bewundernswerten Instinkt des Apatschen an das richtige Ziel geführt worden! Ich freute mich darauf, heute seinen oft fast verblüffenden Scharfsinn wieder einmal nach so langer Zeit bewundern zu können.
Die Yumas waren nach Osten zurückgeritten; es fiel uns aber nicht ein, ihnen in dieser Richtung zu folgen, denn ich war ebenso überzeugt wie Winnetou, daß sie sehr bald wieder umgekehrt seien. Man denke sich einen Wald von ungefähr zwei Reitstunden Länge und etwa einer halben Stunde Breite. Der Wald zog sich ziemlich genau von Ost nach West.

An seiner Südseite, nahe am östlichen Ende, lag die Buschecke, hinter welcher wir die Mimbrenjos zurückgelassen hatten. Es stand also zu erwarten, daß die Yumas, aus der östlichen in die westliche Richtung zurückgekehrt, den Wald an seiner langen nördlichen Seite umreiten, nach Süden umbiegen und dann an der südlichen Seite entlang gehen würden, um uns von Westen her in den Rücken zu kommen. Wir wollten auf sie treffen, ihnen folgen und sie beobachten. Deswegen bogen wir, am südöstlichen Ende des Waldes angelangt, nach Norden um und ritten am Walde hin, bis wir das nordöstliche Ende erreicht hatten. Dort blieben wir halten.
Wir hatten bis jetzt nicht gesprochen; lange Reden und Erklärungen gab es nicht zwischen uns. Jetzt fragte ich kurz:
„Du weiter, oder ich?"
„Wie Old Shatterhand will," antwortete der Apatsche.
„So mag Winnetou weiter reiten; er hat ein schärferes Ohr als ich."
„Das Gehör des „Blitzes" wird das Ohr meines Freundes unterstützen. Welches Zeichen geben wir uns?"
„Den gewohnten Adlerschrei nicht, denn in dieser Gegend giebt es keine Adler."
„So mag Old Shatterhand den Puma nachahmen, welchem man des Nachts hier leicht begegnen kann!"
Nach diesen Worten ritt er davon, so leise, daß man den Tritt seines barfußen Pferdes nicht zu hören vermochte. Wir trennten uns, weit wir nicht wußten, ob die Yumas sich nahe an den Wald halten würden oder nicht; daher mußte einer von uns sich weiter als der andere von demselben entfernen. Natürlich bildete der Rand des Waldes keine schnurgerade Linie, sondern zahlreiche Windungen, denen die Yumas sicher nicht folgen würden. Wir mußten die von ihnen eingeschlagene Linie vermuten, uns denken, wozu der Instinkt der Erfahrung gehörte. Postierten wir uns zu nahe oder zu weit ab, so gingen sie vorüber, ohne von uns bemerkt zu werden. Und doch verloren wir über diese Schwierigkeiten kein einziges Wort, ebenso wie ich gar nicht gefragt hatte, ob wir uns trennen würden. Es verstand sich das ganz von selbst, und dann mußte ein jeder sich sozusagen auf seine eigene „Nasenspitze" verlassen.
Ich ritt noch langsam ein Stück, soweit ich dachte, vom Walde fort und stieg dann ab, um mich in das Gras zu legen. Mein Pferd begann sofort, sich Gras abzuraufen.
„Hatatitla, iteschkusch – Blitz, leg dich!" sagte ich ihm.
Es streckte sich sofort im Grase aus, ohne von nun an einen Halm zu berühren. Das Geräusch des Rupfens hätte mich verhindert, in die Ferne zu hören. Ich lag hart neben dem Pferde, um es besser beobachten zu können. Winnetou hatte gesagt, daß das Gehör des „Blitzes" mein Ohr unterstützen werde, und ich wußte allerdings, daß ich mich in dieser Beziehung auf das Pferd verlassen konnte.
Das kluge Tier lag mit dem Kopfe nach Osten, woher ich die Yumas erwartete. Es hob denselben von Zeit zu Zeit und sog die Luft langsam und prüfend durch die Nüstern ein. Da – wir mochten wohl eine Viertelstunde so gelegen haben, verwandelte sich der erst

leise Atemzug des Pferdes plötzlich in ein stärkeres Schnauben; es legte die Ohren vor und gab dem Kopfe jene charakteristische Haltung, welche auf Spannung deutet. Ich legte das meine auf den Boden, konnte aber nichts hören.

Jetzt schnaubte das Pferd lauter, aber nicht ängstlich, wie es beim Nahen eines Raubtieres gethan hätte. Es kamen Menschen. Ich legte die Hand auf die Nase des Pferdes und drückte sie nieder; darauf wußte ich, daß das Tier nun keinen Laut mehr von sich geben und sich auch, selbst falls man schießen sollte, nicht bewegen werde, und das dank der indianischen Dressur, die es von Winnetou erhalten hatte.

Wenn ich von Dunkelheit spreche, meine ich damit natürlich keine ägyptische Finsternis. Man konnte mehrere Schritte weit sehen, und es war nur zu wünschen, daß die Linie, welche die Nahenden inne hielten, nicht etwa geradewegs über meinen Körper führte. Die Befürchtung, welche ich in dieser Beziehung hegte, traf beinahe ein. Ich hörte den dumpfen Schall von vielen Huftritten im Grase; sie kamen näher und näher und, wie es schien gerade auf mich zu. Dann sah ich die dunkle Masse der Reiter und Pferde; ich konnte nicht mehr auf und fort, weil ich gesehen worden wäre. Ich schmiegte mich dicht und lang an mein Pferd und hielt demselben die Nase fest auf die Erde nieder.

Jetzt kamen sie, glücklicherweise doch nicht so nahe, wie ich erst befürchtet hatte. Vielleicht dreißig Schritte entfernt ritt der erste an mir vorüber; ihm folgten die andern, nicht einfach hinter, sondern zu mehreren nebeneinander reitend. Ich konnte die Gesichter gar nicht und die Gestalten nur undeutlich erkennen, aber die Zahl stimmte ungefähr: es waren die Yumas.

Zuletzt kamen noch zwei Nachzügler, welche sich etwas weiter links hielten, als die andern und mir also weit näher, vielleicht fünfzehn Schritte näher kamen. Die Gestalt meines Pferdes und mein eigener Körper bildeten eine sich von dem kurzen Grase abhebende Masse, welche aus solcher Nähe gesehen werden konnte, ja fast gesehen werden mußte. Und richtig, da geschah es – – die Kerls hielten ihre Pferde an und blickten zu mir herüber. Es mußte etwas geschehen, aber was? Blieb ich ruhig liegen, so kamen sie ganz gewiß herbei. Ich mußte sie erschrecken, sie fortjagen. Da war das mit Winnetou verabredete Zeichen das beste. Freilich, wenn sie mich dann wirklich für einen Kuguar hielten und auf mich schossen! Meine Hoffnung stand aber darauf, daß sie nicht schießen würden, weil der Schall von hier aus leicht zu den Mimbrenjos dringen konnte.

Jetzt wendete der eine schon sein Pferd zu mir herüber. Ich richtete mich halb auf, um mir die Größe des Tieres, dessen Stimme ich nachahmen wollte, zu geben, und brüllte kurz und zornig wie ein Puma, welcher sich verteidigen will. Der Mann ließ einen Ruf des Schreckens hören und riß sein Pferd zurück; als ich dann das Gebrüll wiederholte, machten sich beide schleunigst auf und davon, den andern nach. Gott sei Dank, die verzweifelte List war gelungen! Wie leicht hätte mein Gebrüll alle Yumas zurücklocken können!

Kaum waren sie fort, und ich hatte eben mein Pferd wieder bestiegen, so kam Winnetou geritten.

„Wo?“ fragte er kurz.
„Da, vor uns.“
„Warum hat mein Bruder zweimal gebrüllt? Einmal genügte.“
„Weil die Yumas mich liegen sahen und ich sie davonscheuchen mußte.“
„Uff! Dann hat Old Shatterhand viel Glück gehabt.“
Nun wurde eine lange Zeit kein Wort gesprochen. Wir ritten schweigend hinter den Roten her. Wir waren zwei Personen, sie aber so viele. Wenn wir uns ihnen so nahe hielten, daß wir sie noch unbestimmt erkennen konnten, vermochten sie uns nicht zu sehen. Unsere Huftritte konnten sie keinesfalls hören.
So ging es zwei Stunden lang am nördlichen Waldesrande hin; dann wurde am westlichen nach Süden umgebogen. Winnetou sprach meine eigenen Gedanken aus, als er jetzt sagte:
„Da sie nicht wissen, wo sich die Mimbrenjos befinden, werden sie nun bald lagern und Späher aussenden.“
„Mein Bruder hat recht. Dann reiten wir schnell voran, um den Kundschaftern zuvorzukommen.“
Bald war bei der geringen Breite des Waldes die südwestliche Ecke desselben erreicht; die Yumas hielten an, und wir thaten natürlich nicht nur dasselbe, sondern ritten, um auch die zufälligste Begegnung zu vermeiden, ein Stück wieder zurück.
„Old Shatterhand mag mein Pferd halten,“ meinte dann Winnetou. „Ich muß sehen, wie die Yumas lagern.“
Er stieg ab und huschte fort; ich blieb zurück, vielleicht vierhundert Schritte von den Roten haltend. Hören konnte ich nichts von ihnen, auch nichts sehen, da sie sich wohl hüteten, ein Feuer anzuzünden. Sie ahnten nicht, daß die Mimbrenjos, vor denen sie sich so in acht nahmen, zwei Stunden von ihnen entfernt waren. – –

VIERTES KAPITEL

Vergeltung

Winnetou kehrte sehr bald zurück; dennoch hatte er den Lagerplatz genau studiert und dabei beobachtet, daß zwei Kundschafter fortgeschickt worden waren.
„Die fangen wir natürlich?“ fragte ich, er aber antwortete nicht, da er es für selbstverständlich hielt, die Leute festzunehmen.
Wir ritten also, um nicht gehört zu werden, erst noch ein Stück vom Walde fort und bogen dann nach der Südseite desselben ein, welcher entlang die Kundschafter kommen mußten. Nach ungefähr einer Viertelstunde lenkten wir dem Walde wieder zu und stiegen, als wir ihn erreichten, ab. Nachdem wir die Pferde angebunden hatten, gingen wir eine kleine Strecke zurück und legten uns an einer geeigneten Stelle nieder. Die zwei Roten mußten aller Voraussetzung nach hier vorüberkommen.

Wenn dies letztere wirklich der Fall war, so konnten sie uns nicht entgehen, denn wir mußten sie sehen, weil es mittlerweile heller geworden war. Der Mond war aufgegangen, doch sahen wir ihn nicht, da er noch hinter dem Walde steckte, welcher seinen Schatten eine Strecke weit über seine Grenze warf.

Wir mochten ungefähr zehn Minuten gewartet haben, als wir von rechts her Schritte hörten. Die Erwarteten kamen, und zwar hielten sie sich so nahe an dem Waldesrande, daß wir ihre Gestalten deutlich sahen, wenn wir ihre Gesichter auch nicht erkennen konnten. Sie gingen hintereinander. Die Figur des vordersten kam mir bekannt vor; sie war höher und breiter als die des andern, der hinter ihm ging.

„Ich den ersten und du den zweiten," raunte ich Winnetou zu.

Jetzt waren sie da; sie gingen vorüber, langsam und indem sie vorsichtig vor sich hinspähten. Als sie vorbei waren, huschten wir hervor. Ich that zwei, drei schnelle Sprünge, kam an dem hinteren vorüber, den ich dabei niederschlug, um Winnetou leichteres Spiel zu machen, und faßte den vorderen mit beiden Händen um den Hals, stieß ihm das Knie in das Kreuz und riß ihn so hintenüber zu Boden. Als ich dann rasch auf seine Brust kniete und mein Gesicht dem seinigen näher brachte, erkannte ich ihn. Es war der „große Mund", der Häuptling der Yumas in eigener Person. Er trug die rechte Hand in der Binde und wäre, selbst wenn ich ihn nicht so fest beim Halse gehabt hätte, nicht im stande gewesen, sich mit seinem linken Arme nachdrücklich gegen mich zu wehren.

Ein Blick auf Winnetou zeigte mir, daß diesem der Hieb, den ich dem andern Indianer gegeben hatte, sehr zu statten gekommen war. Er kniete ihm auf dem Rücken, hatte ihm den Lasso abgenommen und band ihm mit demselben die Hände hinten zusammen. Der Rote wehrte sich dagegen mit keiner Bewegung, da er sich in einem Zustande kurzer Betäubung befand. Dann kam Winnetou zu mir, wand dem Häuptlinge, während ich denselben festhielt, den Lasso von den Hüften und fesselte ihn ebenso, wie er seinen Gefährten gebunden hatte. Dabei sah er natürlich auch die Züge des Gefangenen und rief, ganz gegen seine sonstige Gewohnheit, überrascht aus:

„Uff! Hat mein weißer Bruder gesehen, wen wir da ergriffen haben?"

„Ja," antwortete ich, indem ich nun den Hals des großen Mundes frei gab. „Wir haben einen guten Fang gemacht."

Der Genannte bekam jetzt wieder Luft. Er that einen tiefen Atemzug und knirschte, indem er mich aus seinen Augen förmlich anblitzte:

„Old Shatterhand! Hieher kann dich nur der böse Geist geführt haben."

„Nicht der böse Geist, sondern der Krieger, den du hier bei mir siehst," antwortete ich, indem ich auf den Apatschen deutete. „Siehe ihn an! Kennst du ihn?"

Eben trat der Mond hinter der Kante des Waldes hervor und warf sein Licht in die Gruppe, welche wir bildeten, wobei er meinen roten Freund hell beleuchtete.

„Winnetou! Uff, uff! Der Häuptling der Apatschen!" stieß der Yuma hervor.

„Ja, Winnetou ist's," fuhr ich fort. „Du wirst nun wohl einsehen, daß du nicht wieder loskommen kannst. Wer sich in der Gefangenschaft Winnetous befindet, erlangt nur dann die Freiheit, wenn dieser sie ihm freiwillig zurückgiebt."

„Du irrst," antwortete er in drohendem Tone. „Ich werde in wenigen Minuten wieder frei sein."

„Wieso?"

„Meine Krieger werden mich befreien. Wir sind ihnen vorangegangen, und sie werden uns gleich nachfolgen. Ihr seid verloren. Wenn ihr uns aber sofort wieder losbindet, bin ich bereit, euch laufen zu lassen."

„Deine Worte sind die dümmsten, welche du jemals gesprochen hast," lachte ich.

„Ich sage die Wahrheit!" behauptete er.

„Wenn du zu unerfahrenen Männern sprächst, so könnte deine List vielleicht Erfolg haben; da du aber Winnetou und mich vor dir hast, so ist es eine reine Lächerlichkeit, uns auf eine so alberne Weise einschüchtern zu wollen. Haben deine Krieger Pferde oder nicht?"

„Sie haben welche; das weißt du ja auch. Um so schneller werden sie hier sein."

„Sie haben Pferde, und ihr reitet ihnen nicht, sondern ihr lauft ihnen voran? Der „große Mund" hält uns doch nicht etwa für Kinder! Daß ihr nicht reitet sondern geht, würde uns alles sagen, selbst wenn wir nichts wüßten. Wir wissen aber, daß die Yumas lagern und daß ihr beide gegangen seid, nach mir und den Mimbrenjos zu suchen. Ihr seid Kundschafter, und eure Krieger werden euch nicht nachfolgen, sondern ruhig liegen bleiben, um eure Rückkehr zu erwarten."

„Du beleidigst mich. Wie kannst du einen Häuptling einen Kundschafter nennen!"

„Wenn er einer ist, warum dann nicht? Die Wiedererlangung meiner Person war dir von solchem Werte, daß du dich selbst aufgemacht hast, nach uns zu suchen."

„Und ich sage nochmals, daß du dich irrst. Bindet uns los, wo nicht, so werden meine Krieger in wenigen Augenblicken hier sein und uns befreien. Dann kann ich sie nicht hindern, euch zu töten."

„Wir fürchten euch nicht," entgegnete Winnetou. „So wie ihr euch jetzt in unserer Gewalt befindet, werden wir auch alle eure Krieger ergreifen."

„Sie werden sich wehren und euch vernichten," drohte der große Mund.

„Deine Rede ist leer wie ein Pulverbeutel, in welchem sich kein Körnchen mehr befindet. Ich sage dir, ich, Winnetou, daß du selbst deinen Kriegern den Befehl geben wirst, sich nicht gegen uns zu wehren!"

„Nie!"

„Nie? Schon wenn der Tag graut, wirst du es thun. Ich weiß das so genau, daß ich das, was ich mit meinem Bruder Old Shatterhand jetzt noch zu sprechen habe, nicht heimlich zu ihm sage. Du magst es hören."

Sich zu mir wendend, fuhr er fort:

„Wer soll mit den beiden Gefangenen zu unsern Freunden reiten, um sie zu holen? Einer von uns muß hier bleiben, um die Yumas zu beobachten und die Umgebung ihres Lagers noch genauer, als wir es vorhin konnten, zu erkundschaften.“

„Winnetou mag bestimmen,“ antwortete ich.

„So bleibe ich, und du reitest. Bei eurer Rückkehr wirst du mich an dieser Stelle wiederfinden. Die Gefangenen werden sich auf mein Pferd setzen und sich auf demselben festbinden lassen. Jeden Versuch der Gegenwehr würden wir mit unsern Messern beantworten.“

Ich holte unsere Pferde herbei. Die beiden Yumas sahen ein, daß sie sich fügen mußten. Selbst der Gedanke, um Hilfe zu rufen, konnte ihnen nicht beikommen, da wir soweit entfernt von ihrem Lager waren, daß man selbst das lauteste Gebrüll dort nicht gehört hätte.

Der „große Mund“ mußte Winnetous Pferd besteigen und wurde dort festgeschnürt. Der andere stieg hinter ihm auf und wurde mit ihm zusammengebunden. Dann wurden ihre Füße unter dem Bauche des Pferdes mit ihren eigenen Lassos in der Weise festgebunden, daß je ein rechter oder linker Fuß des Häuptlings mit dem linken oder rechten seines Untergebenen zusammengefesselt war. Auf diese Weise war dafür gesorgt, daß sie selbst beim unvorhergesehenen Eintritte des günstigsten Zufalles nicht loskommen konnten. Selbst in dem Falle, daß es ihnen gelungen wäre, ihre Oberkörper und Arme frei zu machen, hätten sie noch unten mit den Füßen in der Weise fest zusammengehangen, daß sie nicht aus dem Sattel und vom Pferde herabkonnten. Ich nahm das Pferd beim Zügel, bestieg das meinige und ritt davon, in östlicher Richtung natürlich, da sich nach dieser die Mimbrenjos befanden.

Da ich keine Zeit verlieren wollte, ritt ich Galopp und konnte das sehr wohl, weil der Mond den Weg, den ich einzuschlagen hatte, beleuchtete. Die Gefangenen verhielten sich lange schweigsam; dann aber konnte der Häuptling die wichtige Frage, welche ihm auf den Lippen lag, nicht länger zurückhalten:

„Wer sind die Männer, zu denen Old Shatterhand reitet?“

„Meine Freunde,“ antwortete ich kurz.

„Um das zu wissen, brauchte ich nicht zu fragen. Ich wollte erfahren, ob sie Bleichgesichter oder rote Männer sind.“

„Rote.“

„Von welchem Stamme?“

„Mimbrenjos.“

„Uff!“ rief er erschrocken aus. „Wurden sie von Winnetou angeführt?“

„Nein. Er befindet sich nur als Gast bei ihnen.“

„Wer ist denn der Häuptling?“

Es wäre mir sonst gewiß nicht beigekommen, ihm Auskunft zu erteilen; in diesem Falle aber hatte ich Grund, es zu thun, denn ich wußte ja, daß er mit dem „starken Büffel“

verfeindet war und der Name desselben ihm also die Hoffnung, welche er vielleicht noch hegte, nehmen mußte. Darum antwortete ich bereitwillig:

„Nalgu Mokaschi."

„Uff! Der „starke Büffel"! Muß es doch gerade dieser sein!"

„Du erschrickst? Weißt du nicht, daß ein Krieger vor keiner Gefahr und vor keinem Menschen erschrecken darf?"

„Ich erschrecke nicht!" versicherte er in stolzem Tone. „Der „starke Büffel" ist mein ärgster Feind. Wie viele Krieger hat er bei sich?"

„Weit mehr als du."

„Ich weiß, daß er meinen Tod verlangen wird. Wirst du mich beschützen?"

„Ich? Deine Frage ist die eines Unsinnigen. Du wolltest mich am Marterpfahle sterben lassen, und nun fragst du mich, ob ich dich beschützen werde! Hätte ich mich nicht selbst befreit, du hättest mich auf keinen Fall losgelassen."

„Nein. Aber ich habe dich gut behandelt. Du hast weder gehungert noch gedürstet, während du dich in meiner Gewalt befandest. Mußt du mir dafür nicht dankbar sein?"

„Wer kann sagen, daß Old Shatterhand jemals undankbar gewesen sei!"

„So rechne auch ich auf deine Dankbarkeit."

„Das sollst du auch. Ich bin bereit, ganz dasselbe für dich zu thun, was du für mich gethan hast."

„Was meinst du mit diesen Worten?"

„Der „starke Büffel" wird deinen Tod fordern; er wird dich nach den Wigwams der Mimbrenjos schaffen, wo du den Tod am Marterpfahle erleiden wirst."

„Du wirst das zugeben?"

„Ja. Aber ich werde dafür sorgen, daß du unterwegs gut behandelt wirst und weder Hunger noch Durst zu leiden hast."

Er fühlte die Ironie, welche in diesen Worten lag, und schwieg. Ich wußte aber, daß dies Schweigen nicht lange dauern werde. Die Indianer Mexikos sind in Beziehung auf ihren Heldenmut nicht mit denen der Vereinigten Staaten zu vergleichen. Ein Apatsche, Comantsche oder gar Dakota hätte es als eine Entehrung seiner selbst gehalten, jetzt überhaupt ein Gespräch mit mir zu beginnen. Er hätte sich schweigend und scheinbar in sein Schicksal ergeben, dabei aber begierig nach jeder Gelegenheit, loszukommen, ausgeschaut. Hätte sich keine solche gefunden, so wäre er in den martervollsten Tod gegangen, ohne ein Wort hören zu lassen oder auch nur eine Miene zu zeigen, aus welcher man seinen glühenden Wunsch nach Freiheit hätte erraten können. So stoisch aber sind die südlichen Indianer nicht; ja, sie geben sich den Anschein oder glauben vielleicht auch, es zu sein, aber wenn der Ernst an sie herantritt, ist es mit der geheuchelten Gleichgültigkeit und Empfindungslosigkeit zu Ende. Der Yumahäuptling wußte, daß er bei dem „starken Büffel" keine Gnade finden werde; er sann auf Rettung und sagte sich schließlich das, was ich voraussah, nämlich daß er sie nur bei mir oder

durch mich finden werde. Die Folge davon war, daß er nach einigen Minuten wieder begann:
„Ich habe vernommen, daß Old Shatterhand ein Freund der roten Männer ist?"
„Ich bin ein Freund der Roten und der Weißen, aber ein Feind jedes bösen Menschen, mag die Farbe seines Gesichtes nun hell oder dunkel sein."
„Hältst du mich für einen bösen Mann?"
„Ja."
„Aber wenn ich besser würde?"
„Das ist unmöglich, denn du hast keine Zeit dazu. Wer am Marterpfahle gestorben ist, kann sich nicht mehr bessern."
„So gieb mir Zeit!"
„Warum? Wozu? Mir ist es höchst gleichgültig, ob du dich besserst oder nicht. Wenn du Zeit fändest, dich zu ändern, so könnte es mir keinen Nutzen bringen."
„So hat man mich falsch berichtet, und das, was ich über euch Christen gehört habe, ist nicht wahr."
„Was hat man dir gesagt?"
„Daß ein Christ, ohne daß er einen Nutzen davon hat, alles thut und das größte Opfer bringt, wenn er dadurch aus einem bösen Manne einen guten machen kann."
„Das ist freilich wahr; aber ich will dir aufrichtig gestehen, daß ich in diesem Falle ein schlechter Christ bin. Wenn ich etwas für einen Menschen thue, oder gar ein Opfer für ihn bringe, muß ich einen Nutzen davon haben. Indem ich dies sage und darüber nachdenke, fällt mir ein, daß ich doch vielleicht einen Grund finden könnte, mich deiner anzunehmen."
„So sprich! Teile mir den Grund mit!"
„Ich bin bereit, das Schicksal, welches deiner wartet, möglichst zu erleichtern, werde vielleicht gar für deine Befreiung sprechen, aber ich fordere dafür von dir die Wahrheit."
„Welche Wahrheit?"
„Ich werde dich nach Melton und nach Weller fragen, und von der Aufrichtigkeit deiner Antworten wird dein Schicksal abhängen."
„So frage! Ich bin bereit, dir alles zu sagen."
„Nicht jetzt, sondern später, denn wir werden gleich am Ziele angekommen sein."
Es war so, wie ich sagte. Der Galopp der beiden windesschnellen Pferde hatte uns rasch vorwärts gebracht; wir näherten uns der Stelle, an welcher die Mimbrenjos lagerten; ich zügelte darum die Tiere und ritt im Schritte weiter. Bald tauchten mehrere Indianer vor und neben uns auf, welche ihre Gewehre auf uns anlegten und Halt geboten.
„Old Shatterhand!" rief ich ihnen zu. Da senkten sie ihre Waffen und ließen mich vorüber.
Die Mimbrenjos hatten kein Lagerfeuer angezündet und sich in den Schatten des Waldes zurückgezogen. Als sie meine Stimme und meinen Namen hörten, kamen mir, da die Sicherheitsposten stehen bleiben mußten, einige von ihnen entgegen, um mich zu

führen, sonst hätte ich die Stelle, an welcher ihr Häuptling saß, nicht so leicht gefunden. Dieser glaubte, als er zwei Pferde erblickte, daß ich mit Winnetou zurückkäme; als ich aber vor ihm anhielt und aus dem
Sattel stieg, sah er zwei fremde Gestalten auf dem andern Pferde sitzen und fragte:
„Du kehrst ohne den Häuptling der Apatschen zurück? Wo ist er, und wer sind die beiden roten Männer, die du mit dir bringst? Warum steigen sie nicht auch ab?"
„Sie können nicht. Es ist hier im Schatten der Bäume dunkel, und so kannst du nicht sehen, daß sie auf das Pferd gebunden sind."
„Gebunden? So sind es gefangene Yumahunde?"
„Ja."
„Das ist gut! Sie werden die Freiheit niemals wiedersehen, und ich hoffe, daß der räudigste dieser Hunde, der „große Mund", ebenso wie sie in unsere Hände gerät. Nehmt sie herab, und bindet sie an Bäume!"
Er wollte sich nach diesem Befehle von den Gefangenen ab- und mir wieder zuwenden; da forderte ich ihn auf:
„Du sprichst von dem Häuptlinge der Yuma. Willst du die Gefangenen nicht einmal genauer betrachten!"
Er trat an Winnetous Pferd heran und blickte an der Gestalt des vorderen Reiters empor. Da fuhr er einen Schritt zurück und rief aus:
„Uff! Sehe ich richtig, oder täuscht mich der Schatten, in welchem ich stehe? Ist das der Räudige, mit dessen Namen ich soeben meine Zunge verunreinigt habe?"
„Er ist's."
„Der „große Mund"! Ihr tapfern Krieger der Mimbrenjos, vernehmt es, daß der „große Mund" gefangen ist!"
„Der „große Mund", der „große Mund"!" ging es durch die Reihen der Roten. Sie drängten sich herbei, um ihn zu sehen, und ihre Lippen überflossen von Schimpfworten und Verwünschungen, welche man zwar hören, aber nicht wiedergeben kann. Sie hätten ihn trotz seiner Bande vom Pferde gerissen, wenn ich sie nicht daran gehindert hätte.
„Zurück!" gebot ich ihnen. „Der Gefangene gehört mir; nicht ihr seid es, sondern ich bin es, der ihn ergriffen hat."
„Aber du gehörst zu uns," warf der „starke Büffel" ein; „daher gehört er uns ebenso wie dir. Doch soll ihm jetzt nichts geschehen. Nehmt ihn herab und bindet ihn und den andern an einen Baum. Bewacht ihn aber gut, damit er alle Hoffnung, uns etwa zu entkommen, fahren läßt!"
„Nein," entgegnete ich. „Nehmt beide herab, aber bindet jeden auf ein anderes Pferd! Wir müssen augenblicklich zu den Yumas aufbrechen, welche dort oben hinter der Ecke des Waldes lagern. Winnetou befindet sich in ihrer Nähe, um sie zu beobachten."
„Ueberfallen wir sie?"

„Wahrscheinlich nicht. Ich denke, daß ein Kampf gar nicht nötig ist. Ich hatte nicht Zeit, mit Winnetou darüber zu beraten, aber er ist ganz meiner Meinung, daß wir die Feinde gefangen nehmen werden, ohne daß euer oder unser Blut vergossen wird."
„Desto besser, denn dann werden sie alle am Marterpfahle sterben, und es wird in den Wigwams der Mimbrenjos darüber große Freude und Wonne sein. Habt ihr es gehört, ihr Krieger, Old Shatterhand befiehlt, aufzubrechen!"
Zwei Minuten später saßen sie alle im Sattel, und es ging im Galoppe den Weg zurück, den ich soeben gekommen war. Ich hatte mich bei dem Aufbruche nicht um die Gefangenen gekümmert, konnte aber vollständig überzeugt sein, daß sie sich in mehr als aufmerksamer Obhut befanden. Mit dem „starken Büffel" voranreitend, erzählte ich ihm, was geschehen war.
„Mein Bruder Old Shatterhand hat sich in großer Gefahr befunden," sagte er, als ich zu Ende war. „Die Krieger der Mimbrenjos wissen, daß der Puma selbst in der Nacht keinen Reiter angreift; sie hättest du nicht täuschen können. Den Hunden der Yumas aber bist du entgangen, weil ihre Schädel mit verfaultem Grase gefüllt sind. Du meinst also, gerade wie Winnetou, daß wir nicht zu kämpfen brauchen?"
„Ja."
„Die Yumas sind feige Kröten; aber ihre Zahl ist nicht gering, und so bin ich überzeugt, daß sie sich verteidigen werden."
„Wer sich verteidigt, ist angegriffen worden; wir werden sie aber gar nicht angreifen."
„Und dennoch werden sie sich ergeben?"
„Ja."
„Dann sind sie wert, angespieen und verlacht zu werden. Ich bin alt geworden und habe manches erlebt, was andere nie erfahren; noch nie aber habe ich gesehen, daß jemand sich ergeben hat, ohne dazu gezwungen worden zu sein."
„Du wirst alles weitere später hören, wenn wir mit Winnetou sprechen. Jetzt wollen wir eilen, zu ihm zu kommen!"
Es ging wie im Fluge am Walde hin, bis wir den Ort erreichten, an welchem ich mich von Winnetou getrennt hatte. Da stand er, auf uns wartend, aufrecht im Mondenscheine, damit wir ihn sogleich sehen möchten. Wir stiegen ab. Die Pferde wurden längs des Waldrandes an die Bäume gebunden; die Gefangenen kamen unter sorgfältige Bewachung, die Roten lagerten sich in den Schatten, und bald herrschte eine solche Stille, daß es wohl nur einem ausgezeichneten Späher der Yumas gelungen wäre, uns hier ausfindig zu machen.
Winnetou, der „starke Büffel" und ich saßen zusammen, um das, was zu geschehen hatte, zu besprechen. Keiner der andern wagte es, uns so nahe zu kommen, daß er unsere Worte, welche übrigens nicht überlaut gesprochen wurden, hören konnte. Der Indianer ist ein freier Krieger und keineswegs in der Weise wie ein Soldat diszipliniert, zeigt aber gegen seinen Anführer eine Achtung, welche nicht geringer ist als diejenige, welche ein General von seinen Untergebenen zu fordern hat.

Der „starke Büffel“ war viel älter als Winnetou oder ich, und doch viel ungeduldiger. Wir hatten kaum bei einander Platz genommen, so begann er auch schon:
„Die Hunde der Yumas sind uns in den Weg gelaufen; wir werden uns beeilen, sie nicht in ihre Höhlen und Löcher zurückkehren zu lassen.“
Winnetou antwortete ihm nicht sogleich, und auch ich schwieg. Der Alte war blutgierig, mir aber wäre der Tod so vieler Menschen entsetzlich gewesen. Ich war entschlossen, auf ein gütliches Uebereinkommen zwischen den Mimbrenjos und Yumas hinzuarbeiten, durfte dies aber dem Häuptlinge der ersteren jetzt noch nicht merken lassen; er wäre sonst wohl kopfscheu geworden und im stande gewesen, auf eigene Faust und nach seinem persönlichen Ermessen zu handeln. Wie ich Winnetou kannte, konnte ich überzeugt sein, daß er mit mir wenigstens darin übereinstimmen würde, daß ein Blutvergießen möglichst zu vermeiden sei. Da wir mit der Antwort zögerten, fuhr der „starke Büffel“ fort:
„Haben meine beiden Brüder meine Worte gehört? Warum reden sie nicht? Old Shatterhand will nicht kämpfen. Was soll sonst geschehen? Kann etwa Winnetou mir das sagen?“
„Ich kann es sagen,“ antwortete der Apatsche.
„Mein Ohr ist offen und begierig, es zu hören.“
„Die Yumas werden sich ergeben, ohne mit uns gekämpft zu haben.“
„Das glaube ich nicht. Wenn sie es thäten, wären sie größere Feiglinge, als ich trotz meiner Verachtung für sie anzunehmen vermag.“
„Kann nicht auch ein tapferer Mann gezwungen sein, sich ohne Kampf zu ergeben? Ein guter Krieger ist nicht nur tapfer, sondern auch vorsichtig, bedachtsam und klug. Wer kann von Winnetou sagen, daß er jemals mutlos oder gar feig gewesen sei? Und doch ist es vorgekommen, daß er sich seinen Gegnern ohne Kampf ergeben hat. Hätte er gekämpft, so wäre er getötet worden, ohne seinen Feinden schaden zu können. Er gab sich aber gefangen, entfloh später und konnte sich an ihnen rächen und sie bestrafen. Was war nun besser, die blinde Tapferkeit oder die weitsehende Bedachtsamkeit?“
„Die letztere,“ war der Mimbrenjo gezwungen, einzugestehen.
„Und hat Old Shatterhand nicht ebenso gehandelt? Als die Yumas ihn ergriffen, hätte er sich solange wehren können, bis er unter ihren Streichen sterben mußte. Er that es aber nicht, sondern ließ sich festnehmen und binden. Sieh ihn an! Ist er nicht frei? Hat er nicht jetzt ihren Häuptling gefangen genommen? Ist er etwa feig gewesen? Nein, sondern nur klug! So werden auch die Yumas handeln, wenn sie einsehen, daß Widerstand vergeblich sein würde.“
„Ist Winnetou im stande, ihnen diese Einsicht zu geben?“
„Ja, wenn die Krieger der Mimbrenjos ihm dabei helfen.“
„So mag er sagen, welche Gedanken er hegt.“
„Wir schließen die Yumas ein. Während Old Shatterhand fort war, habe ich den Platz des Lagers genau betrachtet. Die Yumas sind sehr müde; sie schlafen am Waldesrande

im Grase; sie verlassen sich auf ihre beiden Kundschafter und haben keine Wachen ausgestellt. Nur bei den Pferden, welche in der Nähe grasen, befinden sich zwei Krieger, welche aufzupassen haben, daß die Tiere sich nicht zu weit entfernen. Ist es da nicht leicht, die Schläfer einzuschließen?“
„Von der Seite des Waldes ist es leicht, nicht aber von der andern. Im Walde ist es dunkel; da kann man sich heranschleichen und festsetzen, ohne bemerkt zu werden. Draußen aber ist es hell; weil der Mond scheint. Die Leute, welche bei den Pferden sind, würden uns kommen sehen und Lärm machen.“
„Ja, der Mond scheint hell, aber die Augen des „starken Büffels“ sehen dennoch das Richtige nicht. Die Yumas können unsere Annäherung unmöglich bemerken. Wir lassen die Pferde zurück und schleichen uns zu Fuße so nahe heran, wie es möglich ist. Wenn wir draußen im Grase auf dem Bauche kriechen, wird uns niemand sehen.“
„Uff! Wenn Winnetou es so meint, so kann ich ihm nicht unrecht geben. Aber was soll geschehen, wenn wir sie umzingelt haben?“
„Wir fordern sie auf, die Waffen zu strecken.“
„Und mein Bruder glaubt wirklich, daß sie das thun werden?“
Der „starke Büffel“ sprach diese Frage mit einem nicht ganz unterdrückten Lachen aus. Winnetou antwortete in seiner ruhigen Weise:
„Ich glaube es nicht nur, sondern ich bin überzeugt davon.“
„So will ich dem Häuptlinge der Apatschen sagen, was geschehen wird. Die Yumas werden zwar sehen, daß sie eingeschlossen sind, aber sie werden sich durchschlagen, was ihnen leicht werden wird.“
„So mag der „starke Büffel“ sagen, inwiefern es ihnen so leicht sein wird! Können sie nach dem Walde hin entkommen?“
„Nein, denn dort stecken unsere Krieger im Schutze der Bäume und jeder von ihnen kann zehn Feinde töten, ehe der elfte an ihn kommt. Sie müssen also nach der andern Seite.“
„Aber dort befinden sich doch auch Krieger von uns!“
„Das thut nichts, denn diese werden zwar einige Yumas töten, die andern aber entkommen lassen müssen. Selbst der beste Läufer kann keinen Reiter ereilen.“
„Uff! So denkt der „starke Büffel“, daß die Yumas reiten werden?“
„Ja. Sobald sie sich eingeschlossen sehen, werden sie sich auf ihre Pferde werfen und nach der Ebene hinaus durchbrechen.“
„Aber sie werden keine Pferde haben,“ behauptete Winnetou mit der ihm so eigenen Sicherheit.
Da begann es im Kopfe des starken Büffels zu dämmern. Er ließ den Atem wie einen leisen, verwunderten Pfiff über seine Lippen gehen und fragte:
„Will Winnetou ihnen die Pferde wegnehmen lassen? Das wird schwer, sehr schwer sein!“

„Es ist so leicht, daß ein Kind es auszuführen vermag. Haben die Yumas keine Pferde, so können sie nicht durchbrechen. Sie werden es zwar versuchen, jeden Versuch aber mit Blut bezahlen.“
„So machen sie keinen Versuch mehr, ergeben sich aber auch nicht. Was gedenkt Winnetou dann zu thun?“
„Sie aufzufordern, ihre Waffen abzuliefern. Der „große Mund“ wird seinen Leuten befehlen, sich zu ergeben.“
„Willst du ihn dadurch, daß du ihm sonst mit dem Tode drohst, zu dem Befehle zwingen?“
„Das können wir versuchen.“
„Es wird nicht gelingen, obgleich er ein Feigling ist. Er weiß, daß wir ihn nicht so schnell töten, sondern mit uns nehmen werden, um ihn am Pfahle sterben zu lassen. Er wird sich einbilden, uns unterwegs entkommen zu können.“
„Mein roter Bruder giebt ihm so kurze Gedanken, wie er wirklich nicht besitzt. Wird der „große Mund“ wirklich alle seine Krieger von uns erschießen lassen, um allein von uns fortgeschleppt zu werden? Oder wird es ihm nicht lieber sein, wenn sich auch seine Männer als Gefangene bei ihm befinden? Sind sie bei ihm, so ist die Flucht viel leichter, als wenn er allein ist.“
„Aber auch unsere Aufmerksamkeit wird größer sein. Wäre die Flucht ihm nicht nur möglich, sondern gewiß, so würde ich glauben, daß er sich den Schein aneignete, auf unsere Forderung einzugehen.“
„So ist es ja nur nötig, ihm diese Sicherheit zu geben und ich kenne einen, dem das sehr leicht fallen würde; Old Shatterhand ist es.“
„Old Shatterhand, mein weißer Bruder? Wie sollte er es anfangen, dem „großen Munde“ weiß zu machen, daß er entkommen wird, wenn er sich uns mit allen seinen Kriegern ergiebt, aber sterben muß, wenn er sich dessen weigert?“
„Frage ihn selbst! Während ich jetzt mir dir redete, hat er darüber nachgedacht. Er weiß, daß der „große Mund“ ihn betrügen will, und daß es darum sehr leicht sein wird, ihn selbst zu betrügen.“
Es war wirklich bewundernswert, wie Winnetou meine Gedanken zu erraten vermochte. Ich hatte ihm nicht die geringste Andeutung gemacht, auch wußte er nicht, was ich unterwegs mit dem „großen Munde“ geredet hatte, und doch sprach er mit einer Sicherheit von meinen Gedanken, als ob sie die seinigen seien.
„Hat Winnetou recht gesprochen?“ fragte mich der Mimbrenjo.
„Ja,“ antwortete ich. „Der „große Mund“ wird seine Leute auffordern, sich uns zu ergeben.“
„Und du, du willst ihn dazu vermögen?“
„Ja, durch Gegenlist, da er die Absicht haben wird, mich zu überlisten. Ich verspreche ihm, ihn und seine Leute heimlich freizulassen.“
„Er wird es nicht glauben.“

„Er wird es glauben, denn er weiß, daß Old Shatterhand noch nie ein Versprechen gebrochen hat."
„Aber dieses müßtest du ja brechen und zum Lügner werden! Oder wolltest du dein Versprechen halten und ihn und seine Leute gegen unsern Willen fliehen lassen?"
„Ja."
„Und dazu soll ich dir die Hand reichen! Bist du aus meinem Freunde und Bruder mein Feind geworden?"
„Nein, denn ich werde die Yumas und ihren Häuptling nicht entkommen lassen."
„Und soeben hast du das Gegenteil behauptet! Ich habe nicht gewußt, daß dein Mund zwei Zungen hat. Welcher soll ich glauben?"
„Ich habe nur eine Zunge, und dieser mußt du glauben."
„Aber sie spricht bald schwarz und bald weiß!"
„Sie spricht die Wahrheit, weiter nichts. Was ich dir sage, ist wahr, und was ich dem „großen Munde" sagen werde, ist auch wahr. Die Hauptsache aber ist die, daß er sich selbst überlisten wird. Ich werde ihm die Freiheit versprechen und die Erfüllung dieses Versprechens an eine Bedingung knüpfen. Er wird zum Scheine auf die Bedingung eingehen, sie aber nicht erfüllen; dann bin ich meines Wortes entbunden und brauche ihn nicht freizulassen."
„Weißt du denn genau, daß er sein Versprechen nicht erfüllen wird?"
„Ja."
„Welches Versprechen ist es?"
„Mir der Wahrheit gemäß zu sagen, wie und warum der Ueberfall der Hazienda del Arroyo zustande gekommen ist. Er wird versprechen, es mir zu sagen, aber sein Wort nicht halten. Den Schein wird er sich freilich geben. Er wird mir eine Erzählung liefern, welche aber nicht die Wahrheit enthält. Uebrigens ist es nicht nötig, schon jetzt davon zu sprechen. Es genügt, daß ich weiß, was geschehen wird und was ich zu thun und zu sagen habe. Mein Freund Winnetou hat mit seinem scharfen Blicke meine Gedanken gesehen, und ebenso habe ich gesehen, daß sein Plan der allein richtige ist. Laßt uns keine Zeit verlieren, ihn auszuführen! Mitternacht ist schon vorüber, und noch bevor der Morgen graut, müssen die Yumas umzingelt sein."
„Ihr habt gesprochen, und es ist euer Wille, also mag es geschehen. Winnetou und Old Shatterhand wissen stets, was sie thun, und so will ich nicht dagegen sein, obgleich ich es nicht ganz zu begreifen vermag. Howgh!"
Howgh ist das Wort der Bekräftigung, der Besiegelung. Ist es ausgesprochen worden, so gilt die Angelegenheit als entschieden und ist nicht mehr zu ändern.
Nun wurden die nötigen Vorkehrungen getroffen. Fünf Mann sollten hier auf dieser Stelle mit den beiden Gefangenen zurückbleiben und ein scharfes Auge auf dieselben haben. Sie erhielten den Befehl, sie gegebenenfalls lieber zu töten, als sie entkommen zu lassen. Sechzig Rote sollten sich hinter dem Lagerplatz der Yumas in die Büsche schleichen und keinen von ihnen hindurchlassen. Die übrigen mußten hinaus in die

Ebene, um von dieser Seite her den Ring um das Lager so eng wie möglich zu schließen. Im Walde sollte Winnetou befehligen, während draußen auf der Prairie der „starke Büffel“ das Kommando zu führen hatte. Alles übrige blieb mir überlassen. Das schien nicht viel zu sein und konnte doch höchst wichtig werden, da der geringste Zufall, den ich nicht zu beherrschen vermochte, alles verderben konnte.

Zunächst galt es, die sechzig unbemerkt hinter das Lager zu bringen. Das war Winnetous Sache, der sich an ihre Spitze setzte, um sie zu führen. Bevor er aber ging, forderte er mich auf:

„Mein Bruder mag mich begleiten, da ich am liebsten mit ihm zu den Pferden gehe. Nähme ich einen andern mit, so müßte ich die Wächter töten.“

Das war mir lieb, und so schloß ich mich ihm an. Es war eigentlich ein Spaß, die zwei bei den Pferden befindlichen Yumas zu überwältigen, mußte aber doch mit großer Vorsicht gethan werden, weil das geringste verdächtige Geräusch uns verraten und die Ausführung unsers ganzen Planes zunichte machen konnte.

Wir schritten am Rande des Waldes hin, bis wir uns nahe an der Ecke desselben befanden; da wurde zwischen die Bäume eingedrungen und nun mit der allergrößten Bedachtsamkeit weitergegangen. Wir befanden uns jetzt an der westlichen Seite des Waldes und kamen bald an die Stelle, wo draußen am Rande die Yumas lagen. Indem wir nun noch langsamer als bisher vordrangen, ließ Winnetou in kurzen Zwischenräumen je einen Mann zurück. Als der letzte von ihnen seinen Platz erhalten hatte, bildeten die sechzig Mimbrenjos einen Bogen im Walde um das vor demselben liegende Lager, und jeder einzelne nistete sich an seinem Platze so ein, daß er möglichst wenig zu sehen war und doch das Lager scharf beobachten konnte. Ihre Verhaltungsmaßregeln hatten sie vorher erhalten.

Nun stand ich mit Winnetou allein unter den ersten Bäumen und konnte das Lager übersehen. Auf dieser Seite gab es keinen Mondschein; es war darum dunkler als da, wo wir gelagert hatten, doch konnten wir fast jeden einzelnen Roten liegen sehen.

Einige hatten sich gerade da, wo sie von den Pferden gestiegen waren, vor Müdigkeit hingeworfen, die andern aber, und das waren die meisten, lagen in einer Reihe nebeneinander und hatten ihre Waffen zwischen sich liegen. Rechts davon weideten die Pferde, und zwei Rote gingen da auf und ab, hin und her, um diejenigen Tiere, welche sich zu weit entfernten, zurückzutreiben. Winnetou deutete auf diese beiden und flüsterte mir zu:

„Wir lassen ihnen das Leben. Mein Bruder mag den einen nehmen und ich den andern.“

Er wollte forthuschen; ich hielt ihn aber zurück und fragte:

„Hat Winnetou vielleicht bemerkt, daß diese Posten von Stunde zu Stunde abgelöst werden?“

„Ja.“

„So käme die Entdeckung zu früh für uns. Wir müssen warten.“

„Old Shatterhand hat recht. Erst wenn der Ring ganz um das Lager geschlossen ist, können wir der Entdeckung mit Gleichgültigkeit entgegensehen. Mein weißer Bruder mag also zurückkehren und dem „starken Büffel“ sagen, daß er sich nun mit seinen Leuten aufmachen solle.“

„Gut! Ich werde ihn begleiten. Da ich weiß, wo die beiden Enden deiner Linie sich befinden, kann ich ihm sagen, wo er die seinige anzuschließen hat.“

„Dann kommst du wieder zu mir?“

„Ja. Wo finde ich dich?“

„Hier an dieser Stelle werde ich dich erwarten.“

Auf dem Rückwege kam ich an allen unsern Leuten vorüber und überzeugte mich, daß keiner der sechzig eine fehlerhafte Stellung eingenommen hatte. Hier konnten die Yumas unmöglich durchkommen.

Als ich bei dem „starken Büffel“ ankam, gab er den Befehl zum Aufbruche. Ein jeder nahm sein Pferd beim Zügel, und es wurde eine Einzelreihe gebildet, an deren Spitze ich mich mit dem Häuptlinge befand. Auch jetzt ging es zunächst bis in die Nähe der Waldesecke; dann ritten wir einen weiten Halbkreis, dessen Durchmesser der Waldesrand und dessen Mittelpunkt das Lager der Yumas bildete. Von Zeit zu Zeit ließen wir einen Mann mit seinem Pferde stehen, bis auch dem letzten seine Stelle angewiesen war.

Der Halbkreis war so weit vom Lager entfernt, daß von dort aus keine Kugel herüberreichen konnte. Jeder hatte nun zunächst sein Pferd anzupflocken und dann zweihundert Schritte weit vorwärts zu kriechen, um da liegen zu bleiben und den Tag zu erwarten. Die Pferde waren mitgenommen worden, um den Feind, falls ihm ja der Durchbruch an einer Stelle gelingen sollte, sofort verfolgen zu können. Die Pferde der sechzig, welche im Walde steckten, waren zurückgeblieben, wo sie von den fünf, welche die Gefangenen zu beobachten hatten, mit beaufsichtigt wurden. Das war nicht schwer, da sie alle angebunden waren.

Durch das Avancieren auf zweihundert Schritte wurde die Kette geschlossen. Die beiden Endglieder des äußern Halbkreises kamen mit denjenigen der im Walde steckenden Linie in Berührung. Als diese Verbindung hergestellt war, befanden sich die Pferde der Yuma noch innerhalb unsers Kreises, und es galt, sie aus demselben hinauszuschaffen, wo sie uns dann sicher waren.

Ich legte mich also nieder und kroch auf den Händen und Fußspitzen nach der Stelle, an welcher Winnetou auf mich warten wollte. Er stand da, sah mich kommen und wartete gar nicht ab, bis ich ihn erreichte, sondern kam mir, natürlich auch kriechend, entgegen.

„Die Wächter sind vor wenigen Minuten abgelöst worden,“ meldete er mir. „Sie legten sich sogleich nieder und werden schnell eingeschlafen sein.“

„So können wir beginnen. Wo schaffen wir die beiden hin?“

„In den Wald zu unsern Leuten, welche sie bewachen werden.“

„Das möchte ich nicht. Die Leute haben ihre ganze Aufmerksamkeit auf das Lager zu richten. Wenn sie dazu noch Gefangene bewachen sollen, ist es leicht möglich, daß eine Unvorsichtigkeit begangen wird. Ueberlaß die Männer mir! Ich werde sie zu ihrem Häuptlinge bringen, wo sie uns nichts schaden können, während es ihnen, wenn wir sie hier unsern Leuten übergeben, leicht ist, uns durch einen Hilferuf zu verraten."
„Mein weißer Bruder hat recht. Er mag den Mann nehmen, welcher dort mit dem Schimmel kommt."
Einer der beiden Wächter brachte einen Schimmel, welcher sich zu weit entfernt hatte, langsam zurückgetrieben. Seiner jetzigen Richtung, seinem Gange war anzusehen, wohin er sich ungefähr wenden würde; ich kroch, mich tief an die Erde schmiegend, dorthin und blieb zwischen zwei Pferden liegen. Der Mann kam, blieb in der Nähe stehen und sah, mir den Rücken zukehrend, gen Himmel. Welche Betrachtungen er anstellte, ob astronomische oder poetische, das weiß ich nicht; aber das weiß ich, daß sie ihm verhängnisvoll wurden.
Ich kroch unter dem einen Pferde durch bis hart hinter ihn hin, stand auf, nahm ihn mit der Linken bei der Gurgel und gab ihm mit der festgeballten Rechten einen Hieb an die Schläfe; er brach zusammen und ich zog ihn fort.
Dabei sah ich mich nach dem andern Wächter um; er war nicht mehr zu sehen, sondern von Winnetou auch schon beim Schopfe genommen worden. Der Apatsche kam gleich auch gekrochen, gerade so wie ich seinen Yuma nach sich herziehend. Wir schleppten sie zu den beiden uns nächststehenden Mimbrenjoposten, um sie diesen zu übergeben und ihnen ernstlich anzudeuten, die beiden sofort zu erstechen, falls sie laut werden wollten. Dann galt es, die Pferde zu entfernen. Das war nicht schwer, denn sie hatten, soweit sie sich bisher bewegen durften, das Gras schon abgefressen und sehnten sich nach neuem Futter. Wir trieben, uns immer möglichst am Boden bewegend, zunächst zwei Pferde fort, über unsere Postenlinie hinaus, wo sie tüchtig zu grasen begannen; als die andern das sahen, folgten erst einige und dann alle freiwillig nach. Und als sie bemerkten, daß sie nicht zurückgetrieben wurden, entfernten sie sich noch weiter, sogar so weit, daß sie endlich die Linie unserer angepflockten Pferde erreichten, wo sie halten blieben, da unsere Tiere, die nicht fortkonnten, eine Reihe von Sammelpunkten für sie bildeten.
Der Streich war also geglückt. Der Apatsche kehrte auf seinen Posten zurück. Jetzt, da die Pferde fort und die Feinde rundum eingeschlossen waren, konnten sie immerhin erwachen; die Unserigen waren bereit, den Kampf, falls derselbe notwendig werden sollte, zu beginnen. An mir lag es nun zunächst, die beiden überrumpelten Wächter fortzuschaffen. Sie waren betäubt gewesen, jetzt aber aufgewacht. Ihre Hüter waren ganz gute Krieger, hatten es aber nicht fertig gebracht, sie zu binden, sondern sie saßen mit gezückten Messern bei ihnen, um sie zum Stilleliegen und Schweigen zu zwingen. Es bedurfte meiner Hilfe, den beiden die Arme auf den Rücken zu befestigen. Das Material war vorhanden, da auch sie ihre Lassos bei sich hatten. Ich verbot ihnen bei Todesstrafe

jeden Laut und zwang sie, mir zu folgen. Sie thaten das ohne Widerstreben, da sie sich nicht wehren konnten und Angst vor dem Revolver hatten, welchen sie in meinen Händen sahen.
Wir bewegten uns natürlich auf der Halbkreislinie, welche von unsern Posten gebildet wurde, und gelangten dann nach der südlichen Seite des Waldes, wo ihr Häuptling sich mit seinem Mitgefangenen unter der scharfen Obhut der fünf Mimbrenjos befand. Er mochte sich nicht wenig wundern und innerlich ergrimmt darüber sein, als er sah, daß ich wieder zwei seiner Leute gefesselt brachte, sagte aber kein Wort. Es kam mir nun darauf an, ihm zu zeigen, daß wir seine Yumas umzingelt hatten und es diesen nicht gelingen konnte, durch den Kreis der Mimbrenjos zu entkommen. Ich mußte ihm also unsere Aufstellung zeigen; darum band ich ihm, damit er gehen könne, die Füße los, dafür aber die Arme trotz seiner verwundeten Hand doppelt fest, befestigte außerdem einen Riemen, dessen anderes Ende ich an meinen Gürtel knüpfte, um seinen Leib und sagte dann zu ihm:
„Der „große Mund" wird sich nach seinem Lager sehnen; er mag mit mir kommen; ich will es ihm zeigen."
Er warf einen Blick beinahe freudiger Ueberraschung auf mich, da er im ersten Momente denken mochte, daß seine vorige Appellation an mein christliches Mitgefühl jetzt Früchte zu tragen beginne; dann aber dachte er sogleich an die Vorbereitung, welche ich soeben getroffen hatte, mich seiner Person zu versichern, und er antwortete, indem seine Brauen sich wieder finster zusammenzogen:
„Wohin willst du mich schleppen? – Doch zu unserm Lager nicht!"
„Ganz nicht, doch in die Nähe desselben, ich hoffe aber, dir noch im Laufe des Vormittags deinen Wunsch erfüllen zu können."
„Warum ist es jetzt unmöglich?"
„Weil deine Krieger mich mit ihren Waffen empfangen würden und ich noch keine Lust habe, mir einige Löcher in den Körper schießen oder stechen zu lassen."
„Sie werden dir nichts thun, sondern dir dafür, daß du mich ihnen wiederbringst, sogar dankbar sein."
„Es sollte mich freuen, diese Dankbarkeit zu sehen, und eben darum auch will ich lieber bis zum Vormittage warten. Jetzt ist es trotz des Mondscheins nicht hell genug, meine Seele an dem Entzücken der Deinigen laben zu können."
„Deine Seele ist noch finsterer als die Nacht, wenn kein Mond sie erhellt. Deine Worte haben einen freundlichen Klang, aber sie bergen eine Tücke in sich, die ich nicht zu durchdringen vermag!"
„Man soll jemand, der einem eine Ueberraschung bereiten will, nicht deshalb gleich der Heimtücke zeihen. Komm nur mit, so wirst du sehen, was ich dir zeigen will!"
Er konnte in seiner gezwungenen Lage nichts thun, als mir folgen, wäre aber wohl auch ohne Zwang, nur von der Neugierde getrieben, mitgegangen. Ich führte ihn bis dahin,

wo der erste Posten am Rande des Waldes stand und von da aus in den letzeren hinein, ihn bedrohend:
„Merke jetzt, was ich dir sage! Du hast von jetzt an, bis ich dir das Reden erlaube, kein Wort zu sprechen; ja selbst beim ersten lauten Hauche wird dir sofort die Klinge meines Messers in das Herz fahren. Hier, fühle einmal die Spitze derselben!“
Ich zog mein Messer und stieß ihm die Spitze durch das Gewand, welches seine Brust bedeckte, so daß seine Haut ein kleines Loch bekam. Er erschrak aufs heftigste und bat, infolge meiner soeben ausgesprochenen Drohung allerdings mit sehr unterdrückter Stimme:
„Stich nicht, stich nicht! Ich werde still sein; du sollst keinen Laut von mir hören!“
„Das hoffe ich um deinetwillen, denn ich würde meine Worte unbedingt und augenblicklich wahr machen. Geh jetzt weiter; halte dich eng an mich, und paß genau auf das auf, was du siehst und was du hörst!“
Er hatte den ersten Posten am Boden liegen sehen. Wir gingen zum zweiten. Da es hier unter den Bäumen dunkel war und der Mann mich nicht erkennen, also möglicherweise für einen Feind halten konnte, rief ich ihn einige Schritte vorher in gedämpftem Tone an:
„Ich bin's, Old Shatterhand, hat sich vielleicht etwas ereignet?“
„Nein; sie schlafen noch.“
So ging ich mit dem „großen Mund“ von einem Posten zum andern, mit jedem einige Worte wechselnd, sodaß der Häuptling genau erfuhr, in welcher Weise seine Leute hier umzingelt waren. Am andern Ende der im Walde liegenden Wächterlinie traf ich auf den Apatschenhäuptling. Als er den Yuma sah, erriet er sofort meine Absicht und sagte:
„Du kommst, dich zu überzeugen, daß keiner der Hunde hier durchzuschlüpfen vermag? Sie sind noch schlimmer als Hunde, denn Hunde sind wenigstens wachsam, die Yumas aber schlafen. Es ist eine Schande, der Anführer so untauglicher Leute zu sein. Ihr Erwachen wird ihnen Entsetzen bringen, denn wenn sie sich nicht ergeben, werden wir sie vom ersten bis zum letzten niederschießen.“
Ich merkte dem „großen Mund“ an, daß er etwas sagen wollte; vielleicht war es eine Bitte, welche sich jetzt schon auf seine Zunge drängte; aber er erinnerte sich meiner Drohung und schwieg. Wir gingen weiter, aus dem Walde ins Freie hinaus, von Posten zu Posten, bis wir auch diesen größern Halbkreis abgeschritten hatten. Dabei trafen wir auf den „starken Büffel“, welcher hier zu befehligen hatte. Er war weniger scharfsinnig als Winnetou und erriet nicht, zu welchem Zwecke ich den „großen Mund“ mitgenommen hatte. Darum fragte er mich in beinahe unfreundlichem Tone:
„Warum schleppt Old Shatterhand diesen Hund mit sich! Willst du ihm Gelegenheit zum Entkommen geben? Laß ihn doch bei seinen fünf Wächtern! Du hast nur zwei Augen und zwei Hände, sie aber besitzen deren zehn.“

„Meine beiden Augen sind ebensogut wie ihre zehn, und du weißt, daß meine Arme mehr vollbracht haben, als die ihrigen. Was zürnest du! Hast du nicht vorhin selbst gesagt, daß Old Shatterhand stets weiß, was er thut!"
„Aber wenn du kommst, um dich zu überzeugen, daß wir wachsam sind, ist es von keinem Nutzen, den Gefangenen mitzubringen!"
„Ich komme eben nicht um dieser Ueberzeugung willen, sondern aus einem andern Grunde. Meinst du, daß es wohl einem einzigen dieser Yumas gelingen mag, durch unsere Umschlingung zu entkommen?"
„Was fragst du noch, da du doch ebensogut wie ich wissen mußt, daß es unmöglich ist; wenn sie es versuchen, so schießen wir."
„Das wollte ich wissen. Sollte dich ja ein Gefühl des Mitleides ankommen, so unterdrücke es! Je mehr eure Kugeln sofort unter ihnen aufräumen, desto weniger haben wir dann später nachzuholen."
„Mitleid!" lachte er höhnisch-zornig auf. „Hat der Hund hier Mitleid mit meinen Kindern gehabt? Wärest du nicht erschienen und ihr Retter geworden, so hätte er sie getötet. Wie kann es dir da beikommen, von Mitleid zu mir zu sprechen. Solange ein Mimbrenjo lebt, wird ein Yuma keine Gnade bei ihm finden!"
Er wendete sich ab, spie aber dem „großen Munde" dabei ins Gesicht und entfernte sich. Nach dem Eindrucke, den das Verhalten des grimmigen Häuptlings auf den Yuma gemacht haben mußte, hielt ich es für an der Zeit, letzterem das Sprechen zu erlauben. Darum sagte ich:
„Du darfst jetzt wieder reden. Du weißt nun, daß der Krieger der Mimbrenjos mehr sind, als du Yumas bei dir hattest. Ich habe dir gezeigt, welche Stellung sie einnehmen; alle ihre Gewehre sind schußbereit. Viele deiner Leute werden gleich bei der ersten Salve sterben, und die übrigen können sich nur dadurch retten, daß sie sich ergeben."
„Sie werden sich durchschlagen!"
„Durch die Maschen dieses engen Netzes! Das glaubst du selbst nicht!"
„Ich bin überzeugt davon. Wenn sie plötzlich und unerwartet auf ihren Pferden im Galoppe hervor- und hindurchbrechen, werden wohl einige von euern Kugeln getroffen werden, die andern aber entkommen."
„Auf ihren Pferden? Wo haben sie denn diese?"
„Dort," antwortete er, nach der Gegend, in welcher man beim Scheine des Mondes die Tiere weiden sah, hinüberdeutend.
„Dort, ja dort! Wo aber ist euer Lager? Hast du denn nicht schon unterwegs bemerkt, daß eure Pferde mit List entfernt worden sind?"
„Uff!" rief er betroffen aus, da er diese Bemerkung wirklich jetzt erst machte.
„Sieh hinüber, und überzeuge dich, daß unsere Krieger zwischen deinen Yumas und deren Pferden liegen! Mit deiner Hoffnung, daß die Eingeschlossenen doch unsere Reihen sprengen werden, ist es also nichts."

Er blickte schweigend zu Boden nieder, und ich hütete mich wohl, den Eindruck meiner Worte durch eine nicht notwendige Bemerkung abzuschwächen. Es verging eine Weile; dann hob er den Kopf und sagte:
„Wenn die Mimbrenjos wirklich sofort schießen, so ist das Mord, denn meine Krieger sind ganz ahnungslos."
„Hast du nicht die Dörfer der Mimbrenjos überfallen und zerstört? Sie wußten nichts von eurem Raubzuge; sie waren ahnungslos. Hast du nicht die beiden Söhne und die Tochter des „starken Büffels" töten wollen? Sie wußten nicht, daß du dich in dem Thale befandest; sie waren ahnungslos. Hast du nicht die Hazienda del Arroyo überfallen, ausgeraubt, eingeäschert und dabei mehrere Bewohner derselben ermorden lassen? Sie wußten nichts von eurer Annäherung; sie waren ahnungslos. Die Ahnungslosigkeit ist bei dir kein Grund zur Schonung, folglich nun bei mir auch nicht."
Er schwieg. Was hätte er mir auch entgegnen können! Ich aber fügte noch hinzu, um ihn ganz niederzudrücken:
„Was ihr verübtet, das war, vom Raube ganz abgesehen, der reine Mord; aber wenn wir euch töten, so ist es nicht Mord, nicht einmal Totschlag, sondern eine ganz gerechte Belohnung oder Bestrafung eurer Missethaten. Kannst du vielleicht ein einziges Wort dagegen vorbringen?"
Er sagte nichts, und so schwieg auch ich. Der Mond stand jetzt im Zenith und übergoß auch das Lager der Yumas mit silbernem Lichte. Man sah von da aus, wo wir standen, ihre Gestalten liegen. Der Häuptling blickte mit ängstlich forschenden Augen bald nach rechts, nach links, bald geradeaus. Er strengte alle sein Gedanken an, einen Ausweg zu finden; er forschte nach, ob es eine Rettung für ihn und seine Leute gebe; ich unterbrach sein Grübeln nicht, denn dieses mußte ihn dahinführen, wohin ich ihn haben wollte. Da sah ich, daß er plötzlich den Kopf höher streckte.
„Uff! Jetzt, jetzt!" rief er aus.
Ich folgte mit meinem Blicke der Richtung seiner Augen, welche nach dem Lager ging, und sah, daß dort ein Yuma aufgestanden war und sich umschaute. Er sah die Pferde nicht da, wo sie sich eigentlich befinden sollten, sondern weit entfernt. Er sah auch unsere Pferde. Obgleich dieselben einzeln standen und einen Halbkreis bildeten, dessen Regelmäßigkeit auffallen mußte, schien er doch keinen Verdacht zu schöpfen, sondern sie für Yumapferde zu halten, denn er weckte niemand, sondern verließ das Lager nach der Richtung hin, wo sich der größte Trupp der Pferde jetzt befand. Er glaubte die beiden Wächter dort und wollte sie auf ihre Achtlosigkeit aufmerksam machen.
„Er ist verloren!" stieß der Häuptling hervor. „Sogleich wird ein Schuß fallen und ihn niederstrecken!"
„Nein," entgegnete ich. „Er wird nicht getötet werden."
„So meinst du, daß man ihn hindurchlassen wird?"
„Man wird ihn gefangen nehmen, wie ich dich gefangen genommen habe."
„So wird er sich wehren und Lärm machen!"

„Dazu kommt er nicht. Du weißt doch, wo Winnetou steht. Der Yuma muß nahe an ihm vorbei, wenn er seine jetzige Richtung beibehält, und der Apatsche wird ihn so von hinten nehmen, wie ich es mit dir gemacht habe. Paß auf!"

Es geschah so, wie ich gesagt hatte. Der Yuma ging unbefangen weiter; dann sahen wir hinter ihm den Apatschen blitzschnell auftauchen; ebenso schnell waren beide verschwunden; sie lagen im Grase, wo wir sie nicht sehen konnten. Kurze Zeit später aber erhob sich Winnetou wieder; er hatte den Yuma gepackt und verschwand mit ihm unter den Bäumen.

„Er hat ihn, er hat ihn überwältigt!" zürnte der große Mund.

„Und zwar ganz im stillen, ohne daß deine Leute etwas bemerkt haben! Du siehst, wie vortrefflich auf unserer Seite gearbeitet wird. Und doch wäre es mir lieber, wenn der Mann Zeit gefunden hätte, Lärm zu machen."

„Warum?"

„Weil wir uns dann jetzt schon in der Entscheidung befänden. Wozu das lange Harren und Warten! Ich werde das Zeichen zum Angriffe geben."

Ich hielt zwei Finger an den Mund, als ob ich pfeifen wolle; da bat er rasch, so rasch er nur konnte:

„Halt! Thue es noch nicht! Warte noch ein wenig!"

„Wozu? Das Verhängnis ist doch nicht von euch abzuwenden."

„Vielleicht doch! Du hast ja selbst davon gesprochen, als wir uns unterwegs zu den Mimbrenjos befanden."

„Ich entsinne mich nicht."

Ich stellte mich natürlich nur so, um seine Besorgnis zu steigern. Er fuhr dringend fort:

„Du kannst es doch nicht vergessen haben; du mußt dich darauf besinnen!"

„Was hätte ich denn gesagt?"

„Du verlangtest die Wahrheit von mir!"

„Die Wahrheit? Ah so! Aber wenn ich sie finde, so kann das niemand retten, weil du das nicht thun wirst, was ich von dir verlange."

„Was ist das?"

„Deine Krieger auffordern, die Waffen zu strecken und sicb zu ergeben."

Er blickte beschämt zu Boden. Ich steigerte mit Absicht seine Verlegenheit, indem ich hinzufügte:

„Es wurde dir ins Gesicht behauptet, daß du schon beim Morgengrauen dazu bereit sein würdest; du aber verlachtest uns. Jetzt graut der Tag noch nicht, und schon hat dein Sinn sich geändert. Darum kann ich an diese Aenderung unmöglich glauben; ich traue dir nicht; ich vermute eine List dahinter und werde das Zeichen geben; der Kampf mag beginnen."

„Warte noch, warte noch, und höre, was ich dir zu sagen habe!"

„So sprich, aber schnell! Ich habe keine Lust, die Zeit unnütz zu verschwenden."

„Ist die Möglichkeit vorhanden, daß meine Krieger geschont werden und, wenn sie sich gefangen geben, die Freiheit wieder erlangen?"
„Ich sage nur: vielleicht."
„Und daß auch ich mein Leben behalte und wieder freigelassen werde?"
„Das ist weit schwieriger. Deine Leute sind weniger schuldig, als du. Deine Missethaten sind so groß und schwer, daß es eines ganz außergewöhnlichen Grundes bedürfte, deine Rettung zu ermöglichen. Der „starke Büffel" aber wird dich auf keinen Fall und aus keiner Ursache begnadigen. An ihn dürftest du dich nicht wenden."
„Aber an dich und Winnetou?"
„Immer nur vielleicht."
„Vielleicht und nur vielleicht! Mach es kurz, und spanne mich nicht auf die Folter! Wenn du das Wort „vielleicht" aussprichst, mußt du doch eine Möglichkeit im Sinne haben!"
„Das ist freilich wahr. Ich will ganz genau und der strengen Wahrheit gemäß wissen, wie du mit den beiden Bleichgesichtern, welche Melton und Weller heißen, bekannt geworden bist, warum du auf ihre Veranlassung hin die Hazienda del Arroyo überfallen hast, und welche Absichten sie in Beziehung auf die weißen Auswanderer verfolgen. Bist du bereit, mir dies alles zu sagen?"
„Bist du bereit, mich dafür zu retten?"
„Wenn es mir möglich ist, ja."
„So werde ich dir sagen, was du wissen willst."
„Gut! Ich werde dir also jetzt meine Fragen vorlegen, welche du mir streng der Wahrheit gemäß zu beantworten hast, und dann – – –"
„Jetzt nicht, jetzt nicht!" fiel er mir eifrig in die Rede. „Jetzt ist keine Zeit dazu. Erwacht wieder einer meiner Krieger, so steht nicht zu erwarten, daß er wieder so ruhig ergriffen wird. Wenn er Lärm macht, erwachen die andern, und dann schießen eure Krieger."
„Das ist wohl richtig!"
„Und wenn die Mimbrenjos einmal Blut gesehen haben, dann wird es dir viel schwerer als jetzt, ja vielleicht unmöglich werden, uns zu retten!"
„Davon bin auch ich überzeugt," meinte ich sehr kaltblütig.
„Darum eile! Verhüte vor allen Dingen das Blutvergießen! Dann werde ich dir alles sagen. Ich schwöre es dir!"
„Deinem Schwur kann ich nur dann Glauben schenken, wenn du ihn mit der Friedenspfeife besiegelst."
„Dazu haben wir ja keine Zeit! Die Friedenspfeife können wir später rauchen."
„Sehr wohl; aber ich kann dir nur schwer trauen. Bedenke, wie schwer mir deine Rettung fallen wird, da der „starke Büffel" sich mit allen Kräften dagegen stemmen wird!"
„Er braucht ja nichts davon zu wissen, indem du uns des Nachts die Banden zerschneidest."
„Hm! Vielleicht würde ich es thun, weil ich als Christ den Tod selbst meines grimmigsten Feindes am Marterpfahle verabscheue."

„So eile nur, eile, und laß mich nicht länger warten! Mach keine Worte mehr!“
Er hatte es jetzt eiliger, als ich vorher für möglich gehalten hatte; ich aber fuhr gelassen fort:
„Ich muß vorher bestimmt wissen, woran ich bin. Du verlangst, daß ich dich und deine Leute heimlich loslasse und dafür versprichst du mir, daß sie sich jetzt freiwillig gefangen geben?“
„Ja doch, ja!“
„Und klärst mich über die beiden genannten Bleichgesichter der Wahrheit gemäß so vollständig auf, daß ich alle ihre Absichten durchschauen kann?“
„Ja, das beschwöre ich! Doch verlange ich, daß auch du Wort hältst! Wirst du uns wirklich freilassen?“
„Ja.“
„So sind wir einig, und du magst nun schleunigst dafür sorgen, daß die Ermordung meiner Krieger verhütet wird!“
„Ich thue es, und zwar nur in der Voraussetzung, daß du keine Hintergedanken hegst.“
„Meine Seele ist frei von jedem falschen Gedanken; nur rette uns!“
„So komm zu dem „starken Büffel“ und Winnetou, damit du ihnen sagst, daß du deinen Kriegern den Befehl, sich zu ergeben, senden willst.“
„Senden? Du meinst, daß ich einen Boten an sie schicken soll? Dem werden sie nicht gehorchen, ich muß selbst zu ihnen!“
„Selbst? Das kann ich nicht erlauben.“
„Du mußt, wenn es dein Ernst ist, mich und meine Leute zu retten!“
„Ich muß? Merke dir, daß Old Shatterhand niemals müssen muß! Ich habe versprochen, dich heimlich zu befreien, indem ich deine Fesseln aufmache; aber ich habe nicht gesagt, daß ich dich jetzt zu deinen Kriegern gehen lassen werde.“
„Dann kannst du uns nicht retten, denn meine Krieger gehorchen nur mir selbst und werden die Worte eines Boten nicht achten.“
„Dafür kann ich nicht, sondern du bist selbst schuld daran, wenn sie für einen Befehl, den du ihnen sendest, keinen Gehorsam haben. Du hättest ihnen mehr Achtung und Ehrerbietung für dich, mehr Folgsamkeit einprägen sollen!“
Er hatte bei der Forderung, ihn selbst gehen zu lassen, jedenfalls einen Hintergedanken gehabt. Jetzt sah er ein, daß ich unerbittlich war, und lenkte ein:
„Wie kannst du verlangen, daß sie einem Mimbrenjo-Boten gehorchen!“
„Bist du etwa der einzige Gefangene, den wir gemacht haben? Der Krieger, welcher mit dir ergriffen wurde, ist mit mir und dir geritten und hat die Schar unserer Leute gesehen. Die beiden Pferdewächter, welche ich brachte, sind mit mir die ganze Außenseite unserer Posten abgeschritten und wissen also fast ebensogut wie du, daß deine Yumas verloren sind, wenn sie uns zwingen, zu unsern Gewehren zu greifen. Wenn ich diese drei Männer in euer Lager sende und sie deinen Befehl überbringen, so muß man ihnen

unbedingt Glauben schenken. Wo nicht, so habe ich das meinige gethan, und trage keine Schuld daran, daß so viele Yumas in den Tod gehen werden."

„Gut; ich bin einverstanden; führe mich zu diesen dreien!"

„Warte vorher einen Augenblick!"

Ich ging mit ihm zu dem nächsten Posten und gab ihm den Auftrag, den „starken Büffel" und Winnetou vorsichtig aufzusuchen, um ihnen mitzuteilen, daß der „große Mund" bereit sei, seine Krieger aufzufordern, sich zu ergeben. Dann kehrte ich mit dem Häuptlinge nach der andern Seite des Waldes, wo die Gefangenen sich befanden, zurück. Er mußte ihnen seinen Befehl natürlich in meiner Gegenwart geben, und indem er ihnen seine Gründe auseinandersetzte, gab ich genau acht, daß kein hinterlistiges Wort mit unterlief. Leise, sodaß die Mimbrenjowächter es nicht hören konnten, teilte er ihnen mein Versprechen mit, ihm und allen Gefangenen, nur um jetzt Blutvergießen zu verhüten, heimlich die Freiheit zu geben, und fügte mit Betonung hinzu:

„Und ihr alle wißt, daß Old Shatterhand stets hält, was er verspricht. Er hat noch nie sein Wort gebrochen!"

„Ich halte es und werde jede Silbe erfüllen, die ich ausgesprochen habe." bekräftigte ich. Dann wurden den dreien ihre Füße freigegeben, sodaß sie laufen konnten, während ihre Arme noch gefesselt blieben, zwei von den fünf Wächtern gingen mit, als ich nun mit den drei Yumas und ihrem Häuptlinge nach dem von unsern Posten eingeschlossenen Platze zurückkehrte.

Dort sah ich Winnetou mit dem „starken Büffel" stehen und ging zu ihnen hin. Letzterem war es schwer geworden, der Botschaft, welche ich ihm gesendet hatte, Glauben zu schenken. Er kam mir hastig einige Schritte entgegen und fragte:

„Ist es wahr, daß der Hund von Yuma uns seine Leute mit ihren Waffen ausliefern will?"

„Ja."

„Dann hast du entweder ein Wunder gethan, oder es steckt ein Betrug dahinter, den du nicht zu entdecken und zu durchschauen vermagst! Old Shatterhand mag sich in acht nehmen!"

Da meinte Winnetou in seinem ruhigen und darum so überzeugenden Tone:

„Es giebt keinen Yuma, dem es gelingen könnte, Old Shatterhand zu betrügen. Der „große Mund" bleibt natürlich bei uns. Die drei andern Yumas sollen den Befehl wohl nach dem Lager bringen?"

„Ja," antwortete ich.

„Wissen sie genau, was sie dort zu sagen haben?

„Nur zweierlei habe ich ihnen noch zu befehlen."

„Was denn noch?" fragte der „große Mund" schnell, indem er eine Bedingung vermutete, auf welche er möglichenfalls nicht eingehen konnte.

„Etwas sehr Einfaches, was wir bisher nur deshalb nicht erwähnt haben, weil es ganz selbstverständlich ist. Du hattest es vorhin so eilig und wirst mir also beistimmen, wenn ich fordere, daß deine Krieger nicht zögern, dir zu gehorchen?"

„Welche Frist gewährst du ihnen?“
„Eigentlich gar keine. Der Gehorsam muß ein augenblicklicher und unbedingter sein. Wenn er eine Frist fordert, ist er kein Gehorsam mehr. Es ist nicht meine Absicht, hier so lange liegen zu bleiben, bis es deinen Leuten gefällt, mir mitzuteilen, daß sie gesonnen sind, dir Gehorsam zu leisten. Ich gebe ihnen eine halbe Stunde Zeit.“
„Gieb ihnen eine ganze!“
„Nein, eine halbe. Das ist schon viel zu lange für das, was ich Gehorsam nenne. Sobald die halbe Stunde vergangen ist und die Yumas haben noch nicht gesprochen, werden wir ohne weiteres Säumen unsere Gewehre sprechen lassen. Von dieser Bedingung gehe ich nicht ab und denke, daß du einverstanden sein wirst.“
„Ich muß. Aber du sprachst von zweierlei. Was ist das zweite?“
„Es betrifft die Auslieferung der Waffen. Ich werde, sobald deine Männer erklärt haben, daß sie dir gehorchen wollen, in der Nähe ihres Lagers von unsern Leuten einen Kreis bilden lassen. Dahin hat jeder Yuma einzeln, verstehe wohl, einzeln zu kommen und alle seine Waffen abzugeben, um dann sofort wieder zurückzukehren. Das ist eine Maßregel, welche du nicht unbillig finden wirst.“
„Ich gehe auf dieselbe ein.“
„Nun wohl! Ich erkläre dir aber, daß ich jeden Yuma, bei dem wir dann irgend eine Waffe oder etwas, was als Waffe gebraucht werden kann, finden, als Verräter erklären und niederschießen lassen werde!“
„Das ist hart, sehr hart! Wie steht es aber mit den Pferden und den sonstigen Gegenständen, welche meine Leute besitzen?“
„Die Pferde gehören natürlich uns und sind unsere rechtmäßige Beute. Geben wir später einen von euch frei, so steht es nur in unserm Ermessen, ihm sein Pferd zu schenken oder nicht. Die Munition, Pulver, Blei, Kugelformen oder gar Patronen gehören zu den Waffen und sind mit diesen abzuliefern. Alles andere, was ihr besitzt, werden wir genau untersuchen. Ich denke nicht, daß wir uns an eurem Eigentume bereichern wollen; was aber aus dem Ueberfalle der Hazienda del Arroyo stammt, werden wir an uns nehmen und dem Haziendero, welcher der rechtmäßige Eigentümer ist, zurückgeben. Hast du noch eine Frage?“
„Nein.“
„So mögen die drei Boten gehen; du aber setzest dich hier nieder und wirst nicht eher aufstehen, als bis dir einer von uns dreien, Winnetou, der „starke Büffel“ oder ich, die Erlaubnis dazu erteilt!“
Die Yumas entfernten sich, um ihre weniger schwierige als unangenehme Mission auszuführen. Der „große Mund“ hockte auf die Erde nieder, und auf einen Wink von mir nahmen die zwei Wächter zu beiden Seiten Platz, um ihn nicht aus ihren Augen zu lassen.

Ich sah nach der Uhr, denn es war meine Absicht, nach Verlauf der halben Stunde, falls wir noch keinen Bescheid erhalten haben sollten, erst einige Schreckschüsse abgeben und dann scharf schießen zu lassen.
Die Boten erreichten, wie wir sahen, das Lager und weckten die Schläfer. Es entstand zunächst ein kurzes Durcheinander; dann gruppierten sich die Yumas in einem engen Kreis um unsere Abgesandten, worauf nach einer kleinen Weile ein wütendes Geschrei oder vielmehr Geheul erscholl. Die Boten hatten ihren Auftrag ausgerichtet; er hatte die Wirkung, welche zunächst zu erwarten gewesen war, nämlich eine ungeheure Aufregung, welche den einzigen bedenklichen Moment für uns bildete. Ging sie vorüber, ohne daß die Yumas sich zu unbesonnenen Feindseligkeiten hinreißen ließen, so war uns der Erfolg gesichert.
Ich war mit Winnetou und dem Häuptling der Mimbrenjos eine kleine Strecke von dem „großen Munde" weggegangen, damit dieser nicht hören könne, was zwischen uns gesprochen wurde. Als sich der wütende Lärm im feindlichen Lager erhob, sagte der „starke Büffel":
„Jetzt werden sie auf uns eindringen. Man hört es ihrem Geschrei an. Aber wir werden sie empfangen."
„Das ist nur für den Augenblick. Wenn sie erfahren, daß sie vollständig umzingelt sind, werden sie besonnener werden," antwortete ich.
„Das glaube ich schwer. Old Shatterhand muß alles bedenken; er darf nichts vergessen."
„Was könnte ich denn vergessen haben?"
„Daß die Yumas sich bisher sicher fühlten. Sie schliefen in dem Gedanken ein, daß sie uns mit Tagesanbruch überfallen und vernichten würden. Jetzt, da sie erwachen und noch schlaftrunken sind, erfahren sie das Gegenteil, daß sie umzingelt sind und sich ergeben sollen. Da ist es fast gewiß, daß sie in der Aufregung die Unbesonnenheit begehen, zu den Waffen zu greifen."
„Sie werden schnell zur Besinnung kommen, denn ich habe ihnen eine Botschaft gesandt, welche sie schnell beruhigen und mit Hoffnung erfüllen wird."
„Sie haben keine Hoffnung; sie müssen alle sterben. Hast du ihnen vielleicht Hoffnung auf Freiheit gemacht?"
„Ja."
„Ihnen allen und auch ihrem Häuptlinge?"
„Diesem ganz besonders."
„Bist du toll! Meine Zustimmung bekommst du nie dazu!"
„Die brauche ich nicht."
„Wieso? Hast du etwa allein zu befehlen? Hat Winnetou und habe ich nicht auch etwas zu sagen?"
Er war wieder einmal zornig, was bei ihm öfters geschah. Ich antwortete ihm in aller Gemütlichkeit:

„Ja, auch ihr habt mit zu bestimmen; aber ich habe versprochen, diesmal nicht auf euch zu horchen. Ja, ich habe noch viel, viel mehr versprochen."
„Noch mehr! Was?"
„Den „großen Mund" und alle seine Leute heimlich zu befreien, indem ich ihre Fesseln durchschneide."
„Das, das hast du versprochen, das?!" fuhr er mich wütend an. „Wie konntest du wagen, dies zu tun! Wie konntest du ohne unsere Zustimmung – – –"
Er kam nicht weiter, denn Winnetou ergriff ihn so fest beim Arme, daß er vor Schmerz die Rede vergaß, und ermahnte ihn:
„Warum schreit mein roter Bruder wie ein altes Weib, welchem die Zähne schmerzen! Soll der „große Mund" hören, was wir sprechen? Hat er jemals vernommen, daß Old Shatterhand ohne Ueberlegung handelt? Wenn er ein gutes Versprechen gegeben hat, so wird er es halten; ist es aber ein schlechtes, so hat er es gegeben, weil er weiß, daß er es nicht zu halten braucht."
„Aber Old Shatterhand pflegt jedes Versprechen zu halten!"
„Wenn die Bedingungen erfüllt werden, unter denen er es gegeben hat."
„So! Bedingungen!" brummte der noch immer zornige Häuptling. Und dann fuhr er mich bissig an: „Behalte deine Bedingungen für dich; ich mag sie nicht wissen!"
Damit wendete er sich von uns ab und warf sich in ziemlicher Entfernung von uns ins Gras nieder. Ueber Winnetous Züge glitt ein Lächeln, doch sagte er nichts. Ich glaubte ihm eine Mitteilung schuldig zu sein, und bemerkte:
„Ich habe das Versprechen gegeben, weil ich ganz genau wußte – – –"
„Pshaw!" unterbrach er mich. „Was Old Shatterhand thut, ist gut; er hat nicht nötig, sich bei mir zu entschuldigen. Ich weiß, daß er den Yuma betrügen wird, weil dieser ihn betrügen will. Der „starke Büffel" ist ein sehr tapferer Häuptling, aber seinem Auge fehlt die Schärfe, und seine Gedanken reichen nur soweit, wie er den Tomahawk werfen kann. Sein Zorn ist schnell groß und schnell wieder klein. Sein Herz ist gut; er wird Old Shatterhand um Verzeihung bitten."
Wenn Winnetou sprach, so mußte jeder Zorn weichen und jedes etwaige Gekränktsein sich beschwichtigen. Er beobachtete das Lager, in welchem sich die Aufregung jetzt gelegt hatte. Die Yumas standen in ruhiger Verhandlung beisammen und wendeten sich bald nach dieser, bald nach jener Seite, um unsere Aufstellung zu betrachten. Noch war die halbe Stunde nicht vergangen, so kehrte einer der drei Boten zurück und meldete:
„Die drei ältesten Yumakrieger wünschen „Old Shatterhand, Winnetou und den „starken Büffel" zu sprechen. Dürfen sie kommen?"
„Ja, aber unbewaffnet."
„Und werden sie, auch wenn ihr nicht einig werdet und sie lieber kämpfen wollen, nach dem Lager zurückkehren dürfen, ohne daß ihnen etwas geschieht?"
„Sie sind Abgesandte; sie können gehen, woher sie gekommen sind."

Der Mann lief nach dem Lager, um diesen Bescheid zu überbringen, und bald darauf sahen wir die drei Angemeldeten kommen. Sie hatten ihre Decken und sogar die Oberkleider abgelegt, damit wir sehen sollten, daß sie nicht etwa eine Waffe versteckt bei sich trugen. Der „starke Büffel" hatte, als er sah, um was es sich handelte, sich uns wieder zugesellt.
Die drei gingen an ihrem Häuptlinge vorüber, ohne einen Blick auf ihn zu werfen, was aber keineswegs ein Zeichen der Verachtung war. Sie kamen jetzt als Bevollmächtigte ihrer Kameraden, weshalb es in diesem Augenblicke keinen Häuptling für sie gab. Bei uns dreien stehen bleibend und sich leicht verneigend, grüßten sie uns, dann wendete sich der eine, welcher wahrscheinlich der älteste von ihnen war, mit den höflichen Worten an mich:
„Der „große Mund", der Häuptling der Yumas, ist gefangen und hat uns befohlen, uns auch zu ergeben. Old Shatterhand hat die Bedingungen mit ihm besprochen. Soweit das Gedächtnis unserer ältesten Krieger reicht, ist ein solcher Fall nicht vorgekommen; darum sind die Yumas zusammengetreten, um ohne ihren Häuptling einen Entschluß zu fassen, und haben uns zu dir gesandt, um uns zu überzeugen, ob der Befehl, den wir erhalten haben, nicht abzuändern ist. Wirst du mit deinen beiden berühmten roten Brüdern uns die Erlaubnis geben, die Krieger zu sehen, welche uns eingeschlossen haben und wie sie aufgestellt worden und bewaffnet sind?"
„Kein Anführer zeigt dem Feinde das, was ihr zu sehen begehrt," antwortete ich ihnen. „Auch ist soeben die Zeit vorüber, welche ich euch gegönnt habe; ich hätte also das Recht, das Feuer beginnen zu lassen; aber ich achte eure Gründe und weiß, daß es für euch keine Rettung giebt; darum sei euch euer Wunsch erfüllt. Winnetou, der große Häuptling der Apatschen, wird euch unter seine Obhut nehmen, damit euch unterwegs kein Leid geschieht. Geht also jetzt, und kehrt spätestens nach einer Viertelstunde wieder, um mir euern Entschluß mitzuteilen. Das ist die letzte Frist, welche ich euch geben kann."
Sie wendeten sich ab, um Winnetou zu folgen, der ihren Führer machte. Sie gingen unsere ganze Linie, auch die im Walde liegende, ab. Als sie zurückkehrten, kämpfte das Tagesgrauen schon mit dem Mondeslichte. Auch in den Gesichtern der drei Männer gab es einen Kampf, dessen äußere Spuren sie nicht sehen lassen wollten und doch nicht ganz zu unterdrücken vermochten; es war der Kampf zwischen Stolz und Notwendigkeit. Sie blieben mit gesenkten Blicken eine Weile schweigend vor uns stehen; dann sagte derjenige, welcher schon vorher gesprochen hatte:
„Old Shatterhand befand sich in unserer Gewalt, und es ist ihm doch nichts geschehen. Wird er jetzt nun seine ganze Strenge gegen uns walten lassen?"
„Daß mir nichts geschehen ist, das habe ich nicht euch zu verdanken. Was nützen die Worte? Die Krieger der Yumas mögen mir sagen, was sie beschlossen haben!"
„Wir haben erkannt, daß der „große Mund", unser Häuptling, nicht anders beschließen konnte, als er beschlossen hat. Die Läufe eurer Gewehre sind von allen Seiten auf uns

gerichtet, und unsere Pferde, deren Schnelligkeit uns hätte forttragen können, habt ihr uns genommen, während wir schliefen."
„So ergebt ihr euch?"
„Wir sind deine Gefangenen."
Er betonte das Wort „deine" besonders, jedenfalls nicht ohne Grund. Er wollte mein Gefangener sein, weil ich versprochen hatte, sie freizulassen.
„So geht jetzt, um die Waffen abzuliefern, doch einzeln. Es darf keiner eher kommen, als bis der vorherige abgefertigt ist."
„Dürfen wir nicht wenigstens unsere Heiligtümer behalten?"
„Der große Geist hat gewollt, daß ihr in unsere Hände fallt; sein Angesicht ist von euch gewendet, und so sind eure Heiligtümer wertlos geworden; aber ich will euch nicht so tief erniedrigen und kränken. Ihr sollt eure Kalumets und Medizinen behalten dürfen."
Das war wenigstens eine Erleichterung für ihre niedergeschlagenen Seelen. Ist schon der zufällige Verlust der Medizin ein schwer auszugleichender Schaden, so bedeutet es geradezu eine unauslöschliche Schande, wenn ein Indianer seinem siegreichen Feinde die Medizin und dazu gar das Kalumet übergeben muß.
Sie schickten sich an, nach dem Lager zurückzukehren. Als sie zehn oder fünfzehn Schritte gegangen waren, blieb der Sprecher stehen, wendete sich um und sah zu mir zurück. Es lag in seinem Blicke eine deutliche Aufforderung für mich, zu ihm zu kommen, da er mir etwas zu sagen habe. Ich wußte, was es war, und ging ihm nach.
„Old Shatterhand mag verzeihen, daß ich noch einmal rede!" sagte er. „Ich weiß, daß die beiden andern Anführer es nicht hören dürfen."
„Sprich, aber fasse dich kurz!"
„Ist es wahr, daß Old Shatterhand versprochen hat, uns heimlich freizulassen?"
„Ja, wenn euer Häuptling sein Versprechen erfüllt."
„Welches?"
„Er hat mir nicht erlaubt, es euch zu sagen."
„Aber wenn er es nicht erfüllt?"
„So werde ich annehmen, daß ich das meinige nicht gegeben habe."
„Dann werden wir ihm sagen, daß er sein Wort zu halten hat. Howgh!"
Er wollte nach diesem bekannten Bekräftigungsworte gehen, blieb aber nochmals stehen und fragte:
„Wohin werdet ihr uns bringen?"
„Darüber ist noch nichts beschlossen."
„Welche Qualen werdet ihr unterwegs über uns verhängen?"
„Keine, denn ihr habt mich auch nicht gequält. Ihr werdet weder hungern noch dürsten, weil ich bei euch auch nicht gehungert und gedürstet habe."
„Werden wir unter eurer Bewachung frei reiten oder gehen können?"
„Nein, denn ich bin bei euch an Armen und Beinen gefesselt gewesen. Zum Essen wird man euch die Hände freigeben. Du siehst, daß sich alles belohnt und alles bestraft. Wer

Gutes thut, wird Gutes ernten. Nun aber ist's genug; es mag nun endlich einmal zum Schlusse kommen.“

Während die drei Alten ihren Rückweg fortsetzten, wurden dreißig Mimbrenjos bestimmt, den schon erwähnten Kreis, in welchem die Waffen niedergelegt werden sollten, zu bilden. Sie stellten sich wohlbewaffnet ungefähr fünfzig Schritte vom Lager auf, und kaum war dies geschehen, so kam der Sprecher als erster, um das Geforderte abzugeben. Ich stand dabei und ließ, um die Sache abzukürzen, schnell noch einige Mimbrenjos kommen, welche den Inhalt seiner Taschen zu untersuchen hatten. Als dies Winnetou sah, kam er mit noch einigen andern herbei, um die Manipulation dadurch abzuschließen, daß der Alte gebunden und in das Gras gelegt wurde. So wurde jeder Nachfolgende erst entwaffnet, dann von mir auf den Inhalt seiner Taschen untersucht, und nachher von Winnetou gefesselt. Das Entwaffnen ging sehr rasch. Das Fesseln ebenso. Die Yumas hatten selbst genug Riemen und Lassos bei sich. Schwerer aber war es, meines Amtes zu walten. Es war nicht leicht zu unterscheiden, ob ein Gegenstand von der Hazienda stammte oder das rechtmäßige Eigentum seines Trägers war, zumal sehr oft eine Sache, von welcher ich hätte beschwören mögen, daß sie auf der Hazienda geraubt worden sei, als Medizin bezeichnet wurde, und ich hatte ja versprochen, jedem seine Medizin zu lassen. Der „starke Büffel“ hatte nicht eine besondere Beaufsichtigung übernommen, sondern war bald da und bald dort, bald bei mir und bald bei Winnetou, um möglichst dahin zu wirken, daß die von ihm so grimmig gehaßten Yumas eine scharfe Behandlung erfuhren.

Ein großer Teil des Vormittages war vergangen, als wir endlich fertig waren. Die Yumas lagen gefesselt nebeneinander, wie Säcke auf einem Kartoffelacker. Die abgenommenen Waffen bildeten einen großen Haufen, und sollten noch vor Mittag verteilt werden. Und von den Gegenständen, von denen ich glaubte, daß sie Eigentum des Haziendero gewesen seien, hatte ich auch eine leidliche Menge zusammenbekommen. Sie wurden einem ehrlichen Mimbrenjo in Aufbewahrung gegeben.

Dann wurde gegessen, das erste Mal am heutigen Tage. Jeder wurde satt, da beide Teile Proviantvorräte mitgebracht hatten. Da wir während der Nacht nicht geschlafen hatten, wurde beschlossen, während der heißen Mittagsstunden zu schlafen. Gegen Abend sollte aufgebrochen werden. Wohin, das verstand sich ganz von selbst, nämlich nach dem Orte, an welchem die zurückgelassenen Yumas mit den Verwundeten und den geraubten Herden lagerten. Die ersteren sollten gefangen genommen und die letzteren dem Haziendero zurückgebracht werden.

Bei der Verteilung der Waffen ging es ziemlich lebhaft her. Jeder wollte das Beste haben, womöglich eine Flinte, aber nur nicht Pfeil und Bogen, und da die Gewehre der Yumas nicht viel taugten, so gab es oft Zank und Streit, zu dessen Schlichtung es oft eines Machtwortes bedurfte.

Der Kreis, welchen unsere Krieger gebildet hatten, war natürlich längst aufgelöst worden. Wir lagerten am Waldesrande im Schatten, und wer nicht wachen mußte, der schlief, um Kräfte für den weiten Ritt zu sammeln, denn es sollte nicht eher als am Ziele angehalten werden. Bei der großen Zahl unserer Gefangenen hatten zehn Mann zu wachen; weniger wären zu wenig gewesen. Sie wurden jede Stunde abgelöst. Die zehn wurden wieder abwechselnd von Winnetou, dem „starken Büffel“ und mir beaufsichtigt, die wir einander auch allstündlich ablösten.

Ich hatte die erste Wache gehabt und wurde von Winnetou abgelöst. Als mich dann der Häuptling der Mimbrenjos weckte, fühlte ich mich fast müder als vorher und stand, um nicht etwa wieder einzuschlafen, auf, um mir Bewegung zu machen. Die zehn Posten, welche an der Reihe waren, patrouillierten auf und ab und hatten die Gefangenen so scharf im Auge, daß gewiß keiner von diesen etwas Verdächtiges auszuführen vermochte. Man hatte dem „großen Munde“, weil er Häuptling war, einen etwas zur Seite liegenden Platz gegeben, wo er bewegungslos lag und zu schlafen schien; als ich aber das zweite Mal an ihm vorüberging, öffnete er die Augen und nannte meinen Namen. Ich trat zu ihm und fragte, welchen Wunsch er habe. Er zeigte mir ein sehr erstauntes Gesicht und antwortete:

„Welchen Wunsch? Kann Old Shatterhand wirklich diese Frage aussprechen? Es giebt nur einen Wunsch, den ich haben kann – die Freiheit!“

„Das glaube ich dir. Ich hatte ihn auch, als ich dein Gefangener war.“

„Du hast sie erlangt. Wann werde ich sie bekommen? Noch heute?“

„Noch heute?“ fragte ich erstaunt. „Du hast geschlafen und träumst wohl noch!“

„Ich träume nicht. Nur zehn Krieger wachen außer dir. Wehrt es dir jemand, meine Fesseln zu zerschneiden? Thue es, so springe ich aufs nächste Pferd, galoppiere davon und bin verschwunden, ehe es einem einfällt, mir zu folgen.“

Das war ein grandioses Verlangen, eine Zumutung, über welche ein anderer vor Bewunderung oder auch Zorn hätte außer sich geraten können; mir aber kam es so komisch vor, daß ich in ein so lautes Gelächter ausbrach, daß mehrere Schläfer erwachten und alle Posten zu mir herblickten.

„Was lachst du so?“ sagte er zornig. „Glaubst du, ich treibe Scherz?“

„Das möchte ich allerdings annehmen. Jetzt, am hellen Tage, wo alle sehen würden, daß ich es bin, soll ich dich befreien?“

„Was schadet es dir? Kein Mensch würde es wagen, dich dafür zu bestrafen. Du hast es mir versprochen!“

„Ich versprach, dich und deine Krieger zu befreien, nicht dich allein. Du wirst nur mit ihnen freikommen.“

„So schaff so schnell wie möglich die Gelegenheit dazu! Du bist es uns schuldig, dein Versprechen zu halten.“

„Gewiß! Aber wie steht es denn mit dem deinigen?“

„Ich halte es, wenn du das deinige erfüllt hast.“

„Du meinst gewiß, daß dies sehr klug von dir ausgesonnen sei, wirst aber da die Freiheit nicht wiedersehen. Ich laß dich nicht eher frei, als bist du mir meine Frage beantwortet hast."
„Und ich beantworte sie dir nur als freier Mann!"
Schon öffnete ich die Lippen zum abermaligen Lachen, wurde aber augenblicklich wieder ernst, denn der „starke Büffel", welcher in der Nähe lag und den ich schlafend glaubte, sprang in diesem Augenblicke auf und rief, indem er sein grimmigstes Gesicht zeigte, mir die Worte zu:
„Hat Old Shatterhand wohl Zeit, mir eine Frage zu beantworten?"
„Ja," nickte ich.
„So mag er mit mir kommen, um sie zu hören!"
Ich ging zu ihm. Er führte mich eine Strecke weit fort, sodaß man uns nicht hören konnte, blieb dann stehen, blitzte mich mit zornigen Augen an und fragte:
„Old Shatterhand hat mit dem „großen Munde" gesprochen. Die Worte habe ich zwar nicht verstanden, aber ich errate, was es gewesen ist."
„Wenn dies wirklich der Fall ist, so ist es mir unbegreiflich, daß du nicht an deinem Platze liegen geblieben bist. Der Schlaf ist dir ebenso notwendig, wie uns andern allen."
„Wie kann ich schlafen, wenn ich sehe und höre, daß der Verrat sich in unserer Mitte befindet!"
„Der Verrat? Will mein roter Bruder mir sagen, wen er für einen Verräter hält?"
„Du bist es, du selbst!"
„Ich? Ein Verräter? Wenn der „starke Büffel" Old Shatterhand, dem nie jemand die geringste Untreue nachzusagen vermochte, für einen Verräter hält, so kann der Grund nur darin liegen, daß der große Geist ihm das Gedächtnis genommen und die Sinne verwirrt hat. Ich schenke dir mein Mitleid, und da ich dein Freund und Bruder bin, thut es meiner Seele weh, dich solange von unserm Rate ausschließen zu müssen, bis dein verwirrter Verstand sich wieder in Ordnung befindet."
Darauf ließ ich ihn stehen und ging weiter. Er aber kam mir nach, ergriff mich beim Arme und rief im zornigsten Tone:
„Was hast du gesprochen? Den Verstand willst du mir rauben und meinen Geist vernichten? Meinst du, weil deine Kraft so stark und deine Gewandtheit so überlegen ist, kannst du nicht bloß deine Feinde besiegen, sondern darfst auch sogar deine Freunde beleidigen? Zieh' dein Messer, und kämpf' mit mir! Eine solche Kränkung kann nur mit Blut abgewaschen werden!"
Nicht nur seine Worte, sondern auch seine verzerrten Gesichtszüge sagten mir, daß sich der alte Cholerikus im Stadium wirklichen Grimmes befand. Er hatte sein Messer aus dem Gürtel gerissen und stand in der Stellung eines Kämpfers vor mir. Ich antwortete im ruhigsten Tone:
„Wornit eine solche Beleidigung gesühnt werden muß, das kann nur ich bestimmen, nicht du darfst es, denn ich bin es, der beleidigt worden ist. Du nanntest mich einen

Verräter. Giebt es für einen Krieger eine größere Beleidigung? Wenn ein Fremder mir dies Wort entgegenwirft, so schlage ich ihn nieder, daß er für immer liegen bleibt; thut es aber ein Freund, so muß ich annehmen, daß er plötzlich verrückt geworden ist. Fühlst du dich dadurch an deiner Ehre gekränkt, so kann ich nicht dafür, denn du allein bist es, welcher mir den Grund geliefert hat, so von dir zu denken."

„Aber ich habe recht! Du willst den „großen Mund" freilassen!"

„Aber ich habe auch eine Bedingung gestellt, welche er nicht erfüllen wird, und weiß also, daß ich ihn nicht loszulassen brauche."

„Was hast du da mit ihm zu reden! Muß es mir nicht verdächtig vorkommen, daß du, während du meinst, wir schlafen, bei ihm stehst und mit ihm verhandelst!"

Da legte ich ihm die Hand so schwer auf die Achsel, daß ich ihn um einen halben Fuß niederdrückte, und sagte im ernstestem Tone:

„Wer hat den Häuptling der Mimbrenjos mir zum Wächter bestellt? Wenn Old Shatterhand wacht, können die andern ruhig schlafen; das magst du dir merken. Daß du mich einen Verräter nennst, verzeihe ich dir, denn ich weiß, daß du dein Unrecht einsehen wirst. Und damit mag die Sache ein Ende haben."

Ich wollte abermals gehen; er jedoch hielt mich wieder zurück und schrie:

„Nein, das ist nicht ihr Ende. Du hast mit mir zu kämpfen! Nimm dein Messer, sonst steche ich ohne Gegenwehr!"

Es versteht sich ganz von selbst, daß die Indianer, welche als Wilde einen leiseren Schlaf als civilisierte Menschen besitzen, durch das Geschrei des Alten aufgeweckt worden waren. Winnetou war auch erwacht und kam herbei, um ihn zu fragen:

„Warum fordert mein roter Bruder Old Shatterhand zum Kampfe auf?"

„Weil er mich beleidigt hat. Er sagte, mein Verstand sei verwirrt."

„Warum sagte er das?"

„Weil ich ihn einen Verräter genannt habe."

„Welchen Grund hatte der Häuptling der Mimbrenjos dazu?"

„Old Shatterhand stand bei dem „großen Munde" und sprach mit ihm."

„War es eine Verräterei, welche er mit ihm besprach?"

„Ja. Old Shatterhand hat selbst gesagt, daß er ihn heimlich loslassen will."

„Und das ist der einzige Grund, den du hast? Ich sage dir, mein Bruder Shatterhand weiß stets, was er thut, und wenn alle roten, weißen und schwarzen Menschen der Erde zu Verrätern würden, er allein bliebe treu!"

„Das glaubst du, aber ich weiß das Gegenteil. Was ich sagte, ist wahr; er aber hat mich beleidigt; er muß mit mir kämpfen!"

Es war wirklich eine Art Genuß, den Blick zu sehen, mit welchem Winnetou den Alten von oben bis unten maß, und dann den Ton zu hören, in welchem er ihn fragte:

„Will mein roter Bruder zum Gelächter der Seinigen werden?"

Das ergrimmte den „starken Büffel" noch mehr; er brüllte jetzt förmlich:

„Willst etwa auch du mich erzürnen? Sieh meine Gestalt, meine Arme, meine Schultern, meine Muskeln! Meinst du, daß ich unterliege?“
„Ja! Wenn Old Shatterhand will, wird seine Klinge dir gleich beim ersten Stiche ins Herz fahren; aber er wird nicht wollen.“
„Er wird wollen; er muß wollen; ich fordere es von ihm, und wenn er zögert, mit mir zu kämpfen, so ist er ein Feigling und ich steche ihn ohne Zögern nieder!“
Jetzt zogen sich die Brauen Winnetous zusammen, und seine Züge nahmen jenen, ich möchte sagen, aus Erz gegossenen Ausdruck an, den ich sehr wohl kannte und der mir sagte, daß der Apatsche seine Seele nun verschlossen habe. Er zog die eine Schulter ein wenig höher, auch eine Bewegung, welche ich gar wohl kannte, und entschied:
„Der starke Büffel ist entschlossen, sich zu blamieren; Old Shatterhand wird mit ihm kämpfen. Welche Bedingungen stellt mein roter Bruder?“
„Kampf auf Leben und Tod.“
„Wann?“
„In diesem Augenblicke!“
„Nach welchen Regeln sollen die Messer geführt werden?“
„Nach gar keiner Regel. Ich steche, wie es mir beliebt.“
„Was hat zu geschehen, wenn einer sein Messer verliert? Darf der andere ihn niederstechen?“
„Wenn er kann, so mag er es thun; der erstere aber wird sich mit den Fäusten wehren und den andern erschlagen oder erwürgen.“
„So weiß ich ganz genau, wer, wenn der andere will, noch heute die ewigen Jagdgründe betreten wird. Meine beiden Brüder werden mir erlauben, der Schiedsrichter zu sein; ich bin bereit, und sie können den Kampf auf Leben und Tod beginnen.“
Die Augen des alten Isegrimm leuchteten vor Kampfeslust. Er kannte mich, dachte aber in diesem Momente weder an das, was er über mich erfahren, noch mit mir erlebt hatte. Wenn er zornig war, so gab es bei ihm kein Bedenken; war der Zorn verraucht, so war er der liebenswürdigste Mensch, nämlich so liebenswürdig, wie ein Indianer zu sein vermag. Freilich hatte ihm sein Zorn schon schlimme Streiche gespielt, und er hätte seinen Einfluß und sein Ansehen bei seinem Stamme wohl längst schon verloren gehabt, wenn er nicht sonst ein tüchtiger Anführer und riesenstarker Mann gewesen wäre. Denn wenn ich ihn den „Alten“ genannt habe, so verband ich mit dieser Bezeichnung keineswegs die Begriffe des Schwachen und Hinfälligen. Er zählte vielleicht sechzig Jahre, besaß den Bau und die Körperkraft eines Hünen, und befand sich noch im Vollbesitze der ganzen Beweglichkeit, welche andere in solchem Alter verloren haben. Er war also ein mir ebenbürtiger Gegner und mir jetzt eigentlich weit überlegen, weil er den Kampf wirklich ernst nahm, während es ganz selbstverständlich nicht in meiner Absicht liegen konnte, ihn zu verletzen, oder gar zu töten. Er besaß die Waffen, welche mir entzogen waren.

Am liebsten hätte ich mich geweigert, auf den Zweikampf einzugehen, aber ich wußte, daß dies für mich lebensgefährlich sei; er wäre in seinem Zorne mit dem Messer auf mich eingedrungen, und dann hätte ich mich doch und zwar ernstlich wehren müssen. Darum zeigte ich meine Bereitwilligkeit dadurch an, daß ich mich ihm gegenüberstellte und mein Messer zog, doch nicht mit der rechten, sondern mit der linken Hand. Ich that dies, um meine rechte Faust frei zu haben; er aber beachtete diesen Umstand nicht.
Die Mimbrenjos hatten gesehen und gehört, um was es sich handelte, und kamen herbei. Die gefangenen Yumas konnten nicht kommen, doch suchten sie sich unter ihren Fesseln eine solche Lage zu geben, daß sie zusehen konnten. Auf allen Gesichtern war der Ausdruck größter Spannung zu bemerken, nur auf denen der beiden Söhne des Häuptlings nicht. Sie wollten es nicht sehen lassen, aber ich sah es doch, daß sie sich in großer Sorge befanden. War ich Sieger, so tötete ich ihren Vater, und blieb dieser in der Oberhand, so war es um mich geschehen, dem sie ihre Dankbarkeit und sogar Verehrung zollten.
So standen wir einander auf fünf Schritte gegenüber, jeder sein Messer in der Hand und das Auge scharf auf den Gegner gerichtet. Winnetou fragte, ehe er das Zeichen zum Beginne gab:
„Hat mein roter Bruder, der Häuptling der Mimbrenjos, für den Fall seines Todes einen Wunsch auszusprechen?“
„Ich sterbe nicht!“ lachte der Gefragte grimmig auf. „Gieb das Zeichen, und sofort wird mein Messer Old Shatterhand fressen!“
„Oder hat mein weißer Bruder mir einen Auftrag zu erteilen?“ fragte der Apatsche jetzt mich.
„Ja. Wenn der starke Büffel mich erstochen hat, so sage ihm, daß ich der Retter seiner Kinder gewesen bin und seinem Sohne einen Namen gegeben habe. Vielleicht ist er dann vorsichtiger im Umgange mit Freunden, denen er Dankbarkeit schuldet.“
Ich war der Ansicht gewesen, daß diese Erinnerung den Alten zu Verstand bringen werde, hatte mich aber geirrt, denn er fuhr in noch höherem Zorne auf:
„Ein Verräter kann niemals auf Dank Anspruch erheben. Ich will Blut sehen, Blut!“
Der Kampf war also nicht rückgängig zu machen, und wenn ich vorher entschlossen gewesen war, so zart wie möglich mit ihm umzugehen, so fühlte ich jetzt auch mein Blut in Wallung geraten und nahm mir vor, ihm eine etwas derbere Lehre zu geben. Ich nickte also Winnetou zu, und dieser erhob die Hand und sagte mit lauter Stimme:
„Keiner der Zuschauer weiche von seinem Platze, bis ich es ihm erlaube! Der Kampf mag beginnen. Howgh!“
Er zog jetzt auch sein Messer, um jeden, der sich uns etwa nähern würde, niederzustechen, doch war daran unter den gegenwärtigen Umständen gar nicht zu denken.
Wer wird beginnen? Das war jetzt die Frage. Ich nicht! Doch war ich fest entschlossen, den Häuptling gleich beim ersten Angriff unschädlich zu machen. Ich hoffte, daß mir

dies gelingen werde. Zaudern durfte ich nicht, denn je länger ich mich dem Messer des Gegners aussetzte, desto größer wurde für mich die Gefahr, von demselben getroffen zu werden.

Der starke Büffel stand still und aufrecht wie eine Säule. Wollte er auch nicht der erste sein? So ruhig und bewegungslos sein Körper war, in seinem Innern sah es anders aus. Das lebhafte Flackern seiner Augen verriet mir, daß er nur so still stand, um meinen Blick zu ermüden, und sich dann plötzlich auf mich zu werfen. Ich hatte mich nicht geirrt, denn plötzlilch flammte es zwischen seinen Lidern förmlich auf, und ich ließ das Messer fallen, überzeugt, daß er jetzt auf mich einspringen werde. Er hob wirklich schon den Fuß, setzte ihn aber wieder auf die Erde und rief aus:

„Habt ihr gesehen, daß Old Shatterhand sich fürchtet? Das Messer ist ihm entfallen, weil die Angst ihm die Finger öffnete!"

Anstatt ihm zu antworten, bückte ich mich nieder, so thuend, als ob ich das Messer aufheben wolle; ich wußte aber, daß er als erfahrener und gewandter Krieger die Blöße, welche ich mir dabei gab, zum Angriffe benutzen werde. Er that auch sofort den entscheidenden Sprung, entscheidend, weil mit demselben seine Niederlage entschieden war. Nämlich da ich mich bückte, hatte er, um mich zu treffen, seine hohe Gestalt auch zu beugen und den Stoß nach einem Punkte zu richten, welcher in der Höhe des Rückens eines sich bückenden Mannes, also ungefähr anderthalb Ellen über der Erde lag. Ich machte aber eine blitzschnelle Wendung zur Seite und richtete mich ebenso rasch auf. Dadurch kam ich, während er in gebeugter Haltung nach der Stelle stieß, an welcher ich mich soeben befunden hatte, aufrecht neben ihn zu stehen, konnte also meine ganze Kraft in Anwendung bringen, und schlug ihm die geballte Rechte von hinten ins Genick, daß er nicht etwa niederfiel, sondern förmlich wie ein Sack, wie eine leblose Masse zu Boden schlug. Mit einem schnellen Griffe riß ich ihm das Messer aus der Hand; mit einem zweiten Griffe wendete ich ihn aus der Bauch- in die Rückenlage, um ihm auf die Brust zu knieen und das eigene Messer an die Gurgel zu legen; aber ich führte die Bewegung nicht aus; seine Augen machten, daß ich mitten in dieser Bewegung inne hielt. Sie waren weit geöffnet und starrten mit gläsernem Ausdrucke gerade aufwärts. Auch der Mund stand offen. Das dunkle, wetterharte Gesicht schien plötzlich versteinert zu sein. Kein Glied seines Körpers zuckte. Ich richtete mich aus meiner halben Beugung auf und sagte zu Winnetou:

„Der Häuptling der Apatschen sieht den „starken Büffel" am Boden liegen, und das Messer desselben in meiner Hand. Er mag entscheiden, wer der Sieger ist!"

Der Apatschekam heran und kniete vor dem Mimbrenjo nieder, um ihn zu untersuchen. Als er sich dann erhob, war sein Gesicht mehr als ernst und seine Stimme schien zu zittern, indem er verkündete:

„Der Häuptling der Apatschen hat gesagt, daß der „starke Büffel" noch heute die ewigen Jagdgründe betreten werde, und er hat recht gehabt. Die Faust Old Shatterhands ist wie ein Felsen; sie zerschmettert selbst dann, wenn er nicht töten will."

Das war nur zu wahr gesprochen, denn ich hatte den „starken Büffel“ wirklich nicht erschlagen wollen. Ein kräftiger Mensch kann einen andern sehr wohl durch einen Fausthieb betäuben, wenn ihm die Faust dann auch für einige Stunden schmerzt, aber erschlagen, geradezu erschlagen, das kann nur dadurch geschehen, daß man eine höchst empfindliche Stelle trifft oder eine solche, welche im Augenblicke des Hiebes eine lebensgefährliche Blöße bildet. Die Zuschauer standen stumm, auch die beiden Söhne des Besiegten, zu welchem ich mich auch niederkniete, um zu sehen, ob Winnetou sich getäuscht habe oder nicht.
Seine stieren Augen waren diejenigen eines Toten; sein offen stehender Mund deutete auf Lähmung; sein Herz klopfte leise. Er lebte also noch. Ich versuchte, seine Augenlider zusammen zu drücken; da bewegte er die Lippen und ließ einige unartikulierte Töne hören. Auch seine Augen bewegten sich, indem sie wie nach jemand suchten und dann auf mir haften blieben. Es kehrte ihnen dabei der Ausdruck zurück, der Ausdruck des Schreckens. Die Lippen schlossen und öffneten sich abwechselnd, um Worte auszusprechen, was aber nicht gelang, und durch den Körper und alle Glieder ging eine – ich möchte sagen, wurmförmige Bewegung, welche bewies, daß der für den Augenblick Gelähmte alle seine Kraft anstrengte, die Lähmung zu überwinden. Ich stand also auf und meldete den Roten, welche mit großer Spannung darauf warteten:
„Er ist nicht tot; er lebt. Seine Seele ist noch in ihm; ob aber der Körper ihr wieder gehorchen wird wie zuvor, das kann ich nicht sagen, das muß abgewartet werden.“
Da stieß der am Boden Liegende einen langen, durchdringenden Schrei aus, schnellte, wie von einer Feder geworfen, empor, schlug mit den Armen um sich und rief.
„Ich lebe, ich lebe, ich lebe! Ich kann reden, ich kann mich bewegen! Ich bin nicht tot, nicht tot!“
Da nahm Winnetou mir das Messer aus der Hand, hielt es ihm entgegen und fragte:
„Erklärt der „starke Büffel“ sich für besiegt? Old Shatterhand konnte ihn erstechen, hat es aber nicht gethan.“
Da hob der Mimbrenjo langsam den Arm, richtete ihn steif auf mich und antwortete, indem sein Gesicht einen Ausdruck annahm, welchen ich denjenigen des Grauens nennen möchte:
„Das Bleichgesicht hat den lebendigen Tod in seiner Faust. Es wäre entsetzlich gewesen, Leben zu besitzen und doch tot zu sein. Ich will ganz tot sein, wirklich tot. Old Shatterhand mag mir mein Messer ins Herz stoßen, aber so, daß ich dann nicht mehr sehen und nicht mehr hören kann!“
Er stellte sich vor mich in der Haltung eines Mannes, welcher den Todesstoß erwartet, hin. Ich nahm ihn bei der Hand, führte ihn dorthin, wo seine Söhne standen, und sagte zu dem jüngeren:
„Dein älterer Bruder hat einen Namen von mir erhalten; dir mache ich eine ebenso große Gabe: Ich schenke dir deinen Vater. Nimm ihn hin; aber sage ihm, daß er nicht wieder an Old Shatterhand zweifeln möge!“

Der Alte sah mir mit starrem Forschen in das Gesicht, schlug dann die Augen nieder und sprach:
„Das ist fast schlimmer als der Tod! Du giebst mein Leben einem Kinde! Die alten Weiber werden auf mich deuten, und von einem zahnlosen Munde wird es zum anderen gehen, daß ich von dir besiegt worden bin und nun einem Knaben gehöre, welcher keinen Namen hat. So wird mein Leben ein Leben voller Schande sein!"
„Mit nichten! Im Zweikampfe besiegt zu sein, ist keine Schande, und dein jüngerer Sohn wird sehr bald einen so berühmten Namen haben, wie sein älterer Bruder. Deine Ehre ist dir nicht genommen. Frag Winnetou, und frag die Aeltesten deines Stammes, sie werden es dir bestätigen!"
Um weiteren Einwendungen zu entgehen, entfernte ich mich. Mein Verhalten war allerdings ein ebenso harter Schlag für ihn, wie derjenige, der ihn ins Genick getroffen hatte. Er ging nach seinem Platze, um sich dort traurig niederzuhöcken. Auch die andern suchten ihre Plätze auf, fanden aber den Schlaf nicht so schnell wieder, wie er ihnen unterbrochen worden war. Als nach der festgesetzten Zeit Winnetou mich ablöste, fragte er mich:
„Hat mein Bruder Shatterhand schon einmal einen solchen Hieb gegeben, welcher nicht betäubte und doch der Seele die Macht über den Körper raubte?"
„Nein."
„Es war schrecklich anzusehen! Hätte diese Lähmung dauern können?"
„Jawohl. Für Wochen, Monate und Jahre."
„Dann mag mein weißer Bruder den Hieb ins Genick nie wieder thun, sondern die Feinde lieber gleich erschlagen! Der „starke Büffel" wird dich nicht wieder zum Kampfe zwingen. Ich errate, was du mit dem „großen Munde" gesprochen hast. Er verlangte heute schon die Freiheit?"
„Ja."
„Er hat dir aber nicht gesagt, was du wissen willst?"
„Nein."
„Er wird es auch nicht sagen, sondern dich belügen. Daß er verlangt hat, jetzt schon frei zu sein, ist eine Frechheit, wie kein Aasvogel sie besitzt. Er verdient, dafür am Marterpfahle zu sterben. Welches Schicksal hast du über ihn beschlossen?"
„Dasjenige, für welches mein Bruder Winnetou sich entschieden hat."
„Du weißt dasselbe, denn du kennst meine Gedanken. Old Shatterhand und Winnetou schmachten nicht nach Blut; aber retten können sie den „großen Mund" nicht. Wollten wir ihm die Freiheit geben, so würde die Schuld von allen Missethaten, welche er später begeht, auf uns fallen. Er ist der Todfeind der Mimbrenjos. Sie mögen ihn mit sich nehmen, um ihn nach ihren Gesetzen und Gebräuchen zu richten."
So hatten wir also wieder einmal dieselbe Meinung gehegt und dies auch beiderseits erraten. Wir waren in Wirklichkeit das, was man mit einem landläufigen Ausdrucke „ein Herz und eine Seele" nennt.

Der so unerwartet mir aufgezwungene Zweikampf war nicht im stande, mich um meine Ruhe zu bringen; ich schlief darauf so fest, daß ich nicht selbst erwachte, sondern geweckt werden mußte. Zur bereits angegebenen Zeit wurde aufgebrochen. Unser Ritt verlief ohne irgend ein erwähnenswertes Ereignis.

Es war gegen Abend, als wir die enge Schlucht erreichten, welche auf den Lagerplatz der bei den Herden zurückgebliebenen Yumas mündete. Es war doch möglich, daß sie einen Wächter in die Schlucht gestellt hatten; wir mußten also vorsichtig sein und einen Kundschafter vorsenden, welcher aber wegen des weithin hörbaren Hufschlages nicht zu Pferde sein durfte. Der Wichtigkeit dieses Postens wegen und weil ich die Schlucht schon kannte, übernahm ich selbst das Späheramt. Als mein junger Freund, der Yumatöter, dies hörte, kam er zu mir und sagte in ehrfurchtsvollem Tone:

„Wird Old Shatterhand mir verzeihen, wenn ich es wage, eine Bitte zu haben?"

„Sprich!"

„Old Shatterhand will gehen, die Feinde auszukundschaften. Ich habe die Gegend auch kennen gelernt. Darf ich mit ihm gehen?"

„Ich bedarf freilich eines Begleiters, um ihn als Wächter zurückzulassen, aber du hast genug gethan und dir einen Namen erworben. Der Weg zu großen Thaten steht dir nun frei, da du ein Krieger bist. Du bedarfst dazu meiner nicht mehr, und ich will lieber einem anderen den Weg zur Berühmtheit öffnen. Schick deinen jüngeren Bruder her! Er soll mich begleiten!"

Der kleine Yumatöter hätte jedenfalls lieber gesehen, daß ich ihm seinen Wunsch erfüllte, daß ich ihm denselben aus Rücksicht für seinen Bruder abschlug, veranlaßte ihn zu der frohen Antwort:

„Mein berühmter weißer Bruder besitzt ein Herz voller Güte und Gewogenheit. Mein kleinerer Bruder wird sich dieses Vertrauens würdig machen und lieber sterben, als einen Fehler begehen."

Der Zug mußte halten bleiben, denn es konnte einer der Yumas, welche wir überrumpeln wollten, nicht nur als Posten in der Schlucht stehen, sondern aus irgend einem Grunde sich in derselben befinden und soweit in dieselbe eingedrungen sein, daß wir, falls wir weiter ritten, auf ihn stoßen würden. Auch war unsern Gefangenen nicht zu trauen. Sie konnten sehr leicht auf den Gedanken kommen, sich den Ihrigen, falls wir uns ihnen zu weit näherten, durch lautes Schreien bemerkbar zu machen und sie dadurch zu warnen. Es wurde also Halt gemacht und abgestiegen, und ich ging mit dem Indianerknaben zu Fuße weiter.

Er schritt hinter mir her und sagte kein Wort. Ich sah zuweilen zurück und vergnügte mich an der Miene, welche er zeigte. Er war sich des ihm gewordenen Vorzuges und der Wichtigkeit unserer Aufgabe sehr bewußt; daher der Ausdruck des Glückes und des Selbstgefühles in seinen noch jugendlich weichen Zügen.

Der Unterschied zwischen mir, dem erwachsenen Krieger, und ihm, dem unbekannten Knaben, ließ ihn gar nicht daran denken, mir zur Seite zu schreiten; aber ich bemerkte

sehr wohl, daß er zuweilen ganz unwillkürlich einige rasche Schritte machte, um dann doch gleich wieder zurückzubleiben. Er hatte etwas auf dem Herzen; er wollte mir etwas sagen, durfte es aber unmöglich wagen, das Gespräch zu beginnen. Ich zog daher meine Schritte ein wenig ein und sagte:
„Mein junger Bruder mag an meiner Seite gehen!“
Er gehorchte sofort, denn ein höfliches Zaudern wäre hier Ungehorsam gewesen.
„Mein kleiner Bruder wünscht, zu mir sprechen zu dürfen,“ fuhr ich fort. „Er mag zu mir reden!“
Er warf aus seinen klugen Augen einen dankbaren Blick zu mir herauf, sagte aber nichts. Es war also eine Frage, nicht eine Mitteilung, welche er auf dem Herzen hatte. Eine Frage durfte er jetzt noch nicht aussprechen, da ich ihm nur das Reden im allgemeinen, nicht aber das Fragen erlaubt hatte.
„Ich weiß, was meinem roten Bruder auf den Lippen schwebt,“ sprach ich weiter. „Soll ich es ihm sagen?“
„Old Shatterhand spricht, wenn er will!“
„Es betrifft deinen Vater, den „starken Büffel“. Habe ich recht?“
„Old Shatterhand trifft stets das Richtige.“
„Du wolltest mich gern fragen, warum ich sein Leben dir geschenkt habe?“
„Ich wünschte es, durfte es aber nicht wagen.“
„Ich habe die Worte aus deinem Gesichte gelesen. Du darfst zu mir reden, als ob ich auch ein Knabe wäre.“
„Wenn Old Shatterhand mir dies erlaubt, so darf ich ihm sagen, daß mein Vater sterben wird!“
„Warum denkst du das?“
„Ich sehe es ihm an, und mein älterer Bruder ist derselben Meinung. Er wird sich töten, weil er die doppelte Schande nicht ertragen kann.“
„Es ist keine Schande, von mir niedergeworfen zu werden. Ich habe Winnetou auch besiegt, ehe er mein Bruder war. Nun frage ihn, ob er sich dessen schämt. Sprich mit deinem Vater darüber. Sein Stolz verbietet ihm, mit mir davon zu reden; du aber bist sein Sohn, den er anhören darf. Du sprachst aber von einer doppelten Schande. Damit meintest du ferner, daß ich ihn dir geschenkt habe?“
„Ja.“
„Meinst du wirklich, daß dies eine Schande ist?“
„Eine große! Warum hast du sie ihm angethan?“
„Ich habe so gehandelt, um ihm die Schande zu ersparen, von mir das Ieben geschenkt zu erhalten. Das, was du eine Schande nennst, ist keine Schande, sondern im Gegenteile eine Bewahrung vor derselben.“
„Ich bin ein Knabe und weiß das nicht; aber wenn Old Shatterhand es sagt, muß es wahr sein.“

„Es ist wahr. Ich wiederhole: Daß dein Vater von mir besiegt wurde, war keine Schande. Alle roten Männer wissen, daß es schwer ist, mich zu besiegen. Aber er hatte es in seinem Zorne auf meinen Tod abgesehen; er hätte mich nicht geschont, sondern sicherlich erstochen; es wäre also eine Schande gewesen, wenn er das Leben aus meiner Hand geschenkt erhalten hätte. Jetzt ist sein Leben dein Eigentum, und da du sein Kind bist, kann er es als Geschenk von dir annehmen, ohne erröten zu müssen. Begreifst du mich nun?"
Er dachte erst eine kleine Weile nach und antwortete dann:
„Mein Herz war schwer um meines Vaters willen; nun aber ist es wieder leicht geworden. Die Worte Old Shatterhands sind weise und klug und sehr leicht zu begreifen. Wie er gehandelt hat, so hätte kein anderer Krieger gehandelt. Mein Vater kann ohne Scham weiter leben; ich werde es ihm sagen. Dafür aber, daß mein berühmter weißer Bruder das Leben meines Vaters in meine Hand gegeben hat, soll ihm das meinige gehören. Old Shatterhand sage ein Wort, so bin ich bereit, sofort in den Tod zu gehen!"
„Ich wünsche nicht, daß du stirbst, sondern daß du lebst, um nicht nur ein tapferer Krieger, sondern auch ein guter Mensch zu werden. Zu einem guten Menschen kann ich dich nicht machen; du mußt dich selbst bestreben, gut zu sein und nie ein Unrecht zu begehen; aber ein tapferer Krieger zu werden, dazu kann ich dir behilflich sein. Ich werde dafür sorgen, daß du stets in meiner Nähe bist, solange ich mich in diesen Gegenden befinde."
Da ergriff er einen Finger meiner Hand – die ganze Hand wagte er nicht zu ergreifen – drückte denselben an seine Brust und sagte in einem Tone, dem man anhörte, daß seine Worte aus einem überquellenden Herzen kamen:
„Ich habe meinem großen weißen Bruder vorhin mein Leben zugesagt, nun wollte ich, ich hätte viele Leben; sie alle würden Old Shatterhand gehören!"
„Ich weiß, ich weiß! Du bist ein dankbarer Knabe, und wer dankbar ist, der wandelt auf dem Wege, an welchem auch alle andern Tugenden blühen. Pflücke sie beizeiten, denn je länger dieser Weg wird, desto seltener sind sie zu finden und desto mehr sind sie von Dornen umgeben, welche die pflückende Hand verscheuchen!"
Der kleine Mann holte laut und tief Atem. Meine Worte waren ihm in das Herz gedrungen und dort auf einen fruchtbaren Boden gefallen. Ein solches Atmen, welches ein sicheres Zeichen der Bewegung ist, habe ich immer gern gehört.
Der Tag neigte sich schnell zur Rüste. In der Schlucht war es schon ziemlich düster geworden. Wir mußten um so schärfer aufpassen. Vorteilhaft war es, daß der Knabe schon gelernt hatte, mit unhörbaren Schritten zu gehen. Indianer werden schon in früher Jugend in dieser Kunst – denn sie ist wirklich eine Kunst – geübt.
Es stellte sich heraus, daß sich kein feindliches Wesen in der Schlucht befand. Wir erreichten den Ausgang derselben beim letzten Tagesscheine, welcher uns erlaubte, uns leidlich zu orientieren.

Als ich Gefangener der Yumas war, hatten wir nahe der Schlucht gelagert. Unterdessen hatten die vielen geraubten Tiere das Gras abgeweidet, und die Hirten waren dadurch gezwungen gewesen, sich von derselben zu entfernen. Wir sahen sie weit draußen, soweit, daß die Pferde und Kühe die Größe kleiner Hunde hatten. Die Indianer, welche sie beaufsichtigten, schienen dreijährige Kinder zu sein.

Einer von ihnen nur war bedeutend größer, denn er war uns näher; ja, er kam auf uns, das heißt auf den Ausgang der Schlucht zu. Um den Grad der Intelligenz des Knaben kennen zu lernen, fragte ich ihn:

„Du siehst den Yuma, welcher sich uns nähert. Wird er vollends herkommen oder unterwegs umkehren?“

„Er wird kommen, um sich hier aufzustellen, und die Krieger zu erwarten, welche dir nachgejagt sind.“

„Ist das nicht überflüssig?“

„Nein. Er soll ihnen, falls sie kommen, sagen, wo seine Kameraden sich befinden, da sich dieselben von hier entfernt haben.“

„Die Leute würden ihre Kameraden doch auch ohne eine solche Anweisung finden, da die letzteren jedenfalls Wachtfeuer brennen werden.“

„Sie werden so vorsichtig sein, keine zu brennen. Sie wissen nicht, ob es gelungen ist, dich wieder zu ergreifen, und Old Shatterhand ist für seine Feinde ein gefährlicher Krieger.“

„Hm! Warum kommt dieser Mann erst jetzt? Warum hat man nicht schon am Tage einen Posten hierhergestellt?“

„Weil diejenigen, die erwartet werden, am Tage die Herden da draußen sehen können und also keines Wegweisers bedürfen.“

„Das ist sehr richtig. Du hast mir überhaupt gute Antworten gegeben. Aber das Wissen genügt nicht; man muß auch zu handeln verstehen.“

„Old Shatterhand mag mir sagen, was ich thun soll! Ich werde gehorchen.“

„Ich möchte den Yuma als Gefangenen haben.“

Das schon an sich dunkle Gesicht des Knaben wurde infolge des Blutandranges, welchen meine Worte veranlaßten, noch dunkler, doch antwortete er:

„Wenn Old Shatterhand seine Hand ausstreckt, kann der Yuma ihm nicht entgehen.“

„Hast du nicht auch eine Hand?“

Er blickte glänzenden Auges zu mir auf, sagte aber:

„Es ist die Hand eines Knaben, welcher in Gegenwart eines großen Kriegers nicht handeln darf.“

„Der große Krieger erlaubt es dir. Du sollst deinem Vater zeigen, daß du an meiner Seite gewesen bist.“

„Dann werde ich ihn erschießen!“

„Nein. Seine Kameraden würden den Schuß hören. Ich sage dir, daß ich ihn gefangen haben will.“

„Old Shatterhand mag sagen, was er von mir verlangt; ich werde es thun."
„Du sollst selbst wissen, was du zu thun hast. Die That wäre nicht ganz die deinige, wenn du meines Rates zu derselben bedürftest. Ueberlege also schnell, ehe es zu spät ist!"
Er blickte, um die Entfernung zu messen, hinaus nach der Stelle, wo der Yuma sich jetzt befand, und musterte dann unsere Umgebung. Sein Gesicht hatte dabei einen unternehmenden, ja entschlossenen Ausdruck.
„Ich weiß, was ich thue," meinte er dann. „Wir stehen hier am Ausgange der Schlucht, hinter deren Felsenecke wir hervorblicken. Der Yuma wird nicht draußen stehen bleiben, sondern in die Schlucht hereinkommen."
„Das halte auch ich für sehr wahrscheinlich."
„Ich sehe ein Versteck für mich, in welchem ich mich verberge, bis er vorüber ist. Dann schleiche ich mich hinter ihm drein und schlage ihm den Kolben meines Gewehres auf den Kopf, daß er niederstürzt. Mit meinem Lasso werde ich ihn binden."
„Wenn das Versteck gut ist, ist auch der Plan nicht schlecht. Wo befindet es sich?"
„Gleich hinter uns auf dem Felsen."
Wir standen, wie er soeben gesagt hatte, hinter dem Felsen am Ausgange der Schlucht. Wenige Schritte rückwärts trat die Steinwand in etwas mehr als Manneshöhe vielleicht zwei Ellen zurück. Wer da oben lag und sich recht niederdrückte, konnte allerdings von einem Vorübergehenden nicht gesehen werden. Darum sagte ich:
„Kannst du denn hinauf? Der Stein ist glatt."
„Das ist nichts!" antwortete er verächtlich. „Ich würde noch viel höher kommen."
„Aber wenn du herunterspringst, wird er dich hören!"
„Ich springe nicht, sondern ich gleite leise."
„Dann rasch hinauf! Es ist jetzt noch Zeit."
„Wohin wird Old Shatterhand sich inzwischen verstecken?"
„Das ist meine Sache. Rechne nicht auf mich; ich kann dir nicht beistehen. Wenn du nicht klug, schnell und entschlossen handelst, wird er dich töten."
Darauf antwortete er stolz:
„Der Yuma wird noch keinen Mimbrenjo getötet haben und auch in Zukunft keinen töten. Ich fange ihn und laß ihn am Pfahle sterben."
Er war ein guter Kletterer und kam schnell wie ein Eichhörnchen auf den erwähnten Felsen, an welchen er sich so schmiegte, daß ich ihn nicht sehen konnte. Wer ahnungslos vorüberkam, konnte ihn erst recht nicht bemerken.
Nun war es hohe Zeit, mich zurückzuziehen, denn der Yuma hatte, um zu uns zu kommen, höchstens noch dreihundert Schritte zu gehen. Ich eilte also eine Strecke zurück bis zu einem hervorstehenden Felsen, hinter welchen ich mich stellte. Das Unternehmen war für den kleinen Helden trotz meiner Anwesenheit nicht ungefährlich. Wenn der Yuma ihn vorzeitig bemerkte und es zum Kampfe kam, konnte ich nicht schnell genug Hilfe bringen, weil ich nicht schießen durfte, da der Schuß draußen von den Yumas gehört worden wäre. Ich sah darum den nächsten Augenblicken mit

besonderer Spannung entgegen, zumal ich der Urheber der That war und ihre Folgen zu verantworten hatte. Natürlich wünschte ich dem Knaben zu seinem Vorhaben von ganzem Herzen Glück. Er hatte meine Botschaft bei seinem Vater ausgerichtet und mir rechtzeitig Hilfe gebracht. Dafür wäre ich ihm gern, wie seinem Bruder, mit einem Namen dankbar gewesen.

Erleichtert wurde die Ausführung des Vorhabens dadurch, daß es mittlerweile noch dunkler geworden war, besonders hier in der Schlucht, und daß ein Umstand eintrat, welchen wir nicht einmal als Zufälligkeit mit in Betracht gezogen hatten. Der Yuma blieb nämlich, als er die Schlucht erreicht hatte, an der Ecke derselben, an welcher wir vorhin unsere Beobachtungen gemacht hatten, stehen und kam gar nicht herein. Er befand sich dort auf dem Posten, welcher ihm angewiesen worden war, und begann, langsam hin und her zu gehen. Dabei kam er wiederholt an den Felsen, auf welchem der Knabe lag, aber nicht so nahe, daß er von oben herab mit dem Kolben erreicht werden konnte.

Ich sagte mir, daß der kleine Mimbrenjo warten werde, bis der Yuma ihm einmal nahe genug gekommen sei, und fügte mich in Geduld. So vergingen fünf Minuten und noch fünf; es wurde so dunkel, daß ich kaum noch zwanzig Schritte weit sehen konnte. Ich lauschte mit angestrengtem Gehör und nahm mir eben vor, mich der betreffenden Stelle mehr zu nähern, um nötigen Falles schneller bei der Hand sein zu können, da vernahm ich ein Geräusch oder einen Ton, wie wenn man mit einem Stocke auf einen Kürbis schlägt. Das war der Hieb, welchen der Yuma hatte bekommen sollen. Ich blieb stehen und horchte weiter. Ein röchelndes Stöhnen ließ sich hören; dann wiederholte sich das erste Geräusch.

Der Yuma hatte einen zweiten Kolbenschlag erhalten. Jetzt brauchte ich keine Sorge mehr um den Knaben zu haben und wartete, was er nun thun werde. Nach sehr kurzer Zeit hörte ich Schritte, und dann rief der Mimbrenjo mit halblauter Stimme meinen Namen. Er war bis auf wenige Schritte zu mir herangekommen; ich ging zu ihm und fragte:

„Nun, wie hat mein junger Bruder seine Aufgabe ausgeführt? Ist sie gelungen?“

„Ja. Der Yuma ging unter meinem Verstecke hin und her; da gab ich ihm einen Hieb, welcher ihn niederwarf. Er stöhnte und wollte sich erheben; da sprang ich herab und gab ihm einen zweiten Schlag, worauf er still wurde und liegen blieb. Dann band ich ihn mit meinem Lasso. Ob er noch lebt, oder ob ich ihn erschlagen habe, das weiß ich nicht.“

„Das wird sich gleich zeigen. Komm, laß uns sehen!“

Wir begaben uns an Ort und Stelle, wo ich den Yuma untersuchte. Er war bei voller Besinnung. Die Hiebe hatten ihn nur für einige Augenblicke betäubt, während welcher Zeit er gebunden worden war. Um Hilfe hatte er dann nicht gerufen, weil er nicht wußte, wie viele Gegner er vor sich hatte, und sich dagegen wohl sagte, daß er zu entfernt von seinen Kameraden liege, als daß dieselben sein Rufen hören könnten. Was er besaß, war natürlich Beute seines Besiegers, doch war die Beute eine sehr geringe. Seine Taschen befanden sich in dem Zustande vollständigster Leere, und bewaffnet war er nur mit einem Messer und einem Bogen mit Köcher, in welch letzterem sich drei oder vier schlechte Pfeile befanden. Ich hätte meinem kleinen Helden eine reichere Beute gegönnt, denn bei den Roten heißt es, je mehr Beute desto größer die Heldenthat.

Unsere Rekognoscierung hatte einen günstigen Verlauf genommen und ein ebenso günstiges Ergebnis gehabt. Wir mußten nun zurückkehren und den Gefangenen mitnehmen, da wir ihn nicht liegen lassen durften. Es war mit Sicherheit anzunehmen, daß er abgelöst würde, und bevor das geschah, mußten wir wieder hier sein, um seinen Nachfolger zu empfangen, von welchem leicht zu denken war, daß er beim Nichtantreffen seines Vorgängers Lärm schlagen werde. Ich fragte darum den Yuma:

„Höre auf meine Stimme! Kennst du mich?“

„Old Shatterhand!“ antwortete er im Tone des Schreckens. „Ja, ich kenne dich!“

„Wenn dir dein Leben lieb ist, so sprich nicht laut, und antworte mir auf meine Fragen die Wahrheit! Sind, seit ich fort bin, noch mehr Yumas zu euch gestoßen?“

„Nein.“

„Ist etwas Wichtiges passiert?“

„Nein.“

„Wann wirst du abgelöst?“

„Zweimal nach der Zeit, welche die Bleichgesichter eine Stunde nennen.“

„Du wirst jetzt mit uns kommen. Damit du gehen kannst, werde ich dir die Füße freigeben. Machst du Miene, uns zu entlaufen, so steche ich dich auf der Stelle nieder!“

Ich löste ihm den Lasso von den Beinen, schnürte ihm die Arme an den Leib und band ihn dann mit mir zusammen, sodaß ich ihn sicher hatte. Dann gingen wir trotz der Dunkelheit viel schneller zurück, als wir am Tage hergekommen waren, weil wir da langsam hatten gehen müssen, um vorsichtig nach Indianern auszuschauen.

Als ich Winnetou gemeldet hatte, in welcher Weise die Yumas von uns gesehen worden waren, meinte er:

„Es wird ein Leichtes sein, sie zu ergreifen, nur dürfen wir die Gefangenen nicht mitnehmen, weil diese uns verraten könnten. Was meint mein Bruder Shatterhand, wie viele Mimbrenjos werden genügen, die Feinde so zu überfallen, daß kein einziger von ihnen entkommt?“

„Die Hälfte ist mehr als genug, doch ist es besser, einige mehr als weniger, da man immer mit Zufälligkeiten rechnen muß.“

„Und die andere Hälfte genügt, die Gefangenen hier zu bewachen?“

„Ja.“

„Wer soll diese befehligen?“

„Der „starke Büffel“, denn Winnetou und ich müssen bei dem Ueberfalle zugegen sein. Es ist sogar notwendig, daß wir beide die Yumas erst umschleichen, um zu erfahren, wie sie lagern oder sich aufgestellt haben. Das müssen wir beide selbst thun, weil es schwierig ist, da sie keine Feuer brennen haben.“

„Lieber möchte ich den „starken Büffel“ bei mir behalten, weil ich ihm nicht so wie früher zutraue, vorsichtig und bedachtsam zu sein. Seit dem Zweikampfe mit meinem Bruder Shatterhand ist er ein anderer Mann geworden. Sein Auge ist nur nach innen gerichtet und hat keine Aufmerksamkeit mehr für das, was um ihn vorgeht.“

„Das hindert nicht, ihm die Aufsicht über die Gefangenen zu übergeben. Er hat sich nicht um sie gekümmert, weil es nicht nötig war; nun aber wird er achtsam sein. Gerade der Zweikampf war eine Folge seines Hasses gegen die Yumas. Er glaubte, ich wolle sie oder zunächst ihren Häuptling entkommen lassen. Er will sie am Marterpfahle sterben lassen und wird gewiß keinen Fehler begehen, infolgedessen auch nur einer von ihnen zu entfliehen vermag. Ich werde mit ihm sprechen.“

Der „starke Büffel“ hatte mein Gespräch mit Winnetou nicht gehört, weil er sich nicht nahe bei uns befand. Ich ging zu ihm und nahm seinen Sohn mit dem Gefangenen mit.

„Warum sitzt der Häuptling der Mimbrenjos nicht bei Winnetou?“ fragte ich ihn. „Winnetou hat ihm Wichtiges mitzuteilen.“

„Was kann es Wichtigeres für mich geben, als mein Ruhm, welcher verloren ging!“ antwortete er düster.

„Ist der Ruhm deiner Söhne für dich nicht ebenso wichtig, wie der deinige?“

„Sprichst du vom Yumatöter?“

„Nein, von dem jüngern Sohne.“

„Der hat weder Namen noch Ruhm; an ihn habe ich nicht zu denken.“

„Du irrst. Er wird ein berühmter Krieger werden. Er hat mir den Beweis geliefert.“

„Weil er mit dir gegangen ist? Zu sehen, ob die Yumas sich in der Schlucht befinden, das ist kein Heldenstück. Einen Feind ausspähen, das kann jeder Mimbrenjoknabe.“

„Aber einen Feind niederschlagen und gefangen nehmen, kann das auch jeder eurer Knaben? Der deinige hat es gethan. Hier vor dir steht der Yuma, welchen er gefangen hat.“

„Rede die Wahrheit! Du selbst hast ihn gefangen und dann meinem Knaben geschenkt, wie du demselben auch schon mein Leben geschenkt hast.“

„Nein. Er hat es gethan, er allein. Ich ging fort; er lauerte dem Yuma auf, schlug ihn nieder und band ihn mit dem Lasso. Als ich wiederkam, war alles geschehen, sodaß ich nichts mehr dabei zu thun hatte.“

Da ging dem Alten doch das Herz auf. Er erhob sich, legte seinem zweiten Sohne die Hand auf das Haupt und sprach:

„Du bist mein jüngerer Sohn, brauchst aber deinen älteren Bruder nicht um seinen Namen und seine Tapferkeit zu beneiden, denn Old Shatterhand ist bei uns und wird dir die Wege zeigen, auf denen du auch einen solchen Namen zu erlangen vermagst. Der Gefangene ist dein und wird am Marterpfahle von dir den Todesstreich erhalten.“

„Sorge dafür, daß sie alle auch wirklich an den Marterpfahl kommen,“ bedeutete ich ihm. „Wir müssen die Gefangenen jetzt deiner Aufsicht übergeben, und lassen dazu die Hälfte deiner Krieger bei dir zurück.“

„Mit der andern Hälfte wollet ihr die andern Yumas fangen? Und ich soll hier bleiben und nicht mit euch gehen? Warum wollet ihr mich nicht mitnehmen?“

„Weil einer von uns dreien, du, Winnetou und ich, hier bleiben muß und wir wissen, daß deine Wachsamkeit größer als die unserige ist. Die Gefangenen gehören dir, also mußt du sie auch bewachen.“

„Mein weißer Bruder hat recht. Solange ich hier bin, wird es keinem der Hunde gelingen, uns zu entkommen. Ihr könnt ohne Sorge gehen.“

„Das thun wir auch. Halte dich bereit, uns nachzukommen, sobald wir dir einen Boten senden!“

Nun wurden diejenigen, welche uns begleiten sollten, bestimmt; dann stiegen wir zu Pferde und ritten, bis wir am Ausgange der Schlucht angekommen waren, wo wir abstiegen und die Pferde einigen Wächtern übergaben. Geritten waren wir, um schneller anzukommen, sonst wäre die Ablösung vor uns dagewesen, hätte den Posten vermißt und Lärm geschlagen. Die Ankunft der Ablösung mußte nun jeden Augenblick erfolgen. Da der Mann die Pferde vielleicht hören konnte, ging ich ihm mit Winnetou entgegen. Die Richtung wußte ich ja. Einige hundert Schritte von der Schlucht blieben wir stehen, um zu warten. Es dauerte kaum zwei Minuten, so hörten wir ihn kommen. Wir gingen auseinander, ich nach links, Winnetou nach rechts, und als der Yuma zwischen uns hindurch wollte, wurde er von beiden Seiten gepackt und in die Schlucht zu den Wächtern der Pferde geschafft.

Darauf ging ich mit Winnetou, die Yumas zu beschleichen. Sie hatten noch immer keine Feuer brennen; dennoch waren wir schon nach einer halben Stunde wieder zurück, um unsere Leute zu holen und ihnen ihre Anweisungen zu geben. Die Feinde hatten es uns leicht gemacht. Sie saßen alle in der ungefähren Mitte ihres jetzigen Weideplatzes beisammen, und nur vier von ihnen patrouillierten außerhalb des Platzes hin und her, um die Tiere zusammenzuhalten. Wenn es uns gelang, die vier ohne Lärm aufzuheben, so konnten wir die andern leicht umzingeln, so daß sie sich ohne Gegenwehr ergeben mußten. Im andern Falle aber waren wir gezwungen, auf sie zu schießen.

Glücklicherweise stellte sich heraus, daß dies nicht notwendig war. Die vier wurden unschwer überwältigt; einem von ihnen teilte ich alles mit, was geschehen war und schickte ihn, als wir die andern umzingelt hatten, zu diesen, um ihnen den Stand der Dinge klar zu machen und ihnen zu sagen, daß wir nur zehn Minuten auf ihren Entschluß, sich zu ergeben, warten, im Weigerungsfalle aber dann auf sie schießen würden. Sie waren so klug oder auch so feig, die zehn Minuten gar nicht verstreichen zu lassen, bevor sie sich uns auslieferten.

Nun wurden zunächst einige Feuer angebrannt und die Pferde herbeigeholt; dann schickten wir dem „starken Büffel“ einen Boten, um ihm sagen zu lassen, daß er mit seinen andern Mimbrenjos und den Gefangenen kommen solle. Als dies geschehen war, entwickelte sich ein sehr reges Lagerleben. Wir betrachteten das geraubte Vieh als Eigentum des Haziendero, nahmen uns aber dennoch die Freiheit, einige Stücke davon

zu schlachten, um Fleisch zu haben. Das kleine Opfer konnten wir verlangen, da wir gesonnen waren, ihm den Raub zurückzubringen. Zwischen mir und Winnetou wurde beschlossen, gleich morgen mit den Herden nach der Hazienda aufzubrechen. Als wir dies dem Häuptlinge der Mimbrenjos sagten, fragte er:
„Was soll indessen mit den Gefangenen geschehen?"
„Sie sind dein. Mache mit ihnen, was du willst," antwortete Winnetou.
„So werde ich sie sofort nach den Weideplätzen meines Stammes bringen, wo wir über sie Gericht halten werden."
„Dazu brauchst du Leute; ich aber kann doch mit Old Shatterhand die Herden nicht allein nach der Hazienda treiben!"
„Ich werde euch fünfzig Männer mitgeben, welche euch helfen."
Das hatten wir erwartet und nahmen das Anerbieten natürlich augenblicklich an. Für mich galt es nun, mit dem „großen Munde" zu sprechen, um das Nötige über den Mormonen und seine Absichten zu erfahren. Ich war freilich überzeugt, daß er sich hüten werde, mir die Wahrheit zu sagen, hoffte aber, indirekt wenigstens soviel zu erfahren, daß ich das übrige durch Schlüsse zu ergänzen vermochte. Ich brauchte das Gespräch mit ihm gar nicht zu beginnen, ihm gar nicht merken zu lassen, wieviel mir an der Sache lag; ich war vielmehr überzeugt, von ihm angeredet zu werden, sobald er mich in seiner Nähe sehen würde. Darum gab ich mir den Anschein, die Fesseln der Gefangenen untersuchen zu wollen, und kam dabei auch zu ihm.
Als ich seine Riemen betastete, fragte er in zornigem Tone, doch so, daß nur ich es hörte:
„Warum hast du meine Krieger überfallen?"
„Weil sie unsere Feinde sind."
„Aber warum thust du es, da du doch dein Versprechen halten und sie wieder freigeben mußt?"
„Ich mußte ihnen doch die geraubten Tiere abnehmen, da ich sie dem Haziendero zurückbringen will."
„Dem Don Timoteo Pruchillo?"
„Ja."
„Der ist ja gar nicht mehr Haziendero!" lachte er.
„Wer denn?"
„Das Bleichgesicht, welches ihr Melton nennt."
„Melton? Wie kommt der dazu, Haziendero zu sein?"
„Er hat die Hazienda dem Don Timoteo abgekauft. Willst du etwa ihm die Tiere bringen?"
„Fällt mir nicht ein! Ich schaffe sie zu Timoteo Pruchillo."
„Den findest du nicht. Er ist aus dem Lande hinaus."
„Woher weißt du das?"
„Von Melton, der es so mit Weller beschlossen hatte."
„Also befindet sich Melton jetzt als Besitzer auf der Hazienda?"

„Nein."
„Wo ist er denn?"
„Auf – in – –"
Er hielt stockend inne; er hatte mir eine Antwort geben wollen, sich aber anders besonnen, und als ich meine Frage wiederholte, äußerte er:
„Ich weiß es nicht."
„Soeben wolltest du es mir doch sagen! Dann sage mir, was aus den weißen Einwanderern geworden ist!"
„Sie müssen – – sie sind – – sie befinden sich – –"
Er stockte wieder.
„So rede doch!" forderte ich ihn auf.
„Ich weiß auch dieses nicht."
„Aber ich hörte es dir an, daß du es weißt!"
„Ich kann es unmöglich wissen. Alle die Männer und Leute, von denen du redest, waren meine Gefangenen. Du weißt, daß ich sie freigelassen habe. Wie kann ich wissen, was sie dann gethan haben und wo sie sich befinden!"
„Du mußt es wissen, denn du hast die Pläne Meltons kennen gelernt. Er hat dich aufgefordert, die Hazienda zu überfallen."
„Wer hat dir diese Lüge gesagt?"
„Es ist keine Lüge, sondern die Wahrheit. Als Melton mit den Einwanderern unterwegs war, hast du ihn mit Weller aufgesucht und das Nötige verabredet."
„Auch das ist eine Lüge!"
„Leugne nicht! Ich selbst habe euch beobachtet."
„So haben deine Augen dich getäuscht."
„Meine Augen täuschen mich nie. Dein Leugnen bringt dir keinen Nutzen. Ich will und muß unbedingt wissen, was nach dem Ueberfalle und der Einäscherung der Hazienda mit den Einwanderern geschehen ist."
„Und ich kann es dir nicht sagen, da ich es selbst nicht weiß."
„Du weißt es. Du hast versprochen, mir Auskunft zu erteilen."
„Und du hast versprochen, uns frei zu lassen; anstatt aber dieses Versprechen zu erfüllen, nimmst du immer mehr von uns gefangen!"
„Ich werde es erfüllen, wenn du das deinige hältst."
„Ich habe es gehalten und dir alles gesagt, was ich weiß."
„Es ist nicht wahr, doch streiten wir uns nicht! Wir wären quitt gewesen, wenn jeder sein Wort gehalten hätte; nun sind wir ebenso quitt, weil keiner es gehalten hat. Ich bin heute die letzte Nacht bei euch. Morgen früh trenne ich mich von dem „starken Büffel", welcher euch nach seinen Weideplätzen transportieren wird, wo ihr den Martertod sterben werdet."

Ich that so, als ob ich gehen wolle. Das half. Morgen fort von hier! Er hoffte, durch mich frei zu werden! Und ich war nur noch heute abend da! Von dem „starken Büffel“ hatte er keine Gnade zu erwarten.
„Warte noch!“ rief er, als ich mich schon einige Schritte entfernt hatte.
„Nun?“ fragte ich, mich ihm wieder zuwendend.
„Wirst du uns wirklich freilassen, wenn ich dir alles sage?“
„Ja. Aber du weißt ja nichts!“
„Ich weiß es. Melton hat mir geboten, zu schweigen.“
„So öffne endlich den Mund. Was ist mit den Einwanderern geschehen?“
„Halt erst du dein Wort! Weißt du, was ich dir, als du uns gefangen nahmst, gesagt habe? Daß ich dir deine Fragen nur als freier Mann beantworten werde.“
„Und ich meinesteils habe dir mitgeteilt, daß ich dir die Freiheit nicht eher gebe, als bis du meine Fragen beantwortet hast.“
„Ich bleibe bei meiner Entscheidung, und so mußt du dich anders besinnen.“
„Auch ich werde meinen Entschluß nicht ändern, und so bleibt es bei dem, was ich gesagt habe: Der „starke Büffel“ wird euch morgen fortschaffen.“
Ich wendete mich abermals zum Gehen. Dieses Mal ließ er mich weiter fort; dann rief er mir nach:
„Old Shatterhand mag noch einmal herkommen!“
Ich ging hin und bedeutete ihm in entschlossenem Tone:
„Ich sage jetzt mein letztes Wort: Erst mußt du reden, dann lasse ich dich frei; das Umgekehrte geschieht auf keinen Fall. Jetzt entscheide dich kurz! Willst du sprechen?“
„Ja, ich hoffe aber, daß du dann auch sogleich dein Wort hältst!“
„Was ich sage, das gilt. Also, hat Melton dich zum Ueberfalle der Hazienda aufgefordert?“
„Nein.“
„Haben die beiden Bleichgesichter, welche Weller heißen, mit Melton im Einverständnis gestanden?“
„Nein.“
„Aber Melton hat die Hazienda gekauft?“
„Ja.“
„Welche Absicht verfolgt er mit den Einwanderern?“
Er zögerte eine längere Weile, als ob er sich eine Ausrede aussinnen oder den nötigen Mut schöpfen wolle, eine schon ausgesonnene Lüge auszusprechen, und erst als ich meine Frage wiederholte, antwortete er:
„Er will sie verkaufen.“
„Verkaufen? Was? Menschen verkaufen! Das ist ja gar nicht möglich!“
„Es ist möglich. Das mußt du sogar noch besser wissen, als ich es weiß, denn du bist ein Bleichgesicht, und nur Bleichgesichter kaufen und verkaufen Menschen. Oder willst du

leugnen, daß die schwarzen Leute auch Menschen sind? Hat man nicht mit ihnen als Sklaven Handel getrieben?"

„Hier ist von Schwarzen keine Rede. Ich spreche von Bleichgesichtern, welche man nicht als Sklaven kauft."

„Und doch werden sie gekauft! Ich habe gehört, daß es Kapitäne giebt, welche so böse Menschen sind, daß sie keine Matrosen bekommen. Wenn nun so ein böser Kapitän Matrosen braucht, so stiehlt oder kauft er welche."

„Ah! Hm! Willst du etwa sagen, daß die weißen Einwanderer an einen solchen Kapitän verkauft worden sind?"

„Ja."

„Von wem?"

„Von Melton. Die Auswanderer gehören ihm; er kann also mit ihnen machen, was ihm gefällt. Er hat sie aus ihrem Lande geholt und dort sehr viel Geld für sie bezahlt."

„Das ist nicht sein Geld, sondern dasjenige des Haziendero gewesen."

„So hat er diesem die Hazienda und mit ihr die Weißen abgekauft. Er hat das Geld wieder haben wollen, und da sie es ihm nicht geben konnten, hat er sie an den Häuptling eines Schiffes verkauft."

„Woher weißt du das?"

„Von ihm selbst. Ehe ich ihm die Freiheit wiedergab, sagte er mir, daß er sie verkaufen werde."

„Wo befand sich denn der Häuptling des Schiffes?"

„In Lobos. Jetzt habe ich dir alles gesagt, was ich weiß; dein Wunsch ist erfüllt, und ich verlange, daß du auch den meinigen erfüllst."

„Verlangst du das wirklich? Du bist ein kluger, ein sehr kluger Mann; aber du hast nicht in Betracht gezogen, daß es Leute giebt, welche noch viel klüger sind."

„Was meinst du mit diesen Worten? Ich verstehe sie nicht."

„Wer einen, der klüger ist als er selbst, mit Lügen täuschen will, muß sehr vorsichtig sein und sich jedes Wort vorher reiflich überlegen. Das magst du dir merken! Wer dies nicht thut, der wird durchschaut und betrügt nicht etwa den andern, sondern sich selbst. Die Geschichte, welche du mir erzählt hast, ist eine Lüge vom Anfang bis zum Ende. Der Häuptling des Schiffes existiert nur in deinem Kopfe. Uebrigens mußt du wissen, daß kein Schiffshäuptling Frauen und Kinder als Matrosen kauft."

„Du glaubst mir also nicht? Dann ist es schade um jedes Wort, welches ich gesprochen habe. Was ich dir sagte, habe ich von Melton selbst erfahren. Mein Versprechen ist also erfüllt, und nun wirst du das deinige halten!"

„Allerdings. Ich habe dir mein Wort gegeben, dich zu befreien, wenn du mir die Wahrheit sagst; ich halte also mein Versprechen, mein Wort, wenn ich dich nicht befreie, weil du mich belogen hast."

„Wie? Du willst mir nicht helfen, mich nicht befreien?"

„Nein."

Hätte er gekonnt, er wäre vor Wut aufgesprungen, so aber richtete er sich trotz seiner Fesseln nur in sitzende Stellung auf und zischte mich an:
„Du nennst mich einen Lügner, bist aber selbst der größte, der schändlichste, den es giebt! Hätte ich meine Hände frei, so erwürgte ich dich!“
„Ich glaube sehr gern, daß du wenigstens den Versuch machen würdest, doch nicht weil ich Lügen sage, sondern weil ich nicht dumm genug bin, den deinigen Glauben zu schenken. Ein Kerl wie du bist, kann mich nicht betrügen!“
„Du selbst bist ein Betrüger, ein – –“
„Schweig!“ unterbrach ich ihn: „Ich habe mit dir nichts mehr zu reden. Nur das eine will ich dir noch sagen, daß du doch nicht verschwiegen gewesen bist, allerdings ganz gegen deinen Willen. Ich weiß, woran ich bin; du aber wirst morgen als Gefangener mit dem „starken Büffel“ ziehen müssen.“
„Du weißt nichts, gar nichts, und wirst auch nie etwas erfahren!“ lachte er höhnisch-grimmig auf.
Ich ging, blieb aber in einiger Entfernung stehen; denn ich hatte, während ich mit dem „großen Munde“ sprach, hinter dem Strauche, an welchem ich lag, eine Bewegung bemerkt. Es steckte jemand dahinter; ich vermutete, wer es war, und als ich nach dem Platze schaute, an welchem der „starke Büffel“ gesessen hatte, sah ich ihn nicht mehr dort. Als ich nun den Strauch scharf in das Auge nahm, bemerkte ich eine Gestalt, welche sich in tiefgebückter Haltung von demselben zurückzog. Hätte ich mir auf die Schärfe meiner Augen etwas einbilden wollen, so wäre ich gleich darauf überführt worden, daß es noch viel schärfere gab, denn als ich mich dann neben Winnetou, der entfernt saß, niedersetzte, sagte er, indem ein halbes Lächeln um seine Lippen zuckte:
„Mein weißer Bruder hat mit dem „großen Munde“ gesprochen. Sah er den Busch, an welchem dieser Häuptling der Yumas lag?“
„Ja.“
„Und auch den, der dahinter steckte!“
„Ja.“
„Der „starke Büffel“ ist noch immer von Mißtrauen erfüllt gewesen, wird aber nun eingesehen haben, daß er unrecht hatte.“
So scharf dachte Winnetou. Er hatte nur gesehen, daß ich mit dem Yuma sprach, aber kein einziges Wort gehört, und dennoch wußte er genau, daß es zwischen mir und dem „großen Munde“ zur Entscheidung gekommen war. Wir kannten eben einander und liebten einander so, daß sich der eine in die Seele des andern hineinzudenken vermochte.
Eben kam der starke Büffel zwischen den einzelnen Gruppen seiner Leute daher; er schien an uns beiden vorüber zu wollen, Winnetou aber forderte ihn auf:
„Mein roter Bruder mag sich zu uns setzen. Wir haben Wichtiges mit ihm zu besprechen.“

„Ich bin bereit, dieses Wichtige zu hören," antwortete der Mimbrenjo, indem er der Aufforderung Folge leistete.
„Mein weißer Bruder Shatterhand," fuhr Winnetou fort, „hat von dem „großen Munde" Dinge erfahren, welche wir sofort beraten müssen."
Auch diese Worte waren ein Beweis von der scharfen Logik des Apatschen. In freundlicher Ironie aber that er nun die folgende Frage:
„Der „starke Büffel" war nicht auf seinem Platze zu sehen. Er war wohl gegangen, nachzuschauen, ob irgendwo ein Busch zu finden sei?"
„Ich verstehe den Häuptling der Apatschen nicht," meinte der Mimbrenjo in sichtlicher Verlegenheit.
„Wo man sich verbergen kann, um zu hören, was Old Shatterhand mit dem „großen Munde" zu reden hat?"
„Uff! So hat Winnetou mich gesehen?"
„Ich sah den „starken Büffel" erst hin- und dann wieder herkriechen. Er wird nun wissen, daß er meinen weißen Bruder unschuldig beleidigt hat. Old Shatterhand ist kein Verräter, sondern ein ehrlicher Mann. Wer einem andern unrecht gethan hat und dies einsieht, ist, wenn er es verschweigt, kein guter Mensch!"
Die indirekte Aufforderung, welche in dieser letzteren Bemerkung lag, erhöhte die Verlegenheit des Mimbrenjo. Er kämpfte eine kleine Weile mit seinem Stolze, dann gewannen die freundschaftlichen Gefühle, welche er für mich hegte, die Oberhand, und er gestand:
„Ja, ich habe meinem guten Bruder Old Shatterhand ein schweres Unrecht zugefügt. Ich nannte ihn einen Verräter. Das ist die schlimmste Beleidigung, welche man einem gewöhnlichen Krieger zufügen kann; wie soll ich sie aber erst nennen, wenn sie gegen Old Shatterhand gerichtet wird! Sie kann mir ganz unmöglich vergeben werden!"
„Ich verzeihe dir," beruhigte ich ihn. „Du hast einen zornmütigen Kopf, aber ein gutes Herz. Wenn du dein Unrecht eingestehst, kann ich es dir nicht länger anrechnen."
„Ja, ich gestehe es ein und werde das allen laut sagen, welche die Beleidigung mit angehört haben. Ich werde nie wieder an dir zweifeln!"
„Das hoffe ich nicht nur um unserer Freundschaft willen, sondern ganz besonders auch deinetwegen. Es ist nun vorüber; sprechen wir nicht mehr davon!"
„Ja, schweigen wir darüber; es wird nicht wieder geschehen. Du bist gerechtfertigt, obgleich ich vieles von dem, was zwischen dir und dem Yuma gesprochen wurde, nicht verstanden habe."
„Davon bin ich überzeugt. Verstanden hätte ich nur von jemand werden können, welcher meine eigenen Gedanken gehabt hätte, und die besaß doch nur ich allein."
„Du hast die Erzählung von dem Häuptling des Schiffes nicht geglaubt?"
„Nein."
„So sind die weißen Einwanderer nicht verkauft worden?"

„Nein, wenigstens nicht in dem Sinne, in welchem der Yuma es meinte. Nicht verkauft, aber betrogen, schändlich betrogen sind sie worden von Melton und den beiden Wellers."
Da Winnetou nur ahnte, aber nichts Positives wußte, teilte ich ihm mein Gespräch mit. Er hörte aufmerksam zu, fiel darauf in ein kurzes, nachdenkliches Schweigen und fragte dann:
„Wer hat die Fremden kommen lassen, der Haziendero oder Melton?"
„Der erstere."
„Er ist es also auch, der für sie bezahlt hat?"
„Ja."
„Denkst du, daß er es ehrlich mit ihnen gemeint hat?"
„Ich bin überzeugt davon. Er ist selbst betrogen worden."
„Melton hat ihm die Hazienda abgekauft?"
„Das möchte ich jetzt annehmen. Er hat sie aber vorher überfallen, ausrauben und niederbrennen lassen, um billig in ihren Besitz zu kommen."
„Hat er die Auswanderer auch mitgekauft?"
„Ich denke es, denn es gab in ihrem Kontrakte einen Satz, welcher besagte, daß sie auch dem Nachfolger des Haziendero verbindlich seien. Und das ist es, was mich für sie mit großer Besorgnis erfüllt. Wenn Melton ihr Herr geworden ist, so ist es um ihr Wohlsein möglichst schlimm bestellt."
„Eines vermag ich nicht zu durchschauen. Er hat die Hazienda verwüsten lassen, um sie wertlos zu machen, und sie dann doch gekauft. Sie muß also trotz der Verwüstung einen Wert besitzen, nämlich für ihn, aber nicht für den Haziendero."
„Das ist unbedingt richtig; aber auch ich sehe in diesem Punkte nicht klar. Nachdem alles verbrannt und vernichtet ist, kann er auf Jahre hinaus weder Ackerbau noch Viehzucht treiben; es muß also eine andere Art der Benutzung sein, welche er im Sinne hat, eine Benutzung, zu welcher er die Auswanderer zwingen will. Ich bin überzeugt, daß sein Plan schon fertig war, als er den Haziendero überredete, fremde Arbeiter kommen zu lassen. Es handelt sich auf jeden Fall um eine Büberei, gegen welche ich die Fremden, welche Kinder meines Vaterlandes sind, in Schutz nehmen möchte."
„Old Shatterhand ist mein Bruder, folglich sind auch sie meine Brüder. Winnetou wird ihnen seinen Kopf und seinen Arm anbieten."
„Ich danke dir! Deine Hilfe ist mehr wert, als die vieler Krieger. Es liegt Gefahr im Verzuge. Wir dürfen nicht weilen, dürfen aber ja nicht mit den Herden reisen, welche wir dem Haziendero zurückbringen wollen. Mit ihnen würden wir über vier Tage brauchen, um die Hazienda zu erreichen."
„Nein; wir reiten allein. Was wird der „starke Büffeh thun? Wird er uns begleiten?"
„Ich würde mit euch reiten," antwortete der Gefragte; „aber meine Brüder werden einsehen, daß es besser ist, wenn ich bei den gefangenen Yumas bleibe. Meine Krieger bedürfen doppelt nötig eines Anführers, da ich sie teilen muß. Die Gefangenen müssen

fortgeschafft werden, und es gilt, die Herden nach der Hazienda zu bringen. Fünfzig meiner Leute werden genügen, letzteres zu thun, ich gebe ihnen einen erfahrenen Krieger als Anführer mit. Wenn sie auf der Hazienda angekommen sind und ihr habt ihrer nötig, so haben sie euch sowie mir zu gehorchen. Mit den andern schaffe ich die Yumas fort. Je weiter ich sie von der Hazienda entferne, desto weniger braucht ihr besorgt zu sein, daß sie mir vielleicht entfliehen und zurückkehren, um das Vieh wieder zu holen und euch Schaden zu bereiten."

Das war höchst verständig gesprochen. Er hatte recht. Und außerdem war mir an der Begleitung des jähzornigen Alten nicht sehr viel gelegen. Ich hegte die Ueberzeugung, daß ich mit Winnetou weit leichter und eher ans Ziel kommen würde, als mit diesem so leicht erregbaren Manne. Darum stimmte ich ihm sofort bei, und auch der Apatsche meinte:

„Mein roter Bruder hat sehr gute Worte gesprochen. Vielleicht bedürfen wir der fünfzig Krieger, wenn sie die Herden abgeliefert haben. Vielleicht auch müssen wir, wenn wir ihnen voraus sind, ihnen eine Nachricht geben. Dazu müssen wir noch einen Krieger haben, welcher uns beide begleitet und als Bote dienen kann."

Und ich fügte bei:

„Da werde ich doch lieber den „starken Büffel" bitten, uns seine beiden Söhne mitzugeben. Sie sind klug und tapfer und haben mir bewiesen, daß sie zu Botendiensten sehr geeignet sind. Ist dies meinem Freunde Winnetou recht?"

„Was Old Shatterhand sagt, soll geschehen," antwortete der Gefragte.

Auch der Mimbrenjo erklärte sich einverstanden. Er war sogar stolz darauf, daß seinen Söhnen, trotz ihrer Jugend, eine solche Auszeichnung zu teil wurde, und versprach, für sie die zwei schnellsten und ausdauerndsten seiner Pferde auszusuchen. Das war uns natürlich lieb, da die Jünglinge sonst wohl kaum fähig gewesen wären, mit uns, das heißt, ihre Pferde mit den unserigen, Schritt zu halten.

Nachdem noch einige Einzelheiten besprochen worden waren, legten wir uns schlafen, um frühzeitig munter zu sein. Kaum graute der Morgen, so versahen wir uns mit Proviant, da wir nicht wußten, ob wir in der ausgeraubten Hazienda etwas finden würden, und stiegen zu Pferde. Die Mimbrenjos grüßten uns zum Abschiede mit aufrichtiger Herzlichkeit. Ihrem Häuptlinge mußten wir versprechen, ihn nach ausgeführtem Plane aufzusuchen, im Falle aber, daß wir vorher seiner Hilfe bedürfen sollten, uns an niemand wie an ihn zu wenden. Die gefangenen Yumas aber sahen uns mit finsteren Blicken ziehen. Ihr Anführer, der „große Mund" rief uns nach:

„Da reiten die Verräter und dreifachen Lügner. Wäre ich nicht gefangen, ich würde sie wie schmutziges Wasser ausschütten!"

Ja, er war gefangen, und es stand nicht zu erwarten, daß er wieder freikommen werde; dennoch sollten wir diesen gefährlichen Menschen sehr bald wiedersehen! – –

FÜNFTES KAPITEL

Der Player

Auf unserm Ritte zeigte sich, was gute Pferde zu leisten vermögen. Mir war bange für die Auswanderer; wir trieben also unsere Tiere tüchtig an; glaubten wir doch, daß sie sich dann später nach unserer Ankunft auf der Hazienda tüchtig ausruhen könnten; die Folge war, daß wir schon am Nachmittage des nächsten Tages die Grenze der Hazienda erreichten, die beiden Jünglinge freilich auf schweißtriefenden Rossen, während die unserigen so trocken und munter waren, als ob wir jetzt erst am Beginne des weiten Rittes ständen.

Wir nahmen wieder den Bach zum Führer und sahen dann die Mauern vor uns liegen, welche die Brandstätten der eingeäscherten Gebäude umgaben. Niemand verwehrte uns den Eingang. Dennoch zögerte ich, in den Hof zu reiten. Winnetou verstand mich sofort und sagte:

„Mein Bruder Shatterhand mag erst allein suchen. Es waren rote Männer, welche die Hazienda überfielen. Wenn jemand sich hier befindet und uns gleich mit erblickt, kann er uns für Yumas halten und die Flucht ergreifen, sodaß wir uns nicht erkundigen können und keine Auskunft erhalten."

Ich ritt also allein in den Hof. Er bildete ein Chaos von rauchgeschwärzten Mauertrümmern, die ich durchsuchte, ohne eine Menschenseele zu finden. Ich kehrte also zurück und versuchte, außerhalb der Mauern auf jemand zu treffen. Kaum war ich um die südwestliche Ecke gebogen, so sah ich einen Mann, einen Weißen, mir langsamen Schrittes entgegenkommen. Er trug einen langen, dunkeln Rock, der ihm fast das Aussehen eines Geistlichen verlieh, und blieb, als er mich erblickte, überrascht stehen.

„Buenos dias!" grüßte ich. „Gehören Sie zu dieser Hazienda, Sennor?"

„Ja," antwortete er, indem er mich mit seinen stechenden Augen musterte.

„Wer ist der Besitzer?"

„Sennor Melton."

„Also doch! Ich suche ihn. Er ist ein Bekannter von mir."

„Dann thut es mir leid, daß Sie ihn nicht treffen. Er ist mit Sennor Timoteo Pruchillo, dem früheren Besitzer, nach Ures geritten, um den Kauf gerichtlich festzustellen."

„So sind doch seine Freunde da?"

„Die beiden Sennores Weller? Nein. Die sind hinauf nach der Fuente de la Roca."

„Und die deutschen Arbeiter?"

„Sind unter der Anführung der beiden Sennores auch hinauf, wo sie von den Yuma-Indianern erwartet werden. Sie müssen ein Freund von Sennor Melton sein, da Sie nach diesen Personen allen fragen. Darf ich mich erkundigen, wer – –"

Er hielt mitten in der Rede inne. Er hatte seinen Weg fortgesetzt, und ich war an seiner Seite geblieben. Jetzt eben kamen wir um die Ecke. Er sah die drei Indianer, blieb stehen,

hielt im Sprechen inne, starrte den Apatschen ganz erschrocken an und rief dann in englischer Sprache, während wir uns bisher des Spanischen bedient hatten:
„Winnetou! Alle Teufel! Den führt der leibhaftige Satan her!"
Während der letzten Worte drehte er sich um und rannte davon, sprang mit einem weiten, kühnen Satze über den Bach hinüber und hetzte dann wie ein gejagtes Wild über den mit Asche bedeckten Waldboden, aus welchem die Stumpfe der verbrannten Bäume und Sträucher ragten. Winnetou hatte ihn auch gesehen und seine Worte gehört. Er trieb sein Pferd an, kam an mir vorüber und sprengte, ohne ein Wort zu sagen, über den Bach, um dem Fliehenden zu folgen. Jedenfalls kannte er den Menschen, und zwar mußte er ihn von einer Seite kennen gelernt haben, daß es ihm unter den gegenwärtigen Verhältnissen geraten schien, sich seiner zu bemächtigen.
Aber das war eine schwierige Sache. Die zahllosen Stummel des abgebrannten Gehölzes waren, da sie gleiche Farbe mit der handhoch liegenden Asche hatten, bei einem so schnellen Ritte von der letzteren nicht zu unterscheiden und konnten das Pferd leicht zum Falle bringen oder an den Füßen so verletzen, daß es zum Reiten untauglich wurde. Das sah Winnetou ein, als es einigemale gestrauchelt war. Er hielt es an, sprang ab und setzte die Verfolgung zu Fuße fort.
Hätte ich gewußt, wer der Mann war und daß wir uns seiner auf alle Fälle zu versichern hatten, so wäre es mir in den ersten Augenblicken ein leichtes gewesen, ihm eine Kugel ins Bein zu geben, sodaß er nicht weiter gekonnt hätte; so aber mußte ich dies unterlassen, zumal ich mir sagte, daß Winnetou dasselbe thun würde, falls er es für nötig halten sollte. Er war ein ausgezeichneter Läufer; ich wußte, daß es unmöglich war, ihn einzuholen; hatten wir doch schon um unser Leben laufen müssen. Hier aber war er im Nachteile, da ihn nicht nur seine Büchse, sondern seine ganze Ausrüstung hinderte, während der andere nichts zu tragen hatte und, von der Angst zur größten Anstrengung angetrieben, eine Schnelligkeit entwickelte, welche ihm unter andern Umständen wohl nicht zu eigen war. Winnetou war nicht im stande, ihm den Vorsprung, den er hatte, so rasch, wie es zu wünschen war, abzugewinnen. Doch wußte ich, daß er ihn bei längerer Verfolgung einholen werde, da er eine Ausdauer besaß, welcher diejenige des andern jedenfalls nicht gleichkam.
Der Lauf ging die Anhöhe hinan, welche hinter den Gebäuden der Hazienda lag und ganz kahl abgebrannt war. Der Flüchtige kam eine volle Minute vor dem Apatschen oben an und verschwand dann jenseits. Als Winnetou die Höhe erreichte, sah ich, daß er zunächst auch weiter wollte; aber er hielt, sich besinnend, an, warf einen die Entfernung abschätzenden Blick nach jenseits hinüber und legte dann das Gewehr an. Er wollte schießen, ließ es aber wieder sinken, machte eine Armbewegung, welche soviel wie „Nein, ich will es doch unterlassen," bedeutete, kehrte um und kam die Anhöhe wieder herab. Als er sein Pferd, welches sich nicht von der Stelle gerührt hatte, erreichte, stieg er wieder auf und kam über den Bach herüber.

„Winnetou will ihn doch lieber laufen lassen," sagte er. „Drüben im andern Thale giebt es wieder Wald, welcher nicht gebrannt hat; er würde ihn vor mir erreichen, und ich könnte ihn nicht mehr sehen."

„Mein Bruder würde ihn dennoch ganz gewiß einholen," antwortete ich.

„Ja, ich würde ihn ergreifen, aber das kostete eine lange Zeit, vielleicht mehr als einen ganzen Tag, da ich seiner Fährte folgen müßte, welche nur langsam zu lesen ist. Und eine solche Zeit ist die Sache nicht wert."

„Mein Bruder wollte schießen. Warum hat er es nicht gethan?"

„Weil ich ihn nur verwunden wollte, die Entfernung aber eine so große war, daß ich keinen sichern Schuß hatte. Getroffen hätte ich ihn bestimmt, aber dann vielleicht an einer gefährlichen Stelle, und töten wollte ich ihn doch nicht, weil ich zwar Schlimmes von ihm weiß, aber es ist nicht so viel, daß ich das Recht habe, ihm das Leben zu nehmen."

„Mein Bruder kennt den Menschen?"

„Ja. Mein Freund Shatterhand hat ihn wohl noch nicht gesehen, aber seinen Namen kennt er auch. Er gehört zu den Bleichgesichtern, welche sich Mormonen nennen; er zählt sich zu den Heiligen der zukünftigen Tage, aber sein Wandel in der Vergangenheit und Gegenwart ist derjenige eines sehr gefährlichen Menschen. Er ist sogar ein Mörder; da er aber keinen meiner Brüder getötet hat, so muß ich ihm das Leben lassen."

„Und doch hast du ihn verfolgt! Du bist also der Ansicht gewesen, daß es für uns von Vorteil sei, ihn zu fangen."

„Ja, das waren sofort, als ich ihn erblickte, meine Gedanken. Wenn er sich hier auf der Hazienda befindet, so ist er gewiß ein Verbündeter von Melton; er kennt die Absichten und Geheimnisse desselben, und es wäre uns vielleicht gelungen, ihn zu zwingen, uns dieselben mitzuteilen."

„Hätte ich das gewußt, so wäre er nicht entkommen; ich hätte, als ich mit ihm sprach, ihn festgenommen oder ihn später durch eine Kugel zum Halten gezwungen. Wer ist der Mensch, den du einen gefährlichen Mann und sogar einen Mörder nennst?"

„Wie sein eigentlicher Name ist, weiß ich nicht; er wird gewöhnlich der Player genannt."

„Der Player! Ah! Von dem habe ich freilich mehr als genug gehört. Du weißt, daß Melton einen Bruder hat, der als falscher Spieler berüchtigt war. Er erschoß in Fort Uintah einen Offizier und zwei Soldaten, worauf ich ihn bis nach Fort Edward jagte. Ich nahm ihn gefangen und lieferte ihn ab; aber er entkam dann. Mit diesem Bruder Meltons ist der Player sehr bekannt gewesen. Sie haben jahrelang miteinander ihre sauberen Geschäfte getrieben, und man redet allerdings davon, daß es dabei nicht nur Diebstahl und Raub, sondern sogar Mord und Totschlag gegeben habe. Mir sind zwei oder drei Fälle gut bekannt, in denen ich diesen Player für schuldig halte. Also der Halunke befindet sich hier! Dann ist er freilich ein Verbündeter Meltons, den er infolge seiner Bekanntschaft mit seinem Bruder kennen gelernt haben wird, und es ist jammerschade, daß ihm die Flucht gelungen ist."

„Wollen wir ihm nach? Old Shatterhand wird seine Spur ebenso leicht finden, wie ich; er kann uns nicht entgehen."
„Davon bin ich überzeugt; aber Winnetou hat ganz richtig gesagt, daß wir auf diesen Fang eine Zeit verwenden müßten, welche wir notwendiger brauchen. Der Player hielt mich für einen guten Bekannten von Melton und hat mir infolgedessen einige Mitteilungen gemacht, welche er jetzt bereuen wird. Ich muß sie meinem roten Bruder mitteilen."
Ich sagte ihm, was ich gehört hatte. Als ich fertig war, wiederholte er in seiner nachdenklichen Weise:
„Die beiden Weller sind mit den Auswanderern hinauf nach der Fuente de la Roca, und Melton ist mit dem Haziendero nach Ures geritten. Was sollen die Landesbrüder Old Shatterhands an der Fuente?"
„Ja, wenn ich das wüßte! Kennt Winnetou diesen Ort?"
„Ich habe einmal auf dem Wege von Chihuahua nach der Sonora zwei Tage lang da oben gejagt und die Nächte an der Fuente zugebracht. Die Gegend ist mir so bekannt, als ob ich öfters dort gewesen wäre. Der Jagd wegen sind sie nicht hinauf, und Ackerbau, Feldarbeit giebt es in jener wilden Gegend nicht. Wäre es auf solche Arbeit abgesehen, so wären sie hier geblieben, wo sie nötiger sind."
„So bleibt die Sache also ein Rätsel, dessen Lösung wir höchstens aus dem Umstande zu ziehen vermöchten, daß man an der Fuente mit Yuma-Indianern zusammentreffen will, also mit den Verbündeten Meltons, deren Kameraden auf seine Veranlassung hin hier diese Verwüstung angerichtet haben."
„Was für Yumas werden es sein? Doch nicht der „große Mund" mit seiner Schar, die wir gefangen haben!"
„Nein; es handelt sich jedenfalls um eine andere Schar, die aber sehr wahrscheinlich mit der ersteren befreundet ist. Ich vermute sogar, daß der „große Mund" von ihrer Anwesenheit an der Fuente weiß, und ich möchte behaupten, daß diese Anwesenheit mit dem Überfalle und der Einäscherung der Hazienda in innigem Zusammenhange steht. Und wie der Überfall ein Schandstreich war, so steht zu erwarten, daß es sich da oben an der Fuente auch um ein verbrecherisches Vorhaben handelt."
„Old Shatterhand spricht aus, was Winnetou denkt. Deine Landesbrüder befinden sich abermals in Gefahr, und ich bin bereit, sogleich nach der Fuente aufzubrechen."
„Ich würde allerdings nicht säumen, unverzüglich hinzureiten; aber mein Bruder hat gehört, daß Melton mit Don Timoteo nach Ures ist, um den Kauf gerichtlich gültig zu machen. Gelingt es uns, dies zu hintertreiben, so nehmen wir Melton den Boden, auf dem er seine Absichten ausführen will."
„Mein Bruder möchte also lieber nach Ures? Da läßt er aber doch seine Landeskinder im Stiche!"
„Nein. Melton ist der Urheber von allem, was geschehen ist und von allem, was noch geschehen soll. Die beiden Weller sind ihm untergeordnet und werden jedenfalls nur

einleitende Schritte thun können; die eigentliche That aber wird nur in Anwesenheit von Melton ausgeführt werden. Wir können nicht nur den Kauf rückgängig machen, sondern Melton ins Gefängnis bringen. Gelingt uns das, so ist er unschädlich gemacht, und die Wellers werden mit den Yumas droben an der Fuente vergeblich auf ihn warten.“

„Mein weißer Bruder meint also, daß er die Absicht hat, von Ures nicht hierher zu kommen, sondern nach der Fuente zu reiten?“

„Ja.“

„Was soll aber der Player hier? Nicht hier auf ihn warten?“

„Schwerlich! Der Player wird sich als eine Art von Sicherheitsposten hier befinden. Wo er hergekommen ist, weiß ich freilich nicht. Die Sache scheint schon von langer Hand und mit großer Umsicht eingeleitet zu sein. Es handelt sich jedenfalls um das Einnisten der Mormonen in dieser Gegend. Daß dies in so schurkischer Weise geschieht, ist wahrscheinlich nur Meltons Sache und geschieht nicht auf einen von der großen Salzseestadt ausgehenden Befehl. Er hat den Auftrag, sich hier festzusetzen, führt denselben aber auf seine Weise aus. Die Wellers und der Spieler helfen ihm dabei, die ersteren in thätiger, der letztere mehr in unthätiger Weise, indem er hier bleibt und den Wächter macht, um dafür zu sorgen, daß droben an der Fuente keine Störung eintritt.“

„Mein Bruder hat mit seinen Gedanken wohl, wie immer, das Richtige getroffen. Es soll ein Verbrechen geschehen; die Yumas sollen helfen, es auszuführen, aber die Bleichgesichter sind die Anstifter. So ist es immer gewesen. Man rottet die roten Männer aus, weil man ihnen Thaten vorwirft, deren Schuld doch nur die Weißen tragen. Und hier haben wir es nicht einmal mit gewöhnlichen Bleichgesichtern zu thun, sondern mit Leuten, welche sich so außerordentlich fromm stellen und sich den Namen „Die Heiligen der letzten Tage“ gegeben haben!“

Leider hat der Häuptling der Apatschen recht! Wenn die Mormonen solche Menschen wie Melton, die Wellers und den Player nicht nur unter sich aufnehmen, sondern sie sogar als Gründer neuer Niederlassungen aussenden, so gleicht ihre Sekte einer faulen Frucht, welche nicht am Stamme reifen wird, sondern unten am Boden verwesen muß.

„Wie lange hat man von hier bis hinauf nach der Fuente de la Roca zu reiten?“ fragte ich.

„Mit unsern guten Pferden brauchen wir zwei Tage, von Ures aus sind es drei.“

„So ist es also kein Umweg, wenn man nicht den direkten Weg von Ures nimmt, sondern hier über die Hazienda geht?“

„Es wird höchstens einige Stunden austragen.“

„So können wir wieder hierher zurückkommen, und es ist nicht unmöglich, daß es Melton ebenso macht. In diesem Falle müssen wir ihm unterwegs begegnen, falls er seine Geschäfte in Ures schon beendet haben und aufgebrochen sein sollte. Ich denke, wir zögern nicht. Wir haben keine Zeit zu verlieren.“

„Mein Bruder mag bedenken, daß die Pferde der Ruhe bedürfen; wir sind einen ganzen Tag und einen halben auf einem Wege geritten, zu welchem man eigentlich über vier Tage braucht. Unsere Rosse halten den Ritt nach Ures wohl auch noch aus; aber die

Mimbrenjo-Pferde sind so ermüdet, daß wir ihnen eine weitere Anstrengung unmöglich zumuten können."

„Ich mute sie ihnen auch nicht zu. Wir beide werden allein reiten, und die Knaben bleiben hier, wo ihre Gegenwart uns förderlich ist, während ihre Begleitung uns nur hindern würde."

„Mein Bruder meint, daß sie nach dem Player spähen sollen?"

„Ja. Er kehrt jedenfalls zurück, wenn auch in sehr vorsichtiger Weise. Mich hat er nicht gekannt, also weiß er nicht, daß wir uns in einer ihm feindlichen Absicht hier befinden. Er wird unsere Anwesenheit für eine zufällige halten und nicht gleich hinauf nach der Fuente rennen, um dieselbe dort zu melden. Freilich hat er Angst vor dir und wird also nur heimlich zurückkommen, um zu sehen, ob du noch da oder schon fortgeritten bist. Sieht er uns nicht mehr, so wird er sich sicher fühlen, und die beiden Mimbrenjos können ihn beobachten, um zu erkunden, was er treibt und welche Aufgabe ihm hier auf der verwüsteten Hazienda geworden ist."

„Es mag geschehen, wie mein Bruder gesagt hat. Sie mögen ihn beaufsichtigen und ihn nicht aus dem Auge lassen, aber vorsichtig und unbemerkt, damit er nicht etwa sie selbst entdeckt. Wenn wir von Ures zurückkehren, können sie uns sagen, wo er steckt, und wir werden ihn festnehmen, um ihn zu zwingen, uns das zu sagen, was wir wissen wollen."

Winnetou war also mit mir einverstanden. Den Mimbrenjos brauchten wir unsern Entschluß nicht erst mitzuteilen, da sie unsere Worte gehört hatten; doch verstand es sich bei ihrer Jugend ganz von selbst, daß sie in Beziehung auf ihr Verhalten die notwendigen Anweisungen bekamen. Wir beide, Winnetou und ich, ließen unsere Pferde im Bache tüchtig trinken und brachen dann, ohne eigentlich ausgeruht zu haben, nach Ures auf.

Der Weg war mir bekannt; ich hatte ihn ja schon einmal gemacht. Solange es Tag war, ritten wir so rasch wie möglich; als es dunkel geworden war, ließen wir die Pferde drei bis vier Stunden ruhen, bis der Mond aufging und wir wieder in den Sattel stiegen. Der Vortrefflichkeit unserer Pferde hatten wir es zu verdanken, daß wir unser Ziel um die Mittagszeit des folgenden Tages erreichten; aber wir hätten ihnen auch keine weitere Anstrengung zumuten dürfen, denn sie waren nun so ermattet, daß sie uns stolpernden Ganges durch die ersten Gassen trugen und wir, ohne lange zu suchen und zu wählen, vor der ersten besten sich uns bietenden Kneipe abstiegen. So elend dieselbe auch aussah, wir bekamen doch Wein und Tortilla für uns und Mais und Wasser für die Pferde. Um die Zeche brauchte ich nicht zu sorgen. Ich habe zwar bereits gesagt, wie es um meinen Beutel stand; aber Winnetou war stets, wenn nicht mit Geld, so doch mit Goldstaub und Nuggets versehen, sodaß ich in seiner Gesellschaft nicht wohl in Verlegenheit kommen konnte.

WO aber nun hin, um Melton und den Haziendero zu finden? Eine überflüssige Frage! Wer in der Wildnis jeden, den er sucht, zu treffen versteht, für den kann es nicht schwer sein, in einer Stadt von neuntausend Einwohnern zwei Personen zu finden, welche als

Fremde sicher die Aufmerksamkeit der Bürger auf sich gezogen hatten. Es fiel mir übrigens nicht ein, lange zu fragen und zu suchen, sondern ich begab mich, als wir für unsere Pferde gesorgt und die fladenartige Tortilla gegessen hatten, mit Winnetou direkt zu dem famosen Beamten, bei dem ich während meiner vorigen Anwesenheit in dieser guten Stadt gewesen war. Der Polizist, welcher mich damals zurechtgewiesen hatte, lungerte wieder vor der Expedition herum, und als wir diese betraten, lag die Sennora wieder in ihrer Hängematte. Hinter ihr hing, wie damals, ihr Gemahl; neben ihr aber war heute eine dritte Hängematte angebracht, in welcher zu meiner Freude einer der beiden Gesuchten saß; nämlich der Haziendero, welcher eine der famosen Cigaretten zwischen den Lippen hielt und sich gemächlich schaukelte. Er schien sich neben der ebenso rauchenden Dame sehr behaglich zu fühlen. Als er uns eintreten sah, rief er, ohne unsern Gruß abzuwarten, mir entgegen:

„Per Dios, der Deutsche! Was wollen denn Sie hier? Ich denke, Sie sind Gefangener der Indianer! Wie kommt es, daß man Sie freigelassen hat?"

„Auch Sie waren gefangen," antwortete ich, „und ich sehe Sie frei. Welchem Umstande haben Sie das zu verdanken?"

„Meine Dankbarkeit gehört Sennor Melton, ohne den ich noch, heute gefangen oder wohl tot sein würde. Er wußte den Roten solche Angst vor den Folgen und der Strafe zu machen, daß sie uns freiließen. Hatten Sie auch einen solchen Fürsprecher?"

„Ja, mein Messer."

„Was soll das heißen?"

„Das soll heißen, daß ich mich selbst freigemacht habe. Einen Sprecher wie Melton brauchte ich nicht, hätte ihm auch meine Freiheit nicht verdanken mögen. Übrigens irren Sie sich, wenn Sie meinen, daß Sie ihm Dankbarkeit schuldig sind. Ich habe Sie vor ihm gewarnt und damals mit meiner Warnung vollständig recht gehabt."

„Vollständig unrecht, wollen Sie sagen, Sennor! Sennor Melton hat als Ehrenmann an mir gehandelt, und nach dem, was er an mir gethan hat, möchte ich es fast als Böswilligkeit bezeichnen, daß Sie ihn noch immer verleumden, nachdem ich Sie schon einmal zurechtgewiesen habe!"

„Wenn Sie den Menschen einen Ehrenmann nennen, so ist der größte Schuft ein Caballero. Nennen Sie es denn wirklich eine Ehrenhaftigkeit, wenn er die Indianer auf Sie hetzt, um Ihre Besitzung zu verwüsten?"

„Er? Sie haben diesen unbegreiflichen Gedanken schon einmal gegen mich ausgesprochen, und da meine damalige Entgegnung erfolglos gewesen zu sein scheint, werde ich Ihnen auf das schlagendste beweisen, wie unrecht Sie diesem braven Manne thun. Wie Sie dazu kommen, sich in meine Angelegenheiten zu mischen und mir Ratschläge zu erteilen, welche ich gar nicht von Ihnen verlangt habe, das will ich dahingestellt sein lassen und Ihnen nur das Eine sagen, was Sie jedenfalls noch nicht wissen, nämlich daß er mir meine Hazienda abgekauft hat."

„Das? Das weiß ich!"

„So? Sie wissen es? Und dennoch wagen Sie es, den Sennor zu verdächtigen! Und Sie erkennen nicht, welch ein edler Zug es von ihm ist, daß er sich zu diesem Kaufe entschlossen hat?“
„Ein edler? Wieso?“
„Durch die Verwüstung, welche die Roten angerichtet haben, hat die Besitzung beinahe allen Wert verloren. Es hätte großer Kapitalien und langer Jahre bedurft, sie wieder in den vorigen Stand zu bringen. Ich war mit einem Schlag ein armer Mann geworden, und kein Mensch hätte mir auch nur einen Centavo für die Hazienda geboten. Dieser Herr aber fühlte sich durch meine hilflose Lage in seinem guten Herzen gerührt und bot sich mir, als wir wieder frei waren, als Käufer an.“
„So! Und Sie waren sehr erfreut über diese außerordentliche Barmherzigkeit?“
„Spotten Sie nicht! Es war wirklich Barmherzigkeit von ihm, daß er mir eine Summe zahlte, welche er binnen zehn Jahren mit dieser Besitzung nicht verdienen kann. Was sage ich, zehn Jahre! Zwanzig und dreißig muß ich sagen! Solange hat er sein schweres Geld hineinzustecken, ohne daß er einen Centavo herauszieht.“
„Darf ich fragen, wieviel er gegeben hat?“
„Zweitausend Pesos. Mit diesem Gelde kann ich neu beginnen, während ich auf der verwüsteten Hazienda hätte verhungern müssen.“
„Der Kauf ist nun gerichtlich abgeschlossen und nicht mehr rückgängig zu machen?“
„Nein. Ich würde übrigens der dümmste Mensch sein, wenn ich den Gedanken hegen könnte, dies zu thun.“
„Er hat die zweitausend Pesos bezahlt?“
„Ja, gleich nachdem wir den Handel besprochen hatten.“
„Also nicht hier in Ures, nach dem gerichtlichen Abschlusse, sondern vorher?“
„Ja, vorher, gleich nach unserer Befreiung. Und zwar in lauter vollklingenden Goldstücken. Und auch dieser Umstand, nämlich daß er mich bezahlt hat, noch bevor das Kaufobjekt ihm gerichtlich zugesprochen war, ist ein glänzender Beweis seines guten Herzens und seiner Ehrenhaftigkeit.“
„Hm! Ich möchte wünschen, ihm persönlich meine Ansicht über dieses gute Herz und diese Ehrenhaftigkeit mitzuteilen. Hoffentlich befindet er sich noch hier?“
„Nein; er ist gestern abgereist.“
„Wohin?“
„Nach der Hazienda natürlich. Dorthin also müssen Sie sich verfügen, wenn Sie ihm das Unrecht, das Sie ihm angethan haben, abbitten wollen.“
„Wissen Sie bestimmt, daß er nach der Hazienda ist?“
„Ja. Wohin sollte er sonst gehen? Er wollte augenblicklich mit der Erneuerung der Besitzung beginnen.“
„Dazu fehlt dort nicht weniger als alles. Er hat also sehr wahrscheinlich das dazu Nötige von hier mitgenommen?“
„Was sollte das sein?“

„Zunächst Arbeiter."
„Die hat er. Ihre Landsleute, welche ich von Deutschland kommen ließ, befinden sich ja dort."
„Auch Werkzeuge? Die Ihrigen sind doch wohl alle verbrannt. Dazu die nötigen Sämereien, große Vorräte von Proviant, welche gebraucht werden, weil jetzt nichts mehr dort zu haben ist, Maurer, Zimmerleute und andere Handwerker, um neue Gebäude zu errichten, und vieles, vieles andere noch. Hat er das alles mitgenommen?"
„Nach solchen Dingen habe ich nicht gefragt; es kümmert mich nicht, da die Hazienda nicht mehr mir gehört. Ich weiß nur, daß er fort ist."
„Wohl gleich nach dem gerichtlichen Abschlusse des Verkaufes?"
„Sogleich. Er verweilte nicht eine Stunde."
„Ritt er allein?"
„Natürlich! Ich sehe überhaupt nicht ein, warum ich Ihnen diese Fragen, zu denen Sie weder ein Recht noch eine Veranlassung haben, beantworten soll. Sie sind jedenfalls aus andern Gründen hier, und ich muß Sie sehr ersuchen, mich in Ruhe zu lassen!"
Er drehte sich in einer Weise nach der Seite, welche mir sagen sollte, daß er nichts mehr mit mir zu schaffen haben wolle. Ich ließ mich natürlich nicht abhalten, ihm zu antworten:
„Leider kann ich Ihnen die Ruhe, welche Sie zu haben wünschen, noch nicht gönnen. Ich befinde mich aus keinem andern Grunde hier, sondern bin nur in der Absicht hierher gekommen, Sie aufzusuchen, um mit Ihnen über diese Angelegenheit zu sprechen."
Da fuhr mich jetzt die Dame zornig an:
„Das ist eine Unhöflichkeit, eine Rücksichtslosigkeit! Sie haben gehört, daß Don Timoteo nichts mehr von Ihnen wissen oder hören will, und haben sich also zu entfernen!"
„Sie irren, Sennora. Don Timoteo hat mich anzuhören. Wenn Sie sich dabei langweilen sollten, so steht es Ihnen ja frei, sich zu entfernen."
„Entfernen? Was fällt Ihnen ein! Man hört es Ihren Worten an und sieht aus Ihrem ganzen Benehmen, daß Sie ein Deutscher sind, ein Barbar. Don Timoteo ist unser Gast, und wir haben dafür zu sorgen, daß er unbelästigt bleibt. Nicht ich werde mich entfernen, sondern ich befehle Ihnen, dies Lokal augenblicklich zu verlassen!"
„Dann bitte, mir nur noch gütigst zu sagen, was für ein Lokal dieser Raum ist."
„Es steht an der Thür zu lesen, und ich denke, daß Sie es gesehen haben werden. Oder können Sie nicht lesen? Ich würde mich gar nicht darüber wundern."
„So erlaube ich Ihnen, sich darüber zu wundern, daß ich sehr wahrscheinlich besser lesen kann, als alle Personen, welche sich außer mir und meinem Begleiter hier befinden. Ich bin gegenwärtig im Expeditionslokal Ihres Gatten. Sie haben hier nichts zu suchen, wohl aber ich, der ich mich hier befinde, um seine amtliche Thätigkeit in Anspruch zu nehmen. Wenn also eins von uns beiden die Berechtigung besitzt, den andern zur augenblicklichen Entfernung aufzufordern, so bin ich es, dem dieses Recht zusteht."

Ich sah ihr an, daß sie auf diese Zurechtweisung zornig losplatzen wollte; aber sie besann sich eines anderen, machte eine höchst wegwerfende Gebärde gegen mich und wendete sich rückwärts nach ihrem Manne, ihn auffordernd:
„Schaff diese Menschen fort, aber sogleich, sofort!"
Da rutschte der Beherrscher von Ures von seiner Hängematte herab, kam zu mir her, stellte sich in achtunggebietender Haltung vor mir auf und sagte, indem er nach der Thür deutete:
„Sennor, wollen Sie augenblicklich gehen? Oder soll ich Sie wegen Widersetzlichkeit einsperren lassen?"
Ehe ich antworten konnte, trat Winnetou mit zwei raschen Schritten zu ihm heran, faßte ihn unter den Armen rechts und links am Oberkörper, hob ihn empor, trug ihn zu seiner Hängematte, legte ihn behutsam hinein und sagte:
„Mein weißer Bruder mag hier bleiben und ruhig warten, bis wir mit ihm reden werden. Und seine weiße Frau mag schweigen, wenn Männer reden. Eine Squaw gehört zu ihren Kindern, nicht aber in den Rat erwachsener Männer. Wir kamen, um mit dem Haziendero zu reden, und er mag wollen oder nicht, so wird er uns anhören müssen. Wer uns hier hinausschaffen will, der mag es versuchen. Hier steht mein weißer Bruder Old Shatterhand, und ich bin Winnetou, der Häuptling der Apatschen, dessen Namen auch in Ures bekannt ist!"
Jawohl war er bekannt, denn kaum hatte er das letzte Wort gesprochen, so rief die Dame trotz der Beleidigung, welche der Apatsche ihr und ihrem Manne zugefügt hatte, in einem ganz andern Tone, als demjenigen, welcher vorhin gegen mich in Anwendung gekommen war:
„Winnetou! Der Apatschenhäuptling! Der interessante Indianer! Der berühmte Rote! Ist's möglich, ist's wahr, daß er es ist?"
Er war zu stolz, auf ihre Worte zu achten, und that, als ob er sie gar nicht gehört hätte; darum antwortete ich an seiner Stelle:
„Ja, er ist's, Sennora. Und nun werden Sie trotz einiger Eigentümlichkeiten, welche Ihnen an uns wahrscheinlich nicht gefallen haben, nichts mehr dagegen haben, daß wir hier bleiben und unsere Sache zu Ende bringen. Wo nicht, so riskieren Sie, daß Winnetou Sie ebenso hinausträgt und auf die Straße setzt, wie er Ihren Gemahl in seine Matte zurückgebracht hat."
Da klatschte sie in die Hände und rief ganz entzückt aus:
„Welch ein Abenteuer, von Winnetou getragen zu werden! Ganz Ures würde davon sprechen und mich beneiden! Ich werde es versuchen!"
„Und ich rate Ihnen ab, Sennora. Auf den Händen getragen oder auf die Straße geworfen zu werden, ist zweierlei. Sehen Sie sich meinen roten Freund schweigend an, damit Sie ihn Ihren Freundinnen beschreiben können! Das ist der beste Rat, den ich Ihnen geben kann. Wenn Sie aber wieder das Wort ergreifen, wird Ihnen die höchst interessante Gelegenheit, sich in seiner Nähe zu befinden, augenblicklich entgehen."

Sie zündete sich eine neue Cigarette an und legte sich dann in ihrer Hängematte mit der Miene eines Menschen zurecht, welcher sich etwa im Zirkus befindet und das größte Wunder der Welt vorgeführt bekommt. Auch ihr löblicher Eheherr und Gatte schien, da er nun wußte, wer ihn so energisch expediert hatte, dies nicht übel zu nehmen, sondern betrachtete den Häuptling mit sichtlicher Befriedigung. Was den Haziendero betrifft, so war ihm, wie auch den beiden andern, der Name Old Shatterhand vollständig „Wurst und Schnuppe"; von Winnetou aber hatte er so oft und soviel gehört, daß der Name auch auf ihn die wünschenswerteste Wirkung hervorbrachte. Er dachte nicht mehr daran, uns zum Fortgehen aufzufordern.

Es war keineswegs ein Wunder, daß mein Gefährte auch hier in Ures als eine Berühmtheit galt. Die Apatschen kommen noch weit südlicher vor, besonders jenseits der Sierra in Chihuahua, wo sie sogar bis hinein ins Cohahuila schweifen, und da Winnetou von Zeit zu Zeit alle diese Stämme seiner Nation zu besuchen pflegte, so waren seine Thaten bis soweit hinab bekannt geworden, und zwar nicht nur unter den Roten, sondern auch bei den Weißen. Ja, der Nimbus, welcher um seinen Namen hing, war bei den letzteren ein noch größerer, als bei den ersteren, und ich habe oft die Beobachtung gemacht, daß besonders die Damenwelt gern von ihm hörte. Er war nicht nur ein hochinteressanter, sondern auch ein schöner Mann, und die Sagen, welche sich an seine erste und auch einzige Liebe knüpften, waren allerdings im stande, ihm das Herz jeder Sennora und Sennorita zu gewinnen.

Sehr zufrieden mit dem Erfolge, den Winnetou durch sein plötzliches Eingreifen erzielt hatte, wendete ich mich an den Haziendero:

„Sie haben meine Fragen für höchst unnütz gehalten, Don Timoteo; dieselben waren aber für mich außerordentlich wichtige, und werden für Sie sogleich ebenso wichtig sein. Die Yumaindianer haben Ihre Hazienda zerstört und Ihnen alles abgenommen. Ich denke, daß man sogar Ihre Taschen durchsucht und ihres Inhaltes entleert hat?"

„Allerdings. Die Roten haben sie vollständig leer gemacht."

„Auch Meltons Taschen?"

„Ja."

„Wie hat er Ihnen dann zweitausend Pesos in schweren glänzenden Goldstücken auszahlen können?"

Der Gefragte zeigte ein höchst verblüfftes Gesicht und antwortete langsam und wie einer, der sich in Verlegenheit befindet:

„Ja – woher hat er – dieses Geld – dieses viele Geld – genommen?"

„Fragen Sie nicht so, sondern anders, nämlich: Warum haben die Indianer ihm dieses Geld nicht abgenommen, sondern es ihm gelassen?"

„Alle Wetter! An diese Frage habe und hätte ich nicht gedacht! Sie meinen, daß er das Geld bei sich gehabt hat?"

„Er oder einer von den beiden Weller. Zweitausend Pesos in Goldstücken sind nicht vor Indianeraugen zu verbergen, und zugleich bilden sie für jeden Wilden, selbst wenn er

der wohlhabendste Häuptling wäre, einen Reichtum, den er sich gewiß nicht entgehen läßt. Wenn der „große Mund“ auf die Goldstücke verzichtet hat, so muß es sich dabei um eine sehr seltene und sehr wichtige Ursache handeln. Können Sie sich vielleicht denken, was für eine das ist?“
„Nein.“
„Es giebt nur eine, eine einzige. Einem Fremden oder gar einem Feinde läßt kein Roter einen solchen Schatz; Melton muß also ein guter Bekannter, ein Freund, ein Verbündeter des „großen Mundes“ sein.“
„Ich glaube es nicht.“
„Ich behauptete, daß die Roten kommen würden, um Ihre Hazienda zu überfallen, und warnte Sie; Sie glaubten mir nicht, ich aber hatte recht. Ebenso täusche ich mich auch jetzt nicht, obgleich Sie abermals der Ungläubige sind.“
„Melton hat so großmütig an mir gehandelt; es ist mir also ganz und gar unmöglich, anzunehmen, daß er mit den Roten im Bunde steht. Wenn ich mich nicht irre, behaupteten Sie damals sogar, daß er der Anstifter des Überfalles sei.“
„Der Wortlaut dessen, was ich Ihnen sagte, ist mir nicht im Gedächtnisse geblieben; aber wenn ich es damals noch nicht mit dieser Bestimmtheit behauptet haben sollte, so behaupte ich es jetzt.“
„Sie irren sich; Sie müssen sich irren! Melton ist mein Freund! Er hat es durch den Kauf bewiesen!“
„Ja, er hat es bewiesen, aber nicht, daß er Ihr Freund, sondern daß er ein Verräter, ein Judas, ein Schurke ist. Welchen Wert besaß Ihre Hazienda vor dem Überfalle?“
„Das mag ich gar nicht sagen; ich will nicht von diesem entsetzlichen Verluste sprechen.“
„Hätten Sie die Besitzung überhaupt verkauft?“
„Nein; das wäre mir nicht eingefallen.“
„Nun, so haben Sie alles klar vor Augen liegen. Der Mormone ist beauftragt, sich in dieser Gegend festzusetzen, hier Grund und Boden zu erwerben. Ihre Hazienda paßte ihm; sie war ihm aber zu teuer. Um sie billiger zu machen, ließ er sie verwüsten. Der Vertrag, welchen er mit dem „großen Munde“ abschloß, lautete: Aller Raub gehört den Indianern; den verwüsteten Grund und Boden kaufe ich für ein Lumpengeld. Der Überfall gelang; die Beute war wertvoll; so mußten und konnten sie ihm sein Geld lassen. Begreifen Sie das nicht?“
„Nein, denn eine solche Schlechtigkeit wäre ungeheuerlich. Und bedenken Sie doch folgendes: Was nützt ihm der Grund und Boden, das Areal, wenn dasselbe verwüstet und dann wertlos ist?“
„Er bebaut es neu!“
„Das kostet ihm weit mehr, als die Hazienda vorher wert war, die Jahre, welche er warten muß, ehe dieses Geld Zinsen trägt, gar nicht mitgerechnet.“
„Das sage ich mir natürlich auch; aber es muß hier irgend einen Punkt geben, den ich noch nicht zu entdecken vermochte, aber ganz gewiß noch entdecken werde. Sie

meinen, daß Melton nach der Hazienda zurück ist; dies ist aber nicht der Fall, denn wir kommen von dort her, und er hätte uns begegnen müssen. Er hat aber einen Mann dort zurückgelassen."
„Sie wollen sagen zwei, nämlich die beiden Sennores Weller?"
„Nein. Die sind fort; dafür ist ein anderer da. Haben Sie vielleicht von einem Yankee, einem Mormonen, gehört, den man den Player nennt?"
„Nein."
„Diesen Mann haben wir dort angetroffen. Er sagte uns, daß Melton mit Ihnen nach Ures sei, um den Kauf gerichtlich abzuschließen. Er wußte das; Melton muß es also gesagt haben; er hat mit ihm gesprochen, und zwar hinter Ihrem Rücken. Sie haben nichts von der Anwesenheit dieses Player wissen sollen."
„Hm! Das wäre freilich befremdend!"
„Waren, als Sie mit Melton die Hazienda verließen, die beiden Weller und die Deutschen noch dort?"
„Ja. Er hat die Deutschen natürlich von mir übernommen. Mit ihrer Hilfe will er die Besitzung neu bearbeiten, neue Felder und neue Wiesen und Weiden, einen neuen Wald anlegen. Die Wellers sind dabei als Aufseher engagiert."
„Aber sie sind nicht mehr dort, sie sind sofort nach Ihrer Abreise hinauf nach der Fuente de la Roca gezogen."
„Nach der Fuente?" fragte er erstaunt.
„Die Wellers mit den Deutschen. Und da oben werden sie von einer Schar von Yumaindianern erwartet!"
„Ist das möglich? Woher wissen Sie das?" fragte er, aus der Hängematte springend.
„Von dem Player, welcher mich für einen Freund Meltons hielt und es mir darum sagte."
„Nach der Fuente, nach der Fuente!" wiederholte er, indem er mit allen Zeichen der Erregung im Zimmer auf und nieder schritt. „Das giebt mir zu denken; das giebt mir wirklich zu denken, wenn es wahr ist, wenn Sie nicht falsch berichtet sind, Sennor."
„Es ist wahr. Der Player hat mir das Geheimnis nur in der Überraschung anvertraut. Später erkannte er Winnetou und entfloh vor ihm. Er hat ein böses Gewissen. Hier ist der Anfang des Fadens, den ich zu verfolgen gedenke. Ihre Hazienda hat auch im verwüsteten Zustande aus irgend einem Grunde großen Wert für Melton. Nach diesem Grunde forsche ich, und ich werde ihn sicher finden. Darum bin ich nach Ures gekommen, um Melton und Sie zu suchen. Sie habe ich; er aber ist fort, doch nicht nach der Hazienda, sondern jedenfalls hinauf nach der Fuente de la Roca, um dort die Wellers einzuholen."
Der Haziendero war während meiner Worte immer noch hin und her gegangen. Jetzt drehte er sich plötzlich auf dem Absatze herum und rief aus, indem er vor mir stehen blieb:
„Sennor, ich habe es. Wenn er wirklich da hinauf ist, so habe ich, was Sie wissen wollen, den Punkt, wo der Wert der Hazienda trotz deren Verwüstung für ihn steckt!"

„Nun?“ fragte ich gespannt.
„Zu der Hazienda gehört ein Bergwerk, ein Quecksilberbergwerk. Es ist aber nicht im Betriebe, weil ich keine Arbeiter bekommen konnte und weil die Indianer jene Gegend unsicher machen.“
„Auch das habe ich gehört und – –“
Ich sprach nicht weiter, denn es stieg in mir ein Gedanke auf, welcher mir die Zunge lähmen wollte, ein ungeheuerlicher Gedanke, der aber, zu Melton in Beziehung gebracht, gar nicht so ungeheuerlich war. Es wurde hell in mir; aber mit dieser Helligkeit vergrößerte sich auch die Sorge, welche ich für meine Landsleute gehegt hatte und nun erst recht hegen mußte. Wie hatte ich in Gedanken geforscht und gesucht, ohne zu finden, und doch, wie leicht wäre das Richtige zu treffen gewesen! Ich hatte mit keinem Atem, mit keinem Hauche an jenes alte, eingegangene Bergwerk gedacht. Jetzt nun erkundigte ich mich freilich mit größter Spannung:
„Wo liegt das Bergwerk?“
„Droben in den Yumabergen, fünf Tagereisen von hier.“
„Befindet sich die Fuente de la Roca auf diesem Wege?“
„Ja, freilich, freilich! Das ist es ja, was mich an Sennor Melton irre macht.“
„Ah, sind Sie endlich doch irre geworden? Ich weiß nun, woran ich bin. Melton hat es nicht nur auf das Areal der Hazienda, sondern ganz besonders auf das Quecksilberbergwerk abgesehen. Dort sind Millionen zu finden, wenn man die nötigen Arbeiter dazu hat. Und Sie sind so thöricht gewesen, ihm die Hazienda, die Bergwerke und sogar dazu dreiundsechzig Arbeiter für lumpige zweitausend Pesos zu verkaufen. Nun behaupten Sie, wenn Sie die Güte haben wollen, noch einmal, daß er ein Ehrenmann, ein Caballero ist!“
„Ein Schurke ist er, ein Schuft, ein Dieb und Betrüger, ein Räuber, ein Teufel!“ schrie Timoteo Pruchillo wütend auf. „Und ich bin der größte Esel, den es auf der Erde giebt!“
„Wenn auch nicht der größte, aber ein großer sind Sie allerdings, Don Timoteo. Ich habe Sie gewarnt!“
„Ja, das haben Sie, das haben Sie!“ rief er, indem er sich mit der Faust vor den Kopf schlug. „Hätte ich Ihnen geglaubt!“
„Dann säßen Sie auf Ihrer Hazienda, und wir hätten die Yumas mit blutigen Köpfen zurückgewiesen.“
„Ja, das hätten wir, das hätten wir! Nun aber haben sie mir die Herden genommen, und ich habe nichts, gar nichts mehr!“
„O doch! Zweitausend Pesos haben Sie!“
„Spotten Sie nicht, Sennor!“
„Ich spotte nicht. Sie haben diese zweitausend Pesos und Ihre Herden samt allem, was die Yumas Ihnen abgenommen haben.“
„Sennor, das ist ein grausamer Scherz!“

„Es ist nicht Scherz, sondern Ernst. Ich bin den Yumas nicht nur entkommen, sondern mein Bruder Winnetou hat sie mit den Mimbrenjos, mit denen er mir zu Hilfe kam, sogar gefangen genommen. Sie haben alles hergeben müssen und werden nach den Hütten der Mimbrenjos transportiert, um dort ihre Strafen zu erleiden. Fünfzig Mimbrenjos aber sind mit Ihren Herden unterwegs, um sie nach der Hazienda zu bringen. Wir beide sind vorausgeritten, um Ihnen das zu melden. Wir ahnten freilich nicht, daß Sie die Hazienda verkaufen würden."

Er stand steif vor Erstaunen, doch war dieses Staunen ein freudiges.

„Die Yuma gefangen – –! Strafe – –! Fünfzig Mimbrenjos – – nach der Hazienda – – mit meinem Vieh – –!"

So stieß er abgebrochen hervor. Dann ergriff er plötzlich meinen Arm, wollte mich nach der Thüre ziehen und bat:

„Kommen Sie, kommen Sie! Schnell, schnell! Wir müssen nach der Hazienda, sofort, sofort!"

„Sie sagen „wir"? Also meinen Sie mich mit? Was sollte denn ich dort zu suchen haben?"

„Reden Sie nicht so, Sennor, nicht so! Ich weiß wohl, daß Sie allen Grund dazu haben. Ich habe Sie mißachtet, Sie gekränkt und beleidigt. Ich war mit Blindheit geschlagen. Jetzt aber werde ich – – Ah!" unterbrach er sich, indem er sich an den Beamten wendete. „Da kommt mir ein Gedanke. Ich bekomme meine Herden wieder. Sollte es nicht möglich sein, auch die Hazienda und die Arbeiter mit dem Bergwerke zurückzuerhalten? Der Kauf ist abgeschlossen?"

„Ja," antwortete der Gefragte.

„Ist denn nicht vielleicht ein Fehler vorgekommen, ein unscheinbarer Fehler, welcher ein Loch ergiebt, durch das ich in meinen Besitz zurückkriechen könnte?"

„Nein. Sie selbst haben mich um die größte Vorsicht gebeten und mich gewarnt, ja keinen Fehler zu begehen. Es war Ihnen ja darum zu thun, die zweitausend Pesos nicht etwa wieder hergeben zu müssen."

„Sie behalten das Geld und bekommen doch die Hazienda!" tröstete ich ihn. „Er wird gezwungen, Ihnen die Besitzung zurückzuerstatten, und Sie behalten die zweitausend Pesos als Ersatz für den Schaden, den Sie durch den Kauf erlitten haben."

„Wäre das möglich?"

„Es ist noch viel, viel mehr möglich zu machen. Ich behaupte sogar, daß der Kauf rückgängig gemacht werden kann. Nur müssen wir zu beweisen vermögen, daß Melton die Indianer gedungen hat, die Hazienda zu überfallen und zu verwüsten."

„Werden Sie diesen Beweis erbringen können, Sennor?"

„Höchst wahrscheinlich. Wenigstens hoffe ich das."

„O, hätte ich Ihnen doch erst mein Vertrauen geschenkt! Sie sprechen so bestimmt, so sicher. Ihnen scheint alles möglich, was ich für unmöglich halte!"

Da fiel der Apatsche, welcher bisher geschwiegen hatte, ein:

„Für meinen weißen Bruder Old Shatterhand ist nichts unmöglich, was er thun will. Er war gefangen und für den Marterpfahl bestimmt; nun ist er frei und hat seine Peiniger gefangen genommen."

„Nicht ich, sondern Winnetou hat sie gefangen genommen," wehrte ich ab.

„Nein, er ist's gewesen!" behauptete er.

„Du hast mir die Mimbrenjos gebracht, ohne welche es nicht hätte geschehen können!"

„Und die Mimbrenjos wären nicht gekommen, wenn Old Shatterhand ihnen nicht einen Boten gesandt hätte!"

„Winnetou, Winnetou wird es gewesen sein, muß es gewesen sein, dem diese That zuzuschreiben ist!" rief die Dame aus, welche für ihn begeistert war. Seine schönen, ernsten Züge, seine stolze, eherne Gestalt und Haltung hatten den größten Eindruck auf sie hervorgebracht.

„Mag es geschehen sein, wie es will; ich habe mein Eigentum wieder!" meinte der Haziendero, welcher mehr ans Haben als ans Danken dachte.

„Nein, gerade wie es geschehen ist, daß die Yumas gefangen genommen wurden, das will ich hören!" sagte die Sennora. „Winnetou wird die Güte haben, es zu erzählen. Ich lade ihn ein, sich neben mir in diese Matte zu setzen."

Sie deutete auf die neben ihr schwebende Hängematte, in welcher der Haziendero gelegen hatte; sie war frei geworden, weil der letztere jetzt im Zimmer stand.

„Winnetou ist kein Weib," antwortete der Häuptling. „Er legt sich nicht in die Fäden und redet nicht von seinen Thaten."

Sie forderte also mich auf, zu erzählen, und ich that ihr den Willen, indem ich in kurzer Weise das Geschehene berichtete und dabei die Mitwirkung des Apatschen besonders hervorhob. Als ich fertig war, rief sie ganz begeistert aus:

„Das ist ja ganz so, als ob ich es in einem Romane gelesen hätte! Ja, wo Winnetou, der Häuptling der Apatschen, auftritt, da sind solche Abenteuer und Thaten ganz unausbleiblich. Wäre ich ein Mann, ich würde stets mit ihm reiten."

„Und Winnetou wäre ein Weib, wenn er sich das gefallen ließe!" antwortete der Apatsche, indem er sich umdrehte und das Zimmer verließ. Ein solches Lob aus solchem Munde war ihm widerwärtig.

„Was hat er nur?" fragte die Sennora. „Befindet er sich stets in so bissiger Laune?"

„Nein; aber wenn man ihn anbeißen will, so beißt er wieder," erklärte ich lachend. „Eine Liebenswürdigkeit wie die Ihrige kann ihn über alle Berge treiben. Wenn man ihn halten will, muß man schweigen und ihn nicht ansehen."

„Ich werde mir Mühe geben, dies fertig zu bringen, wenn Sie sich bereit erklären, mir einen Dienst zu erweisen. Wann reisen Sie wieder ab?"

„Morgen."

„In welchem Hause werden Sie wohnen?"

„Das ist noch unbestimmt."

„Sie werden leicht ein für Sie passendes finden; aber Winnetou lade ich ein, unser Gast zu sein, und stelle ihm unsere zwei besten Zimmer zur Verfügung. Was meinen Sie dazu?“

Den Apatschen wollte sie bei sich haben; ich aber konnte wohnen und bleiben, wo es mir beliebte. Das machte mir Spaß, und darum antwortete ich froh gelaunt:

„Ich halte Ihren Gedanken für originell, Sennora.“

„Nicht wahr? Der arme Wilde muß sich stets im Walde und im Freien herumtreiben; ich will ihm einmal ein feines Quartier bieten, hoffe aber, daß er dafür bereit ist, den Abend in meinem Salon zuzubringen.“

„Versuchen Sie es, indem Sie ihn fragen.“

„Wollen Sie das nicht für mich thun?“

„Wenn es ginge, gern, Sennora; aber es geht nicht. Sie sehen doch ein, daß eine solche Einladung nicht durch eine Mittelsperson überbracht werden darf. Von Ihren schönen Lippen ausgesprochen, hat sie doppelten Wert. Sie werden jedenfalls Damen für den Abend zu sich laden?“

„Natürlich! Den berühmten Winnetou vorstellen zu können, ist ein Vorzug, um den mich alle meine Freundinnen lebenslang beneiden werden.“

Es handelte sich also um eine Schaustellung, und ich freute mich schon im voraus auf die Antwort des Apatschen. Übrigens wurde sogleich schon von zwei anderen Seiten Einwand erhoben. Nämlich der Beamte, welcher gar wohl bemerkt hatte, welchen Eindruck der schöne Indianer auf seine Frau gemacht hatte, mochte eine Anwandlung von Eifersucht empfinden und kam zu ihr herüber, um ihr einige zwar leise, aber eindringliche Bemerkungen in das Ohr zu flüstern. Sie schob ihn, ohne ihn aussprechen zu lassen, einfach zurück. Den andern Einwand erhob der Haziendero, indem er zu mir sagte:

„Bis morgen wollen Sie hier bleiben? Das ist nicht möglich! Sie müssen noch heute mit mir nach der Hazienda. Sie müssen mir behilflich sein, meine Besitzung zurückzuerlangen!“

Da dies in einem Tone gesprochen war, als ob sich die Erfüllung seines Wunsches ganz von selbst verstehe, als ob er das Recht besitze, eine solche Forderung auszusprechen, so antwortete ich: „Ich muß? Wer behauptet das? Es giebt für mich kein Müssen.“

„Das habe ich auch nicht sagen wollen; aber die Rücksicht auf Ihre Ehre und auf mich erfordert, daß Sie keinen Augenblick zögern, das zu vollenden, was Sie angefangen haben.“

„An die Rücksicht auf meine Ehre brauche ich nicht erinnert zu werden. Nichts, was ich thue, geschieht, ohne daß ich meine Ehre dabei in Betracht ziehe. Ich bin keineswegs entehrt, wenn ich mich jetzt um Ihre Hazienda nicht mehr kümmere. Und sodann reden Sie von einer Rücksicht für Sie. Was oder wer verpflichtet mich denn, Sie zu berücksichtigen? Ich kam zu Ihnen und warnte Sie; Sie jagten mich fort; ich mußte sogar die Beleidigungen Ihres unverschämten Majordomo mit Gewalt von mir weisen, und Sie sahen vom Fenster aus zu, ohne ein Wort zu sagen. Ich bat Sie, Melton nicht mitzuteilen, daß ich Sie vor ihm gewarnt hatte, und als er kam, hatten Sie nichts Eiligeres zu thun, als ihm Wort für Wort alles mitzuteilen. Diese Schwatzhaftigkeit hätte mich in den sicheren Tod getrieben, wenn ich nicht der gewesen wäre, der ich bin; denn Melton ritt mit uns, um mir aufzulauern und mich umzubringen; aber da ich dies erriet, lief er in meine, anstatt ich in seine Hände."

„Warum werfen Sie mir das vor?" fragte er. „Vorwürfe können nichts ändern."

„An dem Geschehenen können sie freilich nichts ändern, aber auf das, was geschehen wird, werden sie jedenfalls Einfluß haben. Ich hoffe sogar, daß meine wohlberechtigten Vorwürfe den von mir beabsichtigten Erfolg haben werden, daß Sie selbst sich ändern."

„Sennor, Sie werden unhöflich!"

„Nein, sondern nur aufrichtig, und zwar zu Ihrem Besten. Als Sie mich hinausgeworfen hatten, blieb ich doch in der Nähe Ihrer Besitzung. Sie hatten mir verboten, die Grenze derselben zu überschreiten; ich konnte also die notwendigen Beobachtungen nicht bei Ihnen machen und war gezwungen, die Indianer zu belauschen. Dabei geriet ich in die Hände derselben. Ihr Verbot hat mich also in die Gefangenschaft getrieben. Meinen Sie, daß ich Ihnen dafür zu Dank verpflichtet bin? Sie sind übrigens dafür bestraft worden, denn nur meine Gefangenschaft ermöglichte es den Yumas, den Überfall glücklich auszuführen. Dennoch behielt ich trotz meiner eigenen Hilflosigkeit Ihren Verlust im Auge, und als ich mich befreit hatte, dachte ich sofort daran, Ihnen wieder zu Ihrem Eigentume zu verhelfen. Daß mir dies gelungen ist, habe ich erzählt. Ihr Eigentum ist gerettet, und Ihre Herden befinden sich unterwegs zu Ihnen. Das habe ich Ihnen gesagt. Aus meiner Erzählung wissen Sie, welche Anstrengung es gekostet hat und in welche Gefahr besonders Winnetou und ich mich begeben haben, um die Yumas und ihre Beute in unsere Gewalt zu bekommen. Sagen Sie einmal, ob Sie dies gewagt und auch fertiggebracht hätten!"

„Wohl schwerlich, Sennor."

„Schön! Und nachdem Sie das alles erfahren haben, fordern Sie mich auf, Ihnen weiterzuhelfen. Sie bitten nicht, sondern Sie fordern. Nun frage ich Sie, welches Interesse ich für Sie oder an Ihnen habe? Sie haben gehört, was wir für Sie gethan haben; aber haben Sie auch nur ein einziges Wort des Dankes hören lassen? Ich wurde von Ihnen beleidigt, hinausgeworfen, in die Gefangenschaft getrieben, habe für Sie mein Leben gewagt und soll es wohl auch ferner wagen, und Sie sagen mir kein einziges Wort, während ich mich herzlich bedanke, wenn mir jemand einen Schluck Wasser bietet! Das meinte ich, als ich davon sprach, daß Sie sich zu ändern haben. Ich bin hier ein deutscher Barbar genannt und sogar gefragt worden, ob ich lesen kann, mache aber die Erfahrung, daß man hier nicht einmal weiß, daß einer, für den ein anderer sein Leben in die Schanze geschlagen hat, die heilige Verpflichtung besitzt, sich bei diesem zu bedanken. Und ich habe für Sie noch mehr gethan! Das war eine lange Rede; der kurze Sinn derselben ist:

Sehen Sie nun selbst, wie Sie weiterkommen! Ich habe keine Lust, mich als Dank für meine Güte an meine Pflicht und Ehre erinnern zu lassen!“

Ich that, als ob ich gehen wolle; da ergriff er mich beim Arme und bat:

„Bleiben Sie doch, Sennor, bleiben Sie! Was ich unterließ, ist aus Vergeßlichkeit unterblieben!“

„Da kennen Sie sich nicht so gut, wie ich Sie trotz der kurzen Zeit kennen gelernt habe. Es ist nicht Vergeßlichkeit, sondern etwas anderes. Sie halten sich für so erhaben über einen deutschen Barbaren und sogar über einen Mann, wie Winnetou, daß Sie nicht zu bitten, sondern nur zu fordern und zu gebieten haben. Gehen Sie doch einmal hinüber nach Deutschland, um zu erfahren, daß dort jeder Knabe mehr weiß und mehr gelernt hat, als Sie in ihrem ganzen Leben jemals wissen und lernen werden! Und die Herrschaften, welche sich hier so bequem in ihren Matten schaukeln, mögen die finsteren und blutigen Gründe des wilden Westens aufsuchen, um zu der Einsicht zu gelangen, daß das kleinste Glied des kleinen Fingers von Winnetou mehr Kraft, Geschick und Adel besitzt, als in euerm Ures überhaupt zu finden ist. Ich bin hier nicht heute, sondern schon vorher von oben herab behandelt worden; jetzt schaut einmal von unten herauf, ob ich nicht die Veranlassung und das Recht besitze, euch zur Anklage zu bringen! Ich habe hier um Schutz für die Einwanderer nachgesucht und bin abgewiesen worden. Ihr habt den Kauf abgeschlossen und damit die braven Leute mit ihren Kindern in die Gewalt eines Verbrechers getrieben. Sagt mir einmal, was ich eigentlich hiernach zu thun hätte!“

Ich bekam keine Antwort; sie schwiegen. Da steckte der Apatsche den Kopf zur Thür herein und fragte:

„Ist mein Bruder fertig? Winnetou hat keine Lust, hier länger zu verweilen.“

Rasch war der Haziendero bei ihm, nahm seine Hand und bat:

„Kommen Sie noch einmal herein, Sennor! Ich bitte Sie dringend. Sie wissen, daß ich ohne Ihren Rat nichts machen kann.“

Der Apatsche trat herein, sah ihn ernst an und meinte:

„Hat das Bleichgesicht sich bei meinem Bruder Shatterhand bedankt?“

Es war wirklich, als ob er allwissend sei! Mit seiner kurzen Frage brachte er ganz denselben Vorwurf, über den ich eine so lange Rede gehalten hatte.

„Es fand sich noch keine Gelegenheit dazu. Wir haben uns ja noch nicht ausgesprochen,“ lautete die Entschuldigung. „Sie wollen bis morgen hier bleiben?“

Winnetou nickte. Und doch hatte ich es nicht mit ihm verabredet. Aber es verstand sich ganz von selbst, daß wir auch hier die gleichen Gedanken hatten.

„Darüber vergeht aber eine kostbare Zeit, in welcher Wichtiges gethan werden könnte!“ erinnerte der Haziendero.

„Das Wichtigste ist, daß unsere Pferde Kräfte bekommen,“ entgegnete Winnetou. „Von welchen Leistungen redet überhaupt das Bleichgesicht? Old Shatterhand und Winnetou haben nichts dagegen, wenn es seine Absicht ist, noch heute etwas zu leisten. Er mag es immerhin thun, aber selbst!"

„Ich habe Ihnen ja gesagt, daß ich ohne Ihre Hilfe nichts fertig bringe."

„So mag das Bleichgesicht Old Shatterhand bitten. Was dieser thut, thue ich auch."

Bitten fiel dem Haziendero schwer, aber er that es doch; er brachte es sogar fertig, sich für das bisher Geschehene zu bedanken, aber nicht auf freie Anregung seines Herzens, sondern aus Rücksicht auf den Nutzen, den er davon zu haben hoffte. Der Mann konnte nicht dafür, daß er kein Gemüt besaß; Gemüt besitzt überhaupt nur der Germane. Ich hätte ihn nicht im Stiche gelassen, auch wenn ich nicht aus Rücksicht für meine Landsleute gezwungen gewesen wäre, den Fußstapfen Meltons zu folgen. Darum antwortete ich auf seine Bitten:

„Gut, wir wollen uns auch fernerhin Ihrer annehmen. Aber sagen Sie uns einmal, was nach Ihrer Meinung nun zu geschehen hat!"

„Ich denke eben, daß wir gleich aufbrechen sollten, um Melton einzuholen und zu arretieren."

„Unsere Pferde würden unter uns zusammensinken; zudem müssen Sie bedenken, daß wir ebensolange wie unsere Tiere unterwegs gewesen sind. Wir haben in zwei und einem halben Tag sechs reichliche Tagemärsche zurückgelegt, und ich glaube nicht, daß Sie, Sennor, nach einer solchen Leistung im stande wären, einen Parforceritt hinauf nach der Fuente und in die Yumaberge zu machen. Wir bedürfen sehr der Ruhe, denn wir sind keine Götter, sondern Menschen, und werden also bis morgen bleiben. Wenn Sie es so eilig haben, so können Sie vorausreiten. Nehmen Sie einige Polizisten mit!"

Da schlug die Sennora die Hände zusammen und rief:

„Das ist ein prächtiger Gedanke! Vorausreiten und einige Polizisten mitnehmen! Was sagst du dazu, mein Männchen?"

„Wenn es dir recht ist, so ist der Gedanke allerdings ein sehr glücklicher," antwortete der Gefragte.

„Sogar ein außerordentlich glücklicher! Hast du nicht deinen Ayudo, welcher alle deine Arbeiten und Obliegenheiten zu erledigen versteht, so daß du einmal eine kleine Reise unternehmen kannst?"

Er war wohl seit langer Zeit nicht so glücklich gewesen, einmal die Zügel nicht zu fühlen, welche sie mit ihren schönen Händen führte. Eine kleine Reise! Und zwar allein, nicht mit ihr! Welch ein Gaudium! Sein Gesicht glänzte förmlich vor Vergnügen; aber er erkundigte sich doch in vorsichtiger Weise:

„Wohin wollen wir reisen, meine Seele?"

Das Wörtchen „wir" betonte er besonders. Sie machte ihm das Herz leicht, indem sie antwortete:

„Ich bleibe daheim."

Hatte sein Gesicht vorher geglänzt, so strahlte es nun vollständig, als er fragte:

„Wohin soll ich gehen?"

„Ich gebe dir Gelegenheit, eben solchen Ruhm zu erwerben, wie Winnetou selbst. Da Don Timoteo einige Polizisten wünscht, so reitest du selbst mit und kommandierst einige *Ofiziales de la polizia* zu deiner Begleitung."
Sein Gesicht hörte plötzlich auf, zu strahlen; es zog sich in bedenkliche Falten und wurde ungeheuer lang. Beinahe bebend erklangen seine Worte:
„Ich – ich selbst soll mit in die Berge, und zwar reitend?"
„Natürlich, denn gehen kannst du einen solchen Weg doch nicht!"
„Meinst du nicht, daß ein solcher Ritt etwas – – etwas anstrengend, vielleicht sogar gefährlich ist?"
„Für einen Caballero giebt es keine Gefahr. Also?!"
Sie warf ihm einen gebieterischen Blick zu, auf welchen der arme Teufel nur die eine Antwort hatte:
„Ja, wenn du meinst, so reite ich mit, mein Herz!"
„Ich meine es; freilich meine ich es! In einem kleinen Stündchen hast du alles beisammen, die Wäsche, das Pferd, die Cigaretten, Seife zum Waschen, zwei Pistolen, Handschuhe, das nötige Geld, mit dem ich dich reichlich versehen werde, Schokolade, eine Flinte und ein Kopfkissen, damit du, wenn ihr gezwungen sein solltet, einmal in einem schlechten Bette zu schlafen, nicht tief zu liegen brauchst und schlimme Träume hast. Du siehst, wie ich für dich sorge. Nun sorge auch du dafür, daß meine Erwartungen erfüllt werden. Kehre ruhmbedeckt zurück. Einem Juriskonsulto, wie du bist, kann dies nicht schwer werden. Meinen Sie nicht auch, Sennor?"
Diese Frage war an mich gerichtet; ich antwortete also:
„Ich stimme Ihnen vollständig bei, Sennora, soweit die Rechtsgelehrsamkeit bei einem solchen Ritte zu statten kommt."
„Hörst du es?" fragte sie ihren Mann. „Der Sennor ist mit mir einverstanden. Wann werden Sie aufbrechen, Don Timoteo?"
„In einer Stunde," antwortete der Gefragte, welcher wohl gerne mit mir und Winnetou, nicht aber mit dem Pantoffelhelden geritten wäre, sich indessen gezwungen sah, auf den lächerlichen Plan der Dame einzugehen.
Der „Juriskonsulto" machte ein Gesicht, über welches man hätte zugleich weinen und auch lachen mögen. Aus der schönen, kleinen Reise war ein gefährlicher, wenigstens ein anstrengender Ritt geworden. Das Kopfkissen, welches er mitbekommen sollte, war wohl kaum im stande, das Grauen, welches er empfand, zu mildern. Er mochte mir ansehen, daß ich eine Art von Mitleid mit ihm fühlte, denn er warf mir einen flehenden Blick zu, in der Hoffnung, daß ich mich seiner annehmen und den Versuch machen werde, seine Gattin von ihrer für sie pikanten, für ihn aber höchst fatalen Marotte abzubringen, doch vergeblich. Ich war ausnahmsweise einmal hart. Unserer Angelegenheit konnte es keinen Schaden bringen, wenn der Beherrscher von Ures einmal in die Berge ritt, um sich Ruhm zu sammeln und anstatt dessen nur die abgeschundene Haut seiner Beine und einen steifen Rücken mit nach Hause brachte. Ich war bei meiner ersten

Anwesenheit mit meinem Gesuche auf eine mehr als ärgerliche Weise abgewiesen worden und glaubte, mir ohne Gewissensbisse das kleine Vergnügen, ihn blamiert zu sehen, dafür gönnen zu dürfen. Darum nahm ich mich seiner nicht im mindesten an und sagte im Gegenteile zu dem Haziendero:

„Höchst wahrscheinlich werden Sie Melton fangen, ehe wir Sie eingeholt haben. Wir sind aber als Zeugen nötig. Wo werden wir Sie treffen?“

„Wir werden an der Fuente de la Roca auf Sie warten,“ antwortete er.

„Welchen Weg nehmen Sie hinauf?“

„Den über die Hazienda.“

Das war mir nicht lieb. Er konnte auf unsere beiden Mimbrenjos oder gar auf den Player stoßen und uns dadurch das Spiel verderben. Doch fiel es mir nicht ein, ihm abzuraten, denn ich wußte, daß der Zweck, den ich verfolgte, durch das Gegenteil viel leichter und sicherer zu erreichen sei. Darum meinte ich zustimmend:

„Sehr gut, Don Timoteo! Sie werden uns dadurch einer ziemlich schweren Arbeit überheben, denn der Player, von dem ich ihnen erzählt habe, treibt sich jedenfalls noch dort herum. Er muß natürlich festgenommen werden, und da er ein sehr verwegener Kerl ist und mit der Büchse ebensogut wie mit dem Messer umzugehen versteht, so ist das mit Lebensgefahr verbunden. Er wird sich ganz verzweifelt wehren, und da ich weiß, daß er es gut und gern mit zwei und auch drei kräftigen Männern aufnimmt, so ist es mir lieb, daß Sie diesen Weg einschlagen. Sie kommen eher hin, werden ihn gefangen nehmen, und wenn wir nachkommen, ist die Arbeit geschehen. Lassen Sie sich aber ja nicht aus dem Hinterhalte erschießen! Er hat seine Mordthaten alle heimlich ausgeführt.“

Diese Worte wirkten, denn Don Timoteo verfärbte sich, und der Beamte war aschfahl geworden. Ich war überzeugt, daß sie die Hazienda meiden würden.

Die Sennora aber rief ihrem untergebenen Vorgesetzten oder vorgesetzten Untergebenen zu:

„Hast du es gehört? Das ist eine That, welche deiner würdig ist. Ich hoffe, daß du den gefährlichen Verbrecher ergreifst und ihn keinem andern überlässest! Du wirst dafür täglich zwei Cigaretten mehr rauchen dürfen als bisher.“

Er machte ein Gesicht, als ob er selbst soeben ergriffen und arretiert worden sei. Sie bemerkte das nicht, warf mir einen fast mitleidigen Blick zu und fuhr fort:

„Sie scheinen auch nicht der Held zu sein, für den wir Sie halten sollen, Sennor, sonst würden Sie sich nicht so darüber freuen, daß der Player schon gefangen ist, wenn Sie hinkommen.“

„Allerdings freue ich mich, und das kann mir niemand übel nehmen. Der Mann ist wirklich mehr als lebensgefährlich. Jede Kugel, welche trifft, macht ein Loch in die Haut.“

„Und Sie sind wohl kein Freund von solchen Löchern?“

„Nein, denn wenn sie zu tief gehen, ist's zu Ende mit einem.“

„So gebe ich Ihnen freilich den Rat, sich hübsch in acht zu nehmen, daß Ihre liebe Haut nicht verletzt wird. Mein Mann aber weiß, daß dem Mutigen die Welt gehört und dem Kühnen das Glück günstig ist. Meine Seele wird ihn umschweben und beschützen. Meinst du nicht, lieber Mann?“

„Ja,“ nickte er mit einem Gesichte, als ob er Pfefferkörner anstatt Korinthen zerbissen hätte. „Vergiß aber nicht, mir auch ein Kissen auf den Sattel legen zu lassen, damit ich das Pferd nicht allzusehr drücke!“

Sie schlüpfte aus ihrer Hängematte und ging an mir vorüber, ohne mich anzusehen. Ich war in ihren Augen ein feiger Wicht, der sich fürchtete, ein Loch in die Haut zu bekommen. Vor Winnetou aber blieb sie stehen, ließ ihn ihr liebenswürdigstes Lächeln sehen und fragte:

„Sennor Winnetou, Sie haben also wirklich die Absicht, die Nacht hier in Ures zu verbleiben?“

Das Gesicht, mit welchem der Apatsche auf sie niederblickte, war nicht zu beschreiben. Was sich in demselben aussprach, war Mitleid und zugleich Erstaunen darüber, daß sie es wagte, ihn direkt anzureden. Ich verstand seinen Blick und antwortete an seiner Stelle:

„Ja, wir bleiben bis morgen da.“

„Warum antworten denn Sie? Lassen Sie doch Winnetou reden!“ sagte sie, indem sie mir einen verächtlichen Blick zuwarf. „Er hat gehört, daß ich ihn verehre, und wird mich doch wohl seine Stimme hören lassen.“

Sie wiederholte ihre Frage, und da er nun zu antworten gezwungen war, nickte er bejahend.

„So gebe ich mir die Ehre, Sie einzuladen, mein Gast zu sein,“ fuhr sie fort. „Wollten Sie die Einladung annehmen, so würden Sie mich sehr beglücken.“

„Meine weiße Schwester mag glücklich sein,“ antwortete er. „Ich nehme an.“

„Und ich darf Damen zu mir laden, welche Winnetou feiern werden?“

„Winnetou weiß, daß die Bleichgesichter Bären fangen und einsperren, um sie sehen zu lassen; aber er ist kein Bär.“

„Also kein Fest?“ fragte sie mit sehr enttäuschtem Gesichte.

„Nein,“ sagte er, drehte sich um und ging hinaus; ich folgte ihm, und wir entfernten uns, ohne ein Wort des Abschiedes zu verlieren. Wir hatten in der Stadt nichts zu suchen. Einige Kleinigkeiten kauften wir ein; dann holten wir unsere Pferde und führten sie vor die Stadt hinaus ins Freie, wo wir uns wohler befanden als im Innern derselben. Es gab da ein laufendes Wasser und saftiges Gras für die Pferde. Wir legten uns nieder, einen tüchtigen Schlaf zu thun. Noch ehe wir eingeschlafen waren, sahen wir die Helden vorüberreiten. Die Dame hatte also, trotzdem wir fort waren, auf der Ausführung des Planes bestanden. Der kleine Trupp bestand aus fünf Personen, dem Haziendero, drei Polizisten und dem „Juriskonsulto“. Die vier trugen ihre Uniformen, was selbst den ernsten Winnetou zum Lachen nötigte, ihm aber doch kein Wort des Witzes oder Spottes abzuringen vermochte. Die Pferde waren gut; der Haziendero und die drei

Polizisten ritten ganz leidlich; der von seiner Gattin „Juriskonsulto“ genannte aber bildete eine weniger reizende Figur. Er hatte ein Kissen unter sich, und eines hinter sich angeschnallt. Beide glänzten aus der Ferne zu uns herüber; sie waren also wohl mit feinem weißen Leinen „neuwaschen“ überzogen worden. Wer sich zu einem Ritte in die wilden Berge hinauf mit solchen Ausrüstungsgegenständen versieht, wird alles andere verrichten, aber nur keine Heldenthaten! „Glück auf den Weg, mein Feldherr!“ dachte ich und machte die Augen zu, fest überzeugt, daß die fünf Reiter nicht über vielen und großen Ruhm auf ihrem Pfade stolpern würden.

Wir schliefen, ohne gestört zu werden, den Nachmittag und die Nacht, also viel besser und länger, als wir in der Stadt, in einem Hause und Bette geschlafen hätten. Die Pferde hatten wir nicht angebunden, da wir ihrer sicher waren; die beiden Tiere waren treu und wachsam wie die Hunde; sie gingen nicht von uns fort, und hätten uns sogar gewiß geweckt, falls jemand in unsere Nähe gekommen wäre. Als wir uns in den Sattel setzten, ging eben die Sonne auf. Wir waren frisch und munter, und auch die Pferde hatten sich vollständig erholt und wieherten freudig in die frische Morgenluft hinaus.

Wir ritten natürlich nach der Hazienda zurück, und zwar folgten wir während der ersten Stunden der Fährte unserer fünf Helden, welche von gestern her noch leidlich im Grase zu sehen war. Dann lenkte dieselbe von unserer Richtung scharf rechts ab.

„Mein Bruder Shatterhand hat sie richtig beurteilt,“ sagte Winnetou. „Sie reiten nicht über die Hazienda, weil sie sich vor dem Player fürchten. Das weiße Weib wird mit ihrem nicht stillstehenden Munde nicht viel Rühmenswertes von ihrem Manne zu erzählen haben. Uns aber werden die Männer vielleicht Ärger bereiten.“

„Möglich!“ antwortete ich. „Aber groß wird er nicht sein, und ich will einen kleinen Ärger sehr gern auf mich nehmen, wenn ich mir bei demselben sagen kann, daß der selbstsüchtige und undankbare Haziendero und der lächerliche Rechtsgelehrte ihrer Strafe entgegenreiten.“

„Ist mein Bruder auf einmal rachsüchtig geworden?“

„Das nicht; aber ich habe mich über beide geärgert und sage mir, daß eine etwas kräftige Belehrung ihnen gar nichts schaden kann. Sie werden dann das, was wir gethan haben, besser beurteilen und also schätzen lernen.“

Unser Ritt verlief, ohne daß sich während desselben etwas Erwähnenswertes ereignete, und es war kurz vor Tagesanbruch, als wir die Grenze der Hazienda erreichten. Das Feuer war nicht bis an die Stelle, wo wir anhielten, gedrungen; es befand sich dort ein Buschwerk, welches sich zum Verstecke eignete, und dieses hatten wir unsern beiden Mimbrenjos als Rendezvous bezeichnet. Sie waren da, und zwar mit ihren Pferden, und kamen, als sie uns hörten, aus dem Gesträuch gekrochen.

„Ihr seid beide da?“ sagte ich. „Das ist ein Zeichen, daß ihr den Player nicht zu bewachen braucht. Liegt der irgendwo fest, oder ist er fort?“

„Er war fort, ist aber wieder zurück, und hat sich nicht weit von hier am Bache schlafen gelegt,“ antwortete der Yumatöter.

„Wie weit er fort war, wißt ihr nicht?“
„Wir wissen es, indem wir es berechnen. Als Old Shatterhand und Winnetou sich entfernt hatten, übergab ich meinem Bruder unsere Pferde und folgte der Spur des Bleichgesichts, welches Player heißt. Meine beiden berühmten Brüder wissen, daß dieselbe über die Höhe hinab in den Wald führt. Dort hat das Bleichgesicht sein Pferd stehen gehabt und es sofort bestiegen, um eiligst fortzureiten. Die Hufspuren zeigten, daß die Schritte nicht langsam gewesen waren. Ich folgte ihnen, bis der Wald zu Ende ging, und sah, daß er von dort aus Galopp geritten war.“
„Wie war die Gegend beschaffen?“
„Mit Gras bewachsen und eben, mit wenigen niedrigen Hügeln.“
„Ging seine Spur geradeaus wie der Weg eines Flüchtlings, welcher möglichst schnell entkommen will?“
„Nein, sondern in Windungen zwischen den Hügeln hindurch, über welche er hätte kommen müssen, wenn er geradeaus geritten wäre.“
„So ist die Absicht, uns zu entkommen, nicht der einzige Grund dafür, daß er Galopp geritten ist; es giebt noch einen andern. Hätte ihn allein die Angst vor uns getrieben, so wäre sein Weg wie der Flug einer Kugel gewesen, welche nicht nach rechts und nicht nach links abweicht. Wer aber so eilig ist, ohne jemand hinter sich zu haben, der ihn treibt, der muß jemand vor sich haben, zu dem er schnell kommen will. Es giebt also in der Richtung, in welcher er davongeritten ist, Leute, denen er sein Zusammentreffen mit uns hat melden wollen.“
„Ja. Ich folgte seiner Fährte nicht aus dem Walde hinaus ins Freie, weil er sonst bei seiner Rückkehr meine Spur gesehen hätte, sondern ging zu meinem jüngern Bruder, um zunächst mit ihm die Pferde zu verstecken und dann nach der Stelle zurückzukehren, an welcher die Fährte des Player aus dem Walde in das Freie trat. Dort legten wir uns weit voneinander, um eine größere Strecke übersehen zu können, auf die Lauer.“
Das war so umsichtig gehandelt, daß ich es nicht hätte besser machen können.
„Haben meine jungen Brüder ihn wiederkommen sehen?“ fragte ich.
„Ja, gestern, als die Sonne gerade auf ihrem höchsten Punkte stand.“
„Also Mittwoch zur Mittagszeit, und Montag kamen wir hier an. Der Ort, wo er gewesen ist, liegt also einen Tagesritt von hier entfernt. In welcher Richtung?“
„Nach Ost.“
„Also nach der Fuente zu. Wir werden wohl erfahren, ob dort auch nur ein einzelner Posten steht, oder ob mehrere sich dort befinden. Es scheint, daß man eine Postenkette von hier aus gelegt hat, damit, falls hier etwas Wichtiges geschieht, die Nachricht davon weitergegeben werden kann.“
„Es müssen sich mehrere Indianer dort befinden, denn der Player hat ein weißes Pferd gehabt und ist auf einem schwarzen zurückgekehrt.“
„Ein weißes? Du hast es doch nicht gesehen!“

„Nein; aber da, wo es im Walde angebunden gewesen ist, hing an einem kleinen Zweige ein weißes Schwanzhaar, weiches nur von einem Schimmel herrühren konnte. Und als er zurückkam, saß er auf einem Rappen, welcher nicht für ein Bleichgesicht, sondern für einen roten Krieger aufgeschirrt war."

„Hm! So besteht der Posten, zu dem er sich begeben hat, allerdings aus mehreren Indianern. Er hat sein ermüdetes Pferd abgegeben und für dasselbe ein frisches genommen, um schnell zurückkehren zu können. Die Botschaft, welche er brachte, mußte auf einem ebenso frischen Pferde weitergetragen werden. Daraus folgt, daß mehrere ausgeruhte Pferde und also auch mehrere Reiter vorhanden gewesen sind. Das ist gut, zu wissen, obgleich wir ihn wohl zwingen werden, uns Antwort zu geben. Meine Brüder wissen also, wo er sich jetzt befindet?"

„Ja. Wir haben gesehen, wo er sich niederlegte, und da er ermüdet war, wird er den Ort noch nicht verlassen haben, sondern fest schlafen."

„So führt uns jetzt zu ihm, damit wir ihn überraschen!"

Wir banden unsere Pferde an und folgten den Brüdern in der Richtung nach dem Gemäuer der Hazienda. Es dämmerte bereits, und bald sahen wir den wie einen Priester gekleideten Halunken unweit einer Krümmung des Baches liegen. Es war das eine sehr gut gewählte Stelle, da sie so lag, daß jeder Schall und jedes Geräusch von allen Richtungen nach derselben getragen wurde. Er hatte eine Decke unter dem Kopfe, und neben ihm lag ein Gewehr, welches ich bei unserm ersten Zusammentreffen nicht bei ihm gesehen hatte. Er schlief fest. Wir näherten uns ihm mit unhörbaren Schritten und setzten uns so um ihn nieder, daß wir ein Viereck bildeten und ihn zwischen uns hatten. Sein Gewehr nahm ich natürlich weg und legte es so weit fort, daß er es nicht erlangen konnte. Wir hatten Zeit, da wir unsere Pferde ruhen lassen mußten, und warteten also, ohne ihn aufzuwecken, uns innerlich über sein Erwachen freuend. Da sein langer Rock nicht zugeknöpft war, sahen wir, daß er unter demselben einen Gürtel trug, in welchem ein Bowiekneif steckte. Auch die Griffe von zwei großkalibrigen Revolvern sahen aus demselben hervor.

Indem ich sehr langsam und äußerst vorsichtig vorging, gelang es mir, das Messer und einen der Revolver hervorzuziehen; der andere steckte aber fester, und so kam es, daß er die Berührung fühlte und darüber erwachte. Schnell und ohne Schlaftrunkenheit, wie ein echter Westmann, richtete er sich in sitzende Stellung auf und fuhr mit beiden Händen in den Gürtel, aus welchem ich den zweiten Revolver natürlich vollends rasch herausgezogen hatte. Aber so ganz geistesgegenwärtig, wie zum Beispiel Winnetou in solcher Lage gewesen wäre, war er doch nicht. Er starrte uns mit großen Augen an und öffnete den Mund, um zu sprechen, brachte aber nichts hervor.

„Good morning, Master Player!" grüßte ich. „Ihr habt sehr fest und gut geschlafen, und das war Euch nach dem weiten Ritte, den Ihr seit Montag gemacht habt, wohl zu gönnen."

„Was – wißt Ihr – von meinem – – Ritte?" brachte er nun doch hervor.

„Fragt doch nicht so dumm! Leute wie wir werden doch wissen, wo Ihr gewesen seid! Da oben bei den Roten, um zu melden, wen Ihr hier gesehen habt, und Euern Schimmel gegen einen Rappen umzutauschen."
„Wahrhaftig, er weiß es! Was wollt ihr hier, Sir? Warum treibt ihr euch nun mehrere Tage lang in dieser tristen Gegend herum, wo für Mensch und Tier nichts mehr zu finden ist?"
„Ganz dasselbe könnte ich Euch fragen, will es aber unterlassen, weil es überflüssig ist. Aber vorstellen möchte ich mich Euch. Oder habe ich Euch meinen Namen schon am Montag genannt?"
„Ist nicht nötig, denn wo man Winnetou sieht, ist sicher auch Old Shatterhand zu finden. Daran dachte ich am Montag nicht sogleich."
„Glaube es! Denn hättet Ihr daran gedacht, so wäret Ihr nicht ausgerissen. Ihr habt doch jedenfalls gehört, welch ein guter und sogar intimer Freund von Melton und den Wellers ich bin, und da Ihr mit diesen Gentlemen so eng verbunden seid, ist Eure Flucht eigentlich ein Unsinn zu nennen. Es war auch vollständig überflüssig, den Indianern die Botschaft zu überbringen. Wir können das viel besser als Ihr besorgen, denn wir wollen ja auch hinauf."
„Nach Almaden alto?" entfuhr es ihm.
Das war der Name des Quecksilberbergwerkes, welches man nach dem berühmten spanischen Quecksilberbergwerke Almaden so genannt hatte. Almaden alto heißt Hoch Almaden – weil es hoch in den Bergen liegt.
„Ja, nach Almaden alto," antwortete ich, „und vorher nach der Fuente de la Roca, um meinem Freunde Melton eine Visite zu machen. Er ist krank an den Händen, wie Ihr wißt. Es ist einer so rücksichtslos gewesen, ihm die Hände aus den Gelenken zu drehen, und so muß ich als guter Freund doch einmal hin, um nach seinem Befinden zu fragen. Man kennt doch die Verpflichtungen, welche die Freundschaft einem auferlegt!"
Er wußte natürlich recht gut, was geschehen war; er mußte es erfahren haben. Und so verstand es sich ganz von selbst, daß er meine Worte als das nahm, was sie waren – Hohn. Seine Lage war keine angenehme; das sah er ein; aber wenn er auch wußte, daß er von Winnetou nichts Gutes zu erwarten hatte, so hatte er demselben doch keinen Grund zur persönlichen Rache gegeben, und mir war von ihm ja erst recht nichts geschehen. Darum fühlte er sich wenigstens in Beziehung auf sein Leben und seinen Körper für sicher und nahm an, daß es geraten sei, uns keine Furcht zu zeigen, sondern im Tone begründeter Befremdung zu fragen:
„Was geht mich Euer Verhältnis zu Melton an? Daß Ihr ein Freund von ihm seid, habe ich mir gleich am Montage denken können, da Ihr nach ihm fragtet und von meinem Hiersein unterrichtet waret. Aber was Ihr von mir wollt, das geht mich etwas an! Ihr habt Euch heimlich herangeschlichen, mich umringt und mir die Waffen genommen. Warum das? Ich habe Old Shatterhand stets für einen ehrlichen Mann gehalten!"

„Der bin ich auch, und darum habe ich eine so intime Bekanntschaft mit Melton und den beiden Wellers gemacht; sie werden Euch viel Liebes und Gutes von mir erzählt haben?“

„Sie haben allerdings von Euch gesprochen. Ich hörte von ihnen, daß Ihr in Gefangenschaft der Yumas geraten wäret und am Marterpfahle sterben solltet, und sehe nun zu meinem Erstaunen, daß Ihr Euch schon wieder auf freiem Fuße befindet.“

„O, darüber braucht Ihr nicht zu erstaunen. Ihr werdet wahrscheinlich gehört haben, daß ich schon öfters Gefangener gewesen bin und am Pfahle habe sterben sollen; aber wie es scheint, pflegt es den Roten nicht so leicht zu werden, mich festzuhalten. Ich besitze die für sie fatale Eigentümlichkeit, sie immer wieder ohne Abschied im Stiche zu lassen und darauf unvermutet wiederzukommen, um mich ihnen erkenntlich zu zeigen. So ist es auch diesmal gewesen. Ich bin den Yumas davongelaufen und dann zurückgekehrt, um sie gefangen zu nehmen.“

Ich teilte ihm von dem, was geschehen war, in kurzer Weise so viel mit, wie ich für nötig hielt. Die Wirkung zeigte sich sofort.

„Was? Die Mimbrenjos kommen?“ fragte er, indem er sich entfärbte.

„Ja, sie kommen. Ihr seht schon zwei ihrer jungen Krieger hier bei mir. Das scheint Euch zu erschrecken. Wahrscheinlich steht Ihr mit den Mimbrenjos auf etwas gespanntem Fuße. Wenn das ist, so bin ich gern bereit, mich Eurer anzunehmen, so daß sie Euch nichts anhaben können.“

„Das wäre mir lieb, sehr lieb!“ beteuerte er eifrig. „Ich habe nicht die Absicht, ihnen zu begegnen.“

„Schön! Ich werde Euch helfen, indem ich Euch mit mir nehme in die Yumaberge zu unserm Freunde Melton.“

Seine Verlegenheit wuchs. Er wußte genau, daß meine Worte nur Ironie enthielten und daß keine Rede davon sein konnte, ihn in meinen Schutz zu nehmen; ja, er hatte das Gegenteil von Schutz zu befürchten. Um über meine Absichten klar zu werden, sagte er:

„Nehmt meinen Dank für diese Freundlichkeit, Sir! Aber wenn Ihr es so gut mit mir meint, warum behaltet Ihr mir da meine Waffen vor?“

„Das geschieht zu Euerm Besten, Master Player. Wenn die Mimbrenjos noch vor unserm Aufbruche kommen sollten, könntet Ihr leicht durch Eure bekannte Tapferkeit versucht werden, einen unnötigen Gebrauch von Euern Waffen zu machen. Das würde die Roten gegen Euch aufbringen, und darum haben wir Euch in Rücksicht auf Euer Heil diese Gegenstände einstweilen abgenommen.“

Er wußte nicht, was er sagen sollte, und schwieg. Ich fuhr fort:

„Wir werden noch weiter für Euer Wohl besorgt sein, indem wir Euch ein wenig fesseln, damit Ihr die Mimbrenjos nicht etwa zufälligerweise reizen könnt, und dabei auch Eure Taschen untersuchen, weil sie leicht etwas enthalten könnten, was die Roten Euch übelnehmen.“

„Sir, redet Ihr im Ernste?“ fuhr er auf. „Was habe ich Euch gethan, daß Ihr mich hier überfallen habt und nun sogar aussuchen und binden wollt?“
„Uns? Nichts! Ich habe zum erstenmale das Vergnügen, Euch zu sehen; was könnt Ihr mir da gethan haben! Aber da Ihr Aufrichtigkeit wünscht, so will ich Euch ehrlich sagen, was ich will. Ihr seid da oben in Almaden alto gewesen?“
„Nein, ich war noch nicht oben.“
„Und ich sage Euch: Ihr waret oben, und da Ihr nicht freiwillig reden wollt, werde ich Euch den Mund öffnen. Wenn Ihr meint, mich belügen zu können, so bekommt Ihr Hiebe, daß Euch die Haut dampft. Bindet ihn!“
Indem ich den beide Mimbrenjos diese Aufforderung zurief, nahm ich ihn mit der einen Hand bei der Gurgel und mit der andern beim Gürtel, drückte ihn nieder und hielt ihn fest. Er schrie, was er schreien konnte, schlug mit den Armen um sich und stampfte mit den Beinen, doch nur für wenige Sekunden; dann war er gefesselt.
„Was fällt Euch ein! Was habe ich Euch gethan?“ rief er. „Ihr habt keinen gewöhnlichen Mann vor Euch! Ich bin Mormone; ich gehöre zu den Heiligen der letzten Tage. Nun wißt Ihr, wie Ihr mich zu behandeln habt!“
„Ja, nun wissen wir es!“ antwortete ich. „Ihr seid ein Glaubensbruder von Melton und sollt gerade so wie er behandelt werden!“
„Mein Himmel!“ zeterte er. „Wollt Ihr mir etwa auch die Hände brechen?“
Ich hatte ihm erst Schläge zugedacht, was aber für den Zuschauer sehr peinlich ist. Da er mich selbst auf einen andern und auch bessern Gedanken brachte, ging ich auf denselben ein und nahm seine gefesselten Hände zwischen die meinigen. Die Angst, sich die Hände brechen lassen zu müssen, wirkt jedenfalls besser, als ein Dutzend Hiebe auf den Rücken. Kaum hatte ich zugegriffen und einen kräftigen Druck gegeben, so brüllte er entsetzt auf:
„Nein, halt, nicht brechen, nicht brechen! Ich werde alles sagen!“
„Gut, ich will nachsichtig sein und noch warten. Beantwortet meine Fragen der Wahrheit gemäß! Lügt Ihr aber, so prasseln Euch sofort die Knochen! Also Ihr waret droben in Almaden alto und auch an der Fuente de la Roca?“
„Ja.“
„Ihr kennt die Gegenden so genau, daß Ihr als Führer dienen könnt?“
„Ich kenne sie genau. Ich war öfters dort, noch vor Melton und den Wellers.“
„So seid Ihr also der eigentliche Kundschafter, welcher vorausgeschickt worden ist?“
„Das war ich. Ich habe Melton auf die Hazienda und das Bergwerk aufmerksam gemacht.“
„Die deutschen Emigranten werden nach Almaden alto geschafft, um dort unter der Erde graben zu müssen?“
„Ja.“
„Das war schon bestimmt, ehe sie drüben in ihrem Vaterlande engagiert wurden?“
„Ja.“

„Sind Yumas oben?“
„In Almaden und an der Fuente. Auch unterwegs hält nach jeder Tagesreise ein Posten von fünf Mann.“
„Was sollen die Yumas in Almaden?“
„Sie sollen für den Proviant und den Transport sorgen, und werden dafür aus dem Ertrage des Bergwerkes bezahlt.“
„Wieviel Mann sind es?“
„Dreihundert lagern in Almaden, zwanzig an der Fuente, und viermal fünf sind von hier bis hin als Posten aufgestellt.“
„Wann kommen die Emigranten hin?“
„Sie müssen schon dort sein.“
„Wieviele kommen unter die Erde?“
„Alle.“
„Doch nicht etwa auch die Kinder?“
„Auch diese.“
„Himmel! So haben wir keine Zeit zu verlieren. Ich hätte noch viel zu fragen, kann das aber auch unterwegs tun. Wir können nicht ausruhen, sondern müssen sofort aufbrechen. Ist mein Bruder Winnetou bereit dazu?“
„Winnetou thut alles, was sein Bruder Shatterhand für nötig hält,“ antwortete der Apatsche.
„Was ich für nötig halte, wirst du unterwegs und auch schon jetzt erfahren. Wir haben keine Zeit, eine lange Beratung zu halten. Hört, was zunächst geschehen muß!“
Ich trat zur Seite, so daß der Player nicht hören konnte, was gesprochen wurde, und sagte zu dem kleineren Sohne des „starken Büffels“:
„Mein kleiner, roter Bruder hat gehört, was der Player auf meine Fragen antwortete. Er mag sich auf sein Pferd setzen und schleunigst ausrichten, was ich ihm auftrage. Es gilt zunächst, die vier Yumaposten unterwegs aufzuheben und dazu die zwanzig Mann, welche bei der Fuente stehen. Dazu genügen dreißig Yumakrieger. Mein Bruder reitet zu denen, welche die Herden bringen und holt diese dreißig, welche uns schnell zu folgen haben. Neunzehn bleiben bei den Herden, und einer reitet zum „starken Büffel“, um ihn um hundert Krieger zu bitten, welche uns so rasch wie möglich nach Almaden nachzufolgen haben. Jetzt fort!“
Der brave Knabe rannte schon mit gleichen Beinen zu seinem Pferde; zwei Minuten später galoppierte er davon. Eine halbe Stunde darauf waren auch wir drei unterwegs, den Player, auf sein Pferd gebunden, in unserer Mitte, also vorerst drei Personen gegenüber dreihundert Feinden. Aber es galt, die Landsleute vor einem entsetzlichen Schicksale zu bewahren; da konnte es weder ein verderbliches Zögern, noch ein ängstliches Abwägen der uns übermächtigen Verhältnisse geben.

SECHSTES KAPITEL

Der Gefahr entgegen

Wir befanden uns jetzt also unterwegs nach dem alten Quecksilberbergwerke Almaden alto, und mußten über die Fuente de la Roca kommen. Fuente heißt Quelle und Roca Felsen, Fuente de la Roca ist folglich soviel wie Felsenquelle. Da Winnetou dieselbe kannte, brauchte ich nicht die Besorgnis zu hegen, von dem Player falsch geführt zu werden; wir konnten uns nicht verirren. Aber in Beziehung auf die unterwegs aufgestellten Posten mußten wir uns auf seine Aussage verlassen können. Es standen da zwar bloß je fünf Mann, und eine so geringe Anzahl brauchten wir nicht zu fürchten, wenn wir nur die Stelle kannten, an welcher sie sich befanden. Wenn er uns dieselbe aber falsch angab, konnten wir von ihnen leicht überrumpelt werden. Es galt also, ihn so in Respekt zu setzen, daß er es nicht wagte, den Versuch, uns zu täuschen, zu machen.

Die Fuente, an welcher zwanzig Yumas standen, war zwei Tagesritte entfernt; auf der Straße befanden sich vier Posten zu je fünf Mann. Da man nun von Ures bis nach Almaden fünf Tagereisen rechnete und wir von der Hazienda aus nur vier hatten, so standen die Posten eigentlich nur einen Zweidritteltagesritt auseinander, und wenn wir so ritten, wie Winnetou und ich es gewohnt waren, mußten wir heute schon vor Abend auf den ersten treffen, was aber nicht in meinem Plane lag. Ich wollte die fünf Roten des Abends in der Dunkelheit überrumpeln, und so mußten wir also entweder schnell reiten und irgendwo Halt machen, oder einen so langsamen Schritt annehmen, daß wir erst mit der Dunkelheit bei dem Posten anlangten. Ich entschloß mich aus guten Gründen für das erstere.

Was nun die Mimbrenjos betraf, auf deren Hilfe ich hoffte, so war leicht zu berechnen, wann sie bei uns eintreffen konnten. Wenn unser Bote sich beeilte, was gar nicht zu bezweifeln war, und die dreißig Mann seiner Anweisung sofort folgten, worauf ich jedenfalls auch rechnen konnte, so war es für sie möglich, in drei Tagen bei der Hazienda zu sein und dann an irgend einem Punkte, an welchem wir sie erwarten würden, genau nach derselben Zeit einzutreffen, die wir selbst brauchten, um von der Hazienda aus dorthin zu gelangen.

Ob sie den Weg kannten, wußten wir nicht, konnten uns aber auf ihre Findigkeit verlassen; dennoch aber, und damit sie sich nicht mit unnötigem Suchen aufzuhalten brauchten, machten wir eine Fährte, welche noch nach Tagen zu sehen war, und sorgten außerdem für verschiedene Zeichen, aus denen sie erkennen konnten, daß sie sich auf unserer Spur befanden. Die Zeichen bestanden in Steinen, welche wir in auffälliger Weise unterwegs zusammenlegten und in Ästen, welche wir an Stellen, wo es gesehen werden mußte, abbrachen und an einen andersartigen Baum befestigten. Ein Eichenzweig z. B. an einer Tanne, oder ein Fichtenast an einer Buche ist für den Indianer und wohl auch für jeden nachdenkenden Weißen, wenn er offene Augen hat, ein untrüglicher Beweis, daß sich jemand da befunden und den Ast oder Zweig als einen Fingerzeig zurückgelassen hat.

Der Player ritt zwischen Winnetou und mir, der junge Indianer hinter uns. Wenn ich zurückblickte, sah ich, daß der letztere den ersteren scharf im Auge hatte, damit es diesem, trotzdem er sich zwischen uns befand, ja nicht gelingen möge, auf irgend eine Weise seine Fesseln zu lockern.

Die Beschreibung der Gegend, durch welche wir kamen, würde zu Weitläufigkeiten führen. Sie steigt nach der hohen Sierra auf und ist destomehr bewaldet, je höher man kommt. An Wasser hat man keine Not zu leiden, denn wenn es auch hier und da ein unfruchtbares Felsenplateau giebt, so ist man doch bald darüber hinweg.

Ich war noch niemals hier gewesen. Ob Winnetou den Weg kannte, den wir heute zurückzulegen hatten, wußte ich nicht; er sagte nichts. Der Player aber mußte annehmen, daß er uns bekannt sei, da wir ihn nicht nach demselben fragten. Eine solche Frage war ganz unnötig, weil wir die Spur noch sahen, welche er gestern zurückgelassen hatte. Ob er selbst sie noch sehen konnte, bezweifelte, da sie auf längeren Strecken so schwer zu erkennen war, daß Augen, wie Winnetou sie besaß, dazu gehörten, sie zu unterscheiden.

Um die Mittagszeit machten wir an einem Wasser kurzen Halt, um die Pferde zu tränken; dann ging es wieder weiter bis um die Mitte des Nachmittages, wo wir an einer Waldesecke anhielten, weil wir da nach drei Seiten offene Aussicht hatten. Der Player wurde vom Pferde genommen und ins Gras gelegt. Wir setzten uns zu ihm, um zu essen, und er erhielt auch seinen Teil. Wir hatten unterwegs kein Wort mit ihm gesprochen; jetzt war anzunehmen, daß wir uns in der Nähe des ersten Postens befanden; es galt, genau zu erfahren, wo derselbe lag, und so machte ich dem bisherigen Schweigen ein Ende, indem ich sagte:

„Als Ihr gestern hier vorüberkamt, habt Ihr wohl nicht gedacht, Master, daß Ihr Euch schon heute wieder hier befinden würdet, und zwar als Gefangener?“

„Ich hier vorübergekommen?“ antwortete er. „Wenn Ihr das annehmet, so befindet Ihr Euch sehr im Irrtume.“

„Macht keine Flausen! Ich weiß nicht nur, daß Ihr hier gewesen seid, sondern ich sehe aus Eurer Fährte, daß Ihr Euch hier umgedreht habt, um zurückzublicken. Besinnt Euch nur! Eure Augen sind nicht scharf genug, die Spur noch zu sehen; die meinigen aber bemerken recht wohl, daß Ihr das Pferd gewendet habt.“

„Es ist nicht wahr!“ behauptete er. „Ich bin noch niemals hier an dieser Ecke gewesen.“

„Hm! Ihr scheint vergessen zu haben, was Euch bevorsteht, falls Ihr auf den dummen Gedanken kommen solltet, uns täuschen zu wollen! Ich bin nichts weniger als ein Menschenfresser; aber wenn jemand mich für einen Dummrian hält, so nimmt er mich von einer Seite, welche meine schwache ist, und muß gewärtig sein, daß ich explodiere. Merkt Euch das! Ihr seid ein schlauer Gast und habt schon manchen Mann übertölpelt; bei uns aber gelingt Euch dieses nicht. Wollt Ihr also eingestehen, daß Ihr hier gewesen seid und hier angehalten habt?“

Er wußte nicht, ob er gestehen oder leugnen solle, und schwieg also.

„Soll ich Euch den Mund wieder öffnen, so wie ich Euch heute früh zum Reden gebracht habe? Um Euch Eure Lage klar zu machen, will ich Euch aufrichtig sagen, daß es uns nicht in den Sinn kommt, Euch etwas zu thun, falls ihr den Verstand besitzt, Euch in dieselbe zu schicken; falls Ihr aber meint, uns betrügen zu können, so habt Ihr Euch eine Rechnung gemacht, welche wir mit einem einzigen Querstriche quittieren. Von mir will ich nicht sprechen; aber meint Ihr etwa der Mann zu sein, der einen Winnetou irre zu führen vermag? Wir wissen, daß wir uns in der Nähe des ersten Postens befinden. Wir würden ihn auch ohne Euch entdecken; wir brauchen ja nur Eure Spur weiter zu verfolgen, doch können wir dadurch Zeit gewinnen, daß Ihr uns die Stelle sagt."
„Das darf ich nicht; es wäre ein Verrat," antwortete er.
„Gebt Euch doch nicht auf einmal das Ansehen eines ehrlichen und gewissenhaften Mannes! Wer soviel auf dem Gewissen hat, wie Ihr, dem pflegt es auf etwas mehr oder weniger nicht anzukommen. Übrigens verlange ich nichts Böses von Euch. Was ich von Euch fordere, ist keine Schande, sondern eine gute That. Entschließt Euch kurz; wir haben keine Zeit! Seid Ihr uns zu Willen, dann gut; wo nicht, so werdet Ihr sehen, was geschieht! Wollt Ihr uns nun sagen, wo der Posten sich befindet?"
Bei dieser Frage ergriff ich eine seiner Hände und drückte dieselbe, daß die Knöchel knackten.
„Haltet ein, haltet ein!" rief er. „Ich will es sagen!"
„Dann gut! Aber redet die Wahrheit! Bis jetzt haben wir keinen Grund, Euch ans Leben zu gehen, und darum versicherte ich Euch, daß es nicht unsere Absicht ist, Euch etwas zu thun; aber falls Ihr uns durch Lügen Fatalitäten bereiten solltet, so gebt Ihr uns die Veranlassung, welche wir jetzt noch nicht haben, und das Messer oder eine Kugel ist Euer Lohn! Wo steht der Posten?"
„Nicht weit von hier," antwortete er, den Blick starr und bang auf meine Hand gerichtet, mit welcher ich die seinige noch fest umschlossen hielt.
„Wie lange reitet man bis dorthin?"
„Eine gute halbe Stunde."
„Beschreibt die Gegend! Aber ein einziger unwahrer Buchstabe oder Laut kostet Euch das Leben!"
„Von hier aus geht es über das Grasland, welches Ihr hier vor Euch liegen seht. Dann kommt man wieder an einen Wald, welcher sich bergauf zieht. Jenseits der Höhe giebt es einen Wassertümpel, und an diesem liegt der Posten."
„Ist der Wald dicht?"
„Ja. Aber es führt ein lichter Streif, fast wie ein ausgehauener Weg nach der Höhe und nach dem Tümpel."
„Kann man von der Höhe aus den offenen Plan, über den wir reiten müssen, überblicken?"
„Nein. Die Bäume sind zu hoch."
„Haben die fünf Indianer an dem Tümpel zu bleiben?"

„Natürlich; aber da sie sich durch die Jagd mit Fleisch versorgen müssen, ist es leicht möglich, daß einer von ihnen sich diesseits der Höhe befindet und uns kommen sieht."
„Womit sind sie bewaffnet?"
„Mit Pfeilen und Lanzen."
„Wie heißt ihr Anführer, nämlich der Anführer aller Yumas, um welche es sich handelt, auch der dreihundert, die in Almaden sind?"
„Wer sie jetzt befehligt, weiß ich nicht. Später wollte der „große Mund" kommen, mit welchem Melton einen Kontrakt abgeschlossen hat."
„Das genügt. Das übrige über Melton brauche ich jetzt noch nicht zu wissen. Ihr seid schon einmal in Ures gewesen und kennt den Weg, den man von dort aus nach Almaden alto einzuschlagen hat?"
„Ja."
„Er führt sehr wahrscheinlich auch an dem Tümpel vorüber, an welchem der Posten liegt?"
„So ist es, denn er stößt dort mit dem von der Hazienda kommenden zusammen."
Ich hatte diese Frage nicht ohne Absicht gethan; ich dachte dabei an den Haziendero, den Juriskonsulto und die drei Polizisten, welche, wie sich jetzt herausstellte, an dem Posten vorüber mußten und sehr wahrscheinlich in die Hände der Roten gefallen waren. Winnetou hatte denselben Gedanken gehabt, denn er stand, als er die Antwort des Player hörte, auf und sagte:
„Wir müssen fort, um die weißen Männer zu retten, welche nicht klug und erfahren genug sind, die Gefahr zu erkennen, welche auf ihrem Wege liegt."
„So meint mein roter Bruder, daß – –"
Ich sprach meine Frage nicht aus, warf aber dabei auf den Player einen bezeichnenden Blick. Winnetou verstand mich und antwortete:
„Dieses Bleichgesicht hat uns nicht belogen, sondern aus Angst vor der Faust Old Shatterhands die Wahrheit gesagt. Winnetou kennt den Wald, die Höhe und auch den Tümpel, den er sogar bei Nacht finden würde."
„Aber jetzt ist es noch lange Tag. Wenn wir schon jetzt aufbrechen, können wir, während wir über die offene Prairie reiten, gesehen werden!"
„Winnetou ist nicht so unvorsichtig, sich den Yumas zu zeigen. Er wird nicht geradeaus und auf der Spur des Gefangenen reiten, sondern einen Umweg südwärts machen. Von dort her sind die fünf Weißen aus Ures gekommen, und wir müssen ihre Spur betrachten, welche wir des Abends nicht sehen würden."
Er hatte recht wie immer. Wir banden den Player wieder auf sein Pferd und verließen den Platz, indem wir aus unserer bisherigen Richtung nach Süden abbogen. Der grüne Plan, über den wir mußten, zog sich lang nach dieser Richtung hin.
Der Tümpel lag, wie wir gehört hatten, eine gute halbe Stunde nach Osten. Wir ritten wenigstens ebensolange südwärts; dann zeigte es sich, daß die Berechnung des

Apatschen stimmte, denn wir trafen auf eine breite Fährte, welche nach Nordosten lief. Winnetou stieg ab, untersuchte dieselbe und meldete dann:
„Fünf Reiter. Es sind unerfahrene Weiße, denn sie ritten nicht hinter-, sondern nebeneinander. Der Häuptling der Apatschen meint, daß er die Männer aus Ures vor sich hat."
„Wie alt ist die Fährte?" fragte ich.
„Wohl einen ganzen Tag. Wenn Bleichgesichter gegen Indianer ziehen und dabei so breite und lange dauernde Spuren machen, sind sie verloren. Wir haben ihre Fährte entdeckt und werden sie nun auch bald selbst sehen."
Er stieg wieder auf, und dann folgten wir den Eindrücken der fünf Weißen, vollständig überzeugt, daß wir die unvorsichtigen Personen als Gefangene des Indianerpostens sehen würden.
Der Umweg, welchen wir gemacht hatten, bildete einen nach Süden gerichteten spitzen Winkel. Wir kamen also anstatt gerade aus Westen aus Südsüdwest an den Wald, hinter welchem der Tümpel lag, und durften mit größter Wahrscheinlichkeit annehmen, nicht gesehen worden zu sein. Der Rand des Gehölzes war mit dichtem Unterholze bestanden, in welches wir eindrangen, bis wir eine Stelle fanden, welche sich für unsere Pferde als Versteck eignete. Wir banden dieselben an, hoben den Player aus dem Sattel und befestigten seine Hände und Füße an zwei Bäume. Dann sagte Winnetou zu dem jungen Mimbrenjo:
„Old Shatterhand und Winnetou werden nach dem Tümpel gehen; mein roter, kleiner Bruder aber bleibt hier zurück, bis wir entweder wiederkommen oder er von einem von uns benachrichtigt wird. Er sticht diesem weißen Gefangenen das Messer in das Herz, wenn derselbe ein lautes Wort sprechen oder gar einen Fluchtversuch wagen sollte. Geschieht sonst etwas Unerwartetes, so ist mein Bruder trotz seiner Jugend so entschlossen und klug, daß er selbst weiß, was er zu thun hat. Howgh!"
Man sah dem Jünglinge an, wie stolz ihn das Lob machte. Er zog sein Messer und setzte sich, ohne dem Apatschen eine Antwort zu geben, neben dem Gefangenen nieder. Ich drang mit Winnetou tiefer in den Wald ein, welcher schon jetzt fast steil aufwärts stieg. Nach einer kleinen Weile blieb der Häuptling stehen und fragte, natürlich in leisem Tone:
„Was meint mein Bruder, wie viel Yumas sich bei dem Tümpel befinden werden?"
„Drei," antwortete ich, ohne lange Besinnung.
„Old Shatterhand hat recht. Wir sind zwei gegen drei und werden die fünf Weißen leicht und schnell frei machen."
Es war keineswegs ein Wunder, so genau zu wissen, wie viele Rote wir vor uns hatten. Der Player war hier gewesen, um zu melden, daß er uns an der Hazienda gesehen hatte; darauf war natürlich einer von den fünf fortgeritten, um die Meldung nach der Fuente de la Roca zu bringen. Es waren also nach des Players Entfernung vier zurückgeblieben. Darauf kamen die fünf Reiter aus Ures und wurden festgenommen. Natürlich ritt

abermals ein Bote nach der Fuente, um die wichtige Botschaft dorthin zu bringen; es konnten also nur noch drei da sein. Die fünf gefangenen Sonntagsreiter waren mit Proviant reichlich versehen, und man hatte ihnen diesen abgenommen; da verstand es sich ganz von selbst, daß es keinem der drei Yumas, welche die fünf zu bewachen hatten, einfiel, auf die Jagd nach Fleisch zu gehen. Meine Antworten waren also höchst selbstverständlich und keineswegs der Beweis eines außerordentlichen Scharfsinnes. Da wir es nun nur mit drei Gegnern zu thun hatten, gab es leichte Arbeit für uns.

Wir stiegen unter den dichten Bäumen so leise aufwärts, daß unsere Schritte in einer Entfernung von drei oder vier Ellen nicht zu hören waren, und erreichten nach kurzer Zeit die Höhe, welche nicht breit war und sich jenseits sehr bald wieder abwärts senkte. Winnetou kroch mit einer Sicherheit unter den Bäumen nieder, als ob er sich schon viele Male in dieser Gegend befunden habe. Dann drehte er sich halb nach mir um und hob warnend den Zeigefinger, um mir anzudeuten, daß jetzt noch größere Vorsicht als bisher nötig sei, legte sich ins Moos und lauschte nach vorn. Dies und der Umstand, daß es jetzt nach Wasser roch, zeigte mir an, daß wir uns ganz nahe an dem Tümpel befanden.

Ich schob mich weiter vorwärts, kam neben Winnetou zu liegen und konnte nun unter den niedersten Zweigen, welche fast die Erde berührten, hinaus auf eine kleine Lichtung sehen, deren Mitte ein stehendes Wasser einnahm. Jedenfalls gab es da einen Quell, welcher so schwach war, daß er nicht abfloß, sondern gleich wieder in den porösen Waldboden versickerte. Das Plätzchen war von drei Seiten von Bäumen und Büschen eingeschlossen; die vierte stand offen; da ging der natürliche Weg vorüber, welcher von der Hazienda del Arroyo nach der Fuente de la Roca führte. Wir lagen diesseits am Rande des Gebüsches; dann kam ein schmaler, mit Binsen und Schilf bewachsener Streifen, worauf der Tümpel folgte. Jenseits desselben saßen, doch nicht am Wasser, sondern ganz nahe bei den Bäumen, drei Indianer, und dort standen auch, an fünf Stämme festgebunden, die Weißen aus Ures. Wir fanden die Verhältnisse genau so, wie wir sie zu finden erwartet hatten.

Die Roten sprachen mit den Weißen, und zwar in dem sprachlichen Gemisch, dessen man sich in jenen Gegenden zwischen den beiden Rassen zu bedienen pflegt. Nicht nur um das Gespräch zu hören, sondern hauptsächlich um die Weißen zu befreien, mußten wir auf die andere Seite hinüber. Wir krochen also in einem Halbkreise um die Lichtung und kamen dann so nahe an die Gruppe zu liegen, daß wir die Worte nicht nur hören, sondern auch verstehen konnten.

Wie zu erwarten gewesen war, befand sich kein Häuptling, ja nicht einmal ein einigermaßen hervorragender Krieger unter den Roten, von denen keiner eine Flinte besaß. Die Pferde, auch diejenigen der Gefangenen, waren rundum angebunden und fraßen die Blätter und jungen Zweige ab. Zwei der Indianer saßen auf den frischüberzogenen weißen Kissen des Rechtsgelehrten und ließen sich die Delikatessen, welche dessen Frau für ihn eingepackt hatte, mit sichtlichem Behagen schmecken. Er nahm sich in seiner Galauniform ungemein drollig aus; sie paßte auch gar zu wenig zu

der Umgebung, in welcher er sich befand. Die Angst, welche so deutlich, wie mit Buchstaben geschrieben, in seinen Zügen zu lesen war, entsprach sehr wenig der Aufgabe, mit welcher ihn seine Sennora in die Berge geschickt hatte. Ich glaubte sogar, Schweißtropfen auf seiner Stirn zu bemerken. Seine Untergebenen, die Polizisten, befanden sich in derselben Stimmung wie er, und der Haziendero machte auch nicht den Eindruck eines Helden, der seiner Fesseln zu lachen vermag. Man hatte ihnen die Taschen ausgeleert und alles, natürlich auch die Waffen, abgenommen. Diese Gegenstände lagen auf einem Haufen, um später geteilt zu werden.
Von den drei Roten schien derjenige, der sich mehr spanische Ausdrücke als die beiden andern angeeignet hatte, das Wort zu führen. Er that dies in einer Weise, aus welcher hervorging, daß es seine Absicht war, den Weißen noch mehr Angst zu machen, als sie schon jetzt besaßen. Eben als ich mich so zurechtgelegt hatte, daß ich, hinter einem Busche steckend, ruhig zuhören konnte, hörte ich ihn sagen:
„Wir sehen euch an, daß ihr sehr tapfere Krieger seid, doch ist es gut gewesen, daß ihr euch nicht gewehrt habt, denn wenn das geschehen wäre, hätten wir euch augenblicklich getötet; nun aber werdet ihr noch einige Tage leben dürfen, denn wir werden euch die Haut in Streifen abschneiden, um Riemen daraus zu machen.“
„Die Haut – Streifen – Riemen!“ schrie der Juriskonsulto auf. „Mein gütiger, mein allgütiger Himmel! Das ist Mord; das ist Qual; das ist die größte Marter, die es giebt!“
„Bist du denn nicht der erste und oberste Mann in der Stadt, welche Ures heißt?“
„Der bin ich, ja; ich habe es Ihnen schon gesagt, wertester Sennor.“
„So wisse, daß es bei uns gebräuchlich ist, je vornehmer der Mann, desto größer die Qual, unter welcher er zu sterben hat. Was sind die drei Männer, die zu dir gehören?“
„Sie sind Polizisten, Untergebene von mir.“
„So werden wir ihnen weniger Martern bereiten. Wir skalpieren sie erst, und dann stechen wir ihnen die Augen aus.“
Die drei stießen einen Schrei des Entsetzens aus. Der Rote grinste sie höhnisch an und fuhr, zu dem Haziendero gewendet, fort:
„Und du bist Don Timoteo, ein sehr reicher Mann. Dir schneiden wir die Hände ab. Ihr seid unsere Feinde; also müßt ihr alle qualvoll sterben.“
„Ich zahle euch ein Lösegeld, wenn ihr mir die Freiheit gebt!“
„Die roten Männer brauchen kein Geld. Das ganze Land gehört ihnen; was ihr habt, das habt ihr ihnen geraubt. Ihr braucht es ihnen nicht zu schenken, denn sie werden es sich selbst wiedernehmen, und ihr müßt sterben.“
„Auch ich zahle ein Lösegeld!“ rief der Juriskonsulto. „Ich gebe Ihnen hundert Piaster!“
Der Indianer lachte.
„Zweihundert Piaster!“
„Du bist der reichste Mann in Ures und willst so wenig geben?“
„So gebe ich dreihundert, fünfhundert Piaster, wertester Sennor!“

„Du hast gehört, daß wir kein Geld haben wollen, weil wir keines brauchen. Ihr müßt sterben. Ich habe einen Boten fortgeschickt und noch heute wird der „schnelle Fisch“ kommen, um zu bestimmen, welches Todes ihr sterben sollt.“
Bei dieser Drohung kam dem Haziendero ein Gedanke, dem er, um die Roten einzuschüchtern, sofort Ausdruck gab:
„Wenn ihr uns das geringste Leid anthut, wird es euern eigenen Tod zur Folge haben. Wir haben mächtige Freunde, welche uns rächen werden!“
„Wir verachten eure Freunde. Es giebt keinen Weißen, welchen ein Yumakrieger zu fürchten hat.“
„Es giebt einen, den ihr alle fürchtet, Old Shatterhand!“
Der Rote machte eine verächtliche Handbewegung und antwortete:
„Old Shatterhand ist ein weißer Hund, den wir mit einem Hiebe auf die Schnauze töten würden, wenn er zu uns käme. Aber er wird sich hüten, zu kommen, denn er befindet sich nie in dieser Gegend.“
„Du irrst. Er war auf meiner Hazienda, und dann habe ich mit ihm in Ures gesprochen. Er will nach der Fuente und nach Almaden, um die fremden Arbeiter zu befreien.“
Jetzt wurde der Rote aufmerksam. Er schien den Haziendero mit dem Blicke, den er auf ihn richtete, durchbohren zu wollen, sagte dann aber in ungläubigem Tone:
„Du lügst; du willst uns bange machen; aber ein Yuma kennt keine Angst.“
„Ich lüge nicht. Sennor, bestätigen Sie es mir!“
Diese Aufforderung war an den Beamten gerichtet; dieser ergriff den Faden, an welchem er sein Leben hängen wähnte, und bekräftigte:
„Es ist so; Don Timoteo hat die Wahrheit gesagt; Sie können es glauben, wertester Sennor. Old Shatterhand war auch bei mir, und Winnetou, der Häuptling der Apatschen, befand sich bei ihm.“
Mir war es höchst unlieb, daß die Leute von uns sprachen, sie hätten unter andern Umständen, oder wenn wir uns hier nicht schon befunden hätten, sich und uns den größten Schaden machen können. Dennoch war es interessant, zu sehen, welche Wirkung unsere Namen hervorriefen.
„Uff, uff!“ fuhr der Rote auf, indem er in die Höhe sprang. „Winnetou war bei euch? Und Old Shatterhand befand sich bei ihm?“
„Ja. Old Shatterhand war sogar zweimal bei mir, wertester Sennor. Die beiden berühmtesten Männer sind über die Hazienda del Arroyo geritten, um uns nachzukommen.“
Da streckte der Rote seine Hand gegen seine beiden Kameraden aus und rief:
„Haben meine roten Brüder gehört, was gesagt wurde? Old Shatterhand befindet sich bei Winnetou, und das Bleichgesicht, welches Player genannt wird, meldete uns, daß Winnetou bei der Hazienda gewesen sei. Es stimmt also; es ist, wie die Weißen hier sagen. Winnetou ist mit Old Shatterhand unterwegs hierher. Wir müssen diesen Ort mit den Gefangenen hier verlassen und uns verstecken, alle Spuren vertilgen, und einer von

euch muß dem „schnellen Fische“ entgegenreiten, um ihn zu warnen. Die beiden Krieger sind gefährlicher, als hundert andere. Der Player erzählte uns, daß der „große Mund“ Old Shatterhand gefangen und fortgeführt habe; wenn er wieder bei der Hazienda war, so hat er sich selbst befreit und wird Rache gegen uns schnauben wie ein wilder Büffel, welcher selbst den Bären des Gebirges besiegt. Wir befinden uns also in größter Gefahr und – –“

Er kam nicht weiter; es gab für ihn eine Unterbrechung, auf welche er am allerwenigsten vorbereitet war. Winnetou war bei den letzten Worten wie ein Blitz empor-, aus dem Busch und auf ihn zugeschnellt, legte ihm die Hand auf die Schulter und sagte in seiner ruhigen und doch so imponierenden, ja, wenn er wollte, niederschmetternden Weise:

„Also hat der Yuma vorhin gelogen, als er sagte, daß ein Yuma keine Angst kenne! Er wollte Old Shatterhand wie einen Hund mit einem Hiebe auf die Schnauze erschlagen, und nun er hört, daß der weiße Krieger sich in der Nähe befindet, will er sich verstecken, weil er weiß, daß Old Shatterhand und Winnetou mehr sind als hundert andere Krieger. Ich sage euch, kein Yuma wird Old Shatterhand schlagen, denn noch ehe er den Arm dazu erhöbe, würde er zerschmettert sein!“

Das war wieder einmal ein Augenblick, an welchem der Apatsche sich in seiner so einfachen und doch so überwältigenden Größe zeigte. Er hatte keine Waffe in der Hand. Seine Silberbüchse hing ihm auf dem Rücken, und sein Messer steckte unberührt im Gürtel; aber er stand so stolz vor dem Yuma, leuchtete ihm mit solchen Augen ins Gesicht und drückte ihm die Hand mit solcher Gewalt auf die Schulter, daß dem Manne die Sprache versagte. Die beiden andern Yumas waren auch aufgesprungen; sie standen ebenso starr vor Überraschung da. Ihre Messer hatten sie bei sich; ihre Lanzen, Bogen und Pfeile lagen seitwärts auf der Erde; diese brauchten wir nicht zu fürchten. Da ermannte sich der Sprecher, trat einen Schritt zurück und fragte:

„Ein fremder, roter Krieger! Wer – – wer – – wer – –“

Er wollte fragen, wer der fremde Indianer sei, brachte aber die Frage, weil er seinen Schreck noch immer nicht überwunden hatte, nicht ganz heraus, erhielt jedoch die Antwort von dem Haziendero, welcher jubelnd ausrief:

„Winnetou, ja Winnetou ist's! Dem Himmel sei Dank; wir sind gerettet!“

„Win – – Winne – – Winnetou?“ fragte der Yuma mit stockendem Atem. „Der Apatsche ist da?! Uff! Nehmt die Waffen und wehrt euch, ihr Krieger, denn – –“

Er griff nach seinem Messer; die andern beiden waren nicht so schnell; die Angst lähmte nun, da sie seinen Namen hörten, erst recht ihre Glieder. Winnetou schleuderte mit seinem Fuße ihre Lanzen und Pfeile ins Wasser und herrschte ihm zu:

„Schweig, Yuma, und rühre dich nicht! Da steht Old Shatterhand! Oder willst du versuchen, ihm einen Hieb auf die Schnauze zu geben?“

Dieser Ausdruck war mir nur lächerlich erschienen; Winnetou aber hatte sich über denselben geärgert, sodaß er ihn nun schon zum zweitenmale wiederholte. Indem er die

letzteren Worte sprach und auf mich zeigte, trat ich zwischen den Büschen hervor und hielt in jeder Hand einen Revolver, beide auf die Yumas gerichtet.
„Das – das ist – – Old Shatterhand?“ fragte der Yuma, die Augen nicht starr, sondern stier auf mich gerichtet.
Er war es, dem ich Widerstand mehr und eher zutraute, als seinen Gefährten; er mußte also auch eher als sie unschädlich gemacht werden; darum stand ich mit einem schnellen Schritte vor ihm und antwortete:
„Ja, das ist – – das ist Old Shatterhand, wie du sogleich fühlen sollst!“
Den Griff des rechten Revolvers fest mit der Hand umschließend, schlug ich ihm denselben auf den Kopf, daß er niederstürzte und sich nicht rührte; dann donnerte ich seine Genossen an:
„Werft die Messer weg, sonst habt ihr augenblicklich eine Kugel!“
Sie gehorchten sofort; es war die erste Bewegung, welche sie machten.
„Legt euch nieder, und rührt euch nicht!“
Auch das thaten sie schnell und ohne Widerrede. Nun wurden die fünf Gefangenen losgemacht und aufgefordert, mittels der Riemen, mit denen sie gefesselt gewesen waren, die drei Roten zu binden. Es läßt sich denken, wie rasch sie diesem Gebote nachkamen. Der hasenherzige Juriskonsulto warf sich natürlich auf den betäubten Indianer, da er diesen nicht zu fürchten brauchte, und rief, indem er ihm die Riemen mit dem Eifer eines Henkers um die Hände und die Füße schlang:
„Ja, gefesselt soll er werden, gebunden und erschlagen wie ein toller Hund, der Schuft, der Schurke! Ich werde ihn in Ketten und Banden nach Ures bringen, damit man dort sieht, daß ich als Sieger mit den wildesten Bestien des Gebirges in ritterlichem Kampfe gestanden habe. Ich kehre als Sieger heim; wer kann mir widerstehen!“
Auch diese Prahlerei war eigentlich lächerlich, doch ärgerte sie mich, da der Mann von seinem Ruhme sprach, ohne ein Wort für seine Retter zu haben. Darum fuhr ich ihn nicht eben höflich an:
„Schweig, Prahlhans! Wer hat den Yuma niedergeworfen, Sie oder ich? Bedanken Sie sich gefälligst bei mir!“
Da richtete er sich auf und antwortete in halb beleidigtem und halb vorwurfsvollem Tone:
„Sennor, ich bin – – nun, Sie wissen doch, was ich bin, und haben nur gethan, was Ihre Schuldigkeit war; das will ich freundlich anerkennen, aber mich dafür bedanken, das habe ich nicht nötig. Nicht wahr, Don Timoteo?“
„Sehr richtig, sehr richtig!“ nickte der edle Haziendero. „Wir sind selber Manns genug und brauchen keinen, der nichts anderes weiß, als sich nur immer in unsere Angelegenheiten zu mischen!“
Das war wirklich stark! Es zuckte mir in den Fäusten. Was hatte ich nicht für diesen „Don“ gethan! Ich mußte wirklich meine ganze Selbstbeherrschung zusammennehmen, um mich ohne die gehörige Antwort abwenden zu können; aber es gab einen Anwalt für

mich, welcher die Nichtswürdigkeit ebenso fühlte, wie ich, und in diesem Falle aber weniger Geduld besaß, als ich. Kaum waren die Worte gesprochen und kaum hatte ich mich umgewendet, so hörte ich hinter mir zwei Schläge. Mich rasch wieder umdrehend, sah ich den Haziendero und den „Juriskonsulto" am Boden liegen. Winnetou hatte sie mit dem Kolben seines Gewehres niedergeschlagen und holte schon wieder aus, dasselbe auch mit den Polizisten zu thun, welche vor Schreck über seine blitzschnelle That nicht an Flucht oder Gegenwehr dachten.

„Halt, diese nicht!" rief ich, indem ich ihm ins Gewehr fiel. „Sie können nichts dafür."

Er ließ den Kolben sinken und antwortete in seinem entschlossensten Tone, indem seine Augen Blitze sprühten:

„Gut, mein Bruder will es so. Sie sollen also verschont bleiben, aber nur dann, wenn sie sich wieder an die Bäume binden lassen, sonst zerschmettere ich ihnen die Köpfe!"

Zugleich stellte er sich zwischen sie und den Haufen, auf welchem nebst den ihnen abgenommenen andern Sachen auch ihre Gewehre lagen. So zornig, wie in diesem Augenblicke, hatte ich den Apatschen noch nie gesehen. War es sein wirklich furchterweckender Anblick, oder war es die Folge alles dessen, was in den letzten zehn Minuten so Außergewöhnliches geschehen war, der eine Polizist trat vor, streckte mir seine Hände hin und sagte:

„Ja, binden Sie uns, Sennor; wir weigern uns nicht, es geschehen zu lassen! Ich weiß, Sie werden uns nichts thun, sondern es geschieht nur, um den beiden undankbaren Sennores zu zeigen, mit wem sie es zu thun haben. Hoffentlich sind sie nicht tot; ich aber glaube, Ihnen unsere Dankbarkeit am besten dadurch beweisen zu können, daß wir uns in Ihre Forderung fügen."

„Gut! Um Ihres Vorgesetzten willen muß ich auch Sie binden; er könnte Sie sonst auffordern, ihn freizumachen; Sie müßten gehorchen, und ich würde das nicht dulden. Kommen Sie also her; Sie werden bald wieder frei sein!"

Wo Indianerpferde sind, hat man um Riemen niemals Not. Die drei Polizisten waren gezwungen gewesen, ihrem Vorgesetzten trotz dessen Unfähigkeit in die Berge zu folgen; sein Ungeschick hatte sie in die Gefangenschaft der Roten gebracht, aus welcher wir sie befreit hatten. Sie wären uns dafür gern auch in Worten dankbar gewesen, hatten aber bei dem Verhalten ihres Herrn nicht gewagt, dies zu thun, und waren, wie ich jetzt sah, empört darüber. Jedenfalls gönnten sie ihm den Kolbenhieb und hielten es nur infolge ihrer Stellung für geraten, das, was ihn von uns erwartete, auch mit über sich ergehen zu lassen. Sie wurden von mir angebunden, denn Winnetou gab sich nicht dazu her; er hätte sich gar nichts daraus gemacht, wenn der Haziendero und der Juriskonsulto tot gewesen wären. Glücklicherweise aber lagen sie nur in tiefer Ohnmacht. Während ich sie zu den Bäumen zog, um sie dort wieder zu fesseln, ging er fort, ohne zu sagen, wohin; ich wußte jedoch, daß er den Mimbrenjo und die Pferde holen wollte. Bald kam er mit ihm zurück; natürlich brachten sie auch den Player mit. Dem Mimbrenjo brauchte ich nichts mitzuteilen, denn der Apatsche hatte ihn schon von dem Geschehenen unterrichtet.

Unsere Pferde wurden angebunden; dann erhielt unser junger, roter Begleiter die Anweisung, wie er sich als Wächter bei den Gefangenen zu verhalten hatte. Er mußte bei ihnen zurückbleiben, während ich mit Winnetou fortging, wohin und wozu, das war so selbstverständlich, daß weder von ihm noch von mir ein Wort darüber verloren wurde. Es handelte sich nämlich darum, die beiden Yumas, welche von hier als Boten nach der Fuente gesandt worden waren und deren Rückkehr bald in Aussicht stand, unterwegs abzufangen, noch ehe sie den Lagerplatz am Tümpel erreichten. Hätten wir sie dort erwarten wollen, so konnten sie, wenn sie uns eher bemerkten, als wir sie, uns leicht entgehen und sogar gefährlich werden.

Wir drangen natürlich nicht in den dichten Wald ein, sondern gingen den Weg, auf welchem die Erwarteten kommen mußten. Die Gewehre hatten wir zurückgelassen, da dieselben bei der Art, in welcher wir die Yumas in unsere Gewalt bringen wollten, uns nur belästigen konnten.

Unser Weg bestand in einem von der Natur geschaffenen dünnen, lichten Streif, welcher sich jenseits durch den Wald von der Höhe niederzog und unten auf offenes Land führte. Da, wo der Wald zu Ende ging, verbargen wir uns unter den Bäumen. Es wollte Abend werden, und wir hatten uns also mehr auf unsere Ohren, als auf unsere Augen zu verlassen.

Winnetou hatte, seit er von mir verhindert worden war, die Polizisten niederzuschlagen, kein Wort mit mir gesprochen; jetzt endlich fragte er, als wir so wartend da saßen:

„Ist mein Bruder Old Shatterhand zornig auf mich, daß ich den Bleichgesichtern den Kolben auf die Köpfe gegeben habe?“

„Nein,“ antwortete ich. „Der Häuptling der Apatschen hat mir ganz aus der Seele gehandelt.“

„So können eben nur Weiße sein. Ein roter Krieger, selbst wenn er bisher mein gefährlichster Feind gewesen wäre, würde mir, wenn ich ihn von solchen Banden befreite, fortan sein Leben schenken. Alles, was er besitzt, wäre auch mein Eigentum. Die Bleichgesichter aber haben nur schöne Worte und böse Thaten. Was soll mit den Undankbaren geschehen?“

„Was Winnetou über sie bestimmt.“

Da er nichts sagte, schwieg auch ich. Es wurde dunkel, und wir lauschten aufmerksam in die Ferne. Die Boten waren in einem längern Zwischenraume von hier fortgeritten, dennoch stand zu erwarten, daß sie miteinander zurückkehren würden. Diese Vermutung bestätigte sich, denn als wir endlich Huftritte hörten, waren es die von zwei Pferden, nicht von einem einzelnen. Wir verließen unser Versteck und traten an den Weg. Sie waren schon sehr nahe, doch bei der jetzigen Dunkelheit konnten wir sie noch nicht sehen; aber wir hörten, daß sie nebeneinander ritten.

„Winnetou mag den nehmen, welcher auf dieser Seite reitet," flüsterte ich. „Ich nehme den drüben."

Darauf huschte ich auf die andere Seite des Weges hinüber. Sie kamen; sie sahen uns nicht und wollten vorüber; aber die Pferde bemerkten uns mit ihren schärferen Sinnen; sie schnaubten und weigerten sich, weiterzugehen. Wären Winnetou und ich an ihrer Stelle gewesen, so hätten wir Verdacht geschöpft und unsere Tiere augenblicklich herumgerissen und, eine Strecke zurückgekehrt, zu Fuße uns heimlich wieder herangeschlichen, um die Stelle zu untersuchen. Die Indianer aber waren entweder keine erfahrenen und vorsichtigen Leute, oder sie fühlten sich so sicher in der abgelegenen Gegend, daß sie die Gegenwart eines menschlichen Feindes für unmöglich hielten und vielmehr glaubten, daß das Scheuen ihrer Pferde auf der Anwesenheit irgend eines wilden Tieres beruhe. Sie erhoben ihre Stimmen, um dasselbe durch ihr Geschrei zu vertreiben. In diesem Augenblicke trat ich einige Schritte weit hinter das Pferd desjenigen, welcher auf meiner Seite hielt, nahm einen Anlauf und sprang hinter ihm auf, nahm ihn mit der Linken bei der Gurgel und riß ihm mit der Rechten die Zügel aus der Hand. Er vergaß das Schreien und sein Kamerad auch, denn Winnetou hatte mit diesem ganz in derselben Weise gehandelt. Die Kerls waren so erschrocken, daß sie an keinen Widerstand dachten, wenigstens für den Augenblick, und als sie zum Bewußtsein ihrer Lage kamen, war es zu spät, denn wir hatten sie aus dem Sattel gedrängt, saßen nun selbst auf demselben fest und hatten sie quer vor uns liegen, indem wir sie mit festem Griffe bei der Kehle hielten. Wir drückten den Pferden die Sporen in die Weichen und jagten fort, den Berg hinan. Obgleich es bei der jetzigen Dunkelheit nicht ungefährlich war, zu galoppieren, ritten wir so schnell, weil die Indianer sich da weniger wehren konnten und wir unsere Kräfte nicht solange anzustrengen brauchten.

Der Mimbrenjo war so klug gewesen, ein Feuer anzuzünden, sodaß wir nach dem Lagerplatze nicht zu suchen brauchten. Wir sprangen von den Pferden, ohne die Gefangenen aus der Hand zu lassen, und unser kleiner roter Gefährte beeilte sich, sie zu binden. Es war eine seltene Lage, in welcher wir uns befanden. Wir drei hatten elf Gefangene, fünf Yumas, den Player, den Juriskonsulto, den Haziendero und die drei Polizisten, und wollten auch noch wenigstens die zwanzig an der Fuente del Roca befindlichen Yumas unschädlich machen. Trauten wir uns da nicht zuviel zu? Vielleicht, vielleicht auch nicht. Es kommt bei allem, was man thut, darauf an, wie man es anfängt, und neben diesem Umstande hat jeder Mensch auch das Recht, sich ein wenig auf sein Glück zu verlassen.

Die beiden zuletzt ergriffenen Yumas vermochten jetzt wieder Atem zu schöpfen, und das benutzten sie ganz gegen die Sitte der Indianer, ihrem Herzen Luft zu machen. Die mexikanischen Roten sind, wie bereits bemerkt, in keiner Beziehung mit den ritterlichen Indianern des Nordens zu vergleichen. Ein Sioux- oder Schlangenindianer hätte kein Wort verloren, seine Lage aber scharf überdacht und eifrig nachgesonnen, wie er sich

aus derselben befreien könne. Die Yumas waren anders. Kaum hatten sie Atem bekommen, so begannen sie zu schimpfen und verlangten, freigelassen zu werden.
Unter andern Umständen hätten sie ganz gewiß keine Antwort erhalten; aber ich wollte aus Gründen, welche sich bald ergeben werden, gern ihre Namen wissen und auch denjenigen von wenigstens einem der drei Yumas, die wir schon vor Abend überrumpelt hatten. Darum antwortete ich dem Roten, der zuletzt geredet hatte:
„Du scheinst zu glauben, daß man den Mund nur zum Sprechen bekommen hat; ein kluger Mann aber weiß ihn auch zum Schweigen zu gebrauchen."
Winnetou warf mir einen verwunderten Blick zu, sagte aber nichts, da er annahm, daß ich wohl einen Grund haben müsse, den Yuma einer Antwort zu würdigen. Der letztere erwiderte mir zornig:
„Wir sind Krieger der Yumas und leben mit den Weißen in Frieden. Wie könnet ihr es also wagen, eure Hände an uns zu legen!"
„Jeder kann behaupten, ein Krieger zu sein; aber ob es wahr ist, das ist eine andere Sache. Wie lautet denn der berühmte Name, den du trägst?"
„Spotte nicht! Mein Name ist von allen Feinden gefürchtet. Ich werde der „schwarze Geier" genannt."
„Und wie heißen deine vier Genossen?"
Er nannte ihre Namen und fügte hinzu.
„Sie sind ebenso berühmt wie ich selbst, und du wirst es bereuen, dich an ihnen vergriffen zu haben."
„Dein Maul ist größer, als deine Thaten sind. Ich habe eure Namen noch nie gehört, und wenn ihr wirklich so berühmte Leute wäret, wie du mich glauben machen willst, so würdet ihr nicht so blind und dumm in unsere Hände gelaufen sein."
„Es war dunkel; wir konnten euch nicht sehen, und da wir mit allen Roten und Weißen in Frieden leben, war gar nicht daran zu denken, hier auf einen Feind zu stoßen. Ich verlange, augenblicklich befreit zu werden!"
„Warte noch eine kleine Weile, vielleicht auch eine längere Zeit! Du behauptest, daß die Yumas mit allen Menschen in Frieden leben. Wie kommt es da, daß der „große Mund" die Hazienda del Arroyo überfallen und verwüstet hat? Lebt ihr wirklich auch mit allen Roten auf gutem Fuße? Ich weiß, daß ihr mit den Mimbrenjos verfeindet seid. Mäßige dich also! Du sprichst mit Männern, denen du nicht einen Tropfen Wassers reichen darfst. Sieh den berühmten Krieger hier an meiner Seite! Es ist Winnetou, der Häuptling der Apatschen, und ich selbst werde Old Shatterhand genannt."
Nach diesen Worten wendete ich mich ab; ich hatte ihm, um mich eines vulgären Ausdruckes zu bedienen, mit unsern Namen den Mund gestopft; er ließ von jetzt an kein Wort mehr hören. Unser Mimbrenjo wollte ihn und seinen Gefährten nach der Stelle schleifen, an welcher die drei andern Yumas lagen; ich gab ihm aber in wohlbegründeter Absicht einen Wink, dies nicht zu thun.

Der Yuma war zum Schweigen gebracht; ich bekam dafür mit anderen zu thun. Der Haziendero und der Juriskonsulto hatten sich von dem erhaltenen Kolbenhiebe erholt, und der letztere redete mich jetzt in zornigem Tone an:

„Wie kommt es, Sennor, daß Ihr mich schlagen laßt und mich wieder angebunden habt! Ihr werdet Euch an geeigneter Stelle darüber verantworten müssen!“

„Schwatzen Sie nicht so albernes Zeug!“ antwortete ich ihm. „Ein Juriskonsulto sollte doch klügere Dinge vorzubringen wissen! Ich habe Sie nicht geschlagen, und Sie befinden sich in derselben Lage, in welcher ich Sie hier vorgefunden habe; wie kann da von einer Verantwortung die Rede sein!“

„Ich war indessen frei, und Sie haben uns wieder fesseln lassen. Das ist unerlaubte Freiheitsberaubung, die mit Gefangenschaft bestraft wird! Ich wiederhole, daß Sie sich in Ures zu verantworten haben werden!“

„Ihr schönes Ures wird nie so glücklich sein, mich noch einmal in seinen Mauern zu haben, und ebenso bin ich überzeugt, daß Sie diese Stadt nie wiedersehen werden, weil Sie die kurze Zeit, welche zu leben Ihnen noch verbleibt, hier an dem Baume, an dem Sie angebunden sind, verbringen werden.“

„Sind Sie bei Sinnen! Sie wollen mich nicht wieder losmachen?“

„Nein. Ich bin einmal so thöricht gewesen, dies zu thun, habe aber dafür so schlechten Dank geerntet, daß es mir nicht einfallen kann, diese Dummheit zum zweitenmale zu begehen. Ich machte sie dadurch ungeschehen, daß ich die Lage der Dinge gerade so wieder herstellte, wie ich sie hier vorgefunden habe; sie soll auch so bleiben; wir reiten morgen früh fort und lassen Sie an Ihren Bäumen hängen.“

„Sie wollen uns einschüchtern, uns Angst machen! Es ist ja unmöglich, daß ein Mensch, ein Weißer, ein Christ so handeln kann!“

„War Ihre Dankbarkeit diejenige eines Menschen, eines Weißen, eines Christen?“

Ich wartete natürlich nur auf eine Bitte, auf ein gutes Wort; das zu sagen, fiel ihnen jetzt noch nicht ein, und der Juriskonsulto rief mir sogar zu:

„Thun Sie immerhin, was Sie wollen, Sennor! Sie werden Ihre Absicht doch nicht erreichen, und ebensowenig Ihrer Strafe entgehen. Wenn Sie uns auch hängen lassen, so giebt es doch Leute, welche uns losbinden werden, wenn Sie fort sind.“

„Welche Leute wären das wohl?“

„Die Indianer, welche hier liegen.“

„Die sind selbst gefangen und gebunden. Übrigens werden wir sie erschießen, ehe wir diesen Ort verlassen.“

„Erschießen? Sie sprechen doch nicht im Ernste! So müssen wir verhungern!“

„Allerdings!“

„Sennor, Sie sind ein Unmensch, ein Wüterich!“

Da konnte ich mich nicht mehr halten, trat ganz nahe zu ihm und sagte ihm ins Gesicht:

„Und Sie sind der allergrößte Schafskopf, welcher mir im Leben vorgekommen ist!“

Jetzt schien er endlich einzusehen, daß er grundfalsch gehandelt hatte; er schwieg, und ich ging zu Winnetou und dem Mimbrenjo, um zu essen. Proviant war genug vorhanden. Der Player, der Haziendero und der Juriskonsulto wurden in ihren Fesseln gefüttert; die drei Polizisten aber band ich los, sodaß sie mit freiem Gebrauche der Glieder essen konnten, und als sie fertig waren, wurden sie zwar wieder gebunden, aber nur zum Scheine und so, daß sie ohne Belästigung schlafen konnten. Als wir drei dann noch ein Weilchen beisammensaßen und bestimmten, in welcher Reihenfolge wir wachen wollten, meinte Winnetou zu mir:

„Mein Bruder hat seinen Stolz überwunden und mit diesen Menschen gesprochen. Warum hat er dem Yuma nicht mit Schweigen geantwortet?"

„Weil die Klugheit höher steht, als der Stolz. Ich wollte die Namen der Yumas erfahren."

„Was können meinem Bruder Shatterhand die Namen nützen?"

„Ich will erfahren, welche Botschaft der „schnelle Fisch" von der Fuente del Roca versendet hat. Winnetou hat gehört, daß er dort über die zwanzig Yumas gebietet. Die beiden Boten sind bei ihm gewesen. Er hat erfahren, daß wir bei der Hazienda waren und daß die fünf Weißen hier gefangen worden sind. Es ist für uns höchst wichtig, zu erfahren, was er thun will. Die Boten werden es uns weder freiwillig sagen, noch können wir es ihnen durch Zwang entlocken. Wir müssen List anwenden."

Er sah mich mit seinen hellen Augen forschend an, doch war es ihm dieses Mal nicht möglich, meine Gedanken zu erraten. Darum fuhr ich fort:

„Der Häuptling der Apatschen versteht die Yumasprache; ich würde mich freuen, wenn er sie so gut zu sprechen verstünde, daß er für einen Yuma gehalten werden kann."

„Winnetou redet diese Sprache gerade wie ein Yuma."

„Das ist sehr gut. Ich habe mit Absicht die beiden Boten nicht zu den drei andern Yumas legen lassen; sie sollen nicht miteinander flüstern können. Der Häuptling der Apatschen hat ihre Namen gehört. Der eine Bote heißt „schwarzer Geier" und derjenige von den drei andern, welcher mir für meine Absicht am geeignetsten erscheint, weil er jedenfalls der am wenigsten Kluge von ihnen ist, wird „dunkle Wolke" genannt. Wir lassen das Feuer ausgehen, sodaß es finster wird. Dann schleicht Winnetou sich zum „schwarzen Geier", giebt sich für die „dunkle Wolke" aus und – –"

„Uff!" unterbrach mich der Apatsche mit einer Bewegung der Überraschung. „Jetzt verstehe ich meinen Bruder. Ich bin die „dunkle Wolke", und es ist mir gelungen, aus meinen Fesseln zu schlüpfen?"

„Ja, so meine ich es."

„Der Gedanke ist vortrefflich! Ich will natürlich die roten Brüder auch losbinden, damit sie fliehen können. Während ich mich anstelle, als ob ich die Banden des „schwarzen Geiers" lösen wolle, wird er mir sagen, was der „schnelle Fisch" an der Fuente beschlossen hat."

„Ja, er wird es gewiß sagen, wenn es Winnetou gelingt, ihn zu täuschen."

„Ich werde ihn täuschen. Er wird mich gewiß für die „dunkle Wolke“ halten, zumal ich nur flüstern kann und nicht laut sprechen darf. Im Flüstern sind die Stimmen aller Menschen ähnlich.“

Infolge dieses Planes wurde kein Holz mehr ins Feuer gelegt; Winnetou streckte sich ebenso wie ich lang aus und gab sich nach einigen Minuten den Anschein, fest zu schlafen; der Mimbrenjo hatte die erste Wache und setzte sich so, daß er der „dunklen Wolke“ den Rücken zukehrte. Wenn der Knabe wachte, konnte es leichter erscheinen, daß ein Gefangener sich befreite, als wenn Winnetou oder ich die Augen offen gehabt hätte, zumal er ihm den Rücken zudrehte. Der kleine Mimbrenjo fing seine Sache sehr klug an. Er gab sich den Anschein, sehr ermüdet zu sein, legte sich auch lang, stemmte den Ellbogen auf die Erde, stützte den Kopf mit der Hand und schloß, nach wiederholten scheinbaren Versuchen wach zu bleiben, die Augen.

Ich hatte die meinigen ein ganz klein wenig offen und sah, daß die Roten ihn scharf beobachteten und sich bedeutungsvolle Blicke zuwarfen. Ebenso sah ich, daß die Polizisten, welche mein Verhalten begriffen hatten, mit dem Juriskonsulto und dem Haziendero flüsterten. Wahrscheinlich gaben sie ihnen den einzigen guten Rat, der hier zu geben war. Die Flamme sank tiefer und tiefer. Ich bemerkte, daß die Yumas sich in ihren Fesseln streckten und wanden, um dieselben zu zerreißen. Dann ging das Feuer aus, und es wurde so finster, daß man die Hand vor den Augen nicht zu sehen vermochte. Es könnte scheinen, als ob unser Plan ein Wagnis gewesen sei. Die Yumas waren zwar gefesselt, aber nicht an Bäume angebunden; sie konnten sich jetzt in der Dunkelheit fortwälzen und einander dann mit den Zähnen die Riemen öffnen; aber ich befürchtete das nicht, denn einmal sollte die Dunkelheit nicht lange anhalten, und das andere Mal mußte Winnetou bei dem „schwarzen Geier“ es sofort merken, wenn die Roten an ihrer Befreiung arbeiteten.

Er stieß mich mit der Hand an, um anzudeuten, daß er sich jetzt fortschleichen werde, und er that dies mit solcher Geschicklichkeit, daß ich, der ich neben ihm gelegen hatte, nicht das mindeste davon bemerkte. Er hatte alles von sich gelegt und glitt hinüber nach der Stelle, an welcher der „schwarze Geier“ neben seinem Genossen lag. Bei ihm angekommen, berührte er ihn leise mit der Hand und raunte ihm zu:

„Still! „Schwarzer Geier“ erschrecke nicht und lasse keinen Laut hören!“

Der Rote war über die unerwartete Berührung wahrscheinlich erschreckt, denn es verging eine Weile, in welcher er sich sammelte; dann fragte er ebenso leise:

„Wer ist's?“

„Dunkle Wolke.“

Jetzt mußte es sich entscheiden, ob die Täuschung gelang oder nicht. Winnetou war gespannt darauf. Da flüsterte der „schwarze Geier“:

„Ich fühlte meines Bruders Hand. Ist sie denn frei?“

„Beide Hände sind frei. „Dunkle Wolke“ war nicht fest gebunden und hat sich losgemacht.“

„So mag „dunkle Wolke“ schnell auch mich befreien! Die Hunde schlafen. Wir fallen über sie her und schlagen sie tot!“
Winnetou nestelte an den Fesseln des Yuma herum und fragte:
„Ist's nicht besser, sie leben zu lassen? Der „schnelle Fisch“ wird sich freuen, sie lebendig gefangen zu sehen.“
„Dunkle Wolke ist nicht klug. Männer wie Old Shatterhand und Winnetou muß man töten, wenn man sicher sein will. Wer sie leben läßt, befindet sich in Gefahr. Der „schnelle Fisch“ konnte nicht gleich mit uns reiten; er wird am Vormittag mit fünf Kriegern kommen, um die weißen Gefangenen zu holen. Aber warum macht „dunkle Wolke“ nicht schneller! Es ist doch nicht schwer, einen Knoten zu lösen!“
„Der Knoten ist gelöst, aber ein anderer als derjenige, den der „schwarze Geier“ meint.“
Nach diesen Worten huschte Winnetou von ihm weg und kehrte zu uns zurück, um mir das Ergebnis unserer List mitzuteilen. Da unser Zweck erreicht war, blies der Mimbrenjo in die Asche, unter welcher noch einige Holzkohlen glimmten; ein kleines Flämmchen erschien, erhielt Nahrung, und bald brannte das Feuer so hell wie vorher.
Winnetou lag wieder neben mir; wir thaten so, als ob wir schliefen. Es machte uns Spaß, zu sehen, mit welchen Augen der „schwarze Geier“ die „dunkle Wolke“ betrachtete; er sah, daß sie gefesselt war. Das mußte ihn befremden; doch nahm sein besorgtes Gesicht sehr bald den Ausdruck der Beruhigung an; weil er anscheinend eine Erklärung des Rätsels gefunden hatte: der eingeschlafene Mimbrenjo war erwacht und hatte sich bewegt; das hatte die „dunkle Wolke“ gehört und war schnell an ihren Platz zurückgekehrt und einstweilen wieder leicht in ihre Fesseln geschlüpft, um zunächst abzuwarten, ob der Wächter das Feuer wieder anblasen werde oder nicht.
Bald darauf schlief ich ein. Der Mimbrenjo hatte den ersten, Winnetou den zweiten und ich den dritten Teil der Nacht zu wachen. Als letzterer mich weckte, gab es doppeltes Licht; das Feuer brannte, und über uns stand der helle Mond. Mein erster Blick war auf den „schwarzen Geier“ gerichtet. Er stellte sich schlafend, schlief aber nicht, da er noch immer auf die „dunkle Wolke“ wartete. Ich setzte mich so, wie der Mimbrenjo gesessen hatte, den Rücken nach der „Wolke“ gerichtet und dabei mit stillem Vergnügen die wütenden Blicke beobachtend, welche der Geier aus seinen von Zeit zu Zeit sich öffnenden Augen auf den Genossen schleuderte, dessen Verhalten er sich nun längst nicht mehr erklären konnte.
Die Nacht verging; es wurde Tag, und ich weckte Winnetou und den Yumatöter. Der „schwarze Geier“ konnte seine Wut nicht mehr bemeistern. Sein Gesicht war verzerrt, und sein Auge schoß Blitze auf seinen Kameraden, der sich während der Nacht nicht gerührt hatte. Winnetou sah es auch, trat zu ihm und sagte mit dem ihm eigentümlichen halben Lächeln:
„„Schwarzer Geier“ glaubt, ein großer Krieger zu sein, hat aber noch nicht gelernt, seine Gedanken zu verhüllen. Ich lese in seinem Gesichte, daß er auf „dunkle Wolke“ zornig ist.“

„Der Häuptling der Apatschen erblickt Dinge, welche nicht vorhanden sind!"
„Was Winnetou erblickt, ist vorhanden. Warum hat „dunkle Wolke" den Wächter nicht erschlagen? Drei haben gewacht und „dunkler Wolke" dabei den Rücken zugekehrt. „Dunkle Wolke" konnte von hinten schlagen oder stechen, und dann die andern Yumas befreien."
„Winnetou spricht, was ich nicht verstehe!"
„Der „schwarze Geier" versteht mich recht wohl. „Dunkle Wolke" war ja bei ihm, um ihm die Riemen aufzuknüpfen, ließ ihn aber im Stiche, um sich wieder schlafen zu legen. Ein guter Schlaf ist besser als die Freiheit!"
Da stieß der Geärgerte nun wütend hervor:
„„Dunkle Wolke" ist kein Krieger, kein Mann, sondern ein altes Weib, welches vor jedem Frosche und vor jeder Kröte flieht!"
Das hörte der Beschimpfte. Er richtete sich soweit auf, wie seine Fesseln ihm erlaubten, und rief zu dem andern hinüber:
„Was hat der „schwarze Geier" gesagt? Ich sei ein altes Weib? Er selbst ist als das feigste alte Weib im ganzen Stamm bekannt. Wäre er ein Mann, so hätte er sich gestern abend nicht ergreifen lassen!"
„Du bist ja auch gefangen!" entgegnete der andere. „Warum hast denn du dich fangen lassen? Und bei dir ist's nicht am Abende, sondern bei Tage gewesen! Welch eine Feigheit, sich von den Fesseln befreit und sie doch wieder angelegt zu haben, weil du dich fürchtetest!"
Und nun begann zwischen beiden ein heftiger Redekampf. Sie hätten einander ermordet, wenn sie nicht gefesselt gewesen wären. Winnetou machte dem Auftritt ein Ende, indem er dem „schwarzen Geier" Aufklärung gab.
„Du – du bist es gewesen?!" rief der Geier da betreten aus. „Das ist unmöglich! Ich habe die „Wolke" an der Stimme erkannt!"
„So bist du nicht nur blind, sondern auch halb taub gewesen, denn es war meine Stimme, welche du gehört hast. Du sagtest mir, was ich wissen wollte; dann schlich ich mich wieder fort."
„Hört ihr es!" rief die „dunkle Wolke" aus. „Er hat den Häuptling der Apatschen für mich gehalten und ihm unsere Geheimnisse mitgeteilt. Schande über ihn! Er muß aus dem Stamme gestoßen werden!"
„Du wirst ebenso wie er nicht mehr zu dem Stamme der Yuma gehören, denn ihr werdet unsere Kugeln schmecken, ehe wir von hinnen reiten; dann wird die Sonne in eure offenen Schädel scheinen, um zu sehen, daß niemals ein Gehirn darin gewesen ist!"
Die Drohung erschreckte die Yumas so, daß sie schwiegen, brachte aber dafür einen andern, nämlich den Juriskonsulto, zum reden. Seine Untergebenen hatten ihm den Standpunkt klar gemacht; er wußte, daß wir die Yumas töten und dann fortreiten wollten, ohne ihn und seine Gefährten loszubinden; als er nun Winnetous letzte Worte

hörte, glaubte er diese Zeit gekommen und wendete sich aus Angst in bittendem Tone an mich:
„Sennor Shatterhand, ist es wirklich wahr, daß die Roten erschossen werden?“
„Ja,“ antwortete ich. „Binnen einer Viertelstunde. Dann reiten wir fort.“
„Aber Sie werden uns doch vorher freilassen!“
„Nein. Ich habe Ihnen bereits gesagt, daß uns das nicht einfallen kann.“
„Aber bedenken Sie, daß Sie dadurch zum Mörder an uns werden, mein wertester Sennor!“
„Wie haben denn Sie gehandelt? Übrigens ersuche ich Sie, mich mit ihrem „wertesten Sennor“ zu verschonen. Ich verzichte auf einen Titel, den Sie vorher schon einem Yuma gegeben haben. Es scheint, Sie können nur dann höflich sein, wenn die Angst Sie dazu treibt.“
„Nein, nein! Ich kann höflich sein und werde höflich sein. Sie sollen kein unrechtes Wort mehr von uns hören, wenn Sie uns loslassen. Ich sehe ein, daß wir undankbar waren und ohne Sie verloren gewesen wären, und der Haziendero ist auch zu dieser Einsicht gekommen; nicht wahr, Don Timoteo?“
„Ja, Sennor Shatterhand,“ antwortete der Angeredete. „Ich habe während der letzten Nacht über alles nachgedacht und weiß nun, daß alles, was mir widerfahren ist, nicht geschehen wäre, wenn ich auf Ihre Warnungen gehört hätte.“
Er bat, und der Beamte bat. Die unter Fesseln und stehend am Baume verbrachte Nacht hatte sie mürbe gemacht. Das war es, was ich bezweckt hatte, und so fragte ich endlich in freundlicherem Tone als bisher:
„Aber was werden Sie denn thun, wenn ich Sie loslasse? Nach Ures zurückkehren und Anklage gegen mich erheben, wie Sie mir gedroht haben?“
„Nein, nein!“ antwortete der Haziendero. „Ich bin hier heraufgeritten, um Melton zu erwischen und alles, was er mir abgenommen hat, von ihm zurückzufordern. Diese Absicht kann ich in Ures nicht erreichen. Wenn Sie die Güte haben wollen, uns wieder loszubinden, werden wir mit Ihnen nach Almaden alto reiten, um dort den Betrüger zu bestrafen.“
„Ja, wir reiten mit Ihnen,“ stimmte der Juriskonsulto bei. „Wir werden den Halunken zur Rechenschaft ziehen und große Thaten thun, indem wir mit den Yumas kämpfen!“
„Dann möchte ich Sie doch lieber hängen lassen, denn ich bin überzeugt, daß wir viel leichter und eher zum Ziele gelangen, wenn Sie nicht bei uns sind. Sie würden ja doch nur wieder Dummheiten machen.“
„Nein, nein! Wir versprechen Ihnen, klug wie die Schlangen zu sein und nichts zu thun, ohne vorher Ihre Erlaubnis eingeholt zu haben.“
„Wenn Sie den festen Willen haben, diesem Versprechen nachzukommen, so will ich mich erbitten lassen, doch muß vorher erst noch zweierlei geschehen. Sie unterzeichnen einige Zeilen, welche ich mir für den Gebrauchsfall in mein Buch notiere, des Inhalts,

daß Sie nicht die mindeste Ursache haben, Winnetou und mir Vorwürfe zu machen, sondern uns als Ihren Lebensrettern vielmehr zu Dank verpflichtet sind."
„Die Unterschrift sollen Sie haben. Und was ist das zweite?"
„Daß Sie sich auch an Wiinnetou wenden. Bisher haben Sie nur mich gebeten, Sie freizugeben; er hat aber darüber ebensogut zu bestimmen wie ich."
Sie folgten dem Winke; der Apatsche antwortete ihnen nicht, sondern sagte, sich in wegwerfendem Tone an mich richtend:
„Die Bleichgesichter sind wie die Flöhe, welche keinen Nutzen bringen und auch niemandem zu schaden vermögen und denjenigen, an dem sie hangen, nur belästigen. Wenn Old Shatterhand solch Ungeziefer mit sich schleppen will, so ist das seine Sache. Der Häuptling der Apatschen hat nichts dagegen."
Darauf löste ich ihnen die Riemen. Daß sie doch wirklich Angst gehabt hatten, zeigte sich jetzt, als sie meine Hände ergriffen, um sich zu bedanken. Ich hatte nicht nötig, sie von mir abzuwehren, denn ihre Dankesbezeugungen wurden von anderer Seite unterbrochen, von einer Seite, an welche ich jetzt am allerwenigsten gedacht hätte. Nämlich genau an derselben Stelle, an welcher ich gestern mit Winnetou den Tümpel erreicht hatte, teilte sich jetzt das Gebüsch, und wen sahen wir? Den jungen Mimbrenjo, den ich fortgeschickt hatte, um die fünfzig Krieger, welche sich bei den Herden befanden, zu benachrichtigen. Da er so schnell zurückkehrte, mußte etwas, und zwar nichts Gutes geschehen sein. Er reichte seinem Bruder die Hand und meldete dann, sich an Winnetou und mich wendend:
„Meine beiden großen Brüder haben so deutliche Spuren hinterlassen, daß ich ihnen leicht zu folgen vermochte. Leider wurde es gestern dunkel, ehe ich diesen Ort zu erreichen vermochte, und ich mußte, um die Fährte nicht zu verlieren, den Morgen kurz vor dem Ziele erwarten."
„Mein junger Bruder," antwortete ich, „muß kurz, nachdem er uns verlassen hatte, wieder umgekehrt sein, um uns nachzureiten. Ich sandte ihn seinen Brüdern entgegen. Warum hat er den Auftrag nicht ausgeführt?"
„Er hat ihn ausgeführt. Wie könnte er es wagen, gegen die Befehle Old Shatterhands und Winnetous zu handeln! Ich bin auf meine Brüder getroffen und habe sie mitgebracht."
„Unmöglich! Die Herden können, da sie so langsam gehen, nach meiner Berechnung frühestens morgen bei der Hazienda eintreffen."
„Unsere Krieger konnten eher kommen, weil sie die Herden verlassen mußten. Sie sind von den Yumas überfallen worden."
„Was? Es scheint, die Gegend wimmelt geradezu von Yumaschwärmen. Wir hatten den „großen Mund" mit seinen Leuten; droben in Almaden alto stehen dreihundert, und nun giebt es einen dritten Trupp, welcher die Herden überfallen hat! Das ist doch sonderbar!"
„Old Shatterhand wird es noch weit sonderbarer finden, daß der „große Mund" sich bei dem Trupp befunden hat."

„Der „große Mund“?“ fragte ich beinahe erschrocken. „Der befindet sich doch in den Händen deines Vaters und soll nebst den andern gefangenen Yumas nach den Weideplätzen der Mimbrenjos transportiert werden!“
„So war es; aber es ist ihm jedenfalls gelungen, sich frei zu machen. Dann hat er mit vielen Yumakriegern die Herden überfallen.“
„Die Treiber haben sich natürlich gewehrt?“
„Nur kurze Zeit. Sie zählten nur fünfzig, und der „große Mund“ hatte mehrere hundert Krieger bei sich. Einige Mimbrenjos wurden getötet und mehrere verwundet; sie sahen ein, daß Widerstand zu nichts führen könne, und ergriffen die Flucht nach der Hazienda, wo sie Old Shatterhand und Winnetou wußten. Darum sind sie viel eher dort angekommen, als mein großer, weißer Bruder gedacht hat.“
„Warum sind sie nach dieser Richtung geflohen und nicht nordwärts, wo sie deinen Vater wußten?“
„Weil der „große Mund“ ihnen den Weg verlegte; weil sie annehmen mußten, daß es nun sehr fraglich sei, ob sie meinen Vater treffen würden, und weil sie nach der Hazienda nicht soweit hatten, wie zu ihm. Auch glaubten sie, von Old Shatterhand und Winnetou notwendig gebraucht zu werden. Ich traf schon am Walde der großen Lebenseiche auf sie und kehrte schnell um, sie meinen beiden berühmten Brüdern nachzubringen. Sie harren unten am Waldesrande, wo die Fährte, welcher wir gefolgt sind, unter die Bäume tritt. Ich vermutete den ersten Yumaposten hier und schlich voran, ihn zu erkundschaften.“
„So weiß man also nicht, auf welche Weise der „große Mund“ frei geworden ist?“
„Nein.“
„Dann kann es mit deinem Vater und seinen Kriegern schlimm stehen. Wer weiß, in welcher Gefahr er sich befunden hat und noch befindet. Ihr seid doch wohl so klug gewesen, einige Leute abzusenden, um dies zu erkunden?“
„Ja. Zwei sind fort, um meinen Vater aufzusuchen, und zwei andere sind nach unsern Weideplätzen, um dafür zu sorgen, daß sich schnell zweihundert frische Krieger hinauf nach Almaden alto aufmachen. Hätten wir noch mehr thun sollen?“
„Nein. Unter den gegenwärtigen Verhältnissen und bei der Eile, welche nötig ist, habt ihr genug gethan. Hol deine Krieger herbei! Sie kommen mir wie gerufen, obgleich der Grund der Schnelligkeit für uns jedenfalls ein betrübender ist.“
Keiner unserer Gefangenen hatte ein Wort des Gespräches gehört, da wir, wie sich ganz von selbst versteht, in vorsichtiger Entfernung von ihnen gestanden hatten. Jetzt blickte ich Winnetou an, und er sah mich an. Ich hatte in Gegenwart des Knaben keinen Vorwurf aussprechen wollen; jetzt aber, als dieser fort war, nahm das Gesicht Winnetous den allerstrengsten Ausdruck an, den ich jemals bei ihm beobachtet hatte, und er sagte:
„Der „starke Büffeh ist wert, aus der Reihe der Häuptlinge gestoßen zu werden! Kann Old Shatterhand das, was er gehört hat, für möglich halten?“

„Eigentlich nicht, aber unser Freund hat es doch ermöglicht. Wie zornig machte ihn der Gedanke, daß ich den „großen Mund“ entkommen lassen wolle! Und nun ist er ihm selbst entflohen!“

„Mein Bruder mag dazu nehmen, daß die Yumas alle gefesselt waren und keine Waffen hatten.“

„Und daß sie von über hundert Mimbrenjokriegern bewacht wurden! Und doch ist der vornehmste und für uns wichtigste von ihnen entkommen!“

„Vielleicht er nicht allein!“

„Ja, es ist sogar wahrscheinlich, daß alle seine Leute mit ihm befreit worden sind. Da er den Herden mit einer überlegenen Anzahl nachgefolgt ist, muß man vermuten, daß eine bedeutende Schar von Yumas auf die Mimbrenjos gestoßen ist, natürlich zufällig, und die Gefangenen befreit hat.“

„So mußte sich der „starke Büffel“ bis auf den letzten Mann wehren!“

„Und den „großen Mund“ lieber töten, als ihn entkommen lassen! Wir werden den gefährlichen Gegner nun bald wieder zu sehen bekommen. Er kann sich sagen, wohin wir wollen, und wird uns entweder unverweilt folgen oder gar von da aus, wo er auf die Herden getroffen ist, den geraden Weg hinauf nach Almaden einschlagen. Da wir unser so wenig sind, müssen wir ihm zuvorzukommen suchen. Jeder einzelne von uns hat für zehn zu gelten, und was wir nicht durch Gewalt erreichen können, müssen wir durch doppelt scharfe List zu erlangen trachten.“

Jetzt kamen die Mimbrenjos. Ich zählte vierzig. Einige von ihnen waren verwundet; da vier von ihnen als Boten unterwegs waren, hatten sie bei dem Zusammentreffen mit dem „großen Munde“ sechs Tote verloren. Sie begrüßten uns stumm, schienen überhaupt sehr kleinlaut zu sein und Vorwürfe von uns zu erwarten; wir enthielten uns aber derselben, welche doch nichts nützen konnten, und ließen uns nur erzählen, wie es bei dem Überfalle zugegangen war. Sie hätten sich, trotzdem sie von einer solchen Übermacht angegriffen worden waren, wohl länger gewehrt, hatten sich aber klugerweise gesagt, daß mir ihre gesunden Glieder nützlicher sein würden, als den Feinden ihr Tod. Sie verdienten keinen Tadel; die Schuld traf ihren Häuptling ganz allein. Zwar wußten wir nicht, unter welchen Umständen ihm der „große Mund“ entkommen war, aber es stand doch fest, daß er ihn auf keinen Fall hätte entfliehen lassen dürfen.

Am liebsten wäre ich jetzt gleich nach der Fuente aufgebrochen; aber wir mußten vorher den „schnellen Fisch“ erwarten und festnehmen. Wir konnten es allerdings auch so einrichten, daß wir unterwegs auf ihn trafen, aber da hätte er uns von weitem sehen und uns entgehen können. Ich schickte also den jungen Yumatöter hinunter nach der Stelle, an welcher ich gestern mit Winnetou die beiden Boten festgenommen hatte; er konnte dort weit ostwärts blicken und sollte, sobald er die Erwarteten sah, uns sofort benachrichtigen.

Diese zählten sechs Mann. Da ich sie weder töten noch verwunden und auch ihre Pferde unverletzt haben wollte, so war mir die so unerwartete Ankunft der vierzig Mimbrenjos

außerordentlich gelegen. Ich konnte den „schnellen Fisch“ mit einer solchen Übermacht empfangen, daß ihm der Gedanke an Gegenwehr sogleich vergehen mußte.
Es war wohl gegen neun Uhr vormittags, als der Yumatöter gelaufen kam, um zu melden, daß er sechs Reiter gesehen habe. Ich machte mich mit fünfzehn Mimbrenjos die Höhe hinunter und legte mich mit ihnen in den Hinterhalt. Wir sahen die sechs im Trabe näher kommen. Als sie den Fuß der Höhe erreichten, ließen sie ihre Pferde langsamer gehen, was uns die Ausführung unserer Absicht erleichterte. Wir drangen von beiden Seiten aus den Büschen auf sie ein, rissen sie von den Pferden und nahmen ihnen die Waffen ab, noch ehe sie recht wußten, wie ihnen geschah. Dann wurden sie nach dem Tümpel geschafft, dessen von Bäumen und Sträuchern freie Ufer kaum Platz für so viele Menschen hatten, wie jetzt hier beisammen waren.
Die schon früher gefangenen Yumas erhoben ein Wehegeheul, als wir die sechs zu ihnen brachten. Der „schnelle Fisch“ war noch jung und mußte sich schon ausgezeichnet haben, da ihm ein so wichtiger Posten anvertraut worden war. Er kannte mich nicht; als er aber Winnetou erblickte, ging ein sichtbarer Schreck über sein Gesicht, und er rief aus:
„Der Häuptling der Apatschen! Man hat mir doch gesagt, daß er unten bei der Hazienda del Arroyo zu finden sei!“
Winnetou antwortete in ironischer Höflichkeit:
„Meint der „schnelle Fisch“, daß der Häuptling der Apatschen Ackerbauer und Viehzüchter geworden sei und seine Wohnung für immer in einer Hazienda oder Estanzia aufgeschlagen habe? Ich hörte, daß der „Fisch“ von meiner Anwesenheit benachrichtigt worden sei und mich sehen wolle; da er nun ein so berühmter Krieger ist, habe ich es für meine Pflicht gehalten, ihm den weiten Weg zu ersparen, und bin heraufgekommen, ihn zu begrüßen. Er mag zugleich meinen Bruder Old Shatterhand kennen lernen, welcher da neben mir steht.“
Der Yuma fuhr zurück, betrachtete mich mit großen Augen und rief, die einzelnen Silben auseinander ziehend:
„Das – ist – Old – Shat – ter – hand?! Ist er denn nicht Gefangener des „großen Mundes“, unsers obersten Häuptlings?“
„Wie du siehst, bin ich nicht gefangen,“ antwortete ich. „Der „große Mund“ trägt seinen Namen mit vollem Rechte: Sein Mund ist groß, und seine Worte klingen erhaben, aber Old Shatterhand vermag er samt seinen hundert Yumas nicht zu halten. Ich bin ihm entkommen und habe ihn dann selbst gefangen genommen.“
Ich hielt es natürlich nicht für nötig, ihm mitzuteilen, daß der „große Mund“ inzwischen wieder entkommen war. Meine Worte mußten ihn erschrecken, und er fragte:
„Der Häuptling ist gefangen? Wo befindet er sich?“
„In den Händen des „starken Büffels“, eures Todfeindes, der ihn und alle Yumakrieger, die wir ergriffen haben, nach den Weideplätzen der Mimbrenjos schafft, wo sie am Marterpfahle sterben werden. Wir aber sind indessen in die Berge geritten, um den

„schnellen Fisch“ kennen zu lernen. Ich wollte zu ihm gehen, um mich ihm zu zeigen; da er aber so freundlich gewesen ist, zu uns zu kommen, so können wir ihm unsere Huldigungen schon hier erweisen und werden ihm dann das Ehrengeleite zurück nach der Fuente de la Roca geben.“

Ja, wir konnten nun nach der Felsenquelle aufbrechen, da wir hier nichts mehr zu thun hatten und Eile überhaupt not that. Je eher es uns gelang, die Emigranten zu befreien, destoweniger lang hatten sie zu leiden. Freilich, ob mir mit meinen wenigen Mimbrenjos diese Aufgabe gelingen würde, das war mehr als zweifelhaft. Wir hatten noch drei Posten zu je fünf Mann und dazu die an der Fuente befindlichen Yumas aufzuheben. Selbst wenn uns dies gelang, hatten wir dann mehr Gefangene zu bewachen, als wir selbst zählten, und sollten es dann noch mit Melton, den beiden Wellers und den dreihundert Yumas, welche in Almaden alto standen, aufnehmen. Das war weit mehr, als man von Menschen erwarten konnte; aber ich hatte meinen Winnetou bei mir, welcher wirklich, wie gesagt worden war, für hundert zählte, verließ mich, wie auch schon erwähnt, auf mein gutes Glück und hielt es trotz der eingetretenen ungünstigen Umstände doch für nicht unmöglich, daß die zur Hilfe gerufenen Mimbrenjos noch rechtzeitig eintreffen würden.

Bei der Minderzahl, in welcher wir uns befanden, mußten wir unsere Zuflucht zunächst und vor allen Dingen zur List nehmen, und da richtete ich mein Augenmerk auf den Player, dessen Charaktereigenschaften ein Verrat an seinen Genossen recht wohl zuzutrauen war. Wenn ich ihm unsere Nachsicht in Aussicht stellte, stand zu erwarten, daß er dieses Mittel zu seiner Befreiung gern ergreifen werde. Da durfte ich ihn nun freilich nicht mit den gefangenen Yumas verkehren lassen, da diese ihn gewiß abgehalten hätten, mir zu Willen zu sein. Ich richtete es also so ein, daß er, als wir aufgebrochen waren, von ihnen abgesondert ritt und den Yumatöter als Wächter bei sich hatte.

Es waren eigentlich nur vier Personen, auf welche ich mich vollständig verlassen konnte, Winnetou, ich und die beiden Söhne des starken Büffels. Von den andern Mimbrenjos stand zwar auch zu erwarten, daß sie ihre Schuldigkeit nach Kräften thun würden, aber zu diesen Kräften hatte ich eben kein rechtes Vertrauen; ich zweifelte daran, daß sie der Aufgabe, welche wir zu lösen hatten, vollständig gewachsen seien, und betrachtete sie, wenn auch nicht gerade als Statisten, so doch als Leute jener unselbständigen Art, welche nur das zu thun pflegen, worauf man sie mit der Nase stößt. Es waren alte Krieger unter ihnen, doch schienen dieselben nicht die Intelligenz zu besitzen, welche ich nach den Erfahrungen, die ich gemacht hatte, dem soviel jüngeren Yumatöter und seinem Bruder zutraute. Und was nun gar den Haziendero, den Juriskonsulto und dessen Polizisten betraf, so war ich überzeugt, daß ihre Gegenwart uns eher hinderlich als förderlich sein werde.

Es fiel uns natürlich nicht ein, die Yumas nach dem Wege zu fragen; sie durften überhaupt nicht wissen, wieweit wir unterrichtet waren und in welchen Beziehungen wir uns in Ungewißheit befanden. Winnetou kannte die Fuente und ihre Umgebung und schlug sicher den geradesten Weg nach derselben ein. Er mochte meine Gedanken aus den Blicken erraten, die ich von Zeit zu Zeit vorwärts warf, denn er sagte bei einer solchen Gelegenheit zu mir:

„Mein Bruder braucht keine Sorge zu haben, daß wir die Fuente verfehlen werden. Ich treffe sie so gewiß, wie meine Kugel ihr Ziel zu finden pflegt: ohne daß wir einen einzigen Schritt des Umweges machen."

„Davon bin ich fest überzeugt. Jedoch fragt es sich, ob wir zur wünschenswerten Zeit dort ankommen, weil wir unsern heutigen Ritt so spät beginnen konnten."

„Old Shatterhand mag sich auch in dieser Beziehung beruhigen. Wir kommen zwar erst des Nachts dort an, aber das ist doch besser, als wenn wir die Felsenquelle schon am Tage erreichten, wo wir gesehen werden könnten. In der Dunkelheit bleibt unser Nahen unbemerkt, und wir werden die Yumas so vollständig überraschen, daß uns keiner entgehen und die Kunde von unserer Anwesenheit weitertragen kann."

Der Weg war sehr bequem; er führte stundenlang über einen weiten Llano, welcher mit kurzem Grase bewachsen war. Dunkle Streifen, die bald im Norden und bald im Süden am Horizonte erschienen, deuteten an, daß der Llano mit Wald eingefaßt war. Der Boden hatte die nötige Feuchtigkeit, um Gras hervorzubringen, doch kamen wir an keinem fließenden oder stehenden Wasser vorüber.

Zur heißesten Tagesstunde wurde angehalten, um die Pferde verschnaufen und weiden zu lassen; dann ging es weiter. Obgleich man es nicht sehr bemerkte, stieg der Llano immer bergan, bis er an einem Laubwalde endete, welcher die Lehnen sanfter Höhen umsäumte. Wir ritten zwischen denselben empor; sie bildeten sich zu Bergen aus, welche mit dichtem Nadelholz bestanden waren. Die Thäler, durch welche wir kamen, wurden von kleinen Bächen durchflossen und verwandelten sich infolge der zunehmenden Steilheit der anliegenden Höhen in Schluchten, in denen es schon düster war, als die Spitzen der Berge noch im Abendrote erglänzten.

Nun mußten wir langsamer reiten als bisher. Winnetou war als Führer an unsrer Spitze. Es trat vollständige Dunkelheit ein; aber er leitete uns mit solcher Sicherheit, daß die Finsternis uns nur dadurch beschwerlich wurde, daß wir unsere Gefangenen nun mit doppelter Aufmerksamkeit zu bewachen hatten.

Wohl drei Stunden waren seit der Dämmerung vergangen, da hielt er an einem Wasser an, welches in einem breiten und sehr bequem zu passierenden Thale floß. Ich hatte den letzten des Zuges gemacht und ritt nun vor zu ihm, da ich mir sagte, daß wir wahrscheinlich in der Nähe der Felsenquelle angekommen seien. Als ich ihn erreichte, sagte er:

„Mein Bruder wird bemerkt haben, daß dieses Thal nach Norden streicht, während die Fuente und auch Almaden östlich liegen. In einiger Entfernung von hier aber führt ein Seitenthal nach rechts, also aus Osten; aus diesem kommt das Wasser, an welchem wir uns befinden; dort entspringt es zwischen Felsen, und darum wird die Stelle, an welcher es aus den Steinen tritt, die Fuente de la Roca genannt. Die Feinde werden dort alle beisammen sein, denn es steht nicht zu erwarten, daß sie bei der gegenwärtigen Finsternis noch umherschweifen. Wir müssen unsre Gefangenen hier zurücklassen, denn nähmen wir sie weiter mit, so könnten sie auf den Gedanken kommen, uns durch Rufen und Schreien zu verraten. Was bestimmt nun mein Bruder, was geschehen soll? Sollen gleich soviele Mimbrenjos, als wir zur Überwältigung der Gegner brauchen, mitgehen, oder hält er es für besser, daß ich mich erst einmal allein anschleiche, um zu erfahren, wie wir den Überfall am besten vorzunehmen haben?"

„Das letztere wird das bessere sein. Mein Bruder Winnetou mag erst auf Kundschaft gehen. Wieweit ist die Felsenquelle von hier entfernt?"

„In einer Viertelstunde bin ich dort und kann also in einer ganzen Stunde recht gut wieder zurück sein."

Er stieg vom Pferde, übergab mir seine Silberbüchse und verschwand in der Dunkelheit. Wir andern stiegen natürlich ab, nahmen die Gefangenen von den Pferden und legten sie nebeneinander, weil sie so besser beaufsichtigt werden konnten. Als ich mich niedergesetzt hatte, kam der Juriskonsulto zu mir und sagte:

„Ich habe bemerkt, daß der Apatsche fort ist. Wohin ist er gegangen, Sennor?"

„Nach der Fuente."

„Was will er dort?"

„Er will sich an die Yumas schleichen, um zu erfahren, wie wir sie zu fassen haben."

„Das ist doch überflüssig! Wenn wir gleich hingeritten wären, so hätten wir sie sicher überrumpelt; so aber befürchte ich, daß sie ihn bemerken und uns entwischen."

„Ihre Befürchtung ist vollständig überflüssig. Sie werden ihn ebensowenig bemerken, wie die Mitternacht den Mittag zu sehen bekommt."

„Wer hat denn eigentlich bestimmt, daß er vorangehen soll?"

„Er und ich natürlich."

„Das finde ich weniger natürlich, Sennor. Er ist ein Indianer, der nichts gilt; Sie sind zwar ein Weißer, aber fremd hier zu Lande. Dagegen bin ich ein Vertreter der hiesigen Obrigkeit und muß, wenn es sich um die Ergreifung von roten Verbrechern handelt, verlangen, daß nichts ohne mein Wissen und meine Genehmigung unternommen wird. Sie hätten mich also vorher fragen sollen!"

„Meinen Sie? Da passen wir freilich nicht gut zusammen, denn ich pflege zu handeln, ohne viel zu fragen."

„Das bitte ich, zu ändern! Ich ersuche Sie sehr, immer an meine Würde zu denken und mich nicht nur um Rat, sondern, wie es ganz selbstverständlich ist, um meine Erlaubnis zu fragen, ehe Sie eine Bestimmung treffen, welche von Amts wegen von mir und nicht von einem andern auszugehen hat!"

„Hm! Sie führen da eine sonderbare Sprache, Sennor. Ihr Amt geht, trotzdem sie sich in Uniform befinden, mich ganz und gar nichts an. Was Ihre Würde betrifft, so habe ich von derselben keine Spur bemerkt, als Sie als Gefangener und halb Verlorener am Baume hingen. Sie werden unserer Hilfe bedürfen, nicht aber wir Ihrer Befehle. Das klügste, was Sie thun können, ist schweigen. Da haben Sie meine Anwort!“

„Mit welcher ich mich unmöglich beruhigen kann, Sennor! Wenn Sie sich einbilden, unser Kommandant zu sein, so – – –“

„Schweigen Sie!“ unterbrach ich ihn in strengem Tone. „Ich bilde mir allerdings ein, nebst Winnetou hier Kommandant zu sein. Ist Ihnen das nicht recht, so kehren Sie gefälligst um, und reiten Sie dorthin zurück, woher Sie gekommen sind! Sie meinen, sich mit meiner Entscheidung nicht beruhigen zu können? Wenn Sie sich nicht augenblicklich auf die Schöße Ihrer Uniform setzen und sich dann still verhalten, laß ich Sie binden. Dann können Sie, wenn wir fort sind, Befehle erteilen, soviel Sie wollen und an wen Ihnen beliebt!“

Das wirkte. Er ging zu seinem Haziendero und setzte sich bei ihm nieder. Sich jetzt noch laut zu widersetzen, das wagte er nicht, doch hörte ich ihn mißmutig vor sich hinbrummen. Dieses Vergnügen konnte ich ihm gönnen.

Es währte nicht so lange, wie Winnetou angenommen hatte. Noch waren nicht drei Viertelstunden vergangen, so kehrte er zurück und meldete:

„Es sitzen vierzehn Yumas an der Quelle; zwanzig sind es gewesen; fünf und den „schnellen Fisch“ haben wir ergriffen, folglich sind sie alle beisammen.“

„Wird ihr Ergreifen leicht oder schwer sein?“

„Leicht. Sie dünken sich sicher und haben ihre Waffen zur Seite liegen. Die Pferde weiden abwärts von dem Quell am Wasser.“

„So müssen wir an ihnen aufwärts vorüber. Werden sie uns nicht wittern?“

„Nein, denn die Luft steht in dem Thälchen still, und wir gehen am andern Ufer. Ich werde euch so führen, daß wir sie einschließen, ohne daß sie es bemerken.“

Wir suchten uns fünfundzwanzig Mimbrenjos aus, welche ihre Gewehre mitzunehmen hatten, da die Yumas mit den Kolben niedergeschlagen werden sollten. Die übrigen blieben mit den jungen Häuptlingssöhnen und unsern famosen weißen Begleitern aus Ures zurück, um die Gefangenen zu bewachen.

Indem wir am Wasser aufwärts schritten, bildeten wir eine Einzelreihe. Jeder Nachfolgende ging hart hinter seinem Vordermanne, damit wir die Fühlung nicht verlieren möchten. Bald kamen wir in das rechts abbiegende Nebenthal und mußten nun höchst vorsichtig sein. Jeder legte die Rechte auf die Schulter seines Vorangehenden und hielt sich mit der Linken von den Bäumen ab, an denen wir vorüberkamen. Der Schein eines Feuers glänzte uns entgegen. Über dem Wasser drüben hörten wir die Pferde stampfen.

Wir schritten nicht gerade auf das Feuer zu, sondern wurden von Winnetou in einem Bogen geführt. Als wir dann die Fuente erreichten, sahen wir, daß der Ort für unsern Zweck gar nicht geeigneter sein konnte. Der Felsen spaltete sich zu einer Nische, in deren Hintergrund der Quell aus dem Gesteine hervorsprudelte. Das Feuer brannte vor der Nische; die Indianer aber saßen in der Nische selbst, außer dreien, welche mit braten beschäftigt waren. Wir brauchten also nur die drei niederzuschlagen; die andern elf waren uns sicher, wenn wir uns vor der Nische, aus der es der Höhe der Felsen wegen kein Entrinnen gab, aufstellten. Ihre Waffen lagen in einem Haufen vor der Nische.

Ich befahl, einen Halbkreis zu bilden, die drei am Feuer Winnetou und mir zu überlassen, und sprang, als der Befehl leise von einem zum andern gegangen war, vorwärts. Wir hatten nur wenige Schritte zu thun. Als die Yumas das Geräusch unserer Füße hörten, waren sie auch schon eingeschlossen, und mein und Winnetous Kolben trafen die drei Roten so, daß dieselben zusammenknickten.

Die andern sprangen erschrocken auf, um aus der Nische hervor und nach ihren Waffen zu eilen, erkannten aber, daß dies unmöglich war, denn wir standen vor derselben und hielten ihnen mehr als zwanzig Gewehrläufe entgegen. Die kurze Verhandlung, welche wir mit ihnen führten, braucht nicht des näheren geschildert zu werden; sie mußten sich ergeben und wurden mit ihrem eigenen Riemenzeuge gebunden.

Hier an der Fuente befand sich, wie wir gewußt hatten und nun auch sahen, der Hauptposten von den fünf, welche zwischen der Hazienda und der Almaden alto gelegt waren. Wir fanden in der Nische mehrere Ledersäcke, welche mit Proviant und allem gefüllt waren, was für Indianer zu einem längeren Aufenthalte nötig ist. Der Ort selbst war in jeder Beziehung, außer für den Zweck der Verteidigung, gut gewählt. Wozu die Posten eigentlich gelegt waren, konnten wir uns denken, wenn ihr Zweck auch ein mehr zukünftiger als gegenwärtiger war. Auf dieser Linie sollte nämlich die Ausbeute des Quecksilberbergwerkes über die Hazienda nach Ures und von dort aus alle Bedürfnisse für Almaden zurücktransportiert werden; die Posten hatten für die Sicherheit des Weges zu sorgen.

Als wir uns im Besitze der Quelle befanden, ging Winnetou zurück, um die andern zu holen. Nach Verlauf einer Stunde waren sie bei uns. Es gab selbstverständlich lebhafte Scenen, welche für uns teils unangenehm, teils heiter waren, aber keine Bedeutung hatten, weshalb ihre Schilderung besser unterlassen bleibt.Wir schliefen tüchtig, die Wachen natürlich ausgenommen, und brachen am nächsten Morgen zeitig auf.

Nun befanden wir uns eigentlich in einer kleinen Verlegenheit. Niemand von uns war in Almaden gewesen, und die Yumas wollten wir nicht fragen. Wir hätten sie zwar zwingen können, uns zu führen, wären dabei aber jedenfalls auf Hinterlist und Hartnäckigkeit gestoßen. Man wird sagen: Der Haziendero hat doch jedenfalls den Weg nach seiner Besitzung gekannt. Ja, das ist richtig; aber wir wollten ihm auch nicht eine Spur von Unsicherheit merken lassen. Sobald wir ihm nur das Geringste zu danken hatten, stand zu erwarten, daß er und sein Juriskonsulto wieder in ihr altes Wesen zurückfallen würden. Zudem glaubte ich, mich auf den Player besser, als auf ihn verlassen zu können. Dieser war, sozusagen, als Spion oben in Almaden gewesen und hatte die Gegend jedenfalls in einer für seine Zwecke dienlichen Weise durchsucht; für meinen Zweck kannte er sie wahrscheinlich also genauer, als der Haziendero, und es zeigte sich auch in der Folge, daß ich da ganz richtig vermutet hatte.

Für den ersten Teil des Rittes brauchten wir keine Erkundigungen einzuziehen; es verstand sich ganz von selbst, daß unser Weg von der Fuente aus thalaufwärts führte, und wohin wir uns, wenn das Thal zu Ende war, zu wenden hatten, das konnte ich dem Scharfsinne Winnetous überlassen, welcher voranritt. Für die spätere Strecke mußte ich dadurch sorgen, daß ich den Player ausforschte.

Um diesen willig zu machen, mir Aufklärung zu erteilen, war es notwendig, ihn in Angst zu versetzen. Ich hatte den Yumatöter, welcher stets neben ihm ritt, davon unterrichtet, und gesellte mich, scheinbar absichtslos, im Laufe der ersten Viertelstunde zu ihm. Da der junge Indianer zwar den gebräuchlichen Mischdialekt sprach, aber dabei weniger indianische Ausdrücke anwendete als andere, so konnte der Player recht gut verstehen, was zwischen uns beiden gesprochen wurde. Als wir eine kleine Weile schweigend nebeneinander geritten waren, fragte mich der Yumatöter:

„Wird mein berühmter weißer Bruder erlauben, daß ich zu ihm spreche, obgleich ich ein so junger Krieger bin?"

„Mein roter Bruder mag getrost sagen, was er zu sagen hat," antwortete ich.

„Die Krieger der Mimbrenjos, meine Brüder, sind zu Hunderten mit ihren tapfersten Häuptlingen ausgezogen, um droben in Almaden auf uns zu treffen. Denkt Old Shatterhand, daß sie schon dort sein werden, wenn wir bei dem Bergwerke ankommen?"

Mit voller Absicht erzählte der junge Indianer, daß uns unsere Verbündeten erwarteten; der Player sollte wissen, daß wir Hilfsmittel genug besaßen, unsere Absichten ins Werk zu setzen.

„Nein," erwiderte ich. „Sie sind noch nicht dort."

„Aber sie sind doch zu gleicher Zeit mit uns aufgebrochen und haben nicht so weit wie wir!"

„Der Yumatöter muß sich sagen, daß sie vor unserer Ankunft doch nichts unternehmen dürfen. Wenn sie sich aber den dreihundert Yumas, welche droben in Almaden sind, zeigen wollten, so würde augenblicklich der Kampf beginnen, welcher nur unter Winnetous und meiner Führung stattfinden soll. Das aber könnte alles verderben."

„Verderben? Die hunderte Mimbrenjos werden die dreihundert Yumas doch leicht besiegen. Oder zweifelt Old Shatterhand daran?"

„Nein; es ist gar nicht möglich, Zweifel zu hegen. Erstens sind deine Brüder den Feinden in Beziehung auf ihre Zahl doppelt überlegen, und zweitens besitzen sie alle Schießwaffen, was ich von den Yumas nicht annehmen kann. Die letzteren müssen also unbedingt unterliegen."

„So meine ich, daß unsere Krieger die Erlaubnis haben sollten, sofort anzugreifen, auch wenn wir uns noch nicht bei ihnen befinden."

„Mein junger Bruder muß bedenken, welchen Zweck ich verfolge. Ich will Melton und die beiden Wellers fangen; ich werde sie ganz gewiß ergreifen, wenn die Mimbrenjos nach unserer Verabredung handeln. Greifen sie aber eher an, so ist es sehr wahrscheinlich, daß die drei für mich sehr wichtigen Personen die Flucht ergreifen."

„Sie werden von den Mimbrenjos daran gehindert werden.“
„Ja, das sollte man zwar meinen, ist aber nicht so sicher, wie mein junger Bruder denkt. Die drei Weißen werden sich hüten, sich am Kampfe zu beteiligen und dadurch ihr Leben in Gefahr zu bringen. Sie werden sich vielmehr aus dem Bereiche der Gefahr ziehen und von weitem, in Sicherheit, den Ausgang des Kampfes abwarten. Sehen sie, daß derselbe für sie ungünstig enden will, so reiten sie fort, und wir haben das Nachsehen.“
„Kann das nicht auch geschehen, wenn Old Shatterhand und Winnetou sich dabei befinden?“
„Nein, denn wir werden so klug sein, uns schon vor dem Kampfe der drei Bleichgesichter zu versichern. Sie ahnen nichts von unserer Annäherung, halten sich also nicht versteckt und werden uns offen und ahnungslos in die Hände laufen. Darum habe ich den Mimbrenjos den Befehl gegeben, sich, bis wir zu ihnen stoßen, in solcher Entfernung von Almaden zu halten, daß ihre Anwesenheit dort nicht bemerkt werden kann. Nach unserer Ankunft werden wir sofort reine Arbeit machen.“
Damit war unser Gespräch beendet, und es kam nun darauf an, ob es die gewünschte Wirkung auf den Player hervorgebracht hatte. Er blickte in düsterem Sinnen vor sich nieder und schien höchst bedenklich geworden zu sein. Es fiel mir nicht ein, ihn anzureden; er mußte selbst anfangen. Und das that er schon nach kurzer Zeit, indem er sich in englischer Sprache fragend an mich wendete:
„Master, wollt Ihr mir vielleicht sagen, ob der Yumatöter englisch versteht?“
„Vielleicht einige wenige Worte, mehr nicht,“ antwortete ich.
„Dann erlaubt mir, Euch zu sagen, daß ich gehört habe, was Ihr jetzt gesagt habt. Welchen Grund habt Ihr denn eigentlich, Euch so feindlich zu uns zu stellen?“
„Das könnt Ihr noch fragen? Master Player, nehmt es mir ja nicht übel, wenn ich diese Eure Frage für thöricht halte.“
„Habe ich Euch jemals etwas gethan?“
„Nein; aber mit euern Kollegen habe ich eine tüchtige Rechnung auszugleichen. Die Quittung werde ich ihnen mit einigen Kugeln geben.“
„Und ich? Was gedenkt Ihr dann mit mir zu thun?“
„Das kann ich jetzt noch nicht wissen. Ich muß erst erfahren, wie groß der Anteil ist, den Ihr an der Vergewaltigung meiner Landsleute habt.“
„Und wenn ein solcher Anteil nun vorhanden wäre?“
„Das würde Euch auch einen guten und wohlgezielten Schuß eintragen.“
„Alle Wetter! Wer hat Euch denn zum Richter über mich bestellt?“
„Ich selbst. Es ist aber gar nicht nötig, daß ich die Entscheidung fälle, welche Euch das Leben kosten wird. Die Auswanderer sind es, an denen Ihr Euch vergangen habt; ich liefere Euch ihnen aus und bin überzeugt, daß sie wenig Federlesens mit Euch machen werden. Oder denkt Ihr etwa, Nachsicht von ihnen erwarten zu dürfen?“

„Wenn ich in ihre Hände gerate, bin ich allerdings verloren. Aber wer zwingt Euch denn, mich ihnen auszuliefern?"
„Niemand; es ist mein Entschluß, mein freier Wille. Ich kann Euch ihnen ausliefern oder aber Euch auch laufen lassen, ganz wie es mir beliebt."
„So möchte ich Euch bitten, letzteres zu thun!"
„Euch die Freiheit geben? Was fällt Euch ein!"
Ich machte dabei eine energische Armbewegung, welche ihm sagen sollte, daß daran nicht zu denken sei. Er kaute eine Weile an der Unterlippe und fuhr dann fort:
„Master, ich habe oft und viel von Euch gehört, und bei allem, was man über Euch redet und von Euch erzählt, steht die Menschlichkeit obenan, mit welcher Ihr selbst den ärgsten Feind behandelt. Wie kommt es da, daß Ihr diese schöne Eigenschaft nicht auch jetzt, gegen mich, in Anwendung bringen wollt?"
„Pah! Ich will menschlich gegen Euch sein; aber Ihr scheint Euch einen falschen Begriff von Menschlichkeit zu machen. Menschlich ist derjenige, welcher seinen Nächsten eben als Mensch behandelt, und das thue ich allerdings. Das heißt: einen guten Menschen behandle ich gut und einen schlechten schlecht."
„Ihr haltet mich also für schlecht?"
„Natürlich!"
„Da irrt Ihr Euch, Master! Ich bin nicht schlecht, gebe aber gern zu, daß ich leichtsinnig gehandelt habe. Ich wollte schnell ein reicher Mann werden und habe mich deshalb dem Unternehmen Meltons angeschlossen. Als ich dies that, wußte ich nicht, daß Eure Landsleute ihr ganzes Leben unter der Erde verbringen sollen. Darauf könnt Ihr Euch verlassen! Ist das nicht ein Milderungsgrund?"
Ich gab mir den Anschein, als ob ich seiner Versicherung Glauben schenkte, und antwortete:
„Hm! Es ist allerdings ein Leichtsinn, sich an einem Unternehmen zu beteiligen, ohne genau zu wissen, auf welche Weise dasselbe zu stande kommen soll. Es wird mir schwer, Euch eine solche Unvorsichtigkeit zuzutrauen."
„Traut sie mir in Gottes Namen zu, Master! Ich schwöre, daß ich nur gewußt habe, daß die Deutschen im Bergwerke arbeiten sollen, daß man sie aber für immer in demselben vergraben will, davon habe ich keine Ahnung gehabt."
„Aber als Ihr es erfuhrt, seid Ihr natürlich einverstanden gewesen?"
„Nein. Ich habe mich mit aller Gewalt dagegen gesträubt, konnte es aber leider nicht ändern. Aber ich nahm mir fest vor, ihnen später, soviel in meiner Macht stand, ihre Lage zu erleichtern."
„So! Nun, wenn das der Fall ist, so seid Ihr allerdings nicht der schlechte Mensch, für den ich Euch gehalten habe. Habt Ihr denn eine Ahnung, was es heißt, fürs ganze Leben in einem Schachte eingesperrt zu sein?"
„Natürlich kann ich mir das denken."

„In einem Quecksilberwerke nämlich! Dies fürchterliche Gift übt eine entsetzliche Wirkung auf den Körper aus. Wie hätten meine armen Landsleute nach einigen Jahren ausgesehen, wenn sie nicht indessen gestorben wären! Und was für einen Tod hätten sie gehabt!"
„Schiebt das nicht auf mich, Master! Der teuflische Plan ist in dem Gehirn Meltons entstanden."
„Ihr sagt ganz richtig: teuflisch ist der Plan. Die Urheber werden aber auch eine Strafe erleiden, welche ihrem Verbrechen angemessen ist. Ich werde sie den Mimbrenjo-Indianern übergeben und sie am Marterpfahle hinrichten lassen. Die Schurken werden tagelang sterben. Darauf könnt Ihr Euch verlassen!"
„Sie haben es verdient; ich aber sage mich von ihnen los!"
„Das ist zu spät. Der Anteil, welchen Ihr an dem Werke habt, kann nicht ungeschehen gemacht werden."
„Er kann es, Master, er kann es, wenn Ihr nur wollt, indem ich mich auf Eure Seite stelle, indem ich Euer Verbündeter werde."
„Ich danke für einen solchen Verbündeten!"
„Wirklich? Meint Ihr, daß ich Euch nicht von Nutzen sein kann?"
„Ich möchte wissen, in welcher Weise Ihr mir förderlich werden könntet! Die Verhältnisse liegen so, daß ich keiner Hilfe bedarf. Mein Plan ist einfach und dabei leicht auszuführen. Wir reiten nach Almaden, schießen die Yumas zusammen, nehmen die weißen Halunken gefangen und veranstalten den mit uns verbündeten Mimbrenjos ein Schauspiel mit Marterpfählen. Da Ihr so viel von mir gehört haben wollt, werdet Ihr mir wohl zutrauen, daß ich dies ohne Eure Hilfe fertig bringe."
„Ich gebe freilich zu, daß Ihr der Mann dazu seid, auch ohne mich ans Ziel zu kommen; aber Ihr werdet dabei auf Schwierigkeiten stoßen, welche ich, falls Ihr Euch meiner Hilfe bedienen wolltet, leicht beseitigen könnte."
„Was für Schwierigkeiten könnten das wohl sein?"
„Kennt Ihr denn den Weg hinauf nach Almaden?"
„Ich brauche ihn nicht zu kennen. Der Haziendero ist ja bei uns."
„Kennt Ihr die Stellen, wo die drei Yumaposten liegen, die Ihr noch aufzuheben habt?"
„Wir werden sie finden."
„Ja, ein Pfadfinder, wie Ihr seid, wird sie finden, aber nach langem Suchen. Dabei geht die kostbare Zeit verloren. Ebenso müßt Ihr in Betracht ziehen, daß Euch kein Mann entkommen darf, denn wenn es einem gelänge, Euch zu entgehen, so würde er Euch voran nach Almaden eilen und Eure Ankunft melden. Ob das weitere dann so glatt für Euch verlaufen würde, das bezweifle ich sehr. Und dann wollt Ihr, ehe es zum Kampfe kommt, Euch Meltons und der zwei Weller versichern. Ihr scheint das für sehr leicht zu halten."

„Allerdings. Ich will gar nicht von meinen früheren Erlebnissen und Erfahrungen reden; es muß schon das, was in den letzten Tagen geschehen ist, Euch sagen, daß wir es ohne große Mühe und Gefahr durchsetzen werden."

„Es wird Euch allerdings keine Gefahr bringen, da Ihr Meister in solchen Dingen und zumal im Anschleichen seid. Ich selbst bin ja auch in dieser Weise von Euch überrumpelt worden. Desto mehr Mühe aber wird es Euch machen, diese drei Männer zu erwischen, da Ihr nicht wißt, wo sie wohnen, wo sie sich verborgen halten."

„Das werden wir wohl zu entdecken vermögen."

„Vielleicht, aber wohl nur dann, wenn es zu spät ist und diejenigen, welche Ihr fangen wollt, Wind von Euch bekommen haben."

„Ihr redet in Rätseln, Master Player. Erst sprecht Ihr vom Wohnen und dann vom Verbergen. Wie hängt das wohl zusammen? Ein Versteck ist doch keine Wohnung!"

„Gewöhnlich nicht, hier aber doch. Die drei haben den Verhältnissen nach eine ganz bequeme Wohnung; dieselbe liegt aber so versteckt, daß selbst Euer bekannter Spürsinn nicht ausreicht, sie zu entdecken."

„Es wird Spuren geben, nach denen wir uns richten können."

„Nein, denn die Gegend ist ganz ausnahmslos so felsig, daß es keinen Fußstapfen geben kann."

„So legen wir uns auf die Lauer. Melton wird seine Wohnung, welche Ihr ein Versteck nennt, doch zuweilen verlassen, so daß wir ihn zu sehen bekommen."

„Das thut er allerdings, aber nur des Nachts, weil er gewarnt worden ist. Meine Botschaft, daß ich Winnetou an der Hazienda gesehen habe, ist von Posten zu Posten weiter getragen worden und so zu ihm gekommen. Es lag zwar gar kein Grund vor, anzunehmen, daß er von unserem Unternehmen mehr wisse, als ich Euch in der Übereilung gesagt hatte; aber das war doch genug, um anzunehmen, daß er Verdacht geschöpft habe und weiter nachforschen werde. Als ich da unten mit Euch sprach, ahnte ich nicht, daß Ihr Old Shatterhand wäret, doch wußten wir, daß Winnetou von Old Shatterhand unzertrennlich ist und sehr wahrscheinlich versuchen werde, Euch zu befreien. Gelang ihm dies, so war anzunehmen, daß Ihr sofort nach Almaden aufbrechen würdet. Melton und die Weller werden sich also auf alle Fälle so verhalten, wie die Vorsicht ihnen gebietet. Sie gehen des Nachts aus. Bei dem Wege in das Bergwerk, den sie zu machen haben, ist es ganz gleich, ob sie ihn des Nachts oder am Tage thun."

„So! Ihr kennt also den Ort, wo sie wohnen?"

„Ja."

„Meint Ihr nicht, daß ich Euch zwingen kann, ihn mir zu entdecken? Ich stelle Euch die Wahl zwischen dieser Mitteilung und dem Tode!"

„Das nützt Euch nichts. Habt Ihr einmal die Absicht, mich in gleicher Weise wie Melton zu behandeln, so ist mir der Tod ohnedies gewiß. Ich werde nur dann sprechen, wenn ich auf Schonung rechnen kann."

Ich war überzeugt, daß seine Festigkeit keine bedeutende sei und ich, um ihm das Geheimnis zu entlocken, nur seine Hände zu drücken brauchte; aber die immerwährende Wiederholung desselben Einschüchterungsmittels widerstrebte mir, und ich wollte ja mehr von ihm erfahren, als die Wohnung Meltons allein. Darum hielt ich es für das beste, mich ihm geneigt zu zeigen, und sagte:

„Nun, angenommen, daß wir Euch das Leben schenken, auf wessen Gewissen fällt dann die Verantwortung von allem, was Ihr später thun werdet? Auf das unserige. Wenn Ihr sterbt, so könnt Ihr nichts Böses mehr thun."

„Seid überzeugt, daß ich bessere Wege einschlagen werde, wenn Ihr mich leben laßt! Ich war, wie schon gesagt, nicht böse, sondern nur leichtsinnig und würde es Euch Zeit meines Lebens danken, wenn Ihr einmal Gnade für Recht ergehen lassen wolltet. Macht wenigstens den Versuch!"

„Hm! Ein Versuch ist noch nicht die vollendete That; man kann dann immer noch thun, was man will. So könnte ich denn allerdings einmal versuchen, ob mit Euch auf ehrlichem Wege auszukommen ist."

„Thut das, thut das, Master! Ich gebe Euch mein Wort, daß der Versuch gelingen wird."

„So sagt mir zunächst einmal, wie Ihr Euch diesen Versuch wohl denkt!"

„Bindet mich zunächst los, und dann werde ich – –"

„Halt!" unterbrach ich ihn. „Vom Losbinden kann keine Rede sein. Ihr bleibt unter allen Umständen zunächst noch Gefangener."

„Aber wie kann ich Euch behilflich sein, wenn ich mich nicht bewegen kann!"

„Jetzt ist Eure einzige Bewegung das Reiten, und das könnt Ihr, wie Ihr bewiesen habt, auch in Fesseln. Sollten die Dienste, welche Ihr uns anbietet, eine Bewegung, in welcher Euch die Fesseln hindern würden, notwendig machen, so werden wir Euch dieselben abnehmen. Das höchste, was ihr außer dem Reiten jetzt zu thun vermögt, ist, uns den Weg anzugeben, den wir reiten müssen."

„Das werde ich," brummte er, mißmutig darüber, daß ich ihm gleich seinen ersten Wunsch abgeschlagen hatte.

„Und zwar richtig anzugeben," fügte ich mit Nachdruck hinzu. „Wollet Ihr uns irre leiten, vielleicht um Zeit zu gewinnen, so würden wir es sofort bemerken und Euch die Riemen straffer anziehen. Wann werden wir den nächsten Yumaposten erreichen?"

„Noch vor Abend."

„Wie ist die Örtlichkeit beschaffen, in welcher er liegt?"

„Er befindet sich an einem Waldesrande. Vorher müssen wir über eine freie Ebene."

„So kann der Posten diese Ebene überblicken?"

„Ja. Wenn ihr ihn überraschen wollt, müßt ihr dieselbe also vermeiden."

„Das kommt auf ihre Länge oder Breite an. Sobald wir sie erreichen, werdet Ihr uns darauf aufmerksam machen. Sagt mir zunächst doch einmal, warum Ihr auf der Hazienda geblieben und nicht mit nach Almaden geritten seid?"

„Ich hatte den Auftrag, dort die Retorten zu erwarten, welche aus Ures kommen werden."

„Dieselben sollten dann über die Postenkette nach Almaden transportiert werden?"
„Ja."
„Wenn Ihr Retorten braucht, so vermute ich, daß in Almaden das Quecksilber in Form von Schwefelquecksilber, also als Zinnober gefunden wird?"
„So ist es; es kommt jedoch stellenweise auch gediegen vor."
„Der Zinnober soll in den Retorten also in Schwefel und Quecksilber zerlegt werden. Durch welche Zuschläge soll das geschehen? Eisenhammerschlag ist nicht zu haben; ich vermute folglich Kalk?"
„Ja, es soll Kalk verwendet werden."
„Giebt es welchen da oben?"
„Massenhaft. Die Berge und Felsen bestehen meist nur aus Kalk, in welchem es zahlreiche Höhlen giebt."
Bei dem Worte Höhlen kam mir ein Gedanke. Es war für uns äußerst beschwerlich und hinderlich, die Gefangenen im Freien zu bewachen. War es möglich, sie oben in einer Höhle unterzubringen, so bedurften wir viel weniger Leute, die vielen Roten unter Aufsicht zu halten. Darum erkundigte ich mich:
„Kennt Ihr vielleicht eine Höhle, welche in der Nähe des Schachtes liegt?"
„Ja."
„Ist sie groß?"
„Sie kann wohl an die hundert Menschen fassen."
„Wieviel Eingänge hat sie?"
„Nur einen. Sie hat aber keine Hinterwand und scheint tief in den Kalkfelsen zu gehen, man kann aber nicht weiter, weil man an einen Abgrund kommt, dessen Breite man nicht zu ermessen vermag."
„Ist er tief?"
„So tief, daß man einen Stein, den man hinabwirft, nicht unten auftreffen hört. Rechts giebt es eine kleine Nebenhöhle, welche voller Wasser steht. Ich habe es versucht; es ist trinkbar und sehr kühl."
„Natürlich wissen Eure Freunde auch von dieser Höhle?"
„Kein Wort! Ich habe ihnen nichts gesagt, denn ich hatte – –"
Er hielt inne. Er schien jetzt mehr gesagt zu haben, als er eigentlich wollte.
„Weiter! Denn ich hatte – – – ?"
„Ich hatte meine Gründe dazu," vervollständigte er sich. „Ich brauchte einen solchen Ort für mich allein."
„Wozu?"
Er gab nicht sofort Antwort. Da er nachsann, vermutete ich, daß er die Wahrheit nicht sagen wollte und auf eine Ausrede dachte. Dann erklärte er:
„Mein Grund wird Euch beweisen, daß ich wirklich kein schlechter Mensch bin. Ich dachte an die deutschen Arbeiter. Vielleicht konnte es mir gelingen, einen oder einige

von ihnen zu befreien; ich brauchte ein Versteck, um sie zu verbergen, und da kam mir die Höhle als ungemein passend vor. Darum sagte ich nichts von ihr."

„Das macht Eurem guten Herzen allerdings alle Ehre. Wann habt Ihr sie denn entdeckt?"

„Schon als ich vor einem Jahre zum erstenmal oben war."

„Ihr wart von Melton geschickt worden, und habt ihm nach Eurer Rückkehr natürlich Bericht erstattet?"

„Ja."

„Damals habt Ihr doch noch nichts von den deutschen Arbeitern gewußt?"

„Nein."

„Und wollt ihm doch gerade wegen dieser die Höhle verheimlicht haben! Ihr seht, daß man mit Euern Versicherungen vorsichtig umzugehen hat. Ihr habt einen ganz andern Grund gehabt, von der Höhle zu schweigen; ich will aber nicht in Euch dringen, ihn mir zu sagen, da er mir sehr gleichgültig sein kann. Aber laßt dies den letzten Versuch sein, mir Schwarz für Weiß vorzumachen! Ich bin nicht der Mann, der so leicht zu täuschen ist, und würde das nächste Mal nicht so bereitwillig sein, wie jetzt, mich zufrieden zu geben."

Den eigentlichen Grund für seine Geheimhaltung der Höhle glaubte ich erraten zu können. Er hatte wohl die Absicht gehabt, seine Compagnions zu bestehlen und das entwendete Quecksilber und Zinnober in der Höhle zu verbergen, bis sich Gelegenheit finden würde, es unbemerkt fortzuschaffen. Daß er sich sträubte, mir dies zu gestehen, war kein Beweis, daß er es unehrlich in Beziehung auf seine mir gemachten Versprechungen meinte. Darum fühlte er sich durch meine letzten Worte beunruhigt und entschloß sich, um mein Mißtrauen zu zerstreuen, mir einen Umstand mitzuteilen, den ich noch nicht kannte und welcher für mich höchst wertvoll war.

„Ich mache Euch weder Schwarz für Weiß noch Weiß für Schwarz vor," sagte er. „Ich gebe zu, daß Ihr Ursache habt, mir zu mißtrauen; aber es kann Euch doch nichts nützen, Dinge zu erfahren, welche mit Euern Absichten in keinem Zusammenhange stehen."

„Das weiß ich wohl, und darum habe ich nicht in Euch gedrungen, mir wegen der Höhle die Wahrheit zu sagen. Ich meine nur, daß Ihr Euch hüten sollt, mich in Dingen, die mich angehen, täuschen zu wollen. Ihr wißt, daß von Euerm Verhalten Euer Leben abhängt."

„Es fällt mir nicht ein, Euch zu täuschen. Mein Leben ist mir lieb; ich will es mir erhalten und werde Euch darum ehrlich dienen. Dafür will ich Euch den vollgültigen Beweis geben, indem ich Euch etwas verrate, was Euch jedenfalls freudig überraschen wird."

„Was?"

„Da oben in Almaden giebt es weder Gras noch Baum, und so muß alles, was man zur Nahrung braucht, weit hergeschafft werden. Wie Melton überhaupt für alles schon vorher gesorgt hat, ehe die Hazienda ihm gehörte, so hat er auch Proviant gekauft, welcher in fünf Maultierwagen von Ures nach Almaden gegangen ist."

„Das zu hören, ist mir allerdings sehr wichtig. Wer führt den Transport? Denn ich nehme an, daß die Fuhrleute den Weg nach Almaden nicht kennen."

„Melton hat ihnen einige Indianer entgegengeschickt."

„Habt Ihr die Leute mit ihren Wagen und Maultieren gesehen?"

„Nein, denn sie haben einen Weg eingeschlagen, auf welchem sie nicht auf mich treffen konnten. Der Weg, welcher über die Hazienda führt und den auch Ihr bis jetzt benutzt habt, ist für Fuhrwerk stellenweise nicht passierbar; darum mußten diese Wagen einen andern einschlagen, welcher weiter südlich liegt und länger ist, dann aber mit dem unserigen zusammentrifft."

„Kennt Ihr die Gegend, wo beide Wege sich vereinigen?"

„Sehr gut, da ich es bin, der den andern, den bequemeren Weg ausfindig machen mußte. Wir werden übermorgen an diese Stelle kommen."

„Meint Ihr, daß die Wagen dann schon vorüber sein werden?"

„Ich bezweifle es. Wenn ich genau nachrechne und ihnen kein Unfall widerfahren ist, halte ich es für wahrscheinlich, daß sie die Stelle schon morgen abend erreichen werden."

„So hätten wir sie dann vor uns und könnten uns mit Proviant versehen?"

„Nicht nur mit Proviant. Die Wagen enthalten auch noch viele andere Gegenstände, welche in Almaden gebraucht werden."

„Wenn sich das bewahrheitet, so will ich zugeben, daß Ihr mir mit der Mitteilung einen dankenswerten Dienst erwiesen habt, obgleich wir auch ohne dieselbe auf die Wagen getroffen wären. Aber aus Euern Worten entnehme ich noch etwas, was für uns ebenso wichtig, wenn auch bedeutend unangenehmer ist. In der Gegend von Almaden wächst kein Baum, kein Gras. Wie weit erstreckt sich die Unfruchtbarkeit?"

„Beinahe eine Tagereise weit nach allen Seiten."

„Aber wo Wasser ist, da wächst doch wenigstens Gras, und Ihr spracht vorhin von Wasser!"

„Das befand sich in der Höhle. Wasser giebt es freilich in Almaden, aber nur unterirdisch. Das Oberirdische ist eine steinharte, dürre Kalkfelseneinöde."

„Und doch sind dreihundert Indianer oben! Haben die denn keine Pferde?"

„Sie haben sie nicht mitgenommen. Sie mußten die Pferde unter der Aufsicht einiger Wächter zurücklassen."

„So werden auch wir dazu gezwungen sein, und das ist unangenehm. Habt Ihr vielleicht eine Ahnung, wo die Pferde der Yumas sich befinden?"

„Es ist nicht direkt darüber gesprochen worden, aber da ich es bin, der die ganze Gegend ausgekundschaftet hat, so kann ich mir denken, wo man sie zu suchen hat. Die Yumas sind von Norden gekommen und haben die Tiere also nordwärts von Almaden zurücklassen müssen, und zwar haben sie das jedenfalls hart an der Linie gethan, auf welcher das fruchtbare und unfruchtbare Land zusammenstößt. Es giebt dort nur eine einzige Stelle, an welcher man dreihundert Pferde auf längere Zeit mit wenig Wächtern zusammenhalten kann, und diese Stelle kenne ich genau. Wir stoßen natürlich nicht auf sie, da wir von Westen kommen und, an der Kalkeinöde angelangt, eine Tagesreise von ihr entfernt sein werden. Habt Ihr vielleicht die Absicht, die Pferde wegzunehmen? In diesem Falle werdet Ihr mich bereit finden, Euch zu ihnen zu führen, und das muß Euch wieder ein Beweis dafür sein, daß ich es wirklich ehrlich mit Euch meine."

„Werde es mir überlegen," antwortete ich kurz, indem ich damit die lange Unterhaltung abbrach. Ich hatte zwar noch mancherlei zu fragen, konnte das aber auch später und gelegentlich thun, da ich ihn nicht vermuten lassen wollte, wie wenig ich eigentlich über die Verhältnisse unterrichtet war, welche ich doch genau kennen mußte, um unsere Absichten zu erreichen.

Ehe ich mich von ihm trennte, um wieder auf die Seite Winnetous zu kommen, lockerte ich die Riemen ein wenig, welche seine Hände zusammenhielten. Es sollte das, ohne daß ich etwas dazu sagte, für ihn ein Zeichen sein, daß die moralische Umkehr, welche er mir versprochen hatte, auf mich einen guten und für ihn einen nützlichen Eindruck gemacht hatte.

Über den heutigen Ritt glaube ich, hinweggehen zu können, da er nichts Erwähnenswertes brachte. Um die Mitte des Nachmittags hatten wir eine steile Bergeslehne erklommen und langten auf einer Hochebene an, welche im Norden und Süden von Höhen eingeschlossen war; ihr östliches Ende konnten wir nicht sehen. Da ließ der Player mich zu sich kommen und teilte mir mit:

„Das ist die Ebene, jenseits welcher der Posten am Waldesrande liegt."

„Wie lange reitet man dorthin?"

„So wie wir reiten, werden es fast zwei Stunden sein."

„Liegt der Posten in gerader Richtung von hier?"

„Ja."

„So will ich Euch Gelegenheit geben, mir noch augenfälliger als bisher zu beweisen, daß ich mich auf Euch verlassen kann."

„Thut das, Master! Was verlangt Ihr von mir?"

„Ich werde voranreiten, um die Indianer dingfest zu machen, und Ihr sollt mich an den Ort begleiten, an welchem ich sie zu suchen habe."

„Sehr gern! Aber sie werden Euch kommen sehen!"

„Wieso? Ah, Ihr denkt, ich reite geradeaus? Das fällt mir nicht ein, denn da würden sie mich allerdings bemerken. Wir machen einen Umweg, bis wir den Waldesrand erreichen, und schleichen uns dann an demselben bis zum Posten hin. Aber ich mache Euch darauf aufmerksam, daß der leiseste Versuch eines Verrates Euch sofort eine Kugel oder einen Messerstich einbringen würde!"

„Kommt mir nun doch nicht immerfort wieder mit Euern Drohungen! Ihr habt keinen Grund mehr dazu. Ich habe mir vorgenommen, mein Leben dadurch zu retten, daß ich Euch treu diene, und müßte ein Dummkopf sein, wenn es mir einfallen könnte, es durch Falschheit noch mehr in Gefahr zu bringen, als es vorher auf dem Spiele gestanden hat!"

Ich suchte mir zu dem Yumatöter und seinem Bruder noch sechs oder sieben Mimbrenjos aus, mit denen ich den Streich ausführen wollte. Nachdem ich Winnetou gebeten hatte, in dem bisherigen Schritte weiterreiten zu lassen, wendeten wir uns im Galoppe nach Süden ab. Konnten wir den beabsichtigten Umweg nicht auch nach Norden machen? Allerdings; aber dann hätten wir später beim Anschleichen, wobei wir die südliche Richtung einhalten mußten, die Sonne seitlich vor uns gehabt; so wie wir aber jetzt ritten, bekamen wir sie in den Rücken und konnten nicht geblendet werden. Es giebt eben bei solchen Erlebnissen so vieles zu bedenken und zu berücksichtigen, wovon ein Laie keine Ahnung hat.

Wir jagten also eine tüchtige Strecke über die Sehweite eines scharfen Auges südwärts und wendeten uns dann wieder gerade nach Osten. Nach einer Stunde erblickten wir in der Ferne den Wald und hielten auf denselben zu. Dabei fragte ich den Player:

„Sind wir denn von unserer eigentlichen Marschrichtung weit genug entfernt, sodaß die Yumas uns nicht sehen können?“

„Ja. Seht dort die dunkle Bergkuppe, welche hinter dem Walde aufsteigt! Sie dient mir als Marke. Ich weiß genau, wo wir uns befinden. Ihr habt vom Anschleichen gesprochen. Was thun wir während der Zeit mit den Pferden?“

„Die lassen wir an einer sichern Stelle zurück. Es fragt sich nur, wie lange wir noch im Sattel bleiben dürfen.“

„Wenn wir den Yumas so nahe gekommen sind, daß ich befürchten muß, zu Pferde gesehen zu werden, dann sage ich es Euch.“

Wir kamen bald an den Wald und ritten nun nordwärts. Dabei stießen wir auf die Fährte eines einzelnen Reiters, welche so frisch war, daß ich annehmen mußte, ihn ganz nahe vor uns zu haben. Und richtig, als wir um eine Biegung des Gebüsches kamen, sahen wir ihn reiten. Es war ein Indianer, welcher ein erlegtes Wild hinter sich aufgebunden hatte. Er ritt im langsamen Schritte, hielt aber dabei den Kopf in so eigentümlicher Weise zur Seite, daß ich annahm, er halte seine ganze Aufmerksamkeit nach rückwärts gerichtet. Der Mann mußte uns gesehen haben, stellte sich aber unbefangen, um abzuwarten, wie wir uns verhalten würden. An Feindseligkeit dachte er wohl schwerlich. Meine Indianer hielt er sehr wahrscheinlich für Yumas und uns zwei Weiße für Verbündete Meltons. Daß er nicht anhielt, um uns zu erwarten, hatte wohl keinen besondern Zweck, sondern lag einfach in der eigenen Art und Weise, in welcher die Roten zu handeln pflegen. Ich durfte ihn nicht weiterreiten lassen, mußte aber auch dafür sorgen, daß er nicht zu früh entdeckte, daß die vermeintlichen Yumas feindliche Mimbrenjos seien. Darum mußten meine Begleiter eine langsame Gangart annehmen, und ich jagte ihm allein in voller Carriere nach.

Da hielt er an, wendete sich um, griff nach seinem Bogen und legte einen Pfeil auf mich an. Ich parierte mein Pferd bei dieser Drohung nicht, sondern winkte nur abwehrend und rief dabei die beiden, ihm sehr wohlbekannten Namen Melton und „großer Mund“ zu. Der erstere war nach unsern Begriffen sein jetziger Arbeitgeber und der letztere sein oberster Häuptling; er mußte mich für einen Freund oder wenigstens für einen guten Bekannten derselben halten und senkte Bogen und Pfeil. Ich begrüßte ihn indianisch, indem ich mein Pferd im vollen jagen drei Schritte vor ihm parierte und ihn dann fragte: „Hat mein Bruder eine gute Jagd gemacht? Die vier Yumakrieger, zu denen er will, werden Hunger haben."

„Die Jagd war ergiebig, wie mein weißer Bruder sieht," antwortete er. „Wird er mir sagen, woher er kommt?"

„Von der Hazienda del Arroyo. Ich habe dich von dem „schnellen Fisch" zu grüßen, welcher mit seinen Kriegern an der Quelle des Felsens liegt. Ist der Posten, zu welchem du gehörst, vollzählig vorhanden?"

„Ja."

„Und wie steht es droben in Almaden? Befinden sich deine dreihundert Brüder dort wohl?"

„Wir haben nicht gehört, daß etwas Unerwünschtes dort geschehen ist. Wenn mein weißer Bruder von der Hazienda kommt, so wird er wissen, daß sich ein Bleichgesicht, welches Player heißt, dort befindet und Winnetou, den Häuptling der Apatschen gesehen haben will. War der Apatsche wirklich dort?"

„Ja."

„Er wird wieder fort sein, um Old Shatterhand zu befreien, den der „große Mund" gefangen hat?"

„Old Shatterhand hat sich ohne seine Hilfe befreit."

„Uff! Und haben diese beiden Krieger sich getroffen?"

„Ja."

„Uff, uff! So steht zu erwarten, daß sie zu uns kommen. Das muß sogleich nach Almaden gemeldet werden. Es muß einer von uns fortreiten!"

„Das ist nicht nötig, da ich die Botschaft selbst nach Almaden bringen werde."

„Das ist gut; aber wird mein weißer Bruder so schnell reiten, wie es nötig ist, wenn die Kunde von – – –"

Er hielt plötzlich inne und die weit offenen Augen auf meine Gefährten gerichtet, welche nun soweit herangekommen waren, daß er ihre Gesichter erkennen konnte. Dann fuhr er, mißtrauisch mit der Hand nach seinem Messer fahrend, fort-

„Was sehe ich! Ich habe mit gegen die Mimbrenjos gekämpft und dabei den „starken Büffel" und seine Söhne gesehen. Wenn ich nicht blind bin, so sind diese es, welche sich bei meinem weißen Bruder befinden. Was soll ich davon denken?"

„Denke, daß du verloren bist, wenn du nur einen Schritt von dieser Stelle weichst!" antwortete ich, indem ich mit einem schnellen Griffe meinen Stutzen vornahm und auf ihn anlegte. „Ich bin Old Shatterhand und verbiete dir, dich zu bewegen!"

Ich sah trotz der dunklen Farbe seines Gesichtes, daß er erbleichte. Er ließ vor Schreck die Zügel fallen und zog die Hand vom Messer zurück, indem er stammelte:

„Old Shat – ter – hand! Und – das – ist – das – – Zau – – bergewehr!"

Er sah die auffällige und eigenartige Konstruktion des Schlosses an meinem Stutzen, über welchen unter den Indianern so viele Sagen verbreitet waren, und glaubte infolgedessen sofort meinen Worten.
„Ja, das ist meine Zauberflinte, aus deren Lauf du sofort zehn Kugeln in den Kopf und Leib bekommen wirst, wenn du nicht ganz genau das thust, was ich dir befehle!"
Ohne in seiner Verwirrung auf diese Drohung zu antworten, fragte er wie abwesend:
„Old Shatterhand ist da, Old Shatterhand! Wo ist da Winnetou?"
„Er wird auch gleich kommen und bringt die Krieger der Mimbrenjos mit. Steig vom Pferde!"
Meine Begleiter waren indessen herangekommen und umringten ihn. Man sah ihm an, daß er noch immer nicht ganz wieder bei sich war. Er stieg wie im Traume vom Pferde und sah schweigend zu, daß man einige an seinem Sattel befestigte Reserveriemen losmachte und ihn mit denselben band. Hierauf machte mir der Player die Bemerkung, daß wir nun dem Posten nahe genug gekommen und also zur Vorsicht angehalten seien. Es wurde also abgestiegen; zwei Mimbrenjos bekamen die Pferde und den Yuma zur Bewachung, und wir andern setzten unsern Weg zu Fuße fort.
Natürlich hielten wir uns dabei nicht im Freien, sondern unter den Bäumen. Als wir ungefähr zehn Minuten gegangen waren, sagte der Player:
„Nun nur noch ein kurze Strecke, Master, so kommen wir an einen kleinen Teich, an welchem die Yumas liegen müssen."
„Gut! Ich will Euch zeigen, daß ich Euch Vertrauen schenke. Eigentlich müßte ich Euch hier zurücklassen, da Ihr auf den Gedanken kommen könntet, uns das Spiel zu verderben; aber ich will Euch mitnehmen, sage Euch jedoch: Gelingt es uns nicht, den Posten aufzuheben und Ihr seid schuld daran, so ist's mit Euch zu Ende!"
„Keine Sorge! Es fällt mir gar nicht ein, so mit offenen Augen in mein Verderben zu rennen."
Wir schlichen nun langsam und höchst vorsichtig weiter. Dabei gab ich dem Yumatöter einen nur von ihm bemerkten Wink, den Player ja nicht aus dem Auge zu lassen, denn dieser konnte, während wir uns auf die Yumas warfen, versuchen, uns zu echappieren. Dann sahen wir zwischen den Bäumen vor uns den Spiegel des Teiches glänzen. Vier Rote lagen faullenzend an demselben. Ihre Pferde hatten sich zerstreut, denn wir bemerkten von unserm Standorte aus nur zwei derselben.
Von Baum zu Baum huschend, näherten wir uns noch mehr und fielen dann über die vor Schreck sich gar nicht Wehrenden her. Der Player stand mit gebundenen Händen dabei und machte ein Gesicht, als ob er sich über den so gelungenen Überfall seiner bisherigen Verbündeten herzlich freue.
Als wir fertig waren, ging einer der Mimbrenjos fort, um seine zwei Kameraden mit den Pferden und dem fünften Yuma herbeizuholen, und da sahen wir auch schon unsern Zug von Westen her über die offene Ebene kommen. Er hielt an dem Teiche an, da wir die Nacht hier zubringen wollten.

Am nächsten Morgen ging es weiter. Der Player machte den Führer und war ehrlich gegen uns. Gegen Abend führte er uns zu dem nächsten Posten, welcher in ähnlicher Weise wie die vorigen überrumpelt wurde. Wir hatten nun nur noch einen vor uns und also noch zwei Tageritte nach Almaden.
Am darauffolgenden Morgen kamen wir durch ein breites, nach Osten streichendes Thal, in welches ein aus Süden kommendes mündete. An der Stelle, wo beide sich vereinten, war das Gras auf eine weite Strecke zerstampft oder abgefressen, und wir sahen Wagenspuren und zwei schwarzgebrannte Feuerstätten.
„Habe ich es Euch nicht gesagt?“ meinte der Player. „Das sind die Proviantwagen gewesen, und meine Rechnung war also ganz richtig. Sie haben gestern abend hier gehalten. Hier ist die Stelle, an welcher die beiden Wege zusammenstoßen.“
Ich zählte die Geleise und fand, daß wir wirklich fünf Wagen vor uns hatten. Aus wieviel Mann die Yumaeskorte bestand, konnten wir nicht sehen, da die zahlreichen Stapfen nicht auseinanderzulesen waren.
Jetzt brauchten wir nur den Geleisen zu folgen. Sie waren dem weichen Boden deutlich eingeprägt, und nun sahen wir auch, daß sich sechs Reiter dabei befanden.
„Melton hat also sechs Führer geschickt,“ sagte ich zum Player; „eigentlich eine mir unerklärliche Berechnung. Sechs Führer sind entschieden nicht nötig, und als Eskorte, um die Wagen zu beschützen, sind sie zu wenig.“
„Das mag sein,“ antwortete er. „Aber Rote sind es jedenfalls nur fünf.“
„Wer ist da der sechste?“
„Entweder der Kaufmann selbst, bei dem die Sachen in Ures gekauft worden sind, oder ein Vertreter desselben. Melton hat nämlich nur die Hälfte des Preises bezahlt und will die andere Hälfte erst nach glücklich erfolgter Ablieferung entrichten; also mußte jemand mitkommen, der das Geld in Empfang zu nehmen hat.“
„Die Frischheit der Geleise zeigt, daß wir die Wagen nicht weit vor uns haben. Es handelt sich nun darum, daß wir sie auf einem Terrain erreichen, wo wir die roten Begleiter festnehmen können, ohne daß einer entkommt. Wo giebt es eine solche Stelle?“
Er sann eine kleine Weile nach, um sich in Gedanken zu orientieren, und antwortete dann:
„Wenn Ihr genug Geduld besitzet, bis gegen Mittag zu warten, so kommen wir auf freies Land, wo Ihr Euern Zweck erreichen werdet. Bis dahin aber führt der Weg immer eng zwischen Bergen hin, wo Ihr Euch nicht ausbreiten und das Entkommen eines einzelnen verhindern könnt.“
Das gab freilich eine Zeitversäumnis, die mir nicht lieb war; aber wenn wir uns der Wagen bemächtigten, so durften wir dann nicht schneller reiten, als die Maultiere sich mit ihren Lasten bewegen konnten, und verloren dabei höchst wahrscheinlich einen ganzen Tag; da kam es also auf die Versäumnis einiger Stunden auch nicht an.
Um zu sehen, wieweit die Wagen voran seien, ritt Winnetou fort. Wir erreichten ihn nach drei Viertelstunden, wo er halten geblieben war, um uns herankommen zu lassen.

Er hatte die Wagen gesehen und auch die Begleitung derselben, welche, wie er bestätigte, aus fünf roten und einem weißen Reiter bestand. Die Knechte, welche Zügel und Peitsche führten, saßen vorn auf den Wagen.
Wir hielten uns so, daß wir sie in nicht viel mehr als fünf Minuten erreichen konnten, und kamen, wie der Player gesagt hatte, gegen Mittag durch ein Thal, welches sich zu einer ziemlich weiten Ebene verbreiterte, um sich darauf wieder zu seiner vorigen Enge zusammenzuziehen. Da sahen wir die Wagen einzeln hintereinander fahren. Voran ritten die fünf Roten; der Weiße folgte einsam hinter dem Zuge. Da ich vorher die Posten aufgehoben hatte, wollte Winnetou die Gefangennahme der fünf Wegweiser besorgen, wozu er zehn Mimbrenjos mit sich nahm. Er jagte, während wir im Schritt nachfolgten, mit den Leuten den Wagen nach, an ihnen rechts und links vorüber und hielt dann, die Roten umzingelnd, bei diesen an. Wir sahen, daß sie sich zur Wehr setzten, freilich mit unzulänglichen Waffen, denn was waren ihre Tomahawks und Lanzen gegen die Gewehre unserer Mimbrenjos und gar gegen die Silberbüchse Winnetous. Es fielen Schüsse. Der Zug hielt. Die Knechte brüllten vor Ärger oder Angst, und der Weiße wendete sein Pferd, um auszureißen. Da sah er uns, die wir ihm den Rückweg verlegten, und galoppierte nach links davon.
Auf ihn war es gar nicht abgesehen. Er durfte um unsertwillen nicht fort und mußte auch zu seinem eigenen Besten angehalten werden. Was sollte aus ihm, dem unerfahrenen, einzelnen Menschen hier in den Bergen werden? Mein Pferd war das schnellste, und so jagte ich ihm nach. Indem er zurückblickte, sah er das und trieb sein Pferd zu noch größerer Schnelligkeit an. Es half ihm aber nichts; ich holte ihn doch bald ein, drängte mein Pferd an das seinige, riß ihm die Zügel aus der Hand und hielt dann beide Tiere an, ihn fragend:
„Wo wollen Sie denn hin, Sennor? Es giebt doch gar keinen Grund zu solcher Eile!"
Er war ein noch ziemlich junger, hagerer Mensch, dem man den Geschäftsmann von der Nasenspitze lesen konnte. Bis an die Zähne in Waffen steckend, streckte er mir doch beide Hände flehend entgegen und bat:
„Nicht morden, nicht morden, Sennor! Ich habe Ihnen nichts gethan und wehre mich auch nicht; also schonen Sie mein Leben!"
„Haben Sie keine Angst, Sennor! Wir hegen nicht die Absicht, Ihnen an den Kragen zu gehen; es ist nur auf Ihre fünf Yumaindianer abgesehen."
„Nicht auf mich?" fragte er, indem er tief aufatmete und sich den Angstschweiß von der Stirn strich.
„Nein, lieber Jüngling, nicht auf Sie. Ihr wertes Leben ist uns im Gegenteile lieb und teuer; es wird Ihnen nicht ein einziges Haar gekrümmt werden. Kehren Sie also getrost mit mir zu Ihren Wagen zurück!"
Er betrachtete mich dennoch mit unsicherem, zweifelndem Blicke und meinte:
„Wer sind Sie denn?"

„Ein ehrlicher Mensch. Soviel will ich Ihnen einstweilen sagen. Ihre Yumas aber waren Schurken, die wir festnehmen mußten. Also kommen Sie!“
„Gut, ich will Ihnen trauen und also zurückkehren, da ich annehme, daß – – mein Himmel! Was sehe ich! Dort liegen alle fünf im Grase, erschossen, gestorben, ermordet und tot!“
Es war leider so, wie er sagte; die Roten waren tot. Ich hätte sie geschont, die Mimbrenjos aber hatten kein Federlesens gemacht.
„Sie sind erschossen worden, weil sie sich zur Wehr gesetzt haben,“ erklärte ich ihm. „Hätten sie das unterlassen, so wäre kein Blut geflossen.“
„So bitte ich Sie dringend, Sennor, zu konstatieren, daß ich mich nicht zur Wehr gesetzt habe!“
„Das will ich Ihnen gern mit hundert Eiden bezeugen. Sie sind in Wirklichkeit so menschenfreundlich gewesen, von Gegenwehr abzusehen. Wie heißen Sie denn eigentlich?“
„Nennen Sie mich Don Endimio de Saledo y Coralba!“
„Ich werde Sie der Kürze wegen einstweilen nur Sennor Endimio nennen und bitte Sie, mir auch noch zu sagen, was Sie sind.“
„Ich bin Kaufmann.“
„So! Und was stellen Sie hier bei diesen Wagen vor? Den Oberkutscher?“
„Ganz und gar nicht, Sennor! Wie können Sie einen Don Endimio de Saledo y Coralba mit der Bezeichnung Kutscher in Berührung bringen! Ich bin der auserwählte Bevollmächtigte Sennor Manfredos, des Kaufmanns, welcher die Waren zu liefern hat, die sich in diesen Wagen befinden.“
„Schön! Ich ersuche Sie nun nochmals, mit mir zu den Wagen zurückzukehren!“
„Gern – – aber da sehe ich, daß die Indianer, die sich bei Ihnen befinden, zur Hälfte gebunden sind. Das muß meinen Verdacht von neuem erwecken!“
„Die freien Reiter sind Mimbrenjos, und die gefesselten sind Yumas.“
„Soll ich etwa auch gefangen genommen werden?“
„Nein. Sie brauchen, wie ich Ihnen schon versicherte, keine Angst zu haben.“
Wir kehrten also zu den Wagen zurück, wo man auf uns gewartet hatte. Es war nicht nötig gewesen, sie zu umzingeln, da wir nicht zu befürchten brauchten, daß die fünf Knechte davonlaufen würden. Dieselben waren übrigens mutiger als der famose Endimio; sie standen beisammen, mit den Gewehren in den Händen, bereit, sich zu wehren, falls wir ihnen die Veranlassung dazu geben würden.
„Lassen Sie Ihre Flinten in Ruhe, Sennores!“ rief ich ihnen zu. „Und kommen Sie zu mir, um zu hören, daß wir uns als Ihre Freunde betrachten.“
Der Player hatte angenommen, daß die Leute die Besitzer der Wagen seien; es stellte sich heraus, daß sie nur Knechte waren und die Fuhrwerke dem Kaufmann gehörten. Sie waren echte Peons, kräftige, halbwilde Männer, denen aber die Gutmütigkeit aus den Augen sah. Ich erklärte ihnen so kurz wie möglich, um was es sich handelte, und hatte

dabei Gelegenheit, einigemale den Namen Winnetous zu nennen, worauf sie ihre Augen auf den Apatschen richteten. Als ich geendet hatte, sagte der älteste von ihnen, der eine gewaltige Hiebnarbe im Gesicht hatte:

„Es bedarf gar keiner Entschuldigung und Aufklärung, Sennor. Wenn Winnetou dabei ist, so sind Ihre Wege und Absichten ehrliche, denn der Häuptling der Apatschen giebt sich zu nichts Schlechtem her. Meine alte Seele ist erfreut, diesen großen Häuptling endlich einmal erblicken zu dürfen, und es fehlt nur das eine, daß auch Shatterhand da wäre, der sich sonst gewöhnlich bei Winnetou befindet."

„Er ist ja da! Hier auf meinem Pferde sitzt er."

„Sie, also Sie wären Old Shatterhand? Ich bin glücklich, einen so berühmten Mann zu sehen. Sennor, wir glauben jedem Worte, welches Sie gesagt haben, und bitten Sie um Ihren Rat, was wir thun sollen."

„Der soll Ihnen gern werden. Vorher aber sagen Sie mir, wie es kommt, daß Sie mir so schmeichelhafte Worte widmen. Daß Winnetou auch hier in dieser Gegend bekannt ist, habe ich gewußt; ich war aber noch niemals hier."

„Ist auch nicht nötig, denn ich war drüben, jenseits der Grenze, in den Vereinigten Staaten. Bin mehrere Jahre in Texas gewesen und sogar hinauf bis Kansas gekommen. Da dürfen Sie sich nicht drüber wundern, daß ich Sie kenne, Sennor."

„Was waren Sie da drüben?"

„Alles mögliche, habe es aber zu nichts gebracht und bin ein so armer Teufel geblieben, daß ich jetzt in meinen alten Tagen den Fahrknecht machen muß. Weil ich aber von drüben her das Abenteuerliche gewöhnt bin, habe ich wenigstens eine Stelle angenommen, in welcher man auch einmal eine ungewöhnliche oder gar gefährliche Fuhre auszuführen hat, und meine vier Kameraden sind gleicher Gesinnung mit mir. Wir haben uns auf die Fahrt nach den Bergen förmlich gefreut. Und richtig, es scheint von jetzt an Ereignisse zu geben!"

„Sie hatten allerdings Grund zu dieser Freude, da Ihr Prinzipal Ihnen einen so tüchtigen Vertreter mitgegeben hat."

Ich winkte bei diesen Worten nach Endimio hin, welcher sich scheu noch in einiger Entfernung hielt.

„O," lachte der Alte, „der reißt aus, wenn er eine Fliege summen hört! Doch nun vor allen Dingen zu unserer Sache! Unser Frachtgut ist bestellt und halb bezahlt. Wir haben es in Almaden abzuliefern und die andere Hälfte des Geldes in Empfang zu nehmen. Sie aber sind dagegen, Sennor. Was sollen wir thun?"

„Ich bin nicht dagegen, wünsche jedoch, daß Sie es dem Adressaten nur in meiner Gegenwart abliefern."

„Das soll ein Wort sein! Ich bin einverstanden."

„Auch möchte ich gern wissen, worin dies Frachtgut besteht. Es ist sehr wahrscheinlich, daß ich einiges davon für mich nehmen werde."

„Thun Sie das immerhin. Dann aber wird Melton nicht zahlen wollen."

„Er wird zahlen, dafür garantiere ich."
„Dann nehmen Sie meinetwegen alles mit samt den Wagen und Maultieren! Wenn Old Shatterhand gutsagt, sind wir sicher."
„Ich bin Ihnen für dieses Vertrauen herzlich dankbar, muß Ihnen aber aufrichtig erklären, daß ich überhaupt kein reicher Mann bin und besonders jetzt nicht soviel Geld bei mir habe, um auch nur hundert Cigaretten bezahlen zu können."
„Thut nichts, thut gar nichts! Die Fracht steht trotzdem zu Ihrer Verfügung, und was Sie bestimmen, das wird geschehen. Wenn es Ihnen an Cigarren und Tabak fehlt, was in diesen Bergen freilich vorkommen kann, so greifen Sie nur zu. Wir haben genug mit, um Sie auf Jahre hinaus zu versehen."
„Halt!" rief da der Haziendero aus. „Ich protestiere dagegen, daß sich jemand an der Fracht vergreift."
„Wer sind Sie denn?" fragte der alte Peon, indem er ihn verwundert ansah.
„Ich bin Don Timoteo Pruchillo, Besitzer der Hazienda del Arroyo."
„Die haben Sie doch verkauft, wie ich gehört habe!"
„Infolge eines Verbrechens, welches an mir begangen worden ist. Ich will Schadenersatz haben und lege Beschlag auf diese Wagen und auf alles, was sie enthalten."
„Das geht nicht an, weil, wie Sie gehört haben, Sennor Shatterhand über diese Sachen bestimmen wird."
„Sie gehen ihn nichts an. Er hat nicht das geringste Recht zu irgend einer Bestimmung."
„Und Sie besitzen noch weniger Recht, Ihre Hand an unsere Fracht zu legen. Melton hat sie bestellt, und wir haben sie ihm zu bringen. Wie Sie privatim mit ihm stehen, muß mir sehr gleichgültig sei. Fechten Sie das mit ihm aus, aber nicht mit uns!"
Das schob sich der wackere Juriskonsulto herbei, pflanzte sich dem Peon gegenüber auf und fragte in kurzem Amtstone:
„Wie heißen Sie?"
„Man nennt mich den alten Pedrillo."
„Kennen Sie mich?"
„Ja."
„So wissen Sie, daß Sie mir zu gehorchen haben!"
„Ich habe Ihnen nicht einmal in Ures zu gehorchen, denn ich bin nicht irgend einer Person, sondern nur dem Gesetze unterthan. Hier oben aber gelten Sie soviel wie gar nichts."
„Mensch, zwinge mich nicht, dich zu bestrafen!"
„Und zwingen Sie mich nicht, Sie auszulachen! Man kennt Sie. Hier giebt's nur zwei, denen wir gehorchen werden, nicht weil sie uns zu befehlen haben, sondern weil ihnen unsere Achtung gehört, nämlich Old Shatterhand und Winnetou. Was andere Mäuse pfeifen, mag zwar ihnen gefallen, uns aber nicht."

„Mensch," fuhr ihn der Beamte an, „vergiß nicht, was du bist, ein Knecht, nichts als ein Knecht! Hier aber steht der Bevollmächtigte deines Herrn, welcher wohl wissen wird, auf wessen Seite die Macht und das Recht zu suchen ist!"
Er deutete bei diesen Worten auf Endimio. Als dieser aller Augen auf sich gerichtet sah, geriet er in Verlegenheit und sagte:
„Ich bin der Beauftragte Sennor Manfredos, das ist wahr; aber ich habe Pedrillo mit der Ausführung meiner Aufträge betraut – –"
Er wurde durch einen lauten Ausruf des Players unterbrochen, welcher nach der Stelle deutete, wo das Thal wieder enger wurde. Dort wurde ein Reiter, ein Weißer, sichtbar, welcher einen Augenblick lang halten blieb und dann, als er die Wagen sah, sich umdrehte, um zu winken und darauf auf uns zugeritten kam.
„Weller, dort kommt Weller!" hatte der Player gerufen.
„Weller? Der Betrüger? Der Schurke?" fragte der Haziendero. „Den muß ich haben, und zwar sofort!"
Er rannte dem Nahenden entgegen, in welchem auch ich den jungen Weller erkannte. Diese Übereilung konnte üble Folgen haben, doch hoffte ich, daß der Haziendero nicht gleich meinen Namen nennen werde, und trat, um nicht zu früh von Weller bemerkt zu werden, hinter einen Wagen.
Die beiden trafen in einer Entfernung von ungefähr hundert Schritten von uns zusammen, und wir hörten die Worte, welche zwischen ihnen gewechselt wurden. Der Haziendero schrie den jungen Weller wütend an:
„Recht so, daß Sie kommen, Sie Dieb, Sie Räuber und Mörder! Ich verlange meine Hazienda zurück, und zwar genau so, wie sie dastand, ehe sie niedergebrannt wurde!"
„Sie hier, Don Timoteo?" fragte der andere erstaunt, ohne zunächst die Schimpfworte zu beachten. „Ich denke, Sie befinden sich in Ures! Was wollen Sie auf dem Wege nach Almaden?"
„Was ich will? Den Raub will ich zurück, den Ihr mir abgenommen habt!"
„Ich verstehe Sie nicht! Wie können Sie gegen mich, Ihren Freund, solche Worte führen!"
„Schweig, Schurke, und wage es ja nicht wieder, dich meinen Freund zu nennen! Ich bin ausgezogen, mich an dir zu rächen. Schau hin; dort stehen sie alle, die mit mir gekommen sind! Siehst du den Juriskonsulto von Ures?"
Der Gefragte blickte kopfschüttelnd nach den Wagen und antwortete: „Den kenne ich nicht."
„Auch seine Polizisten nicht?"
„Nein. Was soll hier die Polizei?"
„Euch ergreifen, euch festnehmen, sowie wir schon eure Mitschuldigen festgenommen haben."
„Mitschuldigen? Wer ist das?"
„Die Yumas. Stell' dich doch nicht so, als ob du nicht sähest, daß sie gebunden sind!"

„Gebunden? Wahrhaftig, sie sind gefesselt! Sogar der „schnelle Fisch“! Wer sind denn die andern Roten?“
„Das sind die Mimbrenjos, welche mit uns gegen euch gezogen sind. Und dort hinter dem letzten Wagen steckt Winnetou, der Häuptling der Apatschen!“
„Der Schwätzer wird alles verderben!“ raunte mir Winnetou unwillig zu. „Mein Bruder mag dann schnell auf sein Pferd springen!“
„Winnetou ist hier?“ fragte Weller. „Ist's möglich! Ich sehe ihn nicht.“
„O, nicht bloß dieser ist da, sondern noch einer, über den du erschrecken wirst. Da ist auch noch Old Shatterhand, der euern Yumas entkommen ist.“
„Old Shatterhand? Verdammt! Gut, daß du mir das sagst, Dummkopf!“
Wir hörten zunächst einen Schrei und dann den Galopp eines Pferdes und traten hinter dem Wagen hervor. Dort lag der Haziendero am Boden, niedergeschlagen von Weller, der davonjagte, zurück des Weges, den er gekommen war. Ich sprang zu meinem Pferde, schwang mich auf und jagte ihm nach. Zu gleicher Zeit that Winnetou dasselbe; er folgte mir auf den Fersen. Wir hörten den Flüchtling schreien:
„Old Shatterhand, Winnetou und die Mimbrenjos! Old Shatterhand, Winnetou und die Mimbrenjos!“
Warum that er das? Etwa aus Schreck und Entsetzen? Er war doch während seines Wortwechsels mit dem Haziendero nicht so erschrocken gewesen! Er schrie die Namen noch, als er in die Enge verschwand, und als wir beide in dieselbe eindrangen, schrie er sie immer noch.
Wir kamen ihm rasch näher. Es ging thalaufwärts; rechts und links war Wald. Er blickte sich um und sah uns höchstens dreihundert Schritte hinter sich. Er erkannte, daß er verloren sei, wenn er die Flucht auf diese Weise fortsetzte, hielt sein Pferd an, sprang ab und eilte links in den Wald. Sofort schwang ich mich auch aus dem Sattel und sah dabei, daß der Apatsche auch heruntersprang.
„Winnetou, ihm direkt nach!“ rief ich diesem zu und rannte dann unter die Bäume und die Steigung empor.
Es geschah das mit guter Berechnung. Wenn wir beide dem Fliehenden nachliefen, so konnten wir beim Geräusche unserer Schritte das Geräusch der seinigen nicht hören. Es war geraten, ihm zuvorzukommen und dann zu lauschen. Das wollte ich thun, während Winnetou ihn mir getrieben brachte.
Wir befanden uns unten an der linken Thalwand, welche ziemlich dicht mit Bäumen besetzt war und auch ziemlich steil zur Höhe stieg. Ich nahm an, daß Weller zunächst in gerader Richtung emporklettern werde, und nahm mir als Marke eine starke Buche, welche, wenn er diese Richtung wirklich einhielt, an seinem Wege lag. Ich war soweit hinter ihm gewesen und hatte also nach der Buche einen viel weitern Weg zurückzulegen als er.
Diesen Unterschied mußte ich durch doppelte Schnelligkeit auszugleichen versuchen. Ich glaube nicht, daß ich mich jemals im Leben so von Baumstamm zu Baumstamm, von

Stein zu Stein geschnellt habe. Als ich die Buche erreichte, war ich atemlos, und es schwindelte mir. Ich warf mich hinter dem Stamm auf den Boden nieder und versuchte, zu lauschen. Zunächst summte mir das aufgeregte Blut in den Ohren, doch der feste Wille vermag selbst so etwas zu unterdrücken. Dann vernahm ich Schritte, zweierlei Schritte, nämlich diejenigen eines Menschen, der sich leise und vorsichtig, darum nicht zu eilig, der Buche näherte, und dann diejenigen einer andern Person, welche laut und rasch durch die Bäume und Sträucher drang. Der erstere war Weller und der letztere Winnetou; ich war dem Flüchtlinge also doch zuvorgekommen, ein Beweis, was der Mensch, wenn es sein muß, weit über seine gewöhnlichen Kräfte hinaus zu leisten vermag.

Er kam; schon sah ich ihn! Er ahnte nicht, daß einer von den beiden, welche er hinter sich glaubte, schon vor ihm war. Er lenkte seine Schritte nicht genau der Buche zu, sondern wollte rechts vor derselben vorüber. In dem Augenblicke, in welchem er mir am nächsten war, sprang ich auf, schnellte mich hin zu ihm, faßte ihn beim Haare, denn der Hut war ihm von den Zweigen herabgeschlagen worden, und riß ihn an denselben nieder. Er stieß einen überlauten Schrei aus.

„Hat mein Bruder ihn fest?“ rief mir Winnetou zu, als er diesen Schrei hörte.

„Ja,“ antwortete ich, indem ich Weller das Knie auf die Brust setzte, daß ihm der Atem ausgehen wollte.

„Ich komme gleich. Halte ihn nur fest!“

Es bedurfte dieser Aufforderung des Apatschen gar nicht, denn ich hatte den einstigen Kajütenwärter unter einem so starken Drucke, daß er jede Bewegung vergaß. Da kam Winnetou. Als er den Gefangenen sah, sagte er:

„Es war ein guter Gedanke meines Bruders, ihm vorauszuspringen. Ich wußte, daß Old Shatterhand ein vortrefflicher Läufer ist; aber daß er fliegen kann, habe ich nicht gedacht. Warum hast du dem Manne nicht die Faust gegeben, um ihn zu betäuben?“

„Weil es nicht nötig ist. Der Kerl ist nur ein Knabe in meinen Händen und soll nicht die Wohlthat der Bewußtlosigkeit haben.“

Weller hatte sein Gewehr in der Hand getragen; es war ihm, als ich ihn faßte, entfallen. Winnetou hob es auf. Ich zog den Burschen in die Höhe, stellte ihn auf die Beine und sagte:

„Vorwärts jetzt! Und wenn du nicht gehorchst, werden wir uns Gehorsam zu verschaffen wissen!“

Ich hätte ihn, selbst wenn ich im Besitze eines Riemens gewesen wäre, nicht gebunden; aber ich hatte keinen mit und Winnetou auch nicht. Der Mensch wäre übrigens eine solche Vorsichtsmaßregel gar nicht wert gewesen. Ich nahm ihn beim Kragen und schob ihn vor mir her. Als wir unten ankamen, standen unsere Pferde noch genau da, wo wir abgestiegen waren, dasjenige von Winnetou hinter dem meinigen. Wellers Pferd war vorwärts gelaufen und wurde von einigen Mimbrenjos, welche uns nachgeritten waren,

herbeigeholt. Die Freude des Haziendero, als wir den Ergriffenen brachten, war groß und machte sich in dem Jubelrufe Luft:
„Sie haben ihn! Sie bringen ihn! Das ist prächtig; das ist herrlich! Nun soll er den Schlag, den er mir mit dem Gewehr gegeben hat, sogleich wiederbekommen!"
Er wollte ihm einen Hieb versetzen; ich stieß ihn aber zurück und sagte:
„Laßt das sein, Sennor! Sie haben eine Dummheit begangen, als Sie ihm entgegengingen. Dadurch wurde er auf uns aufmerksam und wäre uns beinahe entflohen. Das Richtige war, still zu sein und ihn ganz herbeizulassen."
„Sie scheinen ein Gaudium daran zu finden, andere Leute immer nur zu tadeln! Sie sind ein – –"
Er wollte wahrscheinlich grob werden; ich unterbrach ihn aber in scharfem Tone:
„Schweigen Sie auf der Stelle, sonst –"
Ich hatte im Ärger wirklich den Arm erhoben. Da fuhr er erschrocken zurück und retirierte hinter einen Wagen, wo der liebe Juriskonsulto sich zu ihm gesellte und sie sich dann wahrscheinlich gegenseitig ihre Not klagten. Verkannte Genies haben ja immer zu klagen.
Winnetou hatte den Gefangenen indessen an eine Deichsel binden lassen. Die Mimbrenjos umringten ihn und schimpften auf ihn ein. Ich trieb sie zurück, denn was ich mit ihm zu sprechen hatte, brauchten sie nicht zu hören. Nur Winnetou blieb da, um meinem Versuche, dem Gefangenen etwas zu entlocken, beizuwohnen.
Letzterer zeigte ein finsteres, verschlossenes Gesicht und hielt die Augen zu Boden gesenkt. Ich erwartete keineswegs, daß er mir ein umfassendes Geständnis ablegen werde, glaubte aber, ihm doch wenigstens einige Äußerungen zu entlocken, aus denen ich einige Schlüsse ziehen könnte.
„Sie sind erst seit wenigen Minuten bei uns, Sennor Weller," sagte ich, „und haben also noch nicht Zeit gefunden, über Ihre Lage nachzudenken; ich will Ihnen lieber gleich sagen, daß dieselbe eine gefährliche ist. Es handelt sich um Tod oder Leben. Die Entscheidung wird sich nach Ihrem Verhalten richten. Sagen Sie mir, warum Sie so unvorsichtig gewesen sind, Almaden zu verlassen und uns in die Hände zu reiten!"
Es dauerte eine ganze Weile, ehe er antwortete. Er überlegte wahrscheinlich, ob er überhaupt reden solle oder nicht, und wenn geantwortet werden mußte, wie weit er dann mit seinen Worten gehen dürfe. Als er mit sich ins reine gekommen war, erwiderte er:
„Ich erhielt den Befehl dazu von Sennor Melton."
„So muß Ihr Ritt einen Zweck gehabt haben?"
„Einen doppelten sogar! Wir warteten auf die Wagen, bei denen wir uns jetzt befinden; sie kamen nicht, und so mußte man sehen, welche Ursache die Verzögerung haben möge."
„Das war der eine Zweck. Nun der andere?"

Er öffnete schon die Lippen zur Antwort, schloß sie aber wieder. Wahrscheinlich hatte er vorhin mehr gesagt, als er jetzt gutheißen konnte. Endlich antwortete er:
„Das ist etwas, was Sie nicht interessiert."
„O, ich gestehe Ihnen, daß mich alles, was Sie betrifft, aufs höchste interessiert; habe ich doch die Erfahrung gemacht, daß Sie meiner Person ein gleich großes und gleich eifriges Interesse zuwenden. Bei dieser Gegenseitigkeit der Teilnahme halte ich es für meine Pflicht, mich nach Ihrem und Ihrer Freunde Befinden zu erkundigen. Wie geht es in Almaden? Sind die Arbeiter schon unter die Erde gebracht?"
„Ja," entfuhr es ihm wohl wider Willen.
„Arbeiten sie schon?"
„Nein."
„Ich verstehe; sie müssen erst zahm gemacht und an die quecksilberhaltige Schachtluft gewöhnt werden. Hunger und Durst thun weh; diese beiden Mittel werden sie schon willig machen."
Da er schwieg und mir nicht widersprach, so durfte ich annehmen, das Richtige getroffen zu haben, und fuhr fort:
„Wie gefällt Ihnen Ihre Wohnung da oben? Sie liegt ungemein versteckt, und da ich beabsichtige, Sie dorthin zurückzubringen, liegt es in Ihrem Interesse, mir sie und ihre Lage zu beschreiben."
Jetzt antwortete er schnell, ja augenblicklich:
„Das kann mir nicht einfallen."
„Das werden wir sehen. Sind Sie allein von Almaden fort?"
„Ja," antwortete er ebenso rasch.
„Ich erinnere mich aber, gesehen zu haben, daß Sie einen Wink nach rückwärts gaben?"
„Das kann nur Täuschung gewesen sein. Vielleicht habe ich irgend ein Geräusch gehört und deshalb zurückgeblickt."
„Mag sein. Aber warum schrieen Sie so laut während Ihrer Flucht?"
„Vor – – Angst."
„Ein solches Geständnis fällt Ihnen wohl sehr schwer, und Sie machen es vielleicht auch nur, um die Wahrheit zu verbergen. Sollte jemand dagewesen sein, für dessen Ohren Ihre Rufe bestimmt waren? Es sollte mich sehr wundern, wenn Sie den Ritt so ganz allein unternommen hätten. Man kann so gar leicht in die Lage kommen, einen Gefährten zu brauchen. Sie wohnen mit Ihrem Vater doch bei Sennor Melton?"
„Thun Sie doch keine überflüssigen Fragen! Sie können sich ja sagen, daß ich Ihnen dieselben nicht beantworten werde."
„Wenn nun Ihr Leben davon abhängt, ob Sie antworten oder nicht?"
„So bekommen Sie trotzdem keine Auskunft. Es kann mir nicht einfallen, meinen Vater zu verraten. Und was mein Leben betrifft, so steht dasselbe zwar augenblicklich in Ihrer Hand, aber ich weiß, daß Sie kein Mörder sind, und bin auch außerdem überzeugt, daß ich es auf hohe Jahre bringen werde."

„Ganz wie Sie denken oder wollen! Ich werde Sie nicht länger belästigen und die Wohnung Ihres Vaters jedenfalls auch ohne Ihr Zuthun finden.“

Der Umstand, daß er einen Wink nach rückwärts gegeben und nachher unsere Namen so laut gerufen hatte, erregte doch mein Bedenken. Seine Spur mußte noch zu sehen sein; die Mimbrenjos, welche sein Pferd geholt hatten, mußten sie gesehen haben, doch als ich mich bei ihnen erkundigte, erklärten sie, es sei eine einfache und keine Doppelfährte gewesen. Das beruhigte mich wenigstens einstweilen.

Ich hatte übrigens mehr zu thun als mich ausschließlich mit dieser Angelegenheit zu beschäftigen. Es gab soviel Fragen in Beziehung auf den Wagen und ihren Inhalt. Ich sollte alles wissen und alles entscheiden und hielt es für das beste, jetzt noch keine Bestimmung zu treffen. Wir gesellten uns zu dem Wagenzuge und konnten uns später nach den Umständen richten. Soviel aber stand schon jetzt fest, daß ich in den fünf Wagenführern eine höchst brauchbare und zuverlässige Unterstützung gefunden hatte.

Vom Augenblicke unseres Aufbruches an war Wellers Fährte meine Wegweiserin. Ich ritt voran, um sie zu lesen, was vorerst nicht möglich war, da wir sie bei der Verfolgung verwischt hatten. Als wir aber über die Stelle, an welcher sein Pferd stehen geblieben war, hinausgelangten, besaß sie die vollste Deutlichkeit. Da erblickte ich denn zu meiner Überraschung eine dreifache Spur. Zwei Reiter waren uns entgegengekommen, und einer war zurückgeritten. Natürlich machte ich Winnetou darauf aufmerksam, und er war augenblicklich derselben Ansicht, welche ich darüber hegte: Weller hatte einen Begleiter gehabt. Er war aus irgend einem Grunde demselben eine kurze Strecke vorausgeeilt, hatte uns gesehen und war auf uns zugekommen. Dem Begleiter hatte er einen Wink gegeben, daß er die gesuchten Wagen vor sich sehe und ihn später durch seine Rufe zur schleunigen Flucht angetrieben, und von unserer Anwesenheit benachrichtigt.

Als wir unsere Ansicht weitersprachen, stellte es sich heraus, daß, während unser aller Aufmerksamkeit auf Weller und den Haziendero gerichtet gewesen war, einer der Polizisten einen zweiten Reiter, auch einen Weißen, gesehen hatte, welcher an derselben Stelle erschienen, dann aber schnell wieder verschwunden war. Daß der Polizist und Pfiffikus uns diese Mitteilung erst jetzt machte, konnte ihm kaum verziehen werden, denn der andere Reiter war entweder Wellers Vater, oder gar Melton selbst gewesen. Ihn zu verfolgen, hielt ich nicht für ratsam. Dies hätte durch mich und Winnetou geschehen müssen, und wenn wir uns entfernten, konnte hinter uns unsere ganze, so sonderbar zusammengewürfelte Gesellschaft auseinanderfliegen. Wir waren gezwungen, bei den Wagen zu bleiben, und mußten also langsamer reiten; der Mann kam uns also weit voran und machte gewiß durch die Nachricht von unserm Kommen ganz Almaden rebellisch. Es war uns also nicht mehr möglich, unsere Gegner zu überraschen. Ja, ich begann im Gegenteile schon mit dem Umstande zu rechnen, daß sie unsere Ankunft dort gar nicht abwarten, sondern uns entgegenziehen und sich in den Hinterhalt legen würden, um uns an einem dazu passenden und für sie günstigen Orte zu überfallen und aufzureiben.

Am meisten ärgerte mich, daß der Betreffende wußte, wer wir waren, da der junge Weller unsere Namen genannt hatte. Er befleißigte sich also wahrscheinlich der größten Eile, uns einen schlimmen Empfang zu bereiten. Selbstverständlich nahm ich den Haziendero gehörig vor, denn er war schuld an allem, wollte das aber nicht einsehen.
Wir nahmen unsern Weg wieder unter die Füße, oder vielmehr unter die Pferdehufe. Aus guten Gründen ließ ich Winnetou nicht allein voranreiten, sondern gesellte mich zu ihm. Es war nämlich auch möglich, daß der Reiter seine Flucht nicht gleich fortgesetzt hatte, sondern beflissen gewesen war, uns zu beobachten. In diesem Falle steckte er mit seinem Pferde im Walde, und es galt also, seine Spur auf das schärfste ins Auge zu nehmen. Es zeigte sich aber, daß er fortgeritten war. Hinter uns beiden ritt der Yumatöter mit seinem Bruder, welche den Player zwischen sich hatten. Diesen mußte ich in meiner Nähe haben, da er unser eigentlicher Führer war. Weller steckte zwischen den Mimbrenjos.
Unser Weg stieg bergan. Wir hatten zunächst zu beiden Seiten Wald, dann nur noch zur linken Hand, bis er auch hier zu Ende ging. Nun begann eine grasige Ebene, in welcher die Spuren so deutlich wie die Worte in einem großgedruckten A-b-c-Buche zu lesen waren. Es blieb wie bisher: zwei Reiter waren uns entgegengekommen, und einer von ihnen ritt jetzt vor uns her. Er war durch den Wald im schärfsten Schritte geritten; auf der Ebene angelangt, hatte er sein Pferd in Galopp gesetzt. Vorher aber war er, wie wir sahen, abgestiegen. Wozu? Um dies zu erfahren, stiegen auch wir beide ab, nämlich Winnetou und ich, um die Stelle zu untersuchen. Die Spitzen seiner Füße waren gegen die Seiten des Pferdes gerichtet und abwechselnd mit den Fersen bald mehr, bald weniger in den Boden eingedrückt. Ich warf Winnetou einen fragenden Blick zu, und er nickte zustimmend, denn er sah, daß ich gleicher Meinung mit ihm war: der Reiter hatte hier nämlich den Sattelgurt fester geschnallt, um bei der Eile, die er nun vorhatte, sicheres Reiten zu haben. Nach diesem Nicken deutete der Apatsche zur Seite, wo das Gras so niedergedrückt war, als ob zwei lange, oben dünne und unten breite Gegenstände dagelegen hätten.
„Uff!“ sagte er dabei. „Wundert sich mein Bruder Shatterhand nicht auch darüber?“
„Allerdings. Der Mann hat zwei Gewehre gehabt, welche er, als er den Gurt fester schnallen wollte, weglegte, um die Hände frei zu haben.“
„Ich kenne nur einen, der zwei Gewehre bei sich trägt, und der bist du. Das eine ist sein Eigentum, das andere hat ihm nicht gehört.“
„Wahrscheinlich nicht. Wozu soll er zwei Gewehre von Almaden mitschleppen? Er ist also unterwegs zu dem zweiten gekommen; er hat es irgend jemand weggenommen. Wer dieser jemand ist, werden wir höchst wahrscheinlich bald erfahren. Reiten wir weiter!“
Wir setzten unsern Weg fort, bald darauf teilte sich die Fährte, welcher wir folgten; die Doppelspur, welche uns entgegenkam, ging nordwärts ab, während die des einzelnen Reiters, welcher vor uns floh, die bisherige östliche Richtung beibehielt. Wir hielten wieder an.

„Welche Richtung ist die richtige nach Almaden?“ fragte ich den Player.
„Die nach Osten,“ antwortete er.
„Aber Ihr seht, daß der junge Weller mit seinem Begleiter hier aus Norden gekommen ist.“
„Sie sind vorn geraden Wege abgewichen. Sie müssen irgend eine Ursache gehabt haben, einen Umweg zu machen.“
„Ich ahne, daß die Ursache mit der zweiten Flinte zusammenhängt, und werde danach forschen. Reitet weiter! Ich will der Doppelspur nordwärts folgen, und mein junger Bruder, der Yumatöter, mag mich begleiten.“
Winnetou nahm es mir keineswegs übel, daß ich nicht ihn aufforderte, mit mir zu gehen. Er hielt es wie ich für erforderlich, daß wir uns nicht zugleich entfernten, sondern einer von uns bei dem Zuge blieb. Der Yumatöter aber war stolz darauf, schon wieder von mir ausgezeichnet zu werden.
Wir jagten im Galopp über das Gras dahin, um so schnell wie möglich unsere Absicht zu erreichen. Schon nach zehn Minuten sah ich, daß die Aufklärung uns nahe war. Um den Scharfsinn des jungen Mimbrenjo auf die Probe zu stellen, sagte ich:
„Wir werden bald umkehren können. Weiß mein Bruder, woraus ich das erkenne?“
Er betrachtete die Spur, welcher wir folgten, schärfer und antwortete dann:
„Ich sehe nichts anderes, als was ich bisher gesehen habe.“
„Mein Bruder muß nicht zur Erde, sondern gegen den Himmel blicken!“
Dabei deutete ich auf sechs bis acht Punkte, welche weit vor uns in der Luft zu sehen waren; sie schwebten bald auf und nieder, bald zogen sie Kreise.
„Uff, das sind Geier!“ rief er aus. „Sie halten sich oberhalb einer gewissen Stelle; sie haben also ein Aas unter sich liegen.“
„Nein, kein Aas. Auf ein Aas stoßen die Geier sofort nieder. Diese aber thun das nicht; sie bleiben oben schweben, folglich lebt das Wesen noch, welches sie sich als Beute ausersehen haben.“
Als wir näher kamen, sahen wir noch andere Geier, diese Gesundheitspolizisten der Natur. Sie bildeten, am Boden sitzend, einen Kreis, in dessen Mitte ein Körper lag, welcher, wie wir sahen, als wir näher kamen, ein menschlicher war.
„Ein Mensch!“ rief der Mimbrenjo aus. „Ein Ermordeter, eine Leiche!“
„Keine Leiche! Wäre er tot, so hätten sich die Geier längst über ihn hergemacht. Er muß sich vor kurzem noch bewegt haben.“
Die Vögel flogen, noch ehe wir die Stelle erreichten, auf. Bei dem Verunglückten angekommen, hielten wir an und sprangen ab.
„Gütiger Himmel!“ rief ich aus, als ich den ersten Blick auf ihn geworfen hatte. „Ist das möglich! Es ist einer von denen, die wir retten wollen,“ fuhr ich fort, indem ich niederkniete, um den Bedauernswerten zu untersuchen.
Es war der Herkules. Und wie sah er aus! Sein Anzug war zerfetzt, entweder im Kampfe oder aus andern Ursachen. Er hatte einen Hieb auf den Kopf bekommen; sein Schädel

war angeschwollen bis weit in die Stirn herein und sah blutig rot aus. Ob der Knochen zerschmettert war, konnte ich nicht sehen. Sonst bemerkte ich glücklicherweise keine Wunde. Als ich den Kopf zu untersuchen begann, verursachten meine Berührungen Schmerzen, denn der Herkules brüllte laut und bäumte den Oberkörper auf. Sobald ich die Hände von der Wunde ließ, fiel er zurück und war still.

„Wir müssen zurück," sagte ich. „Hier ist nichts zu machen. Wir müssen vor allen Dingen Wasser haben."

„Aber, wenn er unterwegs stirbt?"

„So dient es zu unserer Beruhigung, daß er hier auch gestorben wäre. Ich nehme ihn zu mir aufs Pferd."

„Diesen großen, schweren Mann!"

„Es muß gehen, denn anders ist er nicht zu transportieren."

Es war wahr; den Goliath zu mir quer über den Sattel zu bringen, verursachte uns eine Anstrengung, welche den Verwundeten natürlich auch angriff. Er brüllte vor Schmerz, kam dabei aber nicht zum Bewußtsein. Endlich hatte ich ihn oben, und dann ging es fort, zurück, doch nicht auf demselben Wege, den wir gekommen waren, denn das wäre ein Umweg gewesen, da unser Zug sich inzwischen fortbewegt hatte. Er ging nach Osten; wir waren nach Norden geritten und mußten also in der Diagonale nach Südosten zurückkehren.

Mein Pferd hatte eine schwere Last zu tragen, war aber stark genug, trotz derselben Galopp zu gehen. Ich mußte galoppieren, weil diese Gangart die steteste ist und den Verwundeten am wenigsten angriff. Er war still und lag wie tot quer vor mir. Als wir unsern Zug erreichten, gingen nicht nur die Kräfte meines Pferdes, sondern auch die meinigen fast zu Ende.

Natürlich erregte die Last, welche wir mitbrachten, Aufsehen. Man rief und schrie durcheinander und drängte sich herbei, den Verletzten zu betrachten. Winnetou war, wie gewöhnlich, ruhig. Er wies die Neugierigen streng zurück, half die Last mir abnehmen und untersuchte dann den Schädel. Es war nicht nötig, ihm dabei zu helfen, denn der Apatsche verstand sich auf Verwundungen wie kein anderer.

„Der Knochen ist nicht zerschmettert," erklärte er nach einiger Zeit. „Der Mann wird leben bleiben, wenn er das Fieber überwindet. Man gebe mir Wasser!"

Die Fuhrleute hatten aus Rücksicht für ihre Maultiere volle Eimer unter ihren Wagen hängen, sodaß dem Verlangen Winnetous nachgekommen werden konnte. Der Indianer besaß eine so zarte Hand, daß der Verwundete unter der Berührung derselben nicht ein einzigesmal erwachte. Nachdem er gekühlt und verbunden worden war, wurde ihm in einem der Wagen ein Lager hergerichtet. Dann setzte sich der Zug wieder in Bewegung.

Wer erwartet hätte, daß Winnetou, als wir wieder nebeneinander ritten, mich nach dem Herkules fragen würde, der hätte sich geirrt. Er blickte sinnend vor sich nieder. Ich kannte das Gesicht, welches er dabei machte. Er bemühte sich, ohne meine Hilfe auf die richtige Fährte zu kommen. Nach einer Weile hob er den Kopf; der halbbefriedigte Blick, den er dabei zu mir herübergleiten ließ, sagte mir, daß er mit sich im reinen sei. Darum fragte ich nun:

„Mein roter Bruder hat die Erklärung gefunden, die er von mir hätte bekommen können. Wer ist denn der Verwundete?"

„Er gehört zu den Bleichgesichtern, welche Melton überlistet hat."

„Allerdings. Er ist der einzige, dem ich meinen Verdacht mitteilte."

„Er wird auch der einzige sein, der dem Schicksale der andern entgangen ist. Old Shatterhand weiß natürlich, wer ihn verwundet hat?"

„Allerdings. Weller und sein uns unbekannter Begleiter sind es gewesen; das zweite Gewehr war das seinige, welches sie ihm abgenommen haben."

„So wird er, wenn er wieder zu sich kommt, uns sagen können, wer der andere gewesen ist."

„Wird dies bald geschehen?"

„Das ist nicht leicht zu sagen. Das Bleichgesicht ist ein Riese und hat einen sehr harten Kopf; jeder andere wäre zerschmettert worden. Der Knochen ist ganz, aber wer kann wissen, in welchem Zustande sich das Gehirn unter demselben befindet? Es wäre mir sehr lieb, wenn er zur Besinnung käme und sprechen könnte, denn er ist in Almaden gewesen und würde uns sagen, was dort vorgegangen ist."

„Meine Warnung hat ihn doch vorsichtig gemacht, sonst wäre ihm das gleiche Schicksal mit den andern geworden. Er ist entkommen, und Weller und der andere haben ihn verfolgt. Das ist klar."

„So ist es. Aber es kommt noch eins dazu. Meint mein Bruder, daß die beiden Bleichgesichter nur diesen einen Grund gehabt haben, Almaden zu verlassen?"

„Nein. Hätten sie nur diesen gehabt, so wären sie wieder umgekehrt, als sie meinten, den Flüchtling erschlagen zu haben; sie sind aber weitergeritten. Wahrscheinlich haben sie die Wagen mit großer Ungeduld erwartet und sind, da dieselben nicht zur rechten Zeit ankamen, ihnen entgegengeritten."

„Das denke auch ich. Will mein Bruder nicht einmal mit Weller reden? Es ist vielleicht gut, zu hören, was er über den Verwundeten sagt."

Das war eine Aufforderung, welcher ich sehr gern nachkam, denn ich war selbst begierig, zu hören, ob der Mensch ein Eingeständnis machen werde. Ich wartete, bis wir den Zugtieren eine Rast gönnen mußten, was an einem fließenden Wasser geschah. Der Herkules war noch nicht zu sich gekommen. Während Winnetou sich mit ihm beschäftigte, ging ich zu Weller, welcher gebunden am Boden lag, und fragte:

„Ihr kennt doch wohl den armen Teufel dort, dem man den Kopf so arg zugerichtet hat?"

„Natürlich kenne ich ihn," fuhr er mich an; „Ihr wißt ja, daß ich auf dem Schiffe die Ehre hatte, ihn und Euch zu bedienen."

„Das wissen wir Euch keinen Dank, und es wäre für uns und für Euch auch besser gewesen, wenn Ihr Euch später nicht um uns gekümmert hättet. Nun wird der Herkules

Eure Aufmerksamkeit vielleicht mit dem Leben bezahlen! Der Kolbenhieb, welcher meinem Landsmanne das Leben rauben sollte, stammt von Euch."

„Von mir? Welch ein Gedanke! Master, Ihr wollt ein so scharfsinniger Mann sein und laßt Eure Gedanken doch so in die Irre gehen! Wie kommt Ihr denn eigentlich darauf, daß ich es bin, der ihn hat erschlagen wollen?"

„Ihr oder der andere, welcher bei Euch war. Einer von euch beiden ist's gewesen."

„Die Behauptung höre ich; aber wo ist der Beweis? Wie nun, wenn er von einem andern überfallen worden und ich erst später an ihm vorübergekommen wäre?"

„Macht das einem Kinde weiß, aber nicht mir! Euer Vater hat ja sein Gewehr!"

Es stand bei mir fest, daß sein Begleiter entweder sein Vater oder Melton gewesen war, und ich glaubte, das erstere für richtiger halten zu müssen. Er ließ sich dadurch, daß ich auf den Busch schlug, zu der schnellen und unüberlegten Frage verleiten:

„So habt Ihr ihn also doch erkannt? Nun meinetwegen! Ich habe nichts davon, wenn ich es leugne. Ja, es war mein Vater. Und wißt Ihr, warum ich Euch das sage? Ich gebe Euch den guten Rat, umzukehren und Euch nicht länger um Almaden zu kümmern. Euer Vorwitz wird Euch teuer zu stehen kommen."

„Wollen das abwarten!"

„Ihr braucht gar nicht zu warten; ich sage es Euch schon jetzt. Ihr kennt die Verhältnisse nicht und wißt also nicht, was Euch in Almaden erwartet."

„So bitte ich Euch sehr, es mir zu sagen!"

„Fällt mir nicht ein! Nur das eine will ich Euch sagen: Euer Leben hängt davon ab, wie Ihr mich behandelt. Man wird Euch zwingen, mich frei zu geben, und dann werde ich bestimmen, was mit Euch geschehen soll."

„Ah, Ihr meint, daß ich Euer Gefangener sein werde?"

„Ja, wenn Ihr nicht vorher erschossen werdet."

„Nun, so heiß, wie Ihr denkt, wird es wohl nicht werden. Mit den dreihundert Yumas, welche es in Almaden giebt, nehmen wir es gern auf."

„Dreihundert – –? Wie, Ihr wißt – –?"

„Ja, wir wissen sehr genau, was uns in Almaden erwartet und was Ihr uns so klug verschweigen wollt. Ich sage Euch, nicht mein Leben schwebt in Gefahr, sondern das Eurige hängt an einem Faden. Ihr befindet Euch sehr im Irrtum, wenn – –"

Ich hielt mitten in der Rede inne, denn in diesem Augenblicke erscholl von dem Wagen, in welchem sich der Herkules befand, ein überlauter, ein gräßlicher Schrei. Ich eilte hin. Der Verwundete saß aufrecht unter dem aufgespannten Wagentuch, stierte mit blutunterlaufenen Augen heraus und schrie:

„Gieb sie her; gieb sie her! Judith, Judith, folge mir; er betrügt dich doch!"

Er ballte die Fäuste und knirschte mit den Zähnen, daß man es fünfzehn Schritte weit hörte. Er war zwar erwacht, aber noch nicht bei Sinnen und phantasierte von seiner Geliebten.

Ich ergriff seine beiden Fäuste, hielt dieselben sanft aber fest und redete ihm gütlich zu. Er lauschte. Seine Augen nahmen nach und nach einen andern Ausdruck an, und im klagenden Tone sagte er:

„Er bethört sie; er bethört sie! Sie denkt nicht an seine Schlechtigkeit, sondern an sein Geld."

Indem ich ihm weiter zuredete, beabsichtigte ich, ihn zu beruhigen; aber die Wirkung war nicht die erwünschte.

„Wer spricht da?" fragte er zornig. „Ich kenne Sie! Sie wollen mir Vorwürfe machen. Sie haben mich gewarnt, und ich habe es nicht beachtet. Nun habe ich den Lohn. Melton hat mir Judith genommen, und Weller hat – –"

Er stockte. Der letztgenannte Name erweckte eine neue Vorstellung in ihm.

„Weller!" schrie er dann. „Wo sind sie? Wo sind die beiden Weller? Der Alte hielt mich fest, und der Junge schlug mich nieder. Wo, wo sind sie, damit ich sie erwürgen, erdrosseln kann!"

Das Bewußtsein war ihm mit einemmal zurückgekehrt. Er sah mich an; er sah an mir vorüber, zum Wagen hinaus. Da fiel sein Blick nach der Richtung, in welcher der junge Weller lag; er erkannte ihn und stieg mit der Eile eines Wütenden aus dem Wagen. Ich wollte ihn halten, aber meine Kraft reichte nicht aus. Winnetou faßte ihn auch, doch vergeblich, denn im gegenwärtigen Zustande vervielfältigten sich seine Kräfte in einer Weise, daß er uns beide mit Leichtigkeit abschüttelte. Dabei brüllte er:

„Dort, dort liegt er, der Mörder, der mich aus dem Schlafe weckte und dann niederschlug. Ich zermalme ihn!"

Er sprang auf Weller, der vor Angst aufschrie, zu, warf sich auf ihn nieder und krallte ihm die beiden Hände um den Hals. Wir wollten ihn wegreißen – vergebliches Beginnen! Bei seiner jetzigen Aufregung hätten ihn, wie man zu sagen pflegt, zehn Pferde nicht fortzuziehen vermocht. Er hielt den Hals seines Feindes wie mit Eisenklammern umfaßt und stieß dabei Laute aus, welche nicht mit der Stimme eines Tieres und noch viel weniger mit derjenigen des Menschen verglichen werden konnten. Wir zogen und zerrten an ihm; er achtete es nicht. Das Gesicht Wellers nahm eine dunkle und immer dunklere Färbung an; er war am Ersticken. Da nahmen wir alle unsere Kräfte zusammen und zerrten den Herkules auf, aber mit ihm auch Weller, dessen Hals er so fest wie zuvor umklammert hielt. Wir versuchten, seine Finger zu lösen, vergeblich, bis ich auf den Gedanken kam, ihn durch Schmerzen von Weller abzubringen. Ich gab ihm also einen, allerdings nur leisen Schlag auf den Kopf, und sogleich ließ er den andern los und griff mit beiden Händen nach der Stelle, welche ich berührt hatte. Er stand da, vor Schmerz schreiend; sein Geschrei ging in Wimmern über; dann knickte er langsam zusammen, kam auf die Erde zu liegen, schloß die Augen und war still. Der übergroßen Anstrengung war eine ebenso große Ermattung gefolgt. Als ich ihn so daliegen sah, fiel mir auf, was ich vorher nicht so beachtet hatte, nämlich sein elendes Aussehen, welches von seiner Verwundung allein nicht herrühren konnte.

Natürlich untersuchten wir nun den Gewürgten. Er war tot, erwürgt von den Händen dessen, den er für tot, für ermordet gehalten hatte. Wie schnell und wie schrecklich war mein Wort, welches ich ihm in ganz anderer Voraussetzung gesagt hatte, in Erfüllung gegangen: „Nicht mein Leben schwebt in Gefahr, sondern das Eurige hängt an einem Faden!"

Wir bedauerten es, daß es so gekommen war, fühlten aber kein Mitleid mit dem Toten. Er wurde kurzweg in die Erde verscharrt; dann setzten wir unsere Fahrt fort, nachdem wir den Herkules wieder in den Wagen gebettet hatten.

Über den übrigen Teil der Reise kann ich kurz hinweggehen, indem ich bemerke, daß wir nach Aufhebung der übrigen Posten in die Region gelangten, in welcher die Vegetation aufzuhören begann. Was ich für möglich gehalten hatte, war nicht eingetroffen, nämlich, daß unsere Feinde uns entgegenkommen könnten, um uns zu überfallen. Sie erwarteten uns in Almaden, denn sie meinten, weil wir dort unbekannt mit der Örtlichkeit seien, könnten sie uns leichter als anderswo den Garaus machen.

Der Player erwies sich, was ich vorher sehr bezweifelt hatte, als ehrlich. Als wir auf seine Angabe hin den letzten Posten gefunden und überwältigt hatten, sagte er zu Winnetou und mir:

„Jetzt rate ich euch, mit den Pferden nicht weiter zu gehen, weil ihr in Almaden zwar Wasser, aber kein Futter findet. Ihr müßt einen Ort aufsuchen, an welchem ihr sie zurücklassen könnt."

„Ist euch auf dieser Seite ein solcher bekannt?" fragte ich.

„Ja."

„Er muß aber so gelegen sein, daß man einen Angriff leicht abwehren kann!"

„Bei dem Orte, den ich meine, kann von einem Angriffe gar keine Rede sein. Er liegt so versteckt mitten im Walde, daß es unmöglich ist, euch zu finden."

„Dann paßt er eben nicht für uns, oder meint Ihr etwa, daß wir die Pferde und die Maultiere hier zurücklassen müssen, die Wagen aber mitnehmen sollen? Wie wollen wir die schweren und großen Wagen nach einer Örtlichkeit bringen, welche vom Walde rundum umgeben ist?"

„Da habt Ihr freilich recht, Master."

„Und wenn wir dies zustande brächten, so müßten wir doch mit der Möglichkeit rechnen, daß unsere Spuren gesehen und wir entdeckt würden. Wagenspuren sind sehr lange sichtbar. Der Wald, welcher uns beschützen Soll, würde auch den Angreifern Deckung bieten. Der Ort also, den Ihr für so passend für uns haltet, könnte im Gegenteile für uns sehr gefährlich werden."

„Wie soll er denn beschaffen sein?"

„Er muß frei liegen, damit wir die Annäherung eines Feindes leicht und rechtzeitig bemerken können, und doch soviel Bäume haben, daß wir, unter ihnen verborgen, von weitem nicht sogleich gesehen werden."

„Also genug Wasser, reichlich Gras, Bäume oder Sträucher und doch rundum frei. So ein Ort ist nicht leicht zu finden. Und doch," fügte er nach einigem Sinnen hinzu, „weiß ich einen; aber er liegt von hier ab."
„Das kann uns nur lieb sein. Man erwartet uns in Almaden aus der geraden Richtung. Da kann es nur von Vorteil für uns sein, wenn wir uns abseits von derselben befinden."
„Wir haben wenigstens noch drei Stunden zu fahren, so daß wir erst gegen Abend hinkommen."
„Auch das schadet nichts, da wir heute doch nichts mehr unternehmen können. Übrigens dürft Ihr nicht denken, daß wir gleich so mir nichts dir nichts in voller Gesellschaft nach dem Bergwerke gehen. Erst muß ein Kundschafter hin. Das ist so Regel bei Winnetou und mir."
„Damit verschwendet ihr doch viel Zeit!"
„Es ist besser, man verwendet eine gewisse Zeit auf Vorsichtsmaßregeln, als daß man in schädlicher Eile ins Verderben rennt."
„Wollt ihr nicht in Betracht ziehen, daß dem Kundschafter manches geschehen kann, was einer aus vielen Personen bestehenden Truppe nicht geschehen würde?"
„Und wollt ihr nicht bedenken, daß es Lagen giebt, in denen ein einzelner viel weniger Gefahr läuft, als ein zahlreicher Trupp? Übrigens werden wir keinen Dummkopf schicken. Ich denke, daß Winnetou den Kundschaftergang übernehmen wird."
„Nein, nicht ich, sondern mein Bruder Shatterhand," fiel da der Apatsche ein. „Winnetou muß bei dem kranken Bleichgesichte bleiben, wenn es gerettet werden soll."
Er hatte die Heilung des Herkules übernommen und wollte seinen Patienten nicht verlassen. Das war eine Menschenfreundlichkeit und Pflichttreue, welche mich veranlaßte, ihm zu Willen zu sein, obgleich ich die Überzeugung hegte, daß er ein besserer Kundschafter sei als ich.
Wir wichen nun aus der bisherigen Richtung ab und kamen gegen Abend an ein Wäldchen, welches von allen Seiten von Prairie umgeben war. Es hatte vielleicht zweitausend Schritte im Durchmesser, bot uns also Platz genug. Stellenweise standen die Bäume so weit auseinander, daß wir mit den Wagen dazwischen konnten; es war also möglich, sie zu verstecken, und Wasser gab es auch. In den letzten zwei Stunden hatten wir, hinter den Wagen hergehend, uns Mühe gegeben, ihre Spuren soviel wie möglich auszulöschen.
Bis wir uns in dem Wäldchen eingerichtet hatten, war es Nacht geworden. Feuer brannten wir nicht an; die Wagen enthielten genug Proviant, zu dessen Zubereitung wir keines Feuers bedurften. Noch war ich beim Essen, da kam Winnetou, der sich beim Herkules befunden hatte, zu mir und sagte:
„Mein Bruder mag mit zu dem Kranken kommen, der mit ihm sprechen will. Er weiß, was er sieht und hört und redet. Er fragte mich, und ich habe ihm gesagt, was er wissen wollte."

Der Patient lag neben dem Wagen, in welchem er transportiert worden war, im weichen Grase; man hatte ihm den Kopf auf Decken gebettet. Als ich mich zu ihm setzte, streckte er mir die Hand entgegen und sagte langsam und mit krankhaft leiser Stimme:
„Ich hörte von dem Indianer, welcher mit mir sprach, daß Sie hier und daß ich Ihnen mein Leben zu verdanken habe. Geben Sie mir Ihre Hand! Wie freute ich mich, als ich jetzt von dem Indianer hörte, daß Sie hier seien! Sie waren doch gefangen! Wie sind Sie frei gekommen?"
Ich erzählte ihm, was geschehen war, und dehnte meinen Bericht bis auf die gegenwärtige Stunde aus. Er wußte nicht, was seit dem Augenblicke, an welchem Weller ihn niedergeschlagen hatte, von ihm und mit ihm geschehen war, und fragte, als ich geendet hatte, ganz erstaunt:
„Ist das, was Sie erzählen, wahr? Ich habe Weller erwürgt?"
„Ja. Sie sagten im Fieber, er habe Sie niedergeschlagen. War er es wirklich?"
„Ja. Was ich im Delirium that, brauche ich nicht zu verantworten."
„Was müssen Sie erlebt haben! Sie werden mir es später erzählen; jetzt sind Sie zu schwach dazu."
„O nein. Mein Kopf thut zwar weh, aber ich habe, wie Sie wissen, die Natur eines Elefanten. Wenn ich langsam und leise rede, greift es mich nicht an. Lassen Sie mich immerhin erzählen. Wenn Sie gekommen sind, meine Gefährten zu retten, müssen Sie doch baldigst wissen, was geschehen ist."
„Ich bin allerdings sehr gespannt, es zu hören. Sie wurden von dem „großen Munde" gefangen genommen und dann wieder frei gegeben. Melton und die Weller kamen auch frei, ebenso der Haziendero. Was geschah nachher?"
„Sie hatten ganz recht, uns zu warnen; es war auf uns abgesehen. Melton kaufte dem Haziendero seinen Besitz ab, und damit wurden wir seine Arbeiter."
„Ja, ich erinnere mich, den Passus des Kontraktes gelesen zu haben, daß alle Rechte des Haziendero auf seinen etwaigen Rechtsnachfolger überzugehen hätten. Das war, wie ich heute weiß, gleich von vornherein so berechnet. Aber Sie waren für die Hazienda, also für Vieh- und Feldwirtschaft engagiert und brauchten nicht ins Bergwerk zu gehen!"
„Meinen Sie, daß letzteres unser Willen gewesen ist? Wir haben von dem Quecksilber nicht das mindeste gewußt. Melton belog uns, indem er sagte, daß eine kleine Tagereise hinter der Hazienda eine kleine, zu ihr gehörige Estancia liege, wo wir einstweilen beschäftigt werden sollten. Die Wellers sollten uns hinführen, während er mit dem Haziendero nach Ures ritt, um den Kauf rechtsgültig zu machen. Wir erklärten uns einverstanden, da auf der Hazienda für jetzt nur Hunger zu holen war, und brachen mit den Wellers auf. Aber nach vollendetem Tagemarsche fanden wir anstatt einer Estancia ein Indianerlager, dreihundert Mann mit über vierhundert Pferden. Auf einen Teil der überschüssigen Pferde wurden wir gefesselt; die anderen waren Packpferde, welche Lasten zu tragen hatten. Dann wurden wir fortgeschafft, Tag für Tag weiter, bis nach

Almaden. Dort giebt es ein vermaledeites Loch, das Mundloch eines Schachtes, in welches gestiegen werden mußte."

„Habt ihr euch denn auch da nicht gewehrt?"

„Von mir will ich nicht reden, denn wenn ich hineingestiegen wäre, so befände ich mich unter der Erde und nicht hier bei Ihnen; aber die andern, die Kinder, Weiber und Väter, was konnten sie machen? Die paar Menschen gegen die dreihundert Wilden! Übrigens bedrohte man uns mit dem Tode, sofern wir uns weigerten. Die Frauen und Kinder konnten an keine Gegenwehr denken, und um ihretwillen und um ihnen keine Mißhandlungen zuzuziehen, ergaben sich auch die Männer drein."

„Was geschah dann mit ihnen unten?"

„Weiß ich es? Ich bin nicht mit unten gewesen."

„Ah so! Sie waren nicht mit in dem Schacht! Wie haben Sie das angefangen?"

„Sehr einfach. Als man mir die Riemen abgenommen hatte und mich nach dem Loche schob, brach ich durch die Indianer und rannte fort, nachdem ich mehrere niedergeschlagen und einem von ihnen, der ein Gewehr besaß, dieses entrissen hatte. Man schoß nicht auf mich, weil man mich lebendig haben wollte; das war meine Rettung. Die Roten rannten mir nach. Ich bin ein starker Kerl, aber ein schlechter Läufer, doch gab mir die Angst die nötige Schnelligkeit. Dennoch hätten mich die leichtfüßigen Schurken eingeholt, wenn ich nicht durch den Erdboden durchgebrochen wäre. Da sahen sie mich nicht mehr und ließen mich stecken."

„Sonderbar! Wenn sie hinter Ihnen her waren, müssen sie doch auch an die Stelle, wo Sie durchgebrochen sind, gekommen sein?"

„Ja, aber ich war nicht geradeaus gerannt, sondern hatte eine doppelte Schwenkung gemacht. Ich kam nämlich an eine Felsenecke, bog um dieselbe herum, um den Indianern aus dem Gesicht zu kommen, und schwenkte dann noch um eine zweite Ecke, hinter welcher der Boden unter mir wich, so daß ich in die Tiefe fuhr."

„Ich habe erfahren, daß der Felsen dort aus Kalkstein besteht; der ist bekanntlich, wo er auftritt, gern von natürlichen Höhlungen durchzogen."

„Eine Höhlung war dies nicht, sondern ein Gang, ein Stollen, der schräg abwärts in die Erde läuft."

„Haben Sie ihn untersucht?"

„Das konnte ich nicht, denn es war dunkel, und ich hatte kein Licht. Eine Strecke bin ich abwärts gegangen, aber nicht weit, da es mir gefährlich erschien, weiter zu gehen. Dann ging ich aufwärts, Schritt um Schritt und vorsichtig tastend, ehe ich den Fuß weitersetzte. Das war gut, denn sonst wäre ich in die Tiefe gestürzt, da ich sehr bald an einem Abgrunde stand."

Bei diesen Worten fiel mir die Höhle ein, von welcher der Player gesprochen hatte; sie mündete zu Tage und endete hinten in einem Abgrunde. Darum fragte ich:

„Können Sie mir die Örtlichkeit genau beschreiben, wo Sie eingebrochen sind?"

„Ich kann Ihnen ganz Almaden beschreiben."

„Das ist mir lieb. Haben Sie denn Gelegenheit gehabt, sich die Gegend anzusehen, obgleich Sie sich nicht erblicken lassen durften?“
„Ich habe es gewagt, um Judiths willen. Sie war nämlich die einzige, welche unterwegs nicht gefesselt wurde und dann auch nicht in den Schacht zu steigen brauchte. Gerade als man mich losband, damit ich hinunter sollte, verhöhnte sie mich und sagte mir, daß ich unten Quecksilber graben müsse, während sie oben die Wirtschafterin des Bergwerksherrn sein werde. Das machte mich verwegen, und die Wut darüber gab mir die Kraft, mich durchzuschlagen und dann nach ihr zu suchen.“
„Wie kamen Sie aus dem tiefen Loche?“
„Indem ich Steine aufeinander baute.“
„Haben Sie die Judith gefunden?“
„Ihren Aufenthaltsort vermochte ich nicht ausfindig zu machen, denn ich durfte mich nur des Nachts hervorwagen; aber begegnet bin ich ihr einmal. Sie erschrak zuerst; dann wurde sie freundlich. Dabei versprach sie mir, mir ihre Wohnung zu zeigen; nur müsse sie erst nachsehen, ob Melton fest schlafe, weil dieser mich nicht gewahren dürfe.“
„Das glaubten Sie ihr?“
„Ja. Aber als sie fort war, kamen mir Bedenken; ich verließ den Ort, an welchem ich auf sie warten sollte, und versteckte mich in der Nähe. Sie kam nicht wieder, dafür aber Melton mit den beiden Weller und einigen Indianern, die mich ergreifen wollten.“
„So hat Ihre Angebetete Sie verraten. Wie kann ein Mann wie Sie noch Liebe zu einem solchen Geschöpfe hegen! Wie lange haben Sie denn Ihr Versteck benutzt?“
„Bis vor zwei Tagen; dann trieb mich der Hunger fort, und ich schlug ganz natürlich den Weg ein, auf welchem wir gekommen waren. Wenn es mir glückte, eine bewohnte Gegend zu erreichen, wollte ich meinen armen Gefährten von dort aus Hilfe bringen. Nun aber sind ja Sie da; das ist besser.“
„Wovon ernährten Sie sich denn?“
„Von den wenigen Pflanzen, welche es dort giebt. Ein wenig Wasser fand ich in meinem Verstecke, wo ich es von den Wänden leckte.“
„Schrecklich! Ein Wild konnten Sie nicht schießen?“
„Ich besaß keine Munition. Als ich wie ein Tier alle Halme verzehrt hatte, die es im Umkreise gab, mußte ich fort.“
„Wurden Sie nicht angehalten?“
„Nein.“
„So haben die Indianer die Gegend nicht eingeschlossen?“
„Bis dahin war dies nicht der Fall; aber ich sah und hörte, daß sie dieselbe immerfort nach mir durchstreiften. Ich mußte einen ganzen Tag lang durch wüste Einöde wandern, ehe ich wieder Gras und Bäume fand. Da begegnete ich einem einzelnen Indianer, welcher jedenfalls nach Almaden wollte, aber er traute sich nicht an mich heran, da er nur mit Pfeil und Bogen bewaffnet war und bei mir eine Flinte sah. Jedenfalls hat er in

Almaden gemeldet, daß er mich gesehen hatte, und die beiden Weller sind schnell hinter mir hergeritten. Was dann weiter geschah, das wissen Sie."

„Ja, das weiß ich, und was ich noch nicht weiß, das werden Sie mir sagen können. Oder fühlen sie sich zu matt dazu?"

Er hatte natürlich nur langsam und in Pausen gesprochen, versicherte aber:

„Wenn ich leise rede, halte ich es noch länger aus. Ich habe einen Büffelschädel und werde den Hieb bald überwinden."

„Ja, die Weller haben ihren harten Schädel nicht gekannt und Sie für tot gehalten. Nun bitte ich, sich genau auf Almaden und Ihr dortiges Versteck zu besinnen und mir dasselbe zu beschreiben."

„Wir kamen über ein wüstes, wellenförmiges Land, welches eine Tagreise breit ist. Hinter demselben senkt sich der Boden ziemlich schnell und bildet eine weite, fast kreisrunde Vertiefung, welche früher ein See gewesen zu sein scheint. In diesem See hat eine große Felseninsel gelegen, welche heute das eigentliche Almaden darstellt, und wie ein riesiger Felsenquader aussieht. Man kann auf zwei Seiten hinaufgelangen. Oben auf dem Plateau, fast auf der Mitte desselben, steht ein rohes Steinhaus, welches nur aus den vier Wänden und dem Dache besteht. In diesem Hause ist die Mündung des Schachtes."

Won welchen beiden Seiten kann man nach oben?"

„Von Nord und Süd. Die Ostseite steigt ganz lotrecht auf; an der westlichen kann man eine kleine Strecke emporgelangen, und da liegt auch mein Versteck."

„Wie kann ich es am besten finden?"

„Fast genau in der Mitte der Westseite liegt ein großer Felsblock, welcher sich vor Zeiten, wie man sieht, oben losgerissen hat und herabgestürzt ist, hart an der eigentlichen Wand des Berges; links schließt er fest an dieselbe an, während er rechts mit ihr eine breite Lücke bildet, welche aber ganz mit Geröll ausgefüllt ist. Auf der ersteren Seite, also links, nördlich von dem Blocke, ist der Berg in der Weise aus- oder auch angewaschen, als ob früher ein Wasser von oben herabgeflossen wäre. Das Wasserbett windet sich bald nach der einen, bald nach der andern Seite, und um zwei dieser Ecken, welche dadurch gebildet werden, bin ich damals gerannt, als ich verfolgt wurde und plötzlich in der Erde verschwand. Sie können gar nicht fehlgehen."

„Ich muß also links von dem Felsblocke in dem früheren Wasserbette aufwärts steigen?"

„Ja. Sie sehen es schon aus der Ferne ganz deutlich liegen. Auf der dritten Windung bin ich eingebrochen. Das Loch ist nicht ganz offen. Ich habe es, ehe ich ging, soviel es mir möglich war, mit Steinen zugedeckt; aber das Auge von Old Shatterhand wird die Stelle sofort entdecken."

„Und der Gang oder Stollen, in welchem Sie sich befanden, ist gemauert?"

„Da, wo ich eingebrochen bin, ja; das konnte ich sehen, weil ich durch das Loch Licht von oben hatte. Ob es weiterhin auch noch Mauer giebt, kann ich nicht genau sagen."

„So weiß ich in dieser Beziehung genug und möchte nun nur noch eins fragen: Ihre liebe Judith ist frei, wie Sie mir erzählen. Wo befindet sich denn ihr Vater, der frühere Pfandleiher und Rauhwarenhändler?"
„Im Schachte gefangen wie die übrigen."
„Und Judith hat für ihren Vater kein gutes Wort eingelegt?"
„Nein."
„So nehmen Sie es mir nicht übel: sie hat zwar ein reizendes Äußere, ist aber ein unnatürliches Geschöpf. Sollte sie mir in die Hände geraten, so werde ich wohl nicht allzu zart mit ihr umspringen."
Da fragte der nicht nur am Kopfe, sondern immer noch auch im Herzen verwundete Herkules schnell und besorgt:
„Sie wollen ihr doch nichts thun?"
„Was das betrifft, so gestehe ich aufrichtig, daß ich, wenn sie ein männlicher anstatt ein weiblicher Taugenichts wäre, für nichts, auch nicht für einen tüchtigen Stock gutstehen würde."
„Um Gottes willen, sprechen Sie nicht so! Wie ich Sie kennen gelernt habe, so zweifle ich keinen Augenblick, daß sie mit Melton in Ihre Hände geraten wird. Welch ein Jammer, wenn Sie sie dann prügeln lassen! Bedenken Sie, daß sie meine Braut war!"
„Die Sie schmählich verraten und verlassen hat! Der Jammer könnte ihr gar nichts schaden und würde ihr sehr wahrscheinlich besser bekommen, als das ewige trostlose Anhimmeln Ihrerseits. Aber Ihr Herz hat einen noch größeren Hieb bekommen, als Ihr Kopf; Sie sind doppelt krank und dreifach zu beklagen, und so will ich Sie durch das Versprechen beruhigen, daß ich Ihren Engel wenigstens nicht verhauen lassen werde,"
„Sie verstehen nichts von Frauenliebe!"
„Hören Sie, liebster Freund und unglücklicher Liebhaber, ein Mann, dem eine solche Geschwulst auf dem Kopfe sitzt, der sollte wohl von Heftpflastern und Brausepulver, nicht aber von Frauenliebe reden. Ich gestatte meinem Herzen auch eine Stimme, und ich bin so glücklich, eine Mutter zu haben, welche mir in jeder Minute meines Lebens bewiesen hat, daß echte, wahre Frauenliebe, hier Mutterliebe, ein herrliches Abbild der Liebe Gottes ist; vielleicht lerne ich auch einmal die Liebe eines andern Weibes kennen; jedenfalls aber wird das Weib dann nicht die geringste Ähnlichkeit mit Ihrer Judith besitzen. Ich wünsche Ihnen für Ihr Herz eine so gründliche Heilung, wie Sie von Winnetou für Ihren armen, schwachen Kopf erwarten können!"
Der trotz seines starken Körpers innerlich so schwache Mann hatte mich in Zorn gebracht. Ich ließ ihn liegen und ging zu dem Player, um zu erfahren, ob ich in Beziehung auf seine Höhle richtig oder falsch vermutet hatte. Er hatte mein Gespräch mit dem Herkules bemerkt und fragte, als ich zu ihm kam:
„Höchst wahrscheinlich hat der Mann Euch von Almaden erzählt. Es wundert mich, daß er von dort entkommen konnte. Wie ist das möglich geworden?"
Da ich nicht für nötig hielt, es ihm zu sagen, machte ich eine Ausrede:

„Haltet Ihr es für so schwer, von dort zu fliehen?“
„Sogar für unmöglich, wenn man sich unten im Schachte befindet.“
„Hat das Bergwerk nur diesen einen Zugang? Führt kein Stollen von unten her zu Tage?“
„Nein. Das Werk ist alt und scheint von den spanischen Eroberern angelegt worden zu sein. Sollte es damals einen Stollen gegeben haben, so ist derselbe jedenfalls längst verschüttet.“
Als ich ihn nun um eine Beschreibung von Almaden alto bat, gab er sie mir genau so, wie ich sie von dem Herkules erhalten hatte, und fügte hinzu:
„Aber wozu die Beschreibung! Ich höre, daß Ihr als Kundschafter vorausgehen werdet; Ihr nehmt mich natürlich als Führer mit, und da zeige ich Euch dann alles besser, als ich es Euch beschreiben kann.“
„Ich werde Euch wohl kaum aus Eurer Ruhe reißen, denn ich bedarf keines Führers.“
„Nicht? Aber Euer Gang ist höchst gefährlich, und Ihr waret noch niemals dort. Wie leicht könntet Ihr da Euern Gegner in die Hände geraten!“
„Sorgt Euch nicht um mich! Ich habe schon gefährlichere Wege glücklich zurückgelegt, und wenn Ihr mit mir von Melton erwischt würdet, könntet Ihr leicht an Euch selbst erfahren, wie schwer es ist, aus Almaden zu entkommen. Was ich zu wissen brauche, das weiß ich jetzt. Wollt Ihr ein übriges thun, so bitte ich Euch, mir die Lage der Höhle zu beschreiben.“
„Ja, die Höhle! Ihr kommt von Westen nach Almaden. Da steht Euch die schroffe Felsenwand gerade entgegen. Ganz unten, fast genau in der Mitte derselben, liegt ein Felsenblock, welcher abgestürzt und da liegen geblieben ist. Zu seiner rechten Seite hat es zwischen ihm und der Felswand früher einen freien Raum gegeben, welcher jetzt fast ganz mit Geröll angefüllt ist. Steigt da das Geröll hinauf und räumt davon im Hintergrunde die oberste Schicht weg, so wird sich Euch dadurch der Eingang zu der Höhle öffnen.“
„Und sie ist vollständig leer?“
„Vollständig, abgerechnet das Wasser, welches in der Nebenhöhle steht. Vielleicht kann die Höhle Euch in irgend einer Weise nützlich sein. Das war das einzige und letzte, was Ihr wissen wollt?“
„Ja.“
„Ich dächte, es müsse Euch sehr daran liegen, zu erfahren, wo Melton wohnt.“
„Allerdings, aber ich denke, es auszukundschaften.“
„Glaubt das nicht! Der Ort liegt so versteckt, daß selbst das schärfste Auge ihn nicht bemerken kann. Es ist kein Haus, sondern schon mehr ein Versteck, ein vorläufiger Aufenthalt, da Melton die Absicht hat, sich später ein Wohnhaus zu bauen. Es liegt wie ein Schwalbennest, aber nicht nach außen, sondern einwärts gerichtet, an der Wand und kann von unten nicht erreicht werden.“
„Weiß schon!“ schlug ich auf den Busch. „Es hängt an der östlichen Felsenwand.“
„Wie? Ihr wißt das schon?“ fragte er erstaunt. „Wer hat es Euch verraten?“

„Ihr. Ihr sagtet, daß es an der Felsenwand hängt und von unten nicht zu erreichen ist, das übrige kann man sich sehr leicht ergänzen. Wenn die Wohnung von unten nicht erreicht werden kann, so muß sie an einer Seite liegen, welche nicht zu erklettern ist. Von Nord und von Süd kann man auf das Plateau gelangen; diese beiden Seiten sind also ausgeschlossen. Auf der westlichen Seite liegt Eure Höhle, deren Geheimnis Ihr vor Melton sicher nicht bewahren könntet, wenn sich hier, oben über ihr, sein Versteck befände, denn er würde Euch kommen und gehen sehen. Also bleibt nur noch die Ostseite übrig; da muß er wohnen."
„So ist es allerdings. Master, jetzt glaube ich, daß Ihr, wenn man Euch nur ein A zeigt, das ganze Alphabet aus diesem einen Buchstaben holt!"
„So schlimm ist es nicht; aber ich bin durch die scharfe Not sehr oft gezwungen worden, ebenso scharf nachzudenken, und das Berechnen, erst so schwer, wird mit der Zeit zur Leichtigkeit. Die Not ist, wie überall, so auch hier die beste Lehrmeisterin."
„Wollen doch sehen, ob sie wirklich eine so gute Lehrerin ist. In diesem Falle könnt Ihr vielleicht auch berechnen, welcher Weg zu dem Verstecke Meltons führt, ohne daß ich Euch eine Andeutung mache?"
„Ohne! Ich brauche nur hinzugehen und mir das Plateau des Berges anzusehen."
„Das sagt Euch gar nichts. Ihr würdet nichts bemerken."
„Doch! Zum Beispiel ob dieses Plateau irgend eine offene oder heimliche Vertiefung hat. Sodann würde ich sehen, aus was der Boden da oben besteht, ob aus reinem, nacktem Fels oder nicht."
„Aus dem Schutte, welcher aus dem Schächte geschafft und rings zerstreut worden ist! Aus so einem einfachen Umstande könnt Ihr doch unmöglich berechnen, auf welche Weise man in das Versteck Meltons kommt!"
„Nennt es berechnen, schließen oder erraten, es ist ganz dasselbe; ich kenne den Weg."
„So ist es Euch von irgend jemanden verraten worden!"
„Ich habe nur mit Euch darüber gesprochen und weiß nur das wenige, was Ihr mir gesagt habt."
„Ihr macht mich immer begieriger. Wollt Ihr mir sagen, was Ihr berechnet oder erraten habt?"
„Warum nicht? Es ist ja für Euch kein Geheimnis, daß man ein Stück in den Schacht hinunterzusteigen hat, um in die Wohnung, von welcher wir reden, zu gelangen."
„Bei Gott, er weiß es, er weiß es!" rief da der Player so laut aus, daß alle auf uns aufmerksam wurden. „Wie ist das nur möglich, wenn Ihr keine andere Quelle als meine Äußerungen habt?"
„Es ist wenigstens ebenso leicht wie das, was ich vorher erraten habe. Ihr habt doch gesagt, daß der Zugang nicht von unten sei, also muß er oben zu suchen sein. Da man das Versteck nicht sehen kann, so liegt es auch nicht ganz oben in der Nähe der Felsenkante, da man es entdecken würde, falls man über dieselbe herunterblickte; es muß also etwas abwärts zu suchen sein. Aus letzterem und dem vorigen Grunde folgt

nun wieder, daß der Weg nicht offen auf dem Plateau hinführen kann, sondern unter der Oberfläche liegen muß. Liegt er so tief, so hat er unbedingt einen Eingang, in welchen man hinabsteigt; es giebt aber kein Loch, keine offene oder versteckte Vertiefung außer dem Schachte, und also muß mit Sicherheit angenommen werden, daß der betreffende Weg unten im Schachte beginnt. Habt Ihr eine Ahnung, wie die Indianer postiert sind?"

„Nein. Aber den Ort, wo allem Erwarten nach ihre Pferde untergebracht sind, kann ich Euch zeigen."

„Dazu ist später Zeit. Der alte Weller meldet unsere Ankunft, also werden die Roten sich meist auf die Westseite von Almaden gezogen und uns von da aus Kundschafter entgegengeschickt haben. Steht das Schachthaus und das Mundloch unbewacht?"

„Nein. Es halten da stets zwei Indianer Wache, um den etwaigen, allerdings fast unmöglichen Ausbruch eines Arbeiters zu verhüten."

Ich hätte nun auch nach dem Haziendero fragen können. Er, als der frühere Besitzer von Almaden, mußte doch die Örtlichkeiten kennen. Aber einesteils wollte ich mit diesem Ignoranten überhaupt nichts zu thun haben, und andernteils hätte ich gewärtig sein müssen, daß er mir verkehrte Auskünfte gab und mich durch dieselben irre führte.

Eine Besprechung mit Winnetou war nicht nötig. Wenn einer von uns beiden einmal etwas unternahm, so wußte der andere, daß es nach Kräften ausgeführt wurde. Guter Rat wurde weder begehrt noch gegeben. Der Apatsche fragte mich nur, wann ich aufbrechen würde.

„Noch vor Tage," antwortete ich. „Ich muß einen Umweg machen. Die Yumas erwarten uns von Westen her; darum werden wir von Süden kommen, wo man nicht auf uns achtet. Trotz dieses Umweges, hoffe ich, daß wir am Abende dort ankommen."

„Mein Bruder Shatterhand spricht „wir". Wird er nicht allein reiten?"

„Nein. Ich muß einen Begleiter haben, der auf die Pferde achtet und auf die Waffen, falls ich diese einmal zurücklassen muß."

„Auf die Pferde? Will mein Bruder reiten, obgleich es kein Gras giebt?"

„In unsern Wagen giebt es Reis und Mais genug. Wir, nehmen uns ein Quantum mit, um füttern zu können."

„Und wer wird der Begleiter sein?"

„Der junge Bruder des Yumatöters. Wir haben nichts Leichtes vor; ich bin aber überzeugt, daß er höchst eifrig sein wird, sich meines Vertrauens wert zu machen."

„Winnetou kennt die gute Absicht seines weißen Bruders. Der junge Mimbrenjo soll wo möglich auch bald einen Namen haben wie sein Bruder, welcher durch Old Shatterhand so schnell zum Krieger geworden ist."

Das war auch wirklich meine Absicht. Allerdings war es gewagt, einen unerfahrenen Knaben bei einem so gefährlichen Ritte mitzunehmen, aber ich hatte zu ihm wenigstens ebensoviel Vertrauen, wie zu einem der älteren Mimbrenjokrieger.

Was wir brauchten, wurde noch am Abende bereit gelegt, Proviant für uns und Futter für die Pferde. Noch ehe es tagte, waren wir zum Aufbruche bereit. Wie erstaunte ich da, als Winnetou zu uns trat und sagte:
„Es kann kommen, daß meine beiden Brüder gezwungen sind, eine große Schnelligkeit zu entwickeln; da paßt das Pferd des jungen Mimbrenjo nicht zu dem schnellen Hengste Old Shatterhands; er mag also für den Ritt das meinige nehmen; es wird ihn sicher zu uns zurückbringen."
Daß der Apatsche sein kostbares Pferd einem andern, und noch dazu einem Knaben anvertraute, das war ein Wunder und dabei zugleich ein sicheres Zeichen, daß er dem kleinen Mimbrenjo ungemein wohl wollte. Dieser durfte unmöglich das großmütige Anerbieten ablehnen, und so flogen wir denn, beide gleich gut beritten und zunächst eine südliche Route einschlagend, in den frischen Morgen hinein. – – –